LES HÉRITIERS DE KERVALON

Inès de Kertanguy est romancière et historienne. Elle est l'auteur de plusieurs biographies consacrées à Élisabeth Vigée-Lebrun, Madame Campan, la reine mère d'Angleterre et Leonora Galigaï.

INÈS DE KERTANGUY

Les Héritiers de Kervalon

ROMAN

ALBIN MICHEL

ISBN : 978-2-253-19417-0 – 1re publication LGF

À mes grands-parents et parents,
à ces deux générations qui se sont battues
pour préserver notre liberté.

Il est aussi facile de rêver un livre qu'il est difficile de le faire.

Honoré de BALZAC

La pensée vole et les mots vont à pied. Voilà tout le drame de l'écrivain.

Julien GREEN

Je ne trempe pas ma plume dans un encrier, mais dans la vie.

Blaise CENDRARS

1906-1918

1

Paris, 9 juillet 1906

Apolline avait passé les dix premières années de son existence dans une bulle. Elle s'éveillait enveloppée par le regard bienveillant de sa mère, elle vivait le restant de la journée nimbée de son sourire. Il n'y avait qu'à se pelotonner dans son amour. Et puis il y eut ce jour.

Son frère et elle dormaient paisiblement dans leurs chambres respectives quand Madeleine vint les éveiller. Madeleine était leur gouvernante, qui, par sa douceur, sa patience, sa gaieté, contribuait à faire de la vie des enfants Saint-Eliph un nid douillet.

— Apolline, cette nuit le médecin a été appelé. Il est auprès de votre mère.

D'habitude la fillette aimait paresser au lit mais la nouvelle était tellement énorme que, d'un coup, elle émergea de ses draps et se retrouva debout.

— Vos chaussons, ordonna Mado.

Apolline ne l'écouta pas et pieds nus la suivit dans le couloir. Tout au bout se trouvait la chambre de son frère. Auguste dormait à poings fermés. Il était beau avec ses cheveux châtains dont les quelques boucles venaient auréoler son visage aux traits réguliers ; par ses lèvres entrouvertes un léger souffle s'exhalait. « Un ange », se dit sa sœur. Comme la patience n'était pas son fort, elle sauta sur le lit et le secoua.

— Auguste, le médecin... le médecin est là !

Tel un diable sortant de sa boîte, il se dressa sur son lit.

— Le médecin !

Malgré les appels désespérés de leur gouvernante, les enfants disparurent dans le dédale de couloirs dont ils connaissaient chaque issue, chaque recoin, laissant, dans leur précipitation, les portes grandes ouvertes derrière eux. En un éclair, ils se retrouvèrent dans l'antichambre précédant les appartements privés de leurs parents. Jamais le frère et la sœur n'avaient pénétré dans ce lieu sans y avoir été invités. Ils se regardèrent, espérant trouver la réponse dans les yeux de l'autre. Apolline entra la première. Selon une méthode bien rodée, elle se hissa sur la pointe des pieds, se pendit à la poignée placée au-dessus de sa tête. Sous l'impulsion la porte s'ouvrit en grand. Elle sauta sur le parquet, tira sur sa robe, remit, tant bien que mal, le nœud qui tenait ses cheveux en arrière. Mais son père ne semblait pas d'humeur à lui faire la moindre remarque. Il se tenait debout et un sourire éclairait son regard.

— C'est une petite fille ! s'exclama-t-il. Votre mère se porte bien mais elle est fatiguée.

Alors Apolline posa la question, la seule qui l'intéressait vraiment.

— On peut voir maman ?

— Certainement mais juste quelques minutes, elle a besoin de repos.

À pas de loup, ils pénétrèrent dans la jolie chambre plongée dans le clair-obscur derrière ses volets tirés. « Maman serait-elle malade ? Pourquoi ce silence ? Pourquoi cette pénombre ? », se demanda Apolline à nouveau prise d'angoisse.

Non loin de la porte, les enfants croisèrent le médecin qui leur tapota la joue.

— Toutes mes félicitations, les enfants, c'est un beau bébé de trois kilos deux cents !

« Eh bien, quoi ? Le poids d'un gros poulet ! », se dit Apolline agacée par les manières familières du médecin. Plus intimidée qu'elle ne voulait se l'avouer, elle retint son souffle. Et ce n'est qu'à la suite de son frère qu'elle osa enfin pénétrer dans la vaste chambre aux tons doux et raffinés de blanc cassé et de rose. Les pas amortis par le tapis moelleux, ils se dirigèrent sans bruit vers le grand lit sur lequel était étendue leur mère. Mais les yeux restèrent clos, les lèvres serrées. Apolline aimait sa mère d'un amour unique et irraisonné. À chacune de ses absences, elle craignait de ne plus la revoir. Au moment de la quitter, une terreur irrépressible la prenait. La moindre absence était vécue par la fillette comme autant de temps qui lui était volé et à jamais perdu. Ce qu'elle ressentait au plus profond d'elle-même était une peur violente et inexplicable. Une force obscure la poussait à veiller sur sa mère. Il y avait tant de choses qu'elle ressentait. Et là, à ce moment précis, debout dans cette chambre, elle sentait cette bonne vieille peur l'envahir.

Auguste s'avança à son tour. Sa mère ouvrit les yeux, regarda son fils et lui sourit. Elle caressa les boucles châtains puis, cherchant du regard sa fille, elle lui tendit la main.

— Approche-toi, ma chérie... es-tu contente d'avoir une petite sœur ?

Apolline se précipita pour accaparer la main tendue. Elle la pressa contre sa joue. « Oh ! Ma maman, ma petite maman ! » répétait-elle inlassablement en elle-même, ravalant ses larmes pour ne pas se faire rabrouer. Aurore disait souvent : « Apolline est trop sensible. » Mais elle, elle savait bien que c'était autre chose, comme une voix intérieure qui lui murmurait que le danger était imminent et qu'elle devait protéger sa mère ; toujours, toujours la protéger.

— Je vous présente Anne-Sophie, votre petite sœur.

Sa voix parut à Apolline lointaine, si lointaine qu'elle pressa un peu plus fort la main qui lui était restée abandonnée.

Après quelques minutes, Madeleine vint les chercher. Celle-ci se pencha, fit compliment du bébé et, quand elle releva le visage, Apolline vit qu'elle avait une larme qui perlait au coin de l'œil.

— Ce sera bientôt, ma chère Madeleine, un troisième petit démon qui s'ajoutera aux deux autres.

— J'en serai heureuse, madame.

Comme Madeleine prenait chacun des enfants par une main, Apolline se débattit.

— Je veux rester avec maman, je ne parlerai pas, je ne bougerai pas, dit-elle, affolée.

— Demain ! dit son père d'un ton sévère.

— Non ! Ce soir, répliqua-t-elle sur un ton suppliant et des larmes plein les yeux.

Sa mère regarda son mari.

— Bien, tu pourras revenir ce soir puisque ta mère l'autorise !

Alors seulement Apolline suivit Mado. « Ce soir, se répétait-elle, ce soir je verrai maman. » Et c'était tout ce qui comptait. Toute sa journée en serait secrètement illuminée.

Dans la nuit, sa mère mourut. Sa mère absente, l'univers d'Apolline s'écroula ainsi que tous ses rêves d'enfant. De ce jour, pourtant, elle ne sentit plus jamais l'effroyable angoisse l'étreindre. Malgré son chagrin, elle fut comme dégagée d'un poids. Elle était née avec cette pensée torturante qu'il arriverait quelque chose à l'être qu'elle aimait le plus au monde sans jamais être sûre de pouvoir l'éviter. Comment alerter les adultes si peu enclins à croire les enfants ?

Après le décès de sa femme, Hyacinthe ne fut plus jamais le même. Il sombra dans la mélancolie, semblant ne plus s'intéresser à ses enfants, à ses amis, au monde qui l'entourait.

L'hôtel particulier se couvrit d'un voile sinistre.

2

Le Manoir en Normandie

La vicomtesse de Kervalon, alertée par le bruit, se présenta à la porte de l'office. Elle s'empara du télégramme et ordonna qu'il fût donné un pourboire ainsi qu'un verre de vin au préposé des postes. « Sainte Vierge, pria Jeanne émue, pourvu... pourvu... » Le télégramme dans la main, elle hésitait à en prendre connaissance. Toutefois, se rappelant que sa belle-sœur devait accoucher ces jours-ci, elle se décida. Un télégramme pouvait aussi bien annoncer une bonne nouvelle. Prudemment elle gagna le salon ; se sachant enfin hors de portée de vue, elle lut. « Aurore décédée cette nuit. »

Jeanne porta sa main à sa bouche et étouffa un cri. Elle se sentit défaillir, ses oreilles bourdonnèrent en même temps qu'un voile noir obscurcit sa vue. Elle vacilla, se cramponna à un accoudoir, lutta pour ne pas perdre connaissance, se laissa choir de tout son poids sur le siège. Assommée, horrifiée par ce qu'elle venait d'apprendre, elle resta un moment sans réagir. Puis, comme cherchant à sortir de l'épouvantable cauchemar, elle se dit qu'elle avait mal lu ou mal compris, que ses yeux lui avaient joué des tours. Elle ramassa le télégramme tombé sur le tapis, elle le défroissa pour le lire et le relire. Mais c'était écrit en toutes lettres. « Aurore décédée. » Des sanglots secs la secouèrent, immédiatement suivis de larmes libératrices.

Jeanne resta un bon moment à essayer de comprendre l'incompréhensible ; comment cela était-il possible ? Aurore était si heureuse d'attendre ce troisième enfant. Ses pensées allèrent au veuf, aux orphelins qu'Aurore laissait derrière elle. Jeanne, dont le cœur était bon, pensa qu'il n'était plus temps de pleurer, qu'elle devait penser à ceux qui restaient, les entourer et, par conséquent, faire ses bagages et partir pour Paris. Encore chancelante, elle sortit du salon et résolut de prévenir Anastase son mari en premier.

Les yeux rougis, Anastase ferma avec précaution la porte derrière lui et s'approcha de sa mère, petite femme fine au regard bleu de myope. Depuis la mort de son mari, Amélie avait adopté la couleur noire pour ne plus la quitter. « À partir d'un certain âge, disait-elle avec philosophie et aussi un brin d'ironie, les décès se succèdent et la couleur noire devient comme une seconde peau. » Assise dans le salon attenant à sa chambre où elle aimait se tenir les après-midi, elle leva les yeux de son livre, et, voyant son fils entrer, elle lui sourit. Elle avait mis au monde trois enfants. Amédée, Anastase et Aurore. Afin de maintenir la tradition familiale elle avait donné à chacun de ses enfants un prénom qui commençait par la première lettre de l'alphabet. Sa grand-mère, à la suite de nombreuses fausses couches, avait fait la promesse à sainte Anne, patronne de la Bretagne, que si elle avait des enfants ceux-ci porteraient un prénom commençant par un A. Tradition qu'elle avait perpétrée, qu'Anastase et Aurore avaient maintenue, mais pas Margot, la femme d'Amédée, son fils aîné.

Anastase s'assit face à sa mère. Comme la vue de la vieille dame avait beaucoup baissé depuis quelques mois, elle ne remarqua pas les traits défaits de son fils et elle l'accueillit d'un ton joyeux.

— Quel bon vent t'amène ?

— Justement, mère, c'est un vent mauvais... un drame épouvantable...

— Que se passe-t-il ? questionna Amélie soudain sur le qui-vive.

Elle lâcha son livre et, d'un geste vif, prit sur la table d'appoint son face-à-main. Elle regarda avec attention son fils qui avait hérité d'elle les yeux bleu clair de myope et qu'elle découvrait rougis par le chagrin.

Anastase prit les mains de sa mère dans les siennes avant de dire d'une voix basse, presque inaudible :

— C'est Aurore, mère.

— Son bébé est mort ? s'écria-t-elle.

Comme Anastase ne répondait pas, elle s'affola.

— Mais parle !

— Aurore est décédée cette nuit.

La vieille femme resta comme stupéfaite. Face à son fils, elle cherchait à rassembler ses idées et si les mots faisaient la ronde dans son esprit ils n'avaient pour l'instant pas encore touché son cœur. Ce n'est que quelques heures plus tard que le chagrin l'atteignit, un chagrin qui la brisa.

Jeanne et Anastase assis dans le salon se taisaient. L'angoisse était palpable.

Soudain le son aigre se fit entendre. Anastase bondit dans le vestibule où le téléphone mural était installé. Sa femme le suivit ; la communication était mauvaise et Anastase dut hurler pour se faire entendre. Avant que celle-ci fût coupée, il eut le temps d'annoncer à son beau-frère sa venue pour le lendemain puis d'apprendre qu'Aurore avait mis au monde une petite fille qu'elle avait prénommée Anne-Sophie.

Anastase et Jeanne, hésitant entre le chagrin, la joie et l'étonnement que leur avait procurés cette nouvelle la commentèrent à voix basse, puis Anastase monta voir sa mère. Pour sa part, Jeanne passa aux cuisines où cette pauvre Françoise écroulée sur une chaise pleurait toutes les larmes de son corps. À l'approche de la vicomtesse elle allait se lever quand Jeanne lui mit une main affectueuse sur l'épaule.

— Non, reste assise ma pauvre Françoise.

Elle tira une chaise et s'assit près d'elle sans dire un mot.

La cuisinière, un cordon-bleu qui avait été au service de la famille dès l'âge de seize ans, avait vu naître les enfants Kervalon, elle les avait vus grandir, devenir adultes. Jeanne mêla un moment ses pleurs à ceux de la fidèle servante. Ce moment de répit, où elle put se laisser aller sans honte à son chagrin, lui fit du bien.

— Ma bonne Françoise, je sais combien tu es attachée à notre famille, c'est un drame et pourtant, ce deuil vient de s'éclairer d'un espoir. Avant de mourir, Mme Aurore a mis une petite fille au monde.

— Une petite fille ? tressaillit Françoise.

De saisissement elle leva ses yeux noyés de larmes sur sa maîtresse.

Jeanne lui sourit de son sourire le plus doux.

— Le bébé se porte bien, ma belle-sœur l'a prénommé Anne-Sophie.

— Parce que Mme Aurore, enfin je voulais dire Mme la baronne, a eu le temps de voir sa petite fille avant de... ? Je suis bien contente de cette nouvelle, oui bien contente.

Françoise hocha la tête et après un instant de silence ajouta :

— Anne-Sophie, encore un prénom qui commence par un A ; pour la tradition.

Un vrai sourire vint alors éclairer sa grosse face plate. Suivit un silence que seul le chuintement d'une bouilloire posée sur le feu troubla.

Jeanne reprit :

— Nous partirons demain pour Paris. Nous emmènerons avec nous Albert et Adelphe, nos deux aînés, et nous laisserons les jumeaux. Ils sont trop jeunes pour un si long voyage.

— Madame peut compter sur nous.

3

Paris

La nouvelle du décès de la baronne de Saint-Eliph se répandit comme une traînée de poudre. Dorothée, la grand-mère paternelle d'Auguste et Apolline, accourut la première. C'était une femme de forte stature, de caractère peu commode qui, tous voiles noirs dehors, fondit sur son fils et ses petits-enfants. Pas très bavarde de nature, elle ne réussit à dire que ces quelques mots : « Oh ! Mes enfants quel malheur, quel malheur ! »

Dorothée fut suivie de près par sa fille. Gertrude avait trois ans de plus que son frère Hyacinthe. Étouffée par une mère autoritaire, elle était restée vieille fille. Si elle ressemblait à la baronne, elle n'en avait toutefois pas la raideur. Faute de réussir à faire passer ses opinions, elle coupait court à toute polémique en commençant chacune de ses phrases par : « J'ai un principe » ou « Chez moi, c'est un principe ». Si bien que les enfants la surnommaient « tante Principe ».

Dans cette journée triste à pleurer, il n'y eut qu'une seule bonne nouvelle : la famille de Normandie était en route pour Paris.

Ce n'est que vers dix heures du soir, alors que les dernières lueurs du jour se mouraient, que l'imposante voiture tirée par quatre chevaux, conçue pour les longs voyages, s'arrêta devant le porche. L'oncle Anastase assis sur l'impériale à côté du cocher sauta à terre et, dans un nuage de poussière, fondit sur eux pour les presser dans ses bras. En un instant, comme par magie, la bonne odeur de la gomina que leur oncle mettait sur ses cheveux et au bout de ses moustaches pour les faire rebiquer « à l'anglaise », comme il aimait à le préciser, les ramena à cette période heureuse des vacances passées au Manoir. Ce fut comme une bouffée de félicité et de liberté qu'ils venaient de respirer, puis ce fut au tour d'Amélie, leur chère grand-mère de Normandie, de les presser dans ses bras. Enfin tante Jeanne, les yeux myosotis, toute ronde de figure et de corps, alla à eux les bras grands ouverts pour les embrasser comme du bon pain. Il n'y eut pas de mots échangés, tous auraient été superflus. Mais les sourires, mais les baisers, mais les regards, mais les pressions de la main, mieux que des mots, les assurèrent de leur émotion, de leur affection.

Quand Albert et Adelphe s'extirpèrent à leur tour de la voiture, ce fut un vrai moment de bonheur.

— Et les jumeaux ? questionnèrent en même temps Apolline et Auguste.

— Nous avons pensé préférable de les laisser à la maison, répondit tante Jeanne le regard humide.

À cet instant, Hyacinthe roide dans ses habits de veuf, le teint livide, les traits tirés, parut en haut des marches. Anastase alla à la rencontre de son beau-frère. Après une accolade chaleureuse, il toussa pour s'éclaircir la voix.

— Pardonnez, mon cher Hyacinthe, cette heure tardive, le voyage a été plus long que prévu.

— Et pourquoi ne pas avoir pris le train ? demanda Hyacinthe pour dire quelque chose.

— Nous y avons bien pensé, mon cher, mais entre les horaires et le temps de se rendre à Lisieux, nous avions plus vite fait par la route.

Les premières minutes d'émotion passées, tout le monde fut plus à l'aise. La famille s'installa au deuxième étage qui n'était ouvert que pour les visiteurs de marque. C'était un appartement vaste, avec salon et trois chambres. Il était pourvu de tout le confort moderne, mais ce qui épata la famille fut l'électricité. Ainsi suffisait-il d'appuyer sur un bouton pour que tout s'éclairât.

— C'est un véritable miracle, dit la vieille Amélie, fort impressionnée.

— C'est certainement l'invention la plus spectaculaire de notre siècle, reprit Anastase, rêveur.

Enfin, poussant un soupir, il ajouta :

— Le Manoir est situé trop loin des grandes villes pour que les lignes électriques viennent jusqu'à nous.

En fin de matinée, Amédée arriva avec sa femme par le chemin de fer. L'aîné des Kervalon vivait près de Quimper dans le château familial. Comme il était hors de question pour lui de se mêler au reste de la famille, il avait prévu de s'installer au nouvel hôtel Crillon, place de la Concorde. Dans l'après-midi, Amédée et sa femme se rendirent avenue Victor-Hugo. Amédée, dont l'air était toujours sérieux pour ne pas dire sévère, était l'opposé de son frère Anastase. Quant à sa femme Marguerite, une grande et jolie femme qui se faisait appeler tante Margot par ses neveux, elle était l'exact contraire de Jeanne. Le couple avait un fils unique qui ne les avait pas accompagnés et que les quatre cousins réclamèrent pour la forme. Les deux frères se serrèrent la main sans aucune chaleur, sans aucun élan.

Le lendemain fut le jour des obsèques. À neuf heures toute la famille se répartit dans des fiacres dont les chevaux pommelés étaient harnachés de cuir noir. Assis à côté de leur père, les enfants étaient dans la voiture qui suivait le corbillard. Comme projetés en dehors d'elle-même, Apolline n'éprouvait aucun chagrin. Elle était spectatrice d'une pompe impressionnante. Tout était parfait : les costumes de deuil, les cochers en haut-de-forme, les deux chevaux magnifiquement empanachés et caparaçonnés de noir qui tiraient le cercueil, enfin l'immense cortège.

Quand ils arrivèrent à l'église de la Madeleine, celle-ci était pleine à craquer. Les chants commencèrent. Au premier rang, entre son père et son frère, Apolline se tenait bien droite mais absente aux autres, absente à elle-même. Elle ne pouvait imaginer, même un seul instant, sa mère chérie enfermée avec son joli sourire dans ce cercueil en chêne clair qui croulait sous les fleurs ; tout cela n'était pour elle qu'une mise en scène, une mascarade.

Sa mère était encore tellement vivante, partout dans la maison son parfum imprégnait les lieux.

Demain ou dans une semaine elle serait de retour, elle arriverait en plein milieu de la nuit fourbue mais heureuse et, comme chaque fois qu'elle s'absentait, elle approcherait sans bruit de son lit, elle se pencherait pour l'embrasser dans son sommeil et lui chuchoterait : « Ne t'en fais pas, ma fille chérie, je suis là, je suis de retour, je serai toujours présente pour toi. Tu sais que tu peux me faire confiance ! » Apolline lancerait ses bras autour de son cou pour lui dire combien elle l'aimait et pour lui faire jurer de ne plus jamais la quitter. Plus jamais.

« Ce ne sont pas des façons », était la phrase préférée de sa mère quand elle voulait lui faire comprendre qu'elle avait dépassé les bornes. « Eh bien, ma petite maman chérie, disait tout bas Apolline, ce ne sont pas des façons de partir comme cela sans prévenir ! »

4

Le Manoir

Les deux voitures partirent aux aurores. Hyacinthe accompagna ses invités jusque sous la voûte d'entrée où attendaient la voiture de voyage et le coupé. Il prit congé de la famille de Kervalon. Enfin il s'avança jusqu'à la voiture légère où avaient pris place ses deux enfants et Madeleine. Il fit ses dernières recommandations et tout aussitôt regagna le hall d'entrée. Tandis que les chevaux énervés secouaient leur crinière, Apolline vit son père de dos. Tête nue, silhouette mince, épaules larges, taille bien prise, impeccablement sanglé dans un frac fait sur mesure, il ne manquait pas d'allure, « mais comme il a l'air triste », pensa-t-elle.

Les chevaux remontèrent l'avenue Victor-Hugo au pas, tournèrent sur leur droite, remontèrent l'avenue du Bois et se mirent au petit trot pour gagner Auteuil. Nez contre la vitre, Apolline resta silencieuse en regardant les immeubles défiler jusqu'à la sortie de Paris. Elle pensait à son père, à sa solitude, puis son cœur d'enfant fut détourné de son chagrin pour se laisser happer par la joie de revoir bientôt la Normandie.

Au détour du bois, les voyageurs aperçurent les hauts murs qui bordaient la propriété. Une fois le portail franchi, c'est au pas et la robe écumante que les chevaux remontèrent la longue allée, dépassèrent sur leur droite les écuries, gagnèrent lentement la cour pour enfin s'immobiliser.

Jacques, le plus âgé des palefreniers prévenu par le bruit de la lente et lourde caravane, fut le premier à accourir. Puis s'avança Lise, la femme de chambre d'Amélie, suivie d'une jeune fille que tout le monde ici appelait Miss. En retrait se tenaient Françoise la cuisinière et une petite bonne qui se fit bousculer par Alphonse et Anatole, les jumeaux, qui couraient à toutes jambes à la rencontre des voyageurs. Le personnel maintenant en rang serré n'osait bouger, sans doute intimidé par les costumes de deuil ; mais le vicomte, trop heureux de se retrouver parmi les siens, sauta à terre, alla sans façon serrer la main des hommes et presser chaleureusement celle des femmes à son service.

— Comme c'est bon de vous revoir tous ! dit-il, rayonnant.

— Mais où sont mes petits ? s'inquiéta Amélie qui, voilette relevée, avait passé sa tête par la portière.

Au même moment, les deux épagneuls d'Anastase et les quatre bichons d'Amélie se ruèrent dehors en aboyant.

Tout en parlant à Jacques, Anastase flattait ses chiens de la main.

— Quoi de neuf ?

— Le poulain est né cette nuit même, monsieur le vicomte.

— Alors pas une minute à perdre, je vous suis. Comment cela s'est-il passé ? Le vétérinaire a été appelé ?

Et tandis qu'Anastase s'éloignait avec Boy et Bandit sur ses talons, le personnel volait au secours des voyageurs. Ce fut alors dans une cacophonie magistrale, dans un désordre indescriptible qu'Amélie, Jeanne, Madeleine et les quatre enfants prirent pied sur le sol normand. Chacun se congratulait, s'informait du voyage. Les jumeaux insatiables posaient des questions sans écouter les réponses. Enfin, selon un rituel immuable, les voyageurs suivirent la procession des bagages qui furent alignés dans l'entrée. Après que chacun eut désigné les siens, ceux-ci furent promptement acheminés dans les différents appartements. Les cousins, sans même avoir besoin de se concerter, se ruèrent vers les écuries pour voir le poulain né pendant leur absence. Apolline n'était pas la dernière à courir ; elle était si heureuse d'être là. Toute l'année elle attendait ce moment. S'avisant qu'un de ses lacets était défait, elle s'arrêta. En se relevant elle se retourna, admira le Manoir qui était une grande bâtisse flanquée d'une tour carrée et dont les toits d'ardoise étaient ponctués de chiens-assis. Elle se dit que sa mère aussi aimait le Manoir. Enfin une deuxième pensée lui vint qui la foudroya sur place. Elle venait seulement de prendre conscience qu'elle ne pourrait pas faire part de son bonheur à sa mère chérie, qu'il n'y aurait plus cette année ces longues promenades à cheval à ses côtés. Un profond et long sanglot déchira sa poitrine, le premier depuis le drame. Se pouvait-il que ce bonheur d'être là tout simplement ne fût plus jamais partagé avec elle ? Se pouvait-il qu'elle ne vît plus jamais à un détour de chemin sa grand-mère et sa mère se promener bras dessus bras dessous en attendant l'heure du dîner ? Se pouvait-il qu'elle n'entendît plus jamais tante Jeanne appeler du balcon : « Aurore, ça ne t'ennuierait pas de monter ? », afin que sa mère, dont le goût sûr était jugé par sa belle-sœur très « parisien », l'aidât dans le choix d'une robe. Se pouvait-il qu'elle n'entendît plus son oncle Anastase débouler les étages, ses deux épagneuls à ses trousses, cherchant Aurore, sa sœur bien-aimée, pour lui faire part de sa dernière trouvaille ? Se pouvait-il qu'elle ne vît plus jamais sa silhouette fine et élégante assise à l'ombre des tilleuls, un livre à la main ? Qu'elle n'entendît plus jamais ses doux bavardages, ses rires, ses pas au détour d'un couloir ? Et ce « Apolline et Auguste ! Mais où vous cachez-vous les enfants ? », dit sur un petit ton joyeux qui n'appartenait qu'à elle. Se pouvait-il ?

Le chagrin s'abattit sur Apolline comme une pluie de grêle, un désespoir incommensurable. Elle entendit sa cousine Adelphe l'appeler.

— Apolline ! Mais que fais-tu ? Viens voir le poulain, il est magnifique !

Incapable de proférer la moindre parole, le moindre son, le visage baigné de larmes, elle s'enfuit à toutes jambes afin de pleurer tout son soûl à l'abri des regards. Elle était comme ces animaux qui se cachent pour mourir. Leur mort leur appartenait comme son chagrin était à elle, rien qu'à elle. « Maman, ma maman... », gémit-elle. Sous un arbre, elle se laissa tomber sur les genoux, elle se recroquevilla et laissa ses sanglots éclater. « Oh maman, ma petite maman ! »

Elle resta prostrée sur sa douleur. Plus jamais elle ne reverrait sa mère et elle venait seulement de le comprendre. Après un long moment, épuisée de douleur, les traits défaits, elle gagna les écuries déjà désertées par les cousins. Elle entra dans le box de Diane, sa jument alezane qui, à son approche, se mit à hennir.

— Tout doux, ma belle, tout doux ! Oui, c'est moi, lui dit-elle, en la caressant entre les deux oreilles.

Au Manoir, les journées se déroulaient selon un rythme immuable. Le matin, Madeleine, qui était plus précisément dévolue au service des filles, les réveillait vers neuf heures. Elle coiffait tour à tour les deux longues chevelures. Adelphe avait les plus beaux cheveux qui se puissent voir, châtains avec des reflets auburn, abondants et naturellement bouclés. À côté d'elle Apolline se jugeait banale avec ses cheveux blonds.

Chaque matin les fillettes revêtaient leur jupe amazone puis elles se rendaient à l'office où elles retrouvaient Auguste et Albert. Tous quatre avalaient un solide petit-déjeuner sous la houlette de Miss. La jeune femme, d'un tempérament plutôt autoritaire, vivait à demeure. Elle avait pour mission de s'occuper des aînés et de leur apprendre l'anglais. De ce fait, elle ne s'adressait à eux que dans sa langue maternelle. Une fois le « *breakfast* » terminé, les quatre cousins couraient aux écuries seller leurs chevaux pour de longues promenades. Après le déjeuner, les enfants avaient quartier libre jusque vers six heures où Miss et Madeleine battaient le rappel à l'aide d'un gong. Il était l'heure de se préparer pour le dîner et de reprendre un aspect civilisé. Avant d'enfiler des vêtements propres, il fallait faire un brin de toilette dans les lavabos que l'oncle Anastase venait de faire installer ; il suffisait de faire pivoter la cuvette d'avant en arrière pour se débarrasser des eaux usées. Ces lavabos enchantaient la maisonnée par leur modernisme, même si les utilisateurs devaient toujours avoir recours à des brocs d'eau pour se débarbouiller. Un quart d'heure plus tard, coiffés, lavés, habillés, les quatre cousins rejoignaient les adultes qui devisaient sur la terrasse avant de passer à table.

Le soir de leur arrivée, Jeanne avait pris la parole. Sans lever les yeux de son ouvrage, elle avait dit :

— Je ne sais pas ce que vous en pensez, mère, mais puisque la famille ne recevra pas cet été, les enfants pourraient aussi bien reprendre leurs habits de tous les jours.

— Ma chère Jeanne, je n'en pense que du bien ! Pourquoi obliger ces petits à porter le deuil, c'en est bien assez de nous !

Ce carcan aboli, au moins pour le temps des vacances, Apolline se sentit comme allégée d'un poids. Les stigmates du deuil effacés, c'était comme si le malheur avait été mis de côté.

Il était un lieu, un seul, dans lequel il était interdit d'entrer : l'atelier d'Anastase situé sous les combles. Il y régnait un tel désordre qu'Anastase passait la moitié de son temps à chercher un ustensile pour réaliser le projet du moment et l'autre moitié à rêver à ses prochaines inventions. Le maître des lieux était un touche-à-tout de génie. Il avait cent idées à la minute et, quoique fort occupé, il avait l'ouïe fine. Un après-midi pluvieux, il entendit frapper à sa port. Sous la table, les épagneuls avaient ouvert un œil. Il laissa passer quelques secondes et grommela :

— C'est pour quoi ?

Apolline ouvrit la porte, s'avança de quelques pas. Les bras croisés dans le dos et l'air de ne pas y toucher, elle questionna :

— Oncle Anastase, on peut savoir sur quoi vous travaillez ?

Anastase se retourna, regarda par-dessus ses bésicles cerclées et toujours posées sur le bout de son nez, considéra tour à tour la fille de sa sœur bien-aimée, puis sa fille, toutes deux jolies comme des cœurs. Après s'être assuré que la question requérait tout le sérieux nécessaire, il toussa, lissa ses moustaches gominées, effilées du bout et remontées en point d'interrogation. L'examen passé, il dit :

— Eh bien, voyez-vous, mes petites, c'est bientôt l'anniversaire des jumeaux...

Soudain il s'arrêta net dans ses explications et se ravisa.

— Comme c'est une surprise, je ne peux rien dire !

— Mais oncle Anastase, à nous, vous pouvez le dire, vous savez, Adelphe et moi on sait tenir notre langue ! N'est-ce pas, Adelphe ?

Adelphe avala sa salive.

— Oh oui papa, oui ! Vous savez bien que vous pouvez nous faire confiance !

Anastase réfléchit. Silencieux, il souleva une planche puis une autre, les cloua ensemble.

— C'est pour quoi faire cette caisse, oncle Anastase ? insista Apolline.

La malicieuse savait que son oncle ne tiendrait pas longtemps le secret.

Anastase, sur le point de céder, regarda les deux cousines qui s'appliquaient à prendre l'air innocent.

— Vous ne direz rien, c'est juré ?

— C'est juré ! s'écrièrent-elles en chœur.

— Bon alors voilà, les jumeaux sont encore trop jeunes pour apprendre à monter à cheval, j'ai pensé qu'une carriole tout-terrain...

Anastase n'était jamais à court d'idées. Heureux d'avoir un public, il se lança dans un savant exposé, puis parla d'autres travaux qui étaient en chantier et auxquels Apolline et Adelphe ne comprirent rien mais qui les enchantèrent. Sa manie était de vouloir à tout prix améliorer la vie de tous les jours pour les habitants du Manoir, ce qui, la plupart du temps, la compliquait plutôt. Cela allait du cabinet d'aisances « à pompe à eau » dont tous les habitants du Manoir avaient fait les frais en se retrouvant trempés des pieds à la tête, aux mangeoires des chevaux à fond amovible et dont l'avoine se déversait régulièrement sur les sabots, en passant par une montgolfière dont il avait aménagé la nacelle comme un boudoir afin de réfléchir et travailler à ses projets. En se hissant au-dessus du commun des mortels, il avait espéré trouver l'inspiration mais, à l'usage, son idée se révéla peu commode.

5

Le château de Kervalon

Comme chaque année, l'oncle Amédée un peu raide, tante Margot un peu compassée mais souriante, et leur fils Gaston l'air un peu ennuyé et très suffisant, attendaient la famille dans la cour d'honneur. Après les embrassades de rigueur, les voyageurs étaient invités dans un des salons à boire un rafraîchissement avant de prendre possession de leur chambre. Les enfants avaient toujours les mêmes, situées dans la tour sud. Celle d'Apolline et d'Adelphe était immense. Les lits étaient à baldaquins fermés de tentures épaisses qui garantissaient du froid mais non de la poussière et des araignées. Les fillettes ne se couchaient pas tant que Mado n'avait pas fait la chasse aux araignées. Tout au bout d'un couloir circulaire et étroit se tenait le cabinet de toilette. Le cabinet d'aisances se résumait en un pot de chambre en faïence avec son couvercle. La nuit, éclairées d'une lampe à huile qu'elles laissaient brûler jusqu'au petit jour, les fillettes ne se déplaçaient jamais que par deux tant les craquements sinistres, les ombres portées immenses et tremblantes les inquiétaient. Les garçons dormaient à l'étage au-dessus.

Chaque soir ils descendaient quelques marches et appelaient de l'escalier :

— Holà, les filles, c'est nous.

— Vite ! disait Apolline en sautant en bas de son lit. C'est le signal !

Dans leurs longues chemises de nuit, pieds nus, elles couraient les rejoindre. Ils se retrouvaient à mi-chemin entre les deux étages. Assises sur les marches froides de l'escalier en colimaçon, les filles écoutaient les garçons raconter des histoires de revenants qui leur faisaient peur. Albert et Auguste avaient une imagination débordante. Et ce n'est qu'à la nuit avancée que les fillettes regagnaient leur chambre. Toutes ces histoires leur donnaient la chair de poule, aussi malgré le sommeil qui les gagnait, elles mettaient du temps à s'endormir.

Aux repas les conversations restaient mondaines et toujours superficielles pour éviter les sujets qui fâchent. Et il y en avait beaucoup. C'est ainsi que, plusieurs années plus tôt, il y avait eu rupture entre les deux frères. Officiellement, l'affaire Dreyfus avait été le sujet du conflit ; en vérité, ce ne fut qu'un prétexte pour laisser éclater au grand jour une guerre larvée.

C'était après le déjeuner. Amédée lisait le journal au salon quand, furieux, il le lança à travers la pièce.

— C'est un tissu de mensonges ! Ces journalistes ne savent plus qu'inventer pour vendre leur torchon ! Chacun sait que Dreyfus a déshonoré l'armée et que ce petit capitaine...

— Dreyfus a des droits ! Écoutons ce qu'il a à dire avant de l'accuser. Je ne laisserai personne l'insulter, et surtout pas toi, Amédée !

Le ton monta. Les frères en vinrent aux injures avant d'en venir aux mains. Anastase quitta le château le soir même pour ne plus y revenir. La fâcherie dura des années. Amélie et Aurore œuvrèrent dans le sens d'une réconciliation, mais celle-ci ne fut jamais que d'apparence.

Les frères ne s'étaient jamais entendus. L'aîné était fait d'un bloc, tout de conviction et de parti pris. Il avait un visage mince, un physique en lame de couteau ; il avait de la roideur en tout, même dans le maintien. Ses costumes à la coupe parfaite mais aux couleurs austères étaient toujours les mêmes et donc interchangeables. Si cette rigidité native lui conférait beaucoup de distinction, derrière son monocle il portait un regard sans concession sur son prochain. Le second, tout en courbes, tout en sourires, était porté vers la nouveauté et arborait les tenues dernier cri d'outre-Manche. Aussi dissemblables que possible, les deux hommes ne se comprenaient pas et ne se supportaient pas davantage. L'un avait une mémoire redoutable, l'autre une fantaisie inépuisable. Dès le lendemain de la mort de leur père, Anastase avait annoncé qu'il quitterait la Bretagne pour s'installer en Normandie, berceau familial de sa mère. Il chercha près de Lisieux une terre à acheter, trouva le Manoir et s'y installa.

Quelques semaines plus tard, Amélie alla rendre visite au fils dissident. Elle fit des allers et retours jusqu'au jour où elle ne réintégra pas sa place au château de Kervalon. Amédée dut se rendre à l'évidence. Sa mère avait choisi son camp, elle était passée à l'ennemi. Cet abandon fut pour lui une blessure dont vingt plus tard il ne se remettait toujours pas.

Si personne n'était dupe, néanmoins chacun essayait de faire bonne figure. Amélie en voulait à sa belle-fille d'avoir prénommé son fils Gaston. « Gaston ! » s'était-elle offusquée. Gaston qui commençait par un G alors que dans la famille il était de coutume de donner aux enfants un prénom commençant par un A. Alors, pour réparer cette erreur, elle ne manquait jamais de s'adresser à son petit-fils en disant : « Ah Gaston ! Peux-tu me ramasser mon livre ? Ah mon cher Gaston ! Qu'as-tu fait cet après-midi ! » Un jour, sa belle-fille s'enquit benoîtement :

— Mais pourquoi mère vous adressez-vous toujours à mon fils en l'apostrophant ?

Amédée, telle la flèche, décocha un regard à la gaffeuse, mais trop tard ! Amélie fit son plus beau sourire à sa bru et n'en continua pas moins ses « Ah ! Gaston ! » par-ci, ses « Ah ! Gaston ! » par-là. Amélie était la femme la plus affable qui fût, mais gare à ceux qui ne respectaient pas les vœux sacrés de la famille !

Après une semaine, « et pas un jour de plus ! » comme l'exigeait Anastase, la caravane se reforma. Enfants et adultes s'engouffrèrent dans les voitures attelées. Celles-ci repassèrent lentement le pont-levis et descendirent le long chemin qui serpentait entre les haies.

C'était devenu un rite, dès la limite des terres franchie, Anastase se hissait sur le perchoir pour chanter à tue-tête.

— Ah ! Ça ira, ça ira ! Les aristocrates à la lanterne...

Il jouait du fouet, chantait en avalant les paroles par trop inconvenantes dans la bouche d'un ci-devant vicomte. Immanquablement, sa mère, la comtesse de Kervalon, passait sa tête, tenant son chapeau d'une main et l'autre en porte-voix, elle criait :

— Anastase, je t'en prie, les enfants !

6

Paris, octobre 1906

Sur le quai de la gare, Auguste et Apolline cherchèrent leur père mais ce fut le cocher qui les accueillit. Quand les enfants pénétrèrent dans l'hôtel de l'avenue Victor-Hugo, ce dernier leur parut plus immense et plus froid que jamais. Un jour comme celui-ci, leur mère se serait précipitée pour les embrasser, elle leur aurait posé un millier de questions, les aurait embrassés, caressés. Au lieu de quoi ils furent accueillis par un valet qui avertit Madeleine que le baron de Saint-Eliph rentrerait pour le dîner et qu'il comptait inviter à sa table ses deux enfants. Il n'était que six heures de l'après-midi et il restait deux heures à tuer.

Apolline erra comme une âme en peine. Après avoir quitté le jardin, elle passa d'une pièce à l'autre, finit par se retrouver devant la porte du salon de piano où sa mère aimait à se tenir les après-midi d'hiver. Elle entra. Dos au mur, paupières closes, elle attendit le cœur battant. Puis, comme un nageur qui s'apprête à plonger dans l'eau froide, elle prit sa respiration, ouvrit les yeux, osa un premier regard circulaire, et resta stupéfaite de ne trouver qu'une pièce sans âme. Le secrétaire était fermé, les tapis étaient roulés, les coussins des fauteuils mis sous housse, la couseuse dont chaque tiroir débordait de bouts de tissus, de bouts de laine, de galons, de rubans, de gros-grains, était sagement rangée, plus aucune partition ne traînait sur le piano. Apolline sentit comme une onde de choc la traverser. Qui avait osé effacer les traces, les seules qui lui restaient de sa mère ? Elle se jeta sur le canapé qu'occupait toujours Aurore et laissa éclater sa douleur.

Ses larmes la laissèrent sans force, comme vidée ; elle s'endormit. Les appels désespérés de Mado la tirèrent de son sommeil. Apolline resta sans bouger cependant qu'un tas de questions lui venaient à l'esprit. Quelle heure était-il ? Son père serait-il déjà de retour ? Et elle qui n'était toujours pas habillée ni même coiffée ! Elle attendit que Madeleine s'éloigne pour se faufiler hors du petit salon.

— Je suis là ! dit-elle.

Quel visage montrait-elle ? Quel ravage le chagrin avait-il fait sur elle ? Dans le regard de Mado, Apolline vit passer une lueur de tendresse.

— Petite sotte, murmura-t-elle, vous m'avez fait peur, je vous ai cherchée partout.

Hyacinthe s'approcha de ses enfants, tendit sa joue sur laquelle ils piquèrent un baiser et l'effusion s'arrêta là. Dans la famille Saint-Eliph, les démonstrations n'étaient pas de bon ton. Il fallait en toutes circonstances savoir se tenir et tenir bon, ne pas se dévoiler, ne rien montrer de ses sentiments ou de ses émotions.

Apolline, muette, fixait son père. Il semblait avoir maigri et, quand il parlait, il y avait une grande lassitude dans sa voix. Avant ce soir elle ne s'était jamais posé la question de savoir si elle l'aimait. Il était son père et elle l'aimait parce que tous les enfants aiment leurs parents. C'était simple, évident. À cet instant, pourtant, elle se dit qu'elle ne le connaissait pas plus qu'il ne les connaissait.

À table, la conversation languit. Au dessert, Hyacinthe prit la parole.

— Mes enfants, je sais que la disparition de votre mère est dure à vivre, je comprends votre chagrin. Sachez qu'à moi aussi elle me manque ; elle me manquera toujours. Je n'ai pas l'intention de refaire ma vie et de vous imposer une belle-mère avec laquelle vous ne vous entendrez pas. Cependant, pour qu'une maison telle que la nôtre fonctionne, il faut quelqu'un pour la gouverner... quelqu'un qui aurait l'habitude de mener le personnel et qui habiterait sur place...

À ce point crucial de son discours, Hyacinthe se tut. Il regarda tour à tour ses enfants qui restaient suspendus à ses lèvres. Ceux-ci, malgré leur jeune âge, comprenaient qu'à cet instant leur avenir se jouait. Leur père s'éclaircit la voix et reprit :

— Aussi ai-je pris la décision de faire venir votre tante Gertrude à demeure.

Stupéfaite, Apolline ne dit mot, tandis qu'Auguste répétait sottement :

— Tante Gertrude ? Ici ?

Et comme leur père ne répondait rien, avec l'audace des timides, il ajouta :

— Mais je croyais que tante Gertrude n'aimait pas la ville, qu'elle n'aimait vivre qu'à Neuilly auprès de grand-mère !

— En effet, cela coûte à votre tante de venir s'installer à Paris et c'est un sacrifice pour votre grand-mère de voir partir sa fille. Mais toutes deux sont des femmes de devoir et, d'un commun accord, elles ont décidé que ce serait le mieux en attendant...

— En attendant quoi ? questionna Apolline, entrevoyant soudain une lueur d'espoir.

— Eh bien, que vous grandissiez.

Apolline était atterrée. Elle regarda Auguste qui, pour se donner une contenance, remuait du bout de sa fourchette les deux ou trois miettes de gâteau qui restaient dans son assiette. À un autre moment son père l'aurait repris en lui rappelant qu'on ne joue pas avec la nourriture mais chacun était plongé dans ses pensées et personne ne songeait à faire la moindre remarque.

Pauvrement, Apolline demanda :

— Quand est-ce que je serai grande ?

Son père sourit à sa fille, et peut-être pour la première fois depuis le début du dîner, il lui dit d'un ton radouci :

— Ma chère fille, un jour prochain, qui n'est pas si éloigné, tu atteindras tes dix-huit ans, tu te marieras, tu partiras de la maison, tu feras ta vie, peut-être même loin d'ici !

— Mais je ne veux pas ! s'écria-t-elle.

Hyacinthe prit une bouffée du cigare qu'il venait d'allumer et rejeta la fumée au loin.

— Je ne t'obligerai à rien. Mais un bon mari, de beaux enfants, voilà ce qu'il te faudra.

— Je serai peut-être comme tante Gertrude. Je ne trouverai peut-être pas un mari et...

À cette remarque son père sourit franchement.

— Je ne me fais pas de souci pour cela !

— Et moi papa ? s'enquit Auguste qui, plus âgé que sa sœur d'un an et six mois, n'entendait pas se retrouver sur la touche.

Le baron regarda Auguste. Il avait souvent reproché à sa femme la trop grande timidité de son fils et aussi une certaine propension à la rêverie. « Ce n'est pas avec la tête dans les nuages que mon fils parviendra à prendre ma suite dans les affaires », répétait-il volontiers. Lui-même avait dû oublier ses passions, ses envies de voyage. Son père était décédé beaucoup trop tôt, il n'était qu'un jeune homme inexpérimenté de dix-huit ans quand il se trouva à diriger la chapellerie. Cette mort prématurée lui avait volé sa jeunesse. Il considéra son fils, pensa qu'il espérait vivre assez vieux pour ne pas lui mettre trop tôt un tel fardeau sur les épaules.

— Je compte sur toi pour faire les meilleures études possible. Applique-toi en mathématiques, ce n'est pas là où tu brilles le plus. Et si tout se passe comme je l'espère, dès tes dix-huit ans tu rentreras dans l'affaire familiale. Je te formerai afin que le jour venu tu sois en mesure de prendre ma suite.

L'affaire familiale ? Chaque matin Apolline voyait son père partir de bon matin pour ne revenir qu'à l'heure du souper. Curieuse de ces absences répétées, de cette vie cloisonnée, elle avait questionné sa mère sur ce que faisait son père. Celle-ci lui avait répondu qu'il était chef d'entreprise et qu'il fabriquait des chapeaux de luxe pour homme, principalement le haut-de-forme. Dès lors, elle remarqua l'élégance de ses couvre-chefs et considéra son père différemment. Sans doute était-il quelqu'un d'important. Si elle comprit, ce jour-là, pourquoi sa mère était souvent seule dans la journée, elle ne put que constater que sa vie de famille à Paris contrastait avec celles que menaient ses oncles. Anastase était midi et soir assis à la table familiale, il en était de même pour Amédée. D'ailleurs, elle avait remarqué, à plusieurs reprises, que l'oncle Amédée raillait le mari de sa sœur, et c'est même avec un certain accent de mépris qu'il disait : « Ton industrieux de mari ! »

— Votre précepteur sera de retour dès lundi, reprit le baron ; vous aurez cours chaque matin.

Apolline se souvenait d'avoir souvent entendu sa mère batailler avec son père au sujet de ses études. Aurore insistait pour que sa fille suivît les mêmes cours que son frère alors qu'Hyacinthe trouvait inconvenant (elle se souvint que c'était le mot qu'il avait employé), de pousser une fille dans des études qui ne lui serviraient pas plus tard. Inquiète, elle posa la question qui lui brûlait les lèvres :

— Nous aurons toujours les mêmes cours, Auguste et moi ?

— Par égard pour votre mère, rien ne sera changé dans vos habitudes, au moins pour cette année.

Quelques jours plus tard, Hyacinthe convoqua ses enfants dans son salon-bibliothèque, pièce sobre mais confortable dont la fenêtre donnait sur l'avenue Victor-Hugo. À cette heure tardive les rideaux étaient tirés, dehors il faisait nuit. Apolline écoutait les bruits de la ville qui lui parvenaient étouffés – les pas de quelques rares passants, le bruit des sabots et le cahotement des roues. Son père fumait un cigare tout en buvant un fond de calvados venu tout droit de Normandie.

Après avoir tiré successivement plusieurs bouffées, son père sembla admirer le fond de son verre au point d'en oublier leur présence. Morte d'angoisse, Apolline finit par briser le silence.

— Quand est-ce que tante Gertrude s'installe chez nous ?

Dans un nuage de fumée, la réponse tomba comme un couperet.

— Votre tante sera là demain avec votre grand-mère. J'entends que vous les accueilliez le mieux possible. Votre tante se sacrifie pour nous, ne l'oubliez pas.

Le baron regarda successivement chacun de ses enfants.

— Vous avez bien entendu ?

— Oui, père, répondirent les enfants en chœur et d'une petite voix.

La pendule placée sur la cheminée sonna dix coups secs et cristallins. Hyacinthe tira sa montre en or pour vérifier l'heure ; il la replaçait dans sa poche de gousset quand Madeleine frappa à la porte.

— Soyez la bienvenue, dit le baron, quand celle-ci, les cheveux châtains retenus sur la nuque par un chignon serré, la robe gris clair toujours impeccable, franchit la porte. Madeleine, reprit le baron, je sais que mes enfants vous sont très attachés et je suis très heureux que vous acceptiez de rester auprès d'eux au moins pour cette année.

7

Paris

À midi, tante Gertrude, accompagnée de leur grand-mère Dorothée, fit irruption dans leur vie.

La voiture tirée par deux chevaux pommelés et piaffants s'arrêta sous la voûte de l'hôtel. La baronne, toujours avare de démonstrations, piqua un baiser distrait sur le front de chacun de ses petits-enfants, mais prit le temps de regarder son fils.

— Mon pauvre Hyacinthe, tu as une mine de papier mâché ! Enfin, puisque ta sœur s'installe à Paris, nous remédierons à tout cela !

Le « nous » prononcé par la vieille dame fit frémir les enfants qui se regardèrent atterrés. Leur grand-mère aurait-elle également l'intention de s'installer chez eux ? Dorothée n'eut pas le temps de continuer son inspection, dont ses petits-enfants auraient été les prochaines victimes : un cri perçant de chat auquel on aurait marché sur la queue se fit entendre du fond de la voiture.

Une jeune femme, au doux visage de madone, passa la tête. La vieille dame rudoya le valet qui se tenait là.

— Eh bien, qu'attendez-vous ! Aidez donc la nourrice à descendre avec son chargement !

La jeune femme vêtue d'une pèlerine descendit encombrée d'un berceau en osier dont elle prenait le plus grand soin. Un nouveau cri fusa. Jamais Apolline n'avait été attirée par les bébés qu'elle estimait peu intéressants. De toute façon, Anne-Sophie n'était pas la bienvenue dans sa vie. Elle la tenait pour responsable du cataclysme qui s'abattait sous la forme de cette grand-mère impérieuse et sévère qui désormais se croirait tous les droits sur eux et de l'installation à demeure de tante Principe. Et justement, voilà que celle-ci s'impatientait parce que c'était l'heure du repas de Vagabond, le chat qu'elle gâtait comme un enfant et qui faisait des bonds en crachant sa rage. Auguste se trouva chargé de la cage qu'il tint à distance raisonnable pour éviter les coups de griffes, et c'est en procession que chacun se dirigea vers les appartements qui, à partir de ce jour, seraient ceux de tante Gertrude.

L'après-midi, après les cours donnés par leur précepteur, Auguste prenait ses leçons d'escrime, Apolline, elle, prenait des leçons de piano. Celles-ci duraient trois heures et jamais ne la lassaient. Elle aimait passionnément la musique et son professeur appréciait le jeu déjà très personnel de son élève. Au milieu de ces occupations, elle trouvait toujours un moment dans la journée pour se rendre dans le petit salon. Elle aimait ces rendez-vous avec sa mère. Le plus souvent, elle cherchait à recréer l'intimité qu'elle partageait avec elle. Elle laissait remonter à sa mémoire les images, les effluves de son parfum, le son de sa voix, le sourire taquin quand elle l'appelait « ma petite fille toujours en manque d'amour ».

À d'autres moments, elle lui tenait de longs discours. Elle lui disait ce qu'elle pensait, elle lui faisait part de ses plaisirs, de ses chagrins, de ses colères, mais aussi de ses griefs. Ainsi elle lui reprochait d'être partie sans eux, elle lui reprochait d'avoir voulu un dernier enfant. Car enfin, n'étaient-ils pas heureux tous les trois, Auguste, Apolline et elle ? Mais sa mère ne répondait pas, elle ne répondait jamais ! Elle n'était plus là pour sa petite fille plus que jamais en mal d'amour !

Un matin cependant, il se passa quelque chose. Quelque chose qu'elle ne s'expliquait pas et qu'elle n'oublierait jamais. Elle était assise et ne réfléchissait à rien de particulier, quand il lui sembla que quelque chose de léger comme un souffle lui passait sur les cheveux. « Maman, c'est toi ? » Elle comprit que sa mère voulait lui dire quelque chose. Le message n'était pas exprimé en mots et pourtant il était clair. Sa mère comptait sur elle pour s'occuper de sa sœur.

Ce qui la frappait, c'était le caractère désespéré de la communication. Pour la première fois elle comprit combien sa mère était triste de ne pouvoir élever Anne-Sophie, combien elle était accablée d'avoir dû les laisser Auguste et elle. Mourir n'aurait donc pas été une fuite ? Elle entendit encore : « Je compte sur toi, ma chérie, pour t'occuper d'Anne-Sophie, tu es capable, tu es courageuse. » Apolline demeura stupéfaite. Sa mère se préoccupait d'Anne-Sophie ! Cette voleuse de mère, voleuse de bonheur, petite chose emmaillotée, nauséabonde et fautrice de troubles !

Le reste de la journée, elle demeura silencieuse et comme abasourdie. Avait-elle rêvé ? Était-elle devenue folle ? Elle garda son secret pour elle. Le soir, dans sa chambre, les yeux grands ouverts sur la nuit, elle réfléchit. Ainsi, ce qu'elle avait pris pour un abandon, pour une fuite, était vécu par sa mère comme un arrachement, peut-être un inachèvement. Ainsi sa mère là-bas, en haut, ailleurs, souffrait comme eux souffraient ?

Il lui fallut plusieurs jours avant de se hasarder à pousser la porte de la nursery. « Maman, c'est bien pour te faire plaisir, tu sais ! » Elle était certaine de détester cette petite sœur. À distance raisonnable, elle jeta un œil impassible. Anne-Sophie dormait à poings fermés. Elle la regarda attentivement. Froidement. Mais au lieu de cette petite chose grimaçante et chiffonnée qu'elle avait entraperçue les premières semaines, elle fut étonnée de découvrir un beau bébé aux cheveux blonds et aux joues pleines. Elle ressemblait à ces poupées que les petites filles admirent dans les vitrines des grands magasins. Les joues roses, les lèvres pleines et bien dessinées, le teint transparent, le front haut et bombé. Elle la regarda sur toutes les coutures, elle reconnut le col brodé à petits points, la brassière blanche en laine fine et douce, les chaussons... tout cela avait été tricoté, cousu par sa mère avec tant d'amour.

Immobile, elle regardait Anne-Sophie qui dormait sur le dos, les bras jetés nonchalamment de chaque côté de la tête. Le bébé tourna mollement le visage de gauche à droite, fit une moue pour enfin bâiller sans retenue. Elle l'observait fascinée quand, d'un coup, il ouvrit les yeux. Deux billes bleues ! Anne-Sophie la fixait sans que son regard vacillât ou même cillât.

Soudain, la petite lui sourit, tendit les bras, battit des pieds, gazouillant comme un moineau.

« Comment porte-on un bébé ? » se demanda-t-elle, paniquée. Ne sachant comment répondre à cet élan, elle lui tendit la main. Sans façon, le bébé s'empara de son pouce et battit plus fort des pieds et des mains. « C'est assez ! » se dit-elle, tournant les talons.

Quelques jours plus tard, elle revint dans la nursery. La nourrice l'invita avec douceur à venir voir sa sœur. Anne-Sophie lui sourit, fit des bulles avec sa salive.

— Elle est heureuse que quelqu'un de la famille s'intéresse à elle, lui dit la jeune femme avec beaucoup de douceur.

— Mon père et ma tante viennent bien la voir de temps en temps ?

— Votre tante passe chaque matin voir si tout va bien, si le bébé ne manque de rien, si j'ai assez de lait, mais c'est tout. Quant à M. le baron... il ne vient jamais. C'est pourtant pas sa faute à cette petite... Votre sœur est encore un bébé, mais dans quelques mois elle marchera, elle parlera et elle posera des questions. Que pourrai-je alors lui répondre ? Et serai-je seulement encore auprès d'elle ? Un jour elle comprendra que personne dans la famille ne s'intéresse à elle, elle sera malheureuse.

La nourrice ajouta, presque murmurante :

— Cette petite est née orpheline, n'est-ce pas déjà assez de malheur ?

La jeune femme se tut, pensant en avoir trop dit. Elle détourna son regard mais pas assez vite car Apolline eut le temps de voir des larmes briller dans ses yeux.

« Ainsi, se dit-elle, c'est une inconnue qui pleure sur le sort de ma sœur ? » Dans une ultime tentative, elle se défendit.

— Mais elle n'est encore qu'un nourrisson, elle ne comprend rien !

— Détrompez-vous, ce n'est pas parce qu'un bébé ne parle pas qu'il ne comprend pas !

Avec un doux sourire, elle alla effleurer du doigt le menton de la petite qui se mit aussitôt à gazouiller.

— Mademoiselle sait tout, elle a déjà tout compris ! Elle ne demande qu'un peu d'attention et d'amour.

La jeune femme s'approcha du berceau, souleva Anne-Sophie comme une plume. Le bébé se mit à rire puis elle le plaça entre les bras d'Apolline. Le petit corps était tellement vivant et en même temps si fragile ! Anne-Sophie caressa le visage de sa sœur, puis joua avec une de ses boucles de cheveux.

8

Château de Lucillac, cinq ans plus tard. Été 1911.

À peine le docteur Garancière eut-il franchi la lourde porte d'entrée qui donnait accès au vestibule que sa femme fit irruption. Les cheveux blonds relevés sur le côté par des peignes, vêtue d'une longue robe blanche de simple cotonnade, elle s'avança rapidement au-devant de son mari et l'interrogea du regard.

— Il fait une chaleur à ne pas laisser un chien dehors, maugréa le docteur en s'épongeant le front avec son mouchoir.

— Mon ami, j'ai fait servir à votre intention des rafraîchissements au petit salon.

— Cela peut attendre. Allons plutôt dans mon bureau, nous serons plus tranquilles pour causer.

Voyant le regard inquiet de sa femme, il lui prit la main, la tapota avec affection.

— Tout est arrangé… enfin presque.

S'efforçant de ne rien laisser paraître de son malaise, Louise répondit par un sourire puis elle posa sa main dont les doigts tremblaient sur le bras que son époux lui offrait. Ensemble ils gagnèrent le premier étage. La silhouette ramassée et quelque peu épaisse du docteur contrastait étrangement avec celle de son épouse à la taille élancée et svelte. Le couple pénétra dans une vaste pièce entièrement lambrissée de chêne clair et éclairée par deux hautes fenêtres. Afin de préserver la demeure du chaud soleil d'été, tous les volets intérieurs étaient tirés, ne laissant passer qu'un rai de lumière qui venait mourir sur le parquet ciré. Louise entrait rarement dans ce bureau qui, après avoir appartenu à son père, était devenu la pièce préférée de son époux. Des piles de livres s'élevaient çà et là, encombrant le sol. Sur le bureau s'amoncelaient du courrier, des coupures de journaux, tout un tas d'objets plus incongrus et disparates les uns que les autres. Ce fouillis ne la perturbait plus depuis qu'elle avait renoncé à y mettre de l'ordre. En vingt ans son mari était devenu incollable sur les crus et expert sur la façon de faire du bon vin. « Si je fais du vin ? Non monsieur, je ne fais pas du vin mais du saint-émilion ! » aimait-il souligner à ses clients.

Jean Garancière, les mains à plat sur le maroquin, rassembla ses idées et s'expliqua :

— Je suis allé à la rencontre de notre vigneron. Nous avons eu une conversation d'homme à homme. Il n'est pas contre l'idée de se remarier. Depuis que sa femme est décédée, il se retrouve bien seul à élever sa fille Catherine.

Comme Louise ouvrait la bouche pour dire quelque chose, d'un geste de la main il l'arrêta net dans son élan.

— Tout à l'heure si tu veux bien ! Pour l'instant, écoute-moi sans m'interrompre. Mathurin Sylvestre, comme tu le sais, n'est guère bavard, nous avons parlé de tout et de rien avant que je puisse aborder le sujet qui nous préoccupe. Enfin après avoir arpenté les caves de long en large, après avoir refait le monde, je lui ai mis le marché en main : il épouse Thérèse, élève l'enfant à naître. En contrepartie, je lui offre la ferme qu'il habite et lui cède le terrain qui l'entoure.

Jean Garancière sortit son mouchoir, s'épongea le front.

— Je lui ai laissé jusqu'à demain pour réfléchir.

— Vous lui avez bien dit que tout cela devait rester secret ?

— Bien entendu et nous pouvons lui faire confiance. Le père Sylvestre a du bon sens, il sait où se trouvent ses intérêts. J'ai bon espoir.

— Mais la petite acceptera-t-elle d'épouser un homme de dix ans plus âgé qu'elle et chargé de famille ?

Louise regardait son mari de ce regard brun clair qui, certains jours, virait au vert.

— J'ai douze ans de plus que toi, est-ce que notre union en a été plus malheureuse pour cela ?

Pour toute réponse Louise se leva. Elle fit le tour du bureau, alla se placer derrière son mari et tendrement mit ses mains sur ses épaules.

— Vous avez raison, dit-elle, et si c'était à refaire je le referais. Vous avez toujours été un mari attentionné, un bon père et toutes ces années de vie commune ont passé si vite.

Un long silence suivit que Jean Garancière finit par interrompre.

— Bien, dès que je connaîtrai la réponse du père Sylvestre, je parlerai à Jules. Ce garçon n'en est pas à sa première bêtise, nous devrons l'éloigner d'ici, le temps qu'il mûrisse et qu'il sache ce qu'il veut faire de sa vie.

— L'éloigner ? s'écria Louise.

Jules était son fils préféré. Il avait été un bel enfant espiègle, rieur, elle lui avait toujours passé tous ses caprices. Il était devenu un jeune homme plein de charme et de fantaisie. Il venait de faire deux années de service militaire et, depuis six mois, il était revenu habiter la propriété familiale.

— Je sais ce que vous allez me dire, mais j'ai longuement réfléchi et je pense que c'est nécessaire. Louis a déjà l'étoffe et la maturité pour devenir un excellent viticulteur et, aux côtés de son frère aîné, Jules ne trouve pas sa place.

— Pourtant le domaine est suffisamment vaste pour deux !

— Peut-être, mais Jules a un tempérament bouillonnant et brouillon, il aime les femmes, il aime la fête... Il faudra que jeunesse se passe avant qu'il se pose, croyez-moi.

À cinq heures de l'après-midi, Jean Garancière quitta le château. Dès qu'il mit le pied dehors, il fut comme happé par une chaleur étouffante. Il n'avait pas plu depuis plusieurs semaines et les vignes commençaient à souffrir. Il fit une halte pour regarder le ciel dont le bleu s'avérait sans nuages. À grands pas, il parcourut l'allée ombragée de platanes. Tout au bout se tenaient les bâtiments qui abritaient les caves. Dès la première porte franchie il se retrouva au frais. Il descendit quelques marches, traversa une première salle voûtée et mal éclairée puis une deuxième. Il trouva le vigneron en train d'examiner ses fûts.

— Tout va bien ? s'enquit-il de son air le plus tranquille, alors qu'au fond de lui il était terriblement anxieux.

Jean Garancière était médecin de formation. L'exercice de son métier lui avait appris à cacher son impatience, à sourire pour dissimuler une mauvaise nouvelle, à écouter ses malades. Le père Sylvestre, comme bien des paysans du coin, n'était pas un causeur. Enfin, après un long silence, il se tourna vers son patron.

— Eh bien, je crois que nous serons de noce le mois prochain... Ma fille a besoin d'une mère et moi d'une épouse pour faire tourner la maison.

Jean Garancière cacha son soulagement et dit d'une voix neutre :

— Les papiers seront prêts dès la semaine prochaine, la veille des noces nous ferons venir un notaire et vous n'aurez plus qu'à signer. Tapez là, dit-il en tendant sa main.

Le vigneron tapa franchement dans la main qui lui fut tendue. L'affaire était conclue. Cependant, l'homme restait debout, comme embarrassé. Jean Garancière comprit qu'il avait encore quelque chose à dire.

— Oui ? fit-il pour l'encourager.

— C'est que je voudrais être sûr que la petite veuille bien de moi, vous comprenez ? J'ai vu Thérèse que quelques minutes en tout, il serait bien que nous puissions causer un peu.

— Je vais prévenir sa mère. Vous la rencontrerez dès ce soir si cela vous convient.

Enfin, après un silence il ajouta :

— Vous êtes un chic type, tout le monde le sait par ici et moi, plus que les autres ; je ne doute pas que vous prendrez soin de Thérèse comme du bébé.

Les deux hommes se donnèrent une dernière et franche poignée de main.

Quand Jean Garancière se retrouva dehors, le soleil lui sembla moins chaud et les ombres plus allongées sur le sol poussiéreux. Il tira sa montre de sa poche. Six heures ! Sans se hâter il parcourut le chemin inverse mais, cette fois, sans ce poids qui depuis une semaine lui pesait dans la poitrine. Si l'étau s'était desserré, il savait qu'il n'était pas au bout de ses peines. Il pensa à Louise. Il l'avait connue alors qu'elle était encore très jeune. Elle était la fille unique de la marquise de Lucillac dont il avait été le médecin.

À la fin de la vie de cette femme admirable, il s'était rendu tous les jours au château pour prendre de ses nouvelles. Pour sa part, il n'avait jamais osé regarder la fille de la maison autrement que comme une enfant, jolie certes, mais une enfant. Leur écart d'âge, sa situation personnelle ne lui permettaient pas le moindre espoir d'être remarqué par une jeune aristocrate de dix-sept ans, unique héritière de vignes qui produisaient un grand cru. Lorsqu'il rendait visite à la malade, Louise le retenait histoire de bavarder un peu ; il avait mis l'intérêt qu'elle lui portait sur le compte de l'ennui. Dans les campagnes la solitude était palpable, il était normal qu'une jeune fille cherche un peu de compagnie. Quand Louise se retrouva orpheline et seule pour gérer le domaine, elle trouva de nouveaux prétextes pour le rencontrer. Au début, il avait sincèrement essayé de la dissuader de l'aimer, mais l'héroïsme avait ses limites. Quand il finit par la demander en mariage, dans tout le pays courut le bruit qu'il avait profité de la situation.

Tout en exerçant sa profession de médecin, il étudia l'œnologie. Il mit le vieux vigneron à la retraite, prit pour le remplacer un nommé Sylvestre à qui il fit confiance. Lui-même apprit sur le tas, travaillant jour et nuit, dimanche compris. Aujourd'hui il ne se trouvait plus personne à la ronde pour mettre ses connaissances en doute. La qualité du vin s'affina jusqu'à devenir excellente. Les commandes affluèrent et les mauvaises langues se turent pour toujours. Louis, son fils aîné, d'un caractère calme, pondéré, le secondait activement. Il vivait au lieu-dit des Coteaux, dans une jolie maison entourée de vignes. Elle était située juste au-dessus du château, de sorte que les terres se touchaient. Il était marié à Marie, une jolie Bordelaise qui attendait un enfant. Restait Jules, une tête brûlée que sa femme avait chéri et couvé au-delà du raisonnable. Il devait la persuader du bien-fondé de l'éloigner le temps que les esprits s'apaisent, le temps qu'il apprenne à se conduire correctement. À Paris, Jean Garancière avait des amis, il les contacterait. Sitôt rentré, il gagnerait son bureau pour réfléchir aux termes de la lettre qu'il comptait envoyer le soir même.

9

Paris

Assis bien calé au fond du coupé que conduisait de main de maître son cocher, Hyacinthe de Saint-Eliph regardait d'un œil blasé les larges avenues bordées d'arbres. Depuis quelques mois il était tenté par l'achat d'une auto et justement, Panhard-Levasseur venait de sortir un modèle confortable. S'il sautait le pas, il lui faudrait prendre un chauffeur et il avait le sentiment que petit à petit le métier de cocher disparaîtrait. Que deviendrait alors son brave Gustave attaché à sa maison depuis tant d'années ? Que deviendraient ses chevaux d'attelage ? Le matin, il aimait passer devant les boxes, flatter de la main les crinières. Les animaux rendaient plus humain et la machine, même si elle se révélait pratique, ne lui disait rien qui vaille.

Tout en réfléchissant, le baron regardait les immeubles défiler puis il jeta un œil sur les quelques lettres que Firmin lui avait remises avant de partir. Il tria, s'arrêta sur une enveloppe qui provenait de Lucillac. Comme l'écriture était difficile à déchiffrer, il chercha tout en bas de la lettre la signature. Il lut :

« Votre dévoué ami, Jean Garancière. » Aussitôt ses souvenirs affluèrent et le ramenèrent de nombreuses années en arrière. En pensée, il vit la très belle propriété entourée de vignes qu'il avait alors visitée avec sa femme, Aurore. Comme chaque fois qu'il évoquait les temps heureux, il sentit son cœur s'emballer, cogner dur et par saccades, ce fut une douleur sourde et lancinante qui l'étreignit.

Hyacinthe porta sa main à sa poitrine, laissa sa tête aller contre le haut du dossier jusqu'à ce que le calme revienne. Il se laissa bercer par le bruit des sabots sur les routes pavées quand il s'aperçut que le coupé avait quitté les bords de la Seine pour amorcer la montée vers Courbevoie. De là il redescendrait l'autre versant de la colline pour gagner la plaine où se trouvaient ses usines. Après quelques minutes de petit trot, l'attelage passa un portail sans grâce, longea des bâtiments à l'allure sévère, pour s'arrêter dans une cour sans fleurs, où un arbre, un seul, planté au beau milieu, s'épanouissait. Son cocher ouvrit la portière et le salua d'un respectueux et sonore :

— Monsieur le baron.

— À midi sonnant ! lança-t-il.

Dès qu'il mit le pied à terre, il prit un air sérieux, voire sévère. Une centaine d'ouvriers travaillaient à la chapellerie. Si les affaires étaient prospères, elles n'en demandaient pas moins de la présence, un esprit de décision et de l'autorité. Le chapeau se vendait bien mais la concurrence était rude, les Anglo-Saxons exportaient à tour de bras. La mode anglaise faisait fureur, mais aussi la mode italienne. Il mettait un point d'honneur à faire de la qualité et il était toujours à la recherche de nouveaux procédés pour fabriquer des feutres à la fois plus légers et moins délicats. Si la cape, appelée familièrement le chapeau melon, voyait d'année en année ses ventes en hausse, elle ne pouvait concurrencer le haut-de-forme porté essentiellement dans la bonne société. Il s'en était fait une spécialité. Quand il avait repris l'affaire de son père, de nouvelles modes se lançaient comme les feutres souples réservés pour le voyage et les matinées.

Afin de ne pas se laisser distancer par ses concurrents, il était toujours à l'affût de nouveaux marchés. La moindre rupture dans l'approvisionnement de matières premières menaçait de ralentir la production. Jusqu'à ce jour, le feutre qu'il employait provenait d'outre-Manche. Il devait chercher de nouveaux fournisseurs, et en France. On lui avait parlé des usines Martin à Tarare qui, selon un procédé révolutionnaire, fabriquaient une peluche synthétique plus légère, plus facile à travailler que le feutre. L'idée était à creuser. Un jour prochain il irait dans cette ville qui se trouvait près de Lyon pour visiter les usines, se rendre compte par lui-même de la matière, discuter des prix, des quantités.

Tout en réfléchissant il emprunta l'escalier en chêne, gagna le premier étage. En haut des marches l'attendaient, comme tous les lundis matin, le sous-directeur ainsi que le contremaître. Ceux-ci le saluèrent brièvement et lui emboîtèrent le pas. Le baron traversa une première salle d'exposition, où, sous vitrine, étaient représentés tous les modèles confectionnés par la maison. Il fit un tour dans les différents bureaux. Aussitôt des « Bonjour monsieur le baron ! » fusèrent. Il répondit à tous en les nommant par leur nom, il s'arrêta pour serrer les mains des plus anciens, puis, au pas de charge, entra dans son bureau. Celui-ci, quoique de bonnes proportions et plutôt cossu, ne comportait aucun ornement superflu, aucun objet personnel. Hyacinthe s'assit derrière l'imposant bureau qui, avant lui, avait appartenu à son père et à son grand-père, invita ses collaborateurs à en faire autant et la journée de travail commença.

Dans sa belle demeure de Neuilly, la baronne de Saint-Eliph s'était assise dans le parc, près de la gloriette. Un ouvrage à la main, elle attendait la venue de son fils. Depuis vingt-quatre ans qu'elle était veuve, les jours s'écoulaient sans heurt. Elle avait un train de vie que bien des personnes pouvaient lui envier mais qui lui paraissait un dû, ce qui la rendait hautaine et peu aimable.

Vers douze heures trente, elle entendit l'automobile avancer sur le chemin qui menait à la propriété. Elle pensa avec satisfaction que son fils était toujours à l'heure et que l'éducation stricte qu'elle avait dispensée à ses enfants avait du bon.

— Mère, vous êtes ici ? Comme vous avez raison de profiter du jardin, il fait un temps merveilleux.

Hyacinthe s'approcha, se pencha pour prendre la main qui lui fut tendue. Il ne se souvenait pas d'avoir embrassé sa mère une seule fois sur la joue, ce baiser déposé à quelques centimètres du dos de la main était le seul signe d'affection qu'il se permettait. Habitué depuis toujours à cette distance, il ne pensait pas en souffrir.

— Quoi de neuf ? questionna Dorothée.

— Rien de particulier.

— Auguste va fêter ses dix-huit ans, ne penses-tu pas qu'il est grand temps de le mettre au courant des affaires ?

— Mère, nous avons déjà abordé le sujet maintes fois et vous connaissez ma position, je ne veux pas le brusquer. Nous reverrons le problème l'année prochaine.

— Rappelle-toi qu'à son âge tu accompagnais déjà ton père à l'usine ! Et heureusement car lorsqu'il a disparu brutalement, tu étais apte à reprendre ses affaires.

Hyacinthe préféra garder le silence. Par son autoritarisme, son inflexibilité, sa mère lui avait volé une partie de sa jeunesse et il ne voulait pas agir ainsi avec ses enfants. Ils avaient déjà subi un grave traumatisme au décès de leur mère, il tâcherait de les préserver le plus longtemps possible des duretés de la vie.

Le silence fut interrompu par le majordome qui les invita à passer à table.

Hyacinthe vida son verre, offrit le bras à sa mère. Ensemble ils pénétrèrent dans la maison. Entre le foie gras et la sole, Hyacinthe pensa qu'était enfin venu le moment d'aborder le sujet du jour.

— Ce matin, j'ai eu la surprise de recevoir une lettre du docteur Garancière.

— Le docteur Garancière ?

— Oui, vous vous souvenez, mère, il a épousé la fille de la marquise de Lucillac.

— Oh, ce mariage incongru ! Quand j'y pense, la marquise a dû se retourner dans sa tombe.

Dorothée savait toujours tout sur ce qu'elle appelait les « grandes » familles. Seuls les particules, les titres comptaient pour elle et pourtant sa mère était d'extraction bourgeoise ; fille d'un riche banquier suisse certes, mais sans titre de noblesse.

Hyacinthe regardait sa mère qui, face à lui, prenait son café à petites gorgées ; elle avait été une jolie femme et, malgré ses soixante-huit ans, portait toujours bien la toilette. De taille plus grande que la moyenne, les cheveux gris, malgré un léger embonpoint, elle avait encore beaucoup d'allure.

— Que disait cette lettre ? reprit la baronne.

— Jean Garancière voudrait envoyer Jules, son fils cadet, à Paris quelques mois.

— Quel âge a-t-il ?

— Vingt ans, je crois. Comme son père désire qu'il soit occupé, il me demande de l'employer à la firme.

Dorothée regarda son fils.

— Pourquoi un garçon de vingt ans travaillerait-il en usine alors qu'il a la chance de vivre dans un endroit magnifique ?

— La capitale exerce toujours le même attrait sur les jeunes imaginations. Peut-être aussi désire-t-il se frotter à une autre manière de vivre ? Mais ne serait-il pas mieux que vous vous mettiez en rapport avec Louise ? Après tout, elle reste la fille d'une de vos meilleures amies !

10

Neuilly

— Line ! Line ! Reviens ! tempêtait Anne-Sophie qui, à cinq ans, avait déjà un caractère bien trempé.

Excédée, Apolline se retourna. Anne-Sophie courait à toutes jambes dans sa direction, son manteau sous le bras, son chapeau de travers sur ses cheveux, l'écharpe dénouée.

— Line, dit-elle en sautant dans ses bras.

Enfouissant son nez rougi par le froid dans son cou, elle murmura :

— Pourquoi tu ne m'attends pas ?

Apolline reposa sa sœur et prestement entreprit de lui faire enfiler son manteau.

— Sortir en robe par un froid pareil !

Anne-Sophie regarda sa sœur. Apolline était si jolie avec son petit chapeau posé sur ses longs cheveux blonds et sa jupe qui s'arrêtait juste à la pointe de ses bottines et qui se nommait un « trottin ». Anne-Sophie, qui savait exactement les mots et le ton qu'elle devait prendre pour amadouer sa sœur, lui demanda dans une moue :

— Alors, tu ne m'aimes plus ?

— Bien sûr que je t'aime, petite folle ! Comment peux-tu croire, même une seconde, que je ne t'aime pas ?

Avec douceur elle ajouta :

— C'est très méchant de ta part de penser cela.

— Alors pourquoi tu partais sans moi ?

— Parce que j'avais besoin de respirer, de marcher et peut-être même de réfléchir en paix.

— Ça veut dire quoi en paix ?

— Ça veut dire que j'ai besoin d'être tranquille.

— Alors je te suivrai comme on suit une princesse, de loin et sans dire un mot.

Cette fois Apolline rit de bon cœur.

— Bon, en attendant je ne suis pas une princesse et toi, tu es un pot de colle. Allez, tu vas prendre froid, enfonce ton chapeau, mets tes gants et donne-moi la main.

Tout en parlant, Apolline aidait la fillette dont les gestes étaient encore maladroits.

— Quand apprendras-tu à te conduire comme une petite demoiselle, regarde comme tu es mal attifée.

— Je serai une petite demoiselle bien sage, bien gentille, si tu permets que je t'appelle maman.

Apolline considéra sa sœur dont le regard clair ne cillait pas. Avec ses grands yeux bleus bordés de cils noirs, son nez retroussé, ses pommettes saillantes et ses cheveux châtains, n'importe qui la prendrait pour un ange mais, en vérité, le joli visage cachait un démon. Quand Anne-Sophie avait une idée en tête elle n'y renonçait jamais. Avant de répondre, Apolline se donna du temps. Elle prit sa sœur par la main et l'entraîna dans une marche forcée qui obligea la petite à trottiner à ses côtés. Une fois hors de portée de vue, elle ralentit.

— Je t'ai déjà expliqué que tu ne pouvais pas m'appeler maman pour la bonne raison que je suis ta sœur.

— Mais si ça me fait plaisir à moi de t'appeler maman ! répondit la fillette butée.

— Tu as une maman, je t'ai déjà montré les photos prises par oncle Anastase, elle s'appelait Aurore et elle était très jolie, très gaie, très tendre aussi ; même si elle est dans le ciel, elle veille sur ses trois enfants.

— Une maman dans le ciel, c'est pas une vraie maman ! Toi tu es ma vraie maman !

— Je ne suis pas ta mère, même si je fais de mon mieux pour la remplacer...

— Si tu remplaces ma maman qui est au ciel, c'est bien alors que tu es ma maman sur la terre ? Comme ça j'ai deux mamans. Une maman au ciel et une maman sur la terre.

Anne-Sophie tout en marchant jetait des coups d'œil vers Apolline qui poussa un soupir.

— Comme tu voudras, mais tu dois m'appeler Apolline et pas maman. On n'a qu'une maman.

Soudain la fillette tira avec véhémence la main de sa sœur et s'écria la voix étranglée d'émotion :

— Mais, ce n'est pas possible, ce n'est pas possible !

— Qu'est-ce qui n'est pas possible ?

Les joues rouges, les yeux remplis de larmes prêtes à déborder, Anne-Sophie regarda sa sœur et, dans une soudaine révolte, l'accusa.

— Tu me dis des mensonges ! Mado me dit des mensonges ! Tout le monde me dit des mensonges ! Si je n'ai qu'une maman, alors comment je fais, moi ?

L'enfant se mit à pleurer à gros sanglots et cette fois Apolline comprit que ses pleurs n'étaient pas feints.

— Mais qu'as-tu ?

— Chaque soir Mado me dit que je dois dédier mes prières à la Sainte Vierge qui est notre mère à tous. « Notre mère qui êtes aux cieux ! » Alors si on n'a qu'une maman, comme tu me le répètes depuis tout à l'heure, comment je fais moi avec l'autre maman, celle qui est sur les photos prises par oncle Anastase et qui est elle aussi dans le ciel ! Comment je fais ? Et toi qui ne veux pas être ma maman sur la terre, alors que sur la terre je n'ai pas de maman ?

Dans un mouvement brusque Anne-Sophie lâcha la main, à laquelle elle s'était cramponnée jusque-là, pour s'éloigner en courant. Mais le chagrin fut si grand, si lourd, si envahissant qu'il la terrassa ; la fillette qui s'enfuyait à toutes jambes buta contre une souche, tomba de tout son long. Apolline courut vers sa sœur, souleva le petit corps inerte, couvrit de baisers son visage.

— Ma petite chérie, réponds-moi, je t'en prie, réponds-moi !

Elle la prit dans ses bras, la porta jusqu'à la maison et appela à l'aide. Sa tante Gertrude parut.

— Anne-Sophie est tombée, elle s'est évanouie...

Gertrude aida sa nièce à poser sa sœur sur un fauteuil de l'entrée.

— Je monte chercher mon flacon de sels !

— Mais que se passe-t-il ? questionna Dorothée sortant du salon.

La vieille dame n'était pas émotive. Elle considéra la fillette, prit son pouls.

— Simple commotion, dit-elle.

D'autorité, elle alla tirer le cordon de sonnette pour appeler une de ses femmes de chambre.

— Apportez-moi un mouchoir imbibé d'alcool ! Le plus fort que vous trouverez !

Tandis que Gertrude arrivait munie de ses sels, sa mère la rudoya.

— C'est inefficace, ma pauvre fille ! Laisse-moi faire !

Revenue à elle, Anne-Sophie rejeta le mouchoir d'un revers de main, ouvrit des grands yeux étonnés.

— Qu'est-ce qui s'est passé ?

Les yeux remplis de larmes de soulagement, Apolline serra sa sœur contre elle.

— Oh ma jolie, ma toute douce, comme tu m'as fait peur !

Une demi-heure plus tard, Anne-Sophie trônait dans un lit immense dans une des chambres du haut. Grand-mère, tante Gertrude et Apolline étaient à son chevet. Si l'enfant se plaignait encore de maux de tête, elle avait repris des couleurs. Et même si elle allait mieux, elle était bien décidée à ne rien dire. Elle goûtait au plaisir de se savoir le centre du monde et elle ferait tout pour que ce moment durât le plus longtemps possible.

À son retour, Hyacinthe monta voir sa fille. Depuis le décès d'Aurore il n'avait guère prêté attention à cette enfant qui, si elle n'était en rien fautive de la mort de sa femme, en restait la cause directe. Il avait beau lutter contre ce sentiment qu'il savait injuste, il ne parvenait pas à s'intéresser à elle. Contrarié, il gagna l'étage. Avant de pénétrer dans la chambre où les femmes s'affairaient, il calqua un sourire de circonstance.

— Eh bien, qu'est-ce que j'apprends ? Mais je vois que cela va déjà beaucoup mieux et que tu es bien entourée.

— J'ai encore mal à la tête, se plaignit l'enfant.

— Une bonne tisane, une petite sieste et il n'y paraîtra plus ! intervint sa grand-mère.

Anne-Sophie détestait les tisanes amères que sa grand-mère faisait préparer par Sidonie. Comme elle commençait à avoir faim, elle prit un air plaintif et réclama :

— J'ai pas eu de goûter, peut-être qu'un plateau bien garni...

— Alors, dit son père, si l'appétit revient, c'est que tout va bien !

Prenant le prétexte que tout était rentré dans l'ordre, Hyacinthe sortit de la chambre ; sa mère lui emboîta le pas.

— Soit, dit tante Gertrude qui, sous couvert d'une certaine autorité, était plus attachée aux enfants de son frère qu'elle ne voulait le laisser paraître. Je te ferai porter un plateau.

Auguste, qui était entré dans la chambre en même temps que son père mais qui n'avait dit mot jusque-là, taquina sa sœur.

— Alors tu es tombée, maladroite, raconte comment cela est arrivé.

Anne-Sophie, furieuse que son frère ne paraisse pas plus ému de son accident, commença à bouder. Auguste alla l'embrasser en riant.

— Va, petite mule, ne fais pas la tête, on t'aime bien, même si tu n'es pas très dégourdie.

Apolline vola au secours de sa sœur.

— Tu plaisantes, Auguste, parce que Anne-Sophie va mieux, mais moi qui l'ai vue évanouie, j'étais vraiment effrayée.

Après que l'accidentée eut pris son goûter sur un plateau, Apolline la borda, tira les rideaux et lui souhaita une bonne sieste. La fillette se pendit à son cou et lui glissa à l'oreille :

— Line, c'est vrai que tu as eu peur ?

— Oui, très, très peur.

— Alors, c'est bien que tu m'aimes un petit peu.

— Petite sotte ! Bien sûr que je t'aime !

— Alors, quand on sera juste toutes les deux, j'aurai le droit de t'appeler maman, même si je sais que tu es ma sœur ?

— Si tu veux, céda Apolline dans un soupir, promets-moi de te reposer maintenant.

Mais du fond de son lit, Anne-Sophie savourait sa victoire et réfléchissait.

— Je t'appellerai maman Line si tu préfères, tu comprends, il faut que j'aie une maman sur cette terre pour me consoler.

— Mais te consoler de quoi ? s'étonna Apolline

— De ce que papa ne m'aime pas.

— Mais c'est faux ! Qu'est-ce qui t'a mis cette idée en tête ?

— Papa ne m'a jamais aimée. Je ne sais pas pourquoi, mais je pense que c'est à cause de ma vraie maman.

La fillette se retourna dans son lit et montra son dos. Apolline s'assit près d'elle ; avec une tendresse infinie, elle lui caressa les cheveux et lui murmura à l'oreille :

— Papa t'aime, mon petit chou, mais tu sais depuis que notre maman est montée au ciel, il a eu tant de chagrin... Avec Auguste et moi il est aussi très différent d'avant... Il n'est plus comme autrefois.

Le regard attaché aux dernières lueurs de ce jour froid d'hiver, Apolline parla avec douceur à cette petite sœur que sa mère lui avait confiée. Quand la respiration de la fillette se fit régulière, profonde, elle se leva. Sa décision était prise.

Il faisait nuit depuis près d'une heure quand Hyacinthe de Saint-Eliph regagna son hôtel parisien. En haut des marches il tira sa montre. Sept heures trente ! Firmin, son fidèle valet, l'attendait.

— Rien de neuf ? questionna-t-il comme chaque soir.

— Rien, monsieur le baron.

— Très bien, dit-il soulagé.

— Monsieur le baron désire-t-il qu'on lui apporte à dîner tout de suite ?

— Je n'ai pas faim pour l'instant, vous pouvez disposer, je sonnerai.

Il remit à Firmin son manteau puis il pénétra dans la pièce chaleureuse, dont les boiseries blondes chatoyaient sous les halos des lampes. Il aimait cet endroit aux rideaux épais, au tapis moelleux et aux sièges confortables dont la chaude couleur carmin dominait. Il entendit la porte se refermer derrière lui et il poussa un soupir. « Enfin seul », se dit-il. Depuis la disparition d'Aurore il ne sortait plus guère. La période de deuil passée, il ne renoua pas avec ses anciennes habitudes ; aux mondanités, il préférait se rendre à son club et retrouver quelques amis pour parler politique ou affaire. À quarante-quatre ans, il n'avait plus envie de se forcer, de faire semblant, de parler pour ne rien dire. Serait-il en passe de devenir un vieux loup solitaire ?

Machinalement, il déplia un des journaux posés sur la table placée près de son fauteuil, quand il entendit un grattement timide à la porte.

— Entrez, répondit-il, agacé.

— Ah c'est toi, Apolline ? dit-il, jetant un œil au-dessus de son journal.

Elle alla embrasser son père qui tendit la joue.

— Père, je sais que vous êtes rentré tard et que sans doute vous êtes fatigué, mais j'ai à vous parler.

— Eh bien assieds-toi, je t'écoute.

— C'est à propos d'Anne-Sophie.

Aussitôt les sourcils du baron se froncèrent. Apolline, prenant sur elle, n'en continua pas moins.

— Père, Anne-Sophie a grandi, elle n'est plus un bébé, elle est à un âge qui réclame de l'attention.

— Mais n'a-t-elle pas toute l'attention requise ? Ta tante Gertrude, sous ses dehors bourrus, lui passe tous ses caprices, Madeleine est avec elle aux petits soins. Quant à toi, tu ne sais rien lui refuser ! Même Auguste se laisse embobiner !

— Tout cela est vrai, père, je reconnais qu'Anne-Sophie est très entourée.

Apolline, mal à l'aise, ne s'était pas attendue à ce que la conversation prenne une telle tournure. Rassemblant son courage, elle continua.

— Cependant elle n'a pas de mère, il y aura toujours ce manque... et... et c'est un peu de votre attention et de votre affection qu'elle réclame.

Le visage de son père pâlit. Après un silence, il finit par dire :

— Ta sœur n'a que cinq ans et les jeunes enfants sont plutôt l'affaire des femmes.

Apolline avala sa salive. Elle fit un tel effort sur elle-même qu'elle se sentit rougir. Comme elle maudissait ses joues qui s'empourpraient pour un rien ! Le cœur serré, elle poursuivit.

— Père, quand Anne-Sophie est tombée l'autre jour, ce n'est pas seulement parce que son pied a heurté une souche, mais parce qu'elle était sous le coup d'une forte émotion. Elle pense que personne ne l'aime. Elle est revenue plusieurs fois sur le sujet, elle a affirmé que vous... que vous ne l'aimiez pas. Elle pense que cela a un rapport avec maman mais ce n'est pas très clair dans son esprit.

Hyacinthe, visiblement mal à l'aise, se leva.

— C'est bien une fille, toujours débordante d'imagination !

— Je lui ai dit qu'elle se faisait de fausses idées, mais elle n'a rien voulu savoir.

— C'est une enfant gâtée qui se monte la tête, voilà tout !

— Elle se monte peut-être la tête, mais n'est-ce pas à nous de la rassurer ?

Apolline avait à dessein employé le « nous », afin d'adoucir sa phrase alors qu'elle avait fortement pensé : « N'est-ce pas à vous... »

— La rassurer ? Mais comment ?

— En lui prouvant le contraire !

Hyacinthe qui faisait les cent pas s'arrêta net et se retourna vers sa fille.

— Bien, tu as fini ton beau discours ?

— Oui père, c'est tout ce que j'avais...

Mais le regard furieux que lui envoya son père la déstabilisa au point qu'elle ne put terminer sa phrase. Elle pensa préférable de prendre congé.

— J'entends que cette conversation reste entre nous.

— Bien père.

11

Neuilly, 20 février 1912

Comme chaque samedi à onze heures du matin, l'automobile des Saint-Eliph quitta l'avenue Victor-Hugo. Ce jour-là, et pour la première fois, c'est Auguste qui conduisait ; à ses côtés s'était assis son père. Apolline, Anne-Sophie et Gertrude étaient montées à l'arrière. Cette dernière quelque peu effrayée de se laisser conduire par son neveu, la cage du persan posée sur ses genoux, ne pipait mot. Trois quarts d'heure plus tard l'automobile passait sans encombre le portail de la maison de Neuilly.

— Alors père, questionna Auguste, vous pensez que j'ai fait des progrès ?

— Encore deux, trois leçons et tu seras apte à conduire dans Paris.

Il était si rare que son père lui fasse un compliment que ces quelques mots suffirent à rendre Auguste heureux. Aujourd'hui il avait dix-huit ans et il espérait enfin être traité comme un homme.

— Cet après-midi, si vous devez vous rendre aux Manufactures, je pourrai vous y conduire.

— Je compte bien que tu m'accompagnes car j'ai à te parler.

— Bien père.

Dans le vestibule ils se débarrassèrent de leurs pelisses, de leurs gants, de leurs casques en cuir et entrèrent dans le salon où un feu crépitait dans la cheminée. Hyacinthe alla saluer sa mère, puis ce fut au tour de ses petits-enfants.

— Si tout le monde est là, on va pouvoir passer à table, dit Dorothée.

Se tournant vers son petit-fils, elle ajouta :

— Pour ce jour anniversaire, j'ai commandé aux cuisines tout ce que tu aimes.

— Alors, fit Anne-Sophie, je sais ce qu'on aura pour le repas !

— Ah oui ! Eh bien, mademoiselle Je-sais-tout, nous vous écoutons, répondit Auguste moqueur.

Anne-Sophie leva les yeux au plafond et dit l'air un brin malicieux :

— Des œufs en gelée en entrée, un gigot avec des petites pommes de terre rissolées, pas de légumes parce que monsieur n'aime pas ça, du fromage, de la crème aux œufs et plein de gâteaux parce qu'il est un gros gourmand !

— Très bien, nous verrons si cette petite a raison, dit Dorothée en faisant mine de se lever.

Hyacinthe se porta à son secours et lui offrit le bras, tandis qu'Auguste offrait le sien à sa tante Gertrude. Apolline prit sa sœur par la main afin de l'empêcher de sautiller, ce qui agaçait son père. C'est dans cet ordre et au rythme de la vieille dame que la famille s'achemina vers la salle à manger.

Alors qu'Hyacinthe et Auguste quittaient la maison pour se rendre aux Manufactures, Apolline annonça qu'elle allait se promener.

— Je peux venir avec toi ? questionna Anne-Sophie déjà debout.

— Je ne pense pas avoir vraiment le choix !

— Il fait froid, couvrez-vous les enfants, et Anne-Sophie cette fois tu ne fais pas la folle, tu ne lâches pas la main d'Apolline ! recommanda tante Gertrude.

— Tante Gertrude me parle toujours comme si j'étais un bébé ! se plaignit Anne-Sophie une fois sortie.

— Tante Gertrude est peut-être maladroite mais elle nous aime bien. Et toi tu n'as pas à te plaindre, tu es sa chouchoute.

— C'est quoi être sa chouchoute ?

— Sa préférée.

— Sa préférée mais elle est toujours sur mon dos, j'aime mieux quand c'est Madeleine qui s'occupe de moi.

— Mais Mado a le droit de prendre des jours de repos.

— Pour quoi faire ?

— Pour voir sa famille, ses amis...

Apolline s'arrêta dans ses explications, ne sachant pas, au juste, ce que Madeleine pouvait faire de ses jours de congé. Depuis quelque temps Mado paraissait rêveuse. Serait-ce qu'elle aurait rencontré quelqu'un ? Si c'était le cas, elle trouverait normal qu'elle fît sa vie même si, égoïstement, elle espérait que ce serait le plus tard possible. Après le décès de sa mère, Mado lui avait fait la promesse de ne pas quitter la maison avant qu'elle fût mariée, mais elle n'avait que seize ans et Mado en avait dix de plus.

Et comme si Anne-Sophie, qui trottait à ses côtés, lisait dans ses pensées, elle questionna :

— Tu crois que Madeleine va se marier un jour ?

— Je l'espère pour elle.

— Pourquoi ?

— Parce qu'elle est en droit d'avoir un mari, des enfants...

Apolline regarda sa sœur et ajouta :

— Et aussi pour prendre l'air.

— Pourquoi elle doit prendre l'air ?

— Parce que.

— Parce que quoi ?

— Parce que... parce que... je ne sais pas moi ! Tu poses toujours mille questions, à la fin c'est fatigant !

Anne-Sophie se tut et se mit à bouder.

— On va du côté de la Seine et on rentre ! Ça te va ? dit Apolline.

— Pour avoir un joli point de vue il faut aller jusqu'au pavillon.

— Comment tu sais ça, toi ?

— Tante Gertrude m'y a emmenée une fois. Il faut passer la porte et prendre tout de suite sur la droite.

— Et cette porte est ouverte au moins ?

— Il suffit de la pousser.

L'immense bâtisse se dressait, silencieuse et austère. Après avoir salué le gardien, Auguste alla garer l'automobile à quelques pas de l'entrée principale. Il se sentait oppressé. Depuis sa petite enfance, il était mentalement formaté pour succéder à son père comme son père avait succédé au sien. Et cette perspective l'angoissait. Il se raisonnait : n'avait-il pas atteint ce 20 février ses dix-huit ans ? N'était-il pas temps de quitter l'enfance et de s'initier aux affaires ? Ses études n'avaient pas été choisies au hasard, tout ce qu'il avait appris avait pour unique but de préparer son avenir.

Plus tard, il serait le patron des Manufactures ; sa grand-mère y faisait continuellement allusion. « Peut-on oublier si facilement ses rêves ? » se demandait-il à l'instant même où il mettait le pied dans la cour. En venant ici, il avait l'impression de chausser les souliers d'un autre, d'endosser la vie d'un autre. Pourquoi n'avait-il pas un frère aîné ? la place de second lui aurait été comme un gant. Voyager, découvrir le monde, voilà la vie qui l'aurait tenté. Il aimait étudier l'histoire, les langues... Il savait parler l'anglais et l'allemand. Le métier d'ambassadeur lui aurait plu, mais l'armée aussi le tentait. Il voulait faire quelque chose par lui-même qui n'était pas forcément la vie que sa famille lui offrait sur un plateau.

Tandis que toutes ces pensées se bousculaient dans son esprit, Auguste suivait docilement son père. La porte franchie, il monta le grand escalier en bois de chêne avec la sensation qu'il gravissait les marches de l'échafaud. Si son père l'avait amené aux Manufactures, c'est qu'il avait quelque chose d'important à lui dire et il savait que ce qu'il allait entendre ne serait pas conforme à ses aspirations. Le premier étage atteint, ils prirent dans toute sa longueur le grand couloir. Auguste suivait avec le pas lourd du condamné.

Hyacinthe, ignorant quelles réflexions remuaient Auguste, ouvrit la porte de son bureau, où se dégageait une odeur de cuir et de vieux dossiers poussiéreux. Odeur à laquelle Hyacinthe était habitué mais qui, aussitôt, rebuta son fils. Une fois assis, il sourit, reprit son trousseau, tourna la clé du tiroir central, en extirpa un objet.

— Mon cadeau pour tes dix-huit ans.

Auguste prit l'objet enveloppé dans un feutre, il l'en dégagea et découvrit une très belle montre de gousset tout en or y compris sa chaîne.

— Merci père, c'est magnifique !

— C'était la montre de ton grand-père, prends-en soin. Bon ! Tu viens d'avoir dix-huit ans et je tenais à ce que nous ayons ce tête-à-tête pour parler de ton avenir.

Auguste glissa sa montre et sa chaîne dans sa poche.

— Je sais, père, que mes études n'ont pas été aussi honorables que ce que vous étiez en droit d'attendre de votre fils.

— Tu te trompes, tes notes sont bonnes. Comme je t'ai poussé vers les mathématiques, alors que ton penchant te portait vers les lettres et l'histoire, je suis d'autant plus heureux de tes résultats.

Étonné, Auguste regarda son père.

— Parce que tu crois que je ne connais pas tes goûts ? reprit Hyacinthe avec, cette fois, un franc sourire.

— Je n'oublie pas qu'à la mort de votre père vous avez dû reprendre l'affaire familiale et qu'à mon âge vous étiez déjà assis derrière ce bureau, avec de lourdes responsabilités. J'y ai souvent pensé.

Cette fois, c'est le père qui fut surpris des propos de son fils.

— J'en ai assez souffert et je ne veux t'obliger à rien. Dieu merci, je suis encore là et bien portant. Mais tu es mon unique fils et je compte sur toi pour reprendre le flambeau.

— Je ferai en sorte, père, de ne pas vous décevoir, cependant...

— Cependant ?

— J'ai mon service militaire à faire.

— Oh ! Il me sera facile de t'épargner une telle corvée.

Depuis le début de la conversation, Auguste était sur des charbons ardents. Avec le courage des timides, il se lança :

— Justement, père, je ne veux pas que vous interveniez ! Je veux faire mon service militaire et si possible intégrer une école d'officiers.

Hyacinthe demeura stupéfait, il s'était attendu à tout sauf à ça ! Alors que la majorité des jeunes gens cherchaient à éviter de passer deux années sous les drapeaux, son fils, au contraire... Il fit un formidable effort sur lui-même pour se maîtriser. Les tempes battantes, les mâchoires contractées, il répondit le plus calmement possible :

— C'est très bien de vouloir jouer au héros, tu es à un âge ou Courage, Gloire, Patrie sont des mots qui ont encore un sens... C'est bien, c'est très bien même ! Mais de là à perdre deux années entre les quatre murs d'une caserne...

— Père, vous m'avez demandé d'être franc, je vous ai répondu. Avant de travailler avec vous, j'ai besoin de me confronter à un monde différent... de me prouver que je suis capable de me débrouiller par moi-même.

— Voilà autre chose ! dit Hyacinthe en se levant. Je te rappellerai justement que tu n'as que dix-huit ans. Si tu dois être appelé sous les drapeaux, ce ne sera pas avant plusieurs mois, alors que comptes-tu faire d'ici là ?

— Passer mon baccalauréat.

— Ce n'est pas d'un bachelier dont j'ai besoin mais d'un bras droit, un homme de terrain ! Le baccalauréat ! Qu'est-ce que cela peut bien faire que tu obtiennes ton baccalauréat !

Quitte à décevoir son père, Auguste voulait dévoiler le fond de sa pensée. Peut-être n'aurait-il plus jamais l'occasion de parler à cœur ouvert. Il se lança :

— Le baccalauréat en poche je pourrai plus facilement intégrer une école d'officiers. Je me suis renseigné, faire mes classes ne rajouterait que trois mois aux deux années de service qui sont actuellement de rigueur.

Exaspéré, Hyacinthe regarda Auguste très attentivement comme jamais encore il ne l'avait fait. Ainsi le garçon qui était assis face à lui était son fils... « Mon fils », se répétait-il interloqué, comme si celui-ci descendait d'une autre planète.

— Crois-tu que moi j'ai eu le choix ? questionna-t-il d'une voix durcie.

— C'est parce que vous n'avez pas eu le choix que j'ai pensé que vous me comprendriez.

— C'est bien ce que je craignais ! Mon pauvre garçon, tu vis complètement hors de la réalité, dit Hyacinthe, levant le regard au ciel.

— Est-ce ma faute ? J'ai fait toutes mes études sous la houlette d'un précepteur alors que chaque jour s'ouvrent des écoles et des universités qui sont excellentes. Que sais-je du monde extérieur ? J'ai besoin de me prouver que je peux faire quelque chose par moi-même.

— Si je comprends bien, tu as tout décidé d'avance !

Hyacinthe se leva, se dirigea vers la fenêtre, mais il ne vit pas l'arbre, il ne vit pas la cour, il ne vit que du rouge. Une colère irrépressible l'avait envahi. Son fils était un doux rêveur ! Il resta plusieurs secondes sans bouger, sans rien dire, et ces secondes parurent un siècle à Auguste qui attendait le verdict qui signerait son arrêt de mort. D'une voix blanche, il finit par articuler avec peine et sans se retourner :

— Réfléchis. J'en ferai autant de mon côté.

Et brusquement il ajouta :

— Partons, nous n'avons plus rien à faire ici.

Après quelques minutes de marche forcée, les deux sœurs atteignirent le mur et passèrent la porte. Celle-ci menait au pavillon qui était en fait une jolie maison bourgeoise du même style Empire que la maison principale.

— Viens, c'est derrière la maison qu'on a la plus belle vue sur la Seine, dit la fillette tirant sa sœur par le bras.

Elles longèrent le mur jusqu'au moment où Apolline vit sortir de la cheminée une fumée blanche. Elle retint sa sœur par le col de son manteau.

— Arrête ! La maison est habitée !

— Tu te trompes. Tante Gertrude m'a dit cet été qu'il n'y avait personne dans cette maison depuis des années, depuis que père ne l'occupe plus.

— Tu dis n'importe quoi pour te rendre intéressante, père n'a jamais habité ici !

Anne-Sophie furieuse tapa du pied et cria presque.

— Je te dis ce que tante Gertrude m'a dit, un point c'est tout !

— Ne parle pas si fort, on pourrait nous entendre !

— Papa a habité dans cette maison avant son mariage ! reprit la petite, vexée que sa sœur mît en doute ses paroles.

— Très bien, je te crois ! Mais chut, il faut sortir de ce jardin au plus vite et sans qu'on nous voie. Suis-moi et pas un...

Apolline n'eut pas le temps de finir sa phrase. La porte d'entrée s'ouvrit, laissant passer un homme jeune, de belle allure. Apolline se cacha derrière un arbuste et tira sa sœur vers elle un peu brusquement. La petite hoqueta.

— Tu m'as fait mal !

— Chut !

Prudente, Apolline entoura sa sœur de ses bras et l'embrassa pour se faire pardonner. L'homme disparut derrière la maison. Bientôt s'éleva un bruit de moteur. Elles restèrent blotties jusqu'à ce que l'automobile noir et jaune flambant neuve sortît du garage. Celle-ci passa devant elles à faible allure, franchit le portail, accéléra, et disparut.

— Excuse-moi si je t'ai fait mal. Viens, ma chérie, il faut rentrer à présent. Et pas un mot de tout cela, à personne. Promis !

— Promis, finit par dire Anne-Sophie d'une petite voix.

— On marche vite et si tu ne te plains pas, je t'achèterai des bonbons.

Elles repartirent à grands pas pressés. Si Anne-Sophie se fit lourde au bout de son bras, elle ne pipa mot, gardant dans l'esprit la perspective d'obtenir quelques friandises. Elles atteignirent la maison au moment où l'automobile de leur père revenait des Manufactures.

12

Château de Kervalon

Amédée avait mal dormi. Il se leva, enfila une robe de chambre molletonnée. Il faisait encore nuit noire quand il quitta sa chambre pour gagner son bureau ; celui-ci était glacial. Il fit craquer une allumette, alluma quelques bougies pour voir clair puis mit le feu au papier qui avait été placé sous les bûches dans la cheminée. Il regarda les flammes jaillir. Enfin, se munissant d'une courtepointe dont il se servait dans la journée pour se garantir du froid, il s'assit dans la bergère aux coudes élimés qui avait appartenu à son père. Il se couvrit les jambes de la couverture épaisse. L'hiver, le château était inchauffable.

Il resta un bon moment plongé dans ses réflexions. Depuis vingt-cinq ans, c'étaient toujours les mêmes pensées qui venaient régulièrement le hanter. Le départ précipité d'Anastase après le décès de son père, puis la désertion de sa mère qu'il ressassait comme une défaite. S'il avait été soulagé qu'Anastase partît faire sa vie ailleurs, il ne pardonnait pas à sa mère d'avoir ostensiblement choisi son camp. Ce fut un deuxième coup de massue quand il apprit qu'Aurore passait tous ses étés avec ses enfants en Normandie. Cet ostracisme l'avait blessé.

Aurore était une femme intelligente, douée pour la musique. Elle avait épousé un homme qui avait le sens des affaires. Et même si la baronnie des Saint-Eliph n'était somme toute qu'une baronnie d'opérette (puisque distribuée par l'usurpateur), même si Hyacinthe était un industriel et non un terrien, il reconnaissait en son beau-frère de grandes qualités. Cependant, quand il avait appris qu'Aurore attendait un enfant à trente-cinq ans passés, il avait trouvé la plaisanterie de mauvais goût. « À l'âge d'être bientôt grand-mère, s'était-il récrié, le maladroit ! »

Après le décès de sa sœur, il avait craint que son beau-frère lui réclamât le reste de la dot d'Aurore, mais il lui fallait reconnaître qu'Hyacinthe avait eu l'élégance de ne rien exiger. Les Saint-Eliph possédaient, en plus des Manufactures, une belle fortune et sans doute Hyacinthe considérait-il son avoir comme un excellent placement.

Assis au plus près du feu qui crépitait dans la cheminée, Amédée s'était petit à petit réchauffé. Il regarda vers la fenêtre et remarqua le clair de lune. Il réfléchit encore un moment, envoya balader la courtepointe, se leva, ajusta son monocle à l'œil droit et alla parcourir du regard l'immense bibliothèque qui couvrait tout le mur du fond. Du sol au plafond, elle était remplie de livres reliés de cuir fauve et frappés aux armes des Kervalon. Il déplaça l'échelle, monta les trois premières marches, parcourut les titres et s'arrêta sur Montaigne. Les volumes étaient si serrés que, pour en obtenir un, il était obligé d'en tirer plusieurs à la fois. Dans la manœuvre, deux d'entre eux chutèrent avec fracas sur le parquet.

— De Dieu ! s'exclama Amédée qui avait proféré là son plus gros juron.

Si tous les livres avaient de la valeur, certains étaient inestimables. Il les ramassa avec précaution et alla se rasseoir devant le feu qui crépitait. Ils étaient classés par ordre alphabétique, si bien qu'il se retrouva avec un volume de Molière et un autre de Montaigne. Amédée regarda le livre de Montaigne minutieusement sous toutes les coutures.

« Pas trop de dégât », se dit-il, rasséréné.

Le second livre paraissait avoir davantage souffert dans sa chute, un coin était froissé, racorni. Celui-là, il le déposerait chez son relieur quand il se rendrait à Quimper. Après avoir passé son doigt sur la tranche dorée, il caressa la reliure intérieure du plat de la main et crut sentir comme une aspérité sous la paume...

Amédée réajusta son monocle, regarda de plus près. Il y avait comme un léger renflement. Intrigué, il alla chercher sur son bureau son coupe-papier, hésita. Il n'était guère habile de ses mains... Cependant, il se dit que s'il ne tentait pas une ouverture il ne saurait jamais si quelque chose y avait été glissé.

Il pensa à son père qu'il avait trouvé un matin de novembre affalé au bas de son lit. Avec l'aide d'un valet, il avait réussi à le hisser sur le lit. En attendant le médecin, il n'avait pas quitté le chevet du général comte. Ces minutes lui avaient paru interminables. Plusieurs fois il s'était penché pour s'assurer qu'un souffle de vie émanait encore du moribond. Le médecin de famille arriva. Il ausculta son patient, lui fit une piqûre. Après quelques minutes le malade sembla revenir à lui. Il ouvrit un œil mais curieusement un seul, alors qu'un coin de la bouche restait tordu.

— Alors docteur ?

— Un côté de la face semble paralysé... transport au cerveau... mon diagnostic est réservé. Je ne peux rien faire de plus pour le moment... je repasserai dans une heure.

Amédée, qui n'avait pas voulu laisser son père seul, appela le valet afin que celui-ci raccompagnât le médecin.

— Avant de remonter, passez prévenir Mme la comtesse que le général comte a eu un malaise.

Le médecin et le valet partis, Amédée était revenu s'asseoir au chevet de son père. Comme celui-ci lui avait fait signe qu'il avait quelque chose à lui dire, il s'était penché au plus près.

— Oui, père, vous voulez me dire quelque chose ?

Après plusieurs essais infructueux il avait fini par comprendre ces quelques mots :

— Dans la bi...

— Bibliothèque, oui, père ?

— Le li...

— Le livre... lequel, père ?

De sa main valide, le général comte s'était alors accroché à ses habits avec une telle force qu'il pensa un moment étouffer. Puis l'étreinte se relâcha. Après ce dernier soubresaut de vie, la main retomba lourdement sur le drap. Son père était mort.

Dès lors et depuis bientôt vingt-cinq ans, les mots du mourant l'avaient poursuivi jusqu'à le hanter.

« La bibliothèque… le livre… » Échafaudant toutes les hypothèses possibles, il avait fouillé la bibliothèque de fond en comble, feuilleté chaque livre et n'avait trouvé aucun document, aucune lettre manuscrite, aucun testament. Rien.

Amédée hésita quelques secondes encore. Il se releva, mit une bûche dans le feu, alla chercher dans la bibliothèque un deuxième volume du théâtre de Molière. Avec sa loupe il compara les deux livres et constata que la dernière page avait bien été recollée. Il se décida à faire une entaille. Après quelques minutes d'effort, à l'aide d'une pince à épiler, il extirpa une feuille de papier très fin. La lettre datait du 3 juin 1890 et l'écriture était celle du général comte.

Amédée parcourut la lettre à une telle allure qu'il sautait les mots qu'il ne réussissait pas à déchiffrer. Sans lâcher la lettre, il laissa tomber sa main sur un de ses genoux. C'était une confession de dix lignes. Dix malheureuses lignes qui répondaient à toutes les questions qu'il se posait depuis qu'il était en âge de raisonner. Chacune étant comme la pièce manquante d'un puzzle. Devant la révélation, il restait sans force. Ses oreilles bourdonnaient comme s'il allait perdre connaissance. Il s'efforça au calme, respira lentement. Recouvrant ses esprits, il entendit à nouveau les craquements du bois dans la cheminée, il aperçut l'aube grise qui venait mourir aux carreaux de sa fenêtre. Il réajusta son monocle qu'il avait laissé tomber et reprit la lecture en déchiffrant cette fois chaque mot.

La surprise passée, il goûtait intensément ce moment. Rien que de se savoir le seul détenteur du secret lui conférait une supériorité, une sorte de toute-puissance. « L'imbécile », pensa-t-il à propos de son frère. « L'imbécile ! » se répéta-t-il. À présent, il tenait sa revanche.

Il resta un long moment à supputer. Il jouissait d'avance de l'effet que cela produirait sur son frère le jour où il lui lancerait à la figure le secret si bien gardé. Un large sourire sur les lèvres, il échafauda plusieurs plans, tous plus machiavéliques les uns que les autres, quand soudain il entendit la pendule sonner un coup. Il se retourna, vit qu'il était la demie de sept heures, l'heure du petit-déjeuner. Il glissa le papier dans sa poche, replaça les deux volumes dans la bibliothèque, s'assura que tout était en place, que rien ne se voyait. Enfin, par le couloir étroit et sombre, il se rendit dans la chambre de sa femme. Il alla allumer le feu dans la cheminée, attendit que celui-ci prît. Alors que la femme de chambre entrait, il alla à sa rencontre.

— Merci, dit-il à voix basse, je m'en occupe.

Il déposa le plateau sur le guéridon placé en face de la cheminée. « Incroyable ! C'est incroyable ! » se répétait-il soudain gonflé d'orgueil. Il pensa au château de Kervalon, à ces terres qui faisaient sa fierté. Il pensa avec orgueil à Gaston son fils unique, qu'il serait temps de penser à sa descendance. Il se dirigea vers le grand lit, s'assit près de sa femme et lui caressa les cheveux qu'elle avait très beaux.

— C'est déjà l'heure ? se plaignit-elle.

— Le petit-déjeuner vous attend et j'ai fait partir le feu.

Assise au bord du lit, Margot revêtit son peignoir, avec l'aide attentionnée de son mari. Ses longs cheveux tombaient jusqu'au milieu du dos. Elle avait gardé la taille fine d'une jeune fille. Il n'y avait pas de jour où Amédée ne se montrait orgueilleux d'avoir épousé une si jolie femme. Il l'avait rencontrée à un bal donné par des voisins amis. Elle était éblouissante de beauté. Tous les hommes se pressaient pour lui faire leur cour. Marguerite de Saule était la quatrième fille d'une famille de six enfants. Quoique d'excellente famille, sa dot était chiche. Amédée de Kervalon fit sa demande. Il était issu d'une très ancienne famille bretonne, il avait un titre, un château – un des plus beaux des environs – et des terres que beaucoup lui enviaient... L'affaire fut conclue.

Amédée prit la main de Margot qu'il baisa avec dévotion. Comme chaque matin, Margot se dirigea vers sa coiffeuse, s'assit devant la glace pour se brosser les cheveux. Enfin, elle mit une goutte de parfum derrière chaque oreille. Elle avait remarqué que, ce matin, quelque chose dans l'attitude de son mari, la voix, le regard, n'était pas comme d'habitude. Elle alla s'asseoir devant le guéridon placé à quelques mètres de la cheminée, fit le service du thé.

— Que se passe-t-il ?

— Mais rien ! Pourquoi cette question ?

— Je vous connais, vous me cachez quelque chose.

Amédée n'avait qu'une faiblesse dans sa vie, son épouse. Une femme qu'il couvait et gâtait au-delà du raisonnable. Rien n'était assez beau pour Marguerite de Saule. Amédée, qui se montrait volontiers dur avec les autres, était capable de toutes les compromissions pour sa femme. Et Margot s'était volontiers blottie dans ce rôle de petite fille adulée. Elle n'aimait pas le sexe. Suite à un accouchement difficile, elle n'avait plus voulu d'autre enfant. Alors Amédée avait dû réorganiser sa vie. Toutes les semaines il se rendait à Quimper où, dans un joli trois-pièces, il avait installé une femme qu'il entretenait. Les premières frustrations passées, cette vie lui convenait. Amédée tartina une première tranche de pain frais.

— Alors ? insista-t-elle.

— Je l'ai trouvé, Marguerite !

— Quoi donc ?

— Mais le fameux testament, ma chère ! C'est magnifique ! Tout simplement magnifique !

Amédée sortit de la poche de sa robe de chambre un papier plié en quatre.

— Voyez par vous-même.

Rapidement Margot parcourut les dix lignes. Stupéfaite, elle regarda son mari.

— Ça alors ! Jamais je n'aurais pu imaginer...

13

Paris

Le père et le fils partirent de l'hôtel au pas. Le bruit des sabots était étouffé par la neige qui s'était remise à tomber. Des nasaux des chevaux sortait une vapeur blanche. Dans l'avenue du Bois ils croisèrent quelques cavaliers, quelques fiacres, de très rares passants qui, à pas comptés, avançaient en évitant de glisser.

Magnifique sous toute cette opaline, la capitale était comme en apesanteur. Le ciel avait pris la couleur grise du plomb et la ramure noire des arbres s'élevait telles des statues blanchies par le gel et poudrées de flocons.

Après une bonne heure de promenade, c'est au galop que les cavaliers franchirent les derniers mètres qui les séparaient de la grille d'entrée de l'usine.

Hyacinthe eut à peine le temps de gagner son bureau que déjà son chef d'atelier se présenta.

— Monsieur le baron, plusieurs ouvriers manquaient à l'appel ce matin.

— Combien sont absents ?

— J'en ai recensé une dizaine, monsieur le baron, ce sont uniquement ceux qui habitent loin.

— Avec cette neige, il ne faut pas compter sur les omnibus.

— Mais je suis sûr que certains sont déjà en chemin, j'en connais qui viendront à pied s'il le faut !

— C'est bien... et pour la production ?

— J'ai pris mes dispositions, il n'y aura pas de ralentissement.

— J'irai faire un tour dans les ateliers tout à l'heure.

Une fois le chef d'atelier parti, Hyacinthe se cala dans son fauteuil de bureau ; il prit le coupe-papier dans la main et joua avec celui-ci. Face à lui, Auguste se taisait.

— J'ai longuement repensé à tes... disons... revendications.

— Mais, père, il n'a jamais été...

— Écoute plutôt ce que j'ai à te dire. Je t'avais promis de réfléchir et comme tu as pu le constater, j'ai pris mon temps.

Il regarda son fils qui ne le quittait pas des yeux. Il reposa le coupe-papier.

— Tu m'as fait part de ton désir de te présenter à l'examen du baccalauréat ! Après tout, je n'ai rien contre ; ton précepteur m'a assuré que tu étais capable de le réussir... Espérons !

Il mit ses deux mains à plat sur le bureau.

— En ce qui concerne tes envies farfelues de vouloir à tout prix perdre ton temps à faire ton service militaire...

Au mot « farfelues » Auguste tressaillit mais ne bougea pas. Hyacinthe le remarqua, comme il remarquait chaque expression qui passait sur le beau visage juvénile.

— J'ai bien dit « farfelues » et je continue à le penser, répéta Hyacinthe qui vit les mâchoires de son fils se contracter. Cependant, comme je ne peux aller contre ta volonté, je te propose de couper la poire en deux. Tu te présentes au baccalauréat, il te reste six mois pour te préparer ; le matin tu révises et l'après-midi tu travailles à la firme. Six mois, cela te donnera le temps de la réflexion. Si alors ton envie de servir sous les drapeaux tient toujours, tu pourras faire une école d'officiers. Mais laquelle ? As-tu seulement une idée ?

— Si j'ai une idée ? Saumur bien sûr !

« L'école de cavalerie », se dit Hyacinthe. S'il avait dû à son âge faire un choix, il aurait fait le même. Le regard d'Auguste brillait de joie. Hyacinthe, redoutant les effusions, fit un geste de la main.

— Assieds-toi, je te prie. À la mort de ton grand-père, tous mes rêves se sont écroulés. Je n'ai jamais oublié. En disparaissant trop tôt, il me laissait à la tête de ses affaires. À ton âge, j'avais à ma charge ta grand-mère et ta tante Gertrude, j'ai bien été obligé de faire face. Ce n'était pas héroïque, il n'y avait tout simplement pas d'autre alternative. Depuis je me suis souvent demandé ce que j'aurais aimé faire si ton grand-père était resté en vie. J'avais nourri tant de rêves secrets, tant d'espoirs...

— Quel était alors votre rêve le plus cher ?

— Je voulais traverser l'Atlantique et me rendre en Amérique ! Oui, c'était ce que je voulais, gagner l'Amérique, découvrir ce continent.

En révélant, et pour la première fois peut-être, ses rêves les plus intimes, les traits d'Hyacinthe s'éclairèrent. Ce fut comme une flamme intense qui passa dans son regard. Cette métamorphose soudaine étonna Auguste. Le temps d'un éclair, son père lui parut plus humain.

— Père, je ne sais comment...

Hyacinthe, redevenant lui-même, coupa court.

— Bon alors, que penses-tu de travailler ici à mi-temps ?

— Pourquoi pas, ainsi aurai-je une petite idée du travail qui m'attendra après le service militaire.

Auguste fit une pause, il soutint le regard qui était redevenu aussi impassible qu'impénétrable avant de reprendre.

— Et je pense que cela tranquillisera ma grand-mère quant à l'avenir des Manufactures.

Bien que surpris de la remarque, Hyacinthe ne cilla pas. Ainsi Auguste était assez subtil pour avoir percé à jour les tendances paranoïaques de la baronne de Saint-Eliph. Même s'il avait vu juste, il crut de son devoir de défendre sa mère.

— Ta grand-mère se fait, à juste titre, un devoir moral de pérenniser l'affaire familiale. Je te rappelle que celle-ci permet à toute la famille de vivre confortablement.

— J'essaierai, père, de ne pas vous décevoir le jour où je devrai vous seconder.

Mais rien que de prononcer ces mots, somme toute anodins, un vide se fit en lui. Il ne pouvait mentalement se projeter à long terme.

— Tu devras t'initier à tous les stades de la fabrication ; pour cela il faudra que tu passes dans chaque service ; de la réception de la matière première, à la touche finale, les étapes sont nombreuses et souvent délicates. Il faut une main-d'œuvre aguerrie. Le haut-de-forme est plus compliqué à fabriquer qu'il n'y paraît. Quand tu en connaîtras toutes les étapes, tu ne verras plus jamais un couvre-chef sans penser aux nombres d'heures qu'il a fallu aux ouvriers pour le fabriquer. Sans devenir un expert, tu devras toutefois connaître chacun des procédés employés, les machines et l'outillage utilisés. C'est un travail complexe, minutieux... Il n'est pas possible de donner des ordres tant qu'on n'a pas éprouvé soi-même physiquement le travail à accomplir. Ce n'est qu'à ce compte que tu te feras respecter.

Tandis qu'il parlait, le baron échafaudait un plan. Le mieux serait que son fils tombât amoureux. Seules quelques jeunes femmes jolies, légères, pourraient le détourner de son projet. Pour cela, il comptait sur Jules Garancière.

— Il est entendu que, pendant ces six mois, tu seras payé. Tout effort mérite salaire.

Auguste rougit de plaisir à l'idée de se retrouver indépendant financièrement. Hyacinthe continuait à supputer. Il mettrait Jules dans la confidence, de façon que celui-ci entraînât son fils dans ses sorties. Le jeune Garancière était un bon vivant, il lui apprendrait les coulisses de la vie parisienne. Avec un peu de chance, si Auguste s'amusait, s'il prenait goût à l'argent, à la vie facile, il oublierait son projet. Plus l'idée cheminait dans son esprit, plus il se félicitait de l'avoir eue.

— Je vais te présenter le fils d'un de mes amis qui travaille avec moi aux Manufactures. Je serais content que tu t'en fasses un ami.

14

Château de Lucillac, 1er avril 1912

Vers une heure du matin, Jean Garancière fut tiré de son sommeil en sursaut. Quelqu'un avait frappé à la porte du bas. Il revêtit en hâte sa robe de chambre, enfila ses mules et, à la lumière d'une lampe à huile, s'apprêtait à descendre quand Louise fit irruption sur le palier.

— Ne bougez pas, ma douce, je descends voir ce que l'on nous veut !

Une bouffée d'air froid balaya l'entrée. Dans l'encadrement de la porte, Jean Garancière aperçut une silhouette féminine emmitouflée. Dès que Catherine enleva le fichu qui lui cachait les cheveux et une partie du visage, il reconnut la fille de Mathurin Sylvestre.

— Ah ! C'est toi, Catherine, dit-il simplement. Attends-moi, nous repartirons ensemble.

Jean Garancière remonta en toute hâte et se dirigea vers sa chambre. Louise lui emboîta le pas. Sans un mot, elle lui passa les habits qu'il portait la veille puis elle lui tendit sa trousse de médecin.

— Merci, ma douce, dit-il, puis, cherchant à la rassurer, il ajouta tout bas : Tout se passera bien, le mieux serait de vous recoucher.

— Je regagne mon lit, mais promettez-moi que, quelle que soit l'heure à votre retour, vous passerez me voir.

— C'est entendu.

Jean Garancière embrassa sa femme. Quelques secondes plus tard, Louise entendit la porte de l'entrée claquer. Comme promis, elle retourna dans sa chambre. Avant de s'allonger, elle entrouvrit le volet intérieur qui obstruait la fenêtre. Il faisait encore nuit, de fortes rafales de vent secouaient la cime des arbres. Le long des vignes, elle vit une lumière cahotante s'éloigner. C'était Catherine et son mari. Louise referma le volet et sentit son cœur se serrer.

À présent, Jean Garancière était tout à fait réveillé.

— Sais-tu quand les douleurs ont commencé ?

— Il y a un peu plus d'une heure.

— C'est bien, tu as été rapide.

Les deux silhouettes emmitouflées avançaient côte à côte, arc-boutées pour lutter contre les bourrasques. Après un bon quart d'heure de marche, ils passèrent le petit bois au travers duquel le vent miaulait et arrivèrent devant la ferme d'où s'échappaient quelques lueurs.

Catherine poussa la porte et c'est une belle flambée qui les accueillit. À leur arrivée, le père Sylvestre se leva.

— Merci, docteur, d'être venu.

— La sage-femme est-elle arrivée ?

— Elle est en haut avec Thérèse.

— Bon, alors tout est pour le mieux, je vais monter la voir.

— Par ici.

L'aube ne s'était pas encore levée que le premier cri de l'enfant se fit entendre. C'était un garçon. Durant sa longue carrière, Jean Garancière avait mis de nombreux enfants au monde. Mais aucune naissance ne l'avait à ce point bouleversé. Il regarda intensément le poupon qui dormait dans ses bras. Sa blondeur, sa carnation et ses traits d'une remarquable finesse lui rappelaient ceux de Jules à sa naissance. Un chagrin immense le submergea. Avait-il pris la bonne décision ? À cet instant, le doute s'insinua dans son esprit. Dans le silence de la chambre, alors que la sage-femme s'occupait de la jeune mère, il lui fit la promesse secrète et solennelle de faire en sorte de toujours veiller sur lui. Avec regret, il porta l'enfant enveloppé dans un linge au père Sylvestre qui, au premier cri entendu, s'était précipité dans l'escalier. Il ouvrit la porte et annonça.

— C'est un garçon !

Jean Garancière marchait, le regard attaché aux nuages qui passaient à vive allure dans un ciel menaçant. Il se tourna vers l'est car c'était toujours de ce côté que venait le mauvais temps. « La pluie ne va plus tarder », constata-t-il. Il pensa alors à Jules, à cet insensé, à ce coureur de jupons qui était parti pour Paris, le cœur léger. Cet égoïste avait-il seulement une fois exprimé le moindre repentir ? Jean Garancière, très en colère, décida de taire la naissance tant que son fils ne prendrait pas de nouvelles de Thérèse, la jeune fille, qu'il avait engrossée. En demanderait-il seulement un jour ?

La forêt traversée, quelques gouttes froides vinrent lui cingler le visage, le château n'était plus très loin mais, au lieu de courir s'abriter, il fit une halte pour demander au Très Haut et Très Puissant de bénir le petit Théodore.

15

Paris

La torpédo jaune et noir passa le porche de l'hôtel particulier de la famille Saint-Eliph. Auguste sortit de l'automobile.

— Gare-toi devant les écuries, je file me changer. N'oublie pas, père t'attend.

Jules Garancière alla se garer devant les écuries puis descendit de voiture. À la suite d'un valet, il monta les marches de l'escalier monumental tout en se retournant pour admirer l'entrée en demi-cercle, les colonnes de marbre. Dès qu'il fut introduit dans le salon-bibliothèque, le baron se leva pour l'accueillir.

— Monsieur le baron, dit le jeune Garancière avec une déférence marquée.

— Entrez, mon cher Jules, j'étais justement en train de relire la dernière lettre que votre père m'a envoyée. Il se plaignait d'un hiver froid et venté, mais vous devez avoir des nouvelles plus fraîches que les miennes.

La simplicité et la chaude intimité, qui contrastaient avec l'entrée de l'hôtel immense et solennelle, mirent Jules à l'aise. Il s'assit sur un des deux sièges cannés aux accoudoirs de cuir qui lui fut désigné. Il se retrouva ainsi face au baron qui avait repris sa place derrière le bureau.

— Alors, après tous ces mois passés aux Manufactures, quel bilan dressez-vous ?

— Excellent, d'autant plus qu'Auguste partage maintenant le bureau avec moi.

— Vous vous entendez bien, je crois.

— Très bien, monsieur.

— Plusieurs fois vous avez invité mon fils dans vos escapades nocturnes et je vous en sais gré. Il était temps qu'Auguste apprenne un peu la vie !

Tandis que le baron parlait, Jules réfléchissait. Jamais il n'avait été aussi heureux. Même si l'accord qu'il avait passé avec son père était assorti de l'obligation de travailler, il en acceptait la contrainte. Paris avec ses restaurants, ses cafés, ses théâtres et ses demoiselles aux mœurs légères avait tout pour l'attirer. Chaque soir il sortait pour rentrer à point d'heure. Depuis qu'Auguste travaillait aux Manufactures, il avait pris l'habitude de l'entraîner dans ses sorties. Mais Auguste ne lui ressemblait pas. Il ne serait jamais un noceur. Il ne faisait pas comme lui la fête pour le plaisir de faire la fête, mais plutôt comme un passage obligé pour se prouver qu'il était un homme. Il avait une âme romantique, un cœur généreux et l'esprit d'un idéaliste. Si le baron avait espéré qu'en sa compagnie il oublierait son idée de faire une école d'officiers, il devrait déchanter.

— Si vous êtes ici ce soir, mon cher Jules, c'est qu'Auguste a beaucoup insisté pour que vous soyez parmi nous. Nos familles étant liées par l'amitié, je suis heureux de vous recevoir.

— Merci, monsieur.

— Parlez-moi de Lucillac. Comment s'annonce le cru cette année ?

Avec le jeune homme, le baron parlait facilement et Jules était agréablement surpris de trouver chez un ami de son père une telle liberté de ton.

Dans sa chambre, Apolline terminait de s'habiller. Elle avait opté pour une robe en crêpe de Chine bleue garnie de guipure. Dans ses cheveux rassemblés en chignon, Fine, la jeune femme de chambre que son père avait mise à son service, piqua quelques fleurs.

— Merci, Fine, dit-elle, jetant un dernier coup d'œil dans la psyché qui lui faisait face.

Au même moment, Madeleine parut accompagnée d'Anne-Sophie.

— Apolline, vous êtes ravissante !

— C'est une robe de maman que j'ai fait remettre au goût du jour !

— Alors, pour moi, il ne restera plus de robe de maman ? questionna Anne-Sophie.

Apolline se pencha pour l'embrasser.

— Quand tu seras grande, la mode aura changé, et, si tu le veux bien, c'est moi qui veillerai sur ta garde-robe. Elle sera magnifique, je te le promets !

Devant la porte du salon, Anne-Sophie se tordit le cou pour essayer de voir la tête de l'invité. D'où elle était placée elle ne réussit à apercevoir qu'une silhouette. Juste avant que son frère referme la porte, elle aperçut un profil et reconnut aussitôt le voisin de Neuilly. La porte lui claqua au nez.

— C'est pas juste ! dit-elle en frappant du pied.

— Vous avez raison, acquiesça Mado, aussi je vous réserve une surprise !

— Une surprise ? Alors je ne vais pas me coucher tout de suite ?

— Mlle de Saint-Eliph vous invite chez elle pour le dessert.

Oubliant sa déception, la fillette trottina jusqu'à l'escalier, dégringola les marches. Une fois devant la porte des appartements de sa tante, elle attendit en trépignant que Mado la rejoignît.

Pour cette petite qu'elle avait vue naître, Madeleine se sentait un cœur de mère. Souvent elle se reprochait sa faiblesse mais l'enfant avait tant de charme ; elle savait si bien s'y prendre avec les adultes qu'ici chacun était à sa dévotion, à commencer par Mlle Gertrude.

Anne-Sophie courut vers sa tante pour l'embrasser. Celle-ci se baissa pour lui tendre la joue.

— Vivement que tu grandisses, petite, car ces exercices ne sont plus de mon âge.

Elle se massa le cou, prit son face-à-main qui, au bout d'une chaîne en or, pendait toujours de travers sur sa poitrine et regarda l'enfant.

— Alors, que dirais-tu d'une bonne mousse au chocolat, avec des tuiles aux amandes ?

Puis elle lança à l'adresse de Madeleine :

— Entrez vite et surtout refermez bien la porte !

Madeleine, qui avait l'habitude, avait déjà prestement refermé la porte sur le persan à poil long qui, chaque fois que quelqu'un pénétrait dans l'appartement, tentait de s'échapper. Vagabond avait déjà fugué.

Gertrude sonna sa femme de chambre qui parut, les bras chargés.

— Posez le plateau sur la table et approchez une chaise, dit-elle.

Vagabond, qui était d'une gourmandise insatiable, vint se frotter contre les jambes d'Anne-Sophie.

— Pousse-toi, tu me chatouilles ! dit-elle.

Sans attendre, elle enfonça une cuillère dans le chocolat mousseux. Les yeux au plafond, elle mangeait en silence. Elle prit une tuile et avec ses incisives la grignota comme une souris. Soudain, regardant tante Principe, elle dit tout de go :

— Eh bien, moi je l'ai vu !

— Qui ça ?

— L'invité.

— Et alors ?

— Et alors je le connais !

— Comment pourrais-tu le connaître, même moi je ne l'ai encore jamais rencontré ! rétorqua tante Gertrude.

Anne-Sophie racla le fond de sa coupe, porta la cuillère à la bouche. Elle la lécha jusqu'à ce qu'il n'y eût plus trace de chocolat puis elle fit remarquer :

— Moi, je trouve qu'il serait très bien pour Apolline.

Enfin, l'air de rien, elle descendit de sa chaise sous l'œil médusé des deux femmes.

À l'arrivée de la jeune fille, Jules s'était levé et c'est avec une certaine admiration qu'il la regarda s'avancer dans le salon. Le corps souple, la démarche légère, la tenue élégante ne pouvaient que ravir l'œil d'un connaisseur. Elle alla embrasser son père qui fit les présentations. Apolline se tourna vers l'invité, et quelle ne fut pas sa stupéfaction lorsqu'elle reconnut le jeune homme entrevu un après-midi d'hiver à Neuilly.

— Jules est le petit-fils de la regrettée marquise de Lucillac, une amie très chère de ta grand-mère.

Apolline cacha sa surprise et eut l'à-propos de dire :

— Lucillac ? Cela aurait-il un rapport avec le saint-émilion dont vous dites tant de bien, père ?

— Tout juste ! dit le baron, heureux de la pertinence de la remarque.

Il se tourna vers son fils.

— Auguste, veux-tu descendre accueillir ta grand-mère, elle ne devrait plus tarder.

Et comme Auguste se levait, il ajouta :

— Au passage, pense à faire prévenir ta tante Gertrude que nous l'attendons.

Un quart d'heure plus tard, chacun avait pris place dans le salon. Une bouteille de champagne fut ouverte.

— À mon fils ! Et que ce champagne lui porte bonheur !

L'assemblée leva son verre à la gloire du premier bachelier de la descendance Saint-Eliph. Chacun trempa ses lèvres. Puis Dorothée prit la parole :

— Le baccalauréat ! À quoi cela sert-il, je vous le demande ! Enfin je te félicite puisqu'il le faut, mais j'entends bien avoir ta visite très prochainement pour parler de ton avenir.

Dorothée se tourna ostensiblement vers son fils et ajouta :

— Et seul !

— Très bien, grand-mère, bredouilla Auguste.

Jules, qui avait été plutôt bien accueilli par la vieille dame lors de son installation à Neuilly, fut surpris. « Pas commode la baronne », se dit-il.

Pour détendre l'atmosphère qui s'était subitement alourdie, Hyacinthe dit avec humour :

— Chère mère, à vous entendre j'aurais déjà un pied dans la tombe ! J'ai encore bon pied bon œil. Mon fils prendra un jour ma suite, mais rien ne presse, que je sache !

Le dîner fut rapide et excellent. Hyacinthe, qui détestait traîner à table, aimait à rappeler que Napoléon ne supportait pas de s'y attarder plus de vingt minutes. Passé ce délai, il se fâchait contre la pauvre Joséphine. La famille répétait ces anecdotes de génération en génération depuis la mort de son aïeul fait baron sous le Premier Empire.

Tandis que les hommes discutaient, Apolline osa un regard vers l'invité. Il était bel homme et, d'instinct, elle se méfiait des hommes trop séduisants.

Jules, qui avait senti le regard de la jeune fille sur lui, se tourna vers elle et lui sourit. Il avait un sourire splendide. Apolline rougit. Furieuse, elle détourna son regard. Ce manège amusa le jeune homme qui, très à l'aise, participait néanmoins activement à la conversation.

— Sedan ! Quand j'étais à Fontainebleau pour mon service militaire, tous mes camarades ne rêvaient que d'une chose : prendre leur revanche sur les Allemands.

— Vous êtes jeune, mon ami, et, avec le temps, vous comprendrez que l'esprit de revanche, même s'il paraît à première vue légitime, est de courte vue. Il n'y a que l'entente qui pourrait un jour réunir Allemands et Français... Oui, j'ai bien dit l'entente. Une guerre n'a jamais résolu les problèmes qui se posent entre deux pays.

— Nous étions alors le premier pays d'Europe, intervint Auguste, nous nous sommes fait écraser, et depuis nous avons perdu notre rang dans le monde. Comment oublier cela ? Nous n'étions pas alors en mesure de répondre, mais je suis sûr qu'il en irait autrement aujourd'hui.

— Je n'en suis pas si sûr. Une guerre n'est jamais gagnée d'avance. Que Dieu nous préserve d'un tel cataclysme !

Auguste ne répondit pas. Cependant le regard dur qu'il lança à son père en dit plus long que des mots. Surpris, le baron observa son fils à la dérobée. Il découvrait l'homme qui se cachait derrière celui qu'il prenait, il y a peu encore, pour un enfant.

16

Le Manoir

Apolline descendit du train. La jupe droite, le corsage blanc bien ajusté, un petit chapeau posé de côté sur ses cheveux blonds, elle rayonnait. Elle embrassa son oncle Anastase, tendit sa joue à son cousin Albert et se jeta littéralement dans les bras d'Adelphe qui portait une robe blanche et un chapeau de paille à large bord duquel s'échappaient quelques mèches auburn.

— C'est si bon de vous revoir tous ! Comment vont grand-mère et tante Jeanne ?

— Vous avez fait bon voyage ? Pas trop fatigués ?

— Et les jumeaux ?

Tout le monde parlait en même temps et les réponses se noyaient dans un flot de paroles. Dehors, deux automobiles attendaient. Celle confortable et familiale de l'oncle Anastase et une autre à deux places et à l'allure profilée.

— Albert, c'est à toi ? questionna Auguste, ravi.

Albert acquiesça d'un signe de tête.

— Et tu verras, on arrivera bien avant tout le monde.

Une fois les bagages installés, les deux garçons montèrent dans la voiture de sport. Anne-Sophie, téméraire, demanda à son oncle si elle pouvait s'installer à côté de lui.

— Bien sûr, chaton ! répondit-il, puis il se tourna vers l'arrière où Madeleine et les jeunes filles prenaient place : Il fait beau et j'ai laissé décapoté ; je ne conduirai pas vite, mais si une seule d'entre vous craint la poussière ou le vent, on ferme, il n'y en a que pour quelques minutes !

— Oh non, oncle Anastase, c'est si bon de respirer l'air de la campagne, répondit Apolline.

Les écuries passées, Anastase klaxonna joyeusement. Aussitôt une partie de la maisonnée sortit à leur rencontre. Grand-mère Amélie s'avança, suivie à quelques pas de tante Jeanne.

— Mes chers enfants ! Ma chère Madeleine !

Heureux de se retrouver, adultes et enfants se congratulaient. De cette mêlée, Anne-Sophie s'échappa pour courir aux cuisines où, par la porte entrouverte, elle avait aperçu le tablier blanc de Françoise. Elle lui sauta au cou.

— Doucement, petite folle !

— On a quoi ce soir comme dessert ?

— Ça ne te regarde pas !

Anne-Sophie se mit sur la pointe des pieds pour jeter un coup d'œil au-dessus des casseroles. « Des sauces, rien de sucré », se dit-elle, dépitée.

Elle regarda du côté du buffet où deux tartes attendaient d'être enfournées.

— Elles sont à quoi ?

— Ma parole, tu as grandi ! Voilà que maintenant tu peux mettre ton nez partout et même dans mes casseroles ! Il ne manquait plus que ça !

Françoise fit semblant de donner un coup de torchon à la fillette qui s'échappa en riant. Elle essuya ses mains à plat sur son tablier.

— Elle va bien, madame Aurore, votre petite dernière, et regardez comme elle est jolie. Vous pouvez compter sur moi, madame Aurore, je m'occuperai d'elle cet été, chaque soir elle aura ses desserts préférés.

Françoise s'adressait toujours avec un grand naturel aux morts. Les autres pensaient que, lorsqu'elle baragouinait comme ça dans sa barbe, c'était qu'elle perdait un peu la raison. Mais ce que les autres pensaient, qu'est-ce que ça lui faisait à elle ?

Accoudées au balcon de leur chambre, les cousines écoutaient les rumeurs de la nuit. Entre deux chants d'oiseaux elles entendaient les adultes qui conversaient sous le grand cèdre du Liban. « Oncle Anastase, tante Jeanne sont les mêmes d'une année sur l'autre », pensa Apolline, que cette constante rassurait. Seule sa grand-mère avait vieilli. Depuis la mort de sa fille, elle avait perdu sa soif de vivre.

Après un long moment de rêverie, Apolline et Adelphe se mirent au lit. Dans la nuit parfumée, elles chuchotèrent.

— C'est formidable qu'Auguste ait réussi son baccalauréat... et toi, tu as des projets ? questionna Adelphe.

Apolline confia que quelque chose de nouveau s'était passé dans sa vie. Elle parla de Jules Garancière. Adelphe, qui jusque-là luttait contre un sommeil qui menaçait de la terrasser, se dressa sur un coude.

— Tu es amoureuse ?

— Disons que je pense souvent à lui.

— Mais alors tu vas te marier ! dit Adelphe qui du haut de ses quinze ans croyait que la vie était simple, évidente et que quand on aimait, on se mariait.

— Auguste me met en garde. Jules est devenu son meilleur ami, il dit que je dois me méfier parce qu'il aime s'amuser, qu'il a plein de femmes dans sa vie.

— Tu veux dire que c'est un noceur ? s'exclama Adelphe qui trouvait follement romantique que sa cousine fût amoureuse, et d'un noceur en plus !

— Mais tu l'as connu comment ?

— C'est mon père qui l'a invité pour fêter la réussite d'Auguste à son baccalauréat.

— Quel est son nom déjà ?

— Jules Garancière.

— Apolline Garancière, ça sonne bien.

— Mais je n'ai jamais dit que je voulais me marier ! se défendit Apolline. J'ai seize ans et toute la vie devant moi ! Et j'ai des projets plus urgents...

— Ah oui ! Et lesquels ? fit Adelphe, qui passait d'un étonnement à un autre.

— Je veux entrer au conservatoire de musique.

— Et oncle Hyacinthe a accepté ?

— Je ne lui en ai pas encore parlé mais je vais le faire dès mon retour à Paris, affirma-t-elle, bien décidée.

— Le conservatoire est loin de chez toi ?

— Assez.

— Il faudrait alors...

— Que je prenne l'omnibus et que je marche un bout de temps à pied, eh oui ma chère !

Adelphe resta sans voix. Dans sa province, jamais une fille ne se rendait même au village sans être accompagnée ; c'était proprement inimaginable et Apolline qui lui annonçait ça avec la plus grande tranquillité !

Auguste aimait se lever de bon matin alors que le coq chantait et que tout était encore tranquille. Chaque matin, il partait avec Albert faire le tour du propriétaire à cheval. Depuis deux ans, Anastase et son fils se partageaient les tâches. Albert, qui aimait le grand air et qui avait le sens du contact, allait de ferme en ferme, tandis que son père s'occupait davantage de la gestion du domaine.

Albert arrêta sa monture et, au travers des verres épais de ses lunettes cerclées, il regarda autour de lui.

— J'aime cette vie passée au grand air... j'aime cette terre... J'aime les gens qui y habitent.

— Je crois qu'à moi aussi elle m'aurait bien plu, cette vie.

— Mais toi, tu as tous les avantages de vivre dans une grande ville.

— J'ai surtout les affaires de famille qui m'attendent.

— Et cela ne t'enthousiasme pas, on dirait.

— Je ne veux pas faire comme mon père. Toute mon enfance je l'ai vu partir tôt, rentrer tard, travailler le samedi, parfois même le dimanche.

— Que comptes-tu faire ?

— D'abord mon service militaire.

— Sans mes lunettes, je ne vois pas à deux mètres. J'ai été réformé d'office. Est-ce que j'aurais aimé faire mon service militaire ? Peut-être que oui au fond. En tous les cas, c'est une expérience qui me manquera.

— Ces derniers mois j'ai travaillé à mi-temps à la chapellerie, c'est un travail qui peut être intéressant tant qu'on n'en devient pas esclave. Et je refuse de devenir l'esclave de la famille.

Surpris de la tournure que prenait la conversation, Albert observa son cousin. Il avait beaucoup changé en un an. Il l'avait dépassé en taille, avait pris de l'assurance. Avec ses cheveux bouclés et sa gueule d'ange, dès qu'ils se rendaient en ville toutes les filles le regardaient.

— Tu trouveras tout naturellement ta place. Regarde, mon père et moi, nous n'avons pas le même caractère, pourtant nous nous complétons à merveille. Travailler ensemble nous a rapprochés, mais il ne faut pas croire que ça a toujours été facile, j'ai dû faire preuve de patience... mon père aussi certainement.

Auguste écoutait sans répondre. Il regardait les champs où paissaient tranquillement des vaches laitières. Parfois un beuglement déchirait le silence. Il était heureux d'être ici, heureux d'être avec Albert, heureux de cet échange fraternel.

— Tu as raison, Albert. En attendant je vais tenter d'intégrer l'école de Saumur.

C'était un vrai jour d'été sans nuages. Tout autour d'eux s'étendait une campagne magnifique. Albert laissa les rênes sur le cou de sa jument pour qu'elle mangeât un peu d'herbe fraîche.

— Tu ne m'as pas dit que tu devrais rentrer plus tôt à Paris ? reprit Albert.

— Un de mes amis doit passer me prendre... Lui aussi conduit une torpédo, il est fou de vitesse, tu devrais bien t'entendre avec lui !

Albert jeta un coup d'œil à sa montre.

— Il faut y aller, autrement on va être en retard pour le déjeuner, on pousse un dernier galop ?

— Chiche ! cria Auguste.

Quand l'automobile jaune et noir passa le portail, il était encore tôt dans la matinée. Adelphe, qui était descendue promener les chiens de sa grand-mère, courut avertir sa cousine. Elle la trouva dans le cabinet de toilette, encore en petite tenue, ses longs cheveux tombant jusqu'au bas des reins.

— Apolline, dépêche-toi, il est là !

— Mon Dieu, déjà ! Et moi qui ne suis pas prête ! Passe-moi ma robe !

— Mais laquelle ?

— La blanche en coton avec les petites fleurs mauves.

— Elle n'est pas un peu trop simple ?

— Je ne veux surtout pas avoir l'air apprêté. Aide-moi à me coiffer.

Quelques minutes plus tard, Auguste frappa à la porte. Adelphe lui ouvrit.

— Je voulais prévenir Apolline. Jules est arrivé et dans moins d'une heure nous devrons reprendre la route.

Apolline ajusta sa capeline, noua prestement le ruban vert sous son menton.

— Bien, on y va ! dit-elle pour se donner du courage.

Elle n'en menait pas large. Elle n'avait vu Jules Garancière qu'une seule fois et elle avait peur autant de le décevoir que d'être déçue par lui.

Auguste offrit le bras droit à sa sœur, le gauche à sa cousine et fièrement descendit l'escalier. L'arrivée d'Auguste, ainsi flanqué de deux ravissantes jeunes filles, fit sensation.

Adelphe, malgré sa timidité, s'efforçait de prendre part à la conversation tandis qu'Apolline se taisait. Elle était prise entre deux sentiments contradictoires : l'envie de plaire à un jeune homme qui, elle l'avait appris de son frère, prenait souvent de ses nouvelles, et l'immense tristesse de voir Auguste partir. Un sourire calqué sur ses lèvres, elle parut lointaine à Jules qui avait pourtant beaucoup espéré de ce moment. Depuis qu'il avait rencontré Apolline, son souvenir ne l'avait plus quitté. « Elle est belle », se dit-il, conquis. Son air réservé piqua, davantage encore, sa curiosité. Il était habitué à côtoyer des filles faciles. À Paris, histoire de faire comme les hommes de son âge, il s'affichait avec une de ces théâtreuses, croqueuse d'hommes que tout le monde s'arrachait. Apolline c'était autre chose, elle lui apparaissait comme une citadelle et, en matière de conquêtes, il aimait la difficulté.

— L'heure tourne, fit remarquer Auguste. Jules, est-ce que ça te dirait de faire un tour aux écuries ? Je te sais amateur de chevaux.

— C'est une bonne idée, si toutefois ces demoiselles acceptent de nous tenir compagnie ?

Au même moment déboulèrent sur la terrasse les jumeaux suivis d'Anne-Sophie.

— Ah, vous êtes là ? fit la fillette en criant presque. (Elle courut vers son frère et lui sauta au cou.) J'ai cru que tu étais parti sans me dire au revoir !

— Quelle idée ! Tu sais bien que je n'aurais jamais fait ça !

— J'ai eu peur quand même ! fit-elle, boudeuse.

— On peut aller avec vous ? demandèrent les jumeaux d'une même voix.

— Pourquoi pas ! répondit Auguste en se levant.

Auguste regarda Apolline qui avait du mal à retenir ses larmes. Il alla vers elle, lui glissa un bras autour de la taille et l'entraîna. Ce que voyant, Anne-Sophie, jalouse de l'entente de ses deux aînés, se pendit au bras de son frère. Auguste se laissa faire, touché par tant de démonstration affectueuse.

Un long moment les jeunes gens admirèrent les chevaux, discutèrent avec Jacques quand soudain une pensée fulgurante traversa Auguste. Il eut la sensation que c'était peut-être la dernière fois qu'il parlait avec Jacques, la dernière fois qu'il voyait les champs, les arbres, le ciel de Normandie, la dernière fois qu'il séjournait au Manoir. Il aimait tant cet endroit où il avait vu enfant sa mère heureuse.

Apolline, qui devinait tout de son frère, se pencha à son oreille.

— Reviens-nous vite, Auguste, pour que nous ayons encore de nombreux étés à passer tous ensemble au Manoir.

— J'aurai des permissions, et pour le conservatoire je tiendrai parole, je te promets d'en parler avec père. Ce n'est pas gagné mais je ferai de mon mieux.

— Et moi alors ? fit Anne-Sophie qui ne voulait pas être en reste.

— Que veux-tu que je demande pour toi à père ?

— Un poney pour accompagner Apolline dans ses promenades !

— Bien, fit Auguste, tu l'auras !

Un quart d'heure plus tard, les deux jeunes gens gagnèrent l'automobile à la carrosserie jaune et noir. Les jumeaux, telles des mouches, tournaient autour.

— Qu'elle est belle ! s'exclama Anatole.

— Tu crois que celle d'Albert va aussi vite ? questionna Alphonse.

— Bien sûr, qu'est-ce que tu crois !

Jules profita de l'effervescence générale pour chercher le regard de la jeune fille. Apolline sentit qu'il la fixait. Elle tourna son visage vers lui, lui sourit. Comme c'était l'heure de la séparation, elle ne réussit à lui dédier qu'un pauvre sourire, mais Jules s'en contenta. Il s'arrangea pour passer près d'elle et lui souffla :

— Je veux absolument vous revoir.

La voix chaude, les mots glissés à son oreille lui firent une vive impression. Comme pour se protéger, Apolline referma les bras sur sa poitrine. Jules et Auguste prirent place dans l'automobile qui partit à petite vitesse.

— À bientôt ! criaient les jumeaux en courant derrière la torpédo.

Très vite celle-ci prit de la vitesse, laissant les garçons sur place. Pétaradante, elle descendit la grande allée, passa le portail. Apolline tenait sa sœur par les épaules. Désormais, elles seraient seules.

17

Neuilly

Auguste descendit de l'automobile, se retourna pour remercier le chauffeur de son père et claqua la porte. La limousine partie, il se retrouva seul. C'est Honoré, le valet de sa grand-mère, qui l'accueillit. Dans un réflexe de garçon poli, il enleva ses mains de ses poches.

— Quel plaisir de vous voir, monsieur Auguste.

— Merci. Ma grand-mère est au salon ?

— Non monsieur, Mme la baronne est dans sa chambre, elle vous attend.

Auguste poussa un long soupir. Il détestait se rendre dans cette pièce sombre qui sentait le médicament. Sa grand-mère voulait le voir, et d'avance il savait que ce n'était que pour lui faire des remontrances. Il devrait écouter, garder son calme et ne pas répondre. Devant la porte, il prit une grande respiration et frappa.

— Oui, entrez ! répondit la voix forte et ferme qu'il aurait reconnue entre mille.

Sa grand-mère était assise face à lui, sa canne posée entre ses pieds chaussés de cuir noir et perdue entre les plis de sa robe noire. Ses deux mains, posées l'une sur l'autre, s'appuyaient sur le pommeau ivoire et argent. Auguste lui sourit, se pencha pour déposer un baiser sur le front qui sentait la poudre de riz, puis il attendit. Dorothée leva un sourcil, regarda son petit-fils. La revue fut sans concession. « Trop beau, trop fin, sans consistance », se dit-elle.

— Alors... Saumur ?

Le garçon ne répondit pas. Il se contenta de hocher la tête et de soutenir le regard de la vieille femme.

— Tu pars quand ?

Il savait que sa grand-mère connaissait la date ainsi que tous les détails de son départ mais qu'elle avait l'intention de jouer avec lui comme le chat avec sa proie.

— Demain matin, grand-mère.

Tout l'été Dorothée s'était battue avec son fils. « Comment peux-tu accepter de laisser ce garçon perdre son temps ! Deux ans de service militaire ! Mon pauvre Hyacinthe, tu lui passes tous ses caprices ! »

« Mère je sais ce que je fais et ma décision est irrévocable », répondait invariablement Hyacinthe. Quand Dorothée se faisait trop insistante, il quittait le salon. Fuir était la meilleure tactique. Alors la vieille dame en colère, n'ayant plus sa fille Gertrude sous la main, passait sa mauvaise humeur sur son personnel.

Avant de mourir, son père avait fait promettre à Hyacinthe de prendre soin des femmes de la famille. Malgré le caractère incontrôlable de cette mère égoïste et vieillissante, il tenait sa promesse. Par fidélité à la mémoire de son père, mais aussi par obligation. Dorothée détenait la moitié des parts de la firme familiale. Pour toutes ces raisons, Hyacinthe ne pouvait pas s'offrir le luxe d'une brouille. Dorothée était incontournable et n'oubliait jamais de rappeler à son fils que, sans sa signature, il ne pouvait rien.

Auguste s'était décidé à garder son calme. Entre les paupières fripées, le regard inexorable ne le quittait pas. Deux fentes, par lesquelles étaient pointés les canons de deux revolvers.

— Tu as réussi à embobiner ton père mais pas moi. Sache-le ! Je suis contre cette idée de te laisser faire ces deux années... deux années de perdues et pour quoi faire, je te le demande ?

Comme Auguste se mordait l'intérieur des joues pour ne pas répondre, bientôt il sentit le goût du sang sur sa langue.

— Caprice d'enfant gâté ! reprit-elle, martelant chaque mot d'un coup de canne sur le parquet ciré.

— Tu as perdu ta langue ?

— Non, grand-mère, je vous écoute.

— Bon, ce stage à la chapellerie ?

— Je pense avoir appris beaucoup de choses. J'ai vu comment était confectionné un haut-de-forme. J'ai suivi tous les stades de fabrication et...

— Et ? reprit la voix cassante.

— J'ai trouvé ça intéressant.

— Intéressant, vraiment ? Alors pourquoi cette fuite ?

Auguste comprenait que quoi qu'il fasse, quoi qu'il dise, sa grand-mère ne le lâcherait pas, qu'elle le pousserait à bout.

— Ce n'est pas une fuite, réussit-il à dire, c'est simplement que je veux vivre cette expérience.

— Quelle expérience ! Du cheval tu peux en faire ici, tu n'es pas brimé de ce côté-là, je pense ?

— Non, bien sûr, mais cela n'a rien à voir... J'ai besoin de me frotter à la vie, de connaître autre chose... Enfin, osa-t-il ajouter j'ai besoin de vivre loin de la famille.

— Elle te pèse ?

— Parfois.

— Tu n'es qu'un gosse de riches qui se permet d'avoir des états d'âme, lâcha-t-elle, sarcastique. Regarde-toi ! On te presserait le nez qu'il en sortirait du lait... Sais-tu qu'avoir des états d'âme est un luxe, comme passer son baccalauréat ou prendre des vacances ? Et là non plus je n'étais pas d'accord ! Tout ce luxe, à qui le dois-tu si ce n'est à l'affaire familiale ? (Dorothée fit une pause.) Ton grand-père, ton père y ont travaillé avant toi... la firme a toujours nourri la famille, et « monsieur » se permet de faire la fine bouche !

Auguste, qui jusque-là avait réussi à garder son sang-froid, se cabra. Depuis qu'il était entré dans cette chambre qui puait l'austérité et l'ennui, il se sentait étranglé de ressentiment, peut-être même de haine. Il ne se souvenait pas que sa grand-mère eût jamais montré à ses petits-enfants le plus petit mouvement de compassion, qu'elle eût le plus petit geste d'affection. Il se rappelait combien sa mère était mal à l'aise en présence de cette belle-mère qui, parce qu'elle avait apporté une belle fortune en dot, qui, parce qu'elle détenait la moitié des parts de l'usine, exerçait sa tyrannie sur tous. Sur son mari, sur son fils et aujourd'hui sur lui.

Les mains baguées et boudinées s'agitèrent.

— Votre mère a été bien trop faible avec vous ! Elle vous élevait dans du coton, forcément...

Auguste sursauta. Personne n'avait le droit de critiquer sa mère. Surtout pas elle. Il fit un pas vers la vieille femme qu'il ne voyait plus que comme une ennemie.

— Je défends à quiconque de dire quoi que ce soit sur ma mère !

Le ton était dur. Étonnée, Dorothée regarda son petit-fils.

— Il défend ? Voyez-vous ça ! railla-t-elle.

Cette fois c'en était trop, rien ni personne n'aurait pu arrêter Auguste de dire ce qu'il pensait.

— Du temps de ma mère, c'était différent justement, mais depuis son décès, qu'ai-je connu ? Les couloirs sinistres de l'avenue Victor-Hugo, les absences de notre père, les déjeuners les dimanches à Neuilly où il nous fallait subir votre tyrannie sans broncher ! Et qu'est-ce que l'on me propose ? De m'enfermer dans un bureau et d'y passer le reste de mes jours. Eh bien, si vous voulez tout savoir, je n'en ai nulle envie ! Je rêve de liberté... et de vivre, oui, de vivre !

Soudain Auguste se tut. Il n'osait pas regarder sa grand-mère. Il avait enfin osé dire à cette femme qui n'avait jamais rien fait de ses dix doigts, qui ne savait donner que des ordres à son personnel, à sa famille, ce qu'il pensait. Il s'efforça à recouvrer son calme, mais d'une voix blanche il ajouta :

— Vous vouliez savoir ce que je pensais, eh bien voilà, vous savez maintenant !

La canne s'abattit vivement sur le parquet.

— Impertinent !

Pâle, transpirant, Auguste tourna les talons et passa la porte. Il fit quelques pas dehors, fut étonné de trouver l'air si léger. Il se dirigea du côté des écuries. L'odeur des chevaux le ramena à la réalité. Rien que de sentir le velouté du pelage sous ses mains, les naseaux frémissants, rien que de respirer l'odeur du crottin et de la paille l'apaisa. Il s'imaginait la baronne de Saint-Eliph au bord de l'apoplexie, fulminante et attendant la venue de son fils pour se plaindre. D'avance il s'imaginait la scène mais, curieusement, les conséquences de son « coup de folie » lui étaient égales.

Auguste entendit l'auto se garer. Dans quelques minutes, son père l'appellerait. Il le sommerait de s'expliquer et de demander pardon à la baronne. Il refuserait de se plier aux exigences de son père et le déjeuner serait un enfer. Il décida d'attendre au salon, il prit le premier siège placé près de la porte et attendit. Son cœur cognait si fort que quelqu'un qui se serait assis près de lui aurait pu l'entendre battre. Il tendit l'oreille mais ne perçut aucun éclat de voix. Ce calme apparent était peut-être encore de plus mauvais augure. Les mains moites, il s'efforçait au calme mais chaque minute qui passait lui paraissait un siècle. « Que père vienne me chercher et qu'on en finisse », se disait-il.

Soudain il entendit les pas de son père dans le vestibule. Il se leva, se tourna vers la porte qu'il avait laissée entrouverte. Son père entra.

— Ah, tu es là ? Je te cherchais, dit-il, souriant. C'est, je crois, l'heure de passer à table. Ta grand-mère souhaite que ce soit toi qui lui donnes le bras, je crois qu'elle a quelque chose à te dire.

Auguste se leva, passa devant son père et alla frapper à la porte de la chambre de sa grand-mère.

— Entre !

Sans un mot, il alla vers la vieille dame, lui présenta le bras. Elle se leva, fit un premier pas, s'arrêta.

— Regarde-moi, lui dit-elle sèchement.

Auguste regarda sa grand-mère droit dans les yeux.

— Tiens ! Tiens ! Mon petit-fils aurait-il du caractère ? dit-elle tout bas comme pour elle-même, puis ajouta : Cette fois je passe l'éponge, mais ne t'avise plus jamais de me tenir tête ! Jamais, tu entends !

18

Paris

À son retour à Paris, Apolline trouva dans sa chambre, posée devant le portrait de leur mère, une lettre d'Auguste.

Chère sœur,

Comme je m'en veux de ne pas avoir pu tenir ma promesse...

J'ai tout essayé. Mais tu connais père, il n'a pas voulu céder, et le conservatoire ne sera pas encore pour cette année. J'ai toutefois obtenu que tu changes de professeur. Il faut toujours à notre père du temps pour approuver nos choix. Regarde, je me suis battu et j'ai bien fini par arriver à mes fins. J'ai été admis à Saumur, je monte chaque jour à cheval. Je me suis fait des camarades et même si la discipline militaire est rigoureuse et que la nourriture laisse à désirer, à chaque instant je me félicite d'être là. Je découvre un autre monde fait de solidarité et de camaraderie. Je mène une vie saine passée au grand air, j'apprends le maniement des armes. J'ai physiquement forci, tu ne me reconnaîtrais pas, à table je dévore. J'ai l'impression de devenir enfin un homme, mais le plus important, tu vois, c'est que je me sens libre.

Petite Apolline, je ne veux pas que mon départ te rende triste. M. Via a une excellente réputation, profite de cette année pour étudier et pour préparer ton entrée au conservatoire. J'ai bon espoir.

Avec toute mon affection, j'attends avec impatience de tes nouvelles.

Ton frère,

Auguste.

Le soir en se couchant, Anne-Sophie trouva caché sous son oreiller un poney en peluche. Un mot était joint.

Petite sœur, tu vas être obligée de faire ce que tu aimes le moins au monde : patienter ! J'ai obtenu que père t'offre un poney pour les étrennes. Mais chut ! C'est un secret. En attendant je t'offre celui-là, je l'ai appelé Balthazar, c'est un joli nom, qu'en penses-tu ?

Anne-Sophie était passée aux mains d'un précepteur qui avait réussi ce tour de force de faire accepter au baron que sa dernière fille prenne des leçons avec trois fillettes du même âge. Ce n'était pas encore l'école mais presque. À trois il y eut émulation. Anne-Sophie mit un point d'honneur à être la première. Madeleine, qui l'après-midi lui faisait répéter ses leçons, n'eut plus besoin de la pousser pour travailler.

Les jours passaient. Tous les après-midi, Apolline s'enfermait dans le salon de musique de sa mère. Travailler, améliorer son jeu devenait une obsession.

Jouer était une drogue contre le mal-être, contre le vide immense qu'elle sentait grandir en elle. Son père était toujours aussi absent et Auguste était loin. Parfois elle pensait à Jules. Les mots qu'il lui avait glissés à l'oreille revenaient souvent à sa mémoire : « Il faut absolument que je vous revoie... », mais ceux-ci étaient aussitôt suivis de la mise en garde de son frère : « Jules est un coureur de jupons, méfie-toi. »

Elle ignorait que durant le voyage de retour à Paris, Jules avait longuement parlé d'elle à son frère. Si bien que ce dernier s'était exclamé en riant :

— Ma parole, tu es amoureux !

Et il avait prévenu son ami.

— Apolline est une fille douée. Je suis sûre qu'elle peut devenir une grande pianiste. Elle est avec Anne-Sophie ce que j'ai de plus cher au monde, quiconque leur fera du mal me trouvera sur son chemin. Je te demande de ne plus essayer d'approcher Apolline si tes sentiments ne sont pas assez forts pour l'épouser. Jure-le !

Comme Jules semblait hésiter, Auguste avait insisté.

— Jure-le !

— Je le jure, avait fini par répondre Jules sans enthousiasme.

La nouvelle année apporta un poney à Anne-Sophie qui l'appela du nom de sa peluche Balthazar. Il fut l'hôte des écuries de Neuilly. Ce fut le palefrenier de Dorothée qui mit en selle la jeune demoiselle. Une fois la cavalière assurée sur sa monture, elle eut l'autorisation d'accompagner sa sœur dans ses promenades à cheval.

On était en février. C'était une journée glaciale d'hiver. Dans les ornières, l'eau avait gelé. Les deux sœurs se promenaient l'une derrière l'autre à petits pas quand Anne-Sophie annonça :

— Attention, Line, je vais te dépasser !

Sans lui laisser le temps de répondre, l'intrépide avait lancé Balthazar au galop. Apolline, contrariée, rejoignit aussitôt sa sœur ; elle s'empara des rênes du poney.

— Si tu veux continuer cette promenade, dit-elle, furieuse, tu vas à mon allure et tu ne dépasses pas le trot, c'est compris ?

— Mais moi j'ai confiance en Balthazar, il ne m'a encore jamais fait tomber !

— Peut-être, mais il suffirait qu'un chien aboie pour qu'il prenne peur. S'il s'emballait, qu'est-ce que tu ferais ? Tu n'as pas assez de jambe pour le retenir.

Anne-Sophie flatta l'encolure de son poney.

— Jamais Balthazar ne me ferait de mal ! affirma-t-elle.

Apolline leva les yeux au ciel. Sa sœur croyait dur comme fer que Balthazar savait tout, comprenait tout. Elle lui prêtait des sentiments humains. Elle passait son temps aux écuries à le brosser, le soigner et lui faire ses confidences.

Au retour, Apolline fit en sorte de longer la maison où habitait Jules. Depuis les dernières vacances, elle ne l'avait plus jamais revu. Ce jour-là, par un heureux hasard, les deux sœurs cheminaient tranquillement au pas quand l'automobile jaune et noir les dépassa à vive allure. Apolline eut juste le temps de retenir son cheval et Anne-Sophie de tourner la tête de son poney vers la haie. Jules alla se garer un peu plus loin et se confondit en excuses.

Comme les deux sœurs se taisaient superbement, il changea de sujet.

— Mais je vois que Mlle Anne-Sophie a obtenu son poney pour ses étrennes !

— Comment le savez-vous ? s'étonna la jeune cavalière.

Jules sourit, ne se donna pas la peine de répondre, et s'adressant à Apolline il continua sur le même ton enjoué :

— Et votre nouveau professeur de piano vous convient-il ?

— Décidément, nos faits et gestes n'ont pas de secret pour vous ! rétorqua Apolline sèchement.

— Auguste m'écrit régulièrement, il a l'air heureux à Saumur. Mais vous en savez sûrement plus que moi sur ce chapitre.

Apolline observa le jeune homme qui caressait le chanfrein de son cheval, les doigts se faisaient doux, la main légère ; troublée, elle détourna son regard.

— Excusez-nous, mais nous devons rentrer.

Elle tourna bride mais Jules retint le cheval par les rênes. Son regard se fit insistant.

— Aurai-je mesdemoiselles la chance de vous revoir ?

— On se promène par ici presque tous les dimanches ! s'exclama Anne-Sophie sans réfléchir.

Apolline foudroya sa sœur du regard, donna un coup d'éperon et partit au petit galop. Étonnée, Anne-Sophie en fit autant et bougonna.

— Eh bien quoi, qu'est-ce que j'ai encore fait de mal ? C'est toujours la même chose, moi, je n'ai pas le droit de faire du galop, mais quand c'est mademoiselle qui le décide... !

De retour aux écuries, Apolline ne cacha pas sa colère.

— À partir de maintenant, dit-elle d'un ton sans réplique, si tu veux te promener tu te feras accompagner par le palefrenier !

Comme tous les matins, Apolline se rendait chez son professeur de piano qui habitait à quelques rues de chez elle. Comme tous les matins elle poussa la porte cochère, fit un dernier signe à Madeleine avant de disparaître. Ce jour-là, quelqu'un l'attendait dans un coin sombre de l'entrée qui à son passage bondit vers elle. Surprise, Apolline poussa un cri étouffé.

— Pardonnez-moi, je ne voulais pas vous faire peur.

— Jules ?

— Chaque dimanche je vous ai guettée, mais plus jamais je ne vous ai aperçue sur le chemin... Prenez ce mot, lisez-le, et promettez-moi de répondre.

Comme Apolline faisait mine de passer son chemin, il la retint par le bras.

— Promettez si vous voulez que je m'en aille !

— C'est du chantage, réussit-elle à balbutier.

— Promettez, insista Jules.

— Très bien, je vous répondrai, mais partez maintenant... quelqu'un pourrait nous surprendre !

Jules glissa un billet dans la paume gantée et s'enfuit. Stupéfaite, Apolline resta debout, les bras ballants jusqu'à ce qu'elle entende l'ascenseur fonctionner. Recouvrant ses esprits, elle cacha le billet dans la poche de son manteau, gagna à pied le deuxième étage où son professeur l'attendait.

Toute la matinée elle pensa au billet. Jamais les heures ne lui parurent si longues. Elle ne parvenait pas à soutenir son attention.

— Vous êtes souffrante, s'alarma son professeur qui se montrait très paternel avec son élève.

— J'ai juste un peu mal à la tête, cela passera, s'excusa-t-elle.

Quand elle entendit les douze coups de midi sonner, elle fut soulagée.

De retour chez elle, elle glissa le mot entre deux partitions puis elle passa à table avec Madeleine et Anne-Sophie. À l'heure du café elle dut encore se rendre dans les appartements de tante Gertrude qui, comme chaque jour, attendait sa visite.

Vers trois heures elle prit congé, se rendit dans sa chambre, emporta les partitions puis alla s'enfermer dans le petit salon de sa mère. Dos contre la porte, elle poussa un soupir. « Enfin seule », se dit-elle. Ici personne ne viendrait la déranger. Elle alla s'asseoir devant le clavier et, les mains tremblantes, prit connaissance du pli. L'écriture était petite, serrée et régulière.

Chère Apolline,

Cela fait des semaines que je vous guette, des semaines que j'espère au moins vous apercevoir sur le chemin qui longe la maison. Anne-Sophie n'a-t-elle pas dit que chaque dimanche elle faisait une promenade à cheval avec vous ? Je vous ai attendue, espérée, trois semaines de suite... De guerre lasse, dimanche dernier, je suis passé par le jardin, je suis allé me poster sous les fenêtres du salon de la baronne de Saint-Eliph dont je suis, comme vous le savez, l'obligé. Je vous ai enfin aperçue. Vous buviez le thé en famille. Vous ne me croyez pas ? Alors je vais vous décrire. Vous étiez habillée d'une guimpe en piqué blanc et d'une jupe en taffetas couleur feuille d'automne. Vous étiez assise entre votre tante et votre grand-mère et face à la cheminée. Vos cheveux étaient juste retenus en arrière par une barrette et retombaient en boucles dans le dos. C'est la première fois que je vous voyais ainsi coiffée et cela vous allait à ravir.

Apolline, quittez ce petit air pincé qui ne vous va pas, je n'ai rien fait de répréhensible si ce n'est m'introduire dans un jardin mitoyen au mien, pour voler non pas une pomme mais une image, une très belle image. Est-ce un crime ? Depuis que je vous ai revue au Manoir, je pense à vous chaque jour. Rappelez-vous, vous avez promis de me répondre. Je demande juste que nous puissions parler quelques minutes. Si vous n'avez pas confiance en moi et qu'il vous faut à tout prix un chaperon, emmenez Anne-Sophie avec vous. Afin que les apparences soient sauves, nous ferons semblant que le hasard nous a fait nous rencontrer.

Griffonnez sur un bout de papier où et à quelle heure.

Votre dévoué,

Jules Garancière.

Apolline froissa la lettre, la mit en boule et l'envoya promener à travers la pièce. « Quittez votre air pincé » ! Pour qui se prenait-il ? À leur dernière rencontre, elle n'avait pas aimé son ton, sa désinvolture. Auguste parti, Jules pensait trouver le champ libre, mais elle ne serait pas sa prochaine victime.

En colère, elle commença ses gammes. Elle y mit toute son énergie. Après une bonne demi-heure de travaux forcés, sa décision fut prise. Elle répondrait à Jules puisqu'il lui en avait arraché la promesse, mais ce serait pour lui signifier une fin de non-recevoir.

19

Neuilly

Anne-Sophie gagna l'étage, surgit dans le salon de musique où sa sœur s'était retirée pour étudier son piano. Elle ouvrit la porte et trompette sonnante annonça :

— Grand-mère m'envoie te chercher, c'est l'heure du goûter !

Comme Apolline ne répondait pas, elle s'approcha, persuadée que sa sœur lui faisait une farce.

— Tu dors, Apolline ? Allez, ne fais pas semblant, dit-elle en lui secouant le bras.

Le corps d'Apolline s'affala sur le côté. Affolée, Anne-Sophie courut sur le palier et, se penchant au-dessus de la rampe de l'escalier, hurla d'une voix aiguë :

— Apolline est morte ! Apolline est morte !

Gertrude, suivie de près par une des femmes de chambre, monta en courant au premier étage.

— Aidez-moi à la soulever, ordonna-t-elle, on va l'allonger sur le divan.

— Mais que se passe-t-il ? s'exclama Dorothée.

— Mère, Apolline a eu un malaise... faites appeler le médecin ! lança Gertrude qui avait couru sur le palier.

Au passage, elle releva Anne-Sophie qui sanglotait, accrochée à la balustrade.

— Viens ! Apolline a besoin de toi.

— Alors elle n'est pas morte ?

— Ah ces enfants, ces enfants ! Il y a toujours quelque chose qui ne va pas, disait Dorothée, furieuse que l'accident arrivât à l'heure du thé.

Elle appela Honoré pour lui dire de prévenir le médecin, houspilla la femme de chambre dont le rôle était de servir le thé et qui restait là « comme une buse, les bras ballants » ! Et ce n'est qu'après avoir trempé ses lèvres dans sa tasse fumante, enfourné un petit gâteau, puis un deuxième, qu'elle prit sa canne afin de gagner l'étage.

— Une forte bronchite, conclut le médecin. Il faut que cette enfant reste au chaud et qu'elle se repose. Elle est anormalement faible.

Après avoir prescrit quelques potions, il ordonna un repos absolu et ne voulut rien entendre quant au désir d'Apolline de regagner Paris.

— Mais il faut que je rentre. M. Via, mes cours de piano !

Il n'y eut rien à faire, le médecin ne céda pas. Elle fut condamnée à rester à Neuilly. Hyacinthe, à qui la baronne de Saint-Eliph téléphona pour le prévenir que sa fille était malade, fut de retour une demi-heure plus tard. Il était quatre heures quand, à grands pas, il poussa la porte d'entrée. Il jeta sa pelisse sur un fauteuil, monta quatre à quatre les marches de l'escalier, entra inquiet dans la chambre où un bon feu crépitait. Il tira une chaise afin de s'asseoir au chevet de sa fille.

— Eh bien, tu nous en fais de belles ! Heureusement, ce n'est qu'une bronchite, dans une semaine tu seras sur pied.

— Et mes cours de piano ?

— Ne t'en fais pas, Madeleine ira prévenir ton professeur, dit-il sur un ton presque caressant.

Le père et la fille restèrent ainsi un long moment sans parler. Assise dans un coin de la chambre, oubliée de tous, Anne-Sophie ne bougeait pas. Elle avait vu son père entrer comme un insensé dans la chambre, elle l'avait vu se pencher avec inquiétude vers sa fille, elle le voyait à présent la couvrir du regard ; son père d'habitude si froid, si distant ! Elle se souvint du jour où elle s'était fait mal en tombant, de son attitude réservée, enfin de sa sortie désinvolte. Jamais son regard ne se posait sur elle. Jamais sa main ne prenait la sienne. Pourquoi ? Qu'avait-elle fait ? De quel forfait s'était-elle rendue responsable ? Secrètement, elle pensait que l'attitude de son père avait un rapport avec la mort de sa mère. Pourquoi et comment était-elle morte ? Chaque fois qu'elle posait des questions à ce sujet, les réponses se faisaient évasives.

La fillette, les yeux démesurément ouverts, regardait sans bouger, comme hypnotisée, le beau profil de son père ; elle l'admirait et aurait fait n'importe quoi pour qu'il la remarque au moins une fois. Une douleur sourde, depuis longtemps enfouie, se réveilla. Son père aimait Apolline, mais pas elle. À cet instant, quelque chose se brisa en elle. La famille lui avait caché la vérité. Si son père ne l'aimait pas, c'était certainement qu'elle était pour quelque chose dans la mort de sa mère. À cet instant, elle se promit de tout faire pour connaître la vérité.

20

Le château de Kervalon

Comme chaque matin, Amédée prenait son petit-déjeuner avec sa femme puis il passait dans le cabinet de toilette. Sitôt la porte refermée sur lui, il savait que l'ombre grise de Prudence, dont les déplacements n'étaient pas plus bruyants que ceux d'un chat, se glisserait dans la chambre. Il savait que les deux femmes passeraient vraisemblablement le reste de la matinée ensemble. Au début de son mariage, Amédée avait eu du mal à s'habituer à cette omniprésence. Avec le temps, il s'y était fait. Aujourd'hui, cela l'arrangeait.

Le mardi matin, Amédée laissait son fils s'occuper seul du domaine. Ce jour-là, il ne fallait rien lui demander, officiellement il se rendait en ville pour s'occuper de ses affaires.

À neuf heures sonnantes il se mit au volant de son automobile et partit pour Quimper. Amédée conduisait lui-même. Il n'aimait pas être tributaire d'un chauffeur. Ceux-là connaissaient tout de leur maître et lui aimait la discrétion, le secret.

Aujourd'hui, il avait pris le volume écorné. Il s'arrêterait chez son bouquiniste, puis il se rendrait chez son avocat. Amédée était un procédurier, il aimait les effets de manches et s'entourer de gens de robe. Il avait toujours un procès en cours. Parfois, juste pour le plaisir, histoire de bavarder un peu, il passait à l'étude de son notaire histoire de flairer une bonne affaire. C'est ainsi qu'il avait étendu son domaine en rachetant des terres, des fermes. C'était un homme avisé et redoutable en affaires. Un homme peu scrupuleux et rusé avec sa famille. Enfin, vers midi, il remonta dans son automobile et se rendit rue des Abbesses.

Au deuxième étage d'un immeuble cossu, Amédée frappa deux coups brefs à la porte. Il entendit : « Voilà, voilà ! j'arrive ! », le bruit d'un verrou que l'on tire avant qu'Hermine parût.

— Pas trop tôt ? questionna Amédée, souriant.

— Bien sûr que non, mon chat !

Amédée pénétra dans le vestibule en forme de demi-cercle, et éclairé par la lumière du jour grâce à la porte vitrée qui donnait dans le salon. Roses les tentures, roses les rideaux, roses les tapis. L'appartement était une vraie bonbonnière chargée d'objets, de vases Lalique, de coussins. Si, au début de leur relation, ce décor avait quelque peu heurté le goût aristocratique d'Amédée, avec le temps non seulement il s'y était fait, mais il s'y sentait confortable.

Hermine débarrassa Amédée de son paletot, de sa serviette en cuir et, le temps qu'il prît place dans un des fauteuils crapaud bordés de franges, elle lui servit un verre de porto. Hermine s'assit face à son amant.

— À la tienne ! dit-elle en levant son verre.

Hermine était une ancienne théâtreuse qui n'avait jamais joué que de petits rôles. Si sa carrière de comédienne n'avait jamais décollé, en revanche sa beauté pulpeuse avait attiré dans son lit de nombreux amants. Au milieu de tous ses prétendants, Amédée avait raflé la mise en l'installant dans cet appartement et en lui octroyant une pension. Très jeune, Hermine avait été engrossée par un de ces soupirants. L'argent d'Amédée lui avait permis de placer sa fille chez les sœurs et de ne plus se faire de souci quant au lendemain.

Amédée, que ses neveux surnommaient « oncle Grigou », ne déliait sa bourse que lorsqu'il s'agissait de son confort ou de se faire plaisir. Et Hermine avait su se rendre indispensable. Elle savait écouter patiemment, suggérer, flatter, au besoin se taire. Amédée, qui était au château de Kervalon le maître des lieux, le mari, le père, l'homme d'affaires inflexible, passé la porte de la rue des Abbesses laissait tomber le masque. Il n'était plus le vaillant soldat, mais juste Amédée. Un homme en quête d'amour, de caresses et aussi de ces mille petites fadaises que seule une maîtresse attentionnée peut prodiguer. Ici, Amédée réparait ses blessures, toutes ses blessures, même celles jamais cicatrisées de l'enfance. Il se prenait pour un laissé-pour-compte et Hermine, avec ses formes généreuses, sa peau douce et ses baisers, comblait ses manques. Elle était sa confidente, sa meilleure amie et lui dispensait l'amour qu'il ne trouvait pas chez lui. Marguerite de Saule était une femme enfant qu'il fallait protéger, rassurer, câliner comme une petite fille.

Confortablement installé, Amédée goûta le nectar.

— Fameux ! remarqua-t-il.

Hermine sourit.

— Je savais qu'il te plairait, il a au moins trente ans d'âge. Je passe aux cuisines, je vais voir si le repas est prêt.

— Qu'as-tu prévu ?

— Une blanquette de veau.

Amédée sourit d'aise. Mironton, bourguignon, blanquette... autant de plats qui faisaient peuple et qu'il ne trouvait pas sur sa table au château. Du regard, il fit le tour de la pièce. Il vit que le couvert était dressé. Sur le piano droit sur lequel Hermine aimait s'accompagner en chantant trônait un bouquet de roses. D'habitude, il apportait des fleurs. Aujourd'hui, il n'avait pas eu le temps mais Hermine ne perdrait pas au change. Il s'était décidé à faire son testament. Et ce matin avec son avocat il avait mis la dernière main à ses volontés. Après sa mort, Hermine hériterait de l'appartement dans lequel il l'avait installée voilà vingt ans. Il avait veillé à ce qu'une pension lui soit versée chaque mois jusqu'à la fin de sa vie, ainsi il la mettait à l'abri. Il était satisfait de sa décision.

21

Neuilly

C'est avec un certain plaisir qu'Apolline se laissait dorloter. Depuis la mort de sa mère, elle s'était souvent oubliée au profit de sa sœur. Ces derniers jours, elle redécouvrait le bonheur d'être le centre du monde. Le matin, elle était réveillée par un copieux petit-déjeuner. Le temps que Manon fît sa chambre et son lit, elle passait dans le cabinet de toilette. La chambre aérée, le lit refait, un bon feu dans la cheminée, elle se recouchait et lisait le livre que sa tante avait choisi pour elle dans sa bibliothèque personnelle. C'était un roman de M. de Stendhal.

— Tu verras ma petite chérie, *Le Rouge et le Noir* est une belle histoire d'amour. Mais cache le livre dans le tiroir de ta table de nuit, ta grand-mère est d'un autre âge, elle pense que les romans gâtent l'esprit des filles.

Apolline, ravie, s'était plongée dans la lecture de ce roman interdit. À l'heure du déjeuner, Manon lui montait un plateau chargé de ses mets préférés. En début d'après-midi, elle recevait la visite de sa tante qui apportait ses cartes ou son jeu de dames. Vers quatre heures, sa grand-mère se faisait servir le thé dans sa chambre. Lorsque son père venait déjeuner à Neuilly, il prenait son café sur le guéridon. Ainsi les jours de la semaine passèrent-ils sans qu'elle s'en aperçoive.

Dans tout ce calme, un événement était venu cependant bouleverser sa vie. Un matin, sur son plateau de petit-déjeuner, elle trouva, caché sous sa serviette, un mot dont elle reconnut immédiatement l'écriture. «Jules» ! se dit-elle. Comment avait-il su ? Comment avait-il fait ? Elle lut.

Chère Apolline,

Ce lundi 5 mars votre père paraissait inquiet, depuis j'ai appris que votre santé se rétablissait. Nous voici voisins pour toute une semaine. De vous savoir si proche me bouleverse. Je voulais que vous le sachiez.

Ces quelques lignes la touchaient plus qu'elle ne l'aurait voulu. Elle chercha à comprendre pourquoi et finit par trouver. Cette fois, Jules ne lui demandait rien, pas même une réponse. Le lendemain, c'est avec fébrilité qu'elle attendit son petit-déjeuner. Manon partie, elle s'empressa de soulever la serviette. Rien. Le surlendemain, toujours rien. Enfin le jeudi elle trouva un mot.

Chaque soir, vers huit heures, je me rends sous vos fenêtres, j'y reste un long moment espérant vous apercevoir, mais je n'ai pas encore eu cette chance.

L'après-midi, Apolline demanda au médecin s'il l'autorisait à jouer du piano.

— Mon enfant, rien ne vous est interdit pourvu que vous restiez au chaud. Vous n'avez plus de fièvre, mais vous toussez encore beaucoup.

— Pourrai-je rentrer à Paris dimanche prochain ?

— Nous verrons cela dimanche, il est encore trop tôt pour que je donne un avis.

— Mais je peux me lever ?

— Une heure par jour, pas plus, vous êtes encore très faible.

À l'heure où sa tante et sa grand-mère dînaient, Apolline jeta un châle sur ses épaules, alla regarder par la fenêtre de sa chambre. Le jardin était si sombre qu'elle ne put rien voir. Elle passa dans le salon de musique, ouvrit le piano, tâtonna et ce fut le deuxième mouvement de la *Pathétique* qui vint sous ses doigts ; elle joua un quart d'heure et, épuisée, elle retourna se coucher. Le lendemain un mot salua sa prestation.

L'apparition à la fenêtre... Le concert entendu à la belle étoile et sous le vent... ce fut une très une belle soirée ! Merci.

Anne-Sophie sortit en trombe de l'automobile. Elle monta frapper à la porte de la chambre, entra, courut jusqu'au lit. Elle trouva les draps tirés et personne dedans.

— Eh bien, elle est où ?

Un rire clair lui répondit. Elle se retourna, vit Apolline en robe de chambre, assise près de la fenêtre, un livre à la main. Anne-Sophie se précipita dans ses bras.

— C'est bien vrai, tu vas mieux ! Alors tu vas pouvoir rentrer avec nous à Paris ?

— Je n'en sais rien encore, le médecin le dira cet après-midi.

— C'était long cinq jours, toute seule.

— Tu avais Mado et tu sais combien elle t'adore.

Anne-Sophie acquiesça, fit une moue ; soudain son visage s'éclaira.

— Tiens, c'est pour toi !

Elle tendit un dessin.

— Oh, mais c'est le Manoir, avec les prés qui l'entourent, les chevaux, les vaches... C'est vraiment très joli... c'est plein de poésie, de délicatesse, tu as fait beaucoup de progrès ! Une véritable artiste.

— Tu trouves ? questionna l'enfant, flattée.

— Oui, je le pense sincèrement. Descends maintenant, enlève ton manteau, ton chapeau et va saluer ta grand-mère et ta tante avant qu'elles te fassent une remarque !

Docile, elle s'exécuta mais en traînant les pieds. Frêle silhouette, teint de porcelaine, cheveux remontés en queue-de-cheval, Anne-Sophie avait la joliesse, la grâce de l'enfance.

— Je me mets au lit. Remonte vite me voir, je suis tellement impatiente que tu me racontes tout ce que tu as fait pendant la semaine.

Le médecin de famille ordonna à la malade de garder la chambre.

— D'ici à deux jours vous pourrez commencer à faire quelques pas dans le jardin, pas avant.

Anne-Sophie restée sur le palier avait collé son oreille derrière la porte. Contrairement à la semaine dernière, Apolline n'avait pas insisté pour regagner

Paris. Révoltée par l'attitude de sa sœur, elle courut à la fenêtre se cacher derrière les épais rideaux. Le médecin parti, Apolline l'appela.

— Anne-Sophie, tu peux venir !

S'estimant trahie, Anne-Sophie ne bougea pas. De grosses larmes roulaient sur ses joues.

Gertrude raccompagna le médecin et regagna l'étage.

— Tante Gertrude, vous n'avez pas vu Anne-Sophie ? Il faut absolument que je la prévienne que je dois rester ici encore quelques jours !

— Oh ! Elle doit être à l'office. Je connais Mariette, elle a toujours une sucrerie pour Anne-Sophie. Je descends, si je la vois je lui dis que tu l'attends.

Cachée derrière les rideaux, l'impertinente tira la langue à tante Principe. Elle croisa les bras en signe de mauvaise humeur, bien décidée à ne pas se montrer. « Qu'ils me cherchent », se dit-elle.

Apolline finit par reprendre sa lecture.

Vint l'heure du goûter et toujours pas d'Anne-Sophie. Inquiète pour de bon, Apolline passa rapidement sa robe de chambre et, du haut des marches, cria :

— Il faut aller voir aux écuries, Anne-Sophie est peut-être avec Balthazar !

Honoré se renseigna auprès des valets d'écurie. Personne n'avait vu la fillette. Tante Gertrude se rendit aux cuisines, mais la petite n'y avait pas été vue de l'après-midi. Tandis qu'Hyacinthe faisait le tour du jardin, Apolline cherchait dans tous les recoins de la maison.

— Anne-Sophie, je t'en prie, réponds ! supplia-t-elle, la voix tremblante d'inquiétude.

Anne-Sophie commençait à trouver le temps long. De bonnes odeurs de gâteaux montaient de la cuisine et elle mourait de faim. Elle serait bien sortie de sa cachette, mais comment se montrer sans perdre la face ? Prise à son propre piège, elle ne pouvait que rester prisonnière des épais rideaux.

Perplexe, Apolline s'efforçait au calme. « Enfin, une enfant ne se volatilise pas comme ça ! », mais aussitôt d'autres pensées plus sombres venaient la torturer et elle se disait : « Ma sœur est tellement imprévisible. » Elle s'en voulut d'avoir attiré toutes les attentions sur elle.

Debout au milieu du palier alors que son cœur cognait à tout rompre, elle tournait en rond. C'est alors qu'elle remarqua Vagabond. Hiératique, la queue entourant ses pattes, il fixait quelque chose. Intriguée, elle suivit son regard, s'approcha de la fenêtre, tira d'un coup sec les rideaux.

— Mais qu'est-ce que tu fais là ! Tout le monde te cherche ! dit-elle, oscillant entre la colère et le soulagement.

Pour toute réponse Anne-Sophie éclata en sanglots et hoqueta.

— Je veux pas rentrer... toute seule à Paris... c'est trop triste... et je ne veux pas que père sache que je me suis cachée... j'ai peur qu'il me gronde !

Très vite Apolline réfléchit, il fallait trouver une idée.

— ... Tu ne dis rien, rien du tout, tu entends. Sèche tes larmes et laisse-moi faire.

Apolline se pencha par-dessus la rampe et appela :

— Père, j'ai retrouvé Anne-Sophie endormie dans le salon de musique !

— À cette heure-ci ? répondit-il, méfiant.

— Je pense qu'elle a pris froid. Son front est brûlant.

Hyacinthe observa Anne-Sophie qui, le visage défait, se taisait. Il ne croyait pas un mot de cette histoire inventée par Apolline pour couvrir sa sœur. Une fois de plus, il pensa qu'Anne-Sophie n'était qu'une incorrigible enfant gâtée.

— Bien, dit-il, agacé, on a perdu assez de temps comme cela, à table !

Anne-Sophie gardait les yeux rivés sur son assiette. Au début, jouant la malade, elle mangea peu. S'efforçant à détendre l'atmosphère, Gertrude parlait, faisant les questions et les réponses. Petit à petit la fillette reprit des couleurs, elle oublia son chagrin et se fit resservir de gâteau.

— Eh bien, pour quelqu'un de malade, tu as plutôt bon appétit ! fit remarquer son père.

Anne-Sophie rougit, repoussa son assiette et déclara qu'elle montait se reposer.

22

Neuilly

Le lundi, Apolline trouva un mot caché dans sa serviette du petit-déjeuner.

Anne-Sophie a encore fait des siennes. Décidément cette petite m'amuse, elle a du caractère.
Je brûle de vous voir mais je sais que vous n'êtes pas encore rétablie. Comme chaque fin de soirée, je serai posté sous vos fenêtres espérant vous apercevoir. Ce moment, je l'attends avec impatience.

Tandis que Manon reprenait le plateau, elle scruta le joli visage, mais celui-ci ne montrait aucune nervosité. Elle en conclut que Manon n'était pour rien dans ces cachotteries. Alors qui ? Celui ou celle qui glissait ces billets dans sa serviette prenait le risque de perdre sa place. Si Dorothée venait à l'apprendre, elle se montrerait intraitable.

Apolline prenait goût à ces billets doux. De savoir que quelqu'un s'intéressait à elle lui procurait le sentiment de n'être plus seule au monde. Chaque matin elle espérait trouver un de ces mots que, dans la solitude de sa chambre, elle lisait et relisait. Mais les jours suivants elle n'eut plus de nouvelles.

Dans la semaine, le médecin revint la voir. Désormais, elle avait le droit de se promener une heure dans le jardin. Après dix jours de confinement, Apolline appréciait cette nouvelle liberté. Elle avait repris des forces mais elle s'ennuyait depuis qu'elle ne recevait plus de lettres de Jules. Dimanche, la famille serait de retour et en fin d'après-midi elle repartirait pour Paris. Les vacances seraient finies. Car ces quelques jours, entre parenthèses, avaient été pour elle de vraies vacances.

Le jeudi arriva, mais toujours rien. Pourquoi ce silence ? N'y tenant plus ce soir-là, elle réussit à tromper la vigilance de Dorothée. Dès le repas avalé, plutôt que de regagner sa chambre comme elle en avait pris l'habitude, elle attendit que sa grand-mère se soit installée au salon, sa tisane servie pour sortir.

Emmitouflée dans un châle, elle fit quelques pas dans le jardin.

L'air était doux. Depuis quelques jours la pluie avait cessé et les arbres montraient enfin leurs premiers bourgeons. Elle se promenait, respirant l'air encore saturé d'humidité. Il faisait nuit, de là où elle était elle voyait distinctement sa grand-mère assise au salon près de la cheminée ; elle parcourut du regard la façade, s'arrêta sur la fenêtre éclairée de sa chambre. On y distinguait parfaitement les rideaux, le sofa. Elle se dit que le soir où elle avait fait un signe à Jules, elle était plus visible qu'elle ne l'avait imaginé. Alors qu'elle s'en faisait la réflexion, elle entendit comme un froissement d'herbe. Elle tressaillit.

— Vous enfin, dit-il.

La voix de Jules était calme et très proche.

Apolline eut suffisamment d'empire sur elle pour ne pas se retourner.

— Depuis trois jours, reprit Jules, je n'ai pas pu vous écrire ; il s'en est fallu d'un cheveu que Mariette ne fût surprise, elle ne voulait plus prendre de risque.

« Ainsi c'était la cuisinière, se dit Apolline, et non pas Manon. »

Devant le mutisme de la jeune fille, Jules s'empara d'une de ses mains, la retourna pour déposer au creux du poignet un baiser brûlant.

— Apolline, dit-il, si vous saviez combien je suis heureux de vous voir enfin, j'ai tant espéré ce moment. Si vous êtes là, c'est que vous allez mieux. Demain à la même heure, je vous attendrai au même endroit.

Apolline ne répondit pas mais un frisson la parcourut. La voix caressante, les lèvres chaudes et douces sur sa peau. Troublée, elle serra son châle contre elle et courut vers la maison. Sur la pointe des pieds, elle gagna sa chambre. Allongée tout habillée sur son lit, elle resta un long moment les yeux rivés sur le halo que la lampe dessinait au plafond.

Le dimanche suivant, vers midi, des bruits de voix, de pas, remplirent la maison. Anne-Sophie, à qui son père avait fait la morale, alla sagement embrasser sa grand-mère avant de monter voir sa sœur. Mais cette dernière habillée, coiffée, volait déjà à sa rencontre !

Elles se jetèrent dans les bras l'une de l'autre. Apolline souleva sa sœur, fit avec elle deux ou trois tours sur place avant de la redéposer sur ses pieds.

— J'espère que cette fois tu es guérie et bien guérie !

— Tu as vu, je ne tousse plus, je peux me promener !

— Et même faire du cheval ?

— Et même faire du cheval !

— Alors on pourrait faire une promenade, Balthazar sera content...

— Bien sûr, il fait un temps magnifique ! (Apolline prit sa sœur par la main et l'entraîna.) Viens ! je vais d'abord saluer tante Gertrude et père. Vous m'avez tous tellement manqué.

Toute la famille remarqua que la jeune fille, bien qu'un peu amaigrie, montrait un allant, une gaieté qu'on ne lui avait pas vus depuis longtemps.

Les oiseaux chantaient, quelques bourgeons commençaient à poindre. Les arbres fruitiers ne tarderaient plus à être en fleurs. Elles cheminèrent l'une à côté de l'autre tout en bavardant. En revenant elles longèrent les jardins. À leur passage, Jules sortit.

— Bonjour ! dit-il.

Anne-Sophie, qui se souvenait de la leçon, s'interdit de répondre. Elle s'attendait à ce que sa sœur fît un signe de politesse avant de repartir au petit trot. Mais le scénario fut tout autre. Apolline attendit, souriante, que le jeune homme les rejoignît.

— Je peux vous accompagner ?

— Pourquoi pas ? répondit Apolline, et se retournant vers sa sœur : Tu n'as rien contre ?

La fillette écoutait, médusée, Jules et Apolline converser. Si les échanges restaient banals, elle comprit, à des petits riens, que quelque chose s'était passé. Il lui sembla que l'un et l'autre jouaient un jeu, car tout ce qu'ils disaient sonnait faux. À un moment ils essayèrent de l'entraîner dans leurs bavardages mais de cela il n'était pas question. Assise bien droite sur son poney, son petit chapeau bleu marine penché sur le côté, elle observait les jeunes gens en se tenant sur ses gardes. À quelques pas de la maison Jules prit congé.

— Peut-être à la semaine prochaine, dit-il.

Puis, se tournant vers Apolline, il ajouta :

— Je crois que votre jument boite légèrement.

— Je n'ai pourtant rien remarqué, répondit Apolline en se penchant pour regarder les antérieurs de son cheval.

— ... Le sabot arrière droit.

— Vous croyez ?

Apolline descendit de cheval et dit à sa sœur :

— Mène Balthazar à l'écurie, je rentre à pied, c'est sans doute rien, mais on ne sait jamais.

Anne-Sophie s'exécuta. Elle fit les quelques mètres qui la séparaient du portail. Celui-ci franchi, elle sauta à terre. Tout en tenant d'une main ferme les rênes au plus près du mors, de l'autre elle écarta les branches de la haie. Elle vit Jules s'emparer de la main de sa sœur et lui parler à voix basse. « À la semaine prochaine », entendit-elle.

Désormais, chaque dimanche Apolline rejoignait Jules. Anne-Sophie se voyait reléguée au rôle de chaperon. Elle comptabilisait les œillades, les sourires, les frôlements. « Comme ils ont l'air bête », se disait-elle en levant les yeux au ciel.

Les jours passèrent, le printemps s'installa et l'idylle continua. Se sentant délaissée, Anne-Sophie devenait jalouse du bonheur de sa sœur. Les amoureux se cachaient de moins en moins. Ce dernier dimanche de mai, elle les avait surpris à s'embrasser. C'était un long baiser passionné. Elle était restée pétrifiée, des larmes de ressentiment et de rage plein les yeux. Devenue transparente pour le couple, elle se sentit reléguée, frustrée. Elle prit une décision.

Dès le lundi matin, Anne-Sophie se présenta à la porte des appartements de son père.

— Firmin, dit-elle avec son plus joli sourire et sa voix la plus polie, veuillez annoncer ma visite à M. le baron.

— Bien, mademoiselle.

Derrière la porte, très maîtresse d'elle-même, la fillette attendit sans sautiller d'un pied sur l'autre comme Madeleine le lui rappelait chaque fois. Ce matin-là, elle s'était habillée avec soin. Elle savait son père attaché aux apparences et elle voulait à tout prix lui plaire. Bien coiffée, vêtue d'une jolie robe, elle attendait sagement. Elle aurait fait n'importe quoi pour que son père la regardât ne serait-ce qu'une fois et, ce matin, elle avait bon espoir de l'intéresser. Firmin réapparut et la fit entrer dans le salon. C'était la première fois qu'elle se retrouvait seule dans le salon-bibliothèque. Intimidée, elle regarda les tableaux, les livres, le bureau. Son cœur battait à tout rompre. Et plus les minutes passaient, plus il cognait dans sa poitrine. Prise d'un doute, elle allait rebrousser chemin quand la poignée en bronze de la porte de la chambre descendit, la porte s'ouvrit... Son père parut parfumé, rasé de près, impeccablement habillé. Le regard froid malgré le sourire de pure forme qu'il avait calqué sur ses lèvres, il s'enquit :

— Tu as demandé à me voir ?

— Oui, père.

— Bon alors je t'écoute, dit-il en se plantant devant elle.

Il la dépassait d'au moins deux têtes et l'écrasait de toute sa stature.

Les bras ballants, elle était restée sottement au milieu de la pièce, déconcertée que son père ne l'eût pas invitée à s'asseoir. Pour se donner contenance, elle se tint bien droite, croisa ses mains dans le dos. Elle avala sa salive et dit d'un trait le discours qu'elle préparait depuis la veille.

— Père, je suis venue vous voir parce qu'il m'a paru important que vous sachiez...

Comme Anne-Sophie s'était arrêtée net dans son discours, son père intrigué questionna :

— Que je sache quoi ?

— Que Jules et Apolline se rencontrent souvent... en secret.

— Jules et Apolline ?

— Oui, ils se voient tous les dimanches après-midi à Neuilly.

— Depuis quand ?

Anne-Sophie avala sa salive.

— Depuis qu'Apolline est tombée malade.

Hyacinthe alla s'asseoir derrière son bureau et n'invita toujours pas sa fille à prendre place sur un des sièges qui lui faisaient face. Elle ne bougea pas. « Ne pas gesticuler, ne pas sautiller d'un pied sur l'autre, garder la tête froide... », se répétait-elle mentalement cependant qu'elle sentait ses joues rougir sous l'effort.

— Alors pourquoi me prévenir aujourd'hui ?

— Parce que... Parce que je les ai vus s'embrasser pour la première fois dimanche dernier !

Stupéfait, le baron se leva. Apolline et Jules ! Ce garçon n'était qu'un coureur, un amateur de jolies filles ! Il savait qu'en le faisant venir chez lui, il avait pris un risque... Il aurait dû suivre son premier mouvement et ne pas céder aux instances de son fils. Il avait introduit le loup dans la bergerie. Jules et Apolline ! Son regard revint se poser sur la fillette dont les joues s'étaient empourprées. Jamais il n'avait réussi à avoir le moindre élan envers cette enfant dont l'existence même l'embarrassait. Tout le monde s'ingéniait à lui dire combien cette petite avait l'esprit vif, combien elle était jolie mais lui ne voyait en elle qu'une enfant gâtée. Son regard se fit sévère.

— Je croyais que tu aimais Apolline.

— Apolline ne m'aime plus, elle n'aime plus que Jules !

Hyacinthe eut du mal à se contenir. Il jeta sur le bureau le crayon qu'il avait dans les mains. Le bruit mat qui accompagna ce geste de colère fit tressaillir l'enfant.

— Et toi tu n'es qu'une petite égoïste ! lança-t-il, méprisant. Sais-tu comment s'appelle ta conduite ? Le sais-tu ? questionna-t-il durement.

— Non, bredouilla l'enfant.

— De la délation !

Anne-Sophie, qui ne connaissait pas la signification de ce mot, comprit que ce n'était pas à son avantage. Elle qui avait tant espéré récolter des compliments chercha à se justifier.

— Je pensais qu'il était important que vous sachiez...

— Cela suffit ! coupa-t-il, la voix blanche de colère.

Hors de lui, Hyacinthe se leva, traversa la pièce à grands pas, ouvrit la porte.

— Dehors, je déteste les petites rapporteuses !

Rouge de confusion, Anne-Sophie eut juste le temps de passer la porte avant que celle-ci claquât derrière elle. Terrorisée, elle s'enfuit. Elle courait quand, dans le couloir, elle croisa Firmin qui poussait la table roulante du petit-déjeuner. Elle dévala les marches sous le regard médusé du valet et alla se cacher dans le jardin. Assise dans un recoin, sur un des bancs de pierre, elle laissa éclater son chagrin. Elle savait maintenant qu'il n'y avait plus aucune chance pour que son père l'aimât un jour. Le pire était que sa sœur lui en voudrait d'avoir dévoilé son secret. Elle non plus ne l'aimerait plus. À cet instant, elle aurait voulu disparaître, mourir. Mais comment fait-on pour mourir quand on est une petite fille de six ans ?

Ce matin-là, Jules fut convoqué d'urgence dans le bureau du directeur. Ne sachant pas la raison de cette convocation, il s'y rendit avec une certaine décontraction. Quand il entra, il aperçut le baron de dos regardant par la fenêtre.

— Vous savez pourquoi j'ai tenu à vous voir sans délai, je pense.

— Non, répondit Jules un brin décontenancé.

— Vraiment, vous ne voyez pas ?

— Toujours pas.

— Pourtant j'ai appris que vous donniez des rendez-vous en cachette à Apolline.

Jules garda prudemment le silence.

— Depuis combien de temps dure ce petit jeu ?

— Depuis trois mois.

— Je vous ai accueilli comme un fils, je vous ai donné l'hospitalité, je vous ai engagé à la firme...

Hyacinthe pivota sur ses pieds, se retourna vers Jules.

— Et vous vous permettez... !

— Nous n'étions jamais seuls, Anne-Sophie était toujours avec nous.

— Et c'est une enfant qui vous servait de chaperon ? (Il regarda Jules avec une expression dure que celui-ci ne lui avait jamais vue.) Vous avez à Paris toutes les femmes que vous voulez pour vous amuser et je crois savoir que vous ne vous en privez pas, mais vous en prendre à ma fille... à *ma* fille, répéta-t-il. Alors je vous pose la question : que comptez-vous faire ?

— L'épouser, s'entendit répondre Jules.

« Épouser » était un mot qui, jusqu'à cette minute, ne faisait pas partie de son vocabulaire. Sa vie de célibataire lui convenait. Il aimait les femmes, la vie légère, s'amuser et il ne pensait pas au mariage. Cependant il reprit :

— J'éprouve de réels sentiments pour Apolline.

— Très bien, fit Hyacinthe, satisfait que Jules prenne ses responsabilités.

23

Lucillac, mai 1913

Quelques jours plus tôt, il y avait eu une tempête. Celle-ci avait été aussi soudaine qu'inattendue. Elle avait déraciné des arbres, arraché des branches. Dans la forêt qui bordait les vignes, Jean Garancière, son fils Louis et les bûcherons faisaient l'inventaire du travail à faire. Ici il faudrait étêter, là couper les branches cassées, ensuite nettoyer l'allée, la clairière, tronçonner les troncs et brûler les branches mortes. En fin de matinée une petite pluie fine les obligea à s'arrêter. Louis raccompagna les bûcherons avant de regagner les Coteaux tandis que Jean resta seul à écouter le bruit de la pluie sur les branches. Il entendit les douze coups de midi sonner. Il hésita à rentrer puis, tournant le dos au château, il partit du côté de la ferme des Sylvestre. La pluie avait forci. Il pressa le pas, poussa la barrière et alla frapper à la porte. Thérèse lui ouvrit.

— Entrez vite, docteur, vous êtes trempé !

— Je ne te dérange pas ?

— Non, le petit vient de finir son repas.

Jean Garancière se débarrassa de sa cape. Dans la grande pièce tout était rangé, cela sentait bon le propre.

— Dis-moi, la ferme a pris une autre tournure en quelques mois.

— Je n'aime pas rester sans rien faire, cet hiver j'ai lessivé les murs, les plafonds... je n'ai que le petit à m'occuper et, après l'école, Catherine m'aide bien.

— Elle est courageuse, cette petite.

— Les études, ce n'est pas ce qui l'intéresse le plus. L'année prochaine, elle aimerait arrêter.

— Qu'est-ce qu'elle aimerait faire ?

— De la couture, elle a des doigts en or.

Thérèse se dirigea vers la grande armoire. Elle prit un drap.

— Regardez ces broderies.

— Je n'y connais pas grand-chose, pourtant même un néophyte comme moi peut apprécier ce beau travail.

Thérèse allait demander ce que néophyte voulait dire quand de la chambre du bas s'éleva comme un gazouillis.

— C'est Théodore... il joue dans son lit, je vais le chercher.

Thérèse revint avec le bambin dans les bras. Mais celui-ci s'agita et voulut se mettre sur ses pieds. Il s'accrocha à l'assise d'une chaise et regarda bien droit dans les yeux le visiteur.

— Bonjour, Théodore, dit Jean Garancière à l'adresse de l'enfant.

Le regard bleu le fixait avec attention.

Jean Garancière lui tendit la main.

— Essaye de venir jusqu'à moi, tu n'as que deux pas à faire.

L'enfant de douze mois lâcha le fauteuil. Il fit un premier pas. Avant qu'il ne tombe, Jean le prit dans ses bras.

— Tu es un petit bonhomme courageux. Je te félicite, Théodore. Dans un mois ou deux, il trottera.

— C'est bien ce qui m'inquiète, je vais demander à Mathurin de confectionner des barrières pour qu'il ne puisse pas s'échapper de la maison.

Jean Garancière se leva.

— Bon ! À présent je dois rentrer !

— Déjà ! Mais je n'ai même pas eu le temps de vous offrir un petit verre !

— Une autre fois !

Avant de passer la porte, Jean Garancière posa sa main sur la tête de l'enfant, caressa les cheveux blonds.

Debout au pas de la porte, son fils dans ses bras, Thérèse regarda le bon docteur partir. La pluie s'était calmée et Jean Garancière regagna le château en coupant à travers champs. Comme chaque fois qu'il rendait visite à Thérèse, il était ému. L'enfant était beau et plein de vie. Il était la réplique de Jules au même âge et cette ressemblance le bouleversait.

Il pensa à Thérèse. La jeune femme paraissait épanouie dans son nouveau foyer. C'était une brave fille, courageuse, qui ne se plaignait jamais. Était-elle heureuse ? Depuis le départ de Jules pour Paris, Thérèse n'avait plus jamais prononcé son prénom et lui ne parlait jamais de son fils. Ce silence était entre eux un accord tacite.

À une centaine de mètres du château, il vit sa femme.

— Jules arrive demain par le train !

Un grand sourire éclairait le visage de Louise.

— Après tous ces mois d'absence, je commençais à trouver le temps long.

Bras dessus bras dessous, les époux s'en repartaient vers la maison.

— Vous avez pourtant Louis, Marie et Juliette, votre petite-fille.

— C'est vrai et je mesure ma chance, il n'empêche que l'absence de Jules me pèse. Ce long séjour loin d'ici l'aura changé, vous ne croyez pas ?

— Il ne vous a rien dit de plus ?

— Il m'a dit qu'il était heureux de nous revoir. (Louise glissa son bras sous celui de son mari.) Oh, Jean, quittez votre tête des mauvais jours, je suis si heureuse de revoir Jules, je vous en prie, ne gâchez pas mon plaisir.

Jean sourit à sa femme, tapota sa main.

— C'est entendu, je fêterai le retour de l'enfant prodigue comme il se doit.

En fin de journée, Jean Garancière s'était assis au salon. Jules le rejoignit.

— Je reviens de chez mon frère. Toute la famille va bien et ma filleule est un beau bébé.

— Cette enfant fait le bonheur de ta mère.

Jules sourit.

— Père, j'ai une nouvelle à vous annoncer.

Aussitôt Jean Garancière se sentit gagné par l'angoisse. Avec Jules il fallait s'attendre à tout, au pire comme au meilleur.

— Je vais me fiancer.

Jean Garancière se figea. Quelle bêtise avait encore fait son fils ? Toutes sortes d'hypothèses traversèrent son esprit. Il avala sa salive et finit par demander :

— Peut-on savoir avec qui ?

— Apolline de Saint-Eliph.

— C'est une plaisanterie !

— Non, père, c'est tout ce qu'il y a de plus sérieux. Le baron de Saint-Eliph m'a accordé la main de sa fille.

— Les fiançailles se font en général en présence des deux familles... À moins qu'il y ait urgence...

— Mais non, père, qu'allez-vous chercher là ! J'ai fait ma demande il y a tout juste vingt-quatre heures et si je suis venu, c'est qu'il m'a semblé préférable de vous apprendre cette nouvelle de vive voix.

— Ta mère est au courant ?

— Non, vous êtes le premier à être dans la confidence.

Un silence se fit durant lequel Jean Garancière réfléchit. Le baron avait trois enfants dont deux filles, la petite dernière ayant été indirectement la cause de la mort de sa mère.

— Et quel âge a-t-elle ?

— Dix-sept ans bientôt.

— Mais ce n'est encore qu'une enfant !

— Père, quand vous avez connu ma mère, elle avait tout juste cet âge.

— Je te ferai remarquer que je n'ai épousé ta mère que trois ans plus tard.

Jean Garancière se leva. Une seule question le préoccupait.

— Tu n'as pas fait de bêtise au moins ?

— Mais non, père, je vous assure. Je ne comptais pas me marier si vite, c'est vrai, mais je suis tombé amoureux et contre de tels sentiments, on ne peut rien.

Jean Garancière regarda attentivement son fils. La soudaineté de la nouvelle l'inquiétait. Comme il entendait des pas se rapprocher, il dit :

— Pas un mot de tout cela à ta mère. Je lui apprendrai moi-même la nouvelle un peu plus tard.

Louise entra dans le salon, légère et souriante.

— Louis et Marie sont arrivés, nous allons pouvoir passer à table.

Cela faisait six jours que Jules était à Lucillac et depuis six jours Jean Garancière bouillait. « Voyons, se disait-il, mon fils repart dans deux jours... va-t-il enfin se décider ? »

Jean Garancière avait multiplié les occasions de se retrouver seul avec son fils mais la question qu'il attendait n'était jamais venue. Le dernier après-midi avant son départ, il le convoqua dans son bureau.

— J'aimerais que nous ayons une conversation, toi et moi. Je pense que tu te doutes de la raison pour laquelle je veux te voir.

— Pour parler de mes fiançailles ?

— Pas vraiment ! Tu te souviens, je pense, de la raison pour laquelle tu es parti vivre à Paris ?

— Ah ! fit Jules comme tombant des nues, c'est donc ça... (Jules marqua un temps.) Je suppose que vous voudriez que je prenne des nouvelles de Thérèse ?

Jean Garancière, qui continuait de marcher de long en large, s'arrêta net.

— Cela fait six jours que j'attends que tu me poses la question... Six jours, que dis-je, un an et demi !

— Très bien, alors je le fais. Comment va-t-elle ?

— Thérèse se porte bien.

Jean Garancière regarda attentivement Jules et ajouta :

— Et je te signale que son fils aussi.

— Tant mieux.

— C'est tout ce que cela te fait ?

— Pour son fils j'étais au courant, les gens dans le pays sont plutôt bavards.

— Ah oui ! Et qu'est-ce qu'ils disent ?

— Que Mathurin Sylvestre n'a pas perdu au change.

— Et toi, que penses-tu ?

— Que si Thérèse et lui sont heureux, c'est tant mieux.

— Je te rappelle que cet enfant est *ton* fils, répondit-il durement.

Cette fois, c'est Jules qui perdit patience.

— Je vous rappelle, père, qu'à l'époque nous avions eu une conversation à ce sujet et que je vous avais dit que je ne voulais pas de cet enfant.

— Que tu n'en voulais pas... vraiment ? Alors dans ce cas il ne fallait pas engrosser sa mère !

— C'est une erreur de jeunesse. Il était convenu entre nous qu'elle ferait passer l'enfant, mais Thérèse en a parlé à sa mère qui s'est empressée de vous le faire savoir... Et vous vous êtes opposé à l'avortement !

— Malheureux ! Thérèse était enceinte de plus de trois mois ! Sais-tu combien de femmes restent stériles après un tel acte, combien aussi perdent la vie ? explosa Jean Garancière.

— Père, à quoi sert-il de remuer le passé ? Thérèse est mariée, l'enfant est né, et, si j'ai bien compris, chacun y trouve son compte. En somme, tout est rentré dans l'ordre.

Devant tant d'égoïsme, Jean Garancière resta sans voix.

24

Paris, juin 1913

La main appuyée à un des barreaux de l'échelle, Apolline écoutait les explications du peintre. C'était à croire que cet après-midi ils s'étaient tous donné le mot, rien n'allait comme elle le voulait, c'était à en perdre la tête. Son mariage était prévu pour septembre et le chantier prenait inexorablement du retard. Après que tout le monde fut parti, elle se laissa choir sur le premier tabouret libre, et c'est assise au milieu des échafaudages et des pots de peinture que Madeleine la trouva.

— Dure journée ?

Apolline releva le visage. Des mèches blondes s'échappaient de son chignon, tressant comme une auréole autour de son visage.

— Tout va de travers, les travaux ne seront jamais finis à temps !

Madeleine s'approcha de la jeune fille et lui mit un bras autour des épaules.

— Ne vous en faites pas, petite chérie, cela va s'arranger. Il y a des jours où tout semble mal parti et le lendemain, comme par enchantement, tout s'arrange.

— C'est vrai, demain l'architecte sera là, concéda-t-elle. Mais Mado, comment je ferai quand tu seras partie ?

— Vous savez ce que je vous ai dit, si vous êtes triste je le serai moi aussi et il n'y a pas lieu de céder à la mélancolie.

Madeleine prit la main de la jeune fille et l'entraîna.

— Allez ! J'ai fait préparer un thé, où désirez-vous le prendre ?

— Dans le petit salon.

— Va pour le petit salon !

Assises l'une à côté de l'autre sur le sofa, Apolline et Madeleine buvaient leur thé à petites gorgées.

— Un sablé ? proposa Madeleine.

— Merci... je n'ai pas faim.

— Faites un effort, vous allez arriver à votre mariage fatiguée. Déjà vous flottez dans vos robes.

Pour toute réponse, Apolline se leva. D'une démarche souple elle se dirigea vers le piano. Elle l'ouvrit et, après réflexion, annonça :

— Chopin, sonate n° 3, troisième mouvement.

Avant de rentrer au service des Saint-Eliph, Madeleine pensait ne pas avoir l'oreille musicale. Mais au contact de la baronne puis de sa fille, son oreille s'était faite. Le largo de cette sonate était un des morceaux préférés de la mère d'Apolline. Après sa mort, on avait trouvé la partition ouverte à cette page.

Sa tasse à la main, Madeleine écouta jusqu'au dernier accord. Il y avait une telle sensibilité mais aussi une telle vigueur dans le jeu que chaque fois qu'elle l'écoutait elle était impressionnée. Quelle âme se cachait dans ce corps d'apparence si frêle ? Elle se sentait envoûtée, comme prise dans une toile invisible. Elle chercha le mot qui convenait et pensa au mot arachnéen.

Les dernières notes résonnèrent. Apolline alla rejoindre Madeleine. C'étaient leurs derniers jours d'intimité et elles voulaient profiter de ces instants.

— Émile et moi avons arrêté la date de notre mariage !

— Et c'est pour quand ?

— Le mois prochain.

— Mais alors, ma sœur et moi on ne sera pas là ! s'exclama Apolline déçue.

— J'ai pensé qu'il serait mieux pour tous que je prenne congé justement pendant vos vacances.

— Anne-Sophie se faisait une telle joie de se rendre à ces noces ! Comment vais-je le lui annoncer ?

— Je lui écrirai. Elle sera avec ses cousins, elle s'amusera...

Apolline vivait ce départ comme un abandon et aucun raisonnement ne venait à bout du vide qu'elle sentait poindre.

Apolline descendait les marches tandis que Jules les gravissait ; dans leur précipitation, ils faillirent se heurter. Ils se regardèrent et à ce simple regard se sentirent comme aimantés. Jules prit la main de sa fiancée et la porta à quelques centimètres de ses lèvres.

— Tu es ravissante, murmura-t-il, sincère.

Il l'entraîna dans un recoin sombre et l'attira à lui. Il l'embrassa longuement, savamment, jusqu'à ce qu'il la sente frémir. Alors, au travers de l'étoffe, il se mit à caresser ses seins qu'il sentit durcir sous ses doigts. Ses mains suivirent la courbe des hanches.

— Non ! dit-elle en s'écartant, les joues en feu, les yeux brillants.

Jules qui, jusqu'à ce jour, avait toujours été attiré vers des femmes conciliantes, voire faciles, découvrait avec Apolline une résistance qui lui plaisait. Cette attente le rendait fou.

— Viens voir les travaux ! l'invita Apolline

Ils gagnèrent le deuxième étage. Quelques malheureuses ampoules, tombant du plafond, éclairaient le chantier d'une lumière crue. Ils se promenaient au milieu des échafaudages et des pots de peinture quand derrière eux ils entendirent des pas. D'instinct, ils s'écartèrent l'un de l'autre.

— Ah, vous voilà ! fit le baron. Je vous cherchais !

Hyacinthe embrassa sa fille sur le front et donna une poignée de main chaleureuse à son futur beau-fils.

— Eh bien, dit-il regardant autour de lui, cela commence à prendre tournure !

— Vous trouvez, père ?

— Bien sûr ! Le début des travaux n'est jamais spectaculaire, mais tu verras, nous serons dans les temps.

— Il n'y a pas à s'inquiéter, nous avons encore trois mois devant nous ! affirma Jules.

— Sur ces bonnes paroles, passons à table, proposa Hyacinthe, après le dîner je dois sortir.

Apolline s'en fut aux cuisines. Restèrent en présence les deux hommes. Le temps de descendre un étage et de gagner le salon-bibliothèque, ils gardèrent le silence. Désormais ils se connaissaient suffisamment pour que ce silence ne soit pas pris comme un temps mort mais plutôt comme le prolongement d'une réflexion. Un verre de whisky à la main, ils s'installèrent confortablement dans les fauteuils. Depuis que les jeunes gens étaient officieusement fiancés, Hyacinthe se sentait allégé d'un poids.

Les deux hommes bavardaient librement. Jules était un être indépendant, plein de vie. Il était assez audacieux et suffisamment égoïste pour profiter des bons moments de l'existence sans se poser de questions. En un mot, Jules était le prototype même de l'homme qu'Hyacinthe aurait aimé être au même âge.

L'automobile jaune et noir passa le porche quelques secondes avant que la limousine conduite par le chauffeur du baron de Saint-Eliph démarrât à son tour. Jules avait apprécié la soirée. Il aurait aimé la prolonger mais, au regard des conventions, il lui était impossible de rester en tête à tête avec sa fiancée. La nuit était belle, il pensa qu'il était trop tôt pour rentrer. Au carrefour de l'avenue du Bois, il prit sur sa droite. Tournant le dos à Neuilly, il descendit les Champs-Élysées.

Tout à ses réflexions, Jules ne fit pas attention à l'automobile qui s'était glissée derrière la sienne. Le baron, qui avait repéré la torpédo de son beau-fils, frappa avec sa canne deux petits coups du pommeau dans la vitre qui le séparait de son chauffeur.

— Suivez-la ! commanda-t-il d'une voix ferme.

— Bien, monsieur le baron.

Calé à l'arrière, Hyacinthe ne disait mot. Quand l'automobile tourna rue Royale pour prendre sur sa droite la rue Saint-Honoré, la limousine fit de même.

Enfin quand celle-ci ralentit, Hyacinthe toqua à nouveau contre la vitre et ordonna :

— Dépassez-la et garez-vous un peu plus loin.

Le baron se retourna et par la lunette arrière vit Jules descendre de voiture, traverser la rue et disparaître sous une porte cochère. Il connaissait l'adresse qui se passait discrètement sous le manteau. Il regarda la façade, vit qu'au deuxième étage toutes les fenêtres étaient éclairées. C'était bien ce qu'il pensait !

Il redonna deux coups sur la vitre.

— À mon cercle ! ordonna-t-il.

Assis à l'arrière, le visage dans l'ombre, Hyacinthe demeurait songeur. « Bah, se dit-il, après tout, mon futur gendre peut bien enterrer sa vie de garçon, pourvu qu'une fois marié il rentre dans le rang. Réflexion faite, si Jules prend du bon temps, n'est-ce pas le gage que ma fille arrivera intacte à ses noces ? »

25

Le Manoir-Lucillac

De sa fenêtre, Amélie regardait l'été reprendre possession du jardin. Chaque année, c'était avec le même ravissement qu'elle parcourait le verger et le potager. Cette fois elle avait déclaré forfait. Son immobilité lui faisait perdre chaque jour un peu de vigueur. Peut-être aussi un peu plus l'envie de vivre. Elle regardait son image s'effacer de cette terre avec curiosité et sans mélancolie. Sa vie avait été bien remplie et pour rien au monde elle n'aurait voulu la revivre. Elle avait eu le temps de faire et refaire ses comptes. Les chagrins avaient pesé plus lourd que les bonheurs.

Amélie soupira. Ce fut un soupir profond venu de l'âme. C'était toujours cette même question qui venait la tarauder. Devait-elle partir avec son secret ou au contraire parler ? N'était-ce pas une attitude égoïste, voire une lâcheté que de vouloir soulager sa conscience ? Le silence ne valait-il pas mieux qu'une vérité qui risquait de blesser ?

Amélie poussa un deuxième et long soupir qui ressembla cette fois à un sanglot retenu. Elle regarda le ciel. Mourir ne lui faisait pas peur mais c'était le passage, ce fameux passage, qu'elle craignait. Pour le reste elle avait suffisamment de curiosité pour aller voir de l'autre côté ce qui se passait. Et suffisamment de foi pour s'en remettre à Dieu.

— Grand-mère, murmura Apolline en se penchant pour embrasser la joue dont la peau était si fine qu'on eût dit du parchemin.

Tirée d'une sorte de somnolence de l'esprit au profit de l'éveil de l'âme, Amélie ouvrit les yeux.

— Oh ! C'est toi ma petite Apolline ! (Émue, Amélie chercha sur le drap la main fraîche, heurta la bague de fiançailles.) Es-tu heureuse ?

— Oui, grand-mère, je n'ai jamais été aussi heureuse. Jules est parti faire un tour avec Albert, j'en ai profité pour monter vous voir.

— Alors nous avons un peu de temps devant nous pour bavarder. Prends un fauteuil et assieds-toi près de moi. Parle-moi de tes beaux-parents.

— Je les ai rencontrés à l'occasion de mes fiançailles et je ne pouvais pas rêver mieux.

— Dans quelques jours, tu dois partir pour la belle région de Bordeaux ?

— Oui, grand-mère, je suis invitée à passer deux semaines chez eux à Lucillac.

Deux semaines, réfléchit Amélie, tiendrait-elle jusque-là ? Il y avait des jours où elle se sentait bien et d'autres...

— Je sais que ta cousine Adelphe doit t'accompagner, elle ne tient pas en place, sa joie fait plaisir à voir !

Sa grand-mère l'avait toujours protégée. Et là, dans cette chambre silencieuse où tout respirait le calme, la sérénité, l'émotion l'envahit.

— Grand-mère, dit-elle, les yeux remplis de larmes, que vais-je devenir si... si... ?

Amélie serra sa main dans la sienne et dit avec fermeté :

— Tes fiançailles me comblent. Tu m'as offert le dernier grand bonheur qu'il m'aura été donné de vivre. Tu vas entrer dans une famille amie qui t'accueillera chaleureusement... ton mari sera à tes côtés, tu fonderas une famille. Je pars sereine. Promets-moi seulement de veiller sur Anne-Sophie.

— Je vous promets, grand-mère, dit Apolline, et sur les derniers mots sa voix se brisa.

— Mon petit, ne pleure pas, tu vas m'enlever le peu de courage qui me reste. Cours plutôt chercher ton fiancé ! Tiens, je sais déjà beaucoup de choses sur lui, comme par exemple qu'il est séduisant, sympathique, bon vivant !

Amélie s'était efforcée de prendre un ton jovial et Apolline, ravalant ses larmes, fit de même.

— Ah ! C'est sûrement Adelphe qui vous a dit ça !

— On ne peut rien te cacher. Et maintenant voyons et jugeons sur pièce !

Tandis que sa petite-fille était partie chercher Jules, Amélie se fit recoiffer. Elle mit un peu de rouge sur les joues, quelques gouttes de parfum dans ses cheveux ; enfin, bien droite sur ses oreillers, elle attendit.

Avant de pénétrer dans la chambre de la malade, Jules fut pris d'appréhension, mais dès qu'il franchit la porte le sourire de la vieille femme, son regard pénétrant le conquirent. Amélie lui parut toute menue, comme perdue dans le grand lit, aussi fut-il surpris par la présence, la force qui émanaient de sa personne.

Il comprit que l'examen serait sans concession et il aimait les défis.

Amélie regarda Apolline et Jules s'avancer vers elle et sa première impression fut qu'ils formaient un couple magnifique. La conversation s'engagea et sa deuxième impression fut qu'Apolline aurait du fil à retordre. À n'en pas douter, le jeune homme était un charmeur. Elle se dit encore que c'était le genre d'homme qu'il valait mieux avoir comme amant que comme mari.

Au bout d'une route tourmentée, le château de Lucillac se dressait net par-delà un moutonnement de vagues verdoyantes. Au bruit des moteurs, Louise Garancière s'élança à la rencontre des voyageurs. Vêtue d'une robe d'après-midi, la tête couverte d'un chapeau de paille, elle accueillit ses invités qui, soûls de vent et de poussière, foulaient pour la première fois les terres de Lucillac.

Louise embrassa avec émotion sa future belle-fille et, avant même que son fils eût le temps de faire les présentations, alla au-devant de la deuxième jeune fille dont les yeux clairs lui souriaient à l'ombre de son chapeau.

— Vous êtes Adelphe, n'est-ce pas ? dit-elle la voix légèrement chantante.

Après avoir dit un mot aimable à chacune, elle se tourna vers son fils, lui fit compliment sur sa bonne mine et l'embrassa.

— Venez, dit-elle aux jeunes filles, je vous montre vos chambres.

Une heure plus tard, tous se retrouvèrent en tenue de dîner sur la terrasse. Ils étaient assis avec un verre à la main quand arriva le maître de maison. Sa taille moyenne, sa démarche un peu lourde ne lui donnaient pas un air distingué et pourtant... Dès que Jean Garancière souriait, dès qu'il parlait, il séduisait. C'était un homme dont la bonté simple irradiait. Dès leur première rencontre, Apolline avait été conquise.

Louis était moins grand que Jules, sans doute moins beau aussi, mais il avait hérité de la douceur et du charme de son père. Marie, sa femme, mince, brune, avait la beauté des femmes du Sud. Juliette, âgée d'un an, était un ravissant bébé.

Tandis que la conversation s'installait entre les jeunes gens, Apolline observait Jules. En quelques heures, elle avait plus appris sur lui que pendant toute une année à Paris. Jules avait un lien fort avec sa famille et peut-être plus particulièrement avec sa mère qui le couvait du regard. Elle découvrait une facette cachée de sa personnalité qui la touchait bien davantage que l'image flamboyante qu'elle avait de lui. De le voir tout à l'heure aller et venir entre les rangées de ceps, de le voir cueillir avec délicatesse puis admirer, soupeser les grappes de raisin, de l'entendre parler avec passion et amour des vignes, elle comprit que Jules avait un attachement viscéral à cette terre bordelaise. Elle se demanda par quelle aberration il avait abandonné tout cela pour venir travailler dans l'univers fermé et gris des usines de son père.

Le dernier matin avant le départ, Jules s'arrangea pour se trouver seul avec Apolline. Ils firent quelques pas dans l'allée bordée de platanes. C'était l'heure délicieuse où le soleil n'était pas encore trop chaud.

Une lumière tremblante s'insinuait entre les feuilles des arbres agitées par une brise molle. Comme deux amoureux pressés par le temps, ils se firent des promesses. Jules avait une folle envie de prendre sa fiancée dans ses bras. À un détour de chemin il l'attira à lui et l'embrassa avec fougue.

— Vivement que nous soyons mariés, lui chuchota-t-il à l'oreille.

À ce moment-là, le père Sylvestre passa devant eux. Il enleva son béret, grogna un « Bonjour m'sieur-dame » et passa son chemin de son pas lent et un peu traînant. Intérieurement, il traita le fils de famille de « petit saligaud ».

— Qui est-ce ? questionna Apolline qui avait eu le temps d'apercevoir le regard peu amène du bonhomme.

— Le vigneron employé par mon père, dit Jules qui changea aussitôt de sujet.

Lentement, le train prit de la vitesse. Jules était debout sur le quai. Après un dernier au revoir, Apolline remonta la fenêtre et alla rejoindre Adelphe qui était déjà installée dans le compartiment. Le vague à l'âme, Apolline resta silencieuse un moment, puis son regard rencontra celui de sa cousine. Elles se sourirent, se penchèrent jusqu'à ce que les bords de leurs chapeaux se tutoient.

— Tu te rends compte que nous sommes seules pour faire ce voyage ! s'exclama Adelphe que cette soudaine et incroyable liberté soulevait de fierté.

— Et tout ça parce que je vais me marier. Alors vive le mariage, vive la liberté !

À la gare de Lisieux, Albert les attendait sur le quai. Lentement, le train le dépassa pour aller stopper sa course dans un nuage de vapeur. En le voyant habillé de deuil, les jeunes filles comprirent. Elles sautèrent sur le quai et, pétrifiées, le regardèrent venir vers elles.

Le cœur serré, Albert embrassa sa sœur puis sa cousine.

— Grand-mère ? questionna Adelphe, la voix tremblante.

— Quand ça ? demanda Apolline, des larmes dans les yeux.

— Cette nuit.

26

Le Manoir

Anastase décrocha le téléphone et demanda à parler à son frère.

— Amédée, je suis désolé... rien ne laissait présager...

— Tu peux te passer des condoléances d'usage... Quand cela s'est-il passé ?

— Cette nuit. C'est Lise qui l'a trouvée.

— Tu as pensé à appeler le notaire ?

Anastase connaissait son frère, la question ne le surprit pas.

— Nous avons rendez-vous chez lui après-demain à dix heures trente.

— Bon, et pour le lendemain ?

— Le lendemain ? fit Anastase, décontenancé.

— Je voulais parler du cimetière, il est évident que notre mère doit être enterrée à Kervalon à côté de son mari !

— Notre mère désirait être enterrée dans le petit cimetière qui jouxte l'église. Nous y avons une concession...

— A-t-elle laissé un écrit ?

— Pas que je sache.

— Pas d'écrit, pas de volonté qui tienne ! Dans ce cas, je ramènerai le corps à Kervalon. Bonsoir.

Amédée raccrocha. Anastase se laissa choir dans le fauteuil le plus proche. « Il oserait, se dit-il, il oserait ! »

Cet échange brutal le ramena vingt-cinq ans en arrière quand le général comte de Kervalon avait « passé l'arme à gauche » selon l'expression favorite de son père. Entre lui et Amédée s'était alors déclarée une guerre qui sourdait depuis l'enfance.

Anastase se leva. Cette nuit, il n'avait pas dormi. Il avait tenu à veiller sa mère jusqu'à ce que les pompes funèbres aient procédé à la mise en bière. À présent, Amélie reposait dans la petite église du village. Préoccupé, il gagna l'étage. Devant la porte de la chambre de sa mère, il entendit du bruit, frappa et, sans attendre, entra.

— Je mets de l'ordre, dit Jeanne, comme pour s'excuser d'être là.

— Est-ce que vous avez trouvé une lettre, un écrit... enfin quelque chose qui ressemblerait aux dernières volontés de ma mère ?

— Non, rien... Mais que se passe-t-il ?

— Amédée veut enterrer notre mère à Kervalon.

— Mais elle a toujours dit qu'elle voulait se faire enterrer en Normandie... Les enfants, le personnel, tout le monde ici peut en témoigner !

— Il estime que sa place est auprès de son époux dans le caveau familial.

Jeanne leva les yeux au ciel et décida de prendre les affaires en main.

— Il y a peut-être bien un papier quelque part, regarde dans le secrétaire, moi j'appelle Lise, elle connaissait Amélie mieux que nous tous réunis, elle aura peut-être une idée.

Avec une demi-heure d'avance, Amédée, accompagné de sa femme et de son fils, sonnait chez le notaire. En qualité d'aîné, il avait tenu à arriver le premier afin de prendre le pas sur le reste de la famille. Quinze minutes plus tard, Anastase, Jeanne mais aussi Apolline qui représentait les Saint-Eliph arrivèrent à leur tour. L'accueil fut distant. Tous étaient habillés en grand deuil. Après avoir très civilement présenté ses condoléances, maître Fontaine procéda à l'ouverture du testament.

Amélie avait tout prévu jusque dans les moindres détails. Chaque objet, chaque bijou qui lui appartenait en propre fut offert, et le personnel ne fut pas oublié. La liste parut interminable aux participants. Enfin, Amélie avait laissé une lettre à l'intention de ses enfants.

Je souhaite de toute mon âme que mes fils, les deux seuls enfants qui me restent, fassent la paix devant mon cercueil. J'ajoute que je désire reposer près du Manoir et dans le cimetière jouxtant la petite église Sainte-Cécile...

Anastase respira tandis qu'Amédée devint blême. Il serra les mâchoires, maîtrisa sa colère. Dès la lecture du notaire terminée, Amédée se leva et sortit sans un mot, suivi de son fils. Il entraîna sa femme par le bras. En fin de matinée, Amédée fit porter un pli à son frère.

Je serai à quatre heures au Manoir. Je veux te voir seul.

Dès le bois passé, Amédée ralentit. Rien ne lui échappait. Il fut étonné par la richesse des terres, par leur étendue et par le nombre de chevaux et de vaches laitières dans les prés. Il n'était venu qu'une seule fois au Manoir au moment de son acquisition. Ce n'était alors qu'une propriété charmante aux jardins et aux terres plus ou moins en friche. Il remonta l'allée, fut surpris par la hauteur des arbres qui bordaient l'allée. Il ne se souvenait pas que celle-ci fût si longue, si majestueuse. Cette constatation l'irrita. Il avait toujours considéré son frère comme un doux rêveur et il avait peine à croire que cet ahuri soit capable de faire fructifier un bien. Mais il avait Albert, c'était bien le seul de ses enfants pour lequel il avait un peu d'estime. Albert était un garçon réfléchi qui avait la tête sur les épaules.

Derrière les branches, il aperçut le toit du Manoir. Il allait jeter un œil. Il prit la première allée sur sa droite, déboucha sur la terrasse ombragée de son cèdre. La pelouse descendait en pente douce, les massifs étaient fleuris. Tout cela était loin de valoir les jardins à la française qui s'étalaient devant le château. Il se retourna pour regarder la maison, avec ses chiens-assis, ses colombages. « Rien moins qu'une grosse maison bourgeoise, flanquée d'une tour carrée, se dit-il, rien à voir avec la somptuosité du château des Kervalon ! » Cette constatation lui redonna un semblant de bonne humeur.

Il était plongé dans ses réflexions quand il entendit des pas derrière lui. Il se retourna. Pour une fois, son frère n'était pas affublé d'un de ses costumes en tweed qui lui donnaient un faux air anglais si ridicule ! Cette réflexion l'amena à penser à la « confession » qu'il avait trouvée quelques mois plus tôt dans sa bibliothèque. « Le pauvre, s'il savait ! » Mais la vengeance est un plat qui se mange froid. Il attendrait donc. À distance, les deux hommes se jaugèrent.

— Bonjour Amédée, dit Anastase. Entrons dans le salon, nous serons plus tranquilles pour parler.

Dans le vestibule, Amédée reconnut la table à gibier avec son marbre gris et le tableau qui représentait une scène de chasse. « Une copie datant du XIXe », se dit-il. De même, les sièges et le canapé Louis XVI qui provenaient aussi du château. « Il m'a pillé », pensa-t-il. Pour le reste, il eut la satisfaction de trouver que l'entrée et le salon manquaient d'allure, qu'ils étaient presque mesquins ; le mot « bourgeois », pour la deuxième fois, s'imposa à lui ; venant de sa part, ce n'était certes pas un compliment. Il prit place dans un des fauteuils. « On n'y est pas si bien assis, constata-t-il avec plaisir. C'est certainement pour cela que je les lui ai cédés », jubila-t-il.

— Je te sers quelque chose à boire ?

— Venons-en au fait. Tu sais pourquoi je suis venu ?

— Non, mais tu vas me le dire.

Amédée regarda son frère avec pitié. Décidément, Anastase ne comprenait jamais rien !

— Pour te rappeler que la place de notre mère est dans le caveau des Kervalon à côté de son mari. C'est une question de décence !

— Décence ! Mais de quoi parles-tu ? Notre mère est restée à Kervalon jusqu'à la mort de son mari. Elle a fait son devoir jusqu'au bout !

— Son devoir ? Parlons-en !

— Je ne te permets pas !

— Mon pauvre Anastase ! Une remarque et te voilà furieux, incapable de garder ton sang-froid !

Face à face, les deux frères se mesuraient. Anastase baissa le ton.

— Tu as raison...

Et comme pour montrer ses bonnes intentions, Anastase s'assit. Enfin il reprit plus calmement :

— Tu ne m'as jamais pardonné que notre mère ait choisi de vivre au Manoir, mais sache que je n'y étais pour rien, c'était sa volonté !

— Mère te préférait parce que tu étais moins intelligent que moi. On sait bien que les mères couvent toujours les plus faibles.

Anastase accusa le coup.

— Tu as toujours été jaloux, c'est dommage car nos dissensions ont fait souffrir notre mère puis notre sœur, deux femmes admirables.

— Notre mère admirable... elle était peut-être une bonne mère, mais certes pas une bonne épouse...

— Je ne te permets pas ! Le général comte avait un caractère impossible, notre mère en a souffert toute sa vie.

— C'est qu'il avait ses raisons, vois-tu.

Au-dessus de ses petites lunettes cerclées, Anastase fronça les sourcils.

— Ta façon de penser te regarde... mais il n'est pas question que tu fasses fi de son souhait !

— Son souhait ! Et si ce fameux souhait lui avait été soufflé ?

Anastase, qui jusque-là s'était efforcé au calme, bondit de son fauteuil.

— Que cherches-tu à insinuer ?

— Ces dernières années, notre mère était diminuée. Si tu tiens à ce que je sois plus clair, je dirais qu'elle n'avait plus toute sa tête !

— Mère avait toute sa tête et jusqu'à son dernier soupir !

— Ce n'est pas mon impression, mais qu'importe ! Sur ce point je ne céderai pas, je ramènerai Amélie de Kervalon là où elle n'aurait jamais dû cesser d'être.

— Je te l'interdis !

— Mais je ne demanderai pas ton avis, et fais-moi confiance j'ai un bon avocat...

— Si tu oses me faire un procès, alors je réclamerai la part d'héritage que tu me dois !

— C'est toi qui es parti, que je sache, et on ne peut pas couper un château en deux ! Amitiés à Jeanne et à tes enfants !

Sur ses derniers mots, Amédée sortit du salon, laissant la porte grande ouverte derrière lui.

Anastase eut juste le temps de lui lancer :

— Si un château ne peut se couper en deux, les terres oui !

27

Paris, 1er août 1914

— Dernières nouvelles ! Cette nuit, Jaurès a été abattu ! Dernières nouvelles ! Jaurès est mort hier soir assassiné ! criait le jeune garçon qui vendait les journaux, avenue Montaigne.

Hyacinthe donna un coup de canne dans la vitre qui le séparait de son chauffeur.

— Garez-vous ! ordonna-t-il.

L'automobile se rabattit sur sa droite et, avant même qu'elle soit immobilisée, il sauta en marche. Il se fraya un passage parmi les badauds, arracha un des derniers journaux de la main de l'enfant.

— Tiens ! dit-il en lui lançant une pièce, garde la monnaie, petit.

— Merci m'sieur !

En courant il regagna l'automobile arrêtée au coin. À peine assis, les mains tremblantes, il déplia *Le Petit Parisien* qui titrait en gros caractères « Heures tragiques » et, juste dessous : « La situation internationale s'aggrave ».

— Cette fois, nous sommes bons pour la guerre, murmura Hyacinthe, effondré.

S'il n'était pas du même bord, il admirait en Jaurès l'homme de bon sens. Il ordonna à son chauffeur de repartir et lui lança, inquiet :

— Mon pauvre Ernest, Jaurès éliminé, c'est la guerre. Vous n'avez pas d'enfants, vous êtes un heureux homme.

Puis, rencogné sur la banquette arrière, il se tut. Il ne vit plus rien de ce qui se passait autour de lui. Auguste serait un des premiers à être mobilisé. Il faudrait à présent un miracle pour que le conflit avec l'Allemagne n'ait pas lieu et il ne croyait pas aux miracles ; une prière monta à ses lèvres. « Mon Dieu, protégez mon fils, protégez tous ces jeunes qui vont être appelés à se battre et à mourir pour leur patrie. »

L'automobile gagna les quais de la Seine, passa le pont de l'Alma. Le rendez-vous d'affaires auquel il se rendait lui parut soudain absurde devant le cataclysme qui s'annonçait. Avenue de la Bourdonnais, il fit arrêter l'automobile.

— Garez-vous à l'angle, je n'en ai pas pour longtemps !

En entrant, il brandit le journal qu'il avait gardé à la main.

— Vous avez lu ?

Il jeta le journal sur la table, tira une chaise, s'assit lourdement sur celle-ci et, s'épongeant le front, conclut :

— C'est une catastrophe !

Dès lors que ces messieurs prirent connaissance de la nouvelle, il ne fut plus question entre eux que de politique. Le baron pensa qu'il avait mieux à faire. Il se leva, s'excusa de devoir abréger son rendez-vous et partit comme un voleur. Il monta dans l'automobile garée sur le trottoir et lança :

— Ernest, à l'usine !

Au pas de charge, Hyacinthe gagna son bureau, demanda à un des secrétaires d'inviter M. Garancière à venir le voir de toute urgence. En apprenant la mort de Jaurès, sa préoccupation avait été son fils ; à présent, c'est à Apolline qu'il pensait. On frappa.

— Entrez ! dit-il d'une voix forte.

— Comment allez-vous, père ?

— Mal ! répondit sans hésitation le baron.

— Ah ! s'exclama Jules qui commençait à comprendre. Jaurès !

— Je crains que la guerre ne soit plus qu'une question de jours.

— Eh bien tant mieux ! Comme ça, nous prendrons notre revanche !

— Revanche ! éclata Hyacinthe. Vous n'avez que cela à la bouche, les jeunes. Vous n'êtes que des têtes de linotte !

Le baron se leva, regarda par la fenêtre, le temps de se calmer, et, très bas, ajouta :

— Avez-vous pensé, Jules, que depuis cette fameuse conversation votre condition a changé ?

Jules, ne comprenant pas où son beau-père voulait en venir, préféra se taire.

— Faut-il que je vous rappelle que vous êtes marié, mon cher, et que dans quelques semaines vous serez en charge de famille ?

— Mais, balbutia Jules, ce n'est pas parce que Jaurès est mort que la France va se lancer dans la guerre tête baissée. Il y a beaucoup de Français qui partagent les idées pacifistes de Jaurès. Rien n'est perdu.

— Balivernes !

Les mains dans le dos, il regarda attentivement son beau-fils.

— Je vous trouve bien naïf, jeune homme ! J'ai eu la chance de connaître une France en paix, ce n'est pas pour voir mon fils ou mon beau-fils mourir. Est-ce cela que vous voulez laisser derrière vous, une veuve et un orphelin ? Parce que Jules, c'est cela la guerre, de la souffrance et des larmes, rien que des larmes.

Après cet éclat qui lui fit du bien, Hyacinthe s'efforça de retrouver son calme. Il contourna le bureau et, soudain très fatigué, se laissa tomber sur son fauteuil.

— Si l'avenir vous donne raison, tant mieux ! Mais si c'est moi qui ai raison, nous le saurons très vite, Auguste sera un des tout premiers à partir. Les gens sont inquiets, il y aura certainement des mouvements de foule, des rassemblements, peut-être même des bagarres, alors faites-moi le plaisir d'accompagner ma fille à Neuilly et de l'y laisser au moins quelques jours.

— Vous pouvez compter sur moi, père, je déposerai Apolline chez sa grand-mère ; mais vous ?

— Je vais essayer de voir mon fils.

Dès l'aube, le baron partit pour Saumur. La veille, il avait réussi à joindre Auguste par téléphone et les deux hommes s'étaient donné rendez-vous à l'heure du petit-déjeuner. À huit heures, Hyacinthe entra dans le restaurant et prit place à une table ; il se fit apporter la presse qui titrait : « Ordre de mobilisation ».

Le journal lui tomba des mains. Ainsi, ce qu'il craignait depuis plusieurs jours était arrivé. La France se préparait à entrer en guerre. Pour la première fois depuis la disparition de sa femme, il se sentit gagné par les larmes. « Mon Dieu, ayez pitié de nous, ayez pitié de notre pauvre France », se répétait-il.

Quelques minutes plus tard, le père et le fils discutaient à voix basse devant une tasse de café et des croissants.

— Tu pars quand et où ?

— Je n'en sais rien encore, nous sommes aux ordres. Père, je n'ai que quelques minutes à vous consacrer. La mobilisation a fait l'effet d'une bombe. Il règne une grande excitation dans nos rangs, j'ignore tout de l'endroit où nous serons envoyés.

— Finis au moins ton petit-déjeuner !

— Merci, mais je ne peux rien avaler.

— Fais un effort. Les heures qui vont venir vont être dures, tu ne mangeras pas à ta faim et ces croissants prendront alors une autre valeur à tes yeux.

Le ton du baron était empreint d'une telle émotion qu'Auguste s'exécuta. Il but son café, ouvrit en deux le croissant qui lui avait été servi sur une assiette et le bourra de confiture. Entre deux bouchées, Auguste observait son père. Il se dit qu'il aurait aimé mieux le connaître, discuter, partager des moments avec lui.

— Comment va Apolline ? Et que va faire Jules ?

— Ta sœur va aussi bien que son état le permet mais, avec ces événements, je crains pour elle... Je voudrais obtenir de Jules qu'il reste auprès de sa femme jusqu'à l'accouchement. Qu'il connaisse son enfant, que diable ! dit Hyacinthe qui ne put s'empêcher d'élever la voix. Mais Jules est une tête brûlée.

Comme Auguste allait défendre son beau-frère, son père l'arrêta d'un mouvement de main.

— Je connais Jules, je crains que, comme tous les hommes de son âge, il se laisse entraîner. Mais devoir, patrie, héroïsme ne sont que des mots, rien que des mots !

— Père, tout le monde s'accorde à dire que cette guerre sera rapide, qu'elle ne devrait durer que quelques mois. D'après nos généraux, nous sommes supérieurs aux Allemands, en armement, en nombre ! Ne vous faites pas de souci, père, on les aura ! Et dès que je serai démobilisé je viendrai travailler avec vous aux Manufactures. Vous verrez, nous ferons du bon travail !

Mais le baron ne prit même pas la peine de répondre à son fils. Enfermé dans sa logique, il dit comme pour lui-même :

— On croit sottement qu'on a la vie devant soi pour parler, essayer de se comprendre, et puis les événements font qu'on n'a plus le temps et que c'est trop tard. Et on a beau le savoir, c'est toujours ainsi que cela se passe.

— Je reviendrai, je vous le promets.

Il chercha à capter le regard de son père pour lui insuffler un peu de son optimisme. Mais il n'y lut que de l'accablement. Auguste se leva. Sans bouger, Hyacinthe observa son fils. Il devait convenir que tous les mois passés à Saumur l'avaient transformé. Il admira la taille, la carrure, le regard direct. « Comme Aurore aurait été fière de son fils », pensa-t-il.

Auguste tendit une main franche à son père comme celui-ci lui avait appris à le faire depuis son tout jeune âge. Mais Hyacinthe se leva, et, dans un mouvement d'affection inattendu, l'attira contre lui.

— Je t'en conjure, Auguste, prends soin de toi et, où que tu sois, donne-moi de tes nouvelles.

— Je vous promets, père, de vous écrire le plus souvent que je le pourrai. Embrassez pour moi Apolline et Anne-Sophie. Et tenez-moi au courant pour la naissance de l'enfant.

28

Paris, 2 août 1914

Une foule incroyable se pressait sur les Champs-Élysées. De temps à autre émergeait un drapeau français derrière lequel des jeunes gens marchaient fièrement. *La Marseillaise* fut entonnée. Exaspéré par cette vague de nationalisme primaire, Hyacinthe prit une rue adjacente et réussit à regagner l'avenue Victor-Hugo. En sortant de l'automobile, il vit celle flambant neuve de son beau-fils. Il tira sa montre. Treize heures quinze. Il gagna en hâte ses appartements.

— Firmin, M. Jules est déjà rentré ?

— C'est que, monsieur le baron, il n'est pas parti.

— Pas parti ? Mais comment ça ! Dites-lui...

— C'est inutile, père, l'interrompit une voix claire.

Saisi, le baron se retourna et lança, furieux :

— Tu n'es donc pas à Neuilly comme je l'avais demandé ?

Apolline se tenait droite dans l'encadrement de la porte.

— Père, Jules n'est pour rien dans cette décision. Je ne suis pas en sucre et je n'ai rien à faire à Neuilly.

Mon accoucheur habitant à deux rues d'ici, je n'ai pas l'intention de m'éloigner de chez moi si près du terme.

— J'aurais préféré te savoir hors de Paris, au moins pour les prochains jours.

— C'est peut-être la mobilisation générale, mais les Allemands ne sont pas encore aux portes de Paris !

Hyacinthe passa sa main sur son front. Il avait faim et il était fatigué. Apolline le comprit ; d'un ton radouci, elle lui dit :

— Père, cette journée a dû être éprouvante. Je vous en prie, asseyez-vous. Je ne savais pas à quelle heure vous alliez rentrer, aussi je vous ai fait préparer un en-cas.

— Et Jules ?

— Jules est allé rendre visite à des amis.

— Il t'a laissée seule ?

— Il n'allait pas me tenir la main toute la journée ! Je vous en prie, donnez-moi plutôt des nouvelles de mon frère.

Jules rentra à l'heure du dîner. Son regard était fiévreux, ses gestes dénonçaient une grande agitation. Tous les hommes, jeunes ou moins jeunes, attendaient leur mobilisation. Des queues de plusieurs heures s'étaient formées devant les mairies, un vent de patriotisme soulevait la France. Si Jules s'était montré disert sur l'ambiance qui régnait dans les rues, il avait soigneusement évité de parler de lui. Pourtant, dès la porte franchie, Apolline comprit qu'il ne désirait qu'une chose : suivre ses camarades dans l'aventure. Un mur de silence se dressa entre eux.

À présent, Apolline était allongée sur son lit, le buste relevé par des oreillers. Il faisait chaud, la fenêtre de leur chambre était restée ouverte sur le jardin ; la lune éclairait la pièce d'une lumière froide.

— Que comptes-tu faire, Jules ?

Apolline tourna la tête pour regarder le beau profil qui se découpait dans la pénombre. Quelques mèches blondes barraient le front. « Comme il est beau », se dit-elle. Elle allongea sa main pour prendre la sienne.

— Je ne peux pas laisser les autres y aller et moi attendre là sans rien faire, j'aurais l'impression d'être un lâche... (Jules pressa la main de sa femme.) Apolline, est-ce que tu comprends ce que je ressens ? Si tu n'attendais pas un enfant, cet après-midi j'aurais été le premier à m'engager.

Apolline écouta. Elle se fit attentive à chaque mot et elle n'avait pu s'empêcher de sursauter quand Jules employa le « tu » au lieu du « nous » quand il parla de leur enfant à naître, comme si sa grossesse était de sa seule responsabilité. Plutôt que de lui faire des reproches qu'il n'était pas en mesure d'entendre, elle retira sa main. Jules s'en aperçut-il seulement ? Après un moment de silence, il reprit :

— Avec un peu de chance, je ne serai pas mobilisé avant que tu accouches. Comme j'ai fait mon service à Fontainebleau et que je suis domicilié chez mes parents, je ne suis encore sur aucune liste. Mon ordre de mobilisation devrait plutôt arriver à Lucillac. J'ai téléphoné à mon père pour qu'il vérifie.

Ainsi, se dit Apolline, il avait déjà tout prévu. D'une voix qui se voulut calme elle s'enquit :

— Et ton père, qu'a-t-il dit ?

— Oh, mon père est comme le tien, il veut faire intervenir un ami pour retarder mon départ... Mais on est en guerre, comprends-tu, Apolline ? On est en guerre ! Je ne veux pas d'un régime de faveur, je n'en ai pas le droit ! De quoi aurais-je l'air ? Je ne pourrais plus me regarder en face !

Jules reprit la main qui, quelques instants plus tôt, s'était dérobée. Il la porta à ses lèvres et y déposa un baiser appuyé. C'était son premier mouvement de tendresse depuis le début de la conversation.

— J'aurais l'impression d'être un déserteur et je suis sûr que tu ne voudrais pas d'un pleutre pour mari !

Ravalant ses larmes, Apolline mit sa tête au creux de son épaule.

— Non, dit-elle avec fermeté, je ne voudrais pas être mariée à un homme qui ne ferait pas son devoir. Mais personne ne te le demande, ni mon père, ni ton père et surtout pas moi. Partir quelques jours plus tard ne fait pas de toi un déserteur, mais un père qui aura eu la chance de connaître son enfant avant de se faire tuer.

— Mais je ne me ferai pas tuer... je reviendrai, Apolline... j'ai bien l'intention de voir grandir mon enfant... et de t'en faire d'autres. Plein d'autres !

« Combien d'hommes ce soir murmurent ces mêmes mots à leurs épouses et qui mourront sans jamais revoir leur famille ? Combien ? » songea-t-elle. Le mur de silence rompu, Jules parla avec confiance :

— Tu comprends, il faut que la France prenne sa revanche sur les Allemands. Cet après-midi, j'ai eu le temps de parler à plein de gens... On pense tous qu'on n'en fera qu'une bouchée !

Jules, heureux de l'attention de sa femme qu'il prit pour un assentiment, parla jusqu'à ce que le sommeil le gagne. Apolline resta un moment sans oser bouger ; la tête de son mari pesait contre son épaule, comme l'enfant pesait au creux de son ventre. Pour la première fois elle découvrait le rôle de la femme mais aussi celui de la mère : essayer de comprendre et tenir. Toujours tenir. Elle entendait la respiration de Jules qui s'était faite profonde et régulière. Pourquoi fallait-il qu'un bonheur tout neuf soit déjà teinté de drame ? Elle pensa à Auguste, son frère bien-aimé parti pour la guerre... tout cela lui paraissait absurde. Elle caressa son ventre rebondi dont la peau était tendue comme celle d'un tambour. Sous ses doigts, elle sentit le bébé bouger. Lui au moins était à l'abri. Connaîtrait-elle un jour la douleur de voir son fils partir faire la guerre ? À cet instant, elle pensa qu'il serait mieux qu'elle mette au monde une fille.

Cette nuit-là, Apolline dormit mal. Aux premières lueurs du jour, elle se sentit souffrante. Elle se dit que peut-être en buvant un peu d'eau son malaise passerait. Elle se laissa glisser hors du lit et se rendit à la salle de bain. Elle fit quelques pas. L'enfant pesait très bas, plus bas que la veille, elle avait du mal à marcher. Elle n'avait pas atteint la porte qu'une douleur fulgurante la traversa, elle gémit, se plia, s'assit sur le fauteuil le plus proche. Le souffle coupé, elle attendit. Son ventre était plus dur que de la pierre mais l'atroce douleur finit par passer.

Elle but un verre d'eau et se recoucha. Vers sept heures du matin alors que les oiseaux chantaient, une nouvelle douleur la saisit, monta comme une vague vertigineuse qui la fracassa. Sous le choc, elle poussa un cri. Jules se réveilla en sursaut.

— Que se passe-t-il ?

— Appelle le médecin, réussit à dire Apolline.

Quelques minutes plus tard, son accoucheur était à son chevet. Elle savait que la douleur ne céderait pas tant que l'enfant n'aurait pas vu le jour. C'était un assaut permanent et d'une violence qu'elle n'aurait jamais soupçonnée. Toute sa volonté était en alerte pour mener à bien la bataille. À ce supplice du corps s'ajoutait la torture morale, une peur immonde lui soufflait qu'elle allait être emportée dans la mort comme sa mère l'avait été. Ce fut alors une lutte sans merci où la vie et la mort furent étroitement mêlées.

Dans l'après-midi, Apolline mit au monde son enfant. À cette minute, elle ne fut ni heureuse ni malheureuse, elle n'avait plus qu'une obsession : que la douleur cesse enfin.

— Madame, vous avez mis au monde un beau petit garçon de trois kilos deux cents, dit le docteur dans un grand sourire.

« Un garçon, Jules sera heureux », se dit-elle en fermant les yeux. Tandis que la nurse s'occupait du bébé, Fine fut appelée auprès d'elle. Celle-ci fit sa toilette, la coiffa, changea ses draps. Paupières closes, elle se laissait faire, indifférente à tout. Elle n'avait plus de forces.

Vaguement elle entendit la voix de Jules, ses pas s'approcher de son chevet, elle sentit ses lèvres, dont elle reconnut la douceur, se poser sur sa main et une larme la mouiller. Elle fit alors un effort considérable pour ouvrir ses paupières et lui sourire.

La nuit qui suivit fut atroce ; elle ne voulait pas dormir, surtout ne pas se laisser entraîner dans le sommeil ! Mais la fatigue était là, ses paupières pesaient, se fermaient malgré sa volonté. Après chaque moment d'absence, elle se réveillait en sursaut. Le cœur battant, elle regardait autour d'elle. C'était bien sa chambre, ses meubles, ses rideaux... elle entendait les bruits de la ville endormie qui, par-delà les murs du jardin, lui parvenaient étouffés. Elle lutta toute la nuit contre le sommeil. Enfin un jour radieux se leva. Elle n'était donc pas morte comme sa mère était morte après avoir mis au monde son dernier bébé ? Alors elle ne lutta plus, elle se laissa happer par la fatigue, plongea dans un sommeil profond et sans rêves. Plusieurs heures plus tard, elle entendit, loin, très loin, un enfant pleurer, une femme dont elle ne reconnaissait pas la voix lui parler ; elle était encore tellement lasse ; mais la voix insista, elle était douce.

— Madame, voilà un petit garçon qui a bien faim.

Apolline sentit qu'on lui plaçait entre les bras quelque chose de chaud, de doux. Elle sentit une bouche hésitante se promener autour du téton, après quelques essais infructueux, le lui enserrer. Elle ouvrit les yeux et pour la première fois elle vit son fils ; elle eut alors un sourire comme seule une mère peut en avoir pour son enfant. Elle avait un fils et elle était vivante.

29

Le château de Kervalon

Le 2 août, le tocsin avait parcouru, jusqu'au moindre recoin, les terres de Bretagne. Les cloches, d'un ton grave et lent, se répondirent en écho afin de prévenir la population que la France était entrée en guerre. Ce fut comme une morne houle qui parcourut le pays. Les hommes qui travaillaient aux champs regagnèrent le village toutes affaires cessantes.

Amédée de Kervalon était rentré au château en toute hâte. Il trouva sa femme et son fils au salon.

— Ah, vous êtes là ! dit-il, rassuré, tout en prenant soin de refermer la porte derrière lui.

— Père, dit Gaston, en se levant.

— Non, écoute-moi. Tu as été exempté de service militaire pour raison de santé. Ta mère et moi sommes d'accord là-dessus, tu ne partiras pas.

— Mais père, de quoi aurai-je l'air ?

— Tu auras l'air de ce que tu es, intervint sa mère, d'un jeune homme asthmatique à la santé fragile, voilà tout.

Amédée s'épongea le front.

— D'ici une semaine, tous les hommes jeunes seront partis, tu me seras d'un grand secours.

Sous les portraits de famille, Gaston réfléchissait. Si tout au fond de lui il était soulagé de ne pas avoir à endosser l'uniforme, de ne pas avoir à s'entasser dans des casernes, puis dans des wagons à bestiaux, s'il était heureux d'échapper à toute cette promiscuité qui d'avance le faisait vomir, il voulait en même temps sortir de cette guerre la tête haute.

— Mais si la guerre dure, je passerai pour un planqué.

— Dans six mois la guerre sera gagnée ; si elle devait durer, je trouverais un moyen de te faire enrôler sans te faire prendre de risques inconsidérés.

— Pas de guerre... pas de guerre... souviens-toi, tu m'avais promis, Amédée ! s'écria Margot sur le qui-vive.

— Ne vous en faites pas, ma chère, je tiendrai parole. Cet après-midi, j'ai rendez-vous avec le vieux général. Pas plus tard que l'année dernière, je lui ai cédé un champ pour trois fois rien pensant qu'il était toujours mieux d'être bien avec ses voisins. Le général m'est redevable, il ne pourra pas me refuser un petit service.

— Lequel, père ?

— Celui de te prendre sous son aile. Il est trop vieux pour faire la guerre, il ne saurait même plus se hisser sur un cheval, mais je connais le bonhomme, il voudra faire son devoir, se rendre utile. Avec un peu de chance, on l'emploiera à l'arrière et il pourrait peut-être alors faire quelque chose pour toi.

Munis d'une fourche, les hommes, tous très jeunes, presque des enfants encore, remplissaient la dernière charrette d'une belle cadence. Ce soir, le foin serait rentré dans la grange où il finirait de sécher. Chaussé de bottes impeccablement cirées, Gaston supervisait le travail. Derrière lui, sa jument attachée à la barrière hennissait, raclait l'herbe du sabot, tandis qu'elle secouait par intermittence la crinière pour chasser les mouches attirées par l'écumante sueur qui perlait sur sa robe pommelée. C'était la fin de la journée et il faisait encore chaud. En s'épongeant le front, Pierre vint rejoindre Gaston.

— Voilà qui est fait !

Gaston ne répondit pas. Pierre était son ami de toujours. Ils avaient le même âge et avaient grandi ensemble. Gaston se servait de Pierre comme de son homme à tout faire, plus rarement comme de son bras droit. Le garçon acceptait ce rôle subalterne, ayant conscience qu'il était né dans une ferme alors que Gaston était né au château. Cela faisait toute la différence.

Quelques minutes plus tard, la dernière charrette partie, Gaston prit son cheval par les rênes. Pierre suivit. À présent, les deux hommes marchaient côte à côte, se laissant distancer par la charrette qui cahotait bruyamment sur le chemin pierreux.

— J'ai reçu mon avis de mobilisation, dit Pierre.

— Je croyais que comme chef de famille tu devais y échapper ?

— Ils ont sans doute besoin de renfort.

— C'est pour quand ?

— Dans une semaine.

— Qu'est-ce que tu vas faire ?

— Ce que tous les autres font, y aller.

Gaston fut stupéfait de ne trouver aucune révolte dans la voix de Pierre.

— Peut-être que mon père pourrait intervenir ? Ta mère est veuve avec des enfants à charge.

— Merci, mais je pense que je vais aller voir de plus près à quoi ressemble la guerre.

— Et quand tu te seras fait tuer, qu'est-ce que tu auras gagné ?

— D'avoir fait mon devoir d'homme.

30

Paris-Normandie

— Apolline, il faut partir, les mauvaises nouvelles pleuvent ! L'offensive de nos troupes en Lorraine s'est soldée par une défaite, nos ennemis ont franchi la Meuse. Liège est tombé, Bruxelles a suivi ainsi que Charleroi et Tournai. Lille est perdu pour nous ! Cela ne te suffit pas ? Les bulletins de retraite de nos armées sont alarmants, mais toi, tu vis sur un nuage ! Que diable, redescends sur terre, ma fille !

Plusieurs jours durant il avait tenté de persuader sa fille de gagner la Normandie. Mais Apolline était une tête de mule et, jusqu'à la veille, il avait échoué.

— Mais vous, père, vous restez bien ?

— Je dois veiller sur ma mère et sur ma sœur... J'ai mon affaire à faire tourner, mes ouvriers à payer, pour la plupart des femmes qui comptent sur leur salaire pour faire vivre leur famille.

— Je pourrais m'installer chez grand-mère à Neuilly en attendant...

— En attendant quoi ? Si les troupes ennemies devaient entrer à Paris, crois-tu que Neuilly serait épargné ? Je t'ai obtenu un laissez-passer ; dans quelques jours, peut-être quelques heures, les portes de Paris seront fermées.

— Très bien, mais promettez-moi de me laisser revenir si... (Apolline raffermit sa voix.) Si quelque chose arrivait à mon frère ou à mon mari.

— Je t'en fais le serment. Sois prête dès demain à l'aube. L'attente risque d'être longue, les portes de Paris sont ouvertes à partir de huit heures, il faudra se présenter bien avant si on veut avoir une chance de passer ; tous ceux qui peuvent fuir la capitale le feront.

— Les voilà qui arrivent ! Les voilà qui arrivent !

Adelphe la première dévala l'escalier du Manoir, suivie des bichons que sa grand-mère lui avait confiés avant de mourir, puis ce fut au tour de Jeanne de sortir du salon, enfin de Françoise de passer sa tête ébouriffée par la porte de l'office.

Toutes affaires cessantes, les femmes sortirent dans la cour. Dans un nuage de poussière, l'automobile montait lentement l'allée. Soudain, Jeanne s'exclama :

— Mais Anne-Sophie... où est Anne-Sophie ? Les garçons, courez la chercher !

Jeanne laissa la limousine se garer dans la cour. En qualité de maîtresse de maison, elle alla au-devant de sa nièce.

— Dieu merci, te voilà parmi nous, ma chérie.

Alors chacune s'approcha d'Apolline pour l'embrasser.

— Augustin a bien supporté le voyage ? s'enquit Adelphe, impatiente de connaître son petit-cousin.

Souriante, Apolline prit des mains de la nurse le nouveau-né pour le présenter avec fierté. Depuis que la voiture s'était arrêtée, Augustin hurlait, paupières et poings serrés, rouge de colère.

— Comme il est beau ! Quelle merveille ! s'exclamaient les femmes attendries aux larmes.

Seule Françoise restée à l'écart se taisait. Après avoir remercié le Seigneur que ce petit leur soit envoyé au milieu de tous ces affreux événements qui secouaient la France, elle fit remarquer :

— Eh bien moi je vous le dis, ce petit donnera du fil à retordre ; il sera pas du genre à se laisser marcher sur les pieds !

— Eh bien tant mieux, fit Jeanne, si ce petit a du caractère, il sera le digne descendant de notre famille. Il vaut mieux plus de caractère que pas assez.

— Oh mais celui-là, il ne sera pas comme les autres, prédit encore Françoise, c'est qu'il aura du caractère à revendre et pas toujours du bon !

Anne-Sophie, entendant les femmes s'émerveiller, s'arrêta net. N'était-ce pas à elle d'accueillir l'enfant de sa sœur ? Ne lui revenait-il pas de le prendre en premier dans ses bras ? Augustin était son neveu, elle avait rêvé de ce moment, elle s'était vue tenir le bébé et le présenter à tous, elle s'était rêvée reine du jour. Peinée, elle monta se cacher dans sa chambre.

Au salon, Apolline remit l'enfant entre les mains de sa tante Jeanne qui, émue, pensa à sa belle-sœur Aurore qui aurait été si heureuse d'avoir un petit-fils. Apolline, assise dans un des fauteuils, regarda autour d'elle. D'année en année rien ne changeait. Tout respirait la quiétude comme si les événements n'avaient aucune prise dans ce lieu préservé. Ici la guerre paraissait irréelle.

Quelques instants plus tard, Anastase et Albert firent irruption dans le salon. À grands pas les deux hommes de la maison allèrent vers Apolline, ils l'embrassèrent, sourirent à l'enfant.

— Il est magnifique ! Comment s'est passé ce voyage, ma petite Apolline ? Nous nous sommes fait tellement de souci. Les nouvelles sont désastreuses... Ton père a bien fait de t'envoyer ici avec ton fils, mais lui ?

— Il ne peut pas, la famille, l'usine...

— Comment as-tu fait pour passer ? Il paraît que des milliers de Parisiens fuient la capitale ? questionna Albert.

— Toutes les routes sont encombrées, les gens ont une peur panique de voir les Allemands aux portes de Paris.

— Tu as eu des nouvelles d'Auguste et de Jules ?

— Aucune lettre ne nous est parvenue.

Soudain Apolline regarda autour d'elle.

— Où est Anne-Sophie, je ne l'ai pas vue ?

Promptement, Jeanne se dirigea vers la porte et cria aux jumeaux qui discutaient sur la terrasse :

— Les garçons, je vous avais demandé d'aller chercher Anne-Sophie !

— Mais c'est ce qu'on a fait ! répondirent-ils en chœur, on est même revenus avec elle ! Elle n'est pas avec vous ?

— C'est à n'y rien comprendre, remarqua Jeanne, Anne-Sophie a le don de se volatiliser.

Apolline avait compris ; elle se leva et sortit sur la terrasse mais les jumeaux, qui ne tenaient jamais en place bien longtemps, avaient déjà déguerpi. Elle décida de suivre son intuition et, tournant résolument le dos au verger, elle se rendit aux écuries. Avec stupéfaction elle vit les boxes vides. Elle chercha du regard Diane et Aramis, poussa toutes les portes. Non, non, se disait-elle, ce n'est pas possible... Refusant de regarder la vérité en face, elle espérait encore. « Jacques les a sûrement mis au pré », se dit-elle. Elle allait partir à leur recherche quand elle entendit des pas derrière elle. Elle se retourna vivement.

— Mais où sont les chevaux ? Où sont Diane et Aramis ?

— Bonjour, mademoiselle... enfin... madame.

Jacques enleva son béret et demeurait là, tête baissée. Enfin il finit par dire d'une voix à peine audible :

— Tous ceux qui étaient valides et pas trop vieux ont été emmenés... on n'a rien pu faire... ils sont arrivés un matin de bonne heure. Réquisition, qu'ils ont dit, ordre de la préfecture !

— Mais Diane était bien trop fragile, trop... elle était à moi, ils n'avaient pas le droit !

— On n'a pu sauver que les pouliches pleines, le cheval de M. le vicomte et la jument de M. Albert parce que leur monture, c'est leur outil de travail qu'ils ont dit... tous les autres ont été emmenés.

Sans répondre, Apolline quitta les écuries. Diane, Aramis étaient peut-être déjà sur le front, harassés, malades, peut-être en train d'agoniser sur le bas-côté d'une route... Diane sa tendre jument qu'elle avait reçue pour ses neuf ans, Diane qui avait la bouche sensible, si sensible, Diane que sa mère avait connue,

Diane le dernier fil ténu qui la reliait à un passé heureux, insouciant...

Le regard brouillé par les larmes, elle suivait les barrières blanches qui longeaient le pré, quand, au loin, elle aperçut la frêle silhouette. Elle s'approcha et dit d'une voix pleine d'émotion :

— Tu savais pour Diane et Aramis ?

Anne-Sophie ne se retourna pas. Alors Apolline continua :

— Je viens d'apprendre la nouvelle... j'ai tant de chagrin.

Comme sa sœur ne répondait toujours pas, dans un geste affectueux, elle posa sa main sur l'une des épaules. Brusquement la petite se dégagea et fit volte-face.

— Tu me parles de Diane, mais moi, je me fiche bien de Diane ! Tu pleures ta jument mais moi, qui s'occupe de moi ? Maintenant je sais enfin comment maman est morte. Elle est morte en me mettant au monde ! Elle est morte à cause de moi ! Vous êtes tous des hypocrites ! Il n'y a que papa qui ne m'a jamais menti. Lui au moins n'a jamais caché qu'il ne m'aimait pas.

Une expression de haine sauvage passa dans ses yeux. Elle reprit :

— Et toi, tu es la plus hypocrite de tous. Tu joues la comédie, tu fais celle qui s'occupe bien de moi... (Anne-Sophie joignit les mains et leva le regard au ciel.) Sainte Apolline ! Mais tu ne vaux pas mieux que les autres, toi aussi tu joues la comédie... Il paraît que l'été qui a suivi ma naissance, tu ne voulais pas qu'on parle de moi. Tu me haïssais parce que j'avais tué notre mère.

Ahurie, Apolline se laissa frapper par les mots. Chacun d'eux était une bombe qui lui explosait en pleine figure. Au bord des larmes, la voix tremblante, elle tenta d'expliquer :

— C'est vrai que maman est morte dans la nuit qui a suivi ta mise au monde. Elle a eu une hémorragie, cela peut arriver à n'importe quelle femme. L'accouchement s'est passé normalement. C'est l'infirmière qui n'a pas fait son travail, elle s'est endormie alors qu'elle était chargée de veiller sur maman. Elle a toujours nié le fait, mais je sais que c'est sa faute, elle n'a pas surveillé maman comme elle aurait dû le faire... Alors c'est à elle que j'en veux, tu entends, juste à elle !

— Menteuse ! Ose encore prétendre que tu m'aimes ! Chaque fois que quelqu'un de la famille me regarde, il pense à maman... c'est comme ça et pas autrement !

Apolline se leva et cria à son tour :

— Je viens de te dire la stricte vérité, tu te fais du mal pour rien !

Anne-Sophie regarda Apolline avec une sorte de pitié.

— Pendant des années je me suis demandé ce que je pouvais faire pour que papa me regarde au moins une fois comme il te regarde toi. Juste une fois. Alors pour faire l'intéressante je lui ai dit que tu voyais Jules en cachette. Oui, c'est moi qui lui ai dit, si tu veux tout savoir. Mais au lieu de me remercier, il m'a mise à la porte en me disant que c'était mal de rapporter... Depuis, je n'existe plus pour lui. Et de toute façon, maintenant, ça m'est égal.

La voix de la fillette, jusque-là arrogante, se brisa sur ces derniers mots. Anne-Sophie éclata en sanglots. À toutes jambes elle s'éloigna, laissant sa sœur sur place. Apolline vit la mince silhouette courir à travers champs, passer sous la barrière et disparaître derrière la haute futaie qui cachait l'allée principale. Elle savait sa sœur sensible, mais jamais elle n'avait mesuré sa souffrance. « Pauvre petite qui a vécu toutes ces années avec ce poids caché au fond de son cœur », se dit-elle. Comment nier qu'il y avait une part de vérité dans ce qu'elle disait ? Elle se souvenait des paroles de la nurse. « Un jour, elle comprendra que personne dans la famille ne s'intéressait à elle... Cette petite est née orpheline, n'est-ce pas déjà assez de malheur pour un bébé ? »

31

Le Manoir, automne 1914

Chaque matin, en allaitant son fils, les pensées d'Apolline étaient toujours les mêmes. Où se trouvait Jules ? Où se trouvait Auguste ? Quelle était leur vie ? Où dormaient-ils ? Mangeaient-ils à leur faim ? Avaient-ils déjà essuyé leurs premiers tirs ? Les journaux donnaient des détails rassurants sur la vie que menaient les soldats au front. Mais tant qu'elle n'aurait pas de nouvelles écrites de leur main, elle n'y accorderait aucun crédit.

Le soir de son accouchement, Jules était venu lui dire qu'il avait reçu son ordre de mobilisation. Il n'avait pas caché sa joie, car c'était bien de la joie qu'il avait éprouvée à la pensée qu'il partirait comme tous les camarades de sa promotion pour aller se battre. « On va les avoir, ces Boches ! » Il lui avait pris la main et avait ajouté : « Je suis heureux d'être père, je vais me battre pour lui, pour toi, pour qu'à l'avenir la paix s'installe durablement. » Le lendemain, bien que les communications fussent difficiles à obtenir, il lui avait téléphoné de Fontainebleau. Il avait du mal à cacher son excitation. « J'ai été nommé capitaine d'artillerie. Le temps de rassembler mes hommes et je pars ! Je t'aime, mon

Apolline, occupe-toi bien de notre fils, je te promets de t'écrire le plus vite possible. » Ce furent ses derniers mots. Et depuis trois semaines, plus rien, plus aucune nouvelle. Et il fallait vivre avec ce silence. Deux jours plus tard, Albert frappa à la porte de la nursery. Il entra en brandissant trois lettres.

— Pour toi ! dit-il dans un grand sourire.

Apolline était assise devant la fenêtre et dos à la porte. Elle avait nourri son fils et le petit goulu s'était endormi les lèvres contre son sein. Elle agrafa sa robe et se leva. Saisi dans son sommeil, Augustin se mit à hurler. Indifférente à ses cris, Apolline se précipita sur son cousin pour prendre le courrier que celui-ci lui tendait. Elle regarda l'écriture.

— C'est Jules ! s'exclama-t-elle.

— Bon, je te laisse.

— Attends-moi en bas, je te rejoindrai sur la terrasse.

Apolline appela la nurse pour que celle-ci s'occupe du poupon puis, les mains tremblantes, décacheta la première enveloppe.

7 août. Ma chère femme,

Nous sommes à Reims. Les hommes et les chevaux sont épuisés. Les Allemands ont gagné du terrain mais nous n'avons pas dit notre dernier mot. Sur le chemin la population sort des maisons pour nous saluer et nous donner à boire, nous sommes accueillis comme des héros alors que nous faisons juste notre devoir...

Elle n'avait pas fini de parcourir la première lettre qu'elle décacheta la seconde.

9 août. Mon amour,

Nous sommes sur le terrain ; les fantassins nous ont vus arriver avec soulagement. Toute la nuit nous avons pilonné les lignes ennemies. Dans les quelques courts moments de répit je pense à toi et à Augustin. Tu te rends compte combien je suis heureux. J'ai une femme, j'ai un fils ! Les pauvres gars qui sont avec moi ne sont pas tous aussi chanceux.

Fébrilement Apolline décacheta la dernière lettre.

12 août 14. Ma chère aimée, mon amour,

J'espère que tu as bien reçu les deux premières lettres que je t'ai envoyées. Ici le bourgmestre passe presque tous les jours mais je ne sais pas quand et comment le courrier est acheminé vers les familles car, pour ma part, il m'arrive de ne recevoir aucune lettre deux ou trois jours durant et d'en recevoir plusieurs d'un coup.

Ici c'est la guerre mais je n'ai pas à me plaindre, le travail est difficile et parfois même pénible car nous avons avancé à marche forcée pour atteindre le front. Les artilleurs ne sont pas les plus mal logés au propre comme au figuré. Si la soupe est infecte, du moins n'en manquons-nous pas. J'ai avec moi de très bons camarades, l'ambiance est excellente...

Jules allait bien, il était en vie ! Le cœur exalté, Apolline prit les lettres, les remit chacune dans leur enveloppe et descendit rejoindre son cousin.

— Tout va bien ! dit-elle en s'installant dans un des fauteuils en osier qu'Albert lui présentait.

— Où se trouve-t-il ?

— Après Reims. Il est plein d'enthousiasme, partout règnent la solidarité et l'entraide.

Albert hocha la tête et garda le silence. Enfin, il finit par dire :

— Auguste ne tardera pas à donner de ses nouvelles et, comme pour Jules, tu recevras toutes ses lettres d'un coup.

— Ce silence me pèse. Ne pas savoir où il est, ce qu'il ressent. J'espère au moins qu'il reçoit son courrier.

Coiffée d'un vieux chapeau de paille, un tablier de jardinier recouvrant sa robe fleurie, un panier au bras, Adelphe passa l'angle de la maison, les chiens à ses trousses.

— Ah ! Vous êtes là ? Il paraît que le facteur est passé ?

— Oui, j'ai reçu trois lettres de Jules ! Tout va bien.

— Mais c'est merveilleux !

À regret, Albert se leva.

— Bon, je vous laisse, le travail m'attend, à tout à l'heure pour le déjeuner.

Les deux cousines regardèrent Albert s'éloigner. Comme souvent, leurs pensées se rejoignirent.

— Il est malheureux, constata Adelphe.

— Je sais, mais que peut-on faire ?

— C'est trop dur pour lui de voir ses cousins, ses amis partir pour le front. Pour l'instant il veut épargner nos parents mais cela ne durera pas. Tout cela tourne dans sa tête, tu comprends ?

— Que pourrait-il faire ? Sans ses lunettes, il ne voit pas à trois mètres.

— Il en faudrait plus pour le dissuader ; il trichera s'il le faut. Quand je le vois errer comme une âme en peine, je ne sais pas ce que je souhaite pour lui.

— Oh ! Adelphe, pourquoi cette guerre ? On était si heureux avant ! Ils partent tous. Auguste, Jules, peut-être un jour Albert.

Le lendemain en fin de matinée alors que chacun vaquait à ses occupations, le téléphone sonna. Jeanne qui avait à faire à l'office, fut la plus prompte à décrocher le combiné mural.

— Hyacinthe ! s'exclama-t-elle, quel bon vent...

— J'ai enfin reçu une lettre d'Auguste !

— Tout va bien ?

— Il donne peu de détails mais sa santé est bonne !

— Alors tant mieux ! Tant mieux ! Voulez-vous que j'aille chercher Apolline ?

— Si c'est possible !

— Ne quittez pas, j'envoie quelqu'un la prévenir.

Jeanne se précipita à l'office où elle avait laissé la jeune lingère.

— Montez chercher Mme Garancière, vite ! vite !

Jeanne poussa la jeune fille dehors et la suivit jusqu'en bas des marches. Elle tendit l'oreille. Dès qu'elle entendit les pas d'Apolline dans l'escalier, elle cria à son adresse :

— Ma chérie, c'est ton père, il a reçu une lettre d'Auguste ! Tout va bien.

— C'est vrai ?

32

Le Manoir, février 1915

Un froid cruel sévissait. Toutes les familles de France s'étaient mises à tricoter pour leurs soldats. Pour les femmes du Manoir, les après-midi se passaient devant la cheminée du salon. Après avoir envoyé chandails, chaussettes, écharpes aux soldats de la famille, elles tricotaient pour les plus démunis. Certains après-midi, Apolline se mettait au piano. Les notes s'échappaient du salon. Celles-ci se heurtaient à l'épaisse porte derrière laquelle Albert avait pris l'habitude de s'enfermer, elles passaient par l'office, s'insinuaient dans les cuisines, montaient au premier étage, s'infiltraient sous la porte de l'atelier où Anastase bricolait, passaient par la nursery, gagnaient, quelque peu essoufflées, le deuxième étage pour, enfin, aller mourir dans la salle où les jumeaux et Anne-Sophie étudiaient. Ces notes apportaient si ce n'est de la gaieté du moins un peu de vie dans une maison où plus personne n'avait le cœur à rire.

Et ce fut un de ces après-midi venteux et froids d'hiver que le téléphone sonna. Stridente, la sonnerie secoua la torpeur dans laquelle les trois femmes assises en rond et au plus près de l'âtre travaillaient. Adelphe courut décrocher.

— Oncle Hyacinthe ! fit la voix chantante, mais un silence suivit – un silence lourd, interminable... Oncle Hyacinthe, vous m'entendez ?

Livide, Apolline lâcha son ouvrage. Elle courut, arracha le téléphone des mains d'Adelphe.

— Père ! C'est vous ?

Figée, Adelphe ne pouvait détacher son regard du visage de sa cousine qui, telle une noyée s'agrippait des deux mains au combiné. Après un temps d'arrêt, la voix étranglée, Apolline finit par bredouiller :

— Je rentre par le premier train.

Puis elle raccrocha. À présent, les yeux écarquillés, elle restait là sans bouger, avec en mémoire les mots absurdes qui faisaient la ronde dans son esprit. « Ton frère, blessé, dans un état grave... Je n'en sais pas plus... » Les mots revenaient en boucle. « Ton frère, blessé, dans un état grave... dans un état grave... dans un état grave... » Apolline chancela, Adelphe la soutint.

— Maman ! appela-t-elle.

Jeanne poussa la porte de l'office.

— Des sels ! ordonna-t-elle, qu'on m'apporte des sels et un peu d'eau camphrée !

Sans attendre, elle revint sur ses pas. Mais déjà Apolline, le teint cireux, revenait à elle.

— C'était père... Auguste est blessé.

La mère et la fille prenant Apolline sous les bras, la portèrent au salon et l'étendirent sur le sofa ; ce même sofa sur lequel Jeanne s'était, un jour de printemps, écroulée en apprenant le décès de sa belle-sœur Aurore.

Lise, suivie de près par Françoise, se présenta à la porte du salon.

— Voici, madame.

— Donnez-moi plutôt un sucre avec quelques gouttes de calvados !

— J'ai ce qu'il faut dans les mains, dit Françoise.

Elle prit un sucre, le mouilla d'alcool. Avec douceur elle dit :

— Prenez ça, petiote, ça va tout de suite aller mieux.

Docile, Apolline prit le sucre sur la langue mais comme Françoise n'y était pas allée de main morte, elle se mit à tousser. D'un coup, son teint reprit des couleurs.

— Tante Jeanne, Auguste est blessé et père ne sait pas vers quel hôpital il a été évacué.

— Mon pauvre petit, dit Jeanne en caressant les cheveux blonds, il est en vie et cela n'est peut-être pas si grave.

— Tante Jeanne, je vais rentrer à Paris... je dois être auprès de mon père.

Adelphe s'assit à côté de sa cousine ; d'un bras, elle lui entoura la taille. Tandis que Jeanne admirait le joli tableau, son esprit pratique prit le dessus.

— Que fais-tu de ton fils et de ta sœur ?

— Je les emmène, bien sûr ! s'écria Apolline en plein désarroi.

— Réfléchis, ma chérie, ton fils est trop jeune pour que tu l'entraînes dans un tel voyage ; ne serait-il pas préférable que nous le gardions ici ?

— Maman a raison, renchérit Adelphe, laisse-nous Augustin, nous nous en occuperons, tu ne sais pas combien de temps tu seras absente, il s'est habitué à nous et ici il est en sûreté. Quant à Anne-Sophie, crois-tu que ce soit une bonne idée de l'emmener, elle commence tout juste à retrouver un semblant d'équilibre ?

Apolline était perdue. Son fils, sa sœur... Elle se leva.

— Je monte prévenir Anne-Sophie.

Elle sortit du salon. Dans le vestibule, le froid la saisit ; elle monta à l'étage, emprunta le couloir menant dans l'aile ouest où se trouvait la chambre de sa sœur. Elle poussa la porte restée entrouverte et passa la tête.

— Je peux ?

Anne-Sophie lisait ; elle regarda sa sœur, remarqua son teint pâle. Elle se leva si vivement qu'elle fit tomber sa chaise en arrière.

— Il s'est passé quelque chose ?

— Oui.

— Auguste ?

— Il a été blessé, je n'en sais pas plus. Je rentre à Paris.

— Moi aussi !

— Père ne sait pas dans quel hôpital Auguste se trouve ! Ça ne servirait à rien...

— Je veux voir Auguste ! Tu entends, je veux le voir ! C'est mon frère au même titre que le tien !

— Bien, capitula Apolline.

Avec sa sœur, il était inutile de discuter. Les seuls qui avaient un peu d'emprise sur elle étaient sa tante et surtout Albert. Elle s'en remettrait à eux.

Deux heures plus tard, Apolline roulait en direction de la gare de Lisieux. Albert l'installa dans le compartiment, monta sa valise ainsi qu'un panier rempli de provisions. Sa tante avait insisté pour qu'elle l'emporte. « Les Parisiens n'ont pas la chance d'avoir des légumes et des fruits frais, c'est la disette là-bas. » Albert vérifia que tout était en ordre et il prit congé.

— Surtout, Apolline, téléphone-nous. Quand tu verras Auguste, dis-lui combien nous pensons à lui et ramène-le vite au bon air il guérira plus rapidement de ses blessures.

Apolline eut du mal à retenir ses larmes.

— Je vous promets de vous appeler.

— Ne te fais pas de souci pour ton fils, tu peux compter sur ma mère et sur ma sœur pour le dorloter. Quant à Anne-Sophie, je lui ai promis de la conduire à Paris dès qu'Auguste sera de retour chez vous.

Apolline arriva vers onze heures du soir. Il faisait nuit noire et un froid mordant. Sur le quai de la gare, Hyacinthe l'attendait.

— Des nouvelles, père ?

— J'ai remué ciel et terre, et ce soir je n'en sais pas plus.

— Alors il faut se rendre sur place.

— J'ai obtenu un laissez-passer, j'ai réussi, à prix d'or, à faire le plein d'essence et à remplir des bidons. Demain je pars à la première heure !

— Je serai prête !

— Il n'est pas question que tu m'accompagnes !

— Vous n'avez pas le droit de m'interdire de venir avec vous ! Si Auguste est blessé, il aura besoin de moi et je ne suis plus une enfant ! Non seulement j'ai le droit de vous accompagner mais j'en ai le devoir, vous entendez ! Je n'ai pas laissé mon fils et ma sœur en Normandie, je n'ai pas sauté dans le premier train pour faire de la figuration ! (Encore toute frémissante de colère, elle se tenait droite devant son père.) Et je vous en prie, ne faites pas cette sempiternelle remarque que, lorsque je m'oppose à vous, je ressemble à ma grand-mère Dorothée !

Comprenant qu'il n'aurait pas le dessus, Hyacinthe grogna. « Mais qu'ai-je fait au ciel ! » Il prit le bagage des mains de sa fille et s'en fut à grands pas, la plantant sur le quai. Il ne resta plus à Apolline qu'à trottiner derrière son père pour ne pas le perdre de vue.

À la première lueur du jour, Hyacinthe et Apolline partirent. Il pleuvait d'une petite pluie froide et pénétrante. Si la sortie de Paris se fit sans encombre, ils mirent beaucoup de temps pour atteindre Reims. Sur la route, c'était un va-et-vient incessant entre une population hagarde qui fuyait le front, les troupes qui s'y rendaient, les ambulances qui évacuaient les blessés et celles qui retournaient en chercher. À chaque mairie de village, le baron avait fait une halte. Certaines avaient subi de tels dommages dans les bombardements qu'elles avaient dû fermer leurs portes. Celles qui étaient en état de fonctionner étaient assaillies de demandes. Afin d'en savoir plus sur les blessés qui avaient été rapatriés à l'arrière, le baron et sa fille parcoururent les listes dressées à la hâte. Nulle part ils ne trouvèrent le nom du lieutenant Auguste de Saint-Eliph.

Il était bientôt trois heures de l'après-midi et leurs recherches restaient vaines. Ils s'étaient rapprochés du front. Des bruits sourds de canonnade faisaient vibrer le sol. Certaines maisons étaient détruites et des villages entiers étaient vidés de leurs habitants. Des chiens erraient sur le bord de la route, des troupeaux entiers étaient laissés à l'abandon, des cadavres de chevaux pourrissaient sur le bas-côté.

Apolline regardait derrière la vitre de la voiture les paysages dévastés et toutes les scènes d'horreur. Dans son esprit les prénoms de Jules et d'Auguste se mêlaient dans un inextricable écheveau. La pluie avait cessé et une timide percée du soleil éclairait la campagne d'une lumière scintillante.

Hyacinthe prit un chemin au hasard, trouva une ferme habitée. Il se gara à quelques mètres du portail.

— Attends-moi ici, je vais me renseigner.

Apolline attendit mais elle était si inquiète, si tendue qu'elle décida de faire quelques pas pour se dégourdir. En ce milieu hivernal les arbres grelottaient, les chemins étaient boueux, l'air était saturé d'humidité. Toute cette misère étalée, tous ces soldats blessés qu'elle avait croisés entassés dans des camions pour les plus valides ou transportés dans des ambulances pour les plus atteints, lui avaient fait prendre pleinement conscience de l'horreur de ce conflit. En Normandie et même à Paris la guerre se limitait à des mots imprimés dans le journal. À quelques kilomètres du front, c'était bien autre chose. En chaque homme qu'elle avait croisé sur la route elle avait vu son frère, son mari. Elle s'était heurtée à tant de détresse.

Le bruit sourd des canonnades avait cessé, le sol gelé ne tremblait plus. Elle n'entendait plus que le bruit de ses pas frottant l'herbe mouillée et le silence immense, vertigineux. Elle avança sur le chemin étroit bordé d'arbres jusqu'à ce qu'elle atteigne une clairière.

Tout était calme. Elle s'étonnait du contraste saisissant entre ce bout de campagne tranquille et les scènes dramatiques qu'elle avait vues depuis le matin. Soudain, une nuée de corbeaux tourna au-dessus de la clairière. Leurs cris lugubres emplirent le silence. Du regard elle suivit leur vol. Les corbeaux passèrent, repassèrent, puis se posèrent sur l'herbe telle une armée serrée, menaçante. Après quelques secondes, ils reprirent leur envol et s'enfuirent. Alors une pensée insensée la traversa : son frère était en danger de mort... « Non ! Pas mon frère, pas lui ! Pas Auguste ! » Elle se raisonna, se dit que les corbeaux devaient nicher par là, que sa venue les avait dérangés et qu'il n'y avait là rien que de très naturel. Transie de froid, transie de peur, elle remonta le col de son manteau et rebroussa chemin.

— Apolline, où es-tu ?

— Ici !

— Vite, nous sommes tout à côté du camp que nous cherchions !

Quelques minutes plus tard ils arrivèrent devant un camp militaire de fortune fait d'une multitude de tentes. Deux soldats armés arrêtèrent l'automobile. Le baron ouvrit sa portière, montra le laissez-passer.

— Désolé, mais aucun civil n'est autorisé à pénétrer dans le camp.

— Mon fils a été blessé, je veux juste savoir s'il est sur vos listes.

— Donnez-moi son grade, son affectation, son nom et je vais voir ce que je peux faire.

Quelques minutes plus tard, un officier se présenta.

— Lieutenant Gabriel ! Désolé, mais nous n'avons personne de ce nom ici.

— Où dois-je me rendre, je me suis arrêté à toutes les mairies ? questionna Hyacinthe, découragé.

— Retournez à Reims, toutes les nouvelles du front sont concentrées à la préfecture, c'est encore là-bas que vous serez le mieux renseigné. Je vous souhaite bonne chance dans vos recherches.

Sans un mot, le visage fatigué, les mains crispées sur le volant, le baron reprit la route de Reims. Il ne savait plus que penser. Les informations qu'il avait obtenues de l'état-major de Paris étaient vagues. Il avait écumé tous les hôpitaux des environs sans succès. La préfecture de Reims était son dernier espoir. Il accéléra. Une heure plus tard, il se garait devant le bâtiment.

— Je viens avec vous, annonça Apolline, claquant la portière derrière elle.

Hyacinthe regarda sa fille et cette fois n'eut pas le courage de lui faire la moindre remarque. Ils furent envoyés d'un bureau à l'autre avant d'arriver au bon endroit et firent la queue jusqu'à ce que vienne leur tour. Le baron demanda à voir la dernière liste qui avait été dressée des blessés. Celle-ci comportait toutes les unités basées dans les environs, Auguste restait introuvable. Alors, Apolline, d'une voix sourde, demanda à voir la liste des soldats décédés. Son père sursauta. Sans faiblir, elle prit les feuillets qui lui furent présentés. Les noms étaient classés par ordre alphabétique. Rapidement elle les parcourut. Sans prononcer un mot, le teint livide, elle tendit la liste à son père.

33

Le Manoir, mars 1915

Le froid perdurait. Leurs chevaux marchaient au pas, à la même hauteur alors qu'un petit vent glacé leur rougissait le nez et les oreilles. Anastase se lança :

— Tu n'es pas sûr qu'en ces temps de guerre ta place soit parmi nous, n'est-ce pas ?

— Comment avez-vous deviné ? répondit Albert stupéfait.

— Cela fait des semaines que je m'attends à ce que tu m'annonces ton départ. Où en es-tu de ton apprentissage de pilote de guerre ?

Cette fois Albert regarda son père, médusé.

— Vous étiez au courant ?

— Je sais que souvent à cause de mes marottes et de mon peu de sens pratique on me prend pour un ahuri. (Comme Albert allait intervenir, Anastase l'arrêta d'un geste.) Si, si, mon fils, je le sais et je t'avouerai que cette réputation m'a permis, bien égoïstement, de me retrancher dans mon monde. Mais pour cerner l'âme humaine il ne faut pas avoir fait de grandes études, il suffit de mettre de côté sa raison et de laisser parler son cœur. (Anastase se tourna vers son fils.) Et de cœur, tu n'en manques pas, Albert. Tu as hérité de ta mère le bon sens et de moi, cette extrême sensibilité que j'appelle volontiers la « perméabilité de l'âme ». Ta grand-mère Amélie en était pétrie. C'est un atout qu'il faut manier avec prudence comme une lame à double tranchant.

La simplicité de ces paroles toucha Albert. Ému, il détourna son regard, flatta le col de son cheval, regarda le ciel blanc contre lequel la bise glissait comme sur un miroir sans tain.

— Mais vous, père, comment pourrez-vous diriger seul un si grand domaine ?

Anastase arrêta son cheval et toisa son fils.

— Si je suis trop vieux pour faire la guerre, je ne le suis pas pour travailler. Non, ce qui me préoccupe, c'est comment tu vas t'y prendre pour te faire accepter comme pilote avec ta myopie.

— À moi de faire mes preuves. S'il le faut, je tricherai. Ma place est parmi ces soldats. Avec le Fokker, les Allemands avaient la suprématie du ciel, mais un nouvel avion français appelé le Spad est en train d'être mis au point, il sera supérieur !

— Parce que tu l'as essayé ?

— Pas moi, mais mon ami Gilles de Bonnes. Il paraît que c'est une machine formidable ! (Albert baissa la voix.) Cela fait des mois que je réfléchis, je sais que je ne pourrai plus me regarder en face si je ne me mettais pas au service de mon pays.

— Alors fais ton devoir. Tu n'as plus l'âge que je t'interdise quoi que ce soit. (Anastase réfléchit.) C'est la mort d'Auguste qui t'a conforté dans ta décision ?

— Je veux me montrer digne de lui. Je l'ai toujours considéré comme un frère que je devais protéger et c'est lui qui m'a donné une belle leçon de courage. Je veux qu'au-delà de la mort il soit fier de moi comme je suis fier de lui.

Ce soir-là, Jeanne était au lit quand elle entendit gratter à sa porte.

— Oui !

Anastase laissa ses chiens sur le palier et entra. Il sourit à sa femme, lissa une à une ses moustaches. Jeanne posa son livre sur la table de chevet.

— Vous travaillez encore à cette heure ?

— Des petites choses à mettre au point. Je voulais vous entretenir d'Albert.

— Ah ! Nous y voilà !

Anastase regarda attentivement sa femme derrière ses lunettes cerclées.

— Voilà des semaines que je me demande qui aura le courage de me parler le premier, poursuivit-elle.

Anastase se racla la gorge.

— Albert m'a avoué... enfin il m'a fait part qu'il ne pouvait plus rester spectateur d'une guerre...

— Et qu'il voulait s'enrôler dans l'aviation, coupa Jeanne calmement.

— Mais...

— Je connais mon fils, chaque matin je prends pour un miracle de le savoir encore parmi nous. Je connais sa passion pour les aéroplanes et, à chacune de ses absences, je tremblais qu'il ne m'annonçât son départ pour le front. Voilà qui est fait, n'est-ce pas ?

Interloqué, Anastase marqua un silence et soupira.

— Peut-on empêcher un enfant de combattre pour son pays ?

— C'est la question qui me taraude depuis des mois. Je voyais bien qu'Albert était malheureux, surtout depuis que ce pauvre Auguste... (Émue comme chaque fois qu'elle évoquait son neveu, Jeanne ne finit pas sa phrase. Cependant, très vite elle se reprit.) Alors nous y sommes...

Elle finit par demander d'une voix étranglée :

— Et son départ est prévu pour quand ?

Anastase prit la main de sa femme qu'il baisa avec amour. Il avait toujours admiré la force de caractère de Jeanne, mais ce soir il la trouvait héroïque. Jeanne faisait toujours face, elle n'était pas femme à se plaindre ou à larmoyer.

— D'un jour à l'autre.

— Malgré son handicap ?

— La guerre sera plus longue que prévu ; les bonnes volontés ne seront pas de trop.

— Il va donc piloter un de ces engins, dit tout bas Jeanne comme pour elle-même. Il va se lancer dans les airs alors qu'il ne voit pas à trois mètres.

— C'est un excellent pilote et, avec des lunettes, il voit aussi bien que tout le monde. Justement, je lui ai bricolé... Mais regardez plutôt, dit-il en avançant vers la lampe le casque d'aviateur qu'il avait à la main.

« Mon Dieu ! » pensa Jeanne que la dernière trouvaille de son mari ne rassurait pas du tout.

Vers le milieu avril arriva l'avis de mobilisation du pilote Albert de Kervalon. À la fin de la semaine il devait se retrouver au Bourget pour endosser l'uniforme d'aviateur et apprendre à voler sur les avions de guerre. Depuis que les jumeaux étaient au courant du départ imminent de leur frère, ils le regardaient avec admiration. Sur le mur de leur chambre, à côté de la photo d'Auguste en uniforme, ils punaisèrent celle d'Albert. Le soir, les deux garçons qui allaient sur leurs quatorze ans espéraient que le conflit durerait suffisamment longtemps pour qu'ils atteignent l'âge requis pour s'enrôler. Dans le secret de leur chambre, souvent tard dans la nuit, ils commentaient les nouvelles du jour. Ils épluchaient les journaux, découpaient les articles et les collaient dans un cahier. Sur une carte de France, ils suivaient le mouvement des troupes. Leur chambre était devenue un véritable QG.

La veille du départ arriva. Jeanne et ses trois enfants formulèrent le souhait d'accompagner Albert à la gare de Lisieux. Depuis plusieurs jours, c'était le principal sujet de discussion mais aussi de chamaillerie. Albert, qui redoutait les épanchements en public, trancha.

— Mère, j'ai toujours eu horreur des adieux, aussi je préférerais prendre congé de vous tous ici.

— Bien sûr, dit Anastase, je pense que tout le monde comprendra, je te conduirai donc seul.

— J'ai demandé à un de mes amis pilote de passer me prendre. L'essence est rare, j'ai pensé que ce serait mieux ainsi.

Anastase qui ne s'était pas attendu à être mis lui aussi sur la touche se tut, quelque peu vexé. Albert se tourna vers sa mère.

— Mère, j'aimerais vous présenter cet ami, serait-il possible que nous le recevions pour le déjeuner ?

Gilles de Bonnes arriva en fin de matinée dans une automobile de course. C'était la première fois que ce fanatique de vitesse venait au Manoir. Les deux amis faisaient partie du même aéro-club, ils se connaissaient depuis trois ans, mais en dehors de leur passion peu de chose les rapprochait. Albert était un homme de cheval, un terrien, alors que Gilles était fils de notable.

Albert présentait rarement ses amis à sa famille, aussi est-ce avec une certaine curiosité qu'Adelphe l'attendait. Quand Gilles pénétra dans le salon, son allure, sa prestance, la conquirent immédiatement. Grand, le regard vif, il lui plut immédiatement.

Après le déjeuner, alors qu'entre deux nuages le soleil se montrait, Anastase proposa de faire quelque pas dehors. Adelphe écoutait la voix grave aux accents tranquilles de Gilles de Bonnes. Tout en marchant, les trois hommes discutaient des performances du dernier aéroplane français tout juste sorti des usines. Quand la conversation se fit plus technique, Adelphe n'écouta plus que d'une oreille les propos échangés. À l'abri de son chapeau elle se permit quelques regards. Le front était haut et droit, le nez fort et comme cassé en son milieu, le menton volontaire. Après examen, elle conclut que l'homme avait du caractère. Elle regretta que son frère ne l'ait pas amené plus tôt au Manoir et ses pensées moroses la ramenèrent à la guerre, à la mort d'Auguste, au départ imminent de son frère.

L'heure approchait. Albert retourna au salon pour prendre congé de sa mère. Jeanne le regarda s'avancer vers elle de sa démarche de chat. « Mon fils, pensa-t-elle attendrie, on ne l'entend jamais venir et il est toujours là où on ne l'attend pas. »

— Mère, dit-il, je voulais vous embrasser une dernière fois avant de prendre la route.

Jeanne se leva, étreignit son fils. Albert lui murmura :

— Mère, je vous promets de vous téléphoner ou de vous écrire dès qu'il me sera possible de le faire.

Il sortit sans se retourner. Jeanne, malgré son envie de suivre son fils, n'en fit rien. Les bras ballants, elle resta au milieu du salon. Par les fenêtres elle vit s'éloigner son mari, sa fille, les jumeaux, derrière suivaient Gilles de Bonnes, Albert... Elle resta quelques secondes le regard dans le vague puis alla dans le vestibule, prit un châle, se coiffa de son chapeau de jardinier à large bord et sortit. Bien qu'elle se le fût formellement défendu, elle prêta l'oreille, entendit les voix et les jappements qui venaient des garages. Parmi tout ce brouhaha elle tenta de discerner la voix d'Albert, à un moment elle crut l'entendre et son cœur se serra. Se faisant violence, elle prit la direction opposée. « Faire quelque chose, ne plus penser », se disait-elle. En ce mois d'avril, les arbres étaient en fleurs. À travers ses larmes, Jeanne admira les pommiers, les cerisiers. Elle entendit au loin la voiture démarrer. Elle ferma les yeux et ne sut que répéter, suppliante :

— Mon Dieu... mon Dieu... mon fils !

34

Paris, octobre 1915

Ce 2 octobre Apolline s'était levée de bonne humeur. Dans quelques jours Anne-Sophie serait de retour. Avec elle, ce serait un peu de vie qui reviendrait entre ces vieux murs. Le conservatoire allait rouvrir ses portes et cette perspective lui donnait des ailes. « Tu vois, avait dit son père, l'été est passé, Jules se porte bien, tu aurais pu aussi bien séjourner au Manoir. » Mais la trêve fut de courte durée. Trois jours durant, elle ne reçut aucun courrier de Jules et la terreur l'habita à nouveau. Le quatrième jour elle ne quitta pas ses appartements et envoya Fine guetter le courrier.

— Des lettres, madame !

Apolline se précipita, prit les deux lettres, les pressa contre son cœur, remercia son bon ange. Rapidement elle compara les dates d'oblitération, ouvrit la première.

Ma petite femme adorée.

Après quelques jours de tranquillité je repars pour le front avec mes hommes. Dans la nuit notre artillerie devra se poster à la lisière d'une forêt afin que, dès l'aube, nous prenions les Allemands par surprise. Notre rôle : pilonner le hameau vidé de ses habitants où se sont repliés les Boches avant d'envoyer nos fantassins nettoyer la place. Alors ce sera un corps à corps mais le sale boulot, c'est pour eux pas pour nous, aussi ne te fais pas de souci. Ces deux dernières nuits j'ai bien dormi, j'ai récupéré toutes mes heures de sommeil en retard. Je pense à notre fils. Déjà il fait ses premiers pas ! Les photos que tu m'as envoyées de vous deux pour son premier anniversaire ne quittent pas la poche de ma vareuse.

Un cœur qui chérit la mère et le fils dans un même élan d'amour. Jules.

Les larmes aux yeux Apolline poussa un soupir, ouvrit la seconde lettre. Elle était plus courte que la première.

Mon Apolline chérie.

Lors de l'attaque les Boches ont répondu et ont bombardé nos positions. Tout va bien ! J'ai été blessé à la jambe mais rien de grave. Cette lettre écrite de ma main (les mots étaient soulignés deux fois) te prouvera que mis à part cette blessure à la jambe, je suis valide. C'est une fracture toute bête à la cuisse mais qui, avec un peu de chance, me permettra d'obtenir une permission. Vous revoir tous serait merveilleux. Je ne pense plus qu'à ça ! Si c'est le prix à payer pour serrer ma femme et mon fils dans les bras je veux bien me faire esquinter l'autre jambe ! Mille baisers.

Jules.

Apolline hésitait entre les larmes et le rire. Après la joie s'insinua le doute. Et si ses blessures étaient plus graves qu'il ne le disait, et si on l'avait amputé ? Elle pensa à ces soldats estropiés qui mendiaient dans la rue pour gagner quelques sous, elle pensa à son frère, ne leur avait-on pas annoncé qu'il n'était que blessé ? Mais contrairement à Auguste qui n'avait pas été en état de donner de ses nouvelles, Jules lui avait écrit. Fébrilement elle regarda à nouveau les dates, relut les lettres, soupesant chaque terme, compara l'écriture, remarqua qu'elle était moins régulière sur la deuxième lettre. Et si Jules ne lui avait pas dit toute la vérité ?

Apolline quitta son appartement en toute hâte pour gagner celui de son père. Elle buta sur Firmin qui époussetait les livres de la bibliothèque.

— Firmin, je dois téléphoner de toute urgence !

— Bien madame, dit Firmin qui avait remarqué les lettres qu'elle tenait à la main ainsi que le tremblement de sa voix.

Il battit retraite pour laisser le champ libre. Mais redoutant qu'une mauvaise nouvelle ne soit arrivée, une de plus, il resta dans le corridor. Quand le téléphone sonna, Firmin, qui toute sa vie s'était interdit la plus petite indiscrétion, prêta l'oreille. Il entendit Apolline parler à son père. Ainsi c'était au tour de M. Jules ; il était seulement blessé mais allez savoir ? Depuis le décès de M. Auguste, M. le baron avait changé, alors cette nouvelle épreuve ! Firmin hésita, mais comment laisser Mme Garancière sans secours à pareil moment ? Il était rentré au service de la famille depuis tellement d'années. Il hésita, décida de rester. Histoire de faire semblant d'être occupé, il passa le plumeau sur les tableaux qui ornaient le couloir. Après un moment qui lui parut long, il entendit la porte du salon s'ouvrir. Avec circonspection, il regarda la jeune femme sortir, cherchant à capter son attention sans toutefois s'imposer. Il fit un pas vers elle.

— Madame, y a-t-il quelque chose que je puisse faire ?

— Malheureusement, dit-elle l'air un peu perdu, je ne pense pas Firmin... Mon mari a été blessé à une jambe... Je n'en sais pas plus...

— Mon Dieu ! dit Firmin en joignant les mains. Est-ce que je peux apporter un remontant à madame ? Quelque chose de pas trop fort mais qui lui fera du bien !

— Pourquoi pas, fit Apolline que la sollicitude du valet touchait, je vais m'asseoir quelques instants.

Sans un mot, Hyacinthe offrit son bras à sa fille et ensemble ils franchirent les portes de l'École militaire. Au deuxième étage, on les fit attendre dans le couloir jusqu'à ce qu'un jeune soldat vînt les chercher.

— Le général ne peut vous recevoir, expliqua-t-il, mais son aide de camp vous attend. Si vous voulez bien me suivre...

Apolline se leva tel un ressort. Son cœur battait à tout rompre. Elle se souvenait de la brutalité avec laquelle elle avait appris le décès de son frère et il lui semblait qu'elle revivait le même cauchemar ; pourtant à chaque pas quelque chose lui disait que, cette fois, Dieu l'épargnerait. Devant une porte que rien ne différenciait des autres, le soldat s'arrêta. Il frappa et tout aussitôt les introduisit dans le bureau. L'aide de camp vint courtoisement les accueillir. En connaisseur, il remarqua la jolie silhouette endeuillée et le visage aux traits remarquables cachés derrière la voilette ; il invita la jeune femme et son père à prendre place sur les fauteuils et il eut un franc sourire.

— J'ai de bonnes nouvelles. Malgré ses blessures à la jambe l'officier Garancière se porte bien. On me signale qu'il a une plaie à la tête mais rien de sérieux, une simple éraflure. Grâce à la Croix-Rouge, il sera ramené à Paris d'ici à la fin de la semaine.

Apolline n'était pas certaine d'avoir bien compris, son sang afflua à la tête, une sorte de bourdonnement lui emplit les oreilles. Cassure de la jambe, éraflure à la tête… Cela voulait dire quoi au juste ?

Son père se pencha vers elle, il prit dans la sienne la main gantée de cuir noir et la tapota.

— Tout va bien, la rassura-t-il, et pour la première fois depuis la mort de son fils, un vrai sourire vint illuminer son visage.

— Mon mari est donc vivant ?

— Non seulement votre mari est vivant, madame, mais vous allez bientôt le revoir, répondit l'aide de camp en riant. Le capitaine Garancière étant déclaré, pour plusieurs semaines, inapte au service, ses supérieurs ont jugé préférable qu'il rentre chez lui le temps de sa convalescence.

— Capitaine ? s'étonna le baron.

— Oui, monsieur, répondit l'officier, votre gendre a été promu capitaine pour fait de bravoure.

35

Paris

Apolline, les yeux rougis par la fatigue et l'émotion, regardait la locomotive s'avancer sur le quai. Avec force grincements le train s'arrêta. Un nuage de fumée s'éleva de la locomotive qui enveloppa dans une sorte de bain de vapeur ceux qui attendaient les voyageurs. Les soldats commençaient à sortir des wagons. Tous étaient éclopés. Certains avaient le regard enfiévré, beaucoup semblaient hagards, quelques-uns souriaient comme des bienheureux. Soudain, au milieu de la foule, Apolline aperçut un officier dont la tête était bandée. Il avançait à l'aide de béquilles qui, trop courtes pour sa taille, le faisaient pencher en avant. Un bandage couvrait sa jambe du pied jusqu'à l'aine. À chaque pas, il grimaçait. Apolline hésita tant la silhouette était maigre et peu ressemblante. Le soldat s'arrêta, leva la tête.

— Jules... murmura Apolline, horrifiée par le regard vitreux, le visage fatigué.

Ils n'étaient plus qu'à quelques mètres l'un de l'autre et tout les retenait. Il fit encore un pas, regarda sa femme à la dérobée. Il fut étonné de la voir habillée de noir, et c'est seulement à cet instant qu'il prit conscience qu'il avait perdu son beau-frère. Au front, les mots, les sentiments, les souvenirs avaient une autre portée, ils prenaient un tout autre sens, une tout autre couleur. Certains se renforçaient, d'autres au contraire n'imprégnaient pas la mémoire.

— Apolline !

Apolline remonta la voilette qui dissimulait son visage. Ils se cherchèrent du regard. « Comme elle est belle », pensa-t-il, « Comme il a changé », pensa-t-elle. Elle avait du mal à reconnaître dans ce soldat aux traits burinés, au regard épuisé, mal rasé, le bel homme fringant, plein d'allant, rieur, léger qu'elle avait quitté quatorze mois plus tôt. Maladroitement, elle voulut le soutenir mais il l'en défendit. Il ne voulait pas qu'on l'aide et surtout pas qu'on le plaigne.

— Je vais y arriver, dit-il d'un ton sans réplique.

Le baron, qui jusque-là s'était tenu à l'écart, s'approcha de son gendre, il lui mit une main sur l'épaule.

— Mon cher Jules, nous sommes heureux de vous voir.

Jules refusa de s'installer dans la chambre du bas qui avait été aménagée exprès pour lui. Il voulut à tout prix reprendre ses habitudes. Il fallut deux hommes pour le monter au deuxième étage. Une fois arrivé, il souhaita être allongé sur le canapé du salon et non dans sa chambre. « Je suis blessé, mais pas malade, fit-il remarquer. » À peine installé, il demanda à voir son fils. Quand l'enfant entra dans le salon, il regarda avec étonnement le monsieur allongé sur le sofa, la tête et la jambe bandées et qui lui tendait les bras. Il se retourna vers sa mère et se cacha le visage dans ses jupes.

— Viens Augustin, insistait son père.

Pour toute réponse le petit garçon se mit à hurler.

De nuit comme de jour, des images terrifiantes lui revenaient à la mémoire. Jules voyait ses hommes mourir sous les balles ennemies, des scènes d'horreur où les morts vivants suppliaient qu'on les achève, où des soldats qui refusaient de combattre étaient exécutés par les leurs. Et puis c'était le bruit des combats, suivi d'un silence atroce aussitôt relayé par les râles, les appels au secours des blessés, c'était l'odeur de la peur, du sang, c'était les éclaboussures de chair humaine, la vermine, les rats qui pullulaient, les fourmillements des bêtes dans le cou, dans les oreilles, sur les mains.

Apolline, respectueuse des silences de son mari, restait à ses côtés, s'occupant comme elle le pouvait. Chaque jour Jules faisait des progrès mais pas suffisamment pour sortir. Alors il tournait dans l'appartement comme un ours en cage. Il allait de la chambre au salon et du salon à la chambre, puis de la chambre dans le couloir. Un matin où Apolline était partie prendre ses cours au conservatoire, il réussit à fausser compagnie à l'infirmière qui venait refaire ses pansements. Une main sur la rampe, l'autre appuyée sur sa canne, il descendit les marches une à une. Essoufflé, transpirant, il prit le long couloir qui menait à la nursery. Il fit une halte derrière la porte, prêta l'oreille. N'entendant rien de particulier, il finit par baisser la poignée. De dos il vit son fils assis sur le tapis et jouant avec des cubes. Il regarda émerveillé le bel enfant blond. Son fils. Très doucement, il appela.

— Augustin !

L'enfant se retourna, regarda son père fixement. Après un moment qui lui parut une éternité, il lui sourit.

— Augustin, répéta son père.

Cette fois l'enfant se leva, courut vers lui criant.

— Papa ! Papa !

Depuis que Paris avait été la cible des zeppelins, c'était le couvre-feu. Volets fermés, rideaux tirés, dès la nuit tombée Paris vivait dans l'obscurité la plus totale. Éclairé d'une seule bougie, Jules était dans la chambre. Couché sur le dos, la jambe calée et surélevée par des oreillers, il écoutait les bruits qui provenaient de la salle de bain. Apolline en sortit en petite tenue. Debout devant le miroir, elle enleva le peigne qui retenait ses cheveux. De longues torsades blondes s'affaissèrent sur ses épaules, coulèrent le long de ses reins. Vêtue d'un caraco et d'une petite culotte de soie bordés de dentelles, elle coiffait ses cheveux tandis que Jules, assis dans la pénombre, l'observait. Depuis sa maternité, Apolline avait pris des formes épanouies ; même ses gestes avaient pris de l'ampleur. Jules pensa que sa femme n'avait jamais été aussi désirable. L'appétit aiguisé, il admira les seins petits et fermes, la courbure des reins, la finesse de la taille, les fesses hautes, les jambes longues.

Dans le miroir, le regard d'Apolline rencontra celui de Jules. Ce regard attentif, sombre, elle commençait à bien le connaître. Elle se retourna et son sourire fut celui d'une femme triomphante. Elle prit le bougeoir, souffla sur la bougie.

— Non, fit la voix rauque, rallume-la, j'aime te voir, ne me prive pas de ce plaisir.

À tâtons Apolline alla poser le bougeoir sur la table de chevet, elle gratta une allumette. Un halo éclaira à nouveau la chambre. Alors Jules saisit doucement mais fermement le poignet de sa femme pour la faire monter sur le lit. D'une main experte il entreprit de dégrafer le caraco ; docile, Apolline se laissa faire puis, torse nu, elle se coula voluptueusement contre le corps chaud de son amant ; avec volupté elle huma l'odeur de la peau blanche, en caressa le grain. Jules, qui ne pouvait bouger, renversa sa femme sur lui, elle se pencha jusqu'à le frôler, il sentit le bout de ses seins durcis contre sa poitrine, ce contact embrasa ses sens. Ce corps, avec ses creux et ses courbes, il en avait rêvé tous ces derniers mois, il en avait rêvé à en devenir fou. Il lui caressa la nuque, lui mordilla le lobe de l'oreille, embrassa ses lèvres déjà gonflées de désir ; sauvagement, il lui prit la bouche jusqu'à ce que la jeune femme halète. D'une main il caressa, effleura, passa, repassa, s'appesantit, se déroba... La sentant enfin à sa merci, il glissa ses doigts sur ses reins, ses hanches, prestement descendit la petite culotte et invita le beau corps souple à le chevaucher.

36

Le château de Kervalon, janvier 1916

Comme elle en avait pris l'habitude les mois d'hiver, Margot alla se réfugier dans la bibliothèque, plus petite que les autres pièces du château et par conséquent plus facile à chauffer. Une fois installée dans son fauteuil préféré, elle parcourut les gros titres de la presse. Depuis des mois, c'était la même chanson. « Lutte acharnée sur le front. Héroïsme de nos soldats. Vie dans les tranchées... » Elle se sentait étrangère à cette guerre au point qu'elle refusait de tricoter des chaussettes chaudes pour les soldats, de faire des confitures ou des conserves, ou encore d'envoyer des dons au Secours catholique. Ce conflit n'était que le fruit de l'orgueil et de l'imbécillité des hommes. Les atrocités décrites dans les journaux la ramenèrent au seul sujet qui l'intéressait, son fils.

Après avoir frappé deux coups sonores à la porte de la ferme, Gaston entra. La famille était réunie dans la grande salle du bas où régnait une ambiance pesante. À son arrivée, toutes les têtes se retournèrent vers lui. Comme Gaston hésitait à s'avancer, Marie finit par se lever de sa chaise.

— Bonjour, monsieur Gaston.

— Comment va Pierre ?

La femme ne répondit pas, mais fit signe au fils de M. le comte de la suivre. Tout au fond de la grande pièce à vivre, elle poussa une porte, s'effaça pour laisser passer l'ami d'enfance de son fils, puis se retira.

Gaston se retrouva seul dans la chambre basse de plafond, aux carreaux disjoints qui grinçaient sous chacun de ses pas. Dans l'âtre se consumait une grosse bûche. Malgré le feu, il régnait dans la chambre un froid humide. Les rideaux de l'unique fenêtre étaient tirés de sorte que ses yeux durent s'accoutumer à la pénombre.

— Bonjour Pierre, c'est moi, Gaston... on m'a dit que tu étais rentré, vieux, alors je suis venu te voir.

Gaston fit le tour du lit. Sous les couvertures se devinait un corps immobile, couché en chien de fusil.

— Tu dors ?

Aucune réponse ne lui parvint, si ce n'est des gargouillis entrecoupés de paroles inaudibles. Il s'approcha, se baissa. Gaston qui avait à présent les yeux à la hauteur du visage de son ami poussa un cri étouffé. Pris d'un haut-le-cœur il mit ses mains devant sa bouche, chercha son mouchoir et vomit. À deux doigts de défaillir, il s'appuya contre le mur. Comme il entendait les râles, de ses deux mains il se boucha les oreilles. N'en pouvant plus de côtoyer l'horreur, de sentir la sale odeur de chair brûlée, de pus et de sang, il sortit en courant de la chambre, traversa la grande salle où chacun était resté figé. Il s'enfuit comme un fou, avec dans son regard terrorisé, l'image insoutenable de la face ravagée et méconnaissable de son ami d'enfance.

Personne dans la maison n'avait fait le moindre geste pour le retenir. Comme la porte qui donnait sur la chambre était restée entrouverte, une des sœurs du mort vivant se leva. Elle jeta un coup d'œil sur le blessé, son regard s'arrêta sur le bandeau qui cachait le crâne trépané, sur la bouche qui béait sur une mâchoire fracassée, sur la joue en lambeaux, puis, très doucement, elle ferma la porte pour ne plus entendre le râle continuel qui depuis bientôt un jour et une nuit emplissait la maison. Des plaintes à rendre fou.

Amédée et Marguerite prenaient leur café quand ils entendirent la lourde et imposante porte de l'entrée grincer sur ses gonds. Ils s'attendaient à voir leur fils faire irruption dans la bibliothèque, mais personne ne franchit le seuil.

— C'est certainement Gaston, fit remarquer Margot, étonnée.

Elle allait se lever quand d'un geste son mari l'arrêta.

— Non ! Restez ici, j'y vais ! dit-il d'un ton ferme.

Amédée se rendit dans le vestibule glacial, et, n'entendant pas de bruit, se décida à gagner le premier étage. Il frappa à la porte de la chambre de son fils. Aucune réponse. Il l'ouvrit et trouva Gaston debout devant la fenêtre, le front appuyé contre la vitre.

— Comment va Pierre ?

— Je ne sais pas.

— Tu ne l'as pas vu ?

— Si, je l'ai vu, mais je ne l'ai pas reconnu. Il n'a... il n'a plus de visage.

Amédée qui commençait à comprendre se tut. Alors seulement Gaston se retourna vers son père. Il avait les traits défaits, les yeux encore ahuris de stupeur.

— Père, je ne peux plus rester, il faudra l'expliquer à mère. Je dois m'en aller d'ici. Quand… (Gaston avala sa salive.) Quand je suis sorti de la maison, personne ne s'est levé pour me reconduire. Ils m'ont regardé et j'ai bien vu ce qu'ils pensaient. Ils ne sont pas les seuls, partout où je passe je vois le regard des anciens, mais aussi celui des femmes, des enfants… ce ne sont que des regards de reproche… presque de haine.

— Si tu avais l'idée saugrenue de t'enrôler, tu tuerais ta mère !

— Mais je ne veux pas faire la guerre père, je hais toute cette violence. Si seulement vous aviez vu le visage de Pierre. Il est défiguré… il va mourir dans des souffrances atroces et tout ça pour quoi ? Pour quel idéal ? Oui, quel idéal ?

— Écoute, je vais insister auprès du général. Fais-moi confiance, je vais trouver une solution, mais surtout pas un mot de tout cela à ta mère. Je vais descendre lui expliquer que tu as été très affecté par l'état dans lequel tu as trouvé Pierre et que tu as besoin de rester seul.

Avant de refermer la porte sur lui, Amédée se retourna.

— Souviens-toi, tu es asthmatique ! C'est pour cette raison tu as été exempté de service militaire. Ce n'est quand même pas ta faute ni la nôtre si tu as une santé fragile.

La chambre d'Amédée était mitoyenne de celle de sa femme. Chaque soir depuis bientôt vingt-cinq ans qu'il avait épousé Marguerite de Saule, il ne manquait jamais de lui souhaiter bonne nuit. Le plus souvent il lui faisait la lecture ou lui contait les menus faits de la journée. Ce soir il allait prendre son temps car il avait à lui parler ; il devrait lui arracher un consentement et il savait que ce ne serait pas facile. En tenue de nuit, emmitouflé de sa robe de chambre la plus chaude, une lettre dépliée à la main, il frappa à la porte. Quand la voix aimée lui répondit, il entra.

— Alors, ma douce, comment vous sentez-vous ce soir ?

— Bien, quoique j'aie du mal à me réchauffer !

— Alors faites-moi une place et nous remédierons à ce désagrément.

Margot se poussa. Amédée posa la lettre sur la table de nuit, puis il se glissa dans le lit. D'un bras protecteur il entoura les épaules de sa femme. Ils restèrent ainsi enlacés un moment silencieux. Depuis leur mariage, les tentures, les rideaux, les meubles de la chambre changeaient au rythme des humeurs de l'occupante. C'était depuis quelques mois un cocon à la couleur dominante de bleu Nattier.

— Après la guerre, fit Margot, je ferai venir le tapissier, qu'en pensez-vous ?

— Je pense, ma chère, qu'il va vous falloir vous armer de patience, la guerre n'est pas près de finir. À ce propos, je vous ai apporté une lettre dont j'aimerais que vous preniez connaissance.

— Vous savez que je n'aime pas lire le soir, cela me fatigue les yeux, faites-m'en donc la lecture.

— J'accepte si vous me promettez de ne pas m'interrompre. C'est une lettre de notre ami le général...

— Parce que vous lui avez écrit !

— Vous voyez, je ne peux pas compter sur vous, je n'ai pas encore lu la première phrase et déjà vous m'interrompez.

Margot laissa échapper un long soupir et se tut. À peine Amédée avait-il lu les dix premières lignes de la lettre que Margot s'exclama triomphante :

— Puisque le général ne peut pas prendre Gaston avec lui, alors tout est dit !

— Si vous m'aviez laissé lire la lettre jusqu'au bout vous sauriez que s'il ne peut pas prendre Gaston comme chauffeur personnel, il lui propose un poste de chauffeur ambulancier à Paris.

— Mais c'est un métier, il faut des compétences qu'il n'a pas et...

— Il sait conduire une automobile, il apprendra à conduire une ambulance ! Ainsi rendra-t-il service sans courir de danger.

— Mais qui peut me garantir qu'il ne sera pas envoyé au front, parce que c'est tout de même bien là que se trouvent les blessés ?

— J'ai eu le général au téléphone...

— Au téléphone ! s'exclama Margot, outrée que son mari ait contacté le général sans l'en avertir.

Amédée n'en continua pas moins à exposer ses vues.

— Il m'a promis que Gaston resterait sur Paris, qu'il ne convoierait que les blessés qui, pour des raisons sanitaires, doivent être transportés d'un hôpital à un autre ou de la gare à l'hôpital. Et puis ma chère, votre fils ne veut plus rester au château. Les femmes qui ont leurs enfants au front ne cachent pas leur amertume de savoir le fils du comte de Kervalon confortablement installé chez lui. Non, je vous assure, plus je réfléchis, plus je pense que cette offre est un bon compromis.

— Et tout cela s'est fait dans mon dos et en cachette !

Sans se départir de son calme Amédée répondit :

— Gaston a vingt-quatre ans, vous ne croyez pas qu'il serait temps qu'il décide de ce qui est le mieux pour lui ?

37

Paris

Apolline se rhabilla, puis, à l'invitation du praticien, elle s'assit devant le bureau sur lequel régnait un ordre parfait. Hormis une lampe et un sous-main sur lequel attendaient quelques feuillets et un stylo, la place était nette.

— Eh bien, madame, j'ai l'honneur de vous annoncer que vous êtes enceinte d'un peu plus de quatre semaines, par conséquent, si mes calculs sont bons, vous devriez accoucher... disons vers le 1er octobre. Votre santé est excellente, prenons rendez-vous pour le mois prochain.

Le médecin se leva et ajouta cette fois dans un large sourire.

— Toutes mes félicitations, madame !

Bien que depuis plusieurs jours Apolline se doutât qu'elle était enceinte, cette nouvelle la plongea dans de profondes réflexions. Le professeur qui l'avait accouchée de son premier enfant le remarqua. Comme il la reconduisait à la porte de son cabinet, il risqua :

— Est-ce que je peux me permettre de prendre des nouvelles de M. Garancière ?

— Oh ! Je vous remercie professeur, à présent, mon mari marche presque comme vous et moi, dit-elle comme à regret. Le chirurgien lui a annoncé qu'il garderait quelques séquelles, mais rien de grave, ce ne sera jamais qu'une raideur.

— Et vous pensez que ces séquelles ne sont pas assez importantes pour que votre époux soit exempté ?

— Mon mari a un dernier contrôle à passer et si tout va bien... il devra retourner au...

Gagnée par l'émotion, elle ne put terminer sa phrase. C'était ce mot, ce mot maudit de « front », décrit par tous ceux qui en revenaient comme l'enfer sur terre, qu'elle ne réussit pas à prononcer ; cette guerre d'usure qui, depuis plusieurs mois, se passait dans les tranchées, boyaux étroits creusés dans la terre qui couraient et se ramifiaient comme des veines sous la peau du corps humain. Ces tranchées étaient la représentation même de la folie meurtrière.

— Soit ! nous vivons une terrible époque... mais, madame, cet enfant que vous portez est un cadeau du ciel. Un enfant c'est la vie, c'est l'espoir... et dans de pareils moments il est important de garder espoir.

Elle eut honte de ce moment de faiblesse.

— Vous avez raison professeur. Je n'ai pas le droit de me plaindre. J'ai eu la chance d'avoir mon mari auprès de moi presque trois mois durant ; toutes les femmes ne peuvent pas en dire autant. (Sa voix fléchit, son regard se voila.) Il y en a tant qui sont partis pour ne jamais revenir, tant qui sont morts dès les premiers mois de guerre.

En prononçant ces mots elle pensa à son frère. Mais Auguste n'avait pas de femme, pas d'enfants, il n'avait qu'un père et deux sœurs et c'était la seule consolation qui lui venait quand elle pensait à lui. Vaillamment Apolline sourit au praticien et sortit.

À l'aide d'une élégante canne anglaise, Jules avait descendu les marches malgré la raideur de sa jambe. En quelques secondes, il fut en bas. Un taxi l'attendait.

— Aux Invalides ! lança-t-il.

Puis il regarda par la fenêtre ; distraitement, il observait les rues de Paris. Faute d'essence, peu d'automobiles roulaient. Les voitures à chevaux avaient refait leur apparition, des omnibus tirés par quelques vieux canassons épargnés par la guerre avaient repris du service. Jules se souvenait de ses premiers émois quand il était venu habiter Neuilly, il se souvenait de ses virées le soir dans la capitale. Il avait vingt ans. Vingt ans d'insouciance, pensa-t-il avec nostalgie. Cela faisait plusieurs semaines déjà qu'il avait laissé ses hommes au front et il se faisait un devoir d'y retourner.

Ce matin justement il avait rendez-vous avec un médecin de l'armée, il espérait bien que sa jambe raide ne l'empêcherait pas de repartir. Depuis son retour, il avait eu le temps de savourer la vie de famille, de caresser le corps de sa femme, de câliner son fils, il avait eu le temps de mesurer tout ce qu'il devrait quitter. Mais comment laisser ses camarades accomplir leur destin, comment se tenir à l'écart en sachant l'horreur où ils étaient plongés ? Il avait été nommé capitaine d'artillerie, il avait été décoré de la croix de guerre, il ferait honneur à cette distinction, honneur à son grade.

Avec une sorte de rage, Apolline s'était mise au piano ; elle jouait comme si sa vie en dépendait quand quelqu'un frappa à la porte. Elle s'arrêta net. Tel un ressort elle se leva et alla ouvrir.

— M. Albert de Kervalon vous demande au téléphone.

— Albert !? s'écria-t-elle.

Son sang ne fit qu'un tour. Elle pensa que quelque chose était arrivé quand elle se rappela que son cousin avait quitté la Normandie pour s'engager dans l'armée de l'air. Elle remercia Firmin, monta en courant à l'étage. Dans le salon-bibliothèque de son père elle s'empara du combiné.

— Allô, allô !

Entre deux grésillements, elle entendit la voix d'Albert.

— Apolline, je t'entends mal, je serai bref, j'ai deux jours de permission, ce n'est pas assez pour que je rentre chez moi, est-ce que tu crois... ?

— Quand penses-tu arriver ?

— Ce soir, je ne sais pas encore à quelle heure.

La communication avait été coupée. Apolline raccrocha. Elle était si contente de revoir son cousin qu'elle en oublia ses préoccupations.

Peu avant l'heure du déjeuner, Jules rentra. Apolline ne lui posa aucune question et l'accueillit avec un sourire.

— Albert nous rend visite !

Jules qui avait quitté sa femme fâchée fut agréablement surpris par l'accueil.

— Albert ? Il a donc une permission ?

— De deux jours, c'est tout ce qu'il a eu le temps de me dire, notre communication a été coupée.

L'après-midi Jules emmena son fils se promener. À son retour, il trouva Apolline et Albert assis dans le salon devant un bon feu de bois.

— Il y a longtemps que tu es arrivé ?

— Une petite heure, le temps de refaire le monde avec ma cousine !

Les deux hommes se donnèrent une franche poignée de main.

— Je suis bien content de te voir !

— Moi aussi vieux !

Albert se tourna vers le garçonnet qui avait rejoint sa mère.

— Bonjour Augustin, tu ne te souviens plus de moi, n'est-ce pas ? C'est normal, quand je t'ai vu pour la dernière fois tu étais encore un bébé.

Augustin cacha son visage dans les jupes de sa mère.

— ... Veux pas, dit-il.

— Il n'avait que quelques mois quand il a quitté le Manoir, dit Apolline pour excuser son fils.

— Oh ! Mais je suis sûr que nous deviendrons de grands amis. N'est-ce pas Augustin ?

— Que bois-tu ? demanda Jules à son cousin.

— Un verre de champagne.

— Alors je t'accompagne.

Jules boita jusqu'à la table d'apéritif ; il prit une coupe et se versa un verre. Apolline en profita pour s'éclipser.

— J'ai à faire, je vous laisse. Viens mon cœur, dit-elle à Augustin.

La porte refermée, les deux hommes burent en silence.

— Et ta jambe ?

— Je me fatigue vite mais je marche, c'est l'essentiel.

— Qu'en pense la Faculté ?

— Que je suis bon pour le service.

Albert ne répondit rien, entre hommes ils se comprenaient.

— Et toi ? fit Jules après un moment.

— J'ai réussi à me faire accepter parmi les pilotes de chasse. Ils manquent d'effectifs et avec des lunettes, je vois aussi bien qu'un autre.

— Je pense aussi qu'une jambe raide n'a jamais empêché personne de donner des ordres pour faire tirer au canon.

— Pendant ma période d'essai j'ai eu la chance de côtoyer des as comme Georges Guynemer qui a à son palmarès un nombre incalculable de victoires. Mais les duels entre chevaliers du ciel cèdent la place à une autre tactique. Effectuer des missions de reconnaissance au-dessus des tranchées ennemies afin de permettre à l'artillerie d'ajuster ses tirs.

— Autrement dit, je te devrai peut-être une deuxième médaille ! plaisanta Jules.

— Depuis peu j'apprends à voler sur le Spad, c'est une vraie machine de guerre qui va nous permettre de bombarder les lignes ennemies avec plus de précision.

— Il faut reconnaître que les aviateurs ont fait un bon boulot à Verdun.

— Et il a fallu du temps à Joffre pour comprendre ce que l'aviation pouvait apporter à nos armées. Quand je pense que Foch déclarait que les aéroplanes étaient des jouets scientifiques intéressants sans valeur militaire !

— À toi je peux l'avouer Albert, je n'ai pas confiance en nos supérieurs. Les soldats en ont marre d'être envoyés au casse-pipe. On nous avait promis une guerre courte, je le croyais vraiment. Depuis j'ai déchanté, notre artillerie était techniquement en retard sur celle des Boches et ça, personne ne nous l'avait dit.

Albert se leva. Le verre à la main, il fit quelques pas dans le salon.

— J'ai entendu dire que les Anglais sont en train de mettre au point un tank, une sorte de char monté sur chenilles. Un truc incroyable !

— Eh bien tant mieux ! Qu'ils sortent leur monstre et qu'on en finisse avec cette sale guerre ! Un peu de champagne !

Au même moment ils entendirent des galopades dans le couloir. Le visage de Jules s'éclaira.

— Je parie que c'est Anne-Sophie et Augustin !

— Chut ! dit Albert, qui alla se cacher derrière les rideaux.

Anne-Sophie entra, poussant devant elle son neveu qu'elle adorait. Les joues échauffées par la course, il se précipita vers son père qui le prit dans ses bras. Anne-Sophie s'exclama, dépitée :

— Mais tu es tout seul, et Albert ? Je croyais...

— Je suis là, ma jolie ! dit Albert sortant de sa cachette.

— Ce n'est pas drôle !

Albert la prit par les mains et entama avec elle quelques pas de valse.

— Pour ton premier bal, tu m'accorderas une danse ?

— On verra ! dit Anne-Sophie, coquette.

38

Lucillac, septembre 1916

Apolline leva le nez des pages de son livre. À l'horizon, une traînée or et rouge allait se fondre dans le jour qui fuyait. Elle écoutait la rumeur du soir tandis qu'à ses côtés son beau-père fumait la pipe en silence.

— Mon petit, dit-il après avoir pris une bouffée, Jules vous manque, n'est-ce pas ?

— Oui, père, tout ici me le rappelle.

— Mes deux fils me manquent aussi. Avant son accident Jules était un peu trop... (Le docteur chercha ses mots.) Oui, je dirais un peu trop chien fou. Il a bien changé.

— Qui ne changerait pas devant de telles épreuves ?

Apolline songea à son frère. Quel homme serait-il aujourd'hui ? Aurait-il ce regard amer, inquiet, parfois douloureux qu'avait si souvent son mari ?

— Sa blessure ralentira sa fougue, désormais il se montrera plus prudent devant le danger, j'en suis sûr, mon petit. (Le docteur sourit à sa belle-fille.) Et puis il vous aime, il aime Augustin et, dans chacune de ses lettres, il parle de l'enfant à venir. Les projets maintiennent le moral d'un homme, c'est important le moral quand on se bat.

Louise Garancière vint s'asseoir face à celle qu'elle aimait comme sa propre fille. Sous son chapeau à large bord, elle arborait un joli sourire.

— C'est l'heure délicieuse où l'on respire enfin.

Elle regarda la jeune femme majestueuse dans sa maternité, avec son teint de pêche. Elle était certaine qu'Apolline portait un garçon. Elle l'avait dit à son mari qui s'était gentiment moqué d'elle. « Une chance sur deux de vous tromper, ma chère ! » De son intuition, elle n'avait rien dit à Apolline qui espérait mettre au monde une petite fille.

Louise se tourna vers son mari.

— Bon, je peux lui annoncer la bonne nouvelle ?

— Quelle bonne nouvelle ?

— C'était une surprise mais votre beau-père ne veut pas de surprise dans votre état. Alors voilà, la semaine dernière j'ai pris la liberté d'écrire à votre cousine, j'ai reçu sa réponse ce matin et...

— Et ?

— Et elle arrive demain par le train avec Anne-Sophie !

— Je suis si heureuse !

Louise sourit.

— Les dernières semaines de grossesse sont difficiles à supporter, j'ai pensé qu'un peu de compagnie vous redonnerait le sourire.

Malgré ses récriminations, il fut interdit à Apolline d'aller chercher sa cousine et sa sœur à la gare.

— Dans votre état, il ne serait pas bon que vous soyez secouée, les chemins ont été ravinés par les derniers orages, ma femme restera avec vous. Et, ma foi, j'ai pensé que nous pourrions partir les chercher entre hommes.

— Entre hommes ? s'étonna Apolline.

— Augustin m'accompagnera.

— Sans sa nurse ?

— Absolument. Augustin est en âge de se passer de sa nurse au moins pour quelques heures, n'est-ce pas ? dit Jean Garancière en s'adressant à son petit-fils.

— Je serai très sage, affirma l'enfant dont les yeux brillaient de plaisir à l'idée de partir seul avec son grand-père.

— Eh bien, c'est dit ! Et pour ce faire, nous prendrons la vieille décapotable qui use aussi moins d'essence.

Apolline regardait sans cesse du côté de la route jusqu'à ce qu'elle aperçoive au loin le capot noir qui brillait sous le soleil. L'automobile s'arrêta, une portière s'ouvrit. Augustin se précipita vers sa mère.

— J'ai été sage, maman !

Apolline se baissait pour embrasser son fils quand elle sentit une douleur aiguë la traverser. Elle se redressa, grimaça.

— Maman ! fit l'enfant affolé.

Le docteur Garancière se porta aussitôt au-devant de la jeune femme. Il la fit asseoir et garda sa main dans la sienne.

— Comment vous sentez-vous, mon petit ?

— Je crois que j'ai fait un faux mouvement.

— Il se peut que ce ne soit rien du tout mais surtout ne bougez plus. (Puis, s'adressant à Adelphe :) Je compte sur vous pour que ma belle-fille se montre raisonnable.

Adelphe tira un fauteuil de jardin au plus près de celui de sa cousine, tandis qu'Anne-Sophie était entraînée par son neveu dans la maison. Jean Garancière s'éclipsa, gagna son bureau pour téléphoner au praticien qui devait accoucher sa belle-fille.

Apolline avait gardé la main sur le ventre. La souffrance s'était enfuie aussi vite qu'elle était venue. Pensant que c'était une fausse alerte, elle se détendit.

— C'est une telle joie de te revoir !

— Et moi je suis si heureuse d'être ici avec toi !

— Alors, dis-moi comment vont oncle Anastase et tante Jeanne.

— Mes parents font face avec courage au manque de main-d'œuvre. Albert parti, ils sont partout et jamais ne se plaignent.

Apolline regarda sa cousine dont les cheveux auburn étaient tirés en arrière, quelques mèches bouclées auréolant son front. Un nez court, une bouche bien dessinée, un regard bleu tirant sur le vert. Pas très grande mais bien proportionnée, elle avait une jolie tournure. Adelphe était une de ces beautés qui ont du caractère et qui plaisent autant aux hommes qu'aux femmes. Elle la trouvait changée.

— À quoi penses-tu, Adelphe ?

— À rien de spécial.

— Toi je te connais, tu me caches quelque chose !

— Rien, je t'assure.

— Ton nez a bougé, tu as menti ! se moqua gentiment Apolline. Alors ?

— Rien que de très banal... Un ami d'Albert m'a demandé d'être sa marraine de guerre.

— Tu as accepté ?

— Je n'avais pas de raison de refuser.

— Tu es amoureuse !

— Mais non, que vas-tu imaginer ! répliqua Adelphe un peu trop vivement.

Apolline laissa passer un moment puis s'enquit :

— Quel est son nom ?

— Gilles de Bonnes.

— Il t'écrit souvent ?

— Toutes les semaines ou presque.

— Et alors ? s'impatienta Apolline.

Comme son mal de dos ne la lâchait pas, elle changea de position. Ce simple geste dérangea l'enfant qui dormait en son sein, son ventre tressauta.

— Vite, Adelphe, mets ta main !

Adelphe posa une main légère sur le ventre rebondi.

— Je le sens bouger... C'est bizarre, ça ne te fait pas mal ?

— C'est au contraire quelque chose de très doux, de très intime. Et de très rassurant.

Pendant le dîner, peu avant le plat principal une nouvelle douleur se fit sentir. Apolline ne put faire autrement que de se plier sous la souffrance. Le docteur Garancière jeta sa serviette sur la table et se porta à son secours.

— Bien, fit-il, ce sera donc pour cette nuit... Cette fois, mon petit, allez vous allonger, en attendant j'appelle mon confrère.

39

Paris, juin 1917

Tandis qu'Alexandre, installé sur un coussin, jouait avec ses pieds, Augustin, entouré de ses jouets, parcourait un livre d'images sur le tapis du salon. Par la fenêtre qui donnait sur l'avenue Victor-Hugo un soleil doux venait s'étaler sur le tapis et, au passage, caresser les têtes blondes. Les deux frères étaient très différents. L'aîné avait un caractère bouillonnant et la sensibilité exacerbée, tandis que le second se montrait calme et rêveur.

Deux jours plus tôt, Apolline avait reçu une lettre de Jules lui disant qu'il avait quitté le front pour gagner l'arrière. Puis, dans le second paragraphe, écrit quelques heures plus tard, il lui annonçait l'incroyable nouvelle d'une possible permission.

Entre les rires et les larmes, Apolline avait aussitôt répondu à son mari qu'elle l'attendait. Depuis, c'était le silence. La journée d'hier lui avait paru interminable. Ce matin elle s'était levée pleine d'espoir, pourtant, quand le facteur était passé, il n'y avait pas de lettre pour elle. Elle devrait attendre jusqu'au lendemain sauf si Jules lui envoyait un télégramme ou réussissait à l'avoir au téléphone. Du coup, elle n'osait pas sortir. Pour tromper son attente, elle restait avec ses enfants ou elle s'enfermait dans le petit salon ; son refuge. Trop nerveuse pour travailler, elle laissait sa libre inspiration s'exprimer.

Jules remit son sac au valet puis entra dans le hall. Des notes de piano l'accueillirent. Lentement il gravit les marches. Le voyage avait été épuisant, il était resté de longues heures debout et la douleur à sa jambe s'était réveillée. Il se souvenait, comme si c'était hier, de la première fois qu'il avait monté ces marches. Alors le monde lui appartenait. Après trois années de guerre, où était passé le jeune homme insouciant ?

Jules gagna péniblement le palier. Il n'y avait plus que quelques mètres qui le séparaient d'Apolline ; ce moment, il l'avait tant attendu qu'il ne voulait rien précipiter. Il pensa à ses enfants, à Augustin qu'il n'avait pas vu grandir, à Alexandre qu'il ne connaissait pas. Il écouta plus attentivement les notes de piano, reconnut le deuxième mouvement de la *Pathétique* qu'Apolline avait joué pour lui un soir de novembre à Neuilly. Il avisa le sofa, il s'y assit, cacha son visage dans ses mains. Il était bouleversé.

Pour Apolline, l'attente était devenue intolérable. Jusqu'à ce jour elle s'habillait, se levait, jouait avec ses enfants, parlait, répondait au téléphone, faisait son courrier, s'occupait de son père, élevait ses deux fils, donnait ses ordres aux domestiques, tenait la maison, payait les factures, surveillait les études d'Anne-Sophie, continuait à se rendre au conservatoire. Elle faisait comme avant et plus encore. Et soudain cet espoir, puis le silence. Et de nouveau l'attente. Tout cela avait eu raison de ses forces. Le regard brouillé par les larmes elle arrêta de jouer. Quatre heures trente et toujours aucune nouvelle. Elle passa la porte du petit salon, fit une halte. Assis sur le sofa, Jules aperçut dans la pénombre les cheveux blonds, la silhouette fine. Il se leva, appela très doucement :

— Apolline !

Apolline hésita, pensa que son imagination lui jouait des tours. Elle se retourna.

— Jules ?

Ils s'élancèrent l'un vers l'autre. Sans un mot, ils s'enlacèrent. Tous les deux pleuraient sans retenue, comme deux enfants perdus, comme deux enfants qui croyaient rêver et que l'émotion submergeait.

Pendant cette semaine de permission, les heures passaient à une vitesse folle. Le dimanche Jules était parti avec la famille pour Neuilly. La baronne de Saint-Eliph et sa fille n'avaient pas changé. Après le déjeuner, une tasse de café dans la main, un cigare dans l'autre, le baron de Saint-Eliph l'entreprit. Ce fut la première discussion sérieuse que les deux hommes eurent en tête à tête.

— Trois ans de guerre, les hommes sont épuisés, et cet imbécile de Nivelle qui a envoyé nos troupes au casse-pipe ! protesta le baron.

— Beaucoup de soldats ont fini par se révolter, les actes d'indiscipline se multiplient.

— Vous en avez essuyé ?

— Pas dans mon régiment. Ce sont plutôt les fantassins qui se sont rebellés contre la hiérarchie ; ils sont en première ligne, les pauvres vieux, et ils en bavent. Contrairement à ce qui a été écrit dans la presse, les mutins ne refusaient pas de se battre, ils refusaient simplement d'être envoyés à la mort pour rien.

— Tant d'hommes fauchés en pleine jeunesse juste pour gagner quelques mètres sur l'ennemi !

— Le Chemin des Dames fut une bataille horrible, un carnage inutile. Il suffisait de voir les hôpitaux, ils étaient remplis de blessés ; nuit et jour les ambulances allaient et venaient, chargeant sur des civières des morts vivants. J'ai une chance inouïe de m'en être sorti indemne, beaucoup de mes camarades ont péri...

Jules s'arrêta de parler. Trop d'images le hantaient.

— Ce n'est pas beau la guerre, n'est-ce pas ? reprit Hyacinthe.

— Je voudrais que mes enfants ne vivent jamais ce que je vis.

— Ma seule consolation, c'est qu'Auguste n'ait pas eu à subir toutes ces atrocités. Trois ans de guerre dans les tranchées pour finalement obliger les soldats à sortir de leurs trous et à se faire tirer comme des lapins...

— Si les États-Unis entrent en guerre, cela va changer la face du conflit.

— Sans doute, mais cela ne ressuscitera pas les morts... Tous ces jeunes envoyés à la boucherie, et pour quel idéal ?

— Je crois que nos états-majors ont enfin compris, Pétain se montre plus humain que son prédécesseur. Nous obtenons enfin des permissions pour voir nos familles.

Les yeux dans le vague, Hyacinthe ne répondit pas. Jules remarqua que son beau-père avait vieilli. La mort de son fils le minait jour après jour. La chapellerie continuait de tourner grâce aux marchés passés avec l'armée, les matières premières manquaient et la main-d'œuvre n'était plus aussi compétente.

— Père, je veux croire à une paix proche, des deux côtés les armées sont exsangues. Il est impératif de sortir de ce bourbier.

— Il serait temps, répondit Hyacinthe, laconique.

Il prit une bouffée de son cigare, exhala la fumée lentement par la bouche. Il s'était toujours méfié du genre humain, et cette guerre le rendait plus que jamais misanthrope.

C'était sa dernière journée. Au début, Jules fut heureux de se promener. Très rapidement, il fut choqué de voir les Parisiens vivre comme si la guerre ne les concernait pas. La souffrance des soldats paraissait bien éloignée des préoccupations des civils. Les cafés étaient bondés, les théâtres, les cinémas affichaient complet et la vie s'écoulait comme si de rien n'était. Au fur et à mesure de sa promenade, l'humeur de Jules s'assombrit. Quand des jeunes femmes se moquèrent de la tenue de quelques poilus en permission, il prit sa femme par le bras et partit.

De retour avenue Victor-Hugo, Apolline lui versa d'office une rasade de whisky dans un verre qu'elle lui tendit. Jules regarda le breuvage couleur vieil or et le but d'un trait. Elle s'assit sur l'accoudoir du fauteuil et mit un bras autour des épaules de son mari. Ce geste affectueux, peut-être le dernier avant longtemps, fit frémir l'homme qui restait tapi dans le soldat. La colère de Jules s'apaisa, il se leva, prit le corps souple de sa femme dans ses bras, le souleva comme une plume et ferma la porte sur leur amour.

40

Le Manoir, août 1917

Dans un bruit de grincement de roues et de hennissements, la voiture s'arrêta à dix mètres d'eux. Adelphe discerna l'uniforme bleu marine des pilotes et crut défaillir quand elle vit non pas son frère mais Gilles de Bonnes sauter à terre. Il avait le visage plein de poussière et marqué par le vent, la chaleur.

— C'est vous Adelphe, que Dieu soit béni !

— Et Albert ?

— L'aéroplane d'Albert est tombé derrière les lignes ennemies. J'ai tout vu. J'étais juste derrière lui.

Devant les larmes qui remplissaient les yeux de la jeune femme, Gilles de Bonnes se tut. Tout le long de sa course effrénée, il avait préparé ses phrases, choisi minutieusement chaque mot, mais, face à Adelphe, il avait oublié son beau discours. Il s'en voulut de sa maladresse. Il lui prit la main et la serra dans la sienne.

— Albert est en vie, j'en suis sûr. J'ai dû rebrousser chemin avant que les tirs de leurs satanées mitrailleuses m'atteignent. J'ai regagné la base pour donner sa position.

Dans un élan de tendresse, Gilles attira la jeune fille contre lui. De la sentir si menue dans ses bras, il fut ému au point qu'il en trembla.

— Il faut que je prévienne mes parents, murmura Adelphe. Venez avec moi.

Les jumeaux se précipitèrent vers eux.

— Et Albert, quand est-ce qu'il arrive ?

— Il n'a plus de permission ?

Adelphe regarda les deux garçons qui venaient de fêter leurs quinze ans et qui la dépassaient d'une tête.

— Albert a eu un problème avec l'avion qu'il pilotait. Il s'est... enfin il s'est...

Gilles de Bonnes vint à sa rescousse.

— Il s'est posé derrière les lignes ennemies. Albert est un fameux pilote, il s'en sortira.

— Il a été fait prisonnier ?

— Prisonnier des Boches !

Cela faisait des semaines qu'Alphonse et Anatole complotaient dans leur chambre. Un matin de septembre alors que l'aube n'était pas encore levée, les garçons se levèrent ; ni l'un ni l'autre n'avait fermé l'œil de la nuit. Cachés sous un des lits, ils tirèrent un paquet mal ficelé. Ils en sortirent des vêtements qu'ils avaient achetés sur un marché. En silence ils s'habillèrent. Après maintes précautions, chacun muni d'un baluchon, ils ouvrirent la porte de la chambre. Leurs chaussures à la main, ils descendirent les marches de l'escalier étroit et rarement emprunté qui desservait l'aile ouest du Manoir.

Dehors tout était calme. Adossés au mur de la vieille bâtisse, ils prêtèrent l'oreille. Le risque était qu'un chien aboyât ou que le vieux Jacques, insomniaque notoire, fasse une ronde. Enfin, chaussés de godillots, ils traversèrent la terrasse et s'élancèrent à travers champs. En bas du jardin, ils escaladèrent le haut mur. Derrière, deux vieux canassons les attendaient. Ils montèrent dessus et s'éloignèrent du Manoir à bride abattue. Une fois hors de vue, ils ralentirent la cadence pour ménager leurs montures ; il était cinq heures du matin. Ils avaient deux bonnes heures devant eux, avec un peu de chance, peut-être trois avant que la maisonnée s'aperçoive de leur départ.

Aux environs de huit heures du matin ils atteignirent Lisieux. Ils se dirigèrent vers le bureau de recrutement. Munis de leurs faux papiers, ils mentirent sur leur âge, mentirent sur leur identité et, malgré leur déguisement, prirent soin de ne pas se présenter en même temps afin de ne pas éveiller les soupçons. Ils se glissèrent parmi les quelques hommes qui faisaient la queue, et l'employée qui les reçut n'y vit que du feu. L'air ennuyé, l'œil morne, elle ne savait que dire d'un ton monotone : « Signez ici, attendez dans le couloir, on vous appellera ! » Les garçons firent ce qu'on leur dit. Ils se mêlèrent aux autres recrues, attendirent en silence. Enfin une employée leur signifia que leurs papiers étaient en ordre et les invita à se représenter en début d'après-midi. Ils n'avaient pas prévu cette attente et ils se retrouvèrent dehors à patienter.

— Bon ! fit Alphonse. Qu'est-ce qu'on fait ?

— On n'a qu'à s'asseoir dans un café en attendant l'heure.

Comme chaque jour, Anastase s'était levé de bon matin. Après avoir avalé une première tasse de café, il était sorti, les épagneuls sur ses talons. Le rituel était immuable. Arrêt sur la terrasse, visite aux écuries qui s'étaient repeuplées petit à petit, bavardage avec Jacques et retour à la maison pour prendre un solide petit-déjeuner en compagnie des jumeaux. À la pendule du bas, la demie de sept heures sonna. Anastase se fit resservir une tasse de café ainsi que deux tartines beurrées. Il pensa que les garçons n'allaient plus tarder et que de commencer les ferait venir. Quand huit coups sonnèrent, Anastase, inquiet, se leva. Il plia le journal qu'il avait eu le temps de lire de long en large et décida de se rendre à l'office où il savait trouver sa femme.

— Jeanne, les garçons sont-ils sortis hier au soir ?

— Pas que je sache ! Pourquoi, ils ne sont pas avec vous ?

Comme Adelphe passait par là, elle dit en riant :

— Les paresseux ! Comptez sur moi pour leur secouer les puces.

Quelques minutes plus tard, Adelphe redescendit.

— Ils ne sont pas là-haut, mais leurs lits sont défaits, ils ne doivent pas être loin...

— Encore une de leurs cachotteries, fit Jeanne en secouant la tête. Depuis quelque temps, ils sont intenables !

À neuf heures du matin les jumeaux restaient introuvables. Cette fois, c'est Jeanne qui se rendit dans la chambre des garçons. Elle inspecta la pièce. Sous les lits elle trouva des papiers d'emballage déchirés, des ficelles. Dans un tiroir, elle découvrit des coupures de journaux, sur la table était étalée une carte de France sur laquelle étaient marquées les positions des troupes, sur la cheminée son regard s'arrêta sur la photo d'Auguste en uniforme, puis sur celle d'Albert en tenue de pilote. Elle s'y attarda quelques secondes et reprit ses investigations. Dans la poubelle de la salle de bain elle trouva des colorants pour cheveux, dans l'âtre des papiers brûlés. À l'aide du tisonnier, elle remua les cendres, avisa un morceau de papier sur lequel quelques mots restaient lisibles. Elle lut « se procurer deux chevaux, des vêtements », suivaient des chiffres, enfin elle lut deux lettres : un L suivi d'un I. Elle lut et relut ces deux lettres jusqu'à ce qu'elle comprenne. Laissant tout en plan, elle regagna précipitamment le couloir, se pencha par-dessus la rambarde.

— Anastase ! Anastase ! Les jumeaux sont partis... Lisieux ! Ils sont à Lisieux !

— Mon Dieu, fit Anastase... C'était donc ça ! (Il regarda sa montre.) Neuf heures... je pars, dit-il.

— Non, fit Jeanne dont l'esprit pratique avait déjà repris le dessus, vous risqueriez d'arriver trop tard ; mieux vaut téléphoner !

— Vous avez raison, le commissaire de police ! Il faut le prévenir au plus vite.

41

Paris - Châlons-sur-Marne, novembre 1917

Apolline lisait une lettre de Jules. Une larme coula, une autre suivit. Elles étaient les premières larmes de bonheur depuis bien longtemps. Jules avait obtenu une permission de vingt-quatre heures et il lui proposait de le rejoindre.

[...] Nous aurons pour nous un après-midi entier et une nuit. Toute une nuit pour nous, te rends-tu compte, Apolline ? Je rêve déjà que je te tiens dans mes bras. Vite, prépare tes bagages ; je retiendrai une chambre au Grand Hôtel ; il donne sur la place qui est située tout près la gare. Je devrais pouvoir arriver dans l'après-midi. Le premier qui arrive attend l'autre [...].

Apolline lui répondit sur-le-champ. Elle cacheta la lettre, appela Fine.

— Cours à la poste, c'est urgent !

Assise, paupières closes, elle rêva à toutes ces heures qu'elle passerait avec Jules. Elle attendit le retour de son père pour lui faire part de son projet.

— Ce n'est pas prudent, fit remarquer Hyacinthe. L'arrière est une zone dangereuse et une femme seule... Il faudrait au moins que tu sois accompagnée !

— Personne ne m'accompagnera, père, le train qui mène à Châlons-sur-Marne est direct, je ne vois pas de difficulté.

— Pas de difficulté ? Mais te rends-tu compte que ces trains sont bondés, qu'ils sont remplis de soldats en état d'ébriété ? Ce n'est pas la place d'une jeune femme !

Le baron marchait de long en large, les mains dans le dos. Apolline remarqua au-dessus du col cassé une rougeur diffuse, c'était de mauvais augure. Au bout d'un moment, son père reprit.

— C'est une idée de Jules, bien sûr ! J'ai déjà perdu un fils et il faudrait que j'accepte, sans rien dire, que ma fille prenne de tels risques ! (La colère montait.) Je te défends, tu entends, je te défends de t'y rendre seule !

— Mais, père !

— Je vais me débrouiller pour trouver de l'essence, Ernest t'accompagnera ! Ma décision est prise, il n'y a pas à y revenir.

— Mais par la route le voyage sera beaucoup plus long...

— Tu partiras à l'aube s'il le faut, mais tu ne prendras pas le train.

Le baron cessa de marcher, il regarda sa fille, remarqua le teint pâle, la silhouette amincie qu'accusaient encore les habits de deuil. Il en voulut à son beau-fils d'avoir eu une idée aussi imbécile.

La limousine passa le porche. Enveloppée d'un chaud manteau, Apolline se cala contre l'accoudoir.

Le voyage serait certainement plus confortable en automobile, mais il prendrait plus de temps que par le chemin de fer. L'angoisse de ne pas arriver à l'heure l'avait tenue éveillée une bonne partie de la nuit et quand le sommeil était venu, les cauchemars avaient pris le relais. Plusieurs fois elle s'était réveillée en sursaut. Jules l'attendait, elle courait vers lui sans jamais parvenir à le rejoindre.

Dès la sortie de Paris, un premier barrage arrêta les automobiles. Après présentation des papiers, comme les policiers ne firent aucune difficulté pour que la limousine continue sa route, rassérénée, Apolline se laissa gagner par une certaine somnolence. Elle fut réveillée en sursaut peu avant Meaux.

— Monsieur-dame, dit le policier en se baissant pour regarder la jeune femme assise à l'arrière.

Comme il n'aperçut qu'une jeune femme, il demanda à voir les papiers d'identité, le sauf-conduit ; enfin, il questionna le chauffeur sur les raisons de son déplacement, sur son itinéraire.

— Quelques instants, dit-il enfin.

Au bout de longues minutes, un autre policier se présenta.

— Vous ne pouvez pas aller plus loin, des bombardements ont eu lieu cette nuit, les routes sont coupées.

Le sang d'Apolline ne fit qu'un tour.

— Mon mari le capitaine Garancière m'a donné rendez-vous à Châlons-sur-Marne, cela fait des mois que je ne l'ai pas vu !

— Les routes sont coupées, madame.

— Mais je dois impérativement me rendre à Châlons-sur-Marne ! Comment vais-je faire ?...

Devant l'air anxieux de la jolie femme, il fut pris de compassion.

— Il y aurait peut-être une possibilité par les petites routes de campagne, voilà une carte de la région... je ne vous promets rien.

— Merci, monsieur.

Jules était arrivé au Grand Hôtel en fin de matinée ; depuis la dernière lettre qu'Apolline lui avait envoyée, il ne pensait plus qu'au bonheur de la revoir. Dans la vaste salle à manger il prit une solide collation avant de gagner la chambre. Il visita les lieux, trouva l'endroit confortable. Satisfait, il se fit couler un bain puis s'allongea de tout son long sur le lit ; après avoir dormi des semaines dehors dans le froid, c'était délicieux de trouver un vrai lit, des draps propres. Il se réveilla en sursaut, consulta sa montre. Dix-sept heures ! Il avait dormi tout ce temps ? D'un bond, il fut sur pied. Il se vêtit, descendit dans le hall d'entrée encombré de soldats, pour la plupart des officiers, et de quelques couples. Il questionna le concierge de l'hôtel.

— Mme Garancière est-elle arrivée ?

— Non, monsieur, nous n'avons vu personne !

— Mais peut-être m'aura-t-on fait passer un message ?

— Non plus, monsieur.

Dépité, Jules regarda autour de lui ; tout lui paraissait d'un luxe inouï. Avant la guerre, il ne se serait sans doute pas arrêté à ces détails qu'il aurait jugés banals. Mais depuis son regard avait changé. Il hésita, finalement décida de s'asseoir dans un des fauteuils du hall. Il se plaça de façon qu'il voie et soit vu de tous ceux qui entraient et sortaient. Il pensa à Apolline, il la voyait s'avancer, la silhouette fine, les cheveux blonds tirés en arrière, sur lesquels serait posé un chapeau à voilette. Cette mode de cacher d'une fine résille le haut du visage donnait un supplément de féminité, mais aussi de mystère aux femmes et il aimait qu'Apolline use de ces artifices. Il se munit de journaux et parcourut la presse. Il lisait quelques lignes puis son regard s'échappait pour, immanquablement, se reporter sur l'entrée. Au bout d'une heure, il décida de tromper son ennui en se rendant à la gare. Si Apolline devait arriver au même moment, il ne manquerait pas de la croiser. Pour plus de sûreté, il repassa néanmoins par la conciergerie. Il réclama de quoi écrire, griffonna rapidement un mot à son intention, puis il sortit.

À la gare, c'était une véritable bousculade entre les permissionnaires qui repartaient et ceux qui arrivaient, les blessés qu'on évacuait du front et qui attendaient d'être transportés vers des hôpitaux. Il se renseigna, apprit qu'il y avait eu des bombardements la nuit. Il lui fut précisé qu'aucun civil n'était autorisé à circuler.

Il retourna à l'hôtel et demanda à téléphoner. Mais toutes les lignes étaient en dérangement. Il gardait confiance. Il savait Apolline capable de se sortir des situations les plus difficiles. Il décida de retourner dans sa chambre. Le regard rivé au plafond, il fuma cigarette sur cigarette. Enfin, vers neuf heures, tenaillé par la faim, il redescendit, rendit la clé de sa chambre.

— Je vais dîner, pouvez-vous le dire à Mme Garancière quand elle se présentera ? demanda-t-il en glissant un billet dans la main du concierge.

— Merci, monsieur, vous pouvez compter sur moi !

Dans la salle à manger il choisit une table qui était face à la porte d'entrée. Il commanda une bonne bouteille de bordeaux, choisit de prendre le menu qui lui parut copieux. Il goûtait le vin versé par le sommelier quand un officier s'arrêta à sa table.

— Cher ami, vous êtes ici pour quelques jours ?

— Juste quelques heures.

Une jeune femme plutôt jolie l'accompagnait.

— Permettez que je vous présente Marie, une cousine dont les parents possèdent une propriété dans la région.

Jules se leva, s'inclina poliment. Les deux hommes échangèrent quelques mots. Au moment de prendre congé, la jeune femme lui suggéra :

— En l'honneur de Jean, j'ai réuni quelques amis, si cela vous tente ?

Jules déclina poliment l'offre.

— Je vous remercie mais j'attends ma femme. Elle ne devrait pas tarder.

Le couple parti, Jules attaqua son repas. Les termes du menu étaient ronflants mais les plats, quoique bien préparés, masquaient mal la pénurie. Quoi qu'il en soit, c'était un excellent repas à côté de l'infâme tambouille qu'il avalait au front. À tout instant il consultait sa montre. Ce qui aurait dû être un séjour enchanteur se transformait en cauchemar. Il espérait qu'elle n'était pas toute seule dans une ville inconnue et qu'elle avait réussi à regagner Paris. Il pensa à ses fils qu'il n'avait pas revus depuis des mois, il pensa à ses parents, à son frère Louis. Il pensa à Lucillac, à son enfance, à son insouciance perdue. Il pensa à son enthousiasme des débuts et combien il avait déchanté depuis.

Le repas terminé, la bouteille de bordeaux vidée, il se leva de table, repassa à la conciergerie, demanda si les communications téléphoniques étaient rétablies.

— Pas avant demain, lui répondit le concierge.

Désespéré, fatigué, Jules se laissa choir dans un des fauteuils de l'entrée et commanda un alcool fort. Il but un verre puis deux, puis trois. Les yeux dans le vague, il observait les gens, entendait des bribes de phrases, le rire léger des femmes. Ce brouhaha lui tenait compagnie. Il était bientôt onze heures ; il allait se décider à regagner sa chambre quand l'officier et la jeune femme repassèrent devant lui.

— Vous êtes encore là ? s'étonna Marie.

Dans un demi-brouillard Jules se leva, prêt, cette fois, à toutes les concessions pour meubler sa solitude.

— Permettez que je vous offre un verre, dit-il en s'adressant à Jean.

Comme celui-ci acquiesçait, il avança un fauteuil à la jeune femme. Chacun un verre à la main, ils entamèrent la conversation. Jules commençait à être passablement éméché, il parla d'Apolline qui n'était pas venue.

— Nous venons de la gare où nous devions prendre un ami, le trafic est arrêté jusqu'à demain matin. Les routes sont coupées. J'ai bien peur que vous n'attendiez pour rien, lui dit Jean.

Jules fixait le fond de son verre. Songeur, il fit tourner le liquide sirupeux un moment, puis d'un trait avala la dernière gorgée. Il reposa son verre et se leva.

— Vous avez raison, je crois qu'il n'y a plus d'espoir, je vais aller me coucher.

— Ne restez pas seul à broyer du noir, suggéra Marie. Demain vous retournerez au front... Venez prendre un dernier verre en notre compagnie, des amis nous attendent. J'habite à quelques kilomètres de Châlons, nous avons une automobile, on vous fera raccompagner.

Jules regarda la jeune femme et il se dit qu'elle avait raison. De quoi serait fait le lendemain ?

Vers minuit Apolline se fit déposer par Ernest au Grand Hôtel. Elle était exténuée. Le concierge de nuit lui tendit la clé ainsi que le mot qui attendait dans le casier.

— Désirez-vous, madame, que nous fassions monter les bagages ?

— Merci, mais je n'ai presque rien avec moi. Savez-vous si mon mari est ici ?

— M. Garancière vous a attendue toute la soirée assis dans le hall.

Apolline regarda autour d'elle mais, à part quelques fêtards, il n'y avait plus grand monde. Elle fit le tour des salons, chaque fois qu'elle apercevait une silhouette qui aurait pu être celle de son mari son cœur s'emballait, mais chaque fois elle fut déçue. Elle décida de gagner la chambre, Jules était peut-être monté se coucher. Le cœur battant, elle poussa la porte. Elle remarqua le léger désordre qui signalait le passage de Jules ; déçue de ne pas le voir, elle décacheta l'enveloppe qu'elle avait gardée dans la main. Elle lut.

Ma chérie, je suis arrivé peu avant midi. En t'attendant j'ai dormi mais aucune bonne fée n'est venue me réveiller. Je vais dîner en pensant à toi et en espérant ta venue. Je t'attends avec l'impatience que tu peux imaginer. À tout de suite j'espère. Jules.

Apolline se débarrassa de son manteau et s'assit sur le rebord du lit. Malgré une journée harassante, elle n'avait pas senti la fatigue. Elle se fit couler un bain, se plongea avec délectation dans l'eau chaude. Parfumée, coiffée, vêtue d'une chemise de nuit en satin crème bordée de dentelle, elle se glissa entre les draps. Jules, las d'attendre, avait sans doute été boire un verre avec quelques camarades. La ville était remplie de soldats en permission et les bons endroits ne devaient pas manquer. Dès qu'il serait de retour, il se précipiterait dans la chambre. Elle se souvenait des mots brûlants qu'il lui avait écrits dans sa dernière lettre : « Tu te rends compte, Apolline, nous aurons toute une nuit d'amour devant nous. »

Elle s'en répéta les termes jusqu'à ce que le sommeil la gagne. Dans la nuit, Apolline se réveilla. Elle mit quelques secondes à comprendre où elle était ; la mémoire revenue, elle se précipita sur sa montre. Cinq heures du matin ! Le dos appuyé contre des oreillers, les yeux grands ouverts sur la nuit noire, elle attendit.

Vers sept heures, Apolline ouvrit ses rideaux en grand ; une lueur grise se faufila dans la chambre. La place reprenait vie, passaient essentiellement des hommes en uniforme qui se pressaient vers la gare. Des groupes attendaient de monter dans les camions bâchés qui les ramèneraient au front. Apolline avait pleuré une partie de la nuit. Heure après heure, elle avait espéré le retour de Jules. À plusieurs reprises son cœur avait tressauté dans sa poitrine quand elle avait entendu des pas dans le couloir... Pleine d'espoir, elle avait tendu l'oreille, mais jamais les pas ne s'étaient arrêtés devant la porte de sa chambre.

Le vent avait cessé. À présent, un crachin collait au sol les feuilles mortes. Au bord du désespoir, ne comprenant pas ce qu'elle vivait, elle regardait la place qui, petit à petit, se couvrait de monde. C'est alors que son regard fut attiré par une belle automobile de couleur blanche. Celle-ci passa au ralenti devant l'hôtel, contourna la place sur sa gauche pour s'arrêter non loin de la gare. Elle vit un homme en uniforme d'officier et d'une certaine prestance en descendre. Elle vit l'automobile partir à petite vitesse, elle vit une main fine et joliment gantée de noir faire un dernier au revoir par la fenêtre descendue. Elle vit alors l'homme qui était toujours debout mais de dos suivre du regard la belle automobile jusqu'à ce que celle-ci disparaisse de son champ de vision. Elle vit l'officier marcher vers la gare... il boitait... Précipitamment, Apolline ouvrit la fenêtre, hurla :

— Jules ! Jules !

Mais Jules avait disparu dans la foule des voyageurs.

Apolline se couvrit de son manteau. Pour aller plus vite, elle emprunta le grand escalier de l'hôtel et traversa la place. Toujours courant, elle se fraya un chemin dans la marée humaine habillée de bleu horizon ; alors qu'elle atteignait enfin le quai, elle n'eut que le temps d'apercevoir au loin le train qui prenait de la vitesse.

— Jules..., murmura-t-elle.

Grelottante, les joues en feu, l'air perdu, elle resta là à regarder s'éloigner le train, ignorant les regards, la bousculade, le froid, la pluie.

42

Paris, mars 1918

Tout en prenant son petit-déjeuner, Hyacinthe lisait son journal. Un article retint son attention : « Hier les avions Gotha ont bombardé le ministère de la Guerre où Clemenceau était censé se trouver. Une trentaine de personnes ont été tuées tandis que soixante autres ont péri étouffées ou piétinées dans le métro du fait de l'affolement. » Hyacinthe replia son journal. Vivre à Paris devenait trop dangereux. Sa décision était prise : ses filles et ses deux petits-fils quitteraient la capitale. Il appela Firmin.

— Faites prévenir Mme Garancière que je passe la voir d'ici quelques minutes.

Un quart d'heure plus tard, il frappait à la porte du deuxième étage. Apolline était debout devant la cheminée où un feu crépitait, vêtue d'un peignoir de soie. Ses cheveux tombaient sur ses épaules. Il avait remarqué depuis quelque temps sa mauvaise mine.

— J'ai à te parler. Assieds-toi.

Apolline s'exécuta.

— Hier les Allemands ont bombardé le ministère de la Guerre. On dénombre de nombreux morts. Va savoir où leur folie meurtrière les entraînera... Plus un seul quartier n'est à l'abri. Mon devoir est d'éloigner ma famille.

— Pour aller où ? questionna Apolline.

— Où tu voudras. Le Manoir, Lucillac ?

— Quand voulez-vous que nous partions ?

— Demain.

— Très bien ... Je séjournerai d'abord au Manoir.

Surpris, le baron regarda sa fille. Sa docilité l'inquiéta.

— Tu as une petite mine, Apolline, là-bas tu trouveras le bon air et tu seras entourée de gens que tu aimes. Si la situation devait perdurer, je viendrais vous voir. As-tu besoin de quelque chose ?

— Merci, père, tout va bien, dit Apolline s'efforçant à sourire.

Après le départ de son père, Apolline resta devant le feu sans bouger. Elle avait le cœur lourd. Comment effacer de sa mémoire la voiture blanche et la main gantée ? Comment oublier la nuit passée seule entre sommeil et veille ? Cette nuit d'amour qui s'était transformée en nuit d'attente ? Si chaque jour elle s'astreignait à répondre aux lettres de Jules, il ne lui était plus possible de répondre à ses élans. Depuis son retour, elle vivait à côté d'elle-même. Partir ou rester lui était bien égal. Ici ou ailleurs les mauvais souvenirs ne seraient-ils pas les mêmes ? Peut-être auprès de ses cousins retrouverait-elle un peu de sérénité. Elle prévint toute la maisonnée de son départ imminent pour la Normandie et, comme elle s'y attendait, Anne-Sophie ne fit aucune difficulté, pas plus que ses fils.

En milieu de matinée, Apolline alla s'enfermer dans le bureau de son père. Elle décrocha le téléphone et demanda le 15 par Lisieux.

— Allô ? fit une petite voix méconnaissable à l'autre bout du fil.

— Allô, c'est Apolline !

— Apolline ?

Et la voix défaite lui répondit entre deux hoquets :

— Albert est vivant !

— Que dis-tu ?

— Albert est vivant... je viens de l'apprendre... il a bien été fait prisonnier par les Allemands. J'ai la lettre dans les mains ! Elle provient du ministère de la Guerre !

Apolline éclata de joie.

— Vivant ? Mon Dieu, merci ! Merci !

Il y avait un peu plus d'un mois que le baron avait accompagné ses filles et ses deux petits-fils à la gare. En quelques semaines, Paris s'était vidé. La psychose avait gagné les Parisiens depuis que les raids aériens s'étaient intensifiés et qu'un canon géant était pointé sur la ville. Le 29 mars, un obus s'était abattu sur l'église Saint-Gervais pendant la messe du Vendredi saint. On avait dénombré de nombreuses victimes, au moins quatre-vingts personnes. La capitale vivait en état de siège. Dorothée, alertée par ces nouvelles alarmantes, ne laissait plus son fils en paix. Lors d'un déjeuner, elle revint à la charge.

— Hyacinthe, pourquoi veux-tu regagner Paris alors que tu as la chance d'avoir ta mère et ta sœur qui habitent Neuilly ? Ici nous sommes à l'abri.

— Mère, j'ai ma vie, mes habitudes. Et comment laisser mes domestiques et l'hôtel sans surveillance ?

— Eh bien, par les temps qui courent, il vaut mieux se faire voler que de se faire tuer !

— Il ne s'agit pas de cela, j'ai mon courrier à prendre, des gens à voir...

— Tu es surtout un égoïste, mon fils, coupa-t-elle. Tu pourrais peut-être penser un peu plus à ta vieille mère ! As-tu seulement songé que chaque soir, quand tu rentres à Paris, je me fais un sang d'encre ! Tous ces bombardements !

— Et puis les Manufactures sont plus proches, habiter ici devrait, en principe, limiter tes dépenses de carburant, ajouta Gertrude en caressant son chat qui l'hiver ne quittait pas la chaleur de ses genoux.

Hyacinthe finit par céder. Il séjourna une semaine à Neuilly. Le mois d'avril était pluvieux et froid, et, dans cet univers confiné, il étouffait. Un matin, il réunit les quelques affaires qu'il avait emportées, il les jeta dans une valise, appela le valet de chambre afin qu'il la fasse porter dans son coffre de voiture et passa à la salle à manger où sa sœur et sa mère prenaient leur petit-déjeuner.

— Vous avez bien dormi, mère, et toi aussi, Gertrude ? s'enquit-il poliment avant de s'asseoir.

La femme de chambre de service lui versa aussitôt du café et lui présenta le pain et la confiture. Il but quelques gorgées, étala la confiture sur un morceau de pain, mâcha lentement tout en préparant mentalement ses phrases.

— Je rentre à Paris, annonça-t-il. Et s'il vous plaît, mère, ne dites rien, ma décision est prise.

Gertrude qui n'aimait pas les conflits baissa le nez, tandis que Dorothée lança une de ces phrases assassines dont elle était coutumière.

— Eh bien, c'est ça, va te faire tuer ! Auguste n'étant plus de ce monde, après toi, qui s'occupera des Manufactures ? Ta sœur et moi n'aurons qu'à aller mourir à l'hospice.

Exaspéré, Hyacinthe se leva, jeta sa serviette sur la table et lança, les mâchoires contractées :

— Chantage !

Sans un mot de plus, il sortit de la maison, monta dans sa voiture, démarra. Il était soulagé.

C'est de fort bonne humeur et après avoir dîné à son cercle qu'Hyacinthe regagna l'avenue Victor-Hugo. Firmin l'attendait. Il était onze heures du soir.

— Monsieur le baron a passé une bonne semaine ?

— Pas vraiment, mon cher Firmin. Je suis heureux d'être de retour.

— J'ai fait couler un bain au cas où cela ferait plaisir à monsieur le baron.

— Merci, Firmin, c'est une bonne idée. Et le courrier ?

— Il est sur votre bureau, monsieur le baron, ainsi que les journaux.

De loin, Hyacinthe avisa les piles ; l'une assez volumineuse était celle des journaux de la semaine, l'autre plus modeste était celle des lettres. Il hésita à jeter un œil et se ravisa.

— Cela peut attendre.

Plongé dans l'eau claire, Hyacinthe resta un certain temps sans bouger. Il goûtait au bien-être qu'il éprouvait à se retrouver chez lui, avec, à ses côtés, son fidèle serviteur qu'il considérait comme un ami. Firmin connaissait bon nombre de ses secrets, il devinait ses pensées les plus intimes ; par-delà l'affection qui les liait, les deux hommes s'estimaient.

Enveloppé de sa robe de chambre la plus chaude, Hyacinthe alla s'asseoir devant le feu de bois. Firmin déposa le paquet de lettres sur la table basse.

— Pendant que monsieur en prend connaissance, je vais bassiner le lit.

Sans faire de bruit, Firmin passa dans la chambre. À l'aide de son coupe-papier, Hyacinthe décacheta les lettres qui se trouvaient sur le dessus de la pile. « Des factures, rien d'urgent », se dit-il. Il jeta un rapide coup d'œil sur les enveloppes quand son attention fut attirée par l'une d'entre elles qui provenait du ministère de la Guerre. Bien qu'elle fût adressée à Mme Garancière, il n'hésita pas à la décacheter. Il lut :

Capitaine Garancière, du 33e régiment d'artillerie, mort héroïquement au champ d'honneur.

Ses mains se mirent à trembler, ses tempes se couvrirent de sueur. Hyacinthe se sentit défaillir. Il porta sa main à sa poitrine. Son buste bascula en arrière. Sa tête se renversa sur le dossier du fauteuil sur lequel il était assis. La lettre échappa de ses mains et glissa sur le tapis.

43

Le Manoir

Faute d'essence, les Kervalon avaient sorti de la remise la carriole qui servait avant-guerre.

Jeanne s'était assise à côté du palefrenier. Adelphe et Apolline étaient montées à l'arrière ; Augustin avait pris place entre les deux jeunes femmes, tandis qu'Alexandre était assis sur les genoux de sa mère. C'était jour de marché et cette promenade ravissait les enfants. Il faisait un temps sec et doux. La brume commençait à se dissiper, laissant autour des arbres un halo vaporeux.

Bercée par le bruit des sabots, Apolline regardait le paysage sans le voir. Elle s'était réveillée avec la tête lourde et une sensation curieuse : cette nuit, Jules avait hanté ses rêves. Son image s'était évanouie avec le jour, mais elle gardait une impression confuse, douloureuse.

Après un quart d'heure de route, la carriole atteignit le village. Beaucoup de monde se pressait sur le marché. Les enfants qui n'avaient rien dit jusque-là s'animèrent. Augustin posait mille questions. Il était à l'âge où il pouvait demander « pourquoi » pendant des heures sans se fatiguer. Apolline coupa court :

— Regarde, nous sommes arrivés !

— Bonjour, mon cher Hyacinthe.

À l'autre bout du fil s'opposa un silence. Enfin, une voix blanche, métallique, qu'il eut de la peine à reconnaître, répondit :

— Vous êtes seul, Anastase ?

— Oui...

Comprenant au ton de la voix que la nouvelle serait terrible à entendre, Anastase avisa le fauteuil placé près du combiné et s'y laissa choir.

— Il est arrivé un drame épouvantable... Jules... Il est mort sous le feu de l'ennemi.

— Jules, vous m'avez bien dit Jules ? répéta Anastase abasourdi.

— Oui, vous avez bien entendu... Il faudra que vous préveniez Apolline. Par téléphone, je ne pense pas...

— Nous nous en chargerons... vous pouvez compter sur nous.

Anastase aurait voulu savoir : quand, comment, où ? Mais au bout du fil, la voix de son beau-frère était si douloureuse qu'il ne posa pas les questions qui le taraudaient. Et celui-ci raccrocha. Hébété, il resta plusieurs minutes assis dans l'étroit couloir, le combiné dans la main, sans pouvoir bouger. Cette pauvre enfant qui avait déjà perdu sa mère, son frère. Pourquoi la vie se montrait-elle si cruelle envers sa nièce ? Il gagna son atelier et resta debout à regarder le désordre. Cette pièce imprégnée de ses pensées, de ses cogitations, dans laquelle, en temps normal, il aimait à se réfugier, ne lui fut d'aucun secours : une boule dans la gorge l'empêchait de déglutir. Jules ? Pourquoi Jules ? Anastase descendit un étage. Laissant ses chiens à la porte, il se faufila dans la chambre d'Amélie. Il s'assit face au fauteuil qu'occupait autrefois sa mère, placé devant la fenêtre dont les volets obstruaient le jour. La tête dans les mains, il voulut se recueillir mais ne trouva que le chemin des larmes. Si seulement ceux qui étaient morts pouvaient lui apporter un début d'explication. Il se sentait seul, désemparé. La vie était dure, injuste. Il pensa à Apolline qui allait revenir du marché avec ses deux merveilleux enfants qui, à quatre et deux ans, étaient déjà orphelins. Il pensa à Albert, à ses conditions de détention. Il était en vie, certes, mais s'il revenait un jour, dans quel état physique et moral serait-il ?

« Mère, pourquoi ? Oh pourquoi ? » Alors, comme souvent depuis la guerre, le doute s'insinua dans son esprit ; un doute torturant qui le ramenait toujours à cette question cruciale : se pouvait-il que Dieu existe ?

Jeanne redescendit avec le panier vide. La semaine prochaine, elle visiterait d'autres familles. Faire le bien lui était aussi nécessaire que de respirer. Il y avait tant de gens dans le besoin qu'elle s'en voulait de ne pas faire plus. La guerre avait trop duré. Ce serait le quatrième été de conflit et personne n'entrevoyait encore d'issue. Jeanne secoua ses pensées moroses. Le temps qu'elle se retrouve dehors, le temps de respirer l'air qui, depuis deux jours, sentait le printemps, elle retrouva son entrain. Au passage elle salua quelques personnes puis elle gagna la place du marché.

Adelphe, qui avait acheté des bonbons au miel pour les enfants, en distribua avant de prendre la route.

Ce fut la joie. En temps de guerre les friandises étaient rares et d'autant plus appréciées. Sur le chemin du retour, les chevaux furent mis au petit trot ; il n'y avait plus trace de brume ; un soleil piquant d'hiver éclairait la campagne. Apolline était heureuse de cette escapade qui lui rappelait ses jeunes années.

Comme à l'aller, Alexandre était assis sur les genoux de sa mère. Apolline déposa un baiser sur les cheveux d'ange qui sentaient bon l'odeur du foin coupé. L'enfant se retourna vers elle, lui sourit et, dans un élan d'affection, déposa un baiser sur sa joue. Apolline le serra un peu plus fort contre elle. Elle pensa alors que, quelle que soit la faute de Jules, il lui avait donné deux beaux enfants. Rien que pour cela, elle devrait lui pardonner. En rentrant, elle lui écrirait, elle lui dirait ce qu'elle avait sur le cœur et peut-être qu'avec le temps...

Apolline se laissait bercer par le bruit des sabots sur la terre durcie par les gelées. Elle était dans un certain état de somnolence quand elle vit, sur la barrière qui longeait la grande allée du Manoir, un corbeau. Ses yeux chassieux la suivaient du regard. Il lança plusieurs cris lugubres avant de s'envoler.

Apolline se mit à trembler de tous ses membres. Elle pensa à son rêve de cette nuit : « Jules, se dit-elle, Jules ! »

— Arrêtez-vous !

D'autorité, elle mit Alexandre sur les genoux d'Adelphe et, la carriole encore en marche, elle sauta à terre. Les jupes relevées elle courut jusqu'au Manoir. Ne voyant personne ni au salon ni à la salle à manger, elle prit l'escalier. Elle était presque en haut des marches quand elle se heurta à son oncle.

— Jules ? dit-elle agrippant des deux mains le bras d'Anastase.

Déjà elle savait, mais elle avait besoin de l'entendre pour être sûre.

— Ton père m'a appelé il y a quelques instants et... Jules...

Les yeux bleus de myope se remplirent de larmes. Anastase voulut prendre sa nièce dans ses bras, mais Apolline se dégagea brusquement. Tout son être refusait l'intolérable souffrance.

— Non ! cria-t-elle, et son cri fut celui d'une bête prise au piège.

Elle gagna sa chambre, ferma la porte à double tour derrière elle et se jeta sur son lit.

— Jules ! Jules ! hurlait-elle en frappant ses oreillers de son poing.

Son chagrin égalait sa colère : elle n'avait pas eu le temps de lui parler ! Pas eu le temps de lui demander pourquoi !

44

Lucillac

Assis à son bureau, Jean Garancière répondait aux lettres de condoléances. Il avait du mal à trouver les mots. Finalement il employa la même formule pour toutes, se débarrassant ainsi de la corvée. De sa plus belle plume il écrivit les adresses sur les enveloppes, puis les ferma l'une après l'autre avec application. Il resta les yeux dans le vague. Depuis la mort de son fils, il ne dormait plus, ne mangeait plus, ne vivait plus que pour donner le change ; faire semblant. Quand il était tranquille, comme en ce moment, les mêmes souvenirs revenaient. Il voyait Jules faire ses premiers pas, Jules apprenant à monter à cheval, Jules faisant les vendanges, Jules à Paris étendu sur le canapé la jambe cassée... tant et tant de moments encore. Des larmes brouillèrent sa vue, glissèrent lentement sur ses joues.

Il resta dans le calme de son bureau avec ses souvenirs, son chagrin, jusqu'à ce qu'il entende frapper à la porte. Il se leva, tira son grand mouchoir blanc de sa poche, se moucha bruyamment, souleva ses lunettes, se tapota les yeux et alla ouvrir. Augustin, du haut de ses quatre ans, était là, campé bien droit sur ses petites jambes.

— C'est toi, mon petit ?

— Grand-père, vous avez oublié ?

— Oublié quoi, mon bonhomme ?

— La promenade !

Jean regarda Augustin : ce regard, cette assurance... Jules était mort mais une partie de lui vivait à travers ses enfants. Ce fut comme un rayon de soleil.

— Eh bien, nous allons réparer cela tout de suite !

Quelques secondes plus tard, le grand-père et son petit-fils partaient main dans la main dans les vignes.

— J'aime bien venir ici, c'est joli... Est-ce que plus tard je pourrai travailler avec vous, grand-père ?

— Bien sûr, tu prendras la place que je réservais à ton père. Un jour, une partie de ce domaine t'appartiendra, tu en seras le maître, mais d'abord il faudra que tu apprennes le métier.

Après un silence, Augustin s'arrêta de marcher. Il regarda son grand-père.

— Et mon père aussi sera là pour travailler avec moi ?

Jean Garancière sursauta. Il pressa nerveusement la main de l'enfant qui le regardait de ses grands yeux innocents.

— Augustin, tu sais que ton père est mort à la guerre ?

— Oui, je le sais, maman me l'a dit. Elle m'a dit aussi qu'il était mort en héros et qu'il avait reçu une médaille.

— Alors tu as compris que ton papa ne reviendra plus.

— Maman m'a dit que mon papa vivait dans mon cœur, alors peut être que si je pense très fort à lui, si je le veux vraiment, il reviendra un jour. Il le faut parce que maman a beaucoup de chagrin.

Ému, Jean Garancière attira son petit-fils contre lui, puis sans un mot tous deux reprirent leur marche. Ils rencontrèrent le père Sylvestre qui arpentait les vignes, accompagné de son fils. Le premier réflexe de Jean Garancière fut de rebrousser chemin, mais Augustin qui avait repéré l'enfant courut au-devant de celui-ci.

— Tu t'appelles comment ?

— Théodore.

— Moi, c'est Augustin.

Théodore, inquiet, lança un regard à son père. Depuis qu'il était tout jeune, celui-ci lui avait expliqué qu'il avait un domaine délimité et qu'il ne devait pas aller jouer du côté du château. Et aux vêtements que portait le garçon, Théodore comprit que c'était un enfant de là-bas.

— Moi j'ai quatre ans, et toi ? questionna encore Augustin.

— Six ans.

Le père Sylvestre se grattait la tête : à cette heure-ci, le docteur Garancière ne venait jamais se promener par ici.

— C'est que je ne pensais pas..., s'excusa-t-il.

L'effet de surprise passé, Jean Garancière se reprit.

— Cela ne fait rien... il fallait bien qu'un jour...

Jean reporta son regard sur les deux enfants qui se faisaient face : malgré leur écart d'âge, la ressemblance était indéniable.

— Je me suis dit qu'il faudrait passer la commande de fûts.

— Très bien, voyons cela demain... Augustin, viens, nous continuons notre chemin.

Augustin obéit. Il donna la main à son grand-père mais, toutes les cinq secondes, il se retournait pour jeter un coup d'œil derrière lui. Au retour il retrouva sa mère qui promenait Alexandre dans l'allée des Platanes. Il courut vers elle en criant :

— Maman, maman ! J'ai rencontré un petit garçon, il s'appelle Théodore, j'aimerais bien qu'il devienne mon ami !

Apolline se baissa pour embrasser son fils. La réponse du grand-père fut immédiate et sans ambages.

— Je ne veux pas, Augustin, que nous invitions cet enfant ici !

— Mais, grand-père, je serais si content de jouer avec lui...

— N'insiste pas, mon garçon, c'est sans appel.

Sur ce, Jean Garancière tourna les talons.

Apolline fut surprise. C'était la première fois qu'elle voyait son beau-père fâché contre un de ses fils.

Comme toutes les nuits précédentes, Apolline avait peu dormi. Quelques jours plus tôt une messe avait été dite pour le repos de l'âme de Jules. L'office avait eu lieu en comité restreint dans l'église du village de Lucillac. Ses beaux-parents étaient entourés de leur fils Louis, de leur belle-fille Marie ainsi que de leur petite-fille Juliette. De son côté, Apolline avait invité son père, sa sœur et sa cousine Adelphe. Elle avait insisté pour que ses fils, malgré leur âge, soient présents. La cérémonie fut simple et rapide. Comme il n'y avait pas de cercueil, il n'y eut pas d'enterrement. Le corps du capitaine Garancière avait été enseveli par ses hommes à la sauvette et dans la nuit. Les autorités militaires avaient fait savoir à la famille qu'une croix de bois avec son nom, son matricule, son grade, marquait l'endroit où il était tombé. C'était sur le front et il n'avait pas été possible de ramener le corps.

La famille repartie, Apolline s'était sentie soulagée. Elle voulait rester à Lucillac. Elle éprouvait le besoin d'être seule, de fouler la terre qui avait vu naître Jules, de rester dans l'intimité de ceux qu'il avait aimés. Elle séjournerait encore quelques semaines chez ses beaux-parents puis elle regagnerait la Normandie où elle resterait jusqu'à la fin de l'été.

Apolline poussa un soupir, elle se laissa glisser au bas de son lit et, pieds nus, alla ouvrir les volets. Dans un ciel encore encombré de nuit, des traînées roses éclairaient l'horizon. Elle pensa à la réaction inattendue que son beau-père avait eue quand Augustin lui avait demandé la permission de jouer avec le fils du vigneron. Elle savait qu'il habitait une ferme située derrière la forêt. Il était encore tôt, la maison était endormie, elle prit la décision d'aller voir.

Apolline s'habilla à la hâte. Elle jeta un châle sur ses épaules et, ses souliers à la main, elle descendit sans bruit l'escalier. Une aube joyeuse se levait au-dessus des toits du village. Elle traversa la terrasse, coupa par l'allée des platanes, longea la vigne dont les feuilles naissantes avaient la couleur d'un vert acidulé. À un moment elle se retourna du côté du château et ne vit encore aucun volet ouvert. Marcher, après tous ces jours d'intenses émotions, lui faisait du bien. Elle avait tant de choses à dire à Jules, d'abord sa colère qu'il soit parti sans lui donner d'explications sur cette fameuse nuit où elle l'avait attendu au Grand Hôtel. Elle ne lui pardonnait pas sa trahison. Parfois, elle le haïssait avec une telle force qu'elle ne savait plus si elle l'aimait encore. Cette dualité la torturait. La souffrance était omniprésente, lovée au creux de son ventre, aussi encombrante, aussi lourde qu'une gestation arrivée à son terme. Elle l'envahissait.

Apolline franchit ce que les gens du coin appelaient pompeusement la forêt mais qui n'était, en vérité, qu'un gros bouquet d'arbres traversé d'un unique sentier. Elle s'arrêta pour écouter le chant des oiseaux, pensa quelques secondes à ce que sa grand-mère Amélie lui avait dit avant de mourir: «Il faut apprendre à être humble devant la vie.» Enfin elle reprit sa marche d'un pas rapide comme pour se délester de toute sa colère. De l'autre côté de la forêt, s'étalaient des champs à perte de vue. Sur sa droite elle aperçut une grosse maison entourée d'un jardin clos. Le vigneron possédait, disait-on, la plus belle ferme des environs. À plusieurs reprises, elle avait rencontré Mathurin Sylvestre, un taiseux qui jamais ne lui adressait la parole. En s'approchant, elle aperçut de la lumière aux fenêtres. Une jeune fille était en compagnie d'un garçonnet dont elle ne voyait que les cheveux blonds. C'était une jolie famille. Quelques instants plus tard, le jeune garçon sortit dans le jardin et courut sur le côté de la maison.

Apolline fut frappée par sa ressemblance avec Augustin au même âge. Mais plus que la ressemblance, ce fut son expression qu'elle retint, une expression qui n'appartenait qu'à Jules.

Tout le long du chemin du retour, Apolline pensa à l'enfant. Arrivée à quelques mètres du château, elle se dit qu'elle devenait complètement folle, que Jules avait quitté Lucillac depuis des années, qu'elle divaguait. Elle montait l'escalier pour regagner sa chambre quand elle rencontra sa belle-mère qui le descendait. Louise avait le teint pâle, les yeux cernés. Son sourire était empreint de lassitude.

— Ma chère petite, vous êtes partie faire un tour mais vous êtes à peine couverte.

— Je me suis réveillée de bonne heure, il faisait beau, j'ai eu envie de me promener. J'ai longé les vignes puis j'ai traversé la forêt.

— Ça fait une trotte.

— J'ai même poussé jusqu'à la ferme et j'ai vu un enfant dans le jardin, je crois savoir qu'il s'appelle Théodore.

— C'est le fils Sylvestre.

— Augustin m'a dit que son grand-père lui interdisait de jouer avec lui.

— Mon mari a raison, chacun à sa place, c'est le mieux.

La réponse était sèche, Apolline resta interdite.

45

Château de Kervalon, septembre 1918

Cela faisait bientôt un an et demi que Gaston était ambulancier à Paris. Au début de l'été, il avait accepté un nouveau poste. L'offre lui avait paru d'autant plus intéressante qu'il n'avait plus à se lever en pleine nuit pour se rendre sur les lieux de bombardement dont Paris était la cible. Les nouveaux horaires respectaient les heures de repos, comme les heures des repas. L'emploi consistait à aller chercher les malades à la gare. La grippe espagnole faisait des ravages parmi les soldats. Mais l'épidémie ne l'effrayait pas plus que cela. Il n'avait aucun contact avec les malades et se sentait à l'abri derrière la cloison opaque du véhicule qu'il conduisait. Sachant que sa mère s'alarmait pour un rien, il n'avait pas fait part de son nouvel emploi à ses parents. Un matin de septembre, il se sentit pris de fièvre, de courbatures et aussi de maux de tête. Quand Amédée et Margot furent prévenus que leur fils avait contracté la grippe, il était déjà trop tard. Gaston mourut en quelques heures à l'hôpital pour lequel il travaillait.

Sous un ciel pur de tout nuage les tours aux toits d'ardoise se découpaient net. Anastase roulait doucement. Jeanne était assise à ses côtés. Les jumeaux et Anne-Sophie avaient pris place à l'arrière. Tous étaient silencieux. Anastase n'avait pas pensé revenir de sitôt dans la région où il était né, mais devant le drame qui venait de se jouer il n'avait pas hésité un instant.

Une deuxième automobile suivait. Emmitouflé dans une pelisse, Hyacinthe avait pris place à côté de son chauffeur tandis qu'Apolline et Adelphe se tenaient au chaud à l'intérieur. La famille Saint-Eliph était partie l'avant-veille de Paris, elle avait fait une halte de vingt-quatre heures au Manoir avant de reprendre la route. Il y avait des années qu'Hyacinthe n'était revenu à Kervalon. C'est ici qu'il avait rencontré Aurore, ici aussi qu'il s'était marié. Tant de souvenirs se rattachaient au château qu'il se sentait doublement ému de se retrouver dans ce lieu.

Les arbres commençaient à perdre leurs feuilles roussies et dans cet écrin automnal le château se révélait plus magnifique encore. L'une derrière l'autre, les automobiles passèrent le pont-levis et allèrent se garer dans la cour. Ce fut le majordome qui les accueillit. Il les fit pénétrer dans la vaste salle à manger où les attendait une collation.

— M. le comte descend dans un instant, annonça-t-il.

Dans la salle à manger, personne ne parlait. Après un quart d'heure d'attente, Amédée parut enfin. Maigre, sec, le monocle en berne, il serra les mains des hommes, embrassa Jeanne et ses nièces. Il ne sut que dire :

— Merci d'être venus, merci d'être là…

Jeanne, n'écoutant que son bon cœur, s'approcha de son beau-frère.

— Amédée, comment va Margot ? Puis-je lui être d'un quelconque secours ?

— Merci, Jeanne, mais ma femme n'assistera pas à la messe d'enterrement ; elle est souffrante… Peut-être tout à l'heure au déjeuner.

Étonnée, Jeanne ne répondit rien. Une heure plus tard, c'est en procession et dans le plus complet silence que chacun sortit pour se rendre à la chapelle où le corps reposait. Dehors s'était amassée la domesticité ainsi que les paysans qui travaillaient sur les terres du domaine. Quelques villageois s'étaient joints à la foule. La messe fut simple et rapide. Seule la famille accompagna le convoi funéraire jusqu'au petit cimetière.

Le déjeuner qui suivit fut sans doute le plus triste auquel la famille ait assisté. Amédée présidait la table. Il avait à sa droite sa belle-sœur Jeanne et à sa gauche Apolline. À côté d'Hyacinthe se tenait Adelphe. En bout de table Alphonse, Anatole et Anne-Sophie gardaient le nez plongé dans leur assiette. À un moment, Jeanne tenta de rompre le silence en lançant quelques sujets de conversation, tous retombèrent comme un pavé au fond d'un puits. L'atmosphère était pesante, irrespirable. Après que le plat principal fut servi, Amédée se leva de table.

— Veuillez m'excuser, dit-il, je vais prendre des nouvelles de Marguerite. Commencez le dessert sans moi.

La porte refermée, quelques têtes se relevèrent et quelques regards se croisèrent. Le repas fini, Amédée n'était toujours pas de retour. La famille passa au salon. Au moment du café, Amédée réapparut.

— Marguerite est trop souffrante pour nous rejoindre.

Il s'assit lourdement dans son fauteuil et ne dit plus un mot. Soudain le majordome annonça :

— Mme la comtesse.

Tous les regards se tournèrent vers la porte. Amédée se leva si brusquement qu'il renversa sur lui la tasse de café encore pleine. Margot parut coiffée, maquillée et vêtue comme pour aller au bal. Elle arborait son plus joli sourire.

— Oh mais quelle surprise ! Que me vaut l'honneur de votre visite ?

— Margot, dit Amédée en se précipitant vers sa femme, ce n'est guère raisonnable !

— Mais pourquoi toutes ces cachotteries, Amédée ? La famille est ici et vous ne me dites rien... Quelle bonne surprise !

— Margot, je suis heureuse de vous voir, dit Jeanne en l'embrassant.

— Mais moi aussi, ma chère Jeanne ! Moi aussi !

Chacun alla embrasser Margot tandis qu'une femme de service s'affairait autour d'Amédée pour tenter de réparer les dégâts laissés par le café renversé. Soudain, Margot se tourna, sembla chercher quelque chose ou quelqu'un dans le salon.

— Quelque chose ne va pas ? fit Jeanne.

— Eh bien oui... Gaston... Où est donc passé Gaston ? Personne ne l'a vu ? Ce garçon ne changera donc jamais ! Il n'est jamais là quand il le faudrait !

46

Paris, novembre 1918

Assise à son piano, Apolline jouait. Sous ses doigts les sons vibraient, ténus, sublimes de sensibilité. Apolline était enfermée dans le petit salon depuis une heure quand Fine vint la prévenir qu'une dame la demandait.

— Tu sais bien que je ne suis là pour personne ! répondit Apolline sur un ton de reproche.

— C'est ce que j'ai dit à cette dame, mais elle a insisté pour que je vous donne au moins son prénom : Madeleine.

— Où est-elle ? demanda Apolline en se levant d'un bond.

— En bas, dans le vestibule.

Apolline dévala les premières marches : Madeleine dont elle n'avait plus de nouvelles depuis des mois était ici ? Elle s'arrêta net quand elle vit une femme de dos, habillée et chapeautée de noir. Pourquoi ce deuil ? Elle marqua un temps. Madeleine... il y avait beaucoup de Madeleine sur cette terre et ce n'était peut-être pas... ? Au même instant, Madeleine se tourna vers Apolline. Les deux femmes se dévisagèrent, se sourirent, d'un sourire qui avait l'air de s'excuser pour tous les malheurs.

— Madeleine ?

— J'avais à faire à Paris, et j'ai pensé...

Dans un même élan les deux femmes se jetèrent dans les bras l'une de l'autre.

— Comme je suis contente, entre ! Tu as bien un peu de temps pour bavarder ?

— J'ai tout l'après-midi.

— Alors viens, suis-moi !

Elles montèrent le grand escalier que Madeleine n'avait pas emprunté depuis cinq ans. L'hôtel lui parut plus grand, plus imposant que dans ses souvenirs. Elles gagnèrent le deuxième étage. Apolline la fit entrer dans ses appartements privés qu'elle n'avait jamais vus finis.

— L'aménagement est parfait, les couleurs sont très réussies, tout est harmonieux, à votre image, ma petite fille, dit Madeleine, admirative.

Madeleine l'avait appelée comme autrefois : « Ma petite fille ». Ces mots éveillèrent chez Apolline de doux souvenirs, laissant dans leur sillage comme un parfum d'enfance. Et, par leur simplicité même, la bouleversèrent. Sentant les larmes la gagner, elle prit le premier prétexte pour s'échapper.

— Fine, débarrasse madame de son manteau, je reviens tout de suite...

Elle se précipita dans sa chambre. Le dos appuyé contre la porte fermée, elle éclata en sanglots. Apolline, qui n'avait pas réussi à verser une seule larme depuis le décès de Jules, en voyant Madeleine avait senti l'émotion la submerger. La digue, jusque-là solide, rompit.

Les flots, brusquement lâchés, se firent impétueux, passèrent comme un torrent furieux, brisant toute résistance sur son passage : elle pleura Jules, elle pleura Auguste, elle pleura son cousin Gaston, elle pleura sa mère, sa grand-mère Amélie. Elle pleura toutes les souffrances rentrées. Ce fut une mer déchaînée.

Dans le salon, Madeleine attendait, assise sur le canapé. Souriante elle regardait autour d'elle, reconnaissant ici un meuble qui avait appartenu à la baronne, ici une toile aperçue dans la chambre de la comtesse de Kervalon au Manoir, là un objet qu'Apolline avait déjà dans sa chambre d'enfant. Ce fut comme une promenade dans ses souvenirs. Madeleine avait été heureuse dans cette maison. Quitter les Saint-Eliph avait été pour elle un déchirement dont elle n'avait pas mesuré l'ampleur jusqu'à ce jour. Elle avait ressenti un chagrin intense à la mort d'Auguste et lorsqu'elle avait appris dans une lettre écrite par Anne-Sophie qu'Apolline avait perdu son mari, elle n'avait plus hésité, elle était venue.

Madeleine entendit alors un sanglot étouffé. Elle prêta l'oreille, entendit un deuxième sanglot. Elle se leva, écouta à la porte derrière laquelle Apolline avait disparu. Elle se hasarda à baisser la poignée, à entrouvrir le battant : Apolline était assise sur son lit, la tête dans les mains. Elle alla vers la jeune femme pour laquelle elle avait gardé l'attachement d'une mère et la prit dans ses bras.

Ainsi réconfortée, Apolline recouvra son calme. Elle vivait depuis des semaines sous tension. Le barrage ayant enfin cédé, elle se trouvait sans force, comme vidée.

— Excuse-moi, Madeleine, c'est l'émotion... te revoir après toutes ces années..., dit-elle en se mouchant.

— Des années effroyables que nous ne pourrons jamais oublier, je vous ai quittée heureuse, qui aurait pu dire...

— Mais toi, Madeleine, pourquoi ce deuil ?

— Mon mari... Il était fantassin, il est mort au front le deuxième été de guerre.

— Mais je ne l'ai pas su.

— J'avais appris pour Auguste et je ne voulais pas ajouter...

Apolline embrassa Madeleine.

— Mais à moi, tu aurais pu le dire.

— Je pensais venir vous voir à Paris, mais il m'était bien difficile de m'absenter, ma vieille mère était alors à ma charge et malade.

— Était ?

— Le mois dernier elle s'est éteinte doucement dans son sommeil.

— Alors, tu te retrouves seule.

Assises près du feu, une tasse de thé à la main, les deux femmes conversaient. Elles étaient heureuses de renouer, après toutes ces années il y avait tant à dire. En milieu d'après-midi, Apolline proposa à Madeleine de lui présenter ses enfants. Elles descendirent un étage, prirent le long et large couloir.

Sitôt que sa mère parut, Augustin courut vers elle. Il se pendit à son cou et ne la lâchait plus. Enfin il alla quérir son cahier d'écriture.

— Maman, regardez, est-ce que c'est bien ?

— Très bien, mon cœur, tu fais des progrès, mais Alexandre n'est pas avec toi ?

— Il vient juste de sortir de sa sieste !

— Alors écoute, je ne suis pas seule, il y a une dame qui aimerait beaucoup te rencontrer.

— C'est qui, maman ?

— Une personne que j'aime beaucoup et qui habitait ici quand j'étais petite fille.

— Alors je sais qui c'est cette dame, elle s'appelle Madeleine. Vous l'aimez beaucoup, maman, n'est-ce pas ?

Derrière la porte, Madeleine regardait la scène, attendrie : Augustin avait la même sensibilité exacerbée que sa mère. À quelques années près, elle avait l'impression d'entendre Apolline parler à Aurore.

— Eh bien, Madeleine est là. Elle attend dans le couloir, donne-moi la main et allons la chercher ensemble.

Ce soir-là, Anne-Sophie frappa à la porte des appartements de sa sœur.

— Pourquoi Madeleine ne viendrait pas s'installer chez nous ? Alexandre vient d'avoir deux ans, il n'a plus besoin d'une nurse.

— Je ne suis pas sûre que Madeleine veuille revenir s'installer à Paris. Elle a sa maison au bord de la Loire. Et puis elle est jeune, elle serait en droit de refaire sa vie.

— Tu lui as posé la question au moins ?

— Non, j'ai pensé que ce n'était pas le moment...

— Eh bien, moi je l'ai fait !

— Et alors ? s'enquit Apolline qui ne doutait pas du culot de sa sœur.

— Eh bien, elle n'a pas dit non.

— Mais elle n'a pas dit oui !

Anne-Sophie se leva, elle n'aimait pas qu'on la contrarie.

— Tu es comme père, toujours défaitiste ! Écris-lui, on verra bien quelle sera sa réponse !

Dans Paris on n'entendait plus que les carillons des églises. C'était assourdissant. « Enfin l'armistice », pensa, non sans amertume, Hyacinthe. Il se prépara et en toute hâte se précipita chez sa fille aînée. Fine le reçut.

— Madame n'est pas encore réveillée !

— Eh bien, je la réveillerai moi-même ! dit-il en traversant le salon à grandes enjambées.

Croyant le baron furieux, Fine voulut prévenir sa maîtresse.

— Madame..., eut-elle le temps de dire avant que le baron fasse irruption dans la chambre.

— Apolline ! Apolline, c'est l'armistice !

Apolline ne dormait pas. Entendant les éclats de voix elle s'était levée précipitamment, elle avait eu le temps d'enfiler un déshabillé ; à présent elle cherchait les mules qu'elle avait laissées au pied du lit.

— L'armistice ? répéta-t-elle sans comprendre.

— Oui, dit le baron. La guerre est finie, finie tu as entendue !

Apolline avait entendu mais elle ne réalisait pas. Et soudain elle dit :

— Cela voudrait-il dire qu'Albert va rentrer d'Allemagne ?

— Cela veut dire qu'il n'y a plus de guerre, plus de front, plus de prisonniers !

— Mais alors c'est merveilleux ! C'est extraordinaire ! C'est...

— C'est l'ar-mis-tice, je te dis !

Fine avait entendu que c'était la fin de la guerre. Si elle n'avait jamais bien compris pourquoi celle-ci avait commencé, elle était bien contente d'en voir la fin. Tout allait donc reprendre comme avant ?

— Bien ! fit Hyacinthe. Comme il est impossible d'obtenir la moindre communication, je vais tenter de gagner Neuilly quitte à faire un détour. Préviens le personnel qu'il peut prendre son jour. Les avenues sont déjà pleines de monde.

Son père était reparti comme il était venu, en coup de vent. Cela faisait bien longtemps qu'Apolline ne l'avait vu aussi heureux. Quelques minutes plus tard, Apolline courait chez sa sœur. Anne-Sophie était encore endormie.

— Mais quelle heure est-il ? J'ai encore sommeil ! grogna Anne-Sophie de mauvaise humeur.

Sans répondre Apolline alla ouvrir en grand la fenêtre.

— Écoute !

Les cloches des églises sonnaient à toute volée.

— Qu'est-ce qui se passe ?

Bien qu'il fît froid, Apolline laissa les fenêtres grandes ouvertes. Elle alla s'asseoir sur le lit et prit sa sœur dans ses bras.

— C'est la fin de la guerre, tu te rends compte, la fin de la guerre ! dit-elle entre deux sanglots. Habille-toi, les rues sont déjà noires de monde. Au passage, on prendra Augustin et Alexandre. Il faut que la mémoire de mes enfants grave à jamais toute cette liesse pour que plus jamais la guerre ne revienne. Tu entends, ma chérie, plus jamais.

1936-1946

1

Londres, mai 1936

Le dernier accord plaqué, Apolline, en état de grâce, resta quelques secondes sans bouger. Enfin elle se leva, gardant une main posée sur la laque brillante du piano. Pour la première fois de la soirée, elle osa un regard vers la salle immense. Des centaines de personnes se tournaient vers elle. Les bravos crépitaient. Dans sa longue robe noire signée Chanel, elle fit un pas sur le devant de la scène, inclina la tête de sorte que la foule ne vit, quelques instants, que les cheveux blonds relevés en un chignon impeccable. Alors, dans un même élan, les gens se levèrent pour l'ovationner. Souriante, elle se dirigea vers le chef d'orchestre qui s'empressa de descendre de l'estrade. Il prit la main tendue pour la porter à ses lèvres. Ce fut un redoublement d'applaudissements. D'un mouvement de baguette, il invita les musiciens à se lever. Tous ensemble ils saluèrent, une fois, deux fois, trois fois, puis chacun gagna les coulisses. Le baron de Saint-Eliph debout, ému sous son impassible carapace, admirait sa fille qui semblait dotée d'une force surnaturelle quand elle se retrouvait face à son public. Il se dit qu'Aurore aurait été fière d'elle.

Apolline fut rappelée, un enfant lui remit un bouquet de roses. À plusieurs reprises elle rejoignit les coulisses mais chaque fois, la foule la réclamait avec plus d'insistance. Elle finit par regagner le piano, chercha du regard son père qui, selon son habitude, s'était assis au premier rang. Avant de prendre place, elle lui dédia un sourire. Les applaudissements cessèrent. Le silence se fit.

Elle leva ses mains au-dessus du clavier. Après avoir pris une grande respiration, elle attaqua l'allegro de la sonate n° 3 de Chopin, le morceau préféré de sa mère. Celui qu'Aurore jouait quand elle était heureuse et sereine, celui qu'elle avait joué la veille de sa mort. Les notes étaient comme l'eau de la rivière qui coulait claire et chantait entre les pierres.

Hyacinthe ferma les yeux. La sonate le ramenait aux temps bénis où son épouse était encore en vie. Un instant la mère et la fille se superposèrent dans sa mémoire. « Même jeu, même sensibilité », se dit-il. Le dernier accord vibrait encore en son âme quand les acclamations s'élevèrent. Sous des tonnerres d'applaudissements, Apolline salua la salle d'une profonde révérence.

Hyacinthe était reparti pour la France. Ce soir, Apolline venait de donner le troisième et dernier concert. La porte de la loge refermée, elle s'assit sur le premier fauteuil rencontré, fit voler ses escarpins à travers la pièce et se massa les pieds. Elle était épuisée mais heureuse. Elle quitta sa robe pour enfiler une robe courte achetée chez Madeleine Vionnet. Devant la glace elle enleva les épingles qui retenaient ses cheveux ; les mèches s'écroulèrent, une à une, sur ses épaules. Elle les ébouriffa avec les doigts, les lissa longuement avec la brosse. Elle remit une touche de rouge sur les pommettes, se parfuma. Enfin elle s'éloigna de la glace, se regarda longuement et sur toutes les coutures. Elle aurait bientôt quarante ans mais en paraissait dix de moins. Depuis bientôt douze ans qu'elle sillonnait l'Europe pour se produire sur les scènes les plus connues avec les orchestres les plus prestigieux, elle était parfois tentée de prendre de longues vacances afin de profiter davantage de sa vie de famille ; mais une proposition venait, puis une autre, et il lui était difficile de refuser sans mettre sa carrière en péril. Apolline en était là dans ses réflexions quand quelqu'un frappa à la porte.

— *I'm coming, the door is open !*

La porte s'entrebâilla, une main longue et soignée agita un bouquet de roses rouges.

— *Are you ready, dear ?*

Apolline éclata de rire.

— Entrez, cher Harry, je suis prête !

— J'espérais vous trouver en déshabillé vaporeux ! Tant pis, je suis encore arrivé *too late*.

Harry entra, s'arrêta pour admirer la jeune femme qui se tenait debout devant lui.

— *Dear*, votre robe... (Il s'approcha, respira ses cheveux.) Et ce parfum, le N° 5, n'est-ce pas ?

Il passa derrière elle et lui susurra à l'oreille :

— J'ai réservé une table dans un restaurant qui vient d'ouvrir, le chef est français... *it's better, I think*... nous échapperons ainsi au mouton sauce à la menthe.

Apolline connaissait lord Carmington depuis huit ans. Il avait à présent une petite cinquantaine, les tempes grisonnantes. Plus il vieillissait et plus elle le trouvait séduisant. Sa bonne humeur et son humour la ravissaient. Il parlait français avec un accent charmant, cultivait le flegme britannique. Adepte du moindre effort, quand un mot français lui échappait, il prenait l'équivalent dans sa langue natale. Ainsi toutes ses phrases étaient construites au hasard. Cette manière de s'exprimer était tout Harry. Harry qui avait la légèreté des êtres bien nés qui ne s'offusquent de rien. Fils aîné d'une riche famille d'aristocrates, son travail consistait à faire fructifier ses terres et, si possible, à accroître sa fortune. Il avait une femme qui habitait dans le vieux château de famille dans le Sussex et deux fils en pension.

Apolline et Harry restaient toujours dans la légèreté ; chaque rencontre était pour eux un moment privilégié qui pimentait leur vie. Cet amour, vécu entre parenthèses, convenait à Apolline qui avait ses fils à élever, sa carrière à mener.

Harry présenta son manteau à Apolline. Il en profita pour lui déposer un baiser dans le cou.

— J'ai attendu ce moment, murmura-t-il. *Three days* que vous êtes à Londres sans que je puisse vous approcher.

— La soirée n'en sera que plus délicieuse, murmura Apolline qui frémit sous le baiser.

— Combien de temps que nous ne nous sommes vus ?

— Un mois.

— *Darling*, c'est trop, beaucoup trop.

Afin d'éviter les curieux, ils sortirent par une porte dérobée. Harry passa le premier, fit signe à son chauffeur. Ils s'engouffrèrent dans la Rolls.

Apolline, prise d'une douce torpeur, laissa sa tête aller contre l'épaule accueillante. Elle ferma les yeux.

2

Paris

Apolline était tranquillement assise avec ses fils dans le salon quand Anne-Sophie frappa, et, telle une tornade, entra. Derrière elle traînaient les effluves d'un parfum inconnu.

— Guerlain, vous aimez ? annonça-t-elle, avant même que quelqu'un lui pose la question.

Anne-Sophie arrivait toujours sans prévenir et en coup de vent. Entre son atelier installé sous les combles de l'avenue Victor-Hugo et la galerie qu'elle venait d'ouvrir à Saint-Germain, elle courait toujours après le temps.

— C'est vrai que tu sens bon, dit Augustin après l'avoir embrassée.

Anne-Sophie alla vers sa sœur, piqua un baiser rapide sur sa joue et se laissa choir sur le canapé.

— Je suis morte de fatigue !

— La journée a été bonne ? s'enquit Apolline.

— J'ai fait la connaissance de nouveaux artistes, je vais sans doute exposer leurs œuvres.

— Mais je croyais qu'il n'y avait plus un centimètre de libre sur les murs de la galerie !

— C'est vrai, mais j'ai décidé de ne pas garder les toiles plus d'un mois. Il faut que les œuvres tournent si on veut attirer des acheteurs.

Apolline était toujours étonnée d'entendre sa sœur parler affaires avec un tel aplomb. Voilà un an elle avait ouvert une galerie rue Jacob. Elle y exposait ses toiles mais aussi celles de peintres en devenir.

Après une année d'exploitation, si son bilan était encore dans le rouge, elle avait réussi à se faire connaître dans le milieu très fermé des galeristes. De nombreux peintres venaient exposer chez elle. Ses choix s'avéraient bons, puisque marchands français et étrangers se passaient l'adresse.

Anne-Sophie s'était assise entre ses deux neveux. Résolument moderne, elle avait coupé ses beaux cheveux châtains et elle avait adopté le chapeau cloche qu'elle enfonçait, comme il se devait, jusqu'aux yeux. Elle portait des robes fluides en crêpe de Chine à taille basse et entortillait de longs colliers de perles. Elle tira de son sac un carton d'invitation qu'elle tendit à sa sœur.

— Je donne un vernissage la semaine prochaine, est-ce que tu seras à Paris ?

— Je ne bouge plus jusqu'aux vacances, je viendrai bien sûr.

— Je vous accompagnerai, mère, proposa Augustin qui, à son âge, prisait ces soirées plus pour voler une coupe de champagne que pour admirer les œuvres exposées.

— Encore faut-il que nous soyons invités ! fit remarquer Alexandre.

— Bien sûr, mon petit Alex, que vous êtes invités ! Et sachez que ce n'est pas par philanthropie, je n'oublie pas que vous serez les acheteurs de demain. Il est bon que vous vous fassiez l'œil !

— Pense à inviter père, lui rappela Apolline.

— Je le ferai comme d'habitude, fit Anne-Sophie, fataliste, et comme d'habitude il ne viendra pas ! De toute façon, c'est mieux ainsi. Il ne serait guère à l'aise dans ce milieu.

Depuis toujours le père et la fille ne savaient pas sur quel mode communiquer. Apolline se faisait leur intermédiaire.

— Fais-lui parvenir une invitation avec un petit mot écrit de ta main. S'il peut venir, je suis sûre qu'il le fera.

Anne-Sophie fit une moue dubitative, puis passa à un autre sujet.

— Au fait, comment s'est passé ton séjour à Londres ?

— Très bien, j'ai été merveilleusement accueillie et je crois que mon programme leur a plu.

— Et dire que je ne connais pas Londres..., songea tout haut Anne-Sophie. Il paraît que les artistes sont accueillis à bras ouverts et que les Londoniens sont friands de notre *French touch*.

— Justement, j'ai pensé à toi.

Apolline se leva, alla quérir une enveloppe de couleur bise laissée sur la cheminée. Elle la tendit à sa sœur.

— Qu'est-ce que c'est ?

— Eh bien, regarde !

Comme une enfant qui ouvrirait une boîte de confiseries, Anne-Sophie, l'air gourmand, plongea la main dans l'enveloppe. Elle en ressortit plusieurs cartes de visite.

— Qu'est-ce que c'est ? répéta-t-elle.

— Des personnes qui te contacteront quand elles passeront à Paris. J'ai fait de la publicité pour ta galerie. Garde précieusement ces cartes, certaines appartiennent à des journalistes, d'autres à des gens fortunés à la recherche de nouveaux talents. Ils peuvent parler de toi dans la presse anglaise ou devenir des clients.

Anne-Sophie se leva, s'étira d'aise.

— Eh bien, à moi Londres !

— Tu pars déjà ? questionna Augustin déçu.

— J'ai rendez-vous vers neuf heures et demie... Si on ne passe pas trop tard à table...

— Je vais voir si le dîner est prêt ! dit Alexandre en se levant.

À table, les garçons furent ravis d'avoir leur tante avec eux. À cause du décalage d'âge qu'il y avait entre les deux sœurs, ils la tutoyaient et l'appelaient T'Anne-So qui était la contraction de tante Anne-Sophie. Lorsque Apolline avait commencé à courir l'Europe pour ses concerts, Madeleine avait pris le relais de la mère auprès des enfants, Anne-Sophie, le rôle de la grande sœur.

Sachant son auditoire acquis, à table Anne-Sophie parlait avec entrain. Ses études aux Beaux-Arts, l'ouverture de sa galerie, l'amenaient à côtoyer un milieu souvent extravagant, qui fascinait les garçons. Elle avait toujours des anecdotes amusantes à raconter. Derrière cette apparente légèreté, Apolline se demandait si sa sœur était heureuse. Elle ne savait pas grand-chose de sa vie. Anne-Sophie ne se livrait pas.

Elle savait seulement qu'elle sortait souvent, qu'elle avait beaucoup d'amis et qu'elle disait à qui voulait l'entendre, que le mariage, les enfants, la vie de famille n'étaient pas pour elle, qu'elle aimait son indépendance, la vie de bohème. Anne-Sophie aimait choquer, bousculer les idées reçues. Elle rejetait en bloc tous les principes bourgeois que prônait sa famille.

Apolline passait lentement d'une toile à l'autre. Il y avait une telle presse que chacun se marchait sur les pieds. Dans la galerie se côtoyaient toute une foule de personnages hétéroclites. Cela allait du va-nu-pieds à la barbe mal taillée au spéculateur qui ne comprenait pas grand-chose à l'art mais qui rêvait de dénicher avant tout le monde le Rembrandt du xxe siècle, en passant par des anonymes vrais découvreurs de talents ou des femmes du monde pour qui l'achat d'une petite toile n'était qu'un passe-temps comme un autre. Il y avait aussi des journalistes qui espéraient obtenir une interview, des curieux ou des pique-assiette.

Apolline regardait les tableaux avec attention. Elle avait du mal à adhérer à ce genre de peinture et encore plus à se figurer les tableaux accrochés à un mur de son salon. Dans la deuxième salle, elle trouva avec plaisir les œuvres d'Anne-Sophie. Sa manière de peindre était vigoureuse et pourtant sensible. Elle s'était fait une réputation dans les portraits d'enfants et gagnait sa vie grâce aux commandes qu'elle obtenait par le bouche à oreille. Apolline retourna dans la salle d'exposition où elle retrouva ses fils.

— Il est peut-être l'heure de rentrer, dit-elle, je vais dire quelques mots à Anne-Sophie avant de partir.

— On vous accompagne, maman !

Il faisait une chaleur étouffante et la bousculade était à son comble. Anne-Sophie discutait avec des journalistes. Elle paraissait très à l'aise au milieu de tout ce monde. Apolline s'approcha de sa sœur, discrètement elle lui fit signe qu'elle partait et, alors même qu'elle allait s'éclipser, un inconnu se présenta à elle.

— Je suis si heureux de vous rencontrer, madame... C'est si inattendu !

— Nous nous connaissons ?

— Vous, non, mais moi oui, madame. Je me rends à tous les concerts que vous donnez à Paris !

« Ça y est, se dit-elle, j'en ai pour une heure. » Elle devait trouver une excuse.

— Je ne suis pas seule, justement je prenais congé...

— Je m'en voudrais de vous retarder, dit l'inconnu, permettez toutefois que je vous donne ma carte, je suis l'avocat de bien des artistes : peintres, écrivains, musiciens. Si un jour il vous arrivait de rencontrer un problème, je serais heureux de vous rendre service.

Apolline prit la carte, regarda son interlocuteur qui lui souriait et dont le regard franc et direct lui plut. Elle tendit sa main, et avant de partir lui glissa :

— En vérité, monsieur, j'espère n'avoir jamais besoin de vos services. Je n'ai encore jamais rencontré de problèmes.

— Je vous souhaite, madame, que cela continue, mais quelquefois un simple conseil peut éviter bien des déboires.

L'avocat se courba, Apolline lui dédia son plus joli sourire et, comme elle se pressait vers la porte de sortie, elle buta sur Augustin.

— Mère, on vous avait perdue de vue, Alex est dehors, il nous attend.

Avant de ranger la carte dans son sac elle lut : Étienne de Noirmoutier, docteur en droit, avocat à la cour.

3

Neuilly, juin 1936

Ce matin de juin, Gertrude s'avança sur le chemin afin de cueillir les roses qui grimpaient à l'assaut de la haie. Munie de gants, sécateur à la main, panier au bras, elle coupait les tiges le plus bas possible et délicatement couchait les roses rouges dans le fond du panier en osier. Dès que le bruit du moteur se fit entendre son cœur bondit, elle leva la tête, regarda du côté du tournant jusqu'à ce que la carrosserie blanche aux chromes rutilants apparût. Elle se rangea sur le bas-côté pour laisser passer l'auto et se pressa de regagner le jardin.

— Vous voilà enfin ! dit-elle.

Les deux jeunes gens coururent vers leur grand-tante qui maladroitement les embrassait tenant son chapeau d'une main, le panier et le sécateur de l'autre.

Alors qu'Hyacinthe et Apolline à leur tour descendaient de voiture, elle se dirigea vers eux.

— Anne-Sophie n'est pas avec vous ?

— Elle viendra cet après-midi.

— Mais je croyais... avec les beaux jours elle aurait pu profiter du bon air, fit-elle remarquer quelque peu chagrinée.

Hyacinthe répondit un peu rudement :

— Tu sais bien, Gertrude, qu'Anne-Sophie ne fait jamais comme tout le monde.

Les garçons étaient déjà entrés dans la maison. Dans le vestibule ils jetèrent un coup d'œil dans la glace, lissèrent leurs cheveux qu'ils avaient pourtant peignés juste avant de partir de Paris, ajustèrent leur cravate, gestes inutiles puisque leur arrière-grand-mère trouverait forcément à redire. Augustin regarda son frère.

— Bon, on y va !

Alexandre haussa les épaules l'air de dire : « De toute façon... »

Augustin frappa et sans attendre se glissa par la porte qu'il venait d'entrouvrir ; son frère le suivit jusqu'au fauteuil roulant où était assise la vieille femme. Une couverture couvrait ses jambes jusqu'aux pieds. Mains dans le dos, ils attendirent. Dorothée, se sentant observée, ouvrit un œil.

— Ah, c'est vous les enfants !

Ils embrassèrent, l'un après l'autre, la joue ridée qui sentait la poudre de riz et le médicament. Mais cette fois, Dorothée oublia de leur faire les remontrances d'usage, elle avait d'autres griefs.

— Augustin, mets mon fauteuil face à la porte et donne-moi le journal qui est posé sur le guéridon, toi Alexandre, va ouvrir la porte.

Médusés de n'avoir subi aucun reproche, ils s'exécutèrent. L'aïeule avait la tête des mauvais jours.

Gertrude entra au salon avec son panier au bras.

— Regardez, mère, comme ces roses sont belles !

Dorothée ne daigna pas jeter un œil, elle regardait droit devant elle.

— Bonjour, grand-mère, dit Apolline. Vos jambes... vous n'avez pas trop souffert cette semaine ?

Elle ne répondit pas non plus à Apolline. Enfin Hyacinthe se pencha pour embrasser sa mère qui, sèchement, questionna :

— Mais où est Anne-Sophie ?

— Elle viendra à l'heure du goûter, répondit Apolline.

— J'ai déjà prévenu le personnel, intervint Gertrude qui sentait un vent mauvais se lever.

Lèvres pincées, regard furibond, Dorothée brandit le journal qu'elle avait à la main.

— Tu as eu connaissance de cet article ? dit-elle en tendant le journal à son fils.

Hyacinthe parcourut le titre écrit en gros caractères : « Quand une jeune aristocrate se fait boutiquière. » Il passa le journal à sa fille.

— Je n'ai pas mes lunettes sur moi. Peux-tu lire ?

Apolline saisit le journal et lut à haute voix :

— « Mlle Anne-Sophie de Saint-Eliph, pour ne pas la nommer, a ouvert une galerie voilà un an rue Jacob. À son dernier vernissage se pressait tout le gratin parisien pour admirer les œuvres exposées. Et quelles œuvres ! Celles d'un peintre obscur et qui, selon nous, ne verra jamais le jour. Hier c'était son heure de gloire, sans doute le seul. On ne peut appeler cela de la peinture mais du gribouillage, de la couleur jetée au hasard sur la toile. Et ce «monsieur» ressemble à ses œuvres, mal peigné, déguenillé, il se donne des airs d'artiste faute d'en être un. Si Mlle de Saint-Eliph cherchait à scandaliser, elle a bien réussi son coup ! »

Dorothée ne lâcha pas du regard la lectrice.

— Alors ?

— Nous sommes allés à ce vernissage, grand-mère. Si je ne comprends pas grand-chose à ce genre de peinture, les collectionneurs paraissaient intéressés. L'article est virulent mais il vaut mieux ça que pas d'article du tout !

— Ma petite-fille une boutiquière ! J'avais bien dit que d'ouvrir une... une... *boutique* n'est pas de notre monde ! Les Saint-Eliph des boutiquiers ! On aura tout vu, répétait-elle en s'étranglant.

— Si on veut que la galerie marche, il faut qu'on en parle, en bien ou en mal, risqua Apolline.

Sa grand-mère la fusilla du regard.

— Et moi je ne permettrai pas que notre nom soit traîné dans la boue ! (Elle se retourna vers son fils.) Et toi, tu laisses faire ?

— La presse est libre de penser ce qu'elle veut et si un journaliste a décidé d'écrire ce... ce torchon, qu'y puis-je ?

— Surveiller ta fille ! Il y va de notre réputation ! Pourquoi n'a-t-elle pas pris un nom d'emprunt comme je le lui avais suggéré ? Tu lui passes tous ses caprices !

— Bon, c'est tout ? finit par dire Hyacinthe, les mâchoires serrées. (Il se leva.) Permettez, mère, je vais faire un tour.

Et comme il se sauvait à grands pas, Gertrude rappela :

— C'est bientôt l'heure de passer à table !

Hyacinthe ne répondit pas et sortit. Augustin annonça :

— Nous allons du côté des écuries !

Et, sans attendre, les frères s'enfuirent à leur tour. Apolline hésita. Elle aurait pu tenter d'expliquer à sa grand-mère qu'un article n'était pas la fin du monde et que justement le monde avait changé, tenter d'expliquer que les lecteurs du journal prêteraient à peine attention à ces quelques phrases jetées sur le papier, mais devant son air buté, elle renonça. Elle se retourna vers sa tante Gertrude qui, les bras chargés de roses, était restée au milieu du salon, désolée de la tournure prise par la conversation.

— Et si nous allions choisir un vase pour le bouquet ? proposa Apolline.

— Tu as raison, je l'avais complètement oublié !

Elles sortirent à leur tour, laissant la vieille dame à ses ruminations. Apolline se dirigea vers l'office où dans un placard étaient entreposés tous les vases de la maison.

— Tante Gertrude, il n'est pas question que grand-mère continue sur ce ton. À l'heure du thé j'ai prévu de fêter l'entrée de mon fils à Sciences-Po. Anne-Sophie viendra spécialement de Paris...

— Mon Dieu ! coupa Gertrude qui redoutait le face-à-face.

— S'il le faut, je parlerai à grand-mère, mais elle ne gâchera pas cette journée.

À table, Dorothée ne prononça plus un mot. Face à sa mère, Hyacinthe en fit autant. L'atmosphère était irrespirable. Les convives n'avaient plus qu'une hâte : fuir. Après le café, chacun s'égailla. Les garçons allèrent seller leurs chevaux, tandis qu'Hyacinthe prétexta « un saut à faire à ses usines » pour prendre le large. Les trois femmes restèrent au salon. Par ce beau temps Apolline offrit à sa grand-mère de lui faire

faire un tour de parc, mais la vieille dame, d'humeur sombre, déclina l'offre de sa petite-fille. La patience d'Apolline avait ses limites ; elle se retourna vers sa tante.

— J'ai envie de marcher un peu, vous m'accompagnez, tante Gertrude ?

Aussitôt le regard noir se porta sur Gertrude qui toute sa vie était restée à la dévotion de sa mère.

— Vous venez ? répéta Apolline.

— C'est qu'en principe je ne... enfin je...

Gertrude, prise entre deux feux, balbutiait comme une petite fille prise au piège.

— Il fait beau, insista Apolline bien résolue à gagner la partie.

— Bon, eh bien alors pas longtemps, céda Gertrude.

Dehors il faisait un temps de printemps. Apolline passa son bras sous celui de sa tante et lui confia :

— Merci, tante Gertrude, de m'accompagner, grand-mère est par trop insupportable.

— Avec le temps son caractère ne s'arrange pas, mais il faut la comprendre, ses jambes la font souffrir et...

— Vous avez toujours été trop bonne ! coupa Apolline, révoltée. Grand-mère se mêle de tout alors qu'elle n'a jamais rien fait de ses dix doigts ! Père a souffert de sa tyrannie et vous, tante Gertrude, vous lui avez sacrifié votre vie !

— Oh mais pas du tout ! se défendit Gertrude avec véhémence.

— Elle a quand même réussi à éloigner de vous tous les bons partis...

Sa tante cessa de marcher.

— Ta grand-mère n'y est pour rien ! Je ne me suis pas mariée parce que l'homme que j'aimais n'était pas libre !

Stupéfaite, Apolline regarda sa tante.

— C'est une vieille histoire qui n'a plus d'importance.

— Il vous aimait ?

— Il m'aimait, je l'aimais... mais c'était une histoire impossible.

— Il avait une famille ?

— Juste une femme, il n'a jamais eu d'enfants.

— Alors s'il vous aimait vraiment, il n'avait qu'à la quitter, après tout, ce sont des choses qui se font !

— Quand sa femme est tombée malade... j'ai renoncé.

Le regard de Gertrude était encore rempli de regrets et de souffrances.

Apolline serra la main de sa tante avec tendresse.

— Je suis heureuse de savoir que vous avez aimé et que vous étiez aimée. J'ai toujours pensé que c'était à cause de grand-mère si vous étiez seule.

— Tu vois, mon petit, tu t'es fait de fausses idées !

— Et père était au courant ?

— Personne n'a jamais rien su de mes amours clandestines. Et c'est mieux ainsi. (Gertrude regarda sa nièce.) Il va sans dire que je compte sur ta discrétion.

Vers quatre heures de l'après-midi, Anne-Sophie passa le portail. Avec son chapeau cloche et son boa qui flottait autour de son cou, elle conduisait une jolie voiture décapotable qui sortait tout juste du garage.

Elle fit un signe à sa sœur qui venait à sa rencontre et se gara.

— Grand-mère ? fut sa première question.

— Elle a été odieuse !

— Merci pour l'ambiance !

— Je l'ai menacée de ne plus jamais mettre les pieds à Neuilly si elle gâchait la fête.

Anne-Sophie, qui n'était jamais d'accord avec sa sœur, faisait corps avec elle dès qu'une menace extérieure se présentait.

— Tu as bien fait. Je fais quoi de l'auto ?

— Tu la laisses là...

— Augustin va la voir ?

— S'il te pose des questions, tu n'auras qu'à dire que la tienne est en réparation et qu'un ami t'a prêté celle-ci.

— Comme tu voudras.

Anne-Sophie coupa le contact et sortit de l'automobile.

— Elle est vraiment belle !

— Je voudrais déjà voir sa tête !

— Bon, et maintenant la corvée !

— Il vaut mieux que je t'accompagne.

Elles frappèrent, Gertrude vint leur ouvrir.

— Oh c'est toi, ma petite chérie, ta grand-mère vient juste de se réveiller.

Elle embrassa sa nièce avec effusion. Gertrude avait toujours gardé un faible pour la petite dernière qui ne s'embarrassait pas de préjugés et menait sa vie à sa guise. Gertrude la prude, la timide, admirait chez sa nièce son indépendance d'esprit.

— Bien, fit Anne-Sophie dans une grimace, allons-y !

Elle alla se mettre face à la vieille dame, calqua un grand sourire et lança un sonore et joyeux :

— Bonjour, grand-mère !

Dorothée regarda sa petite-fille et lança, pincée :

— Voilà la boutiquière !

Quoique surprise, Anne-Sophie ne releva pas la remarque.

— Je suis arrivée avec le cadeau, dit-elle pour dire quelque chose.

Dorothée, qui avait pourtant participé à l'achat de l'automobile, ne sembla pas comprendre. Elle chercha le regard de Gertrude et posa la question, la seule qui pour l'instant l'intéressait :

— À quelle heure le thé sera-t-il servi ?

— À cinq heures, mère.

— Et quelle heure est-il ?

— Quatre heures et quart.

Dorothée referma les yeux et ne dit plus un mot.

Augustin et Alexandre étaient revenus de leur promenade à cheval. En passant ils remarquèrent l'auto, depuis ils tournaient autour comme des mouches.

— Tu as vu, T'Anne-So a changé de voiture ! s'exclama Alexandre.

En connaisseur, Augustin caressa du regard le profilé de la carrosserie, les chromes, puis se pencha pour regarder l'intérieur.

— Regarde le volant, les compteurs, les finitions... Elle est vraiment magnifique !

Apolline, qui les guettait de la fenêtre, appela sa sœur.

— Tu les as vus !

— Je sors leur dire bonjour, fit Anne-Sophie.

— Pendant ce temps, je fais entrer tout le monde à la salle à manger.

Au bruit des pas sur le gravier, les deux frères tournèrent la tête.

— T'Anne-So, ça alors ! C'est à toi ?

— À un ami... La mienne est en révision.

— Elle est magnifique, on pourra faire un tour ?

— Après le thé mais dépêchez-vous, c'est l'heure et votre arrière-grand-mère n'aime pas attendre !

Sur le seuil de la salle à manger, Augustin fut salué par des applaudissements. Saisi, il s'arrêta sur le pas de la porte. Hyacinthe alla accueillir son petit-fils avec une coupe de champagne.

— À tes études ! Bravo mon garçon, je suis fier de toi.

Chacun prit place. La conversation tourna autour des futures études du héros du jour. Dorothée semblait entièrement accaparée par les gâteaux qui garnissaient son assiette. Apolline ne pouvait s'empêcher de penser qu'il y avait quelque vingt ans, c'était pour son frère Auguste qu'on avait sabré le champagne. Le premier de la famille à avoir réussi son baccalauréat. Il lui semblait que c'était hier. Peu avant la fin du goûter, Apolline se leva. Elle alla embrasser son fils et lui tendit une enveloppe.

— De la part de toute la famille.

— Qu'est-ce que c'est ?

— Ouvre, tu verras, lui enjoignit Anne-Sophie qui, depuis quelques secondes, était sur des charbons ardents.

Augustin décacheta l'enveloppe, la secoua, une clé tomba sur la nappe. Il écarquilla les yeux sans oser comprendre.

Alexandre fit un bond sur sa chaise et cria :

— L'automobile ! C'est la clé de l'automobile !

4

Le Manoir

Juché sur Belle des Bois, sa jument préférée, Albert longeait les barrières blanches, qui, de part et d'autre de la route, délimitaient les champs. Tout était calme. L'air était doux. Il écoutait le bruit que faisaient les sabots sur l'asphalte, regardait les feuilles des arbres immobiles dans cette journée sans vent. Il chercha du regard le Manoir. Entre deux arbres il aperçut un pan du toit aux ardoises grises, un bout de cheminée et son cœur se serra : c'était dans cette maison qu'il avait grandi, dans cette maison qu'il espérait vieillir.

Depuis qu'il était revenu de captivité, chaque minute lui était précieuse. Lorsqu'il avait posé son avion en feu derrière les lignes ennemies, c'est un Allemand qui l'avait sorti du brasier. Il avait pensé mourir, et avait remis son âme à Dieu. Bien que grièvement blessé, il s'en était sorti. Durant les deux années de captivité, s'il avait souffert dans sa chair et dans son âme, il avait eu aussi tout le temps de réfléchir. Brûlé au second degré sur tout le côté gauche, il était revenu chez lui sur une civière. Depuis, chaque matin en ouvrant les yeux, il s'émerveillait d'être là, tout simplement là. D'abord grabataire, à force de soins, à force de ténacité, il avait fini par se tenir debout, puis à mettre un pied l'un devant l'autre. Il marcha, d'abord avec deux cannes, puis avec une seule. Si son bras avait récupéré, sa main refusait de lui obéir. Quand son esprit n'était pas occupé, la douleur se rappelait à lui. La nuit il dormait peu. Il avait pris l'habitude de rester de longues heures les yeux ouverts dans l'obscurité à réfléchir. Parfois il prenait un livre et lisait jusqu'à ce que le jour se lève. Belle des Bois avait appris à obéir à sa voix. Quand il faisait du cheval, il redevenait le jeune homme insouciant qu'il avait été autrefois.

Albert consulta sa montre. Les voyageurs ne devraient plus tarder. Il décida d'aller à leur rencontre.

— Allez, ma Belle, au petit trot, dit-il d'une voix caressante.

La jument bougea les oreilles et se mit au trot.

Juste après le petit pont, les occupants de la voiture virent un cavalier arriver sur eux.

— C'est Albert ! s'écria Alexandre.

Augustin ralentit, se rangea sur le bas-côté, klaxonna joyeusement. Albert vint à leur hauteur.

— Bonjour, Apolline ! Vous avez fait bonne route ? (Il regarda l'automobile.) Elle est magnifique. Je suis impatient de l'essayer !

— Quand vous voudrez !

— Tout le monde vous attend au Manoir... Allez-y, le temps de mettre la jument dans son box, je vous rejoins !

Tante Jeanne sortit accueillir les voyageurs. Son pas était encore alerte : « Elle ne change pas », constata

Apolline, émue. Malgré les années elle avait gardé le même sourire, les mêmes élans affectueux.

Anastase, qui, de son atelier, avait entendu les exclamations, s'était dépêché de descendre de l'étage, les épagneuls à ses trousses. Il parut au salon habillé de tweed, l'œil rieur sous des sourcils en bataille. Il fut suivi de près par les jumeaux. Grands, les épaules larges, Anatole et Alphonse avaient la réputation d'être des briseurs de cœurs. Un peu plus de trente ans, ils étaient d'éternels adolescents à qui le célibat allait comme un gant. Ils étaient de tous les dîners, de toutes les soirées donnés dans la région.

Il faisait un temps d'été. Le déjeuner terminé, la famille alla s'installer à l'ombre du grand cèdre pour prendre le café. Apolline et ses fils étaient heureux d'être en famille. Au Manoir, les heures s'écoulaient, heureuses. Il y avait toujours quelque chose à faire avec les trois cents hectares de terre et les dizaines de fermes.

— Il paraît qu'il y a quelques cas de fièvre aphteuse dans la région, dit Anatole.

— Sale maladie, fit Anastase.

— C'est pour ça que l'on prend les devants.

— Vous avez raison, il faut être prudent.

Depuis plus de dix ans que ses fils s'étaient lancés dans l'élevage des vaches laitières, ils avaient fait leurs preuves. Anastase avait toute confiance en eux. Il se leva. L'après-midi il avait pris l'habitude de faire la sieste. Les épagneuls tournaient autour de leur maître. Ils étaient la troisième génération. À la mort de ses fidèles compagnons, Anastase les remplaçait par deux chiens de la même portée qui provenaient du même chenil et qu'il appelait comme leurs aînés Boy et Bandit. Ainsi s'établissait une sorte de continuité en douceur.

— Albert, que fais-tu cet après-midi ? demanda Anastase.

— J'irai faire un tour à la Petite Folie.

— Vas-y avec ta cousine.

— Où ça ? demanda Apolline qui s'était levée pour remettre les tasses à café sur le plateau.

— Visiter une ferme en réfection.

— Volontiers.

Apolline regardait autour d'elle, séduite par le lieu. Les proportions étaient parfaites : les deux étages étaient peu élevés, les fenêtres bien alignées. Les décrochements du toit d'ardoise, les cheminées donnaient un air de maison de poupée. La glycine blanche qui courait sur la façade, les hortensias fleurissaient agréablement l'ensemble. Au milieu de la cour s'épanouissait un cerisier.

— Quel charme !

Elle voulut tout visiter et fut conquise par l'endroit. Pourtant, au fur et à mesure de la visite, elle se rendait compte que si Albert jouait au propriétaire, sa joie était feinte. Après avoir fait le tour, ils s'assirent sur le banc en pierre adossé au mur.

— On est bien ici, dit Apolline, et le Manoir est à peine à dix minutes à pied. C'est l'idéal pour toi.

— C'est vrai qu'on est bien ici…

— Pourtant ?

Albert regarda Apolline.

— Pourtant je ne me vois pas m'installer ici.

— Sans doute parce que la maison n'est pas finie ?

— Je ne sais pas... mais plus les travaux avancent, plus je me sens étranger à toute cette effervescence.

Ce fut sous des trombes d'eau que la famille de Bonnes débarqua. Munis de parapluies, les jumeaux allèrent chercher les voyageurs bloqués dans l'automobile. Malgré les recommandations de leur mère, les deux aînés, impatients d'embrasser leur grand-mère, s'échappèrent de la voiture et coururent sous l'orage. Âgés respectivement de onze et de neuf ans, Aurélien et Armelle arrivèrent à la porte de l'office trempés de la tête aux pieds. Des serviettes à la main, Lise et Françoise se précipitèrent pour frictionner les cheveux, tandis que Jeanne faisait enlever à ses petits-enfants leurs souliers ainsi que leurs chaussettes. Elle répétait, enjouée :

— Quand les pieds sont au sec, il n'y a pas de rhume à l'horizon !

Sous le premier parapluie parut Adelphe, sous le second Gilles qui portait sa plus jeune fille dans les bras.

— Bonjour, mère, quel temps !

Au même moment, un coup de tonnerre déchira l'air humide. La petite Ariane, que son père venait de poser sur ses pieds, poussa un cri. Elle alla tremblante s'agripper aux jupes de sa mère. Apolline s'approcha de sa filleule.

— C'est juste le ciel qui est un peu en colère... Tu veux bien que j'enlève ton chapeau ?

Pour toute réponse, la petite main se crispa un peu plus. Elle se pencha pour débarrasser la fillette de son chapeau et machinalement remit en place les boucles blondes. Ariane avait de grands yeux qui lui mangeaient le visage. Elle était une enfant sensible, délicate.

— Bien, fit Jeanne tout le monde est au sec, alors passons à la salle à manger où un bon goûter nous attend !

L'orage s'éloigna et le beau temps réapparut.

Jeunes et moins jeunes sortirent de table. Jeanne emmena ses deux petits-enfants aînés cueillir des fruits pour faire une tarte. Adelphe était restée avec Apolline à la salle à manger. Navrée, elle regardait l'assiette encore pleine de sa plus jeune fille.

— Viens ! On la laisse devant son goûter, chuchota Adelphe, puis se tournant vers la fillette elle ajouta : On est dehors, Ariane, quand tu auras fini ton goûter, tu pourras te lever de table et nous rejoindre.

La petite ne répondit pas. Avec son index, elle tournait une boucle de ses cheveux.

— Fais vite, Ariane, j'ai une surprise pour toi !

— Pour moi, tante Apolline ?

— Oui, pour toi, ma chérie. Je t'attends dehors avec ton cadeau.

Les deux cousines épongèrent l'eau de pluie sur les chaises avant de se rasseoir sous le cèdre. L'air était chargé d'humidité.

— Je suis heureuse qu'Albert ait enfin une maison à lui, dit Adelphe.

— J'ai tout de suite été conquise par l'endroit.

— Ce n'était pas en vivant chez les parents qu'il risquait de se trouver une femme et j'aimerais tant qu'il se marie.

— Il pense qu'avec son handicap aucune femme ne voudra de lui.

— Je sais, dit Adelphe avec de la tristesse dans la voix. Cette maison l'obligera à prendre un peu d'indépendance, pourtant je le sens réticent à l'idée de déménager.

— Je crois qu'il ne faut surtout pas le brusquer. Cette décision lui appartient.

Les deux cousines se turent. Enfin Adelphe, anxieuse de ne pas voir sa fille les rejoindre, se leva.

— Je vais voir où en est Ariane.

— Je t'accompagne.

Les deux femmes trouvèrent la fillette de quatre ans attablée, fixant son assiette. Apolline la prit dans ses bras.

— Eh bien, petite Ariane, et ton goûter ?

— Pas faim !

— Mais si tu ne manges pas, tu ne vas jamais grandir !

— J'ai pas envie de grandir !

Adelphe mit de côté le jus d'orange dont la fillette n'avait bu que quelques gorgées et rangea dans une boîte en fer les deux sablés qui n'avaient pas été touchés.

— Elle n'en a pas mangé un seul, dit Adelphe, découragée.

Apolline prit sa filleule dans ses bras et l'emmena sur la terrasse.

— Je peux lui donner son cadeau ?

— Bien sûr... il ne sert à rien de la punir.

Apolline alla fouiller dans son sac, elle tendit un paquet que la petite serra contre elle.

— Tu ne l'ouvres pas ?

— Si...

— Regarde, je vais t'aider.

Apolline ouvrit la pochette et la tendit à Ariane qui glissa un œil par l'ouverture avant de plonger sa main. Elle sortit toute une dînette en bois et peinte en rose.

— Cela te plaît ?

— Oui beaucoup ! Je peux aller chercher ma poupée dans ma chambre ?

— Bien sûr !

Adelphe avoua, de l'émotion dans la voix :

— Ma fille me déconcerte.

— Que dit le médecin ?

— Il parle d'anorexie, mais je ne suis pas sûre qu'il sache d'où vient cette maladie et comment elle se soigne.

— Si tu veux, je peux me renseigner à Paris.

Adelphe ne répondit pas et Apolline n'insista pas. Elles étaient toutes les deux plongées dans leurs réflexions quand elles entendirent Gilles et Albert qui revenaient de promenade. Ariane redescendait de sa chambre au moment où les deux hommes s'asseyaient. Elle courut vers son père.

— Papa, regarde ce que tante Apolline m'a offert !

Apolline remarqua l'air préoccupé d'Albert.

— Que se passe-t-il ?

— Tout à l'heure, père a reçu un coup de fil de Bretagne.

— Il est arrivé quelque chose à tante Margot ?

— Non... à oncle Amédée... Il a été victime d'un transport au cerveau. C'est l'infirmière de tante Margot qui nous a prévenus.

— C'est grave ?

— On en saura plus ce soir.

5

Le château de Kervalon

À quelques kilomètres du château, Albert se gara sur le bas-côté de la route étroite et tortueuse.

— Excuse-moi, j'ai une crampe au bras... cela m'arrive quand je conduis trop longtemps.

Apolline, qui, tout le temps du trajet, s'était laissée aller à ses pensées, regarda son cousin. La souffrance avait creusé ses traits. Il sortit péniblement de la voiture et, muni de sa canne, il alla ouvrir la portière de sa passagère.

— Si madame veut bien se donner la peine ! dit-il sur le ton de la plaisanterie.

— Merci, cher ami !

Albert claqua la portière et lui tendit son bras valide.

— À l'ombre de cet arbre nous serons bien.

Il enleva sa veste, la posa sur l'herbe, y fit asseoir sa cousine, puis, la jambe raide en avant, il se laissa tomber de tout son poids. Apolline regarda autour d'elle.

— C'est joli par ici... on est encore loin ?

— Une petite demi-heure. On a roulé vite, on est en avance sur l'horaire prévu.

— Je m'en veux de ne pas savoir conduire.

— Qu'est-ce qui t'empêche d'apprendre ?

— Je ne sais pas... Peut-être une certaine appréhension ? À Paris il y a encore peu de femmes qui conduisent.

— Anne-Sophie conduit bien, elle !

— Tu la connais, elle aime choquer, prendre à contre-pied les idées reçues.

Apolline regarda Albert ; si ses traits étaient encore tendus, son visage avait repris des couleurs. À ce moment précis, elle aurait aimé poser sa main sur la sienne et lui demander avec douceur : « Albert, comment te sens-tu ? » Elle s'abstint, de peur qu'il prenne ce geste pour de la pitié. Suivit un silence qu'Albert rompit le premier.

— Je voulais te remercier de m'avoir accompagné. Cette visite risque de ne pas être une partie de plaisir : Gaston, tante Margot et maintenant oncle Amédée... cela fait beaucoup pour une même famille.

— Ma proposition était plus égoïste que tu ne le crois. J'ai pensé à ma mère, je sais qu'en pareilles circonstances, malgré les brouilles familiales, elle aurait été la première à se rendre au chevet de son frère.

— Je pense que nous n'avons pas à rentrer dans les querelles de nos aînés. (Albert arracha une herbe qu'il mâchonna.) Il y a combien de temps que tu n'es pas venue à Kervalon ?

— Au moins trois ans. Et toi ?

— Presque deux ans.

Albert regarda sa montre.

— Ce n'est pas tout ça, l'heure tourne... On y va ?

Apolline se leva, tendit sa main à son cousin.

— C'est le monde à l'envers, remarqua Albert.

— Va savoir quel est l'endroit et quel est l'envers. Tu le sais, toi ? Quand j'étais petite fille, j'étais empotée et incapable d'escalader le parapet qui est au fond du jardin ; il fallait chaque fois qu'Auguste ou toi me tiriez, me poussiez... Eh bien, à chacun son parapet.

Albert, qui se souvenait de ces scènes, se mit à rire de bon cœur.

— Vu comme ça !

Il se mit debout, assura ses pieds, reprit sa veste et, devançant Apolline, alla ouvrir la portière du côté du conducteur.

— Si madame veut bien prendre place.

— Moi ?

Albert fit mine de regarder autour de lui.

— Je ne vois personne d'autre.

— Mais tu plaisantes, Albert, je n'ai jamais conduit ! Je suis incapable...

— Tu disais la même chose la première fois que tu as fait du cheval et maintenant tu es une excellente cavalière.

— Mais...

— Il n'y a pas de mais, on n'a pas croisé une seule voiture sur cette petite route, as-tu confiance en moi, oui ou non ?

— Oui, dit tout bas Apolline qui n'en menait pas large.

C'est avec une infinie patience qu'Albert expliqua à sa cousine le maniement des pédales, le changement de vitesse, la place des mains sur le volant. Enfin, il mit le contact. La voiture cala une fois, deux fois... elle fit des bonds en avant, cala à nouveau et finit par partir, cahotante et zigzagante.

Au château ils furent accueillis par Georges, le maître d'hôtel qui était entré au service d'Amédée peu après la guerre. Georges les prévint que M. le comte les attendait mais que, souffrant, il les recevrait dans l'intimité de sa chambre. C'était la première fois qu'Albert et Apolline pénétraient dans les appartements privés de leur oncle. Ils découvrirent une vaste chambre, aux proportions harmonieuses dont les parquets étaient à la française et les poutres du plafond apparentes. Elle était éclairée par deux fenêtres qui donnaient, toutes deux, sur le parterre nord-ouest de sorte qu'en ce début d'après-midi, il n'y avait pas encore de soleil. Dans un lit surmonté d'un baldaquin « à la polonaise », Amédée, le teint jaune, avait la tête relevée par des oreillers. Ses yeux étaient fixes. L'infirmière se pencha vers le malade.

— Monsieur le comte, votre nièce et votre neveu sont là.

Albert s'avança le premier, il serra la main qui se souleva péniblement. Apolline s'approcha à son tour, déposa un baiser sur le front du malade.

— Merci d'être venus, prenez des fauteuils que l'on puisse bavarder un peu !

La voix d'habitude bien timbrée, plutôt cassante, se mourait sitôt les lèvres passées.

— Je n'en ai plus pour longtemps, je sens mes forces me quitter...

— Mon oncle..., intervint Albert.

— C'est inutile, coupa Amédée, sachez que mon état m'importe peu... Ce qui me tracasse, c'est votre tante... Après moi, qui s'en occupera ? Pauvre femme... un testament en bonne et due forme a été laissé chez mon notaire. (Il regarda Apolline ; ses yeux s'embuèrent.) Tu ressembles de plus en plus à ta mère, je te remercie d'être venue... ta tante... elle n'a pas supporté la mort de son fils... Je suis usé... la maladie de ma femme m'a fait vivre des moments bien difficiles. Je suis inquiet pour l'avenir.

Amédée resta un moment les yeux dans le vague, il était épuisé et faisait un effort surhumain pour s'exprimer clairement. Il regarda Apolline.

— Après ma mort, la part d'héritage qui te revient te sera versée sous la forme qui te conviendra. Maintenant, mon petit, il faut que je m'entretienne seul à seul avec Albert.

Apolline embrassa son oncle et, sur la pointe des pieds, sortit de la chambre.

Dès la porte franchie, Apolline se sentit revivre. Le soleil l'accueillit, il était encore haut dans le ciel. Elle contourna l'aile gauche, passa devant les écuries et se retrouva longeant la façade dont les hautes fenêtres du salon donnaient sur la terrasse. Elle se tourna vers les jardins, admira le parterre fleuri, les buis taillés, les massifs ordonnés à la française. Elle se rendait compte combien les séjours qu'elle avait faits à Kervalon avaient imprégné sa mémoire. Elle s'était toujours demandé pourquoi Amélie avait quitté le château pour s'installer au Manoir et pourquoi Anastase et Amédée, ses deux oncles, s'entendaient si mal.

Appuyée à la balustrade en pierre, Apolline flânait parmi ses souvenirs quand elle entendit Albert l'appeler.

— Je suis là !

Albert passait l'angle tandis qu'elle allait à sa rencontre.

Une des portes-fenêtres s'ouvrit, Georges parut et annonça que le thé était servi. Sans rien dire, comme un boxeur sonné, Albert prit le bras de sa cousine pour faire les quelques pas qui les séparaient du salon. Sur la table roulante attendaient du thé et des gâteaux. Georges fit le service. Albert et Apolline prenaient leur collation en silence quand quelqu'un frappa à la porte du salon. Georges alla ouvrir, Prudence lui glissa quelques mots à l'oreille. Il acquiesça d'un mouvement de tête, puis se retourna pour annoncer à voix haute :

— Mme la comtesse !

Surpris, Albert et Apolline se levèrent pour accueillir leur tante qu'ils n'avaient pas revue depuis des années. Quand celle-ci parut sur le seuil, ils furent soulagés : un peu moins grande, un peu moins blonde, sans doute un peu moins apprêtée que dans leurs souvenirs, elle était bien la tante Margot qu'ils avaient toujours connue. Margot franchit le seuil. Sa dame de compagnie se pencha vers elle.

— Madame la comtesse, vos neveux sont venus vous voir.

Mais le regard resta absent.

— Madame la comtesse, prenez place...

— Je veux remonter dans ma chambre !

— Madame la comtesse, intervint poliment Georges, je vous ai fait préparer un thé avec vos gâteaux préférés !

— Je veux regagner ma chambre ! répéta-t-elle cette fois avec force.

6

Château de Lucillac, septembre 1936

C'était le premier jour des vendanges. Quand sonna le branle-bas de combat, la campagne était encore assoupie. L'horizon sombre se barrait d'un trait lumineux. À cinq heures moins cinq, Apolline entendit la porte du bas claquer. La tête sur l'oreiller elle pensa à son beau-père, à ses fils, à son beau-frère Louis qui devait être à pied d'œuvre depuis un moment déjà. Elle pensa à Jules dont le corps avait été ramené du front en 1919 où il était tombé en héros. Depuis, il dormait dans le petit cimetière de Lucillac. Parmi les siens, il reposait au milieu des vignes. Ce jour de vendange, elle le sentait plus présent que jamais.

Volets repoussés, fenêtre entrouverte sur la nuit qui, lentement cédait au jour, elle écoutait les hommes travailler. Elle entendait au loin les hennissements des chevaux, les roues des carrioles sur les chemins poussiéreux, les ordres qui claquaient... quand, soudain, la poignée de sa porte grinça. Elle souleva la tête, vit passer un rai de lumière furtif provenant du couloir allumé et une ombre grise courir jusqu'à son lit.

— Je peux, tante Apolline ?

— Bien sûr...

La fillette grimpa sur le lit, se faufila entre les draps. Apolline se poussa pour lui faire une place.

— Tu n'as plus sommeil ?

— Non, fit l'enfant en secouant la tête.

Apolline prit contre elle le petit corps recroquevillé dans sa longue chemise de nuit, dont le cœur était aussi palpitant qu'un oiseau tombé du nid. Elle caressa les beaux cheveux blonds. Elle avait pris Ariane avec elle pour soulager Adelphe. « Tu te fais trop de souci pour cette enfant, je pars dans quelques jours pour Lucillac, confie-la-moi. Un changement d'air lui fera le plus grand bien et elle sera comme une petite sœur pour ma nièce. » « Mais Ariane est une enfant difficile, parfois si déconcertante... », avait répondu Adelphe. « N'oublie pas que mon beau-père est médecin. S'il arrivait quelque chose il saurait quoi faire. » Cette dernière remarque avait emporté son adhésion.

Au milieu de la matinée, Apolline emmena Ariane sur le chemin qui longeait les vignes. Elles ne virent que des dos courbés, des chapeaux de paille, des hottes, des paniers, et, au loin, des carrioles qui se remplissaient du raisin cueilli. Allant et venant sur leurs chevaux, elles aperçurent Louis et Juliette qui surveillaient le travail des journaliers.

— Où sont Augustin et Alex ?

— Parmi tous ces gens qui travaillent et on ne peut pas les déranger. J'ai une course à faire à la mercerie de Lucillac...

— Je peux vous accompagner ?

— J'y vais à pied, ce ne sera pas trop loin pour toi ?

Pour toute réponse la petite glissa sa main dans la sienne et trottina joyeusement à ses côtés. Au village, Apolline acheta du gros-grain pour donner un coup de jeune à un vieux chapeau, puis un joli ruban bleu pour les cheveux d'Ariane. Au retour, tout heureuse, la petite redonna la main à sa tante. Elle garda le silence. À mi-chemin, elle s'arrêta, regarda Apolline bien droit dans les yeux.

— Pourquoi, tante Apolline, vous n'avez pas de mari ?

Apolline resta quelques secondes décontenancée.

— Si... Si j'ai eu un mari, il est mort à la guerre.

— C'est quoi la guerre ?

— La guerre est une bagarre, cela arrive quand les hommes ne s'entendent plus. Alors ils se battent avec des armes et tuent les autres.

— Ils se disputent très fort et pas pour de rire ?

— Oui, c'est ça... Ton oncle Jules a fait la guerre et il est mort.

— Mourir c'est quoi ?

De plus en plus désarçonnée, Apolline chercha des mots que la fillette pourrait comprendre.

— Est-ce que tu sais, Ariane, que chaque personne est faite d'un corps et de quelque chose qui ne se voit pas et qui s'appelle l'âme ?

— L'âme... oui, maman m'en a déjà parlé. Il paraît que mon âme est cachée tout au fond de moi et que tout le monde en a une, même les gens méchants.

Ariane s'était remise à marcher à ses côtés ; parfois son regard s'attachait à elle ; il était limpide, direct. « Un regard d'ange », se dit Apolline, impressionnée. Au contact de cette enfant, elle se sentait comme régénérée. Elle pensait faire du bien à la fillette en la prenant avec elle, et c'est l'inverse qui se produisait. « L'enfance est un moment miraculeux », se dit-elle.

— Tante Apolline, il est où oncle Jules maintenant ?

— Tout près d'ici dans le cimetière.

— Non, je voulais dire, son âme, elle est où maintenant ?

— Au ciel, sûrement. Cueille des fleurs des champs, en passant on déposera le bouquet sur sa tombe.

Sans se faire prier, Ariane courut faire un bouquet avec les fleurs sauvages qui çà et là bordaient le chemin.

Au cimetière elles passèrent devant le caveau immense où une grande partie de la descendance des marquis de Lucillac était enterrée, puis elles s'arrêtèrent devant la tombe sobre et blanche où Jules Garancière reposait. La petite sursauta et pointa du doigt le médaillon.

— Je connais ce monsieur !

— Tu as dû voir des photos de lui au château.

— Non ! Je le connais. Il est très gentil, très poli... Il vient souvent me parler le soir. Il m'a dit que là où je dors, c'était sa chambre quand il était petit.

Face à la stèle, Apolline eut du mal à contenir son émotion.

— C'est vrai que c'était sa chambre, dit-elle, troublée. (Elle se tourna vers la fillette.) Est-ce qu'il t'a dit autre chose ?

— Oui, il m'a dit aussi qu'il était bien content de parler avec quelqu'un. Il reproche aux vivants d'être sourds et aveugles. (Ariane regarda sa tante.) C'est parce que oncle Jules ne vient pas vous voir que vous pleurez, tante Apolline ?

— Non, c'est simplement que ce que tu me dis m'émeut...

— Mais si vous voulez parler avec oncle Jules, il suffirait que vous dormiez dans ma chambre.

— Ce n'est pas si simple, Ariane, pour cela il faut avoir le cœur pur de l'enfance. Dis-moi, cela t'arrive souvent de parler avec... avec les morts ?

— Quelquefois ! Chez moi il y a un petit garçon qui vient me voir tout le temps. C'est le fils de nos voisins... il a eu un accident de cheval... sa mère pleure beaucoup.

Ariane haussa les épaules.

— Elle dit que son fils est monté au ciel, mais moi je ne le crois pas parce que je le vois tout le temps.

— Tu as parlé de cela à ta maman ?

— Une fois, mais j'ai compris que cela lui faisait peur. Alors je me tais. Mais vous, vous me croyez, tante Apolline ?

Apolline attira la fillette contre elle.

— Oui, Ariane, parce que lorsque j'étais petite, j'avais le même don que toi. Ce sera notre secret, si tu veux bien ?

Pour toute réponse Ariane mit un doigt sur ses lèvres et fit « Chut ! » puis elle se mit à rire, d'un rire léger.

Il était de tradition chez les Garancière de fêter le premier soir des vendanges par un dîner familial. C'était l'occasion de mettre les petits plats dans les grands. Louise était à son affaire. Apolline, aidée d'Ariane, proposa de faire les bouquets. Elle cueillit des fleurs dans le jardin et en mit dans toute la maison. Vers vingt heures, Louis, Marie et leur fille arrivèrent. Juliette était une belle brune aux yeux verts, au corps élancé et souple comme une liane. Elle était d'autant plus ravissante qu'elle semblait l'ignorer.

Elle avait pris Ariane sous son aile ; elle lui fit compliment de sa jolie robe blanche et de son ruban bleu dans les cheveux. La petite était aux anges. Au dîner, Apolline surveilla de loin l'assiette d'Ariane qui ne fit, comme à chaque repas, que picorer. En accord avec son beau-père, elle avait décidé de ne pas faire de drame si elle ne mangeait pas. « Plus on l'obligera, plus elle prendra du dégoût pour la nourriture. Elle est fluette mais elle n'est pas malade, il faut donc la laisser tranquille », avait décrété le docteur Garancière avec son bon sens coutumier. « Se nourrir, c'est vivre, avait-il ajouté, c'est plutôt de ce côté-là qu'il faudrait chercher. »

Au dîner, on parla des vendanges, tout le monde s'accordant à dire que ce serait une bonne année. Jean Garancière porta un toast.

— Je voudrais profiter de ce repas pour remercier mon fils, Louis, infatigable sur le terrain et qui sait mener ses hommes, je voudrais remercier Juliette qui dans un an ou deux en saura autant que moi sur la vinification. (Il regarda Augustin et Alexandre :) Je lève aussi mon verre à mes petits-fils qui ont parfaitement rempli leur rôle. Je suis fier de vous. Je voudrais aussi remercier ma femme, ma chère Louise, pour ce bon repas, son éternelle bonne humeur ; remercier mes deux belles-filles d'être là, ma petite-fille pour sa beauté... sans oublier la petite Ariane, si jolie avec son ruban bleu dans les cheveux. (Jean Garancière, ému, leva son verre, chacun en fit autant.) À vous tous, dit-il, à ce bordeaux d'exception !

— À vous, père ! À ce bordeaux d'exception ! scandèrent les convives dans un bel ensemble.

Après la bombe glacée, chacun quitta la table. Au salon, ce fut une joyeuse cohue. Tout le monde parlait en même temps ; fatiguée, Ariane se lova dans un fauteuil et finit par s'endormir. Apolline chercha Juliette du regard.

— Juliette, tu peux m'aider à coucher Ariane, je crois que cette fois elle dort profondément.

Juliette souleva la petite.

— Elle ne pèse pas plus lourd qu'une plume, remarqua-t-elle.

Une fois sur son lit, Apolline et Juliette entreprirent de déshabiller la fillette ; elles lui passèrent sa chemise de nuit et au moment où Juliette allait défaire le nœud qui retenait ses cheveux, d'une voix endormie, Ariane dit :

— Je veux garder mon ruban bleu.

— Tu ne dors pas ?

— Si, mais je veux garder mon joli ruban, et elle ajouta : Je vous aime très fort, tante Apolline et Juliette.

Apolline se pencha pour embrasser Ariane qui jeta ses bras autour de son cou.

— Bonne nuit, dit-elle, puis, cherchant l'oreille d'Apolline, elle murmura : Peut-être que je vais le voir cette nuit, mais chut !

Apolline sourit.

— Dors bien, petite fille.

Juliette et Apolline sortirent de la chambre sur la pointe des pieds et descendirent rejoindre la famille. Juste avant d'entrer au salon, Juliette se retourna vers sa tante.

— Alexandre m'a dit qu'il rentrait demain par le train. Les vacances sont déjà finies, dit-elle du regret dans la voix. Et vous, tante Apolline, vous partez bientôt ?

— Dans une semaine avec Augustin. On passera par Tours voir Madeleine, puis on ira déposer Ariane à Caen.

— Tours, Caen, Paris ! Vous avez de la chance...

— Je croyais que tu n'aimais que la campagne ?

— Pour vivre oui, cela n'empêche pas que j'aimerais connaître Paris.

Apolline réfléchit.

— Il nous resterait bien une place dans l'automobile.

— Partir avec vous me ferait tellement plaisir ! dit Juliette en sautant dans les bras d'Apolline.

— Si cela ne tenait qu'à moi ! Mais tes parents seront-ils d'accord ?

La jeune fille se rembrunit.

— Maman comprendra mais mon père... (Elle regarda Apolline de son regard vert.) Mais si c'est vous qui lui en parlez, je suis sûre qu'il n'osera pas dire non.

— Je vais essayer, mais je ne te promets rien. Je passerai demain aux Coteaux.

— Oh merci ! Merci ! dit Juliette dont le joli visage s'éclaira de joie.

7

Tours-Caen

L'automobile quitta la route qui longeait la Loire, monta un raidillon, et après deux tournants arriva sur un terre-plein. Augustin se gara, donna, selon un code établi, deux coups de klaxon brefs. Les passagers n'avaient pas eu le temps de sortir de voiture que déjà Madeleine se précipitait à leur rencontre. Elle ouvrit le portillon, unique accès de la maison située à fleur de coteau. Elle embrassa Juliette, Augustin, la petite Ariane et serra dans ses bras Apolline, qui reconnut avec bonheur l'eau de Cologne dont Madeleine avait toujours fait usage. En entrant au service de la baronne de Saint-Eliph, elle avait choisi cette fragrance fraîche et discrète qui ne laissait à son passage qu'un léger effluve. Depuis elle y était restée fidèle.

Augustin, qui aimait revenir dans la maison où il avait souvent séjourné enfant, prit Ariane par la main.

— Mère, je montre à Ariane le jardin et juste après je m'occupe des bagages.

— Tu veux venir avec nous ? proposa-t-il en se tournant vers Juliette.

— Volontiers, répondit-elle en prenant la petite par la main.

— Alors suis-moi, dit-il, et se penchant vers Ariane : C'est un jardin magique !

— Qu'est-ce qu'il a de magique ? demanda Ariane intriguée.

— Tu vas voir...

Ils marchèrent sur un chemin étroit bordé de fleurs. L'angle de la maison passé, ils découvrirent un jardin qui s'élargissait jusqu'à un muret.

— C'est grand ici, observa la petite.

— Regarde sur le banc.

— Des chats ! Je peux les caresser ?

— Tout à l'heure. Viens, j'ai encore deux choses à te montrer.

Heureuse, la petite sautillait à ses côtés. Ils allèrent tout au fond du jardin et trouvèrent des poules qui caquetaient derrière leur grillage.

— Des poules ! Des poules ! fit-elle ravi. Et c'est quoi la dernière chose ?

— Eh bien, suis-moi !

Ils arrivèrent devant les clapiers.

— Des lapins ?

— Mets ton doigt entre les barreaux, tu verras, leur poil est très doux. Maintenant il y a une chose que je voudrais montrer à Juliette.

Le petit groupe repassa devant les chats qui paressaient au soleil couchant. Ils ouvrirent un œil et, prudents, filèrent vers la maison. Augustin entraîna la petite qui gardait la tête tournée vers les chats. Devant un parapet, il prit l'enfant dans ses bras et la souleva.

— Regarde !
— C'est quoi ?
— La Loire.
— C'est magnifique, dit Juliette.
— Demain on ira se promener sur les berges.

Apolline et Madeleine étaient entrées dans la maison. En bas les pièces s'imbriquaient, se succédaient, donnant au lieu un air de maison de poupée, ainsi qu'un charme extraordinaire. Toutes les fenêtres avaient une vue plongeante sur les eaux paresseuses du fleuve. Si parfois Apolline arrivait fatiguée, découragée, elle repartait d'ici toujours régénérée. Ses fils aussi aimaient séjourner chez Madeleine. La maison était à l'image de la propriétaire, calme et sereine.

— Comme je suis bien ici, constata Apolline.
— Venez que je vous installe dans votre chambre.

Apolline avait sa chambre réservée. De belles proportions, elle était carrée, tendue de toile de Jouy rose. Elle regarda avec tendresse le lit en merisier, la commode Louis XVI en bois clair, le paravent qui cachait la table de toilette. Un bouquet de fleurs fraîches parfumait agréablement l'atmosphère. Apolline regarda par la fenêtre les méandres du fleuve. C'était le seul et unique endroit où, dès le portillon passé, elle se dépouillait du poids de l'existence, le seul endroit où elle retrouvait une âme d'enfant. Ici elle n'avait pas de rôle à tenir, d'image à donner, elle n'était plus la concertiste, elle n'était plus la mère, la fille ou la cousine, elle n'était plus l'amante, l'amie. Elle n'était plus qu'elle-même.

Le lendemain, chacun se retrouva dans la salle à manger à l'heure du petit-déjeuner. Madeleine descendit avec Ariane.

— Madeleine, je peux aller jouer dehors ?

— Tu ne veux pas boire un bon chocolat, manger une tartine ?

— Non, répondit l'enfant en secouant la tête.

— Très bien, alors tu peux aller jouer !

À l'heure du déjeuner, Madeleine ne fit mettre que quatre couverts. Quand l'enfant s'approcha de la table, il n'y avait pas de place pour elle.

— Je me mets où ? demanda Ariane tout étonnée.

— Je ne t'ai pas mis de couvert puisque tu n'as jamais faim.

Désarçonnée, la petite sautait d'un pied sur l'autre, ne sachant pas trop quelle contenance prendre.

— Alors, je fais quoi, moi, pendant ce temps ?

— Tu vas jouer dans ta chambre.

Ariane monta les marches, jetant des regards pardessus son épaule à l'assemblée qui faisait semblant de ne pas prêter attention à elle.

Au goûter, personne ne proposa à Ariane de gâteau ; ne se sentant plus le centre du monde, la fillette alla à la cuisine quémander un morceau de pain. Peu avant l'heure du dîner, elle alla voir Juliette et lui chuchota à l'oreille :

— Tu crois que Madeleine me mettra un couvert ce soir ?

— Je ne sais pas. Il faudrait lui demander ? Tu veux que je le fasse pour toi ?

— Oui...

— Madeleine, Ariane me demande si ce soir vous lui mettrez un couvert ?

— Cela dépend, répondit Madeleine, faisant semblant de réfléchir. (Elle s'adressait délibérément à Juliette puisque c'était Juliette qui lui avait posé la question.) Je ne lui mettrai un couvert que si elle a l'intention de manger, si c'est pour chipoter, ce n'est pas la peine de salir une assiette.

Soudain, de grosses larmes jaillirent des yeux d'Ariane.

— C'est que je n'ai pas faim ! hoqueta la petite.

— Pourtant je sais que tu aimes les œufs, intervint pour la première fois Apolline.

— C'est vrai, tu aimes les œufs ? reprit Mado, alors ce soir nous ferons une grosse omelette.

Elle se leva et tendit la main à la fillette qui pleurait toujours.

— Viens avec moi, on va chercher les œufs.

— Où ça ?

— Au poulailler.

Ariane revint triomphante.

— J'ai ramassé au moins dix œufs à moi toute seule !

À table, Ariane mangea de l'omelette et elle en redemanda.

Adelphe avait arrêté de coudre. À ses côtés, Apolline gardait un livre ouvert à la main qu'elle avait cessé de lire depuis un petit moment. Adelphe avait trouvé sa fille grandie, épanouie. Apolline lui avait expliqué comment Mado s'y était prise pour que sa fille reprît goût à la nourriture.

— Elle va mieux. Je voudrais tant que cela dure.

— Je crois qu'il ne faut plus que tu t'occupes toi-même de ses repas. Tu dois rester en dehors de ce problème.

— Peut-être as-tu raison, j'ai à mon service une nouvelle jeune fille... je vais lui laisser ce soin.

Les deux femmes repliées à l'intérieur de la maison regardaient par la fenêtre la pluie fine mouiller le paysage d'automne. Il n'était que quatre heures de l'après-midi et le jour était si gris qu'il enlevait tout relief, effaçait les couleurs, noyait les formes. Plongées dans une sorte de torpeur, aucune des deux femmes ne songeait à éclairer.

— C'est humide, tu ne trouves pas ?

— On pourrait peut-être faire un feu.

— Ce serait une bonne idée.

Adelphe se leva, appela la bonne qui promptement apporta papier journal, petit bois ainsi que des bûches. Quelques minutes plus tard, une belle flambée redonnait vie au salon.

— Tes concerts reprennent quand ?

— Je me suis arrangée pour que ce dernier trimestre tout se passe à Paris. Je n'ai pris aucun engagement pour les fêtes de fin d'année. En janvier, ce sera Strasbourg et peut-être une tournée en Italie, mais pour l'instant ce n'est qu'un projet.

— Et ta vie privée dans tout ça ?

— Eh bien, si lord Carmington me rejoint à Strasbourg, on en profitera pour faire un peu de tourisme ! Et s'il ne peut pas, on se verra à Paris !

Adelphe avait toujours admiré sa cousine, pour son indépendance, sa force de caractère et aussi pour avoir réussi à mener la carrière qu'elle souhaitait.

Cependant elle était encore seule et les années couraient.

— Tu n'en as pas assez de cette relation ?

— Il est drôle, bel homme, raffiné ! Que puis-je souhaiter de plus ?

— Apolline, tes fils vont faire leur vie et toi tu te retrouveras toute seule. Regarde ton père.

— Mais justement, je ne connais pas la vie de mon père, je ne sais pas s'il est seul !

— Tu me l'as dit toi-même, quand il est à Paris il rentre tous les soirs chez lui.

— Peut-être que cela l'arrange ?

— Admettons, mais une femme, ce n'est pas pareil et tu le sais bien !

— Je le sais, avoua-t-elle, mais jusqu'à ce jour je n'ai rencontré personne qui valait la peine que je change de vie.

Des voix se firent entendre dans l'entrée.

— Voilà les enfants qui reviennent de leur promenade, dit-elle, soulagée de se soustraire à une conversation qui devenait sensible.

Adelphe se porta au-devant des promeneurs, tandis qu'Apolline restait au coin du feu. Elle entendit des exclamations, des rires. Un vague sourire erra sur ses lèvres ; ces voix enfantines la rendaient nostalgique des années passées. À cet instant elle envia Adelphe d'avoir encore des enfants jeunes et un mari qui l'aimait. Elle pensa à leur conversation et elle se dit que plus qu'une présence masculine, c'était une maison qui lui manquait ; un endroit bien à elle.

— Bonjour, mère, mais vous êtes plongées dans l'obscurité ! Je peux ? demanda Augustin qui sans attendre la réponse éclaira le salon. C'est quand même plus gai ainsi ! ajouta-t-il.

Quand il s'agissait d'elle, son fils aîné agissait parfois avec un peu trop d'autorité. Elle s'abstint de lui en faire la remarque, remettant cela à plus tard.

— Vous n'êtes pas trempés ?

— On avait pris ce qu'il fallait avec nous, mais c'est Ariane, elle en avait assez de marcher, j'ai dû la hisser sur mes épaules pour le retour.

— Où est Juliette ?

— Avec la petite.

Augustin s'assit sur le fauteuil qu'Adelphe venait de quitter.

— Vous paraissez bien songeuse.

— Oui, c'est vrai. Je pensais à cette jolie maison qui croule sous la vigne vierge, le beau jardin clos de murs. Je pensais que je n'avais jamais déménagé...

— Et vous en avez conclu ?

— Que j'aimerais peut-être un jour vivre dans une maison qui m'appartienne.

Surpris, Augustin se tourna vers sa mère.

— Mais que deviendrait grand-père ? Que deviendrait l'hôtel de l'avenue Victor-Hugo ?

— C'est pour cette raison que je n'ai jamais déménagé. Je me disais pourtant...

— Mère, vous laisseriez grand-père seul ?

— Sans doute pas, capitula-t-elle.

Apolline se dit que les hommes étaient décidément bien égoïstes : « Que deviendrait grand-père ? », mais elle, qui se préoccupait de ce qu'elle devenait ? Elle allait répliquer quand Adelphe suivie de Juliette et de ses enfants entra dans le salon.

— Vous avez allumé, vous avez bien fait, le jour baisse vite et on ne voit plus rien.

Adelphe telle une maman cane était suivie de ses trois poussins. Aurélien et Arielle, qui avaient l'habitude de jouer ensemble, prirent un jeu de société et invitèrent leurs grands cousins à jouer avec eux.

Ariane s'était arrêtée sur le pas de la porte. Un vieil ours dans une main, le pouce dans la bouche, elle regardait l'assemblée comme si elle n'était pas sûre d'y trouver sa place.

— Viens t'asseoir à côté de moi, l'invita Apolline.

La fillette s'avança sans mot dire. Elle se faufila comme une ombre jusqu'au fauteuil. Elle s'assit, posa l'ours sur ses genoux, glissa sa main dans celle de sa marraine. Elle était glacée.

Peu avant l'heure du dîner, Gilles de Bonnes arriva. À son retour de guerre, il s'était lancé dans la politique et briguait la mairie de Caen. Il était toujours de bonne humeur, souriant. Gilles était un homme franc, direct, aux goûts simples. Un homme parfait pour Adelphe. Il suffisait de voir le couple pour comprendre qu'il s'entendait bien. Après douze ans de mariage, les gestes, les regards trahissaient leur bonheur. Apolline admirative se demanda si cette vie lui aurait convenu. Et très vite la réponse vint : elle était trop passionnée dans ses goûts, trop exigeante pour se suffire d'une vie comme celle que menait sa cousine. Même si parfois elle trouvait que vivre seule était difficile, même si les voyages, les concerts l'épuisaient, elle éprouvait toujours le besoin de se surpasser, de vivre dangereusement. Elle regarda Juliette. La jeune fille l'étonnait :

jolie, mais le caractère affirmé, elle non plus ne se suffirait pas d'une vie banale. Elle était passionnée, curieuse de tout. En arrivant à Paris, elle lui ferait visiter les musées, les expositions. Le soir, son cousin l'emmènerait au théâtre. Elle lui avait préparé un programme chargé qui l'obligerait à ne pas s'enfermer tout de suite dans le travail.

8

Courbevoie, hiver 1937

Deux fois par semaine, Étienne, le chauffeur de Hyacinthe, ne prenait pas la route habituelle, mais celle qui menait à la gare la plus proche. Une fois arrivé, le baron s'installait au volant, tandis qu'Étienne prenait le train qui le ramènerait à Paris. Hyacinthe ajustait le rétroviseur, mettait le contact, et devenait un autre homme. C'était comme un vent de liberté qui se levait et soufflait sur lui. À chaque tour de roue son visage changeait, ses traits se détendaient, un sourire s'esquissait sur ses lèvres. Il devenait plus jeune, plus gai.

Ce jeudi 31 janvier, il se gara devant la maisonnette. Le jardin était propre et délimité par une grille fraîchement repeinte contre laquelle, au printemps, les roses grimpaient. Dans son coffre, il prit deux paquets enrubannés, poussa le portillon dont la cloche sonna joyeusement. Aussitôt la porte de la maison s'ouvrit, un chien sortit suivi d'un garçon. Dans l'embrasure apparut une jolie femme d'une petite quarantaine d'années. Le visage était fin, les traits réguliers, la chevelure abondante, de couleur châtain clair. Silencieuse, elle souriait.

Hyacinthe flatta l'encolure de la chienne, une bâtarde recueillie par Rose, puis il se pencha pour embrasser son fils.

— Tiens ! dit-il à l'enfant, porte-les dans la maison. Mais tu n'as pas le droit de les ouvrir.

— Papa, je crois savoir ce que c'est !

— Pas si sûr... mais dépêche-toi de rentrer il fait froid.

Hyacinthe déposa un baiser sur la joue de Rose qui lui glissa à l'oreille :

— Heureusement que tu es venu à l'heure, Paul devenait intenable !

Dans la pièce principale un bon feu brûlait ; le couvert était dressé sur la table ronde qui disparaissait sous une grande nappe blanche à dentelles. Dans un angle, une grosse horloge sonnait toutes les demi-heures. S'exhalait de la cuisine un agréable fumet.

— Hum, cela sent bon !

— C'est Paul qui a fait le menu...

— Une fricassée de poulet et un gâteau pour le dessert, avec des bougies, précisa Paul tout excité.

— Paul ! Tu ne dois pas couper la parole à ta mère quand elle parle.

— Excusez-moi, papa, c'est que je suis si content.

Hyacinthe attira son fils contre lui et passa sa main sur la chevelure soigneusement peignée.

— Tu es tout excusé, mon fils, parce que aujourd'hui, c'est ton anniversaire ! Neuf ans !

Hyacinthe, qui avait gardé sa main sur la tête de son fils, ne résista pas cette fois à défaire la jolie raie.

— Maintenant il faut que je me recoiffe !

— Eh bien, vas-y ! dit Hyacinthe en riant.

Comme un homme qui a ses habitudes, il prit place dans un des fauteuils qui faisaient face à l'âtre. Rose versa deux doigts de porto et tendit le verre à l'homme qui depuis onze années la comblait. Même si cette vie était faite de sacrifices, de longues plages de solitude, elle était heureuse ; la passion des premières années avait fait place à un état amoureux toujours vif, mais plus calme, plus raisonnable.

Rose attendait les mardis et jeudis et cueillait ces jours avec gratitude. Le reste de son temps, elle le consacrait à son fils et à ses travaux de couture. Hyacinthe ne comprenait pas pourquoi Rose s'entêtait à vouloir travailler. Mais elle avait tenu à reprendre son premier métier. Elle n'était pas mariée et elle ne faisait pas confiance à la vie. Elle avait connu Hyacinthe peu après la guerre. Elle avait alors vingt-trois ans et elle était veuve. La couture ne suffisant pas à la faire vivre elle et sa mère malade, elle était allée offrir ses services à la chapellerie. Son mari y travaillait avant d'être envoyé au front. Elle était adroite, elle comprenait vite ; elle fut embauchée. Beaucoup de femmes travaillaient dans les ateliers. Un jour, une des employées fit un malaise. Elle l'accompagna à l'infirmerie. Son état était sérieux et il fallut la faire transporter à l'hôpital le plus proche. Pour ne pas faire trop attendre sa mère avec qui elle vivait, Rose voulut courir sur le chemin qui la ramenait chez elle. Il pleuvait, il faisait froid, il faisait nuit. Quand elle entendit derrière elle une automobile, elle se rabattit sur le côté sans ralentir sa course. Son pied heurta une motte de terre. Sa cheville se tordit, elle tomba.

— Arrêtez-vous ! hurla le baron à son chauffeur, et allez voir ce qui se passe.

Étienne sortit secourir la malheureuse.

— Monsieur le baron, la jeune fille me dit qu'elle travaille à la firme... elle se plaint d'avoir mal à la cheville.

— Elle peut marcher ?

— Non, monsieur, elle ne peut pas poser le pied par terre.

— Alors faites-la monter !

Rose était emmitouflée dans un châle trempé de pluie ; quand elle s'en débarrassa, Hyacinthe découvrit un joli visage.

— Vous travaillez à la chapellerie ?

— Oui, monsieur.

— Dans quel atelier ?

— Celui de M. Lenoir aux finitions.

— Où voulez-vous que nous vous déposions, mademoiselle ?

— Chez moi, monsieur, ma mère m'attend.

— Il faudrait consulter un médecin pour votre cheville.

— Ma mère est malade et le docteur passe chaque soir.

La conversation s'était arrêtée là. Étienne avait déposé Rose chez elle, et fit prendre de ses nouvelles par le directeur du personnel. Quand la mère de Rose mourut, il fit déposer des fleurs au cimetière. Rose remercia par courrier. Hyacinthe trouva d'autres prétextes pour la rencontrer et ce fut le début d'une liaison. Quand Rose tomba enceinte de Paul, Hyacinthe l'installa dans cette maison. Les voisins de la jeune femme eurent tôt fait de remarquer la belle automobile qui s'arrêtait plusieurs fois par semaine devant les grilles. Les femmes lui tournèrent le dos, tandis que les hommes la regardèrent d'un petit air égrillard. Mais Rose menait une vie discrète, élevait bien son fils et les mauvaises langues se fatiguèrent.

Les bougies soufflées, les cadeaux ouverts, Paul fut mis au lit par sa mère : le lendemain il y avait école. Son fils couché, Rose vint s'asseoir à côté de son amant. C'étaient leurs seuls moments d'intimité. Ils avaient deux heures devant eux avant qu'il reparte pour Paris. Parfois, le plus souvent à l'occasion d'un voyage, Hyacinthe ne rentrait pas avenue Victor-Hugo. Il se rendait chez Rose et restait toute une nuit chez elle. Même si ces moments étaient rares, la jeune femme prenait ce qui lui était donné et ne réclamait jamais rien.

Rose se leva pour remettre une bûche dans l'âtre. La grosse horloge sonna dix coups. « Déjà ! » se dit Hyacinthe. Cette maison était pour lui un havre de paix, un endroit où il était toujours heureux de se rendre et qu'il quittait toujours à regret. Il espérait qu'il en serait longtemps comme cela. Cette double vie lui convenait. Il avait ses enfants et petits-enfants à Paris, et Paul qui grandissait auprès de sa mère. Son fils Auguste était mort en 1914 et Dieu lui avait accordé le bonheur d'avoir un deuxième fils. Cette fois, il éviterait les erreurs qu'il avait commises. Il voulait le voir grandir, profiter des moments heureux et ne rien lui imposer.

9

Paris-Strasbourg

Il y avait foule. Il fallut attendre patiemment son tour dans le froid. Harry et Apolline montèrent les quelques marches qui les séparaient de l'ambassadeur et de sa femme. Le couple s'exprimait en français presque sans accent. L'ambassadeur était un homme distingué qui portait monocle, son épouse une très jolie femme blonde, aux cheveux crantés. L'ambassadeur fit un baisemain à Apolline mais à l'allemande, c'est-à-dire avec une certaine raideur.

— Madame, nous sommes très heureux d'accueillir parmi nous une pianiste de votre renommée. Nous ferons appel à votre indulgence ; il faut savoir que l'orchestre est formé d'hommes, pour la plupart attachés d'ambassade, et donc amateurs. (Il se tourna vers Harry.) Merci, lord Carmington, de nous honorer de votre présence.

L'architecture de l'hôtel Beauharnais était fastueuse. Les salons étaient immenses, les meubles, les tableaux, les tapis magnifiques. Tout était parfait, pourtant Apolline eut du mal à masquer son malaise quand, regardant autour d'elle, elle aperçut quelques hommes qui riaient en buvant du champagne. Tous parlaient allemand. Certains d'entre eux avaient une quarantaine d'années. La pensée la traversa que ces hommes avaient fait la guerre et que Jules s'était peut-être retrouvé face à eux... Harry sentit les doigts d'Apolline lui serrer le bras. Il se pencha vers elle.

— Décontractez-vous, *dear*, sinon ma manche de smoking sera froissée...

Apolline desserra son emprise. Harry lui tapota les doigts.

— *Good girl* ! dit-il sur le ton badin qu'aurait pris un maître pour parler à son chien un peu trop nerveux.

Le sourire en coin d'Harry et son air imperturbable la détendirent aussitôt.

— Allons prendre une coupe de champagne. Il n'y a rien de mieux pour donner un peu de légèreté à nos pensées !

Smokings et robes longues étaient de rigueur. Comme dehors il faisait un froid mordant, beaucoup de femmes avaient opté pour l'étole de fourrure. Apolline lui avait préféré le boa qui donnait à sa tenue une note plus moderne, ainsi que des gants qui lui couvraient les bras jusqu'en haut des coudes.

Harry tendit une coupe à Apolline, il en prit une pour lui. Ils trempèrent leurs lèvres et se regardèrent.

— *Darling*, tous les hommes vous dévorent des yeux.

— Alors surtout, mon cher, ne vous éloignez pas ! Au milieu de ces loups, je ne tiens pas à jouer le rôle du Chaperon rouge.

Harry se mit à rire franchement.

— Comptez sur moi !

Ils firent un tour, saluèrent quelques personnes qui, au passage, avaient reconnu la concertiste. Une sonnerie se fit entendre, un mouvement de foule se produisit. Des valets gantés de blanc ouvrirent les deux battants de la porte qui donnait accès au salon, transformé pour l'occasion en salle de concert. Harry entraîna Apolline.

Le valet leur fit signe de s'asseoir au premier rang. Il fit de même avec quelques autres personnes de marque jusqu'à ce que la rangée fût pleine. Enfin les musiciens entrèrent. Ils étaient au nombre de six. Le chef d'orchestre arriva à son tour, salua Son Excellence, se retourna, leva sa baguette et le concert commença. Le programme était axé sur Schubert. Dès les premières notes, Apolline fut agréablement surprise. Elle se laissa prendre par l'extrême sensibilité du jeu. Elle songea à Jules, à son premier Noël de guerre. Chacun de ses mots était resté gravé dans sa mémoire. À cet instant ils prenaient tout leur sens : « Mon Apolline, ce premier Noël loin des nôtres s'annonçait triste et ce fut extraordinaire. Dans les tranchées nous nous sommes mis à chanter, puis, d'une tranchée à l'autre, à nous répondre. Jusqu'au moment où Français et Allemands se montrèrent et fraternisèrent ! Les Boches, ils étaient comme nous, exactement comme nous autres, Apolline, aussi sales, aussi perdus, aussi malheureux... »

Transportée par la musique, Apolline retenait son souffle. Pourtant elle remarqua le violoniste. Il était très beau. Le regard comme inspiré et tourné en lui-même, il vivait intensément la musique. À certains passages plus délicats, il fermait les yeux et son visage était alors comme marqué par la souffrance.

Après chaque morceau les gens applaudissaient. Elle faisait de même mais toujours avec un temps de retard. À un moment, Harry se pencha vers elle pour lui glisser quelque chose à l'oreille qu'elle n'entendit pas. Elle répondit « oui » au hasard... Fascinée, elle ne pouvait détacher son regard du musicien. À la fin du concert, les rappels furent nombreux et le violoniste revint sur scène. Il entama la *Méditation de Thaïs* de Massenet. Remuée au plus profond d'elle-même, Apolline fut prise de frissons, puis des larmes gagnèrent ses yeux. Sans savoir pourquoi, elle était bouleversée.

Confortablement assise dans la classe Pullman, Apolline pensa à son oncle Amédée dont les nouvelles étaient alarmantes, elle pensa à Harry qui le lendemain du concert avait dû regagner Londres. Elle serait seule à Strasbourg et c'était peut-être mieux ainsi car son père lui avait demandé de rencontrer ses amis les Bloch-Mesnard.

Un jeune homme habillé d'une veste blanche passa dans le couloir.

— Premier service ! Premier service ! annonça-t-il en agitant une cloche.

Elle se leva, prit son sac et sortit. Au wagon-restaurant le maître d'hôtel l'accueillit, la pria de le suivre. Autour d'elle, il y avait quelques couples mais surtout beaucoup d'hommes seuls. Elle remarqua que, mis à part une mère de famille qui déjeunait avec ses deux enfants, elle était la seule femme non accompagnée.

Le service était lent, entre deux plats elle jetait un œil sur le paysage qui défilait. Plus on s'approchait de Strasbourg et plus les champs étaient enneigés. Elle se demanda si elle avait pris assez de vêtements chauds. Puis ses pensées la ramenèrent à Albert, comme très souvent depuis sa visite au château de Kervalon. La prison, les privations, ses blessures avaient changé son caractère. Il avait une sensibilité à fleur de peau. Elle se remémora leur retour au Manoir. Il avait l'air ailleurs et son teint était blême. Étaient-ce ses souffrances physiques qui se réveillaient ? Était-ce ce qu'Amédée lui avait dit en tête à tête ? Où était-ce la scène avec leur tante Margot qui l'avait marqué ? Les jours qui avaient suivi, Albert était resté silencieux et préoccupé.

Elle pensa à Harry, à la réception à l'ambassade d'Allemagne. Elle revit le beau visage du violoniste. Après le concert, l'ambassadrice s'était approchée d'elle.

— Madame Garancière, accepteriez-vous de donner un concert à l'ambassade ?

Un peu décontenancée, Apolline avait répondu évasivement :

— Ce serait avec plaisir, mais mon emploi du temps est déjà chargé...

— Je comprends bien sûr... Le 21 juin je donne chaque année une petite fête pour l'anniversaire de mon mari. C'est en très petit comité. Me permettriez-vous de vous envoyer un courrier à ce propos ?

— Si je peux, ce sera avec plaisir, mais je ne vous promets rien.

— Oh merci, ce serait formidable ! Mais pas un mot, cela devra rester une surprise pour mon mari.

Le déjeuner fini, il ne restait plus qu'une heure de train pour arriver en gare de Strasbourg. Apolline regagna le compartiment Pullman, ferma les yeux et s'assoupit.

Apolline fit le tour de la suite qui lui avait été réservée. Elle remarqua le bouquet de roses posé sur la table, sortit de sa valise les robes qu'elle avait emportées. Elle allait se faire couler un bain quand le téléphone sonna. C'était le directeur de la salle de concert.

— Bonjour, madame, je voulais m'assurer que vous étiez bien installée.

— Vous m'avez gâtée, je vous remercie pour les roses.

— Je me proposais de passer vous prendre, d'ici une heure est-ce que cela vous irait ?

— C'est parfait.

À l'heure dite, Apolline se trouva dans le hall. Un petit homme au ventre proéminent et au visage rond s'approcha d'elle.

— Enchanté, madame !

Apolline sourit.

— Allons-y !

Une partie de l'après-midi, elle répéta avec l'orchestre. Il était prévu qu'elle joue le premier concerto de Chopin, suivi de quelques nocturnes. Vers neuf heures elle regagna son hôtel. Les répétitions reprendraient le lendemain matin. Comme à la veille de chaque concert, elle était anxieuse et concentrée. Elle se dit que le mieux serait qu'elle commande un repas léger qu'elle ferait servir dans sa chambre. Elle se présenta à la réception, demanda sa clé. Le concierge la lui remit en même temps qu'une enveloppe dans laquelle était glissée une carte de visite. « Myriam Levasseur ». Ce nom ne lui disait rien.

— Cette dame vous attend depuis une bonne heure. Elle est assise juste derrière vous.

Curieuse, Apolline se retourna. Une jeune femme s'approcha.

— Je suis heureuse de vous rencontrer... je ne voudrais surtout pas vous importuner la veille d'un concert, mais je suis la fille de Léon Bloch-Mesnard. C'est mon père qui m'envoie... Il voulait s'assurer que vous aviez tout le nécessaire...

— Vous remercierez M. Bloch-Mesnard de cette aimable attention. Mon père m'a beaucoup parlé de vos parents. Je serais très heureuse de faire leur connaissance demain après le concert.

— Je ne voulais pas vous déranger, mais mon père a tellement insisté !

La spontanéité de la jeune femme la toucha.

— Il y a longtemps que vous m'attendiez ?

— Une petite heure, dit-elle cette fois en souriant.

— Vous avez dîné ?

— Pas encore.

— Accepteriez-vous de me tenir compagnie ? (Apolline parla plus bas.) Je n'aime pas les salles à manger impersonnelles des hôtels.

Myriam chuchota à son tour :

— Je vous comprends, l'ambiance est compassée et glaciale. Pas loin d'ici, je connais un petit restaurant aux spécialités alsaciennes... ça vous dirait ?

— Est-ce que le service est rapide ? Je dois me coucher tôt.

— Je connais le patron. Il fera son possible pour nous contenter.

La porte de la loge se referma sur les derniers applaudissements. Selon un rite établi, Apolline envoya ses chaussures à talons à travers la pièce. Elle poussa un ouf de soulagement. La veille d'un concert elle était terriblement anxieuse, la nuit elle dormait mal, se réveillait en sursaut. Chaque fois elle jurait qu'elle allait arrêter de jouer en public, qu'elle ne voulait plus se mettre en danger. Jusqu'au moment de monter sur scène, elle avait un trac insurmontable. Mais à peine ses doigts effleuraient-ils les premières touches que toutes ses tensions disparaissaient. Elle n'était plus que musique. Les ovations qui suivaient étaient une drogue qui la récompensait de tous ses efforts.

Apolline leva les bras au-dessus de sa tête, s'étira comme un chat. La jeune camériste qui était à son service ramassa ses chaussures en riant, puis lui sortit sa robe pour le dîner.

— Ah oui, c'est vrai, dit-elle, revenant sur terre.

Elle enleva les épingles qui retenaient ses cheveux, les ébouriffa avec ses doigts. Elle se sentait plus jeune avec les cheveux détachés.

Elle troqua sa robe longue pour une petite robe toute simple. Elle chaussa des escarpins assortis, superposa plusieurs grands colliers, se parfuma, se coiffa. Elle regardait l'heure au moment où quelqu'un frappait à la porte de la loge. La jeune camériste alla ouvrir.

— Ce n'est pas trop tôt ? s'enquit Myriam.

— Entrez ! Je suis presque prête !

— Nous ne sommes pas pressées. Mes parents sont partis il y a dix minutes. Ma mère tenait absolument à vous précéder, elle veut vous recevoir le mieux possible et c'est une perfectionniste.

Myriam entra et, voyant les bouquets de fleurs qui remplissaient la loge, s'exclama :

— On se croirait dans une serre !

— Ou dans un cimetière !

Apolline se tourna vers la cafériste et lui mit d'office un bouquet dans les bras.

— Tenez, prenez celui-ci et rentrez chez vous, je n'ai plus besoin de vos services. En passant déposez ma valise au concierge et dites-lui qu'il la fasse porter à mon hôtel.

— Merci, madame, fit la jeune fille ravie.

Apolline se tourna, regarda derrière elle les deux bouquets restants.

— Cela ne se fait pas... mais ces bouquets sont magnifiques, croyez-vous...

— Oh mais ma mère sera très heureuse ! s'exclama Myriam. Offrez-les-lui sans rien dire, ce sera parfait.

— Alors on en prend un chacune.

— Ma voiture est garée juste devant la salle de concert.

Tout en bavardant, les deux jeunes femmes parcoururent un long couloir qui rejoignait le hall d'entrée où quelques admirateurs l'attendaient. Elle les gratifia d'un petit mot, d'un sourire et passa sans encombre.

Les Bloch-Mesnard vivaient au rez-de-chaussée d'un ancien hôtel particulier datant du XVIIIe et transformé en appartement. Myriam et Apolline arrivèrent les bras chargés de fleurs.

— Oh mais c'est trop ! Beaucoup trop ! s'exclama Odile.

— C'est exactement ce que j'ai dit à Apolline... Si je n'avais pas été là, elle aurait dévalisé le fleuriste !

De taille moyenne, une couronne grisonnante en guise de cheveux, Léon Bloch était très séduisant. Derrière ses lunettes, ses yeux pétillaient. Il aimait les femmes et son regard le disait assez bien. Odile, grande, brune, avait de la branche. Myriam était leur fille unique. Elle avait pris le charme du père et la beauté de la mère. Leur salon était clair, accueillant, entièrement meublé Louis XVI.

— Nous sommes heureux de vous recevoir. Une longue amitié nous lie, votre père et moi. Juste avant votre arrivée je calculais, cela fait voyons...

— Presque trente ans, m'a dit mon père.

— Oui, ce doit être ça... Trente ans déjà. Votre père est un homme d'une grande correction en affaires, c'est, de nos jours, assez rare pour être souligné. C'est aussi un homme discret. Quand nous dînons ensemble, c'est toujours dans un de ses cercles. La table est bonne mais, pour ma part, je trouve que cela manque de femmes...

Odile, qui venait d'entrer au salon, remarqua :

— Léon, vous ne pensez pas que vos propos sont un peu déplacés !

— Ma chère, vous ne m'empêcherez jamais de dire ce que je pense !

La mère et la fille avaient chacune un vase à la main. Le premier bouquet fut déposé sur le piano à queue, l'autre sur une console.

— Ils sont magnifiques, répéta Odile. (Elle vint s'asseoir à côté de son mari.) J'ai assisté au concert, votre jeu m'a bouleversée... il n'y a pas d'autres mots.

— Je vous remercie, dit Apolline qui reconnut de la sincérité dans la voix de son hôtesse. Je travaille inlassablement, parfois je me demande pourquoi. Et ce sont des compliments comme les vôtres qui me confortent dans ma vocation.

Le dîner fut exquis. La salle à manger en rotonde, les bougies, le feu dans la cheminée donnaient à l'ensemble beaucoup d'intimité. Il crevait les yeux que Myriam et son père étaient très proches. Ils étaient mus par la même vivacité et riaient des mêmes choses. Apolline fut sous le charme de cette famille. Elle se mit un moment à rêver que sa mère vivante, il aurait peut-être régné la même atmosphère légère dans le vieil hôtel de l'avenue Victor-Hugo. Léon Bloch-Mesnard était un des principaux fournisseurs en ruban et en gros-grain des Manufactures.

— Mon grand-père, expliqua-t-il, vendait des rubans. Mon père eut l'idée de les fabriquer. J'ai ouvert de nouveaux marchés en Europe, comme l'Allemagne, l'Autriche, la Suisse et dernièrement l'Espagne.

— Et l'Angleterre ? questionna Apolline.

— Impossible ! Absolument impossible !

— Mon père a peur en avion, et en bateau il a le mal de mer ! expliqua sa fille avec un petit air moqueur. Mais depuis ma séparation avec mon mari, je travaille dans l'affaire, et contrairement à mon père, les voyages me réjouissent.

— Je suppose qu'il vous arrive de venir à Paris, Myriam ?

— Bien sûr !

— Alors la prochaine fois, considérez-vous comme mon invitée.

10

Le Manoir

Une fois de plus, Albert fut victime d'une insomnie. Dans ces moments de solitude il pensait à ce que son oncle lui avait dit.

— Albert, je suis arrivé au seuil fatal. Je suis effrayé. Depuis la mort de Gaston, je ne crois plus en Dieu. Face à la Grande Faucheuse, l'homme est seul, désarmé. J'ai cru pouvoir ruser avec elle en épargnant à mon fils de faire la guerre. Mais elle l'attendait au tournant. (À ce moment de son discours, Amédée avait les yeux qui lui sortaient de la tête.) Depuis, ma femme et moi payons d'avoir voulu la berner. Elle était contrariée. Tu comprends Albert, la Grande Faucheuse est une insatiable, une vorace ! Et gare à ceux qui veulent jouer au plus malin.

Albert avait écouté son oncle sans intervenir. Il avait le pressentiment que ces mots n'étaient qu'un préambule, une entrée en matière et que ce qu'il allait entendre allait le déstabiliser.

— Albert, avait-il repris, tu es le seul neveu en lequel j'ai confiance. Tes deux frères ne sont que des têtes brûlées ! Les dignes fils de leur père !

Albert s'était levé, furieux.

— Mon oncle, malgré tout le respect que je vous dois, je vous interdis de parler ainsi de mon père. Vos différends ne me regardent pas !

Amédée avait longuement considéré son neveu.

— C'est ce que tu crois. Admettons que j'aie été maladroit. Sans doute un de ces vieux tics de vivant. On ne meurt pas si facilement. Tant qu'on conserve un soupçon de vie, la bête est vivace, elle fait ses dernières grimaces, ses derniers soubresauts. Elle cherche à impressionner et, tu vois, ça marche ! (Il regarda son neveu.) C'est entendu, je ne dirai plus rien qui soit susceptible de t'être désagréable. Assieds-toi.

Comme Albert hésitait, le vieil homme revint à la charge.

— Assieds-toi, Albert, c'est un mourant qui te le demande. Après m'avoir écouté, tu auras le choix : dire la vérité aux intéressés ou te taire. Après tout, je pourrais dire comme Louis XV : « Après moi le déluge ! »

Albert se rassit. Depuis plusieurs années, depuis que les deux frères avaient coupé les ponts, il soupçonnait un secret de famille.

— Tu sais que ton père et moi ne nous sommes jamais entendus. Nous sommes aussi différents que possible et, à la mort du général comte, ta grand-mère et ta tante ont délibérément choisi leur camp. C'était à prévoir... Mais revenons à ce qui nous intéresse. Le mariage entre tes grands-parents paternels a été un mariage arrangé. C'est comme cela que les choses se faisaient autrefois. On ne demandait pas l'avis des jeunes gens. Les familles faisaient leurs comptes. Si la dot convenait, l'affaire était promptement scellée. La famille de ta grand-mère ne comptait aucun quartier de noblesse. Elle était originaire de Lisieux et de grande bourgeoisie marchande. Ton arrière-grand-père maternel vendait du grain pour animaux. C'était un malin. L'entreprise était prospère. Ils dotèrent magnifiquement leur fille unique. Une particule contre de l'argent. L'affaire fut conclue...

Amédée regarda Albert et résuma :

— Leur union ne fut pas une réussite. Ma mère était rêveuse, fantasque, mon père, un homme autoritaire et têtu. Je fus l'enfant unique de cette union.

Amédée regarda Albert bien droit dans les yeux.

— J'ai bien dit « unique ». Est-ce que tu comprends ?

L'esprit d'Albert fonctionnait à toute allure. Après un moment de flottement, il se reprit et son ton fut ferme :

— Que faites-vous de mon père, de ma tante Aurore ?

— Ils ne sont pas des Kervalon. Pas une seule goutte de leur sang ne descend des Kervalon !

— Alors pourquoi en portent-ils le nom ?

— Parce que mon père, bien qu'au courant des frasques de sa femme, ne voulut jamais divorcer.

— Quelle preuve avez-vous ?

— La parole d'un homme à l'agonie, et une lettre écrite de sa main... Elle est cachée dans la reliure d'un livre. Je l'ai cherchée pendant des années.

— Je peux en prendre connaissance ?

— Dans mon secrétaire... Tiroir de droite. La clé est cachée dans un livre évidé par mes soins. Regarde dans ma bibliothèque... troisième rayon, dixième livre en partant de la gauche : *Théâtre* de Molière, le titre m'a paru approprié.

Albert trouva le livre, prit la clé, ouvrit d'une main ferme le tiroir du secrétaire : il était vide.

— Mon neveu, tu aurais fait un bien mauvais voleur. Passe ta main dans le fond en haut...

Albert fit ce que son oncle lui dit. Un déclic se fit, un deuxième tiroir s'ouvrit, il prit la lettre qui y était déposée. Il la lut lentement et avec attention. Amédée fixait son neveu, essayant de suivre le cheminement de ses pensées. Albert relut tout haut un passage :

— « Ne pouvant accepter le divorce, j'ai reconnu comme miens Anastase et Aurore qui ne sont autres que les enfants naturels d'un duc anglais. »

Albert chercha la date.

— Pourquoi le 10 janvier 1890 ?

— C'était quelques mois avant sa mort. Il voulait que le château et ses terres me reviennent dans leur intégralité. J'étais son unique héritier. Le seul en qui le sang des Kervalon coulait. Mon père était peut-être un homme rude, autoritaire, mais il était aussi un bon gestionnaire. Il avait fait fructifier la dot de ma mère. Il m'avait intimé de lui verser une pension confortable et de donner à mon frère la part qui lui revenait de sa mère, mais rien de plus. C'est ce que j'ai fait. Et si ma mère n'a pas insisté, c'est qu'elle savait que cette lettre existait. Amélie possédait encore des biens à Lisieux, elle les a vendus pour aider son « cher fils » à acquérir le Manoir.

Amédée fit une pause, il paraissait épuisé.

— Albert, te voilà le dépositaire du secret de famille. À toi de savoir ce que tu veux en faire. Remets la lettre à sa place, après ma mort tu sauras où la trouver.

Des sentiments contradictoires se bousculaient dans son esprit. La méfiance, l'étonnement, mais ce qui dominait était la colère. Il prit sa canne, se planta devant le lit de son oncle.

— Pourquoi m'avoir choisi pour parler de tout ça ? questionna-t-il brusquement.

— Parce que je t'ai fait mon légataire universel.

Albert resta comme pétrifié.

— Mais j'ai une dernière requête. Je suis fatigué, si fatigué... Approche.

À contrecœur, Albert fit les quelques pas qui le séparaient du lit.

— Après le décès de mon père, ma mère a déserté le château. Mais sa place est auprès de lui.

Albert s'était penché pour écouter. La main du malade s'agrippa à sa manche.

— Il faut... il faut ramener le cercueil ! Elle lui doit bien ça ! Elle...

Amédée suffoquait.

Pour toute réponse, Albert se dégagea de l'emprise.

— Vous n'allez pas bien, je vais chercher une infirmière.

Il s'échappa et se précipita vers la porte.

— Mademoiselle, vite ! Mon oncle est au plus mal.

Albert sortit sans se retourner.

Il faisait encore nuit quand Albert se rendit dans le jardin. Il aimait ce domaine de Normandie. Il connaissait chaque arbre, chaque haie, chaque point d'eau. Il avait éprouvé la bise d'hiver, les vents précurseurs d'orage, l'air immobile des jours de canicule. Il connaissait chaque ferme, chaque parcelle de terre. Il aimait s'éveiller le matin sachant qu'il avait une longue journée devant lui, s'endormir le soir en pensant à tout ce qu'il aurait encore à faire le lendemain. Il aimait le Manoir, avec sa tour, ses vieilles pierres, ses briques et ses entrelacs de poutres. Il aimait les bougonnements de Françoise, le sourire de Lise, les joyeuses plaisanteries de ses frères, la chaude présence de ses parents. Le bric-à-brac de son père, le jardin où sa mère œuvrait avec son grand tablier de jardinier et son chapeau de paille... Et il devrait quitter tout cela ? Tout ce qui l'avait maintenu en vie durant les trois années qu'il avait passées dans les prisons allemandes. Il avait fêté ses quarante ans, l'âge où les jeux sont faits. Et la vie avait attendu toutes ces années pour lui faire ce pied de nez ? Amédée, ce vieux filou, ce vieux grigou qui l'avait fait son légataire. Furieux, désemparé, il n'était pas retourné le voir et, le jour de son décès, il était arrivé trop tard, le vieil homme était mort seul.

Quand Albert entra à la salle à manger, son père était déjà assis devant une tasse de café. Les deux hommes face à face se taisaient. Tant de pensées les traversaient. Tant d'amour les liait. Anastase finit par briser le silence.

— Albert, as-tu une idée quand...

— Pas encore père...

Anastase poussa un soupir de soulagement.

— Dans un premier temps, je vais faire des allers et retours entre le château et le Manoir, trouver un nouveau régisseur et entamer des travaux.

La voix d'Albert était ferme et cette fermeté toute nouvelle l'étonnait lui-même. Son père leva un de ses sourcils broussailleux. Il lissa soigneusement ses moustaches et risqua :

— Des travaux ?

— J'ai décidé de laisser les appartements de mon oncle tels quels. Tout restera en l'état tant que tante Margot sera en vie... (Il but une gorgée de café, beurra une tartine de ce bon beurre crémeux qui venait de la ferme.) Je n'ai aucune attache là-bas, je vivrai donc en marge du château. À droite du parterre sud, il y a un ancien rendez-vous de chasse.

— Ce rendez-vous de chasse servait à mon père, mais pas forcément pour la chasse si tu vois ce que je veux dire.

Albert ne releva pas l'allusion, il n'était plus à cela près.

— J'ai visité les lieux. Je peux en faire une maison agréable à vivre. C'est là que j'ai décidé de m'installer.

Étonné, Anastase regarda son fils. Après plusieurs semaines d'hésitation, d'abattement, c'était un autre homme qui lui faisait face.

— Kervalon n'est guère qu'à trois heures de route ; ta mère et moi viendrons te voir, tes frères aussi. Tu veux donc changer de régisseur ?

— Je n'ai pas confiance en celui qui est en place. J'ai épluché les comptes, certains chiffres me paraissent douteux. Avec mon handicap, je ne pourrai pas tout faire moi-même. J'aurai besoin de quelqu'un de jeune et de confiance. Le domaine reste immense, même si j'en vends rapidement une partie.

— Vendre ?

— Dès le départ, je tiens à ce que les choses soient claires. Je veux donner à Apolline la part qui lui revient de sa mère ainsi que le reliquat qui revient à Anne-Sophie et que mon oncle a laissé traîner.

Albert mangea de bon appétit. C'était la première fois depuis des semaines. Il s'était écouté annoncer à son père ses décisions. Alors qu'il se croyait sans force, hésitant, ses pensées avaient mûri. Amédée lui avait offert de prendre sa suite. Il relèverait le gant. Il travaillerait dur, mettrait toute son énergie à faire de Kervalon une des plus belles propriétés de Bretagne.

11

Paris

Apolline suivait le valet dans un dédale de salons tous plus somptueux les uns que les autres. Enfin il s'arrêta devant une porte, l'ouvrit et annonça solennellement :

— Mme Garancière !

Elle pénétra dans un charmant salon, aux proportions plus intimes, dont les portes-fenêtres étaient largement ouvertes sur le jardin. La maîtresse de maison se leva pour l'accueillir.

— Madame l'ambassadrice...

— Non, je vous en prie, appelons-nous par nos prénoms si vous voulez bien. Le mien, c'est Greta, et vous ?

— Apolline.

— Apolline, répéta-t-elle, c'est original et doux à prononcer. Mais les prénoms français sont tous jolis, comme votre langue...

Greta et Apolline firent le tour du jardin. Ainsi Greta, qu'elle avait connue somptueuse dans sa robe de soirée, efficace dans son rôle d'épouse d'ambassadeur, pouvait aussi se montrer une femme simple, accessible.

— J'aurais pu faire servir le thé dehors mais, en cette saison, il fait froid dès que le soleil se couche.

Elles revenaient sur leurs pas quand le valet se montra à l'embrasure des portes-fenêtres et annonça :

— Le baron von Reinecker.

Un homme grand, distingué, les rejoignit en quelques pas.

— Greta, dit-il, quel bonheur de vous voir par une si belle journée !

— Venez mon cher, que je vous présente Mme Garancière.

Apolline était restée au milieu de l'allée. Le soleil jouait dans ses cheveux, projetant une ombre douce sur son visage.

— Madame Garancière, je suis très honoré de vous rencontrer, dit le baron en plongeant son regard bleu sombre dans le sien.

À cet instant, elle reconnut le beau visage du violoniste dont les yeux lui étaient demeurés cachés puisque tout entiers tournés au-dedans de lui-même. Il lui prit la main, la porta très près de ses lèvres, elle sentit son souffle sur sa peau.

— Je suis heureux de rencontrer une virtuose du piano.

— Merci, fit Apolline, mais je pourrais vous retourner le compliment en ce qui concerne le violon !

— Apolline était au dernier concert, intervint Greta.

— Au premier rang et habillée de rose… un rose très doux, comment dit-on déjà ?

— Rose buvard.

— Rose buvard, répéta-t-il rêveur.

— Décidément, rien ne vous échappe, mon cher Axel, quand il s'agit d'une jolie femme ! Mais rentrons, nous serons mieux pour parler autour d'une tasse de thé.

Apolline, surprise et flattée, n'en revenait pas qu'il l'eût remarquée, il paraissait alors tellement accaparé par la musique.

Le thé fut servi sur une table ronde recouverte d'une nappe blanche, autour de laquelle les trois convives prirent place.

Une fois le thé servi, Greta lança la conversation sur la musique. Elle se tourna vers Apolline.

— Vous avez un faible pour Chopin, je crois ?

— Chopin a beaucoup écrit pour le piano et merveilleusement bien.

— J'ai entendu dire que vous prisiez la sonate n° 3, plus particulièrement le largo... c'est pour vous un peu comme une signature ?

— C'est vrai, répondit Apolline qui trouvait Greta décidément bien renseignée. J'aime ce largo tout spécialement.

Le regard d'Axel passait d'une femme à l'autre sans intervenir. Greta se tourna vers lui.

— Quant à vous, mon cher, votre compositeur préféré est Schubert, n'est-ce pas ?

— C'est vrai, le sextuor m'émeut...

— Surtout l'andante, reprit Apolline, quand les quelques notes reviennent comme une longue plainte.

— Qui pourrait exprimer un regret ou...

— Une souffrance cachée.

— Quelque chose de profond qui toucherait non le cœur mais l'âme.

— À la fin de ce concert, reprit Apolline après un silence, j'ai apprécié votre choix...

— Je termine le plus souvent mes concerts sur la *Méditation de Thaïs* de Massenet. C'est un peu comme une signature, répondit le baron von Reinecker, souriant.

— Exactement comme moi avec le largo.

Greta remarqua qu'une fois de plus ses invités avaient une multitude de points communs.

— Est-ce que je peux compter sur vous pour le 21 juin ? intervint-elle.

— Vous savez, Greta, que pour ma part le 21 vous est acquis. Mais peut-être que pour madame... ?

Alors, comme sortant d'un rêve, Apolline s'entendit répondre :

— À la demande de notre hôtesse j'avais gardé la date du 21 juin libre.

— Alors c'est parfait ! s'exclama Greta tout heureuse.

Axel regarda Apolline et lui sourit.

— Madame, me permettrez-vous de vous inviter à dîner pour que nous mettions tout cela au point ? Je suis souvent en voyage. Et vous-même devez avoir un emploi du temps surchargé. Nous n'aurons guère que deux mois devant nous pour les répétitions, et avant, nous devrons choisir les œuvres.

— Demain soir ? s'entendit-elle proposer.

— Très bien, je passerai vous chercher. Dites-moi seulement à quelle heure et où ?

En rentrant chez elle, Apolline s'enferma dans sa chambre. Elle resta au milieu de la pièce, incapable d'aligner deux pensées cohérentes, incapable de réfléchir. Tout se bousculait dans son esprit. Pourquoi s'était-elle engagée alors que le 21 juin elle avait promis à son fils d'aller le chercher à sa pension, et que ce même jour elle avait été pressentie pour animer une vente de charité ?

Apolline s'observait sévèrement dans la glace.

— Non, pas celle-ci.

Fine lui présenta une autre robe.

— Trop habillée, dit-elle, consternée.

Le lit était jonché de robes, ses placards se vidaient et, comme toujours dans ces cas-là, Apolline pensait qu'elle n'avait rien à se mettre. Enfin rien qui la mettait en valeur. Fine sortit un ensemble. Apolline fit la moue.

— Il reste à déterminer le chapeau, le sac, les chaussures... sans oublier les gants, dit-elle, découragée d'avance.

— Pour le sac, les gants et les chaussures, vous avez ce qu'il faut ; reste juste le chapeau à choisir.

Face à la psyché, Apolline se vêtit de l'ensemble en soie gris clair, entortilla plusieurs colliers de perles autour de son cou. Des longs, des moins longs et tous mélangés comme la mode l'exigeait.

— C'est un début, dit-elle soulagée.

— Vous avez la tenue parfaite pour un dîner en ville ! Discrète dans sa coupe, délicate dans ses tons, au goût du jour sans toutefois tomber dans l'extravagance.

Apolline se tourna vers Fine, lui dédia un grand sourire.

— Merci ! Vraiment merci ! Tu es une fée, dit-elle en l'embrassant, sans toi je ne sais pas ce que j'aurais fait.

Quelques minutes plus tard, Apolline claquait la porte derrière elle. Malgré ses talons hauts, elle descendit le premier escalier rapidement, se lança dans l'escalier monumental qui desservait le hall. Quand, à mi-hauteur, elle aperçut la haute silhouette du baron von Reinecker, elle s'arrêta net. Son cœur se mit à battre, un léger tremblement la prit. C'était pire qu'un premier examen, pire que la première fois où elle avait dû monter sur scène. Son comportement était celui d'une petite fille ! « Ridicule, se répétait-elle tout bas. Tu es ridicule, ma pauvre fille ! », mais rien n'y fit, le léger tremblement persistait. Agacée, elle prit sur elle, calqua un sourire sur ses lèvres et descendit les marches une à une, sans se presser.

Elle passa la porte vitrée, Axel se retourna. Et ce fut le choc, le même que la première fois. Cet homme lui plaisait. Depuis qu'elle était veuve, jamais un homme ne lui avait fait un tel effet.

12

Lucillac, juin 1937

Devant la fenêtre de son bureau, Jean Garancière comptait les années qui le séparaient de la mort de son fils : « Dix-neuf ans », se dit-il incrédule. Puis venait l'évidence : Théodore avait vingt-six ans. C'était mathématique. Mais, justement, il était brouillé avec les chiffres et comme si cela ne suffisait pas, parfois sa mémoire flanchait. Alors, comme il en avait pris l'habitude, il consulta son petit calepin noir. Ce lundi 8 juin il avait marqué « Bordeaux ».

— Jean ! Jean !

Il ouvrit la porte, Louise se tenait derrière, un peu essoufflée.

— Ma douce ?

— J'avais peur que tu sois déjà parti pour Bordeaux. Et justement, il me manque du café. Il n'y a que Tordo qui le torréfie comme tu aimes...

Jean sourit à Louise. Louise sur laquelle le temps n'avait pas de prise. Il la regarda, remarqua attendri les pattes d'oie au bord des yeux qui se creusaient, quelques fils argent qui se fondaient dans ses cheveux blonds. C'était tout. Lui avait pris de l'embonpoint, ses cheveux étaient devenus blancs, son regard s'était voilé de cataracte. Tandis qu'il faisait son bilan, Louise attendait la réponse.

— Je passerai chez Tordo, finit-il par dire.

— Le paquet sera prêt.

— J'aurai avec moi ma petite-fille, elle ira le chercher.

— Vous déposez Juliette chez sa tante ?

Jean regarda sa femme. Il lui sourit et en guise de réponse lui dit :

— Louise, vous êtes resplendissante, m'aimez-vous encore un peu ?

Elle l'embrassa en riant.

— Vous êtes le meilleur des hommes !

Après avoir déposé Juliette, Jean traversa Bordeaux pour aller se garer devant la faculté de médecine. Les étudiants qui passaient lui rappelaient l'époque où il faisait ses études. Il espérait alors sauver le monde. Louise avait été sa chance. Ses parents, honnêtes commerçants bordelais, étaient d'un milieu beaucoup plus modeste. Sans vivre dans l'opulence, la famille n'avait jamais manqué de rien. Sa sœur était morte de la tuberculose, et cet événement avait décidé de sa vocation. De son mariage avec Louise, il avait eu deux fils. Louis, l'aîné, lui avait donné une petite-fille, Jules, le second, deux petits-fils. Théodore s'était glissé comme un trait d'union. Il aimait chacun d'eux d'une manière différente. Mais quelque chose de plus fort le liait à ce garçon. Quelque chose de plus secret, de plus intime. Quelque chose qu'il ne pouvait expliquer, et qui avait trait à la complexité de l'âme.

Une scène restait gravée dans sa mémoire. Le garçon allait sur ses quinze ans, il lui avait demandé de se présenter au château. Le lendemain à neuf heures, Théodore frappait à son bureau. C'était la deuxième fois qu'il venait, il avait bien un peu le cœur qui battait, mais il avait pris sur lui pour ne rien laisser paraître. Il était aussi impressionné par la beauté des lieux : les parquets cirés, le bureau aux bronzes dorés, la bibliothèque, les tapis, les rideaux aux fenêtres et partout des livres, des revues empilées. Théodore était mal à l'aise. Pour se rendre à ce rendez-vous, sa mère l'avait obligé à s'endimancher alors qu'il voulait mettre ses habits de tous les jours. Souriant, le docteur Garancière l'avait regardé droit dans les yeux.

— Tu te doutes de la raison pour laquelle je t'ai fait venir ?

— Oui, docteur.

— Tu es en troisième et tu as toujours été un bon élève. Pour la rentrée prochaine, tu as le choix...

Avec la fougue de sa jeunesse, Théodore lui avait coupé la parole.

— J'aimerais continuer à étudier mais je ne sais pas si ce sera possible.

— Le problème financier ne doit pas entrer en compte, même si c'est bien de ta part d'y penser. Mettons cela de côté pour l'instant. (Il s'était levé, avait contourné le bureau pour aller s'asseoir à côté de lui.) Ce que je veux savoir, mon garçon, c'est ce que tu as là, dit-il pointant du doigt le cœur, et là, dit-il pointant cette fois le front. Deux solutions se présentent à toi : te lancer dans la vie active et apprendre un métier ou continuer tes études.

La réponse fusa :

— Continuer mes études.

— Pour ça il faut savoir ce que tu veux faire plus tard. Est-ce que tu y as pensé ?

— Oui, monsieur.

— Ah oui ! et alors ?

D'un coup, le beau visage s'était éclairé.

— Je veux devenir médecin !

Jean Garancière était resté stupéfait. Ému au-delà des mots. Le garçon avait attendu, inquiet. Il avait tenté de deviner sur le visage de son interlocuteur les pensées qui l'agitaient. Jean Garancière s'était éclairci la voix.

— La médecine, c'est une vocation et sept ans d'études. Alors il ne faut pas se lancer à la légère !

D'une voix où perçait du désappointement, Théodore avait répondu :

— C'est parce que ce sont de longues études que je n'ai jamais osé en parler. Mais, docteur, vous m'avez demandé d'être franc...

Troublé, Jean s'était levé. Il avait fait quelques pas dans son bureau, puis s'était posté devant la fenêtre ; comme un capitaine du haut de sa cabine, il avait contemplé l'océan de verdure. Encore aujourd'hui, quand il voulait réfléchir, c'était toujours là qu'il se tenait.

— Pourquoi médecine, Théodore ?

— Pour soigner les gens, les aider... je voudrais que ma vie soit utile à quelque chose.

Sans lâcher du regard les vignes, Jean avait écouté. Une terrible émotion l'avait étreint au fur et à mesure que Théodore s'était exprimé. Chaque mot l'avait ramené au jeune garçon qu'il avait été, et qu'il n'avait jamais perdu de vue. Il avait voulu faire médecine pour venir au secours des autres, pour se sentir utile. Jean Garancière avait attendu un moment. Le temps de se ressaisir. Puis il s'était approché du garçon, son petit-fils de sang. Voyant le visage bouleversé du docteur Garancière, Théodore s'était mépris, il s'était levé.

— J'aurais jamais dû...

Dans un geste affectueux mais aussi protecteur, Jean avait posé sa main sur la tête du garçon.

— Tu as très bien fait, au contraire ! Écoute-moi, voilà ce que l'on va faire. Tu gardes tes projets secrets. Tu passes ton baccalauréat. Quand tu l'auras obtenu, on reparlera de tout cela. En attendant, travaille bien, et surtout réfléchis... Cela te convient-il, mon garçon ?

— Oui, docteur.

— Si telle est ta vocation, je ferai tout ce qui est en mon pouvoir pour t'aider.

Garé devant la faculté de médecine Jean Garancière aperçut Théodore qui s'avançait à grands pas. Par la fenêtre baissée il lui fit signe. Le visage du jeune homme souriait. Il aimait ces rendez-vous. Le docteur était le seul avec qui il pouvait parler de ses études. L'automobile démarra.

— Je t'emmène déjeuner dans un petit restaurant qu'un confrère m'a indiqué !

Théodore avait obtenu une bourse d'études mais cela ne suffisait pas à couvrir ses frais ; Jean Garancière l'aidait financièrement. L'étudiant avait accepté son aide, mais considérait cet argent comme une avance et non comme un cadeau. Il comptait rembourser le prêt, jusqu'au dernier centime, dès qu'il exercerait. Souvent il le lui rappelait. « Et tu comptes aussi me rembourser nos déjeuners ? », avait plaisanté le docteur Garancière. « Non, mais j'espère bien que plus tard ce sera moi qui vous inviterai ! » Il terminait sa quatrième année. Plus il avançait dans ses études, plus il pensait qu'il voudrait devenir chirurgien. Il n'avait encore jamais osé en parler.

Maintes fois, Théodore avait demandé à Jean Garancière pourquoi il faisait tout cela pour lui. À quelques variantes près la réponse était toujours la même : « Parce que tu le mérites, et aussi parce que je peux le faire. »

Jean Garancière se gara devant le restaurant. Avant de descendre, Théodore lui demanda à brûle-pourpoint :

— Si vos parents en avaient eu les moyens, vous auriez aimé être chirurgien ?

— Parce que c'est ce que tu aimerais faire ?

13

Paris

Deux à trois fois par semaine, muni de son violon, le baron von Reinecker montait les marches de l'escalier de l'avenue Victor-Hugo. Dès la porte du hall franchie, il écoutait le jeu d'Apolline. Il gagnait le premier étage, frappait à la porte du petit salon, entendait : « Entrez ! », sans que les doigts ne s'arrêtassent de jouer. Sans bruit il déposait ses affaires sur le canapé, sortait le violon de son étui et commençait à l'accorder. C'était le début d'une joyeuse cacophonie.

Dès qu'Apolline s'était suffisamment exercée, elle cessait de jouer. Elle se retournait pour écouter le violoniste qui, à son tour, était tout entier pris par la musique comme si sa vie en dépendait. Comme chaque fois après quelques minutes d'échauffement, une mèche se détachait de ses cheveux coiffés en arrière et retombait sur son front. Ce détail l'attendrissait. Si Axel n'était pas un professionnel, il était un mélomane averti, un surdoué qui jouait indifféremment du violon, du violoncelle mais aussi du piano. Son rêve d'enfant de se vouer à la musique avait été contrecarré par un père autoritaire pour qui la musique n'était qu'un passe-temps. « Les von Reinecker sont depuis des générations dans la diplomatie ou l'armée ! » Il s'était incliné.

Le matin du concert, Apolline s'était éveillée plus tôt que d'habitude.

Mère et fils descendirent ensemble les marches. L'automobile avait été avancée sous le porche. Apolline prit place à côté d'Augustin, et resta un moment silencieuse. Elle avait remarqué qu'il ne l'avait pas embrassée ce matin. Depuis quelques semaines, il marquait une certaine froideur à son égard. Il se montrait poli, toujours prévenant, mais l'évitait autant qu'il le pouvait. Cette distance l'avait d'abord étonnée puis peinée. Elle ne s'expliquait pas son attitude et espérait que ce moment passé ensemble lui permettrait de dissiper le malentendu. Depuis qu'Augustin avait commencé ses études, elle lui laissait une complète liberté. Après un moment de silence, Apolline annonça :

— Cet été, je vais apprendre à conduire.

— Vous avez l'intention d'acheter une automobile ?

— Pourquoi pas !

Augustin se tourna vers sa mère.

— Je vous apprendrai si vous voulez ?

— Tu aurais la patience ?

— Pour vous bien sûr !

Cet échange la rassura. Augustin n'était pas fâché contre elle.

Il restait à peine une heure de route. Apolline s'enfonça un peu plus dans le fauteuil en cuir beige.

— Tu sais que je donne un concert ce soir. Ton grand-père, Anne-Sophie, Alexandre seront là, est-ce que tu...

— Je croyais vous avoir déjà dit, mère, que je ne viendrai pas !

— Ce sera une très belle soirée pourtant !

— Une très belle soirée à l'ambassade d'Allemagne ? Cela m'étonnerait !

Ses doigts se crispèrent sur le volant. Les mâchoires serrées, il lâcha :

— Faut-il, mère, que je vous rappelle que ces salauds de Boches ont tué mon père !

— À présent nous sommes en paix. Quel que soit son camp, aucun soldat n'allait se battre de gaieté de cœur. Ton père souffrait comme tous les soldats...

— Moi, je ne leur pardonnerai jamais ! Jamais, vous entendez !

L'automobile se gara devant le portail de la pension. Alexandre les attendait, sa valise dans une main, son violon dans l'autre.

— Libre ! Je suis libre !

— Ce n'est tout de même pas le bagne ! lança par la fenêtre baissée Apolline en riant.

Elle remarqua qu'Alexandre avait encore grandi et qu'il allait bientôt dépasser son frère.

— Maman chérie, vous êtes venue ? Je suis si content de vous voir ! dit-il en l'embrassant.

Après avoir mis sa valise dans le coffre il monta dans l'automobile. Il était si heureux qu'il parlait pour deux, faisant les demandes et les réponses. Il ne s'aperçut pas du malaise qui s'était installé entre sa mère et son frère. Au moment où l'automobile s'arrêtait sous le porche de l'avenue Victor-Hugo, il s'enquit :

— Maman, à quelle heure faut-il que je sois prêt ?

— Dix-huit heures trente. C'est ton grand-père qui t'emmènera.

— Quelle tenue ?

— Smoking. Il a été brossé, repassé et posé sur ta chaise, avec ta chemise et ton nœud papillon.

Dernières envolées, derniers accords. Le piano et le violon se turent.

Après quelques secondes de silence, Axel tendit la main à Apolline. Elle se leva. Ensemble ils saluèrent l'assistance qui s'était mise debout. La main d'Axel était chaude et tenait sa main serrée dans la sienne.

Greta et son mari allèrent féliciter les musiciens.

— Ces sonates pour piano et violon de Beethoven sont un enchantement, merci ! Merci encore !

Greta se retourna vers l'assistance.

— Je voudrais remercier en ce jour anniversaire Apolline Garancière, la grande concertiste qu'il n'est plus besoin de présenter et qui, malgré un emploi du temps chargé, nous a consacré cette soirée. Je voudrais remercier aussi le baron von Reinecker pour son talent et son indéfectible amitié. Je souhaite un excellent anniversaire à mon mari et, en attendant le dîner, je vous invite à prendre une collation dans le jardin.

Le jardin était entièrement éclairé de lampions, de bougies ; le coup d'œil était magnifique. Après avoir fait quelques frais, Apolline se dirigea vers Myriam qu'elle avait invitée pour l'occasion ; elle ne l'avait pas revue depuis son passage à Strasbourg. Elle présenta le baron von Reinecker à sa famille. Très diplomate, celui-ci dit combien il avait été heureux d'accompagner une pianiste de renom. Il parla affaires avec le baron de Saint-Eliph, art avec Anne-Sophie ; l'invita à rencontrer à Berlin des artistes peintres qu'il connaissait. Il parla politique avec Myriam, enfin musique avec Alexandre.

— Vous jouez du violon, m'a dit votre mère ?

— Je voudrais en faire mon métier.

Pendant toute la discussion, Axel remarqua la flamme qui animait le regard d'Alexandre. Dans le beau visage juvénile il aurait pu calquer celui du garçon qu'il avait été au même âge.

— Votre grand-père est un homme d'affaires. Que pense-t-il d'une vie d'artiste pour son petit-fils ?

— Que je dois encore réfléchir. Mais je n'ai plus qu'une année avant mon baccalauréat...

— Et après ?

— Ma mère me laissera le choix, mon grand-père aussi sans doute.

— Vous avez de la chance.

Après le cocktail, le baron de Saint-Eliph prit congé. Le portier fit signe au chauffeur du baron. La voiture avancée, Apolline embrassa son père, et la question qu'elle redoutait depuis le début de la soirée finit par venir.

— Et Augustin ?

— Il ne voulait pas assister à ce concert et je n'ai pas réussi à le convaincre de venir.

— Je m'en doutais.

Apolline regarda la limousine passer le portail. Songeuse, elle remontait les marches du perron quand elle se heurta à Axel. Leurs regards se rencontrèrent et eurent du mal à se détacher. Elle lui sourit et passa son chemin. Quelques secondes plus tard elle entendit des pas derrière elle.

— Apolline !

Elle se retourna.

— Oui ?

— Nos répétitions dans le charmant salon de l'avenue Victor-Hugo me manqueront. Aurons-nous l'occasion de nous revoir avant l'été ?

— Je pars dans quelques jours pour la Normandie.

— Et moi demain pour Berlin.

— Alors peut-être en septembre.

— Septembre..., répondit-il songeur.

Il prit la main d'Apolline, la pressa dans la sienne. Il la regarda et murmura :

— Deux mois, ce sera long.

14

Le château de Kervalon

Debout au milieu de la terrasse, Albert admira longuement la vue ; il se retourna, considéra le pavillon de chasse : avec ses pierres de granit, ses hautes fenêtres, sa toiture d'ardoise et ses combles, il était élégant et solidement construit. Si ce lieu n'avait pas le charme de la ferme de la Petite Folie, il ne demandait pas mieux que de l'apprivoiser et d'y prendre ses habitudes.

Comme chaque matin, il se rendit au château. Alors qu'il entrait dans la cour, il entendit l'infirmière qui avait en charge sa tante Margot appeler à l'aide. Il se hâta autant que sa jambe le lui permettait.

— Que se passe-t-il ?

— La comtesse est tombée, on n'est pas assez de deux pour la relever !

— Où est-elle ?

— Dans sa chambre.

— Je vous suis !

Ils passèrent la lourde porte d'entrée. Derrière eux celle-ci se referma dans un bruit sourd. Comme chaque fois qu'il la franchissait, Albert se sentit oppressé. Il suivait la jeune infirmière dont le pas était alerte, et chaque marche gravie le faisait grimacer. Le palier atteint, la première porte franchie, il entendit sa tante hurler :

— Au secours, au secours, on veut me tuer !

Dans la chambre il aperçut un corps allongé. Penchée au-dessus d'elle, Prudence tentait de la calmer. Albert se précipita vers sa tante.

— Tante Margot, où avez-vous mal ?

— Ne me touchez pas ! hurla-t-elle.

— Tante Margot, c'est moi, Albert.

— Gaston ? Je t'en prie Gaston, sors-moi de là !

Elle lui prit la main, s'y agrippa et lui fit signe qu'elle avait quelque chose à lui dire. Albert se pencha.

— Ces femmes sont méchantes, elles m'ont fait tomber. Elles me persécutent...

Albert redoutait ces confrontations avec sa tante.

— Tante Margot, où avez-vous mal ?

Margot montra sa cheville ; la jeune infirmière tâta la cheville, elle était enflée.

— Je pense que c'est une foulure.

— Il faut appeler le médecin.

La blessée, qui avait cessé de s'agiter, mangeait Albert des yeux.

— Tu es là, mon Gaston, alors il ne peut plus rien m'arriver. Donne-moi ta main.

Margot la serra convulsivement.

Un quart d'heure plus tard le médecin se présenta avec sa trousse à la main. Albert se retira, soulagé. Ces scènes l'éprouvaient nerveusement. Il redescendit l'escalier, buta contre la jeune infirmière qui lui sourit et ce sourire, qui n'était pas de convention, lui fit du bien.

— Avec les plantes du jardin, j'ai fait un cataplasme contre l'enflure et la douleur.

La main sur la rampe, il s'arrêta. Ils étaient presque à la même hauteur.

— Mademoiselle, d'où vous vient une telle patience ?

— Je suis infirmière, monsieur, j'ai choisi ce métier pour aider les autres, alors autant le faire bien.

— Je vous remercie pour tout ce que vous faites pour ma tante.

La jeune femme sourit à nouveau et monta les marches d'un pas léger, tandis qu'Albert les descendait la main agrippée à la rampe. Avant d'atteindre les dernières marches, il se retourna.

— Quel est votre prénom, mademoiselle ?

— Blanche, monsieur.

— C'est joli... Me permettez-vous de vous appeler par votre prénom ?

— Bien sûr, monsieur !

— Blanche, ce cataplasme calme les inflammations, en connaissez-vous qui calment les brûlures ?

— Oui, monsieur, j'ai fait des études d'herboristerie.

— Mon prénom est Albert.

— Très bien monsieur... Albert.

Albert passa la porte de l'entrée. Au-dessus de lui, il regarda le ciel où couraient quelques nuages blancs ; l'air était presque chaud.

— Allez viens, Hirsute, dit-il à la chienne, on va faire un tour à pied sans se presser, cela nous fera du bien.

Au fur et à mesure qu'il s'éloignait du château, Albert sentait l'oppression s'alléger. Trop de drames s'étaient accumulés entre ses murs ; il pensait à son oncle, au papier qui se trouvait enfermé dans le tiroir secret de son bureau. Il n'y avait pas touché. Dès la levée du corps, il avait fait remettre de l'ordre dans les appartements de son oncle, il avait lui-même fermé les portes à double tour sur ses secrets envahissants, et il n'y était plus jamais retourné.

La voiture garée, la conductrice donna des coups de klaxon pour annoncer son arrivée. Hirsute aboya, courut dehors. Les deux jeunes femmes, surprises par la taille de la chienne, refermèrent leur portière sur elles et attendirent prudemment que quelqu'un vienne les délivrer.

— Hirsute, au pied ! commanda Albert. Elle est imposante mais pas méchante, dit-il en apercevant ses deux cousines retranchées dans la voiture.

— Au moins avec elle, tu es bien gardé, remarqua Apolline.

— Où tu l'as trouvée ? Elle ne ressemble à rien, dit Anne-Sophie.

— Je l'ai trouvée dans un fossé, en piteux état.

Les cousins s'embrassèrent avec effusion.

— Je suis tellement heureuse de te voir, dit Apolline. (Elle regarda autour d'elle.) Quelle vue ! s'exclama-t-elle.

— Venez, je vais vous faire visiter la maison.

Les deux sœurs suivirent Albert. Elles regardèrent tout, jusqu'au moindre recoin, jusqu'au plus petit détail. Elles s'extasièrent, admirèrent.

— Cette maison te ressemble, Albert, elle est claire, on s'y sent bien.

— Tu as de beaux meubles, de jolis tableaux, mais il te manque une touche de modernité, quelques toiles colorées, ajouta Anne-Sophie.

— Tous ces meubles viennent du château... Mélanger un peu de moderne à l'ancien, pourquoi pas ? Mais en peinture, je n'y connais rien.

— Je t'initierai...

Ils s'étaient installés au salon.

— Léontine nous a préparé un bon repas. Ensuite nous nous rendrons chez le notaire.

Apolline ne pouvait détacher le regard de son cousin. Elle avait l'impression de le revoir vingt ans plus tôt. Il avait retrouvé le même entrain, la même assurance. Quelque chose dans son caractère s'était raffermi. Un nouvel élan, une nouvelle jeunesse l'habitait.

— Tu as repris quelques kilos, cela te va bien !

— Je travaille du matin au soir et je crois, finalement, que cela me redonne la santé. Je commence seulement à voir plus clair et je suis heureux...

Albert s'arrêta au milieu de sa phrase ; il trouvait ses deux cousines ravissantes dans leurs robes légères. Il marqua un temps puis reprit :

— Vous allez enfin hériter de la part qui revenait à tante Aurore. Et demain... vous avez bien apporté vos tenues de cheval ?

Anne-Sophie et Apolline firent signe que oui de la tête.

— Alors demain je vous fais faire le tour du domaine. Que vas-tu faire de cet argent, Anne-Sophie ?

— Avec ce reliquat que me devait l'oncle Grigou, je voudrais acheter les deux derniers étages de l'immeuble dans lequel j'ai ma galerie ; un étage sera réservé à mon habitation, sous les toits je ferai mon atelier.

— C'est un excellent projet. Et toi, Apolline ?

— Je ne sais pas encore, mais je rêve d'avoir une maison à moi, rien qu'à moi. J'ai toujours habité avenue Victor-Hugo. C'était parfait tant que mes enfants étaient jeunes...

— Et oncle Hyacinthe, que dit-il ?

— Que l'hôtel particulier n'a plus vraiment sa raison d'être, que les charges sont lourdes... Je ne veux rien précipiter. Mais il serait peut-être temps que je m'émancipe !

— Si tu as une envie, réalise-la. Regarde-moi, je croyais ma vie toute tracée... qui aurait pu croire ? Quand une opportunité s'offre, il faut foncer sans arrière-pensée.

Dans son for intérieur, Apolline songea que jamais elle n'aurait imaginé tomber à nouveau amoureuse, et pourtant il ne se passait pas un jour sans qu'elle pensât à Axel.

— Tu as raison, la vie nous joue parfois de drôles de tours, et il faut avoir la sagesse de la prendre comme elle vient.

15

Vienne, automne 1937

Épuisée mais soulagée, Apolline regagna sa loge. À peine eut-elle refermé la porte que quelqu'un frappa.

— Voyez ce que c'est ! dit Apolline.

La jeune fille alla ouvrir.

— C'est pour Mme Garancière, dit un jeune homme en tendant un joli paquet.

La jeune fille referma la porte et apporta le présent à Apolline. Intriguée, elle l'ouvrit et en sortit une boîte à musique ancienne. Quand on la remontait, deux personnages en porcelaine jouaient d'un instrument sur un air de Mozart.

Apolline eut un choc quand elle lut la carte de visite.

Baron von Reinecker

Serait heureux d'inviter Mme Jules Garancière à souper. Elle n'aura qu'à donner sa réponse au garçon qui lui aura remis la boîte à musique.

Avec ses meilleurs compliments.

Elle rougit et se tourna vers le jeune homme.

— Dites au baron von Reinecker que je lui donne rendez-vous à l'hôtel Sacher dans une heure.

Apolline avait revêtu une robe beige qui s'harmonisait avec le blond de ses cheveux. On était dans les premiers jours d'automne et le temps était clément, elle décida de n'emporter avec elle qu'un châle. Dans la glace de l'ascenseur elle s'observa une dernière fois, elle remit en place une mèche de cheveux qui dépassait de son chapeau. Les mains moites, elle attendit. Le chasseur ouvrit la porte, elle lui glissa une pièce et sortit. À cette heure-ci il y avait encore beaucoup de monde dans le hall, mais elle n'eut pas à chercher longtemps. Grand, mince, sanglé dans un costume gris à la coupe impeccable rehaussé d'une pochette blanche, Axel l'attendait.

Dès qu'elle l'aperçut, ses appréhensions disparurent. Son pas fut léger, presque aérien. Souriant, il lui prit la main, la porta à ses lèvres.

— Merci d'avoir accepté mon invitation.

Le cœur d'Apolline s'était calmé, ses mains n'étaient plus moites. C'était une évidence : elle aimait cet homme. Et tous les raisonnements qu'elle s'était tenus durant tout l'été s'étaient envolés au premier regard.

— Mais comment avez-vous su que j'étais ici ?

— Il suffit de lire les journaux, ils parlent tous de vous.

— Pourquoi avoir mis si longtemps ?

— Tout le mois de septembre j'ai voyagé, sans jamais passer par Paris. J'étais de retour à Berlin. Je vous savais à Vienne. J'ai pris le premier train.

Apolline lui glissa :

— Je vous ai attendu.

Comme dans un rêve, elle entendit la réponse d'Axel.

— Je voudrais ne plus jamais vous quitter.

Le couple monta dans un taxi. Axel connaissait bien Vienne et il l'emmena dans un restaurant de la vieille ville. Tout le long du repas, Apolline ne pensa à rien. Elle vivait pleinement le moment présent sans se poser de questions. Au dessert, Axel parla de lui. Elle eut un choc terrible lorsqu'il lui apprit qu'il était marié.

— À la suite de la mort de notre petite fille, ma femme est tombée en dépression. Depuis, elle vit dans un établissement psychiatrique.

— Vous ne portez pas d'alliance, eut-elle le courage de lui faire remarquer.

— Si ma femme vit encore, je n'ai plus de vie de couple depuis dix ans.

Apolline n'écoutait plus. Elle se répétait : il est marié, il est à une autre. Et le désenchantement fut terrible.

De retour à l'hôtel, Axel raccompagna Apolline jusqu'à l'ascenseur. Il ne chercha pas à l'embrasser mais, plongeant son regard dans le sien, il lui murmura :

— Je vous aime et je saurai être patient.

Apolline ne répondit pas, elle monta dans l'ascenseur, s'entendit dire au chasseur :

— Deuxième étage.

Et la porte se referma. Au deuxième étage elle prit le long couloir, entra dans le salon attenant à sa chambre. Elle enleva ses chaussures à talons qu'elle posa sagement à ses pieds en se répétant : « Il est marié, il a une femme quelque part qui porte son nom... » Et, tout de suite après, elle se disait : « Je n'ai plus vingt ans et je suis amoureuse de cet homme ! Au diable les conventions ! Pourquoi ne lui ai-je pas dit de monter ? »

Elle était toujours assise au salon quand elle entendit le téléphone sonner. Elle sursauta, courut répondre.

— Apolline...

— Où êtes-vous ?

— Dans le hall.

Comme dans un rêve éveillé, elle s'entendit répondre :

— Suite 234.

Elle entendit frapper, elle alla ouvrir. Axel entra, la prit dans ses bras, l'embrassa, la serra contre lui. Elle n'avait plus qu'une envie, sentir ses mains courir sur son corps. Il entreprit de la dévêtir, en embrassant chaque morceau de peau que son effeuillage dévoilait. Il la porta jusqu'à la chambre, la déposa sur le lit. Sans avoir échangé un seul mot ils se donnèrent l'un à l'autre avec la rage du désespoir.

Assise dans le train, Apolline regardait par la fenêtre du compartiment le paysage défiler. Leur première nuit et leur première matinée avaient passé comme dans un rêve. Au fur et à mesure qu'elle s'éloignait de Vienne et que le train la rapprochait de Paris, la dure réalité la rattrapait. Axel habitait entre Berlin et Paris, il voyageait beaucoup. Elle aussi. Quelle allait être leur vie ? Axel était allemand et son fils refusait de serrer la main d'un Allemand. Dans quelques jours, lord Carmington viendrait spécialement à Paris pour la voir. Elle devrait lui dire la vérité. Cela faisait douze ans qu'ils se connaissaient. Leur amour avait été léger, agréable, fait de connivences, mais pas de passion. Ils étaient toujours heureux de se voir et jamais malheureux de se séparer. Harry avait été un amour raisonnable, confortable. Axel était entré dans sa vie et cet amour fou, déjà, la faisait souffrir.

À neuf heures du soir son train rentra en gare. Elle n'avait pas voulu déranger le chauffeur de son père ni quiconque de la famille. Elle prendrait un taxi. Quand elle descendit du wagon, un jeune homme la heurta dans sa précipitation.

— Augustin... Que se passe-t-il ?

— Je reviens de Neuilly... Grand-mère est au plus mal, elle a pris froid. Une pleurésie s'est déclarée...

— Et ton grand-père ?

— Il est auprès d'elle, avec tante Gertrude.

— Allons-y !

C'est avec appréhension qu'Apolline entra dans la chambre.

Dans son grand lit capitonné, Dorothée attendait la mort. Le buste relevé par des oreillers, on pouvait voir sa poitrine se soulever à la recherche d'un filet d'air. Apolline s'approcha du lit. La malade la fixa de son regard implacable.

— Te voilà ! dit-elle la voix sifflante.

— J'étais en déplacement à Vienne, se crut-elle obligée d'expliquer.

Mais ce fut peine perdue : sa grand-mère ne l'écoutait déjà plus. Apolline crut de son devoir de rester à son chevet. Dans la chambre austère, au mobilier vieillot, elle n'entendait que le sifflement que faisait la malade pour respirer.

16

Paris, janvier 1938

Apolline venait tout juste de se lever quand le téléphone sonna. Elle reconnut la voix d'Anne-Sophie qui ne prenait jamais la peine de se présenter quand elle l'appelait.

— Tu as reçu la convocation ?

— Tu veux parler de l'invitation à déjeuner ?

— Avec un carton ?

— Oui, père voulait s'assurer que tout le monde répondrait présent.

— Parce qu'à part toi et moi, qui est invité ?

— Tante Gertrude et mes fils.

— Toute la famille au grand complet si je comprends bien. Tu sais pourquoi ?

— Il ne m'a rien dit.

Pour l'occasion, Apolline avait fait ouvrir la salle à manger du bas. Elle avait établi le menu, et pour l'heure présidait aux derniers préparatifs. C'était la Toussaint et Alexandre avait quelques jours de vacances. Elle regarda sa montre : onze heures quarante-cinq, il ne devrait plus tarder. Elle regagna ses appartements où un feu de bois avait été allumé.

Elle s'assit devant, écouta le bois craquer, pensa à sa tante Gertrude qui était inconsolable de la mort de sa mère. Enfin elle pensa à Axel. Elle pensait à lui sans cesse et, chaque soir avant de s'endormir, relisait ses lettres. Il était en voyage en Europe du Nord et elle ne pouvait pas le rejoindre car elle préparait le concert qui se donnerait à la fin du mois salle Pleyel. Il lui avait promis d'être à Paris pour l'occasion, mais le pourrait-il ?

— Maman ?

Alexandre alla s'asseoir face à sa mère. Apolline ne l'avait pas vu depuis deux mois et comme chaque fois le trouva changé. Depuis la rentrée il portait des lunettes car il avait hérité de la myopie des Kervalon ; elles lui donnaient un petit côté sérieux et intellectuel qui lui allait bien.

— Alors, Pleyel ?

— C'est beaucoup de travail, mais je suis contente.

— Croyez-vous, maman, que je pourrais assister à une répétition ?

— Bien sûr, et j'en profiterai pour te présenter au chef d'orchestre. Comment se passe cette dernière année ?

— Pas trop mal. Je suis meilleur en solfège qu'en mathématiques, mais cela n'est pas nouveau... Mère, j'avais une question à vous poser.

— Oui ?

— Pourquoi Augustin n'était-il pas avec nous à l'ambassade d'Allemagne ?

Comme aiguillonnée par une guêpe, Apolline se leva. Elle alla rajouter une bûche dans le feu. Elle s'attendait à tout sauf à cette question. Le concert avait eu lieu en juin, on était en novembre, « et c'est seulement maintenant... ? » se dit-elle. Elle se retourna.

— Pourquoi cette question ? Et surtout pourquoi maintenant ?

— Parce que je me suis engueulé avec mon frère à ce propos et que depuis il m'évite.

— Que t'a-t-il dit ?

— Que jamais il n'accepterait de serrer la main d'un Allemand.

— Et toi, que penses-tu ?

— Je pense que mon frère a toujours été en admiration devant notre père. Déjà quand nous étions enfants, il parlait de lui comme d'un héros. Moi, j'étais trop jeune pour avoir conservé le moindre souvenir de lui, alors je l'écoutais. Je suis un adulte à présent et je fais la part des choses.

— Je te remercie, Alexandre, de me parler ainsi.

— Je regrette de ne pas avoir eu de père, mais j'ai eu une enfance très heureuse, dit-il en regardant sa mère avec tendresse, vous étiez toujours là pour nous, grand-père aussi, et puis il y avait Mado... Je voulais vous dire, mère, combien j'ai apprécié le concert que vous avez donné à l'ambassade d'Allemagne. Il y avait une telle sensibilité dans le jeu du baron von Reinecker qu'il ne peut pas être un mauvais homme ! (Alexandre sourit, se leva.) Et maintenant, je vais voir si mon frère est là ! Espérons qu'il sera de meilleure humeur que la dernière fois. (Il franchit la porte et avant de la refermer passa la tête.) La tenue pour ce soir ?

— Costume cravate, répondit Apolline, heureuse d'avoir à dire quelque chose.

Assis en bout de table, le baron de Saint-Eliph se leva.

— Je suppose que vous vous demandez pourquoi j'ai tenu à vous réunir pour ce déjeuner dominical. C'est simple, j'ai des décisions à prendre et je tiens à ce que celles-ci soient prises après concertation. Je vais avoir soixante-dix ans l'année prochaine. Après plus de cinquante années de loyaux services, il me semble qu'il serait temps que je songe à passer le flambeau. Aucun de mes petits-fils n'est intéressé à reprendre les Manufactures. Augustin a choisi de faire des études de sciences politiques et Alexandre veut se consacrer à la musique...

Hyacinthe marqua un temps afin que ce qu'il allait dire fasse son effet. Du regard, il fit le tour de la table et d'une voix forte, bien timbrée, annonça :

— Aussi ai-je pris la décision de vendre. J'ai plusieurs propositions, dont une qui me paraît intéressante. Cette proposition est assortie d'une obligation pour moi de rester encore deux ans à la tête des Manufactures ; le temps de mettre au courant mon successeur.

— Vous allez vendre l'affaire familiale ? s'exclama Augustin, incrédule.

— Je vous assure que c'est une bonne décision et elle est mûrement réfléchie. Les États-Unis et, à sa suite, notre vieille Europe viennent de vivre une crise sans précédent dont nous peinons à nous relever. La chapellerie s'en sort sans trop de dégâts grâce à une gestion saine. Les codes vestimentaires changent. Avant la guerre, les hommes portaient le haut de forme, aujourd'hui ils portent des feutres... mais demain ? Notre mode de vie qui était de vivre sous un même toit tout en préservant l'intimité de chacun est aujourd'hui dépassé. Je n'ai rien voulu changer dans nos habitudes tant que ma mère était en vie. Mais ce n'est pas tout, force est de regarder la réalité en face. Il arrivera un jour où Gertrude ne pourra rester seule à Neuilly ni moi seul à Paris. Par conséquent, il me faudra faire un choix entre Neuilly et l'avenue Victor-Hugo. Et maintenant, place au dessert !

Il s'assit dans un silence étonné. Les convives étaient abasourdis. Seul Hyacinthe, content de son effet, se servit du dessert avec entrain.

17

Paris

Axel et Apolline étaient l'un en face de l'autre et ils éprouvaient la même émotion que la première fois. Ils ne traînèrent pas à table. Ils n'avaient qu'une hâte, se retrouver dans l'intimité.

— Où m'emmènes-tu ? murmura-t-elle une fois assise dans le taxi.

— Dans un endroit que tu ne connais pas, dit-il en l'embrassant.

Le taxi s'arrêta à l'angle des quais et de l'avenue Deschanel. Ils rentrèrent dans un bel immeuble haussmannien, prirent l'ascenseur, montèrent au dernier étage. Axel sortit un trousseau de clés, en rentrant il n'éclaira pas. Il prit Apolline par la main, l'entraîna jusque sur la terrasse. Face à eux se dressait la tour Eiffel, sur le côté coulait la Seine.

— Ce sera désormais notre nid d'amour.

Éblouie, Apolline regardait, les deux mains appuyées sur la balustrade en pierre. Axel s'approcha d'elle, lui entoura les épaules de ses bras ; ils restèrent un moment enlacés à admirer la vue. Elle se retourna, il se pencha vers elle et avec infiniment de douceur déposa un baiser sur ses lèvres. Ils s'embrassèrent, lentement. La bouche contre son oreille, il murmura :

— Apolline, veux-tu être ma femme ?

— Mais ?

— Je vais demander le divorce.

Le dimanche suivant, Apolline avait accompagné son père pour le déjeuner dominical à Neuilly. Dès qu'elle entendit le bruit du moteur, Gertrude sortit enveloppée d'un châle. Elle avait maigri. Dans ses habits de deuil, elle n'était plus que l'ombre d'elle-même.

— Bonjour Hyacinthe, bonjour mon petit. J'ai fait une grande flambée au salon et j'ai commandé vos plats préférés.

— Merci tante Gertrude. Comment s'est passée cette semaine ?

— Oh ! Bien mon petit. Je n'ai pas eu le temps de m'ennuyer. Je trie les affaires de ta grand-mère, je donne aux domestiques ce qui est encore mettable, le reste ira aux nécessiteux. Je mets de côté tout ce qui peut vous intéresser... Tiens, justement, j'ai retrouvé tout un carton de vieilles photos.

Quand Hyacinthe entra dans le salon, il vit le fauteuil roulant de sa mère, ainsi que sa couverture.

— Gertrude ! dit-il un peu rudement, pourquoi le fauteuil est-il encore là ? Je t'avais pourtant demandé de t'en débarrasser.

Gertrude s'empourpra.

— Je pensais l'offrir à quelqu'un qui en aurait besoin. Il est en parfait état de marche et...

Mécontent que sa sœur vécût dans les reliques, Hyacinthe prit le fauteuil, la couverture, au passage il prit le verre d'eau et son petit plateau en argent qui servait exclusivement à sa mère ainsi que la boîte à pilules. Il emporta le tout dans le vestibule et appela une femme de chambre.

— Débarrassez-moi de ça.

— Où dois-je mettre... ?

— Où vous voudrez... Mais je ne veux plus les voir !

Dans le salon Gertrude se tenait debout, les bras ballants, souffrant que son frère l'obligeât à rompre avec les derniers liens qui la reliaient à sa mère. Apolline prit un fauteuil au hasard et s'empressa de combler la place restée vide puis elle dit :

— Tante Gertrude, où sont les photos ? Je les regarderais avec plaisir.

— Ah, oui ! Je vais les chercher.

Ce n'est que pendant le trajet du retour, vers six heures, qu'Apolline se décida à parler à son père.

— Père, qu'avez-vous décidé ?

— Rien pour le moment... cela dépendra beaucoup de toi.

— Père, vous savez qu'Albert a pris la suite de notre oncle Amédée à Kervalon. Il m'a cédé des terrains. Je les ai mis en vente...

— Tu as des acheteurs ?

— J'ai eu des offres dont deux qui me paraissent intéressantes. Je suis indépendante, je gagne ma vie et...

Apolline hésita avant de continuer.

— Et je pense que si vous deviez vous défaire de l'avenue Victor-Hugo, ce serait le moment. L'hôtel particulier est un gouffre financier, en impôts, en frais de personnel, en maintenance. Habiter là a été pour moi une chance, tant que mes enfants étaient jeunes, cela m'a permis de garder Madeleine près de nous...

— Où vivras-tu ? coupa son père.

— J'aimerais avoir une maison à moi.

Hyacinthe ne répondit pas tout de suite, mais il se fit la réflexion que les humains tardaient toujours trop à se parler. « Ainsi ma fille restait avenue Victor-Hugo pour moi, alors que moi je restais pour elle. » L'automobile venait de quitter la petite ville de Neuilly pour Paris. L'Arc de triomphe se détachait dans le fond.

— Vous avez dit vous-même qu'il y a un moment dans la vie où il faut savoir prendre des décisions, poursuivit-elle... Ne serez-vous pas mieux à Neuilly ? Et tante Gertrude me fait tant de peine toute seule dans cette grande maison. Elle est perdue, démunie.

Apolline se tut et regarda les immeubles défiler. L'automobile tourna autour de l'Arc de triomphe. Dans quelques minutes, ils seraient arrivés.

— Père, il y a autre chose qu'il faut que je vous dise... J'ai l'intention de refaire ma vie.

Le baron donna un coup de volant, et se gara contre le trottoir.

— Avec qui ?

— Le baron von Reinecker.

Hyacinthe accusa le coup.

— Tes fils sont au courant ?

— Pas encore. Je voulais vous l'annoncer en premier.

— Augustin est venu me voir dans mon bureau...

— Et que vous a-t-il dit ?

— Cet enfant voue un véritable culte à son père, c'est trop, je te l'accorde, mais jamais il n'acceptera que tu épouses un Allemand !

— Pour l'instant, il n'est pas question de mariage, mais que je fasse ma vie avec lui.

— De mieux en mieux !

Hyacinthe redémarra. L'automobile remonta l'avenue, tourna un peu sèchement, s'arrêta sous le porche. Apolline sortit, remercia distraitement le jeune homme qui lui avait ouvert la portière ; elle était pâle, défaite. Le père et la fille gravirent ensemble les marches du grand escalier.

— Je vais travailler en attendant l'heure du dîner, dit-elle.

L'air désolé, il regarda Apolline.

— Ce sera difficile avec Augustin. Il est tout d'une pièce, têtu, égoïste comme on peut l'être à son âge. Je ne peux malheureusement rien faire d'autre que te mettre en garde.

18

Berlin

Dès son retour à Berlin, Axel prit rendez-vous avec son père. Le baron von Reinecker était un homme sec, distingué, aux principes rigides. Si le père et le fils se respectaient, ils ne se témoignaient guère d'affection. Le peu qu'ils éprouvaient restait caché, il aurait été vulgaire d'étaler ses sentiments.

— Je suppose que si tu es venu me voir, c'est que tu as quelque chose de précis à me dire.

— En effet.

Le baron chaussa son monocle et regarda son fils.

— Je t'écoute.

— Vous connaissez, père, ma situation familiale...

— Oui, justement, je voulais te demander des nouvelles d'Elena.

— Ni mieux ni plus mal. Avec tous les médicaments qui lui sont administrés... Il n'y a plus aucun espoir qu'elle se remette un jour.

— C'est une situation difficile, j'en conviens.

Axel, amer, pensa : « Mon père me plaint, mais songe-t-il au calvaire que j'endure ? »

— Vous au moins avez-vous eu la chance de pouvoir refaire votre vie après la mort de ma mère...

— Tu appelles cela une chance de perdre sa femme ?

— Avez-vous songé, père, que je suis marié mais que je n'ai ni femme ni enfant ?

— C'est une situation peu banale, je te l'accorde. Enfin, rien ne t'empêche de courir le monde et d'avoir des maîtresses !

— Vous appelez cela une vie ?

— Bien des hommes s'en contenteraient.

— Eh bien, pas moi.

— Que dois-je comprendre exactement ?

— Que j'ai l'intention de demander le divorce.

Le baron von Reinecker eut un haut-le-cœur.

— Un von Reinecker ne divorce pas !

— C'est le qu'en-dira-t-on qui vous fait peur ?

— La famille passe avant l'individu. Tu ne respectes décidément rien !

— Vous père, vous avez eu la chance de vous remarier, d'avoir un deuxième fils, simplement parce que vous étiez veuf. Eh bien, sachez que je me considère comme veuf.

Son père eut un sourire sarcastique.

— Tant qu'Elena sera vivante, tu resteras marié, que tu le veuilles ou non !

— Très bien, si vous le prenez ainsi, je préfère m'en aller.

Il fit un signe quasi militaire à son père avant de sortir.

Axel reprenait son chapeau quand sa belle-mère parut dans le hall d'entrée.

— Axel vous êtes là ! Je suis heureuse de vous voir !

Axel regarda la jolie femme blonde.

— Excusez-moi, mais je dois partir !

— Partir ! Mais votre père va être désolé !

— Je ne crois pas, dit-il très bas, si bas qu'elle ne l'entendit pas.

Il s'élança dans l'escalier et dévala les marches jusqu'à ce qu'il rencontre un garçon de dix ans qui montait. C'était son frère Karl.

— Eh ! Mais tu t'en vas ?

Axel regarda l'enfant au regard clair. Une mèche blonde barrait son front.

— Un contretemps.

Axel frotta les cheveux blonds du garçonnet.

— Arrête ! Je ne suis plus un enfant, dit-il furieux.

— Ah oui ?

— Je suis un futur soldat du Reich et comme tel on me doit le respect !

Axel regarda son jeune frère, consterné.

— Qui t'a mis ces sornettes dans la tête ?

— Je te défends de me parler comme ça ! Si tu recommences, je serai obligé de te dénoncer !

— Rien que ça !

— Ce n'est pas un jeu, en bon citoyen nous devons dénoncer tous ceux qui sont contre notre Führer !

— Bien, très bien... alors à une autre fois !

Axel descendit les dernières marches. Debout sur le trottoir, il se demandait s'il n'avait pas été sujet à des hallucinations. Son frère, son propre frère qui n'avait que dix ans, était déjà embrigadé dans les jeunesses hitlériennes.

Devant les barrières de la clinique privée, Axel déclina son identité. Une fois toutes les vérifications faites, les barrières se levèrent. Lentement il remonta l'allée bordée de pelouse jusqu'au parking. Tout était calme, tranquille. On n'entendait que les oiseaux chanter. La maison de repos, comme l'appelaient pudiquement ceux qui y travaillaient, était en réalité une clinique psychiatrique. À l'entrée, il sonna. Un infirmier aussi haut que large vint lui ouvrir. La clinique était mieux gardée qu'une prison.

— Monsieur von Reinecker ?

— Absolument.

— Le directeur va vous recevoir.

Les deux hommes échangèrent une poignée de main. Cela faisait douze ans qu'ils se connaissaient.

— Comment se porte ma femme ?

— Aussi bien que possible.

— Je peux la voir ?

— Je vais vous faire attendre quelques minutes, le temps que je prévienne le personnel. Il faudra préparer psychologiquement votre femme à votre visite... la moindre émotion peut provoquer des crises d'angoisse. Une infirmière viendra vous chercher. La prochaine fois, prévenez de votre visite au moins la veille...

Axel se leva.

— Je sais, je n'ai pas pu le faire... Je vous remercie de votre compréhension.

Devant la chambre 7, l'infirmière sortit une clé. Elle ouvrit et annonça :

— Madame von Reinecker, une visite ! (Elle se tourna vers Axel.) Entrez monsieur. Ne restez pas trop longtemps pour ne pas la fatiguer. Si vous avez besoin de quelque chose vous n'aurez qu'à frapper à la porte, je serai dans le couloir.

Il entra. La porte se referma. Il entendit la clé tourner dans la serrure et il eut froid dans le dos. À présent, il était seul avec sa femme. Elle était assise devant la fenêtre. Elle n'avait pas tourné la tête vers lui quand il était entré.

— Elena ?

Comme elle ne semblait pas entendre, il s'approcha.

— Elena ! C'est moi, Axel.

— Axel ?

Il se pencha, prit une de ses mains dans les siennes.

— Comment te sens-tu ?

— Bien...

Dans son regard sans expression, il chercha une étincelle qui lui prouvât qu'elle était vivante, mais ses yeux n'étaient qu'un puits sans fond, un désert immense et aride. À trente-huit ans, cette femme qu'il avait follement aimée s'était petit à petit enfermée dans un monde auquel il n'avait pas accès. Elle dormait, elle marchait, elle mangeait comme un automate, sans réagir. Indifférente à tout, elle ne semblait pas souffrir. Pourtant, elle avait, plusieurs fois, attenté à ses jours.

— Que fais-tu ?

— Je regarde les arbres, j'écoute les oiseaux chanter... Tu entends comme ils chantent bien ?

— Oui, Elena, je les entends. Est-ce que tu voudrais un jour rentrer à la maison ?

— Je suis bien ici, tout le monde est gentil avec moi. Tu comprends, je n'ai pas peur ici.

— Peur de quoi Elena ?

— Peur de ces gens qui ont tué mon bébé. (Elle fixa Axel de son regard gris, sans vie.)

Une larme s'échappa, coula le long de sa joue.

Axel, le cœur navré, se pencha vers sa femme, il la prit dans ses bras, lui caressa les cheveux comme il l'aurait fait d'une toute petite fille sans défense.

— Ne pleure pas, c'était un accident, personne n'y peut rien. Moi, pas plus que toi. Il ne faut plus penser à tout ça... Elena, j'ai quelque chose à te dire, quelque chose d'important. J'ai rencontré une femme, j'en suis très épris. Elle s'appelle Apolline, elle est française...

— La langue française est si jolie, dit-elle après un silence.

Elena sembla un moment rêver puis elle se mit à réciter un poème de Ronsard.

— *Mignonne, allons voir si la rose qui ce matin avait déclose...*

— Elena, je voudrais vivre avec elle, l'épouser.

Tandis qu'il disait cela, il n'avait pas quitté des yeux les traits diaphanes, le regard vide. Soudain elle dit :

— Axel, entends-tu les oiseaux ? Un jour je serai comme eux, je volerai, je chanterai. Je serai libre. Si un jour d'hiver sans soleil tu entends un oiseau chanter très fort et juste devant toi, tu penseras à moi. C'est que j'aurai enfin cessé de souffrir.

— Elena, as-tu compris ce que je te disais ?

Mais Elena avait définitivement échoué sur des rivages inconnus, elle ne répondit plus.

Désolé, Axel se leva, frappa à la porte pour que l'infirmière lui ouvre. Celle-ci jeta un regard vers Elena. Voyant qu'elle était calme, elle referma la porte.

Pris d'une rage froide, il ordonna :

— Je veux voir le nouveau psychiatre qui s'occupe de ma femme !

— Très bien monsieur, suivez-moi.

L'infirmière prit un premier couloir, poussa une première porte, puis une autre. Elle le fit entrer dans un bureau où travaillait un homme en blouse blanche. Ce dernier se leva.

— Bonjour, monsieur von Reinecker. Prenez place.

La poignée de main fut franche.

— Cela fait douze ans que ma femme vit entre ces murs et je ne vois aucune amélioration.

— Votre femme a eu un choc à la mort de votre petite fille, elle est tombée dans une profonde dépression.

— Abrutie de médicaments depuis des années, comment pourrait-elle redevenir elle-même ?

— Je comprends votre sentiment. Je peux essayer de lui administrer un traitement plus léger, mais comprenez que je dois rester prudent : votre femme a des tendances suicidaires. De plus, je pense qu'elle refuse la réalité... celle-ci est trop douloureuse, vous comprenez.

— Que puis-je espérer à l'avenir ?

— Nul ne le sait... mais je dois être franc, après douze années passées ici, il y a peu d'espoir qu'elle revienne un jour à la vie normale.

— Autrement dit, je suis enchaîné à une ombre. À quelqu'un qui ne tient debout que grâce aux drogues. Ces médicaments sont un écran de fumée qui l'empêche de penser, des béquilles qui la maintiennent debout alors qu'elle refuse de marcher, de vivre... N'est-ce pas criminel ?

— Votre point de vue est tout à fait exact. Nous administrons à votre femme un cocktail de drogues qui annihile sa volonté mais aussi, monsieur, et c'est pour nous le plus important, qui calme sa souffrance. Car ces malades-là souffrent au point qu'ils appellent de tous leurs vœux la mort. Si la famille est d'accord, nous essayerons un nouveau traitement. Je ne vous cache pas qu'il y a un risque.

— Quel risque ?

— Qu'elle attente à nouveau à ses jours.

— Je vous remercie, docteur, de votre franchise.

Décontenancé, Axel se leva. Le psychiatre en fit autant. Dehors il prit une grande bouffée d'air. Il était terriblement oppressé. Il se mit au volant de son automobile et resta un long moment à réfléchir.

19

Courbevoie, printemps 1938

Hyacinthe passa dans la chambre de son fils. Il remonta la couverture de façon que celle-ci recouvre les épaules du garçonnet, puis il le contempla. Ses cheveux en bataille, ses longs cils courbés, ses lèvres charnues légèrement ouvertes par lesquelles s'échappait un souffle régulier. Cet enfant lui avait fait découvrir l'amour sans condition. Chaque fois qu'il regardait Paul, il ne pouvait faire autrement que de demander pardon à Auguste d'avoir été un père plein de certitudes et vide d'amour. Ce matin, précisément, il avait fait ce dont il ne se serait jamais cru capable quelques années plus tôt : signer la vente de son usine. La chapellerie Saint-Eliph était passée en des mains étrangères. Il garderait son bureau de directeur, travaillerait encore deux ans, le temps de la passation de pouvoir... Et après, qui sait ?

Comme pour protéger son fils, Hyacinthe plaça sa main sur sa tête.

— Je te promets, Paul, de vous mettre toi et ta mère à l'abri du besoin.

Dans son sommeil l'enfant bougea, se retourna. Hyacinthe sortit sur la pointe des pieds de la chambre pour gagner la sienne. Il était rare qu'il reste dormir avec Rose mais ce matin, il avait pris une décision difficile et il sentait comme un grand vide. Rose le comprit. Elle comprenait toujours tout.

La limousine blanche passa lentement le portail de la maison de Neuilly. Gertrude fit aussitôt irruption. Elle brûlait de savoir si son frère avait signé, mais ne posa aucune question et l'accompagna jusqu'au salon.

— Tu veux un apéritif ?

— Sers-moi un verre de ce que tu veux.

Elle prit la carafe qui contenait du porto, et, pour une fois, remplit deux petits verres, puis mit le chat sur ses genoux. Hyacinthe, après un long silence, posa son verre encore à moitié plein sur le guéridon et finit par dire :

— J'ai signé la vente des Manufactures hier.

Prudente, Gertrude ne répondit pas.

— Où préfères-tu vivre ? À Neuilly ou à Paris ?

— Ici. Mais toi, qu'en penses-tu ?

— Que c'est beaucoup de changement en peu de temps... (Hyacinthe poussa un soupir.) Mais qu'en pensent tes filles, tes petits-enfants ? reprit Gertrude.

— Anne-Sophie ne se sent pas concernée, quant à Apolline... Elle veut refaire sa vie.

— Avec qui ?

— Avec un Allemand.

— Mon Dieu ! fit-elle portant les mains devant sa bouche.

— Quant à mes petits-fils, si je vends l'hôtel de l'avenue Victor-Hugo, j'offrirai à chacun un appartement. Ils ne perdront pas au change.

Hyacinthe se leva, fit les cent pas dans le salon. Gertrude, inquiète, suivait son frère du regard.

— Bien, reprit-il, je pense que tu as compris que je n'étais pas contre m'installer à Neuilly. C'est un peu la campagne près de Paris. Cependant, ce sera à une condition : que nous gardions chacun notre indépendance. Et que tu me laisses libre de faire ce que je veux du petit pavillon. Il n'est pas loin de tomber en ruine, il ne sert plus depuis des années, depuis que Jules y habitait.

— Tu veux t'y installer ?

— Non.

Hyacinthe tourna le dos à sa sœur. Il voyait par la fenêtre les arbres se couvrir de feuilles d'un vert acidulé. Il pensa à Paul, à la lueur triste qu'il lisait dans son regard chaque fois qu'il partait. Il pensa à Rose qui jamais ne se plaignait. Il pensa à lui, à son désir de voir son fils grandir, à son désir de vivre près d'elle. À près de soixante-dix ans, il ne se sentait plus assez vaillant pour mener deux vies en parallèle, comme il l'avait fait jusque-là. Il se retourna d'un bloc, observa le matou qui ronronnait sur les genoux de sa maîtresse. Gertrude restait comme pendue à ses lèvres. « Ma pauvre sœur n'a pas eu une vie facile », se dit-il.

— Je voudrais profiter des travaux que je vais faire ici pour arranger le pavillon. J'ai l'intention d'y installer des amis... qui me sont proches.

— À ta guise, répondit Gertrude qui ne comprenait pas où son frère voulait en venir.

— Une femme et son fils viendront y habiter.

— Très bien.

Un silence se fit.

— Il faut que tu saches que le petit garçon est mon fils.

— Je ne suis pas sûre d'avoir bien compris...

— Tu as bien compris.

— Quel... quel âge a-t-il ?

— Huit ans.

— Et tu ne m'as jamais rien dit ? Mais la mère et le fils habitaient où jusque-là ?

— Du côté de Courbevoie.

— Alors... c'est eux que tu allais voir le dimanche ?

— C'est exact.

— Un fils, murmura-t-elle, un petit homme de huit ans, mais c'est merveilleux ! Absolument merveilleux ! On va à nouveau entendre des rires d'enfant dans le jardin ! Quel est son prénom ? Et comment est cette jeune femme ?

— Gertrude, je ne veux pas, tu entends, je ne veux pas que tu approches cet enfant ni même sa mère ! Chacun chez soi ! J'habiterai ici mais j'irai souvent les voir, et seul. C'est ma vie et je tiens à la préserver. Pas un mot à la famille. Jure-le-moi !

— Je le jure sur la tête de notre mère. Cela te convient ? répondit-elle, vexée de se voir évincée d'un bonheur à portée de main.

C'était comme si la porte, à peine entrouverte, s'était refermée violemment sur ses doigts.

Augustin arriva à huit heures précises, souriant, tiré à quatre épingles. Il alla embrasser sa mère.

— Alors, ta vie à Sciences-Po ?

Comme chaque fois qu'ils se voyaient, la mère et le fils parlaient librement de tout. De politique, de la dernière exposition, du dernier film. Pendant le repas, ils refirent le monde. Quand se présenta le dessert, Augustin s'exclama, les yeux écarquillés :

— Une île flottante ! Mon dessert préféré !

Apolline sourit.

— Dis-moi, il paraît que tu rentres souvent tard le soir...

— Cela m'arrive, avoua-t-il en riant.

— Tu as une femme dans ta vie ?

— Mère ! fit-il semblant de s'offusquer.

— Eh bien, n'as-tu pas l'âge de t'amuser ?

— Pour clore le sujet, disons que j'ai plusieurs centres d'intérêt, comme cela c'est moins dangereux.

— Pour qui ?

— Pour moi !

— Et le mariage ?

— Je ne veux surtout pas en entendre parler !

Le dîner fini, Apolline invita son fils à s'asseoir sur un des canapés. Dans la cheminée, aucun feu ne brûlait.

— Vous avez du bois quelque part ? Il fait froid ce soir.

— Dans le coffre à côté de la cheminée.

Apolline regarda son fils préparer le feu ; elle se demandait comment elle allait aborder le sujet pour lequel elle l'avait fait venir. Les flammes s'élevèrent et léchèrent le petit bois. Augustin mit le pare-feu, frotta ses mains poussiéreuses.

— Le bois est bien sec, je pense qu'il va prendre.

Augustin se releva et se tourna vers sa mère.

— Vous avez quelque chose à me dire, mère ?

— Oui. Et je ne sais pas comment m'y prendre. Assieds-toi et écoute-moi. Depuis la mort de ton père, j'ai dû assumer seule votre éducation. Cela n'a pas été difficile, j'ai eu la chance d'avoir deux fils merveilleux, la chance de pouvoir exercer mon métier, grâce à Madeleine mais aussi à votre tante Anne-Sophie qui vous adorait. Mes enfants et la musique ont rempli ma vie, mais le temps passe et je me retrouve seule.

— Seule ? Et votre lord ?

— Quel lord ? se défendit-elle, rouge de confusion.

— Tout finit toujours par se savoir... Dois-je vous rappeler que vous êtes une femme publique ? Il n'y a pas un mois sans qu'il n'y ait un article qui paraisse sur vous.

Déstabilisée, mal à l'aise, Apolline n'en continua pas moins.

— Cette année, ton frère passe son baccalauréat, il sera à son tour indépendant, vous allez faire votre vie.

— Ne me dites pas que vous avez l'intention de vous remarier !

— Pourquoi pas ?

— Et mon père ? questionna Augustin sèchement.

— Ton père, je l'aimais profondément. Il est mort voilà vingt ans. Vingt ans, Augustin ! Je peux, peut-être, penser à moi maintenant.

— N'est-ce pas déjà ce que vous faites ?

— Lord Carmington est un ami cher, mais un ami.

— Vous faites bien de le préciser.

— Ne sois pas insolent. Ce n'est pas avec lui que j'ai l'intention de refaire ma vie...

Augustin fit un bond.

— J'espère au moins que ce n'est pas avec l'Allemand qui, à un moment, venait ici plusieurs fois par semaine, sous prétexte de répéter !

— Tu as refusé de le rencontrer, c'est dommage car le baron von Reinecker est un homme très bien.

— Un homme très bien ! s'exclama-t-il hors de lui, et continuant sur un ton grinçant : Ne comptez pas que je serre un jour la main d'un Boche !

— Je t'en prie, Augustin, écoute-moi.

— Je ne veux pas en entendre davantage !

La porte claqua. Apolline sursauta. La violence du geste fut telle qu'elle en eut le souffle coupé : son fils était parti sans même l'écouter. Sous la douleur elle n'en continua pas moins à dire comme pour elle-même : « Axel est un être sensible... un être merveilleux, comme... comme je n'espérais plus en rencontrer. Je... je ne veux pas passer à côté d'une telle chance... peut-être la dernière qui me sera donnée... » Mais les sanglots étouffèrent ses derniers mots.

20

Le château de Kervalon

À une heure, Blanche frappa à la porte d'entrée. Albert, qui avait fait un feu dans la cheminée du salon, alla lui ouvrir. Il la débarrassa de sa cape. C'était la première fois qu'Albert voyait la jeune femme sans sa blouse d'infirmière et son bandeau dans les cheveux. Elle lui parut encore plus jolie.

— Entrez ! J'étais en train de préparer un feu pour chasser l'humidité.

Blanche tendit les mains vers les flammes et regarda autour d'elle.

— On se sent bien ici. Vous avez eu raison de ne pas vous installer au château... Toutes ces grandes pièces...

— C'est sinistre, n'est-ce pas ?

La jeune femme regarda Albert, elle fit une moue et avoua :

— Pas très gai, c'est vrai.

— Il y a combien de temps que vous vous occupez de ma tante ?

— Deux ans.

— Et vous n'avez pas envie d'être indépendante... je ne sais pas... travailler dans un hôpital par exemple ?

— Si, bien sûr !

— Alors qu'est-ce qui vous en empêche ?

Blanche ne voulut pas mentir.

— Le travail est mieux payé chez les particuliers et je n'ai pas le choix. Mon père est décédé il y a deux ans, il était menuisier. Financièrement, je dois aider ma mère.

— Je vous demande pardon, je ne savais pas.

Alors qu'Albert cherchait comment réparer sa maladresse, Marthe se présenta ceinte d'un grand tablier blanc.

— Monsieur est servi.

— Très bien, alors passons à table !

Albert fit le service du vin.

— Un doigt, juste pour goûter, tout à l'heure je reprends mon service.

— J'ai une idée. Pendant le repas, vous me parlerez de vous, je vous parlerai de moi. Nous n'évoquerons que les sujets agréables. Regardez, je mets cette coupelle sur la table. Le premier qui faillit à la règle aura un gage et devra mettre un sou.

— C'est entendu, répondit Blanche, amusée.

Elle parla simplement mais joliment de Rennes, la ville où elle était née. Elle parla de sa vie familiale, de sa sœur qui était mariée et qui avait deux fils. Elle parla de ses études d'infirmière, de ses amis.

— Vous n'avez pas de fiancé ?

— Non.

— Vous avez fait un sans-faute ! s'exclama Albert. La coupelle est restée vide. J'espère que j'en ferai autant. À mon tour. Je suis l'aîné de quatre enfants, j'ai une sœur et deux frères jumeaux. La maison où j'ai vu le jour est située sur une colline en pente douce. C'est un manoir normand, avec sa tour, ses colombages...

Albert parla longuement. Il y avait longtemps que les pigeons cuisinés par Léontine avaient été avalés ainsi que le fromage et le dessert.

— Et votre jambe, c'est un accident ?

— Non... La guerre.

Albert prononça le mot guerre avec une telle intonation que Blanche s'empara de la coupelle.

— Un sou ! dit-elle.

Albert, bon perdant, éclata de rire :

— Vous avez raison, Blanche, autant pour moi !

Il fouilla dans sa poche et lança un sou dans la coupelle.

Blanche n'eut pas le temps de prendre un café, elle était en retard. Elle devait regagner le château. Avant de passer la porte, elle sortit des poches de sa cape un paquet mal ficelé.

— Ce n'est pas très présentable, mais je vous ai préparé de quoi faire un cataplasme d'herbes pour vos blessures.

— Merci, Blanche, d'avoir pensé à moi. Mais comment faut-il le préparer ?

— C'est très simple, je passerai une fin d'après-midi pour vous montrer...

Elle sortit, fit un signe de la main et courut jusqu'au château. Il ne pleuvait plus. Un rayon de soleil avait percé les nuages.

Le soir, Albert se jeta sur son lit tout habillé. Les mains croisées derrière la tête, il réfléchit. Il se dit qu'il y avait un an, il faisait ses bagages. Sa vie tranquille avait été bousculée, taillée en pièces. Il pensa à Blanche et son cœur s'émut. Sans doute était-ce cela l'amour ? Tantôt il s'exaltait, tantôt il souffrait de ne pas savoir si ses sentiments étaient partagés. La jeune femme lui plaisait ; son regard, son sourire, ses gestes étaient en harmonie avec son caractère patient et doux. Pour la première fois depuis bien longtemps, il se mit à rêver à une vie à deux. Mais aussitôt une petite voix intérieure lui disait : « Mon pauvre Albert, retombe sur terre, tu as presque quinze ans de plus qu'elle, tu ne peux ni courir ni même marcher plus de trois cents mètres, tu es un invalide, un infirme à vie ! Cette jeune femme est en droit d'espérer mieux. Regarde-toi ! » Albert se leva, se déshabilla. Pour éviter de regarder son corps couvert de cicatrices, il se glissa sous les couvertures. Le visage de Blanche l'accompagnait toujours.

21

Paris

— Comme c'est agréable ici ! s'exclama Apolline en passant le seuil.

C'était la première fois qu'elle était invitée à venir dans le nouvel atelier. Par la verrière se déversait un flot de lumière. Pour se protéger du soleil, Anne-Sophie avait fait tendre des toiles blanches qui flottaient au plafond comme des voiles. Sur les murs peints à la chaux des œuvres étaient accrochées, certaines séchaient, d'autres attendaient d'être finies. Sur le parquet brut, des cadres étaient posés. Sur la table à tréteaux, des tubes de peinture, des bocaux, des pinceaux, des brosses se côtoyaient au petit bonheur ; Anne-Sophie se sentait bien dans ce désordre qu'elle disait ordonné et sur lequel elle veillait jalousement. Personne n'avait le droit d'y toucher.

— Avec Adelphe, nous nous sommes arrêtées au passage chez le pâtissier pour prendre des gâteaux.

Anne-Sophie avait fini par acheter les deux étages qui se situaient au-dessus de la galerie. L'appartement comportait une très grande pièce éclairée par trois fenêtres, une grande chambre, une salle de bain, une cuisine ; le tout décoré Art déco. Apolline chercha un plateau, des tasses, mais les placards étaient désespérément vides.

— Tu manques de vaisselle, remarqua-t-elle en sortant de la cuisine.

— Et aussi de meubles..., rétorqua Anne-Sophie, mais je n'aime que le moderne... Avenue Victor-Hugo tout est sombre, figé, vieillot ! Je ne sais pas comment tu as fait, Apolline, pour vivre si longtemps là-bas !

— Je ne voulais pas laisser père seul et, de toute façon, je n'ai pas encore trouvé la maison idéale...

— Je croyais que vous aviez des acheteurs pour l'hôtel particulier ? questionna Adelphe.

— Père doit signer le compromis à la fin de la semaine, dit Apolline. L'hôtel serait divisé en plusieurs appartements. Il a demandé un délai de quatre mois, le temps de terminer les travaux à Neuilly, le temps aussi de déménager. Je vois cela arriver avec terreur.

— Oncle Hyacinthe va habiter avec sa sœur ?

— Il est prévu que tante Gertrude s'installe dans les anciens appartements de grand-mère, tandis qu'il occuperait l'étage. Il a l'intention de tout refaire.

— Quarante ans qu'aucune rénovation n'a été entreprise ! s'exclama Anne-Sophie. Ça va donner un sacré coup de jeune à la maison. Je ne le reconnais pas ! Lui que je croyais vieux jeu, agrippé à ses habitudes... C'est à se demander s'il n'y aurait pas une femme là-dessous !

— Que vas-tu chercher ! répondit Apolline. Il paraît qu'il aurait aussi l'intention d'entreprendre des travaux dans le pavillon qui n'était plus habité depuis des années...

Un silence se fit. Ariane demanda si elle pouvait jouer à la poupée. Après en avoir reçu l'autorisation, elle se leva, laissant la moitié du jus d'orange et le gâteau à peine entamé.

— C'est demain que tu as rendez-vous ? questionna Anne-Sophie.

— Oui.

— Tu verras, c'est un spécialiste de l'anorexie chez les enfants. Il sera de bon conseil.

— J'espère, car cet hiver j'ai vécu l'enfer.

Adelphe avait baissé le ton, ses yeux se remplirent de larmes.

— Écoute, il va forcément trouver une solution, la rassura Anne-Sophie. Il faudra peut-être la faire suivre par un psychologue.

— J'ai déjà tout essayé, répondit Adelphe, découragée.

— Au pire, intervint Apolline, tu enverras Ariane chez Madeleine, elle me l'a proposé plusieurs fois.

Ariane souriante revint avec la poupée que sa marraine lui avait offerte. Elle s'assit dans un coin du salon et sagement s'amusa à l'habiller et à la déshabiller. Le téléphone sonna, Anne-Sophie répondit.

— On me demande à la galerie : un acheteur étranger. Je dois descendre.

— Nous rangeons, ensuite nous rentrons avenue Victor-Hugo. Adelphe, ça te va ?

— Très bien, je voudrais qu'Ariane se couche tôt ce soir.

Ariane fut mise au lit de bonne heure par Fine. Les deux cousines, comme au bon vieux temps, dînèrent en tête à tête. Afin de bavarder tranquillement elles avaient commandé un repas froid.

— Comment va Gilles ? s'enquit Apolline.

— Bien. Il est resté à Caen avec les deux aînés.

— Il doit se faire du souci pour Ariane.

— Oui, mais il ne le montre pas. Il me reproche de trop la couver mais je me sens tellement fautive.

— Fautive de quoi ?

— Je me dis que quand elle était bébé, je ne me suis peut-être pas assez occupée d'elle ou alors trop... Je ne sais pas, je suis tellement inquiète.

— Et Ariane sent ton inquiétude.

Adelphe hésita.

— Cette enfant me dépasse : parfois elle dit des choses qui me font peur.

— Comme quoi ?

— Elle me dit qu'elle voit des âmes, qu'elle parle avec des morts.

— Je sais, dit Apolline. À Lucillac elle dormait dans la chambre qui était autrefois celle de Jules. Elle m'a dit qu'un monsieur venait lui parler la nuit. Ce n'étaient pas des mensonges, elle m'a décrit Jules.

— Si je dis la vérité au psychiatre, il pensera que ma fille est folle !

Adelphe éclata en sanglots. Apolline se leva, la prit par les épaules et l'invita à s'asseoir sur le canapé.

— Ariane n'est pas folle, c'est un don. Ce doit être de famille... Grand-mère Amélie avait une sensibilité exacerbée. Tu te souviens quand nous étions enfants, on se moquait d'elle quand on la surprenait à parler tout haut, aux nuages, aux arbres, aux oiseaux ?

Elle disait que pour ceux qui savent regarder, écouter, tout était signe.

— C'est vrai, reconnut Adelphe, cela me faisait rire.

— Quelques jours avant sa mort, elle m'a dit que tout au long de sa vie, les oiseaux lui avaient annoncé les nouvelles importantes, les bonnes comme les mauvaises.

— Elle ne m'a jamais fait ce genre de confidences...

— Perdre sa mère à dix ans oblige à regarder la vie différemment, à se poser des questions sur la mort, mais aussi sur la survivance de l'âme. La souffrance fait grandir.

— Alors toi aussi tu aurais ce don ?

— Je crois que oui, reconnut Apolline. Plusieurs fois j'ai senti la présence de ma mère. Je l'ai même entendue me parler. Ce n'était pas avec des mots bien sûr, mais comment expliquer ? Cela se passait d'esprit à esprit ou si tu préfères d'âme à âme.

Adelphe écoutait Apolline, bouche bée.

— Et tu ne m'as jamais rien dit !

— J'avais peur que tu ne comprennes pas.

— Tu as raison, je n'aurais sans doute pas compris. Tu as eu d'autres manifestations de ce genre ?

— Amélie m'avait confié que lorsqu'elle avait visité le Manoir la première fois, une nuée de passereaux était passée et repassée avec insistance au-dessus des toits. À ce signe elle avait compris que c'était ici qu'elle s'installerait. Le jour de son enterrement, des passereaux ont volé au-dessus de ma tête avant de filer vers le cimetière. J'ai compris qu'Amélie était en paix.

— Mais est-ce qu'il t'arrive d'avoir encore des signes ?

— Il y a longtemps que cela n'est plus arrivé... depuis la mort de Jules.

— La mort de Jules... ?

— Nous revenions du village en carriole, Augustin était assis entre nous deux et Alexandre était sur mes genoux. Ce jour-là, j'ai vu un corbeau sur la barrière que nous longions. Il m'a regardée longuement avant de pousser un cri et de partir.

— J'étais assise à côté de toi et pourtant je n'ai rien remarqué.

— Je sais. Il était là pour moi. J'ai tout de suite compris qu'il venait m'annoncer un malheur. À la mort d'Auguste, c'est une multitude de corbeaux qui m'en ont avertie.

— Heureusement que je n'ai pas ce don, je crois que j'en mourrais. À quoi ça sert d'être prévenue si tu ne peux pas agir sur les événements ?

— Tu as raison, mais c'est comme ça, on n'y peut rien.

À la pendule sonnèrent dix coups. Mais ni l'une ni l'autre ne prêtèrent attention à l'heure. Les deux cousines avaient rarement l'occasion de parler à cœur ouvert.

— Comment va lord Carmington ? hasarda Adelphe.

— J'ai rompu. J'ai rencontré quelqu'un d'autre.

— Tu es amoureuse ?

— Follement. Mais c'est une histoire compliquée.

— Encore !

— Il a tout pour lui...

— Mais ?

— Il est allemand.

— Je ne vois pas le problème.

— Ce n'est pas l'avis de mon fils aîné. Tu sais quelle vénération il porte à son père. Pour lui, tous les Allemands sont des Boches. J'ai été invitée à donner un concert à l'ambassade d'Allemagne... Il a refusé de venir.

— Cela lui passera !

— Je crains que non. Augustin a été marqué par la mort de son père.

— C'est normal, mais tu sais aussi combien il t'adore. Il suffit de voir son expression quand il te regarde.

— Je suis sa mère mais, plus important encore, je suis la veuve de Jules Garancière, et, à ce titre, intouchable.

— Tu as essayé de lui parler ?

— Sa réaction a été d'une violence inouïe. (Apolline marqua un temps.) De toute façon, tout est compliqué : Axel est marié.

Adelphe avança timidement :

— Et tu ne peux pas vivre cet amour clandestinement ?

— C'est bien ce que nous faisons.

— Alexandre est au courant ?

— Il n'a pas l'égoïsme de son frère. En plus Axel est un excellent violoniste, ils ont tout de suite trouvé un terrain d'entente.

— Et le divorce ?

— C'est ce qu'il voudrait obtenir, mais sa femme est dépressive, elle vit dans une clinique depuis des années, et, avec tous les médicaments que les psychiatres lui donnent, elle est comme assommée.

« Alors c'est sans espoir », se dit Adelphe, navrée. Elle se demandait pourquoi Apolline rencontrait tant de drames dans son existence alors que sa vie à elle, mis à part le problème qu'elle avait avec sa fille, était si simple. Déjà enfant, cette question la taraudait : pourquoi elle et pas moi ?

22

Berlin, printemps 1938

Axel revenait de Rome et il n'était pas mécontent d'être de retour chez lui. La porte d'entrée à peine refermée, Fräulein se présenta.

— Monsieur a fait bon voyage ? Il voudra dîner ? J'ai préparé...

— Merci, Fräulein, mais pour l'instant je n'ai pas faim !

Fräulein partit en traînant le pas. Axel s'assit à son bureau. Fräulein était à sa dévotion mais elle était aussi son chien de garde. Et jamais encore il ne s'était risqué à ramener chez lui une femme. Dans le silence de son bureau, il entreprit de regarder son courrier. Il ouvrit en premier la lettre d'Apolline. Il avait tout de suite reconnu l'écriture régulière, élégante. Elle lui annonçait qu'elle avait enfin trouvé la maison de ses rêves à Saint-Cloud. Axel huma le papier à lettres qui sentait son parfum. Il ferma les yeux et rêva au jour où il vivrait avec elle. Il poussa un soupir de regret, s'obligea à revenir au moment présent, tria les quelques lettres qui lui restaient à ouvrir. Son regard s'arrêta sur une enveloppe qui provenait de la clinique où séjournait sa femme.

Le psychiatre lui annonçait que le nouveau traitement essayé sur Elena faisait merveille et que, désormais, elle passerait chaque fin de semaine dans sa famille. La tête dans les mains, Axel resta un long moment sans bouger. Il voyait son union avec Apolline s'enfoncer dans les brumes, il lui semblait vivre un cauchemar éveillé. Dès le lendemain matin, il appellerait son beau-père.

Le portail passé, Axel alla se garer derrière l'ambulance qui avait amené sa femme chez ses parents. Les pieds de plomb, il alla sonner à la porte d'entrée. Une femme de chambre lui ouvrit.

Dès qu'Axel franchit la porte, sa belle-mère l'accueillit. Elle était certainement une excellente épouse, une bonne mère, mais elle était aussi une incorrigible bavarde. Il redoutait de se trouver face à elle.

— Merci Axel pour les fleurs, dit-elle en montrant le bouquet posé sur la table d'appoint. Je l'ai reçu ce matin, cette attention me touche...

Axel embrassa ses deux belles-sœurs.

— Bonjour, Axel, dit sobrement Anna.

— Comment vont ton mari, tes enfants ?

— Bien, mais ils ne viendront pas pour le déjeuner, le médecin a demandé que nous ne soyons pas trop nombreux. Il ne faut pas la fatiguer, dit-elle en regardant sa sœur.

Elena était assise dans un fauteuil. Axel s'approcha d'elle, prit sa main, déposa un baiser sur ses doigts amaigris.

— Bonjour, Elena. Il paraît que tu vas mieux.

Elena tourna le regard vers lui. Celui-ci était aussi transparent qu'un miroir sans tain. À l'invitation de sa belle-mère, il prit place près de sa femme. Son beau-père entra. De taille moyenne, les tempes grisonnantes, le regard doux derrière ses lunettes rondes, il le salua. Contrairement aux femmes de la famille qui, à chaque instant essayaient de mettre Elena au fait de la conversation, Conrad ne lui marqua pas une attention particulière.

Quand ce fut l'heure de passer à table, Axel proposa son bras à sa belle-mère et laissa ses belles-sœurs s'occuper d'Elena qui, péniblement, comme une vieille femme sans force, gagna la salle à manger. Elles la firent asseoir, lui déplièrent sa serviette qu'elles placèrent sur ses genoux. Pris entre la nausée et la colère, Axel détourna son regard de ce fantôme que les médecins déclaraient en voie de guérison. Fermé mais poli, il laissa la conversation se faire sans lui. Il ne faisait l'effort de répondre que lorsqu'on s'adressait directement à lui. Après le café, son beau-père l'invita à passer dans son bureau.

— Vous aimez toujours le cognac ?

— Toujours !

— Alors laissons les femmes entre elles.

Dans son bureau il sortit deux verres, la bouteille ainsi qu'une boîte de cigares. Les deux hommes prirent place dans de larges fauteuils aux accoudoirs usés.

Son beau-père était un chimiste de renom. Un homme discret qui ne vivait que pour ses recherches. Il laissait à sa femme le soin de mener la maison, d'élever ses trois filles. Cependant il aimait sa famille et l'état d'Elena l'inquiétait.

— Axel, comment trouvez-vous Elena ?

— Je me méfie des psychiatres..., dit-il dans un calme apparent, puis il explosa : Comment peuvent-ils oser dire qu'Elena va mieux alors qu'ils en ont fait un pantin qui se tient à peine debout ? Elle n'est plus avec nous, elle est complètement absente de ce monde... il suffit de voir son regard !

Avant de répondre, Conrad but une gorgée de cognac, tira une bouffée de son cigare, suivit des yeux l'épaisse fumée qu'il avait exhalée.

— J'ai axé mes recherches sur une nouvelle molécule qui pourrait traiter la maladie dont Elena est atteinte. Mais nous ne pouvons pas jouer aux apprentis sorciers et prendre le moindre risque. Il faut savoir qu'un médicament est toujours à double tranchant. Il faut du temps, faire de multiples expériences, avant qu'il soit accepté sur le marché...

— Et cette molécule vous l'avez trouvée ?

— Pas encore... et il faut bien avouer que, dans ce domaine, les Américains sont plus avancés que nous. Le traitement que prend Elena depuis plusieurs semaines vient précisément des États-Unis. Il fait merveille dans certains cas. Simplement, il ne faut pas être pressé. L'ajustement peut prendre des mois. Et le résultat dépend du malade...

Conrad avait pour son gendre une véritable amitié. Axel s'était toujours bien comporté vis-à-vis de sa fille. Il n'avait aucun reproche à lui faire. Cependant, derrière chaque mot, se devinait une colère mal contenue.

— Et vous, Axel, comment allez-vous ?

— J'ai eu quarante ans cette année. (Axel regarda droit dans les yeux son beau-père et lâcha :) Et je voudrais refaire ma vie.

Conrad accusa le coup. Il laissa passer quelques secondes, puis regarda son gendre.

— Je comprends... Cependant, je vais vous demander encore un effort... Douze mois de patience. Le nouveau psychiatre qui s'occupe de ma fille pense qu'il est possible de la sortir de sa léthargie. Il ne m'a pas caché que ce nouveau traitement comportait des risques.

— De quel ordre ?

— Le suicide. Trop ou pas assez de médicaments peuvent aboutir aux mêmes effets. C'est une subtile question de dosage.

— Douze mois ? questionna Axel.

— Douze mois. C'est le laps de temps que m'a donné le psychiatre. Passé ce délai, nous n'aurons plus aucun espoir de la sortir de là. Vous serez alors libre de prendre votre décision. Je comprendrai...

Axel ne répondit pas. Après un silence, il posa son verre sur la table, son cigare éteint sur le rebord du cendrier, puis il se leva.

— Je pars pour Paris demain matin de bonne heure. Si vous permettez, je vais regagner Berlin, j'ai un travail à finir.

— Je n'ai rien dit à ma femme ni à mes filles des risques encourus... Je compte sur votre discrétion.

— Bien entendu.

Les deux hommes se serrèrent la main chaleureusement.

— Une dernière question cependant.

— Oui ?

Conrad baissa la voix.

— Dans les milieux diplomatiques, que dit-on de notre politique intérieure ?

— Que l'Allemagne se sort enfin de ses ennuis financiers.

— Mais encore... Comprenez-moi, ce n'est pas l'avis du diplomate que j'attends, mais celui d'un ami. Nos propos ne sortiront pas de ce bureau.

Axel, prudent, répondit :

— Les chancelleries étrangères suivent la politique du Führer de très près. Je ne peux pas vous en dire plus.

— Je ne vous cache pas que je suis inquiet. Très inquiet même. Elena serait transportable, je serais déjà parti à l'étranger. Tout cela ne me dit rien qui vaille.

Axel ne pouvait pas, même à ses proches, dire ce qu'il pensait. C'était bien trop dangereux. Pour avoir eu des paroles malheureuses, des propos un peu trop libres, certains l'avaient payé de leur vie. À ses yeux, Hitler était un fou furieux. Chacune de ses déclarations le faisait frémir. Sa propagande, ses discours, ses gesticulations, mais surtout son armement à outrance l'effrayaient. Il fut soulagé de savoir que son beau-père faisait partie de ceux qui étaient conscients du drame qui était en train de se jouer sur le sol allemand.

23

Lucillac, été 1938

Café, pause café, sourire aux vieux oncles, aux vieilles tantes. Bavardages sans fin qui la plupart du temps se concluaient par :

— À quand ton mariage, ma petite Juliette ?

— Je ne suis pas pressée, répondait-elle invariablement.

Aujourd'hui se fêtait la fin des vendanges. Vers quatre heures, Juliette, gavée de sucreries et de paroles mielleuses, troqua sa robe contre une culotte de cheval, ses souliers à talons contre des bottes, sortit ses chiens et sella Tonnerre. À la sortie du box, elle donna une pression de genoux, un petit coup de talon dans les flancs tendus et, suivie de ses lévriers, descendit au trot par le chemin qui bordait les vignes. Arrivée au terrain plat qui marquait la limite entre les Coteaux et le château, elle cria :

— On y va !

Les chiens aboyèrent. Tonnerre allongea la foulée. Juliette sentit la puissance de son cheval, le vent, les parfums de la vigne. Jamais elle ne quitterait Lucillac. Elle était viscéralement attachée à cette terre. Sa mère n'avait jamais vraiment aimé la vie à la campagne. Elle ne poussait jamais ses promenades au-delà de la terrasse, observant les vignes de loin comme une vigie sur son navire. Cette casanière courait à Bordeaux à la moindre occasion. Si physiquement Juliette ressemblait à sa mère, elle était une Lucillac par le caractère.

C'est au galop qu'elle regagna les Coteaux où les derniers invités venaient seulement de partir.

Au même moment, Marie appela du vestibule.

— Tu es là, ma chérie ?

— Oui, maman.

— Cette journée m'a épuisée, mais je crois qu'il n'y a pas eu de fausse note, dit-elle en se laissant tomber dans le premier fauteuil venu.

Juliette tendit une main affectueuse à sa mère.

— Tout était parfait maman. Je vais dehors, annonça Juliette pour couper court à une discussion qui l'ennuyait d'avance, sa mère étant une grande bavarde.

Elle se rendit aux écuries où elle trouva son père en compagnie du palefrenier. Louis sourit en voyant sa fille en tenue de cheval.

— On fait un tour ?

Juliette glissa son bras sous celui de son père et ils partirent à travers les vignes. Chaque jour ou presque, le père et la fille faisaient une dernière promenade ensemble. Ils s'échangeaient les nouvelles qui circulaient dans le pays, ou ils parlaient politique. Quelquefois, rarement, son père évoquait son enfance. D'autre fois, comme ce soir, ils faisaient quelques pas pour le plaisir de fouler cette terre à laquelle ils étaient tant attachés. Le soleil se couchait.

— La réception s'est bien passée je crois.

— Oui, maman a bien fait les choses.

— Je t'ai entendue dire que demain tu sortais Tonnerre vers dix heures ?

— Nicolas a insisté pour me montrer sa nouvelle jument.

— Il a la réputation d'être un excellent cavalier.

— C'est possible.

Louis avait remarqué que le garçon n'avait pas quitté sa fille de la journée, mais Juliette avait le chic pour dissuader tous ses prétendants.

— Il me semble très bien ce garçon...

Juliette s'arrêta de marcher.

— Père, vous n'allez pas vous y mettre vous aussi ! dit-elle furieuse.

— Je pense juste que vous avez des centres d'intérêt communs.

— Sachez que je ne veux pas d'un mariage convenu à l'exemple de toutes ces jeunes filles qui se marient pour faire une fin !

Le lendemain peu avant dix heures, Juliette sortit ses chiens. Nicolas l'attendait devant les écuries.

Elle s'approcha, tourna autour de la jument, l'observa attentivement sous toutes les coutures.

— C'est vrai, admit-elle enfin, elle est racée, peut-être un peu nerveuse.

— Elle m'a donné un poulain cette année. Je mets tous mes espoirs en lui. Je rêve d'avoir plus tard une des plus belles écuries de la région.

— Avant d'avoir une belle écurie, cela demande des années de patience.

— Je l'aurai. Les chevaux, c'est ma vie...

Cette détermination étonna Juliette. Ce trait de caractère lui plut.

Juliette alla chercher Tonnerre dans son box.

— On y va ?

— Quand tu veux.

— Alors suis-moi, mais pas trop près, j'ai mes chiens.

Juliette connaissait Nicolas depuis l'enfance et le traitait en bon camarade. C'était la première fois qu'ils faisaient du cheval ensemble et Juliette jugea qu'il était bon cavalier. Près d'une étendue d'eau, ils descendirent de cheval, avisèrent un banc et s'y assirent.

— C'est beau ici, dit Nicolas en regardant autour de lui.

— Toutes ces terres, s'enorgueillit Juliette, appartiennent à la famille.

— Vivre en ville ne te tente pas ? Toutes les jeunes filles en rêvent.

— Pas moi. Ma tante Apolline m'a emmenée à Paris l'automne dernier. Je suis allée au théâtre, j'ai visité les musées, j'ai été dans les grands magasins, j'ai même pris le métro, mais au bout d'une semaine j'étouffais. Le ciel bleu, les vignes, les grands espaces, Tonnerre, mes chiens me manquaient trop ! C'est ici que je veux vivre... Et toi ?

— Moi, dit Nicolas, j'ai deux frères, un qui rêve de voyage, l'autre qui reprendra les affaires familiales. Moi j'élèverai des chevaux.

— Tu comptes t'installer où ?

— Si mes grands-parents acceptent de me céder un bout de terrain, ce serait suffisant pour commencer. Il faudrait que tu viennes un jour prochain voir le poulain.

24

Neuilly

Le baron de Saint-Eliph était arrivé de bonne heure. Il avait rendez-vous avec le contremaître qui surveillait le chantier. Au grand dam de Gertrude, un vent nouveau s'était levé sur la maison où elle avait toujours vécu. Jusqu'à la dernière minute, elle s'était accrochée à ses souvenirs comme une araignée à sa toile. Plus personne ne reconnaissait le baron. Rien n'avait changé pendant quarante ans. Et voilà qu'il tirait un trait sur le passé. Il fallut dire adieu au lit capitonné, aux draperies, aux fauteuils qui avaient appartenu à sa mère. De l'étage, qu'elle occupait autrefois, Gertrude fit descendre ses meubles, ses effets. Elle sauva du désastre quelques souvenirs, mais si peu.

Hyacinthe arpentait, avec le chef de chantier, ses nouveaux appartements. Il avait réhabilité la terrasse qui se trouvait au-dessus de l'entrée de la maison et qui prolongerait agréablement son bureau. Il ferait pousser des fleurs dans des bacs, il planterait quelques arbustes. Il se découvrait une âme de bâtisseur et un cœur de jeune homme. Depuis qu'il avait vendu l'usine, depuis qu'il avait avoué sa vie cachée à sa sœur, il avait trouvé une nouvelle jeunesse. Dans une semaine, le chantier serait fini. Il ferait venir ses meubles de l'avenue Victor-Hugo, donnerait à ses filles ceux qu'Aurore avait dans sa chambre, demanderait à chacun de prendre ce qui l'intéressait et vendrait ceux qui resteraient. Jamais au grand jamais il n'aurait cru pouvoir se débarrasser de son passé si facilement.

C'était le grand jour. Assise à l'avant à côté de Hyacinthe, Rose éprouvait de la peine à quitter sa maison de Courbevoie. Elle représentait pour elle la maison du bonheur, celle qui avait vu grandir son fils. Elle appréhendait d'habiter à Neuilly et de côtoyer de si près la famille du baron. Elle venait d'un milieu modeste et elle se sentait plus à l'aise parmi les familles ouvrières. Même si Hyacinthe lui avait assuré que les deux maisons étaient séparées par un haut mur, qu'elle serait maîtresse chez elle, elle redoutait cette nouvelle vie. Elle le faisait pour Hyacinthe. Elle le faisait aussi pour son fils qui, en grandissant, aurait besoin d'une présence paternelle.

Le pont franchi, l'automobile prit sur sa droite un chemin bordé d'arbres, elle s'arrêta devant un portail neuf. Le cœur de Rose battit un peu plus fort, tandis que Paul, assis à l'arrière, passait d'une vitre à l'autre dans l'espoir d'en voir un peu plus. Déjà, l'entrée lui parut majestueuse.

Le portail ouvert, la mère et le fils aperçurent un bout de pelouse, les arbres immenses, les nombreuses fenêtres de la maison. Rose sentit l'angoisse monter d'un cran. L'auto fit le tour de la pelouse, s'arrêta devant l'entrée. Sans attendre Paul descendit, se précipita pour ouvrir la portière de sa mère. Main dans la main, ils regardaient autour d'eux, impressionnés. Alors, comme cherchant leurs marques, ils regardèrent le ciel. Lui, au moins, était le même pour tous.

Son frère parti, Gertrude continua à faire du rangement avec la femme de chambre. Elle s'ingéniait à faire des piles de draps rangées au cordeau. L'armoire remplie, elle inséra quelques petits sacs de toile, confectionnés par la lingère, et qui renfermaient des bouquets de lavande. Les reins douloureux, elle renvoya la femme de chambre et alla s'asseoir sur un fauteuil. Elle regarda sa chambre qui avait été celle de sa mère mais où plus aucune trace de son passage ne subsistait. Il faudrait qu'elle s'approprie les lieux, tout était trop neuf, trop rangé.

Son persan, qui était aussi perdu qu'elle, lui tourna autour en miaulant. Elle le prit sur ses genoux. Elle le caressa et ses ronronnements l'apaisèrent. Hyacinthe était allé chercher Rose et son fils qui était aussi son petit-neveu puisque du sang des Saint-Eliph coulait dans ses veines.

Gertrude avait toujours fait dans sa vie tout ce qu'on lui avait demandé, pourtant une idée la traversa : la dernière fois qu'elle avait été tout au fond du jardin, elle avait remarqué qu'un tas de bois avait été rangé contre le mur. Avec un peu de chance...

Gertrude passa dans le vestibule. Par prudence, elle annonça au personnel qu'elle allait faire quelques pas dans le jardin et sortit. On était au milieu de l'après-midi et elle n'avait pas encore remarqué combien il faisait beau. Elle avait changé ses souliers contre des bottes en caoutchouc. Elle contourna la pelouse, passa derrière la gloriette où Dorothée aimait prendre son café l'été. Elle emprunta l'allée à moitié envahie par les branches. Après quelques minutes de marche, elle se trouva devant la porte dont Hyacinthe gardait jalousement la clé ; elle longea le mur jusqu'au tas de bois. Elle n'était plus si jeune pour entreprendre pareille escalade, mais la curiosité fut la plus forte.

À mi-hauteur, elle tenta un regard au-dessus du mur : « Trop juste », se dit-elle. Elle assura son pied, escalada encore quelques troncs d'arbres, s'appuya contre le mur. Enfin, elle aperçut l'enfant qui se promenait dans le jardin. Elle retint sa respiration, suivit du regard le garçonnet qui était de dos. Il était bien habillé, fin. Il jouait devant la maison à pousser une pierre du bout de son soulier. Soudain, il se retourna. Elle se cacha, affolée : et s'il l'avait vue ? Après quelques secondes d'attente, elle risqua un nouveau coup d'œil : « Comme il est beau », se dit-elle, émue. Une mince jeune femme sortit de la maison. La belle chevelure était remontée par des peignes. L'enfant courut vers elle. Elle le prit dans ses bras, s'accroupit pour se mettre à sa hauteur ; ils s'embrassaient tout en parlant bas. Elle regardait attendrie le joli tableau et soudain elle vit Hyacinthe paraître à son tour. L'enfant avait pris son père et sa mère par la main et les entraînait sur le côté de la maison.

De grosses larmes mouillaient les joues de la vieille fille : son frère paraissait si heureux qu'elle en était toute retournée. Elle regagna la maison un peu honteuse des images volées, mais satisfaite de connaître ses futurs voisins.

25

Le château de Kervalon-Le Manoir

Albert voyait Blanche chaque jour. Cet hiver, il lui avait appris à monter à cheval. Pour lui donner confiance, il l'avait fait monter à la longe. Au printemps, elle avait fait sa première sortie ; depuis, ils allaient régulièrement se promener. Côte à côte, au pas, au petit trot, ils bavardaient, apprenaient à se connaître ; une à deux fois par semaine Albert invitait Blanche à dîner.

Un soir d'août, Albert fit dresser un couvert dehors, sur la terrasse. Toute la journée il avait fait une chaleur lourde. Et comme chaque fois que le temps changeait, son corps redevenait douloureux ; sa jambe surtout le faisait souffrir. Après le dîner, Albert se leva, prit sa canne laissée près de sa chaise et c'est en claudiquant qu'il rentra au salon ; avec une grimace, il se laissa choir sur le premier fauteuil rencontré. Blanche l'avait suivi, il s'excusa :

— Le temps va changer.

— Vous avez toujours le cataplasme ?

— Sans doute.

Blanche se leva et alla trouver Marthe qui débarrassait la table.

— Vous vous souvenez, Marthe, qu'un jour je suis venue avec un paquet.

— Je l'ai mis dans le placard de l'office. En haut à gauche...

Marthe se haussa sur la pointe des pieds, tâtonna, trouva un paquet mal ficelé.

— C'est ça ?

— Oui, merci Marthe. Il me faudrait une casserole et de l'eau.

Blanche prépara la mixture, mélange d'herbes et de plantes qu'elle mit dans de l'eau et qu'elle fit chauffer. Elle laissa infuser, versa le tout dans une passoire. Marthe la regardait faire.

— Il me faudrait deux linges blancs de fine toile ; quelque chose comme des serviettes de table.

Marthe revint quelques secondes plus tard avec du linge fin.

— Ça fera l'affaire ?

— Très bien, merci.

Blanche prit un des linges, le déplia, mit les herbes égouttées en son milieu, replia soigneusement le tout.

— Surtout, gardez la décoction, ainsi que le linge restant.

La jeune femme retourna au salon. Elle était infirmière, elle connaissait la pudeur des patients et elle avait compris qu'Albert répugnait à montrer ses blessures. Pour ne pas le brusquer, elle dit avec douceur :

— Le cataplasme est prêt.

Albert ne répondit pas. Blanche se mit à genoux, entreprit de relever le bas du pantalon qui dévoila une jambe décharnée, creusée par de profondes cicatrices. La peau était par endroits lisse et aussi fine qu'un papier à cigarettes ; la moindre écorchure était sujette à infection, mais la douleur physique n'était rien à côté de la souffrance morale qu'il ressentait. Toute sa faiblesse, sa fragilité étaient dévoilées devant la femme qu'il s'interdisait d'aimer. Elle était douce, jolie, intelligente, elle n'était pas pour lui. Devant cette chair à vif qu'il ne supportait pas de voir et encore moins de montrer, il ferma les paupières.

Blanche mit contre sa joue le cataplasme pour s'assurer que la température n'était pas trop élevée. Elle releva la jambe blessée, posa le talon sur une chaise. Elle appliqua le cataplasme, l'attacha avec des bandelettes. Toujours sans dire un mot, elle alla chercher la décoction, en imbiba le linge restant. Elle releva cette fois la manche du bras gauche et le tamponna en prenant mille précautions pour ne pas irriter la peau.

Petit à petit, Albert se détendit. Il focalisa toute son attention sur les mains douces de Blanche. La gêne des premières minutes s'estompa. Il avait une folle envie de se pencher, de toucher ses cheveux dont il ne connaissait pas la texture, d'en respirer le parfum ; il avait une folle envie de déposer un baiser sur la nuque ployée. Mais une fois de plus, il se l'interdit.

Après une bonne demi-heure de soins, Blanche se releva.

— Je vais rentrer, dit-elle, il est tard. Gardez le cataplasme quelques minutes encore.

— Merci.

Sans bouger, Albert regarda Blanche partir.

La nuit, il sentit sa peau chauffer, tirailler. Il ne dormit que quelques heures. Le lendemain, ses douleurs s'étaient apaisées. Il n'avait plus mal. Fou de joie, il gagna le château, Hirsute gambadant à ses pieds. Il allait remercier Blanche, lui dire qu'elle était sa bonne fée. Lui dire... il la chercha jusqu'à ce qu'il croise une femme d'âge mûr, en tenue d'infirmière, et qu'il n'avait encore jamais vue au château.

— Bonjour... je ne crois pas vous connaître...

— Bonjour monsieur, je suis la remplaçante.

— La remplaçante ?

— De Mlle Blanche.

Albert resta sans voix.

C'était une semaine pluvieuse. Quand Albert arriva au Manoir, c'est Adelphe qui se porta au-devant de lui munie d'un grand parapluie.

Bien qu'elle fût humide, la maison de la Petite Folie où sa sœur s'était installée avait toujours autant de charme. La pluie ruisselait sur les feuilles du vieux cerisier, sur la cour pavée, sur le banc accoté au mur. Il n'était que six heures mais il faisait déjà presque nuit. Dès qu'ils rentrèrent, Adelphe alluma toutes les lampes tandis qu'Albert, aidé de son neveu, fit un feu dans la cheminée.

— Arielle, tu nous fais chauffer de l'eau pour le thé ?

Heureuse de rendre service, la fillette sautilla jusqu'à la cuisine.

Ils s'installèrent devant l'âtre. Sous la chaleur des flammes, le petit bois craqua. Les enfants partagèrent la brioche faite par Françoise et sur laquelle ils étendirent de la confiture. Repus, les enfants s'envolèrent tels des moineaux.

— On est bien ici, remarqua Albert. Il fait bon vivre dans cette maison.

Ariane descendit demander à sa mère si elle pouvait jouer en bas.

— Bien sûr, si tu ne fais pas de bruit.

— Je ne ferai pas de bruit, je vais chercher mes jouets.

— Les deux aînés jouent toujours ensemble, elle ne trouve pas sa place. C'est une des clés du problème.

— Elle paraît aller mieux.

— Je reste en rapport avec le psychiatre que j'ai vu à Paris. J'ai pris une nouvelle jeune fille à mon service et je ne me mêle plus des repas. C'est moins de souffrance pour elle comme pour moi. Cet été, Madeleine la prendra un mois entier chez elle.

— Madeleine adore les enfants, Ariane sera heureuse chez elle.

— Tu regrettes d'avoir dû quitter le Manoir ?

— Pas une minute. J'ai retrouvé un équilibre, presque une joie de vivre.

Adelphe sourit, regarda Albert.

— Tu t'es fait des amis à Kervalon ?

Son regard de myope s'égaya.

— Tu veux savoir si j'ai quelqu'un dans ma vie ?

Adelphe sourit.

— Je ne savais pas comment te le demander.

Histoire de se donner le temps de la réflexion, il alla tisonner le feu. Il avait un caractère naturellement secret, il n'avait pas l'habitude de se confier. Il choisit une bûche, la posa sur celles qui brûlaient dans l'âtre.

— La cheminée tire bien, fit-il remarquer et, sans préambule, ajouta : Pour la première fois de ma vie, je crois que je suis tombé amoureux.

— Quelle bonne nouvelle ! s'exclama Adelphe.

— Ah oui ? Avant j'étais pourtant plus tranquille.

— Arrête de te montrer plus ours que tu ne l'es ! Comment s'appelle-t-elle ?

— Blanche.

— C'est joli. Et elle est où, cette jeune femme ?

— Partie ! Évanouie dans la nature !

— Partie ?

— Blanche était une des infirmières qui soignaient tante Margot. Je l'avais remarquée, car elle était jolie, douce, patiente, toujours souriante. Je l'ai invitée plusieurs fois à dîner. Je lui ai même appris à monter à cheval. On faisait de longues promenades...

— Si vous vous entendiez bien, pourquoi est-elle partie ?

— Je ne sais pas... La version officielle est que sa mère est tombée malade.

— Et la version officieuse ?

— Je pense qu'elle était lasse d'attendre que je me déclare.

— Rattrape-la !

Albert enleva ses lunettes et se frotta les yeux. Adelphe connaissait son frère, elle savait que ce geste traduisait de l'embarras. Attendrie, elle le regarda faire. Albert sortit un mouchoir et avec application essuya chaque verre. Il chaussa à nouveau ses lunettes et finit par dire :

— La rattraper ? Pour quoi faire ? Pour la demander en mariage ? Tu as vu à quoi je ressemble ? J'ai un bras à moitié paralysé, tout le côté brûlé, une jambe raide !

— Et alors ?

— Et alors, redescends sur terre, ma pauvre fille ! Crois-tu qu'une jeune femme en pleine santé a envie de partager la vie d'un homme comme moi ? Il faut regarder les choses en face, je suis handicapé, et ça ne va pas s'arranger avec l'âge !

— Parce que tu crois que si Gilles était revenu de la guerre avec une jambe en moins je ne l'aurais pas épousé ? Parce que tu crois qu'une femme n'est capable d'aimer que des hommes beaux, en pleine santé ? Tu te trompes sur les femmes, Albert. Par orgueil, tu refuses le bonheur. Cette jeune femme, je ne la connais pas, mais si elle est partie, c'est qu'elle a cru que tu ne voulais pas d'elle.

Albert ne répondit pas. Il parut réfléchir et finit par dire :

— Elle est partie sans donner d'adresse.

— Sais-tu au moins dans quelle ville sa mère habite ?

— Rennes.

— Et elle s'appelle Blanche comment ?

— Blanche Travers.

Adelphe se leva, alla décrocher le téléphone.

— Bonjour, mademoiselle, je voudrais connaître le numéro de téléphone de Mme Travers à Rennes, ainsi que l'adresse si c'est possible. Oui, j'attends. Merci, mademoiselle.

Après quelques secondes Adelphe prit un papier, un crayon, elle écrivit sous la dictée et remercia l'opératrice. Elle tendit à son frère le papier.

— Tiens, dit-elle, tu as tout là-dessus.

26

Berlin-Saint-Cloud, 15 novembre 1938

Il faisait un temps froid et pluvieux. Parfois la pluie se transformait en flocons de neige. Devant la tombe ouverte, Axel regardait le cercueil descendre dans les entrailles de la terre gelée. À côté de lui se tenaient sa belle-mère et ses deux belles-sœurs. Toutes étaient en pleurs. Régnait un silence pesant. Au milieu de tout ce monde, Axel restait impassible. Il ne ressentait aucun regret, aucun chagrin, mais du soulagement. Il était soulagé qu'Elena eût enfin fini de souffrir, soulagé qu'elle eût enfin rejoint sa petite fille. Le chemin avait été long, étroit et sombre. Elle l'avait parcouru seule, tombant, se relevant, tombant encore. Ces dernières années, la mort était son seul espoir, la seule issue. Elle avait dix-neuf ans quand il l'avait connue, elle était ravissante, intelligente. Ils se marièrent deux ans plus tard, le temps qu'il termine ses études. Ils avaient tout pour être heureux. Ils étaient amoureux, ils voyageaient, sortaient, recevaient. Elena rayonnait de bonheur le jour où elle sut qu'elle attendait un enfant. Ce fut une petite fille qui vit le jour, elle était aussi blonde que sa mère. Ils l'appelèrent Karen. Elle était une enfant vive, sans histoire. Un jour qu'ils se rendirent chez des amis près de Berlin, la petite Karen échappa à la vigilance des adultes. On retrouva la fillette noyée dans un bassin. Dès ce jour, Elena sombra dans la mélancolie. Elle n'avait plus qu'une idée : rejoindre sa fille. Axel avait vu sa femme s'enfoncer dans la neurasthénie, il n'avait rien pu faire pour elle.

« Paix à ton âme Elena », était l'unique prière qui montait à ses lèvres.

Après l'enterrement avait été prévu un déjeuner pour tous ceux qui s'étaient déplacés. Il lui faudrait encore répondre aux questions, écouter les condoléances, parler d'Elena. Alors qu'il aspirait au silence.

Vers trois heures de l'après-midi, la plupart des invités étaient partis. Axel envisageait de s'échapper enfin quand son beau-père l'appela.

— Axel ! Je peux vous voir quelques minutes en privé ?

— Bien sûr, père, répondit-il à regret.

Conrad invita son gendre à s'asseoir puis il fit de même. Il resta plusieurs secondes sans prononcer un mot, puis, il se releva, alla vers la porte qu'il venait de fermer, il l'entrebâilla afin de s'assurer que personne ne les écoutait. Toujours debout, il tournait en rond dans son bureau, ne sachant par où commencer quand soudain il se lança :

— Axel, cela fait des années que nous nous connaissons, je crois que nous pouvons avoir confiance l'un en l'autre. Je suis inquiet. Je crois vous l'avoir dit la dernière fois que nous nous sommes vus. Comme vous le savez, je suis chimiste. J'ai été approché par le gouvernement d'Hitler... Je ne sais pas exactement ce qu'ils me veulent, mais je me méfie. Ils sont capables de tout. (Conrad s'assit, il baissa la voix.) Je ne veux pas être à leur solde. Je refuse de travailler pour ces gens-là. Savez-vous qu'Himmler, ancien éleveur de poules, profite de ses connaissances eugéniques pour mettre en place un réseau dit « Lebensborn », afin de produire des enfants aryens ? Je ne vous apprends rien en vous disant que les prisons sont remplies d'opposants au régime. Les nazis usent de castration chimique pour abrutir les gens qu'ils enferment ! Jamais je n'accepterai de travailler pour eux. Je ne vendrai pas mon âme au diable. Cela fait des années que l'on me propose des postes à l'étranger. Ma décision est prise. Je vais partir, quitter l'Allemagne avant qu'il soit trop tard...

Axel se leva, son beau-père en fit autant. À présent les deux hommes se faisaient face. Axel baissa encore le ton pour demander :

— Vous comptez aller où ?

— Aux États-Unis. Je n'ai aucune confiance en ce gouvernement... je vous avouerais même que j'ai peur... Les parents de ma femme étaient juifs, vous comprenez. Je vends ma maison, tous mes biens et je pars. Tant qu'Elena était en vie, tant qu'elle séjournait en clinique, qu'elle était malade, je ne pouvais pas prendre la décision qui s'impose. Aujourd'hui c'est différent.

Axel resta plusieurs secondes silencieux. Il était ému que son beau-père lui fasse une telle confidence.

— Je vous remercie, père, de m'avoir fait confiance. Je pense que vous avez pesé le pour et le contre et que cette décision a été mûrement réfléchie.

— En effet. (Conrad mit sa main sur l'épaule de son gendre.) Si je vous mets dans la confidence c'est que ma fille aînée restera en Allemagne. Elle a deux enfants. Son mari a un bon poste dans l'administration, mais il fait partie de ceux que les discours du Führer exaltent. Axel, puis-je compter sur vous si ma fille rencontrait le moindre problème ? Vous voyagez beaucoup, vous êtes au courant avant les autres de ce qui se trame. Et vous êtes un homme loyal. Comprenez, c'est important pour moi de savoir que quelqu'un veille sur ma fille et mes petits-enfants.

Conrad avait les larmes aux yeux.

— Je ferai de mon mieux, père.

— Enfin, dernière chose. Je vous remercie de ce que vous avez fait pour Elena. Je lui souhaite d'être plus heureuse là où elle est désormais. Elle ne voulait plus vivre. C'était sa volonté, c'est ce qui me console. Axel, je n'ai rien dit à ma femme ni à mes filles sur vos intentions de refaire votre vie. Vos projets tiennent toujours ?

— Oui, père.

— Alors, bonne chance.

Les deux hommes se serrèrent la main. Tous deux étaient émus.

Axel dormit très mal. À l'aube, il tira les rideaux. Une lueur laiteuse, sans vigueur, pesait sur la place. Il faisait froid. « Le temps est à la neige », pensa-t-il. Axel alla chercher dans le placard de sa salle de bain une robe de chambre chaude qu'il passa sur son pyjama. Il tira de sa bibliothèque un livre de poèmes de Goethe. Il lut quelques vers au hasard, mais ces poèmes qui l'apaisaient habituellement n'imprimaient pas son esprit. Les arbres bordaient la place vide. Les branches grelottaient au vent. Une image revenait, obsédante, celle du visage d'Elena, le regard fixe, dénué de toute émotion. Le livre posé sur ses genoux, Axel pensait à sa femme quand, sur une branche dont les ramures touchaient presque les vitres de la fenêtre de sa chambre, il vit un moineau sautiller. Distrait, il le regardait faire. L'oiseau sauta sur la rambarde de la fenêtre, donna des coups de bec dans la vitre, comme s'il cherchait à attirer son attention. Étonné, il ne bougea pas. Le moineau le fixa, puis il se mit à chanter. Alors cette phrase qu'Elena lui avait dite lui revint en mémoire : « Entends les oiseaux... Un jour je serai comme eux, je volerai, je chanterai. Je serai libre. Si un jour d'hiver sans soleil tu entends un oiseau chanter très fort et juste devant toi, tu penseras à moi. C'est que je serai délivrée. » Le moineau s'envola telle la flèche.

Axel se moqua de lui-même, tout cela n'avait aucun sens. Pourtant ses pensées revenaient sans cesse vers l'oiseau ; sa vue l'avait rassuré. Il promena son regard autour de la pièce, aperçut le téléphone sur le bureau, pensa que cela faisait deux jours qu'il n'avait pas appelé Apolline. D'un coup sec il ferma le livre resté ouvert sur ses genoux. Il se leva, lança les poèmes de Goethe sur le fauteuil qu'il venait de quitter et décrocha le téléphone.

Debout sur le quai de la gare en plein courant d'air, Apolline attendait dans le froid, oppressée. Nul besoin de chercher en sa mémoire d'où venait ce mal-être.

Chaque fois qu'elle attendait le soir, sur un quai de gare, elle ne pouvait s'empêcher de se rappeler ce jour d'hiver 1917 où elle était allée chercher Jules à la sortie du train. L'attente avait été interminable ; le regard abrité derrière la voilette de son chapeau, elle avait vu défiler tous les éclopés de la guerre, jusqu'à ce qu'elle aperçoive un homme en uniforme d'officier se diriger vers elle. Soutenu par deux béquilles, le visage maigre et mal rasé, le front barré d'un bandeau taché de sang. Elle n'avait pas reconnu son mari.

En sifflant le train rentra en gare ; dans un bruit formidable de grincements, le serpent de métal s'immobilisa, laissant s'échapper des nuages de vapeur. Les premiers passagers descendirent. Elle vit une silhouette plus haute que les autres... Les battements de son cœur s'accélérèrent. Axel était devant elle, sa valise à la main, son violon dans l'autre. Son manteau était noir ainsi que son couvre-chef. Ils se mangèrent des yeux et, sans un mot, s'étreignirent comme deux noyés qui venaient d'atteindre, sans trop y croire, le rivage.

En se couchant, ils ne firent pas l'amour. Plus rien ne les pressait. Ils savaient, l'un comme l'autre, qu'ils avaient la vie devant eux.

Dans la nuit Axel eut une insomnie. Apolline, sentant qu'il ne dormait pas, se réveilla à son tour.

— Tu ne dors pas ?

— Non.

Ils se cherchèrent dans la chaleur de la nuit, les sens encore engourdis de sommeil, et firent l'amour avec beaucoup de lenteur, beaucoup de douceur ; leurs corps s'éveillèrent aux caresses. Ce fut un moment de partage, de fusion. Apaisé, Axel trouva le chemin des confidences. Il parla d'Elena, de la clinique où il l'avait vue seule pour la dernière fois. Il parla de son suicide, de son envie d'en finir, de l'enterrement, de sa belle-famille. Alors qu'il n'était pas sûr qu'Apolline fût encore éveillée, il ajouta :

— Le lendemain de l'enterrement, j'ai vu un moineau sautiller devant ma fenêtre. Le temps était à la neige, et lui chantait comme si c'était le printemps. Cela m'a étonné. À un moment, il a donné des coups de bec contre la vitre, il m'a regardé, puis il est parti à tire-d'aile.

Apolline ne bougea pas mais elle sentit une paix intense l'inonder.

27

Paris

Quand Apolline se gara, les cloches de l'église Saint-Germain-l'Auxerrois sonnaient joyeusement. Elle entra dans l'immeuble qui faisait l'angle avec le boulevard. Ses fils avaient emménagé dans un grand appartement qu'ils avaient scindé en deux, de sorte qu'ils étaient indépendants tout en habitant sur le même palier.

Dans l'entrée d'Alexandre s'amoncelaient des cartons non ouverts et toutes sortes d'objets, de tableaux posés à même le parquet.

— Tu n'as encore rien rangé !

— Je préfère travailler mon violon.

— Et dans le salon, c'est toujours le même désordre ?

— Je crains que oui ! T'Anne-So m'avait bien proposé de me donner un coup de main mais, en dernière minute, elle n'a pas pu.

— Après le déjeuner je t'aiderai si tu veux.

— Volontiers.

La mère et le fils se rendirent dans un restaurant qui venait d'ouvrir juste à côté. Dès qu'ils furent servis, Apolline aborda le sujet qui lui brûlait la langue.

— Alexandre, j'ai quelque chose d'important à t'annoncer.

Derrière ses lunettes, Alexandre regarda sa mère avec tendresse. Dès son arrivée il avait remarqué sa fébrilité. Il voulut l'aider.

— Vous allez vous marier, n'est-ce pas, maman ?

— Oui.

— Avec M. von Reinecker.

— Comment as-tu deviné ?

— Vous paraissez tellement heureuse depuis quelques mois.

Des larmes brillèrent dans les yeux d'Apolline. Elle avait tant redouté ce moment.

— Je ne pensais pas qu'un jour je referais ma vie.

Alexandre posa sa main sur celle de sa mère.

— Maman chérie, ne dites rien. Sachez seulement que je suis très heureux pour vous.

— Je te remercie... Tu sais, j'ai tellement peur de la réaction de ton frère. (Apolline eut un regard désemparé, douloureux.) J'ai rendez-vous avec lui à quatre heures.

— Je n'ai pas cours cet après-midi, si vous voulez je serai là.

— Je te remercie, mais je crois préférable d'avoir une discussion en tête à tête avec lui.

En deux heures, Apolline eut le temps de défaire les cartons, de ranger les objets, d'accrocher les tableaux. Elle était fourbue.

— Bien, dit-elle, ton appartement commence à prendre tournure !

Elle regarda autour d'elle et fut satisfaite de son travail. Elle jeta un coup d'œil à sa montre.

— Déjà quatre heures ? s'étonna-t-elle.

Et la réalité lui fondit dessus comme un nuage menaçant : Augustin ! Prestement elle enleva le tablier dont elle s'était ceinte.

— Je vais voir si mon frère est rentré.

Elle n'eut pas le temps de répondre que déjà son fils avait fermé la porte sur lui. Quelques secondes plus tard, elle entendit des voix sur le palier et la clé tourner dans la serrure. Les deux frères entrèrent dans le salon.

— Mère, il y a longtemps que vous êtes là ? questionna Augustin.

— J'ai déjeuné avec Alexandre et, en t'attendant, j'ai mis un peu d'ordre... Comment s'est passé ton examen ?

— Pas trop mal.

Apolline prit un ton enjoué pour demander :

— Tu as du thé ?

— Certainement.

— Alors, allons le prendre chez toi !

Augustin se tourna vers son frère.

— Je te sors une tasse ?

— Commencez sans moi, je vous rejoindrai.

Augustin arriva avec la théière.

Ils s'assirent sur les bergères bleues qui meublaient le grand salon de l'avenue Victor-Hugo. Apolline prit quelques gorgées de thé. Ils parlèrent de Neuilly, des travaux qui avaient été entrepris.

— Grand-père a été généreux. Je me sens bien dans cet appartement, cependant je regrette l'hôtel particulier. En le vendant, c'est un peu comme si grand-père avait bradé les souvenirs de famille. Je ne m'explique toujours pas sa décision. En cédant son affaire il avait de quoi vivre dans l'opulence jusqu'à la fin de ses jours.

« Une fois de plus Augustin ne pense qu'à lui, se dit-elle. Et moi, s'est-il posé la question de savoir si j'étais heureuse avenue Victor-Hugo ? »

— Pour ton grand-père la décision a été difficile à prendre. Mais je pense qu'il a bien fait. Tôt ou tard il aurait fallu se défaire de ce bien qui coûtait cher et qui n'avait plus lieu d'être.

— Rien ne le pressait, affirma-t-il, buté. Je ne comprends pas non plus pourquoi grand-père a loué le pavillon de Neuilly.

« Il a sa tête des mauvais jours », pensa-t-elle.

— Tu n'y allais jamais, je ne sais pas ce que cela change pour toi ! Une vie ne se construit pas sur des souvenirs...

— Vous dites cela parce que ça vous arrange.

— C'est vrai, j'avais très envie d'avoir une maison à moi.

— Pour reprendre votre liberté !

— Ne crois-tu pas qu'à mon âge, c'est assez naturel ?

— Tout dépend de ce que vous entendez par « liberté » ! répliqua-t-il avec insolence.

Apolline reposa sa tasse de thé sur le plateau. Devant une telle agressivité, elle s'étonna de réussir à garder son calme. Elle le regarda bien droit dans les yeux. Les yeux d'Augustin étaient devenus si durs que le bleu avait viré au noir. « Du silex », pensa-t-elle.

— Justement, je suis venue t'annoncer que j'ai l'intention de refaire ma vie.

Augustin bondit sur ses pieds.

— Ne me dites pas que vous allez vous marier avec cet Allemand !

Même si son cœur battait à tout rompre, Apolline soutint le regard de son fils.

— Je ne vais pas me marier avec un Allemand mais avec le baron von Reinecker.

— Savez-vous au moins ce qui se passe dans ce foutu pays ?

— Je le sais d'autant mieux que le baron est diplomate.

— Alors, sachez mère que si la guerre devait éclater, je me ferais le plaisir de me payer du Boche !

Effrayée par la tournure que prenait la conversation, Apolline allait répondre quand quelqu'un frappa à la porte. Augustin alla ouvrir.

— Tu tombes bien ! Entre ! (Augustin regarda son frère.) Je parie que tu es au courant.

— Oui.

— Et, bien sûr, tu es d'accord.

— Je pense que notre mère nous a élevés, qu'elle est restée seule pendant vingt ans et qu'il serait...

— Tu n'as jamais été qu'un béni-oui-oui, mon pauvre Alex !

Sous l'insulte, Alex le calme se rua sur lui. Les deux garçons s'empoignèrent. Affolée, Apolline intervint. Elle tira Alexandre par la manche, le poussa hors du salon, le traîna jusqu'à la porte ; elle entendit Augustin hurler à son attention :

— En attendant, mère, si vous voulez me voir, ce sera sans lui ! Je refuse de serrer la main d'un Boche, vous entendez, je refuse !

Sur cette dernière phrase, la porte d'entrée claqua. Apolline tremblait, ses jambes ne la portaient plus. Alex secourut sa mère, la fit asseoir dans le salon et lui versa un verre de cognac.

— Buvez, cela vous fera du bien.

Apolline le but d'un trait.

— Mon frère ne pense qu'à lui, je regrette de ne pas lui avoir cassé la figure.

Apolline leva un regard plein de larmes sur son fils.

— Je t'en supplie Alexandre. Promets-moi de ne plus te battre avec ton frère...

Alexandre prit les mains longues et fines de pianiste dans les siennes.

— Je vous promets, maman.

Apolline mit le contact et partit à petite allure. Dans le rétroviseur elle pouvait voir Alexandre debout sur le trottoir, qui l'observait, inquiet. Elle lui fit un petit signe de la main, prit la rue qui longeait l'église, s'arrêta place Furstenberg. Là, la tête posée sur le volant, elle éclata en sanglots. Qu'avait-elle raté dans l'éducation de son fils aîné pour qu'il en soit arrivé là ? Elle le revoyait enfant s'accrochant désespérément à elle quand une personne inconnue lui adressait la parole. Elle le revoyait hurlant quand son père était revenu la première fois en permission après de longs mois d'absence. Elle le voyait adolescent toujours prompt à lui faire plaisir. Voulant la protéger des autres. « Ton fils ne serait-il pas un peu jaloux ? » lui avait demandé un jour Albert alors qu'un homme la regardait d'un peu trop près.

Apolline s'était attendue à une explication difficile, pas à une telle violence. Ses sanglots se turent mais pas la souffrance. Elle sécha ses larmes, se remit un peu de poudre sur le nez, du rouge à lèvres. Elle tourna sur sa droite, prit la rue Jacob, ralentit devant la galerie largement éclairée en cette fin d'après-midi. Elle aperçut Anne-Sophie de dos, habillée d'un pantalon large. Elle donna un petit coup de klaxon. Anne-Sophie se retourna et sortit à sa rencontre.

— Que fais-tu là ?

— Je suis passée voir les garçons... Tu as quelques minutes à m'accorder ?

Anne-Sophie connaissait bien sa sœur. À sa mine défaite elle comprit que quelque chose s'était passé. Alors qu'elles montaient au premier étage, la porte de l'atelier claqua. Des pas rapides dévalèrent l'escalier. Apolline qui devançait sa sœur se retrouva face à un homme aux cheveux désordonnés, mal rasé, la chemise et le pantalon maculés de peinture. Il arbora un large sourire à la vue des deux femmes.

— Diego, ma sœur Apolline, dit sobrement Anne-Sophie en les présentant.

— La grande sœur ! Très heureux ! dit-il, puis il passa son chemin.

Anne-Sophie ne fit aucun commentaire. Une fois dans l'appartement, elle invita sa sœur à s'asseoir.

— Tu veux boire quelque chose ?

— Non, merci.

Anne-Sophie alluma une cigarette qu'elle mit au bout de son fume-cigarette, elle s'assit face à sa sœur et attendit. Apolline ne savait par où commencer.

— Tu te souviens du concert à l'ambassade d'Allemagne ?

— Très bien... Je me souviens surtout du beau violoniste qui t'accompagnait.

— Le baron von Reinecker.

— J'ai tout de suite supposé que ce monsieur était ton amant... ou sur le point de le devenir ! Même s'il n'est pas mon genre, je ne peux pas dire le contraire, il est plutôt bel homme.

Apolline se tut, complètement désemparée. Décidément tout le monde savait ce qu'Axel et elle ignoraient encore.

— Je vais me marier, finit-elle par bredouiller.

— Te marier, mais tu n'y penses pas ! Et tu viens de l'annoncer à tes fils, c'est ça ?

— J'ai bien le droit de refaire ma vie ?

— Tu as déjà été mariée, tu as deux fils, que veux-tu de plus ?

— Axel est veuf, je suis veuve !

— Et alors ? Te remarier... et avec un Allemand par-dessus le marché ! (Anne-Sophie haussa les épaules.) Tu as toujours vécu comme une petite-bourgeoise. Pour une fois que tu avais l'occasion de t'affranchir ! Qu'est-ce que le mariage va t'apporter ?

L'accent coupant d'Anne-Sophie lui rappela les années difficiles que sa sœur lui avait fait vivre quand elle était enfant. Elle était alors jalouse de l'amour que leur père lui portait. Étonnée, elle comprit que ce sentiment était toujours aussi vif.

Apolline n'osa pas lui confier qu'elle espérait donner à Axel la petite fille qu'il avait perdue. Elle lui aurait dit qu'à plus de quarante ans, c'était ridicule.

— Pourquoi es-tu si dure avec moi ?

— C'est toi qui compliques toujours tout ! Prends ton von Reinecker comme amant et laisse tes fils en dehors de tout ça... Fais comme moi. Il faut vivre caché pour vivre heureux.

— Et si un jour tu voulais fonder une famille ?

— Une famille, mais pour quoi faire ? Je te laisse à ta vie de petite-bourgeoise ! Moi, j'ai la peinture, mes amis, la galerie... Pourquoi voudrais-tu que je m'embarrasse d'un mari ? Et je ne me sens pas non plus en mal d'enfants !

— Sans doute parce que tu n'as jamais vraiment été amoureuse !

Anne-Sophie pinça son fume-cigarette entre ses lèvres, elle tira une grande bouffée qu'elle exhala lentement.

— Qu'en sais-tu ? Ma pauvre Apolline, encore et toujours tes principes petits-bourgeois !

— Tu prends des airs affranchis, mais je te connais bien, tu n'es pas si sûre de toi.

— Après la mort de Jules tu n'as pensé qu'à ta carrière ! Et tes fils, dans tout ça ?

— J'ai toujours pensé qu'il était préférable pour eux que je me voue à ma passion plutôt que de me sacrifier et de me montrer en veuve éplorée. J'ai toujours pensé qu'il était préférable que je m'absente de temps en temps plutôt que de m'enfermer chez moi avec mes frustrations. J'étais tranquille quand je partais, ils avaient leur grand-père, Madeleine, et puis ils t'avaient toi...

— Oui, moi, justement ! Et je serai toujours là pour eux. Ils le savent.

Apolline, abasourdie, se leva, prit son sac, son manteau. Avant de franchir la porte elle se retourna et lança à l'adresse de sa sœur :

— Décidément tu n'as pas changé. Merci pour ton aide !

28

Lucillac

Juliette voulut changer de position : une douleur sourde mais lancinante l'obligea à reposer sa tête sur l'oreiller. Elle fut un moment comme plongée dans le brouillard jusqu'à ce que la mémoire lui revînt. La veille, ils avaient fêté l'anniversaire de mariage de ses grands-parents. Elle avait sans doute trop bu, trop parlé, trop dansé... et maintenant ce mal de tête ! Juliette ferma les yeux et se rendormit.

— Juliette ? Juliette ! appelait doucement Marie, assise au chevet de sa fille.

Au prix d'un immense effort, Juliette ouvrit les yeux.

— Il est quelle heure ? bredouilla-t-elle.

— Neuf heures.

— Et j'ai dormi tout ce temps ?

Juliette s'assit sur son lit et se plaignit :

— J'ai mal à la tête.

Marie sourit.

— Le bordeaux et le champagne ne font pas bon ménage. Je vais te faire monter une tisane. Habille-toi et rejoins-moi à la salle à manger.

Sa mère partie, Juliette tenta de rassembler ses esprits. Elle était étonnée du silence car ces dernières semaines, c'était l'atmosphère des grands jours qui régnait dans la maison, avec ses ordres, ses contrordres... Et ce matin, c'était le calme. Le calme absolu. Les invités qui avaient logé chez eux étaient repartis.

Certaines scènes restaient floues dans son esprit alors que d'autres étaient très nettes. Ainsi Juliette se souvenait d'avoir aperçu Théodore parmi la foule. Plus grand que la plupart des habitants du village, il était facilement repérable. Avec sa cravate et son col blanc elle l'avait trouvé encore plus beau que d'habitude. Le temps de prendre congé des amis avec qui elle échangeait quelques banalités, elle l'avait encore perdu de vue. Elle ne l'avait plus aperçu de la soirée.

Juliette en était là de ses réflexions quand elle entendit frapper à sa porte. Une des femmes de chambre entra avec un plateau dans les mains.

— Votre tisane, mademoiselle Juliette.

Juliette remercia, prit le bol et le garda entre les mains. Hormis son père, d'habitude elle était toujours la première levée, la première partie. Elle ne s'aimait pas dans ce rôle de malade. Le breuvage était chaud et sentait le foin. Elle le goûta et le trouva amer. Elle fit une grimace et décida d'attendre qu'il refroidisse. Elle se leva : sa tête ! Tout en enfilant sa culotte de cheval elle aperçut sur le dos de la chaise la robe qu'elle portait la veille avec les chaussures et le chapeau assortis. Le tout était en soie dans les tons jaunes. Elle avait été souvent complimentée, elle s'était beaucoup amusée, elle avait beaucoup dansé avec ses cousins puis avec

Nicolas qui avait été un parfait chevalier servant. Le jeune homme lui avait fait une cour discrète mais assidue. Pourtant, c'est Théodore qu'elle avait cherché, Théodore avec qui elle avait espéré danser.

Juliette fit un brin de toilette, se coiffa, enfila une paire de bottes. Elle prit la tasse dans laquelle refroidissait la décoction, se pinça le nez et la but d'un trait.

— Infecte ! s'écria-t-elle.

Elle prit dans son armoire des gants et une cravache puis descendit rejoindre sa mère.

— Ça va mieux ? s'enquit sa mère.

— J'ai toujours mal à la tête.

— Mange quelque chose.

Sans attendre, Marie coupa un morceau de pain qu'elle beurra. Elle tendit la tartine à sa fille. Marie était une vraie mère poule. Elle aurait aimé que jamais sa fille ne grandisse. Juliette mordit dans la tartine et s'aperçut qu'elle avait faim.

Après avoir avalé une deuxième tartine, elle se sentit mieux.

— Papa est sorti ?

— Il a dû se rendre au château.

— Je vais le rejoindre, dit-elle en se levant.

— Et ton mal de tête ?

— Ça va beaucoup mieux !

— N'oublie pas que nous recevons tes grands-parents pour le déjeuner.

— Je sais, maman, à tout à l'heure.

Au petit trot, Juliette descendit la colline. Une fois arrivée en bas elle ne prit pas le chemin qui menait au château, mais coupa à travers champs pour passer devant la maison des Sylvestre d'assez loin toutefois pour qu'on ne la remarque pas. Comme elle n'aperçut aucun mouvement, elle décida de revenir par la forêt. En traversant la clairière, elle jeta un coup d'œil à l'arbre sous lequel Théodore aimait lire, mais la place était vide.

C'était là qu'elle l'avait rencontré la première fois. Elle devait avoir douze ans, lui, quatorze. C'était aux grandes vacances d'été. Pour son anniversaire, son père lui avait offert Tonnerre. Elle avait le droit d'aller avec lui où elle voulait, pourvu qu'elle ne dépassât jamais la limite des terres. Elle avait aperçu le garçon et l'avait salué. Si Théodore était habillé comme un petit paysan du coin, Juliette avait tout de suite remarqué que son maintien et son beau visage n'étaient pas en accord avec sa tenue.

— Vous êtes qui ? avait-elle questionné.

— Théodore Sylvestre.

— Ah ! vous êtes le frère de Catherine. Vous lisez quoi ? avait-elle questionné.

— Je ne lis pas, j'étudie.

— Quelle matière ?

— Un livre de sciences qui explique le corps humain.

— Mon grand-père est médecin.

— Oui, je sais. Plus tard je voudrais être chirurgien.

— Moi, dit-elle, je prendrai la suite de mon grand-père et de mon père, je m'occuperai des vignes. J'aurai des chevaux, des chiens, des chats et aussi plein d'autres animaux.

— Et pas de mari ?

— Ça, c'est moins sûr, avait répondu Juliette dans une grimace.

Théodore avait ri, puis, reprenant son sérieux, il avait regardé les chiens de Juliette, leur pelage clair, leurs longues pattes fines, leurs bons yeux.

— Qu'est-ce que c'est comme race ?

— Des lévriers, ce sont les seuls capables de courir aussi vite qu'un cheval.

Dès leur première rencontre, Juliette avait trouvé Théodore différent des autres garçons de son âge. À chaque période de vacances elle avait fait en sorte de le revoir. Lui sous son arbre, elle sur son cheval, suivie de ses chiens. Juliette était tombée secrètement amoureuse de Théodore, mais Théodore ? Si le jeune garçon était sous le charme de cette beauté sauvage au caractère singulier, il s'était rappelé que Juliette était la petite-fille de Jean Garancière, alors que lui n'était que le fils du vigneron. Deux mondes qui ne devaient pas se mélanger.

Pour fêter l'anniversaire de leurs grands-parents, Augustin et Alexandre étaient venus à Lucillac.

Cela faisait déjà plus d'une heure qu'Augustin discutait avec son grand-père. Assis face à son petit-fils, Jean Garancière l'avait écouté patiemment, avec la plus grande attention. Le garçon n'avait pas eu de mots assez durs contre sa mère. « Sa conduite est celle d'un amoureux éconduit », se dit-il. Il devait faire en sorte de ne pas le froisser et d'être prudent dans sa réponse. Afin de gagner du temps, il alluma sa pipe. Jean tira une bouffée puis une deuxième. Au travers de la fumée exhalée, il regarda son petit-fils.

— Tu penses que parce que ton père était mon fils, je devrais être forcément contre ce remariage ? Mais ta mère était une toute jeune femme quand elle s'est mariée, elle était une bonne épouse et une bonne mère. Elle est veuve et elle vit seule depuis plus de vingt ans. Rends-toi compte, vingt ans !

— Mais ce von Reinecker est un Allemand, un de ces salauds qui ont tué mon père !

— Jules a été tué sous les balles allemandes, c'est un fait, mais c'était la guerre et cela ne fait pas de tous les Allemands des meurtriers !

Augustin se leva, furieux.

— Toujours ce discours convenu et ressassé !

Jean se leva à son tour. Il était peut-être de taille moyenne, son petit-fils le dépassait peut-être d'une tête, mais son regard restait impérieux.

— Honnêtement, ma première réaction quand ta mère m'a prévenu, a été un choc, un rude choc...

— Vous voyez bien !

— Mais ce mouvement de tristesse passé, reprit fermement Jean Garancière, ta grand-mère et moi nous nous sommes dit que nous n'avions pas le droit de nous montrer égoïstes et nous avons souhaité à ta mère d'être heureuse dans sa nouvelle vie.

— Heureuse ! Mais vous avez entendu les idées que prône ce fou d'Hitler ? Nous risquons la guerre.

— J'espère que nous n'en viendrons pas à une telle extrémité. Et si cela devait être, je serais très malheureux pour ta mère.

— Charité chrétienne oblige ! Eh bien, sachez que moi, grand-père, je m'en fiche bien ! Je n'admettrai jamais que ma mère épouse un Boche, et j'ai décidé de m'installer en Amérique !

Sur ces belles paroles Augustin prit la porte. Jean, tout étonné de cette nouvelle pour le moins inattendue, resta debout au beau milieu de sa bibliothèque, la pipe à la main. Il s'adressa à Jules : « Bien ton fils ! »

Après le déjeuner dominical alors que tous étaient redescendus au château, Juliette n'avait plus qu'une idée : voir Théodore avant qu'il reparte pour Bordeaux. Elle courut aux écuries. Il n'était pas loin de quatre heures et demie et elle avait peur qu'il soit trop tard. Théodore avait l'habitude de prendre le car de cinq heures.

À peine arrivée sur la place, elle l'aperçut assis à la terrasse du café. Son cœur fit un bond dans sa poitrine. Ne voulant pas avoir l'air de venir pour lui, elle traversa la place jusqu'à l'église. Théodore l'avait forcément vue. Elle fit semblant de l'ignorer. « Pourvu qu'il me fasse signe », se dit-elle. Elle allait au pas quand Théodore la héla. Elle se retourna, l'air surpris.

— Que fais-tu là ?

— J'attends mon car pour Bordeaux... Tu veux boire un verre ? Le car a du retard.

Juliette ne se fit pas prier.

— C'était une belle fête.

Une fois de plus, Juliette mentit.

— Tu étais là ?

— Ton chapeau, ta robe t'allaient bien.

— Ah oui ? Et de quelle couleur j'étais habillée ? questionna-t-elle, soupçonneuse.

— Jaune, mais d'un jaune bouton d'or.

Cette fois Juliette sourit.

— Mais si tu m'as vue, pourquoi n'es-tu pas venu me saluer ?

— Il y avait beaucoup de monde et je ne me sentais pas à ma place. Sur la terrasse du château j'ai parlé quelques minutes avec le docteur Garancière et je suis reparti.

— Tu aurais pu attendre et m'inviter à danser, ce sont des choses qui se font.

Théodore se mit à rire franchement.

— Moi ? Mais je danse comme un ours, je t'aurais écrasé les deux pieds !

— Je t'aurais appris !

— Tu avais toute une cour autour de toi. C'était difficile de t'approcher.

Au même moment, le car se gara sur la place. Théodore paya les consommations et se leva.

Il tendit une main franche à Juliette.

— Il faut que j'y aille.

— Quand est-ce que tu reviens ?

— Je ne sais pas, cela dépendra des résultats de mes examens.

29

Château de Kervalon, décembre 1938

Depuis quelques semaines Albert rentrait tôt car la nuit tombait de bonne heure. Les longues soirées d'hiver, il les passait enfermé dans sa bibliothèque à lire, à faire ses comptes, ou à rêvasser devant un feu de bois, Hirsute couchée à ses pieds. Depuis qu'il avait rencontré le chirurgien qui avait opéré sa mère, il était hanté par les derniers mots du médecin : « Le compte à rebours est enclenché. » Sous le coup, Albert et son père étaient restés abasourdis. En venant à ce rendez-vous, ils avaient auguré le pire, et le pire était qu'il faudrait opérer Jeanne de sa tumeur ; jamais ils n'avaient pensé que sa vie était en danger.

— Combien de temps pouvons-nous espérer... ? avait questionné Albert.

— Trois mois... six au mieux.

Ils étaient anéantis. Plus rien n'avait de sens. En même temps que la vie de Jeanne, leur vie s'était arrêtée à neuf heures et quart du matin, un jour d'hiver à l'hôpital de Lisieux. Albert avait conduit son père dans un café. Devant leurs tasses fumantes, ils parlèrent de Jeanne. Ils décidèrent d'un commun accord de lui cacher son état ainsi qu'au reste de la famille. Au moins au début, après ils aviseraient.

— Je veux que ta mère soit heureuse le plus longtemps possible, tu comprends ? Elle a toujours été une femme formidable, une mère attentive, aimante. Je veux que ses derniers mois soient les plus beaux de sa vie.

« Trois... six mois au plus. Cela la mènera au mieux à l'orée de l'été. » Cette pensée l'obsédait. Depuis, il avait réfléchi à ce qui pourrait faire plaisir à sa mère, mais il connaissait la réponse. Cela faisait des années qu'elle lui disait sur le ton de plaisanterie : « Albert, marie-toi, et je serai comblée. » Grâce à sa sœur il avait repris contact avec Blanche.

— Vous ne regrettez pas la vie à Kervalon ? lui avait-il demandé un peu gauchement.

Blanche avait souri.

— Ma mère n'est pas en bonne santé, elle a besoin de moi.

La nuit qui suivit sa décision Albert ne dormit pas. Il avait imaginé toutes sortes de scénarios. Le plus plausible était que Blanche refuse sa main. Elle dirait, pour ne pas lui faire de la peine, qu'elle ne pouvait pas laisser sa mère seule, mais il avait déjà la réponse toute faite : il inviterait celle-ci à venir habiter Kervalon. Le château était grand ; il trouverait bien un endroit où la loger. « Entre trois et six mois. » Et si le chirurgien s'était trompé comme il s'était trompé pour le premier diagnostic ? Peut-être que Dieu permettrait à sa mère d'entrevoir l'automne. N'était-ce pas insensé de mourir en plein été quand le ciel et la terre étaient gorgés de parfums, quand les arbres étaient en feuilles, que les oiseaux chantaient et que le soleil brillait ?

Albert prit la route pour Rennes. Avec un peu de chance il serait devant le domicile de Blanche avant qu'elle parte pour l'hôpital où elle travaillait. Il conduisit vite, entra sans encombre dans la ville. Devant le 25 de la rue des Ferronniers, il se gara. Il était sept heures vingt. Derrière les volets du second étage la lumière était éclairée. Son cœur battit plus fort. Maintenant qu'il avait pris sa décision, il ne voulait plus attendre. Alors que le ciel au-dessus des toits commençait à s'éclaircir dans cette matinée froide d'hiver, il vit la porte de l'immeuble s'ouvrir, une silhouette emmitouflée dans un grand châle sortir.

— Blanche !

La jeune fille s'arrêta, étonnée. En quelques pas Albert la rejoignit.

— Blanche, je dois vous parler.

— Il s'est passé quelque chose au château... ? questionna-t-elle, inquiète.

— Non, l'état de ma tante est stationnaire.

De plus en plus étonnée, Blanche regardait Albert, mille questions se bousculaient dans son esprit.

— Blanche, j'ai quelque chose à vous demander... quelque chose d'important... promettez-moi de répondre juste par oui ou par non.

Sans regarder la jeune femme il ajouta :

— Si c'est « non » je comprendrai, je ne me formaliserai pas... Blanche, voulez-vous m'épouser ?

Les larmes aux yeux, elle fixait Albert. Dès le premier regard, elle était tombée amoureuse de cet homme qui n'était pas comme les autres. Son air rêveur, sa réserve pour ne pas dire sa timidité, ses manières raffinées, sa délicatesse, l'avaient immédiatement attirée. Elle était partie de Kervalon parce qu'elle se disait que le comte Albert de Kervalon, héritier des terres et du château, n'épouserait jamais une petite infirmière, sans dot et sans avenir.

Blanche n'était pas certaine d'avoir bien compris. Albert prit ce silence pour un refus. Il s'y attendait. Comment avait-il pu croire même un instant... Il allait lui dire que ce n'était pas grave, qu'il s'attendait à sa réponse, quand elle posa sa main sur son bras.

— Albert, je serais heureuse d'être votre femme.

30

Berlin, janvier 1939

Axel avait téléphoné à son père pour l'inviter à déjeuner. Il voulait l'emmener dans un bon restaurant et parler en tête à tête avec lui. Afin d'éviter les sujets qui fâchent – il y en avait beaucoup –, il parla des voyages qu'il avait faits ces derniers mois.

— Si nous sommes ici, c'est que tu as quelque chose à me dire, je suppose.

Axel ne releva pas la remarque acerbe. Son père savait le peu d'empressement qu'il mettait à lui rendre visite. Il était donc inutile de faire semblant.

— Je voulais m'entretenir seul à seul avec vous.

— J'espère que ce n'est pas pour parler politique.

— Ce que j'ai à vous dire est d'ordre privé.

Le baron ajusta son monocle. Il regarda attentivement ce fils qui lui ressemblait si peu.

— Bien !

— Je vais me marier.

— C'est la raison pour laquelle tu ne portes plus le deuil de cette pauvre Elena ?

— Je l'ai porté trois mois.

— Un veuf se doit de le porter un an minimum !

— Au diable les conventions ! Cela fait douze ans que je porte le deuil de ma femme !

Un silence s'ensuivit durant lequel le baron alluma un cigare.

— Je connais l'élue ?

— C'est une pianiste...

— De bastringue ?

Sous l'insulte, Axel ne répondit pas.

— Son nom ?

— Apolline Garancière.

— Une Française ! s'étouffa le baron. Tu sais que nous sommes au bord de la guerre ?

— Personne ne l'ignore.

— Depuis la dernière guerre, depuis le traité de Versailles, cette... cette infamie ! Les Allemands n'attendent qu'une chose, prendre leur revanche.

— Quels Allemands ? Vous voulez dire les « bons » Allemands, autrement dit ceux qui se laissent aveugler par le parti nazi ! Ceux qui s'enthousiasment aux défilés de Nuremberg, ceux qui sont fascinés par les uniformes, les drapeaux, les insignes, le salut fasciste !

— Je t'interdis !

— Avez-vous seulement lu *Mein Kampf* ? Le bréviaire de tout bon nazi qu'Hitler a écrit en prison ! L'avez-vous lu ?

— Erreur de jeunesse, l'homme a évolué depuis...

— Certes pas dans le bon sens !

Furieux, le baron se leva et fit face à son fils.

— Je t'interdis de parler ainsi d'un homme pour lequel j'ai le plus grand respect !

— Vous voudriez me dénoncer peut-être ?

Le père et le fils se toisèrent. Le baron prit sur lui et se rassit ; sous la colère, son visage avait pris des couleurs.

— Ce mariage est prévu pour quand ?

— Pour après-demain en toute intimité.

— Ne compte pas sur moi.

— Je m'y attendais, mais il me paraissait correct de vous prévenir.

— Eh bien, voilà qui est fait.

Axel termina de boire son café et se leva.

— Adieu, père. Je pense que nous n'avons plus rien à nous dire.

Axel passa la porte. Dehors, il prit une grande bouffée de cet air glacé, chargé de neige. En partant sans saluer son père, il savait qu'il avait définitivement rompu avec lui. Mais qu'avaient-ils à se dire ? C'était un homme froid, égoïste, borné, avec lequel il ne s'était jamais senti la moindre affinité. Il fut soulagé.

Axel déposa un baiser sur les cheveux blonds qui sentaient le parfum. Apolline ne bougea pas. Il resta quelques secondes à admirer la femme qu'il avait épousée la veille. Il l'aimait comme un fou. Enfin, sur la pointe des pieds, il sortit de la chambre.

Une demi-heure plus tard Apolline ouvrit péniblement un œil. Dans la pénombre elle tendit un bras : la place à côté d'elle était vide. Elle regarda autour d'elle, aperçut le magnifique bouquet de roses rouges offert par son mari, elle vit la bouteille de champagne et les verres vides. Enfin elle tendit l'oreille mais n'entendit aucun bruit d'eau provenir de la salle de bain.

Étonnée, elle éclaira sa lampe de chevet, aperçut une enveloppe sur laquelle était écrit de la main d'Axel :

À l'attention de la baronne von Reinecker.

Elle sourit, ouvrit l'enveloppe, lut :

Ma chérie, tu dormais profondément, je n'ai pas voulu te réveiller. Je serai de retour vers onze heures trente, ainsi auras-tu le temps de faire la grasse matinée et de te préparer tranquillement.

Mille baisers.

Apolline regarda l'heure : neuf heures... Elle décrocha le téléphone et demanda à la réception qu'on lui passe la chambre 125.

Elle entendit sonner une fois, deux fois, trois fois... jusqu'à ce qu'une voix ensommeillée lui réponde un petit « Oui ? ».

— Myriam, je te réveille ?

— J'ouvrais juste un œil.

— Tu n'as pas encore commandé ton petit-déjeuner ?

— Pourquoi ? Quelle heure est-il ?

— Neuf heures... Axel est déjà parti, veux-tu que nous le prenions ensemble ?

— Laisse-moi dix petites minutes, le temps de revêtir une tenue convenable, et je te rejoins.

Un quart d'heure plus tard, les deux femmes avaient pris place autour de la table. Elles avaient rarement l'occasion de se voir et elles étaient heureuses de pouvoir bavarder un moment en tête à tête. Myriam se servit de thé, Apolline de café et chacune se beurra un toast.

— C'était un beau mariage et je suis très heureuse pour vous deux. Le témoin d'Axel est déjà reparti ?

— Je pense qu'Axel devait le déposer à la gare ce matin.

— Dommage que ce fût si court... il était sympathique.

— Et plutôt beau garçon, non ?

— C'est vrai ! avoua Myriam en riant.

— Je te remercie d'avoir été témoin à mon mariage, lui dit Apolline. Sans toi je me serais sentie un peu seule.

— J'ai été flattée de tenir ce rôle.

— Dans ce contexte politique j'aurais compris que tu ne veuilles pas venir à Berlin... Au fait, comment vont tes parents ?

— Ils sont inquiets. Si mon père n'avait pas ses affaires qui le retiennent, il y a longtemps qu'il aurait quitté Strasbourg.

— Pour aller où ?

— En Suisse. Mon père est pessimiste et il fait de plus en plus souvent des voyages là-bas. Il prépare une solution de repli au cas où ça tournerait mal.

— Et toi ?

— Je n'ai encore rien décidé.

Myriam qui terminait sa deuxième tasse de thé prit encore une brioche dans la panière. Elle tira le journal qui avait été posé sur la table du petit-déjeuner. Elle parlait couramment allemand. Un des gros titres attira son attention. « Ce 30 janvier, un discours au Reichstag sera prononcé. Le Führer doit annoncer une solution au problème juif en Allemagne. » Apolline qui avait vu son amie pâlir s'inquiéta.

— Une mauvaise nouvelle ?

— Hitler doit faire un discours au Reichstag...

— Je suppose que ce n'est pas rare... nous sommes dans la capitale allemande.

— À vol d'oiseau le Reichstag est à peine à cinq cents mètres d'ici... Il faut que je trouve un moyen de m'y rendre.

— Je ne vois pas comment tu pourrais faire, c'est l'équivalent de notre Parlement en France et donc certainement très surveillé.

Mais Myriam, comme hypnotisée, se répétait : « Je trouverai une solution. Ce n'est pas un hasard si je suis là le jour où Hitler doit faire un discours sur les juifs... Je veux voir cet homme... Je veux l'entendre de mes oreilles, me faire ma propre opinion. » Elle regarda Apolline droit dans les yeux.

— Il dit qu'il a trouvé une solution au « problème » juif... C'est le titre du journal. Les juifs allemands sont un problème. Bientôt ce seront les juifs français puis tous les juifs de la planète... C'est-à-dire mon père, mes oncles, mes cousins et moi... Te rends-tu compte que déjà tous les médecins juifs sont exclus des caisses d'assurance maladie, qu'il a créé une carte d'identité spéciale pour les juifs ! Je veux savoir, je dois savoir jusqu'où il peut aller ! Tu comprends ?

— Oui, je crois.

Une foule immense s'était rassemblée sur le passage que devait emprunter la voiture du Führer. Aux balcons et aux lampadaires flottaient des drapeaux nazis. Brusquement, les bras se tendirent en même temps que des « *Heil Hitler !* » fusèrent. Le cortège passa. Hitler salua la foule hystérique. Il descendit de voiture. Une petite fille se précipita pour lui réciter un compliment et lui tendre un bouquet de fleurs. Cette scène déclencha les cris d'une foule en délire. Presque bonhomme, Hitler monta la volée de marches couverte d'un tapis rouge. Une fois en haut il se retourna, fit le salut nazi. Comme un seul homme la foule hurla « *Heil Hitler ! Heil Hitler ! Heil Hitler !* » jusqu'à ce que le Führer disparaisse derrière les lourdes portes. Myriam profita de la bousculade qui s'ensuivit pour se faufiler à l'intérieur de l'imposant bâtiment.

Hitler monta à la tribune. Myriam retint son souffle, fascinée par cet homme au regard fixe, à la voix forte et aux gestes brusques. Commença alors une diatribe d'une violence inouïe. Le plan était simple : éradiquer les juifs.

Myriam se sentit gagnée par la haine. Juive par son père, catholique par sa mère, elle ne s'était jamais déterminée pour une des deux religions, pour elle cela n'était pas important. Mais dès lors, elle revendiquerait haut et fort son judaïsme, et elle se battrait au côté des siens, jusqu'à la dernière goutte de son sang.

31

Le Manoir, fin juin 1939

Quand les mariés sortirent de l'église, tous les gens du village se trouvaient réunis devant le parvis. Sur son fauteuil roulant, Jeanne apparut à côté de son mari. Elle fut très entourée. Personne au village n'avait oublié ses œuvres de bienfaisance ni son dévouement pendant la guerre. Les serrements de main eurent lieu autour d'un verre de vin.

Vers une heure, la famille regagna le Manoir pour un déjeuner strictement familial. Le café fut pris dehors. Apolline s'approcha de Jeanne. Elles restèrent un moment sans parler puis Jeanne dit :

— Tu vois, à présent, je peux partir en paix. Albert n'est plus seul. Blanche est une jeune femme charmante, délicate, patiente ; elle saura le rendre heureux. C'était mon souhait le plus cher.

— Surtout ne vous pressez pas, ma tante, il y a encore tant de gens qui ont besoin de vous.

— Oh, tu sais, personne n'est irremplaçable. Les jumeaux se suffisent à eux-mêmes. Adelphe est heureuse et te voilà remariée. Je suis comblée. Quant à Anne-Sophie, je ne me fais vraiment aucun souci pour elle. Elle retombera toujours sur ses pieds ! Reste Anastase, bien sûr. Mais je ne le laisse pas seul, il y aura auprès de lui Anatole et Alphonse. Et toi, Apolline, ta maison de Saint-Cloud ? Et le déménagement de ton père à Neuilly ? Et Augustin, tu as de ses nouvelles ?

Ses questions se bousculaient comme si elle avait peur de ne pas avoir le temps d'écouter toutes les réponses.

— Augustin est actuellement à New York. Ses lettres sont enthousiastes. Il dit que là-bas tout est plus grand, plus vaste, que la vie y est passionnante.

— Quand rentre-t-il ?

— Pour l'instant, il ne le dit pas.

— Albert a reçu ce matin un télégramme de lui. Il dit qu'il pense bien à nous tous.

— Il doit regretter de ne pas être à ce mariage, en même temps, c'est mieux comme ça, j'espère qu'il aura réfléchi et qu'à son retour...

Jeanne posa sa main sur celle de sa nièce.

— Tu sais, l'éloignement et le temps travaillent pour toi. Augustin n'est pas un mauvais garçon, il est juste un peu trop tyrannique à ton endroit...

À ce moment-là, l'infirmière passa la tête. C'était l'heure de sa piqûre.

Apolline se leva pour accompagner sa tante. Elle sentit tout tourner autour d'elle. Elle se cramponna au fauteuil.

— Cela ne va pas ? questionna Jeanne.

— Non, juste un étourdissement... le voyage, la chaleur...

— Mon Dieu, serait-ce ?

— Je ne suis pas sûre... Ne dites rien ma tante, je vous en supplie !

— Mon Dieu quel bonheur ! Décidément, ce jour est un jour béni, dit Jeanne en se penchant pour embrasser Apolline.

Les beaux jours d'été passés, Jeanne décida de ne plus lutter. Le temps de dire au revoir à ceux qu'elle aimait, elle s'éteignit comme une bougie. Elle mourut entourée des siens trois mois après le mariage, presque jour pour jour.

32

Saint-Cloud, 1er septembre 1939

Chaque matin, vers six heures trente, Axel se levait en prenant soin de ne pas réveiller Apolline. En attendant que Fine lui monte la presse avec le petit-déjeuner, il s'habillait tout en écoutant les nouvelles à la TSF. Puis il s'enfermait dans son bureau pour répondre à son courrier, passer quelques coups de fil. Ce matin-là, il resta pétrifié quand un de ses collègues lui apprit par téléphone que l'Allemagne avait envahi la Pologne à quatre heures quarante-cinq du matin. Il raccrocha, resta un long moment sans bouger. « Il a osé ! Il a osé ! » se répétait-il effondré.

Il pensa à son père, à sa belle-mère, une femme influençable, il pensa à son jeune frère Karl. Il pensa à son beau-père qui avait fui l'Allemagne pour s'installer aux États-Unis. Il avait reçu depuis plusieurs courriers de lui. Le dernier en date l'avait ébranlé : « Mon gendre a interdit à ma fille d'écrire à des traîtres. C'est ainsi qu'il nous nomme désormais. »

Après un moment d'abattement, Axel décrocha le téléphone. Il fit le numéro privé de l'ambassade et tomba sur Greta.

— Axel ! Si vous me téléphonez de si bonne heure, c'est que vous êtes au courant.

— Il faut que je vous voie, dit Axel qui se méfiait des écoutes et ne voulait pas parler au téléphone.

— Venez avec Apolline prendre le café vers quatorze heures trente, répondit Greta qui avait compris.

Axel raccrocha. Comme il entendait Fine qui ouvrait les volets de la chambre, il se leva, regarda le plafond à la recherche d'une idée : comment annoncer la nouvelle avec douceur à Apolline ?

Il entra dans la chambre qui, dès le matin, était baignée de soleil. Il trouva le plateau du petit-déjeuner posé sur la table et Apolline encore ensommeillée. Il se pencha au-dessus du lit, prit la main de sa femme pour y déposer un baiser.

— Bien dormi ?

— Cette nuit, je l'ai senti bouger pour la première fois.

Axel s'assit au bord du lit. Apolline remarqua immédiatement son air préoccupé.

— Une mauvaise nouvelle ?

Sans répondre, Axel s'empara des journaux que Fine avait déposés sur le bureau. Il parcourut les grands titres mais ne trouva pas une ligne sur la Pologne. Il était évident que les journaux étaient déjà sous presse quand l'événement avait eu lieu. Il hésita. Finalement il décida de lui dire la vérité, même si dans son état, il aurait aimé la préserver.

— Ce matin à l'aube, l'Allemagne a attaqué la Pologne.

Apolline se redressa sur un coude.

— Alors c'est la guerre !

Ce mot terrible la renvoya vingt-cinq ans en arrière. Elle se souvenait de la réaction de Jules en 1914 : « On va enfin prendre notre revanche ! » Il était excité comme un enfant à qui on aurait permis de se battre dans la cour de récréation. Elle se souvenait de son père qui était parti pour Saumur voir son frère, qui faisait alors son service militaire. Il avait été un des premiers mobilisés. Elle était alors enceinte de son fils aîné. La même histoire se répétait.

— À l'armistice, dit-elle cette fois tout haut, j'avais dit que je voulais emmener les enfants sur les Champs-Élysées pour qu'ils se souviennent de ce jour afin que plus jamais il n'y ait la guerre, et à nouveau... Oh, Axel, qu'allons-nous devenir ?

Axel la serra dans ses bras.

— N'aie pas peur, je suis là, je serai toujours là pour toi.

Il lui caressait les cheveux, la consolait avec les mots, les gestes qu'il aurait eus pour une petite fille venant de s'écorcher le genou.

— Après le déjeuner, je dois me rendre à l'ambassade d'Allemagne, ce serait bien que tu m'accompagnes.

Dès qu'ils entrèrent dans l'ambassade, Axel conduisit Apolline jusqu'aux appartements privés de Greta, la salua et très vite s'échappa pour rejoindre Gerhart qui, dans le secret de son bureau, lui remit les dernières dépêches qu'il avait reçues. Axel lut : « Le Reichstag s'est réuni ce matin. Hitler en uniforme militaire a justifié l'attaque allemande en Pologne. Celle-ci a eu lieu à quatre heures quarante-cinq sans déclaration de guerre... » Axel maugréa dans ses dents : « Foutaises ! » Les deux hommes se comprenaient, ils avaient travaillé plusieurs années ensemble, une longue amitié les liait. Auprès du Reich, ils passaient pour des subversifs. Ils se savaient surveillés et ne pouvaient se laisser aller aux confidences. Gerhart murmura :

— Qu'allez-vous faire ?

— Me rendre à Berlin.

— Ma femme part cette nuit, accompagnez-la, je serai plus tranquille de la savoir avec vous.

Au fil des mois Apolline et Greta avaient noué des liens d'amitié. Dans le petit salon, installées devant les hautes fenêtres qui donnaient sur le jardin, elles buvaient leur café à petites gorgées. Greta questionna :

— Comment vous portez-vous, ma chère ?

— Comme un charme !

— Et dire que c'est ici que vous avez rencontré Axel pour la première fois.

Apolline sourit.

— Axel et moi vous en serons reconnaissants toute notre vie. Je serais heureuse que vous acceptiez d'être la marraine de notre enfant.

— C'est une idée charmante ! Merci de tout cœur de cette délicate attention ! Faisons un tour dans le jardin, j'ai de nouvelles roses à vous montrer.

Elles passèrent sous les arceaux autour desquels grimpaient toutes sortes des roses. Ici, personne ne les espionnerait.

— Apolline, j'aurais sincèrement aimé être la marraine de votre enfant, mais je ne puis accepter... Avec ces événements, Dieu sait quand nous nous reverrons. Prenez quelqu'un de votre famille et moi je serai sa marraine de cœur... Je pars cette nuit pour l'Allemagne.

— Vous quittez l'ambassade ?

— Officiellement je fais un simple déplacement pour Berlin. Jusqu'à nouvel ordre le personnel reste sur place... J'ai peur.

— Oh moi aussi j'ai peur, une peur effroyable ! Si la guerre venait à éclater, j'ai deux fils en âge d'être mobilisés... Je ne veux pas revivre ce cauchemar !

Durant des années, Greta avait souffert de sa stérilité mais aujourd'hui elle bénissait le ciel de ne pas avoir d'enfants. Elle n'avait à protéger que son vieux père resté à Berlin.

— Apolline, quoi qu'il arrive, nous demeurerons amies. À Berlin, j'ai une grande maison où je peux vous recevoir, je vais vous donner mes coordonnées.

— Axel a tenu à ce que nous nous mariions à Berlin afin que j'aie droit à un passeport allemand.

— C'était une sage décision, et cela ne m'étonne pas de lui, Axel est un homme prévoyant.

Il faisait beau en ce début septembre 1939. La chaleur lourde de l'été avait fait place à un air plus léger. Dans cette quiétude de fin d'été, personne n'aurait pu soupçonner que l'Europe était au bord du gouffre.

Les deux femmes se promenèrent encore quelques minutes. Une demi-heure plus tard, au bas du perron les von Reinecker disaient au revoir à leurs amis. L'émotion était palpable.

Axel et Apolline regagnèrent leur maison de Saint-Cloud. Au volant, Axel ne desserra pas les dents. Ce n'est qu'à la sortie de Paris qu'il avoua :

— Cette nuit je gagnerai l'Allemagne. Je profiterai de ce que Greta passe la frontière avec la voiture diplomatique pour rentrer avec elle.

Apolline accusa le coup.

— Combien de temps penses-tu rester à Berlin ?

— Je ne sais pas encore, mais je reviendrai le plus tôt possible. Si la guerre devait éclater, je me ferais réformer. Je connais un médecin qui s'est occupé d'Elena au tout début de sa maladie. Il s'était alors trompé dans son diagnostic, cette erreur nous a fait perdre un temps précieux pour son traitement... Il me doit bien ça.

— Tu es sûr de toi ?

— Il n'est pas question que je fasse la guerre sous le drapeau nazi ! Nous avons un fou à la tête de notre pays et mon devoir est de ne pas le suivre dans sa folie.

Vers trois heures du matin, Axel partit avec une minuscule valise et sa sacoche noire ; le chauffeur de l'ambassade l'attendait au portail. Il avait insisté pour qu'Apolline ne sorte pas de la chambre. Par la fenêtre elle l'avait regardé s'éloigner d'un pas vif. Il s'était retourné et lui avait fait un dernier signe de la main. Elle l'avait suivi des yeux jusqu'à ce que les arbres cachent sa silhouette. Le cœur lourd, elle s'était recouchée mais ne s'était pas rendormie.

Elle n'avait plus de nouvelles de Myriam depuis des semaines et elle se faisait du souci pour elle. À sept heures, elle avait demandé à l'opératrice le numéro de son amie à Strasbourg. Avec les bruits de guerre qui se propageaient, les lignes étaient prises d'assaut. Il lui fallut attendre le début de l'après-midi pour être mise en relation avec Myriam.

— Oh, c'est toi Apolline ! Je ne peux pas te parler, dans quelques minutes mes parents prennent la route et je dois leur dire au revoir.

— Mais toi ?

— Je reste.

— Myriam, tu dois partir, les événements se précipitent et...

— Ma décision est prise, je reste. Il faut bien que quelqu'un soit là pour faire tourner l'usine.

— Myriam, promets-moi de partir si les événements venaient à s'aggraver. Tu pourrais t'installer à Saint-Cloud le temps que tu voudras.

— Je te remercie et je te promets d'y penser. Je dois absolument raccrocher... je t'embrasse.

— Appelle-moi aussi souvent que possible.

— Je le ferai, je te promets.

Songeuse, Apolline se rendit au grand salon. Elle s'assit à son piano, regarda les portraits de sa mère et de sa grand-mère Amélie. Elle lui avait dit avant sa mort : « Tu verras mon petit, le chemin est long, difficile... » Alors qu'elle réfléchissait elle sentit une onde légère la parcourir, lui rappelant que la vie était en elle.

Elle ouvrit le piano, joua un nocturne de Chopin, mais aucune note, aucun accord, ne vint à bout de son malaise. Elle regarda dehors par une des portes-fenêtres qui donnaient sur le jardin. Une dizaine de corbeaux avaient la tête tournée vers la maison. Apolline mit ses mains devant sa bouche pour étouffer le cri qu'elle n'avait pu retenir.

33

Neuilly, 3 septembre 1939

Ce matin, Hyacinthe reçut un télégramme de New York.

Prends le bateau cet après-midi. Stop. De retour dans quatre jours. Stop. Affectueusement Augustin.

Il était encore tôt. Sur son pyjama, Hyacinthe enfila une robe de chambre en soie, et, le télégramme à la main, descendit frapper à la porte de la chambre de Gertrude.

— Entrez !

Hyacinthe passa la porte. Le chat miaula, se frotta au chambranle.

— Pousse-toi ! dit-il impatient.

Il tendit le télégramme à sa sœur. Gertrude en prit connaissance.

— Voilà une bonne nouvelle !

— Ma pauvre Gertrude, tu ne comprends décidément jamais rien ! Si ton neveu revient, ce n'est pas pour nous faire plaisir mais parce qu'il veut être là si la guerre éclate... encore un jeune fou sans cervelle ! Exactement comme son père au même âge ! Jules n'avait qu'une idée en tête : venger la France de la guerre de 1870. Augustin en a une autre : venger la mort de son père ! Tu comprends maintenant ?

Hyacinthe claqua la porte. Gertrude resta médusée. Hyacinthe ouvrit à nouveau la porte qu'il ne fit, cette fois, qu'entrebâiller.

— Je téléphone sur-le-champ à Apolline pour la prévenir et je pars faire un tour. Je serai là à l'heure du déjeuner.

Gertrude, que tout ce mouvement inquiétait, resta quelques secondes abasourdie. Puis, levant les yeux au ciel, elle dit tout haut :

— Je vais faire un tour ! Il ne peut pas dire qu'il va dans la maison d'à côté ! Il y passe tout son temps, au point que je me demande à quoi je sers !

Cette petite minute de mauvaise humeur la ragaillardit ; elle quitta son lit. Elle était contente si Apolline venait cet après-midi et puis tiens, elle était aussi bien contente qu'Augustin revienne en France ! À chaque jour suffit sa peine, il serait toujours temps de voir !

Apolline trouva son père assis au salon, la TSF ouverte à tue-tête. Hyacinthe ne se leva pas pour accueillir sa fille et Alexandre, ce qui n'était pas dans ses habitudes. Son émotion était telle qu'il avait du mal à respirer. Il dégrafa son col et finit par dire :

— Mes enfants, c'est une catastrophe... Les Anglais ont déclaré la guerre à l'Allemagne ce matin à onze heures.

— Mais l'Angleterre, ce n'est pas la France ! rétorqua Gertrude peu au fait de la politique.

Exaspéré, Hyacinthe leva le regard au plafond.

— Occupe-toi donc de ton chat ! (Puis il se tourna vers ses visiteurs.) Peu avant midi l'ambassadeur de France à Berlin signifiait à Ribbentrop que les engagements que la France avait contractés envers la Pologne seraient remplis avant dix-sept heures. En clair, cela signifie que si la France n'obtient aucune réponse de la part de l'Allemagne, à cinq heures nous entrerons en guerre. (Il tira sa montre de sa poche.) Et mes enfants, j'ai le désespoir de vous annoncer qu'il est quatre heures quarante-cinq.

Apolline s'assit au bord du fauteuil qui faisait face à celui de son père. Alexandre se posta debout derrière elle. Chacun, sans bouger, écoutait la radio qui passait de la musique. Ils attendirent dans le silence, mais plus aucune nouvelle ne fut donnée.

— Grand-père, risqua Alexandre, peut-être pourrions-nous éteindre ?

Hyacinthe regarda son petit-fils comme s'il le voyait pour la première fois.

— Tu as quel âge ?

— Bientôt vingt-trois ans, grand-père...

— Et, si je sais compter, ton frère bientôt vingt... Seigneur Dieu !

Hyacinthe tenta de se lever de son fauteuil, mais retomba de tout son poids en arrière. Son petit-fils voulut lui porter secours.

— Je ne suis pas encore impotent ! Je monte dans mon bureau. Avant de partir, passe me voir, dit-il en se tournant vers sa fille.

— Et le thé ! s'exclama Gertrude.

— Le thé ! Comme s'il s'agissait de cela ! dit Hyacinthe, ulcéré.

Pour faire plaisir à la maîtresse de maison, Apolline et Alexandre prirent une tasse de thé et un bout de tarte aux pommes. Puis Apolline rejoignit son père qui semblait avoir retrouvé ses esprits.

— Tiens, dit-il, voilà le télégramme.

Apolline le lut et conclut :

— À cette heure, Augustin s'est embarqué.

— Il va s'engager, bien sûr.

— J'en ai peur.

De retour en Europe, c'est sur le quai de Portsmouth qu'Augustin apprit que l'Angleterre était entrée en guerre et, quelques heures plus tard, la France. « Ces salauds de Boches ne perdent rien pour attendre ! » songea-t-il. À Portsmouth il avait repris un bateau pour Dunkerque. Là, il avait pris le train jusqu'à Paris. Ce dernier était bondé car de nouvelles recrues avaient été mobilisées. Il eut honte de ses habits civils. À Paris, il sauta dans un taxi. Il admira les immeubles haussmanniens, les places, les quais de la Seine, pourtant tout ici manquait de hauteur, d'élan. Il avait passé six mois dans le Nouveau Monde et il revenait emballé par le dynamisme, le modernisme de ce grand pays, ainsi que par la décontraction de ses habitants.

Augustin avait à peine déposé ses bagages chez lui qu'il ne tenait plus en place. Depuis que l'Allemagne avait envahi la Pologne, il était une pile électrique. Chaque jour passé lui avait paru un siècle. Il devait bouger, faire quelque chose. Il sortit pour se rendre rue Jacob.

Anne-Sophie était seule à la galerie. Entre deux bouffées de cigarette, d'un regard distrait elle avait suivi le beau jeune homme qui traversait la rue. Depuis que la guerre avait éclaté, les hommes jeunes se faisaient rares par ici. Quand elle reconnut son neveu, de saisissement, son journal lui tomba des mains.

— Augustin !

Ils s'élancèrent dans les bras l'un de l'autre et s'étreignirent longuement au pas de la porte. Anne-Sophie aimait ses neveux comme ses fils, mais elle avait toujours eu un penchant pour Augustin. Le premier moment d'émotion passé, ils se regardèrent.

— Tu es toujours aussi jolie T'Anne-So !

— Et toi alors ! Tu as dû en briser, des cœurs !

— Pas tant que ça !

— On dirait que tu as pris de la bouteille.

Augustin jeta un coup d'œil autour de lui.

— Il n'y a pas foule...

— Depuis que nous sommes rentrés en guerre, plus un péquin ne franchit la porte ! Tu es arrivé il y a combien de temps ?

Augustin consulta sa montre.

— Une petite heure.

— Quelle impatience ! fit-elle remarquer en riant. Viens dîner ce soir.

— Je ne sais pas encore où je serai ce soir... la famille, tu comprends.

Augustin la salua, remit son chapeau et repartit aussi vite qu'il était venu. Elle le regarda s'éloigner à grandes enjambées. Elle songea qu'Augustin ne savait pas que sa mère attendait un enfant. Quand il l'apprendrait, il tomberait de haut.

Augustin s'était enfin décidé à appeler sa mère.

— Bonjour, Fine, Augustin Garancière au téléphone.

— Oh ! Monsieur Augustin, j'appelle tout de suite madame.

Quelques secondes plus tard.

— Augustin ! Comme je suis heureuse !

La voix de sa mère était naturelle, légère, chantante, telle qu'il l'avait gardée en mémoire.

— Je suis arrivé ce matin de bonne heure.

— Ton voyage s'est bien passé ? Un paquebot qui reliait le Canada à la France...

— Je suis arrivé sans encombre, coupa-t-il.

— As-tu vu Alexandre ?

— Pas encore, je lui ai laissé un mot sur sa porte.

— Je suppose que tu es revenu à cause des événements et que tu risques de repartir très vite... ?

Malgré lui, Augustin fut touché par la souffrance qu'il percevait dans la voix de sa mère mais il ne laissa rien paraître. Apolline reprit presque timidement :

— Viens dîner ce soir avec ton frère.

— Bien, alors à ce soir.

À peine Augustin eut-il raccroché qu'Alexandre frappa à la porte. Il courut lui ouvrir. Les deux frères s'étreignirent dans une fraternelle accolade.

Dès qu'Apolline entendit le bruit du moteur, elle se porta au-devant de ses fils. Alexandre sortit le premier. Quelques secondes plus tard, Augustin claqua la portière. « Comme il est beau », se dit Apolline. Quelque chose dans son allure avait changé. Il portait à présent les cheveux coiffés en arrière.

— Bonjour, mère, dit-il en l'embrassant.

— Pas trop fatigué ? Je suis si heureuse de te voir !

Augustin regarda autour de lui.

— Cela a bien changé depuis mon départ !

— Entre ! Tu verras, la maison commence à prendre tournure.

Au salon, ce fut Alexandre et Apolline qui firent la conversation. Petit à petit, Augustin se détendit, il parla de son voyage, de ses rencontres, de son envie de s'installer aux États-Unis pour de bon.

Quand ses fils partirent, il n'était pas loin de minuit. Apolline avait évité de parler politique et donc de la guerre. À aucun moment le prénom d'Axel ne fut prononcé.

L'automobile descendit à petite allure la route sinueuse, passa le pont qui enjambait la Seine, atteignit Paris. Augustin, qui n'avait pas encore dit un mot, se tourna vers son frère.

— Dis-moi Alex, j'ai trouvé que mère avait changé.

— Ah bon ?

— Ne fais pas l'idiot, dit Augustin avec une certaine brusquerie. Sa taille s'est épaissie... Est-ce que mère ne serait pas... ?

Alexandre s'abstint de répondre. Devant son silence, Augustin comprit que son intuition avait été bonne.

— Le salaud ! Je me disais aussi... et c'est pour quand ?

— Février.

Les mains d'Augustin se crispèrent sur le volant tandis qu'il appuya à fond sur l'accélérateur. L'automobile fit une embardée. Il poussa ses vitesses, passa brusquement de la troisième à la quatrième, et c'est à toute allure, les pneus crissant dans les tournants, que la voiture regagna le boulevard Saint-Germain.

34

Berlin

Après l'effervescence qui avait marqué le début des hostilités, Berlin était retombé dans une sorte d'apathie. La capitale s'était vidée de ses forces vives. Il ne restait que les banderoles nazies qui flottaient sur tous les bâtiments publics et les hommes en uniforme qui, à bord de voitures de l'armée, passaient à toute allure sur les grandes artères.

Depuis qu'Axel était arrivé, son regard sur ses compatriotes était empreint de fatalisme : « Un jour, tous ces gens vont se réveiller et il sera trop tard. » Il était malheureux de voir son pays s'enfoncer dans une guerre qu'un peu de bon sens aurait évitée. Mais il suffisait que le Führer se montre, qu'un de ses discours soit diffusé à la radio pour que la population se sente galvanisée.

Axel obtint rendez-vous avec le professeur Hartmann, l'ancien médecin de sa femme. Il se rendit dans la clinique privée où dans une ambiance compassée, il attendit trois bons quarts d'heure jusqu'à ce qu'une infirmière l'invite à entrer dans la salle d'auscultation. L'un comme l'autre savaient que le diagnostic donné à l'époque était erroné. Il avait valu à Elena des médicaments inadaptés, et son état général avait empiré.

— Monsieur von Reinecker, j'ai su pour le décès de votre femme... je suis sincèrement désolé.

— Merci.

— Prenez place. Que puis-je pour vous ?

— Professeur, comme vous le savez je suis diplomate. Les voyages incessants... la maladie de ma femme, son décès ont eu raison de mes nerfs... Je me croyais plus solide.

— Pouvez-vous me décrire les symptômes ?

Axel avait préparé sa réponse.

— Je ne dors plus... et quand je m'endors enfin, d'effroyables cauchemars me réveillent. Dans la journée je suis pris de sueur, de tremblements. J'ai des angoisses terribles qui me clouent au lit, m'empêchent de penser, d'agir...

— Bien, allongez-vous sur la table qui se trouve derrière vous. Enlevez votre veste, déboutonnez votre chemise, je vais vous ausculter.

Axel s'exécuta. Le professeur l'examina et constata :

— Votre cœur bat beaucoup trop vite, une tension un peu élevée. Si vos troubles me paraissent essentiellement psychologiques, il faudrait néanmoins consulter un cardiologue dont je vous donnerai l'adresse. Quel âge avez-vous ?

— Quarante-deux ans.

— La force de l'âge, fit-il remarquer.

Il regarda bien attentivement le baron dans les yeux. Axel soutint son regard sans ciller.

— Qu'en concluez-vous ?

— Que vous faites une dépression. Je vais vous prescrire des médicaments et quelques semaines de repos.

— Quelques semaines ?

— Disons trois mois renouvelables.

— Six.

Le professeur Hartmann fixa longuement son patient, puis fit l'ordonnance demandée. En la lui remettant, il crut bon de le mettre en garde.

— Attention, cette ordonnance n'est pas un sésame, il faudra vous faire suivre par un psychiatre de votre choix et envoyer votre dossier à la commission militaire où il sera étudié.

— Tout le monde connaît votre réputation, professeur, et je suis bien certain que, signé de votre main, le dossier ne sera pas contesté.

Axel sortit du cabinet de consultation, soulagé. Ces six mois de tranquillité lui permettraient d'être en France pour l'accouchement d'Apolline, d'aller et venir sans être inquiété et de prendre le temps de réfléchir. Un de ses amis proches siégeait à la commission militaire. Ces six mois renouvelables, il les obtiendrait, même s'il devait être suivi par un psychiatre et se faire passer pour fou. Qu'il soit obligé, pour cela, de revenir tous les mois à Berlin lui permettrait de rester en contact avec ses relations. S'il refusait cette guerre, il n'avait pas l'intention de rester les bras croisés.

35

Le Manoir

Dans la tour ouest du Manoir les jumeaux discutaient. Inlassablement les mêmes réflexions revenaient.

— Je ne veux pas rater cette guerre.

— Si on était trop jeunes pour la première, on n'est pas trop vieux pour faire celle-là !

— Il est impensable de laisser notre père seul.

— Il faut que l'un de nous reste. Si seulement Albert était encore là...

— Avec des « si » on referait le monde... Écoute, j'ai une idée. Puisque nous ne pouvons pas partir tous les deux, tirons au sort.

— Donne-moi une pièce.

Alphonse fouilla ses poches, sortit plusieurs pièces dont une de cinq sous.

— Pile ou face ?

Anastase prenait son petit-déjeuner, et comme tous les matins, ses premières pensées allaient à Jeanne. Autrefois, ses ordres claquaient, son rire fusait. Jeanne était une femme de tête doublée d'une femme de cœur. Elle était toujours en action, s'occupait des siens mais aussi des autres. Sa famille faisait partie de cette minorité qui avait de la chance et qui devait donner l'exemple. Elle ne cessait de répéter : « Mes enfants, n'oubliez jamais que nous sommes des pri-vi-lé-giés. » Elle détachait chaque syllabe du mot afin qu'il rentrât bien dans les esprits. Désormais, la maison était vide et Anastase était malheureux. Même son atelier, qui lui avait si longtemps servi de refuge, avait perdu son attrait. De qui désormais pourrait-il se prémunir ? Les jumeaux ? Ils habitaient la tour ouest. Lise restait discrète et Françoise sortait rarement de son antre. Restaient ses fidèles épagneuls qui couchaient sur le palier mais qui, dans la journée, entraient de plus en plus souvent dans le salon.

Les garçons vinrent s'asseoir face à lui. Anastase les admira. Ses fils avaient le teint coloré, les cheveux auburn, les yeux très bleus. Grands, bien charpentés, ils passaient pour être les plus beaux garçons de la région. La guerre venait de leur fondre dessus et il s'attendait à ce que ses fils le quittent. Déjà en 1918 alors qu'ils n'avaient pas l'âge requis ils avaient voulu s'enrôler. Il les avait récupérés sur le quai de la gare. Pas plus qu'il n'avait retenu Albert il ne les retiendrait.

— Père, nous avons pris une décision.

— Quelle décision ? demanda-t-il le cœur serré.

— Comme on ne pouvait se mettre d'accord, nous avons tiré au sort.

— Et ?

— C'est Anatole qui part. Moi je reste avec vous, père. On ne sera pas trop de deux pour abattre le travail.

Afin de cacher son émotion, Anastase quitta brusquement la table. Ses fils le crurent fâché alors qu'il était ému qu'un des deux se sacrifie pour lui. Anastase mesurait d'autant mieux leur dévouement qu'il savait les jumeaux inséparables.

36

Saint-Cloud, 9 février 1940

Apolline ne sortait plus guère de chez elle. La Seine était prise par la glace, et le verglas rendait la circulation difficile dans Paris. Aujourd'hui encore, le temps était à la neige. Afin de garder la maison à bonne température, elle avait condamné le grand salon, ainsi que les chambres qui ne servaient pas. Dans les cheminées des feux étaient régulièrement entretenus. Assise au petit salon elle cousait de la layette pour tromper son ennui.

Il y a quelques semaines encore elle accompagnait Axel au piano mais, à présent, son ventre était devenu trop volumineux et ses reins trop douloureux pour rester assise plus de quelques minutes sur une banquette. Son ventre se durcit brusquement. Elle passa sa main sur le ventre comme pour protéger l'enfant qu'elle portait. Ce geste la ramenait vingt-cinq ans en arrière, c'était alors un autre enfant qu'elle portait, une autre guerre... Depuis qu'Augustin avait été envoyé au front, elle n'avait plus aucune nouvelle de lui. À chaque minute de la journée, elle pensait à son fils aîné, mais c'était surtout la nuit, pendant ses insomnies, qu'elle se demandait où il pouvait être et ce qu'il faisait. « Mon Dieu, protégez-le. »

Une nouvelle contraction, douloureuse cette fois, lui enserra les reins et le ventre, comme dans un étau. Apolline attendit qu'elle passe puis reprit son ouvrage là où elle l'avait laissé. Après une quinzaine de minutes, une nouvelle contraction survint. Apolline se leva, un liquide chaud coula le long de ses cuisses.

— Fine, préviens monsieur !

Axel, anxieux, s'approcha de sa femme qui s'était allongée sur le canapé.

— J'ai perdu les eaux, je ne suis pas sûre d'avoir le temps de me rendre à la clinique comme prévu...

— J'appelle le médecin. Fine, ne quittez pas madame.

Axel revint quelques secondes plus tard.

— Les routes sont bloquées par le verglas. Même les ambulances ne passent pas. Le médecin a été prévenu, il essaye de venir le plus vite possible.

Une heure passa. Les contractions étaient de plus en plus rapprochées. Axel faisait les cent pas devant le portail, espérant à chaque instant apercevoir les phares de l'automobile. La nuit était tombée. Sidonie, la cuisinière, se présenta à la porte de la chambre alors qu'Axel revenait auprès de son épouse.

— Voilà... Je ne sais pas si je peux servir à quelque chose, mais j'ai accouché des chevaux, des génisses et...

Fine s'offusquait quand Axel, démuni devant les souffrances de sa femme, intervint :

— Et ? questionna-t-il avec douceur.

— Et comme le sang ne me fait pas peur, j'assistais le docteur quand une femme de la maison accouchait...

— Venez !

La cuisinière entra d'un pas mal assuré dans la chambre.

— Pardonnez, madame, ça fait combien de temps que les douleurs ont commencé ? J'vais juste regarder... (À travers la chemise de nuit, elle tâta le ventre.) Le petiot est déjà bien descendu, constata-t-elle.

Puis se tournant vers Axel.

— Monsieur le baron, maintenant, c'est l'affaire des femmes. Si le médecin n'arrive pas, Fine me secondera.

Entre deux plaintes, Apolline serrait les dents. Penchée au-dessus d'elle Sidonie la fouillait de ses doigts.

— Il n'est plus très loin, je le sens ! s'exclama-t-elle. Encore un petit effort et je verrai sa tête.

Sidonie se releva, commanda à Fine des linges, de l'eau chaude. Fine courut chercher ce qui lui avait été demandé.

Apolline tenait la petite Astrid dans ses bras. Le bébé n'avait pas de cheveux, juste un duvet blond. Il avait la peau lisse, des joues rondes et quand il ouvrait ses yeux, c'était un regard bleu clair qui vous fixait. Apolline et Axel contemplaient le poupon avec ravissement.

Le soir même, Axel téléphona à Neuilly, puis à Alexandre et à Anne-Sophie. Le lendemain Apolline appelait le Manoir, puis le château de Kervalon, enfin

Strasbourg. Elle fit plusieurs fois le numéro mais le téléphone sonnait dans le vide.

— Ce n'est pas possible, disait-elle, inquiète, même si Myriam s'est absentée, il y a forcément du personnel sur place...

37

Lucillac

Sans dire un mot Théodore avait fouillé dans sa poche, avait tiré un papier froissé que Jean avait aussitôt reconnu : c'était un ordre de mobilisation.

— Foutue guerre !

— En tant qu'aide-chirurgien, je pourrai être utile à ma patrie.

— Et tes études ?

— Je n'ai plus que deux trimestres à valider, elles attendront, dit-il calmement.

— Tu aurais pu demander un sursis.

Le garçon s'était tourné vers Jean Garancière ; il avait pour lui une véritable affection.

— La guerre sera pour moi un formidable terrain d'expérimentation. J'apprendrai en un an ce que j'aurais appris en dix dans le civil. Au moins je serai utile, je porterai secours à ceux qui auront besoin de moi.

— À quoi te servira tout cela si tu te fais tuer ?

— C'est le prix à payer.

Le jour de la déclaration de la guerre, Juliette n'avait pensé qu'à Théodore. Elle avait sellé Tonnerre et avait galopé jusqu'à la ferme. Théodore, qui était venu prendre congé de son père et de sa mère, avait vu la jeune fille passer. Il était sorti.

— Tu pars ? avait questionné Juliette inquiète.

— Dès demain.

— Tes études ?

— Je les reprendrai au retour.

— Théodore, fais attention à toi, avait-elle dit avec de l'émotion dans la voix.

— Je ne vais pas là-bas pour me battre mais pour soigner, porter secours.

Juliette était descendue de cheval.

— Quelle différence ? La guerre reste la guerre.

— Pour moi ça fait toute la différence : je vais là-bas pour sauver des vies, pas pour tuer.

Juliette s'était approchée. Les deux jeunes gens n'étaient plus qu'à quelques pas l'un de l'autre. Théodore croisait régulièrement Juliette. Dès leur première rencontre, il avait été ébloui par sa beauté sans fard, son indépendance d'esprit. Mais Juliette était la petite-fille de Jean Garancière et il ne se donnait pas le droit de la regarder autrement qu'en ami.

Théodore s'en était allé, depuis Juliette attendait. Elle écoutait les nouvelles, lisait les journaux. Nicolas était parti. Du front il lui écrivait, alors que c'était des nouvelles de Théodore qu'elle aurait aimé recevoir. « Comme la vie est mal faite », se disait-elle.

Le printemps était revenu et quel printemps ! Le 10 mai, Hitler attaqua la Belgique, les Pays-Bas, le Luxembourg. Le 18 mai, devant la percée allemande, Paul Reynaud, le président du Conseil, nomma Pétain au poste de vice-président du Conseil. Le 28 mai, Léopold III signa la capitulation de l'armée belge... Comme tous les Français, Jean Garancière gardait l'oreille collée à son poste de TSF. Il eut le cœur serré quand le 3 juin, pour la première fois depuis le début de la guerre, Paris fut bombardé. C'était à l'heure du déjeuner. Dans le 15e arrondissement, les bureaux des usines Citroën étaient en flammes. Le 16e était durement touché. À Passy et à Auteuil, des immeubles s'étaient écroulés.

Jean Garancière avait décroché le téléphone. La voix anxieuse, il avait demandé à l'opératrice de le mettre en relation avec Paris. Il avait attendu, et encore attendu. Maintes fois il avait demandé le numéro. Finalement ce n'est qu'en pleine nuit qu'il avait obtenu son petit-fils. La famille allait bien.

Le 10 juin, le gouvernement français quittait Paris. Le 14 juin, les troupes allemandes entrèrent dans la capitale... En quelques jours, Jean Garancière avait pris dix ans. Paris se trouvait sous la botte allemande. Pauvre France, si peu glorieuse, avalée par l'armée allemande, peut-être demain effacée de la carte du monde. La France était vaincue. Il ne pouvait ni le croire ni l'admettre. Il sortit arpenter les vignes, mais, pour la première fois, il ne vit pas les cépages alignés, il ne vit pas les grappes qui pesaient au cœur du feuillage, il ne voyait que les soldats avec leur fusil en bandoulière, leur barda sur le dos, hagards, exsangues, les longues colonnes de prisonniers, le drapeau à croix gammée sur l'Arc de triomphe, les soldats de l'armée victorieuse prendre possession de Paris.

Louise, inquiète de ne plus voir son mari, partit à sa recherche. Elle l'avait appelé comme on appelle un enfant égaré, et c'est tout au bout d'une rangée qu'elle l'avait vu gisant à terre. Sa tête avait heurté une pierre et du sang s'écoulait du cuir chevelu. Louise avait couru vers lui, l'avait secoué pour le faire revenir à lui.

— Surtout ne bougez pas, je vais chercher du secours.

Jean Garancière l'avait retenue par le bras.

— Aidez-moi plutôt à me relever.

— Vous n'êtes pas en état...

— Faites ce que je vous dis, dit-il d'un ton brusque que Louise ne lui connaissait pas. Inutile d'appeler un médecin, c'est moi le médecin.

Louise obtempéra. Après plusieurs tentatives, elle réussit à le mettre debout et l'aida à gagner le château.

38

La Meuse, mai 1940

Après une attente usante, les Allemands étaient passés à l'offensive. Cela faisait maintenant des jours et des nuits que les hommes se battaient comme des chiens enragés. Le visage noirci par la poussière, le regard fiévreux, Augustin était de tous les combats. Il n'avait pas peur. Et si son courage venait à vaciller, il pensait à son père qui avait fait quatre années de guerre : « Vous verrez père, lui disait-il, on les aura ! » Il portait dans sa poche gauche une photo de son père en uniforme, afin que celui-ci le protège.

Les Allemands étaient mieux armés et supérieurs en nombre. Pourtant les Français avaient, un moment, réussi à contenir l'ennemi et même à le repousser. Galvanisés par ces premiers succès, Augustin et ses camarades avaient repris des villages perdus. Les hommes se battaient farouchement pour garder une place stratégique, gagner quelques mètres... Mais les blindés ennemis avaient fini par percer les défenses alliées. Dans un bruit effroyable, ils avançaient sur leurs chenilles et broyaient tout sur leur chemin ;

évitant les routes et les villages ils avançaient en rase campagne, encerclaient ceux qui tentaient encore de résister. Augustin faisait partie de ceux-là. Jusqu'à la dernière seconde il voulut se battre, avancer. Coûte que coûte avancer. Il avait remarqué, un peu plus loin, un fourré derrière lequel il pourrait se cacher, de là il percevrait mieux la position ennemie. Il demanda à ses camarades de le couvrir. Il se leva, courut à découvert. Il pensa : « Plus que quelques mètres et j'aurai réussi. » Un soldat allemand l'aperçut, la tourelle tourna, pointa sur lui sa mitrailleuse, fit feu... Une douleur aiguë le traversa. Il eut le temps de penser à son père avant de s'écrouler.

Au petit matin, le chirurgien chef et son second, harassés de fatigue, faisaient le recensement des blessés. Il y en avait partout, certains gisaient sur des civières, d'autres avaient été déposés à même le sol. Depuis une semaine, les blessés arrivaient à flux continu. Deux granges avaient été aménagées pour recueillir les soldats tombés sur le champ de bataille. Un des corps de bâtiments abritait une salle d'opération. Alors que, d'heure en heure, le front se rapprochait, des ambulances faisaient le va-et-vient pour évacuer les blessés vers l'hôpital le plus proche. Bon nombre d'entre eux n'étaient pas transportables.

Roussin, le médecin chef, suivi de son second, arriva à la hauteur d'Augustin, il observa ses plaies. Sa jambe gauche, son bassin étaient comme broyés par les balles.

— Pas joli, joli... faut couper !

L'infirmière chef marqua ce qui avait été décidé, épingla le papier sur la vareuse du blessé, puis le chirurgien passa au suivant.

Un à un les blessés furent amenés au bloc opératoire. Arriva le tour d'Augustin. Son matricule transcrit, il fut, selon l'usage, déshabillé. Dans la poche de sa vareuse l'infirmière trouva une photo, elle la remarqua car ce n'était pas l'habituel portrait de femme. Elle la retourna, lut un nom ainsi qu'une date. Elle la posa à côté de l'uniforme.

— Ça alors, c'est pas banal, il a la photo de son père sur lui !

Machinalement le chirurgien jeta un coup d'œil sur la photo et il eut un choc. Il prit le portrait, le retourna, lut *Lucillac 1917*. Pensant être en proie à une hallucination, il regarda mieux la photo jaunie, puis le patient endormi. Il n'y avait pas d'erreur, les deux hommes se ressemblaient comme deux gouttes d'eau.

— Une deuxième piqûre d'anesthésie, ordonna-t-il, on essaye de sauver la jambe. Après on s'occupera du bassin.

L'infirmière lui fit remarquer :

— La jambe est abîmée... L'opération sera longue et pendant ce temps il y en a qui meurent faute de soins ! Vous connaissez les consignes !

— Je sauverai la jambe de cet homme. Si vous n'êtes pas d'accord, faites-vous remplacer.

Elle n'insista pas.

La blouse pleine de sang, le docteur Sylvestre sortit. Alluma une cigarette. Il faisait bon et les quelques arbres qui entouraient la ferme étaient couverts de feuilles. C'était le plein été, et il l'avait oublié. Il oubliait tout quand il avait les mains plongées dans les chairs déchiquetées. Une jeune infirmière qu'il avait déjà remarquée s'approcha de lui.

— Nous sommes en juillet et chez nous, ce sera bientôt les vendanges, n'est-ce pas ? dit-elle d'un ton légèrement chantant.

Théodore la regarda, étonné.

— Parce que vous êtes du Sud-Ouest ?

— Des Landes, mais j'habitais Bordeaux pendant mes études. À mon accent, ça s'entend, dit-elle en riant. J'ai appris que vous veniez aussi de là-bas.

— C'est vrai, fit-il laconique. (Il tira une nouvelle bouffée de cigarette.) Le vignoble, ses villages, ses clochers... Cela me paraît si loin !

— Je me suis occupée du blessé, il a eu de la chance de tomber sur vous. Vous avez un lien de famille ? Je suis frappée par votre ressemblance ! Vous avez le même profil et aussi les mêmes yeux.

À cette remarque anodine, Théodore sursauta imperceptiblement. Il jeta son mégot à terre, l'écrasa soigneusement.

— C'est vous qui êtes en charge du bâtiment trois, alors allons-y.

Ils passèrent devant les lits alignés. À tout bout de champ, le docteur Sylvestre était hélé par des patients. Quand enfin il arriva à la hauteur du lit 42, il s'arrêta, et considéra le blessé un moment.

— Comment vous sentez-vous ?

Le regard fiévreux le fixa.

— Est-ce que je pourrai remarcher ?

— Sans doute... Il vous faudra simplement de la patience. En plus de la jambe, le bassin a été fracturé à plusieurs endroits.

— Pour combien de temps j'en ai docteur ? Parce que je veux y retourner.

Théodore, surpris, considéra Augustin. Il se souvenait de l'avoir rencontré enfant à un détour de la vigne. Augustin était avec son grand-père et lui avec son père.

— Je crains que la guerre ne soit terminée pour vous.

— Pas si ça dure quatre ans comme en 14. D'ici là, j'aurai le temps...

Augustin n'avait pas fini sa phrase qu'une explosion fit trembler le bâtiment. Théodore sortit, vit la grange où les chirurgiens opéraient en flammes. Il courut, trouva le chirurgien en chef, Roussin, un homme d'une cinquantaine d'années, affalé sous la table sur laquelle il opérait quelques secondes plus tôt. Cette table sur laquelle gisait désormais un cadavre lui avait sauvé la vie. Il le secourut. Il avait la tête en sang mais la plaie n'était pas profonde, plus loin une infirmière était morte, ainsi que deux brancardiers qui acheminaient les soldats blessés jusqu'au bloc.

— Vite, du renfort, des seaux d'eau !

Il se rendit dans la grange en feu où les blessés étaient entassés. Des poutres étaient tombées sur eux, certains essayaient d'échapper aux flammes en rampant. Beaucoup hurlaient. Peu à peu l'aide arrivait. Il prit les opérations de sauvetage en main.

— Sortez en premier ceux qui sont proches de la sortie !

Il prit un infirmier par le bras.

— Vous ! Venez avec moi !

La chaleur était insupportable. Les flammes gagnaient du terrain et des cris de désespoir montaient de toute part.

Petit à petit les cris cessèrent. Toute la nuit, la grange brûla. Jusqu'à épuisement, Théodore avait sauvé tous ceux qu'il avait pu. Il avait les mains et une partie des avant-bras brûlés. Il souffrait mais ce n'était pas cette douleur-là qu'il sentait, mais celle lancinante, infernale, de n'avoir pu sauver tout le monde du brasier. Certains qui n'avaient pas été opérés à temps mourraient cette nuit faute de soins. La pharmacie avait été gravement touchée lors de l'explosion. Beaucoup de médicaments manquaient. Les lignes téléphoniques étaient coupées et le front se rapprochait, des bruits de mitrailleuses perçaient la nuit étoilée. Le chirurgien Sylvestre avait envoyé en reconnaissance la seule ambulance qui leur restait. L'infirmière à l'accent chantant s'était portée volontaire.

— Nous sommes encerclés par l'armée allemande, il faut que vous sachiez que c'est dangereux.

— Nous reviendrons, et avec des secours.

Ce ne fut que le lendemain en fin de matinée qu'ils virent l'ambulance revenir, suivie de deux camions militaires bâchés sur lesquels avaient été peintes, à la hâte, des croix rouges.

— C'est tout ce que nous avons trouvé ! dit la jeune infirmière.

— Bien. Évacuez tous ceux qui sont transportables. Combien cela fait de places ?

— Une quarantaine.

— Et nous avons une soixantaine de blessés, répondit Théodore.

— Nous devrons procéder par ordre. D'abord les plus vaillants ? Ensuite les autres.

Les quatre chirurgiens se réunirent. Ils dressèrent une première liste.

— Cela fait cinquante...

— Il faut encore en enlever dix de la liste.

À un moment, un des chirurgiens fit allusion au lit 42.

— Il a été opéré hier, il est trop fragile...

— Celui-là part, coupa Sylvestre d'un ton sans réplique.

La liste enfin prête, les blessés furent entassés dans les camions.

— Bien, fit le chirurgien chef Roussin qui avait un bandage autour de la tête. Il faut maintenant un infirmier et une infirmière par camion. Tirons au sort.

Quatre noms sortirent.

— À présent, au tour des chirurgiens. Il faudra qu'il en reste au moins deux pour assister ceux qui restent. Je suis le chef ici, je suis donc le capitaine du navire. Je reste.

— Quant à moi, dit Théodore, je suis blessé, je ne servirai pas à grand-chose... Je reste.

— Pas d'objections ? questionna le chirurgien chef. Alors c'est d'accord. Il faudra partir à la nuit quand les tirs cesseront. Roulez feux éteints, évitez les routes et prenez les chemins de traverse.

Chacun se leva.

— Alors bonne chance.

Les camions partis, les deux chirurgiens restés en présence gardèrent le silence. Leur destin était scellé. S'ils ne s'étaient pas toujours entendus, ils avaient l'un pour l'autre de la considération. C'étaient deux hommes d'une trempe peu ordinaire.

Au petit jour les canonnades reprirent de plus belle. Avec les quelques bandages, les quelques analgésiques, les quelques antiseptiques qui avaient été sauvés du brasier, ils refirent les pansements, soignèrent les blessés comme ils purent. Deux d'entre eux moururent. Avant la tombée de la nuit, Théodore sortit repérer les lieux. Les troupes ennemies s'approchaient. Il devait trouver une solution pour mettre à l'abri ceux qui restaient. Il fit deux à trois cents mètres sur un chemin de campagne tranquille, à un détour il aperçut un bosquet touffu. Il revint sur ses pas et alla trouver Roussin.

— Monsieur, les tirs se rapprochent, demain nous risquons d'être encerclés par les Allemands.

— Et alors ? En restant, nous savions bien ce que nous risquions...

— Il y a un bois à environ huit cents mètres d'ici. Transportons tout le monde là-bas, c'est notre seule chance de ne pas être tués.

— Vous n'y pensez pas !

— Si, et même très sérieusement.

— Il reste une bonne dizaine de blessés...

— Huit très exactement mais aussi des hommes et des femmes vaillants.

Avant la nuit, tout le monde fut transporté dans le bois. Il était plus profond que Théodore ne l'avait espéré. Il fut aisé de cacher tout le monde. La nuit fut calme. Au petit matin, ils entendirent un bourdonnement sourd. Soudain, les avions de la Luftwaffe passèrent en rangs serrés en lâchant leurs bombes. Des centaines, des milliers qui s'abattirent comme des mouches vrombissantes. Le bois fut un moment leur cible mais personne ne fut touché. Deux heures plus tard, les panzers firent leur apparition. Le bruit lugubre s'approchait, le sol, autrefois cultivé, depuis dévasté, martyrisé, tremblait. Théodore, tapi derrière un arbre, les regardait. Un tank s'arrêta à sa hauteur, une tourelle se tourna vers lui, fit feu. Les balles sifflèrent au-dessus de sa tête. Les chars montés sur des chenilles écrasaient tout sur leur passage. Ils se dirigèrent vers les granges encore fumantes. Ils écroulèrent les murs, passèrent et repassèrent, cherchant âme qui vive. Ils finirent enfin par s'éloigner. Et ce fut le silence.

39

Paris, 17 juin 1940

Depuis trois jours, Alexandre tournait en rond dans son appartement. Il avait essayé de déchiffrer quelques partitions, puis il s'était essayé à la composition mais l'envie, le souffle, tout lui manquait. L'image des troupes allemandes défilant dans Paris l'obsédait. Il avait fini par ranger son violon. Ce qui avait fait sa vie jusque-là, ce qui avait nourri toutes ses passions, le laissait froid, désemparé. Ses études terminées, il devait se mettre au service de sa patrie mais après seulement quelques semaines de guerre, les Français l'avaient perdue. Cette idée lui était insupportable. Il avait l'impression qu'à vingt-trois ans, il était passé à côté de l'histoire.

Chaque jour Alexandre écoutait les nouvelles. C'est ainsi qu'il avait appris que Paul Reynaud avait démissionné du Conseil et que le maréchal Pétain avait pris sa suite. Le 17 juin peu avant midi, Alexandre alluma la TSF. Un journaliste annonça que le maréchal Pétain allait s'adresser aux Français. Il monta le son. La voix chevrotante du héros de la guerre de 14-18 s'éleva. « C'est le cœur serré que je vous dis aujourd'hui qu'il faut cesser le combat... Je me suis adressé cette nuit à l'adversaire pour lui demander s'il était prêt à rechercher avec moi, entre soldats, après la lutte et dans l'honneur, les moyens de mettre un terme aux hostilités. »

Ému par la voix du vieil homme, par son ton solennel, Alexandre avait écouté ; toutes sortes de réflexions lui traversaient l'esprit. Le maréchal Pétain avait pris la bonne décision, il fallait épargner les vies. En même temps son cœur saignait : son pays avait perdu la guerre, que deviendrait la France, cette pauvre France, sous la botte ennemie ?

Il resta un long moment prostré jusqu'à ce que le téléphone sonne.

— Augustin est vivant !

Apolline pleurait et riait tout à la fois.

— Vous l'avez eu au téléphone ?

— Pas directement, c'est une infirmière qui m'a appelée, elle a convoyé ton frère jusqu'à l'hôpital de Reims. Elle m'a dit qu'Augustin a eu beaucoup de chance dans son malheur, qu'il a été opéré par un chirurgien formidable qui lui a sauvé sa jambe. Il a aussi le bassin fracturé...

— Je vous accompagnerai à Reims !

— Merci, mon chéri, mais l'infirmière m'en a dissuadée. Il paraît qu'il y a tellement de blessés, Français et Allemands confondus, que je n'aurai pas l'autorisation de le voir. C'est Augustin qui lui a donné mon numéro de téléphone et qui a insisté pour qu'elle m'appelle.

— Qu'allez-vous faire ?

— Je n'ai pas d'autre choix que d'attendre. L'infirmière m'a dit qu'elle avait posté un mot très bref d'Augustin.

— Merci, mère, d'avoir appelé. Dès que vous aurez reçu sa lettre, téléphonez-moi.

— Bien sûr. En attendant, essaye de joindre Anne-Sophie. De mon côté, je préviens tout de suite ton grand-père.

Alexandre raccrocha et composa le numéro de sa tante. Le téléphone sonna dans le vide. Il recommença plusieurs fois – toujours en vain. Vers neuf heures du soir, il sortit de chez lui histoire de s'aérer et de réfléchir en marchant. Malgré le couvre-feu, il fit un tour dans le quartier Saint-Germain. Il prit soin de prendre les petites rues où il aurait moins de chance de rencontrer des soldats allemands. Ses pas résonnaient sur l'asphalte. À un détour de rue, il entendit parler allemand, il n'eut que le temps de se cacher sous une porte cochère. Des soldats passèrent en riant. Il sortit de sa cachette lorsqu'il fut sûr d'être hors de leur vue. Vers dix heures du soir, rue Jacob, il sonna à l'étage.

— Qui est-ce ?

— C'est moi T'Anne-So.

La porte s'entrouvrit. Alexandre se faufila.

— Augustin est blessé, mais il devrait s'en tirer.

— Merci d'être venu.

Alexandre, trop énervé, faisait le tour du salon. Les mains dans le dos, il regarda distraitement les tableaux accrochés aux murs. Sa tante avait depuis plusieurs mois quelqu'un dans sa vie. Un certain Diego qui avait fui l'Espagne de Franco. Il était peintre et, au passage, Alexandre reconnut quelques-unes de ses œuvres. Son style était tourmenté, violent. Les toiles avaient presque toutes un fond noir barré de larges traits rouges qui ressemblaient à du sang jeté sur la toile.

— Tu veux boire quelque chose ? J'ai une bouteille de vin blanc au frais.

Alexandre accepta. Anne-Sophie sortit deux verres tandis qu'Alexandre débouchait la bouteille. Ils s'installèrent dans les fauteuils.

— Tu as l'intention de garder la galerie ouverte ?

— Je vais attendre les nouvelles, peut-être qu'avec l'armistice les affaires vont reprendre.

— Tu vendrais aux Boches ?

— L'argent n'a pas d'odeur.

Un silence s'établit. Anne-Sophie connaissait bien son neveu ; dès le premier regard elle avait deviné son malaise. Elle alla droit au but.

— Que comptes-tu faire, maintenant que l'armistice est signé ?

— Je ne sais pas. Dans un premier temps, je vais attendre le retour de mon frère. On est au mois de juin... j'irai sans doute au Manoir donner un coup de main à Alphonse.

— Et Anatole ?

— Il s'est enrôlé. Personne ne sait ce qu'il est devenu.

— Ma sœur doit être heureuse d'avoir des nouvelles d'Augustin !

— Elle était soulagée de le savoir en vie. À présent elle attend sa lettre pour en savoir plus sur la gravité de ses blessures. Tu devrais aller à Saint-Cloud, cela lui ferait plaisir de te voir. Astrid est très mignonne. Et Axel est reparti pour Berlin, elle sera seule les jours prochains.

Anne-Sophie ne répondit rien. Alexandre n'insista pas. Il avait bu deux verres presque cul sec et il se sentait quelque peu éméché.

— T'Anne-So, je vais rentrer chez moi.

Anne-Sophie se leva.

— Je te raccompagne.

En bas de l'escalier, des hommes discutaient en espagnol. Le ton était véhément.

— Des amis qui discutent politique... l'armistice les révolte. Ils ne veulent pas baisser les bras.

— Ces réunions ne sont pas risquées ? Les Allemands sont partout.

— Je fais confiance à Diego, avant de venir ici, lui et ses amis prennent toutes les précautions possibles. Surtout ne dis rien à la famille.

40

Le Manoir

Au début des hostilités, la France entière s'était jetée sur les routes. L'armistice signé, chacun tentait de rentrer chez soi. Beaucoup repartaient dans le Nord après avoir abandonné leur ferme et leurs terres, dans un sauve-qui-peut général. Nombreux étaient ceux qui avaient perdu la vie – la Luftwaffe n'avait pas hésité à tirer sur les civils. Aux Français se mêlaient les Belges partis eux aussi en masse. Sur le bord de la route, des voitures abandonnées le capot ouvert, des charrettes calcinées, des valises éventrées, des chevaux morts en décomposition, et des cadavres humains. Chaque jour les journaux publiaient une liste interminable de noms et de photos d'enfants, perdus, oubliés sur le chemin de l'exode.

Impuissant, Alexandre assistait à ce spectacle de désolation. Il ne savait que faire pour porter secours à ces pauvres gens ; il se trouvait démuni devant cette misère insoutenable et se rendait compte à quel point sa vie avait été préservée. Pour la première fois, il était confronté à la douleur, au désespoir, à la fatigue, à la pauvreté, à la misère. Il eut honte de sa voiture flambant neuve, de son visage aux traits lisses et reposés, de son estomac bien rempli, de ses vêtements fraîchement repassés. De sa petite vie opulente passée bien à l'abri à étudier le violon alors que tant de gens se faisaient tuer, alors que tant de gens perdaient des êtres chers, tous leurs biens. En quelques mois, la guerre avait fait tant de dégâts, provoqué tant de misères. À un couple qui avait des enfants en bas âge et qui était tombé en panne d'essence, il donna le bidon qu'il avait en réserve.

À quelques centaines de mètres du Manoir, l'automobile tomba en panne. Il n'avait plus qu'à terminer à pied. Il faisait beau et chaud. La valise à la main, après toutes ces heures de cahots, il goûtait le silence de cette fin d'après-midi. Sur la route qui l'avait amené en Normandie, il avait définitivement tourné la page de son enfance. Il avait conscience que le séjour serait le trait d'union entre hier et demain. Déjà il n'était plus le même. Une lente maturation avait commencé.

Depuis une semaine Alexandre secondait activement son cousin dans son travail. C'était la période de vêlage et il n'était pas rare qu'Alphonse fût réveillé en pleine nuit quand un problème se présentait. Beaucoup d'hommes manquaient à l'appel, certains étaient morts sur le champ de bataille, d'autres étaient blessés, d'autres encore faits prisonniers. Après l'armistice, quelques garçons étaient rentrés au pays. Anastase était soucieux, il n'avait reçu aucune nouvelle d'Anatole. Chaque jour il espérait un appel, un courrier qui lui prouverait que son fils était en vie, il n'osait plus s'éloigner de la maison.

Un matin, Mathias Levé, un garçon de quinze ans, sonna au portail du Manoir.

— Une lettre à remettre « en personne » à M. Alphonse de Kervalon.

— Il ne rentrera pas avant le déjeuner. Mais le vicomte de Kervalon est là si tu veux...

Le garçon hésita. Sans un mot, il finit par emboîter le pas à Jacques qui, de la cour, appela Lise afin qu'elle prévienne M. le vicomte. Celui-ci arriva quelques secondes plus tard. Les épagneuls aboyèrent contre l'intrus.

— Pardonnez, monsieur le vicomte, dit Jacques levant son béret, ce jeune homme a un mot pour M. Alphonse.

— À remettre en mains propres, fit le garçon.

— Je suis son père, donnez-le-moi, dit Anastase en tendant la main.

— C'est...

— Donne.

Devant une telle assurance, le garçon céda. Il tendit la lettre. Anastase la décacheta, lut rapidement. Sous l'émotion, il devint blême.

— Jacques, allez trouver Alphonse, c'est urgent. Jeune homme, suivez-moi.

Le garçon, intimidé, suivit le vieil homme. Anastase le fit entrer dans son bureau, l'invita à s'asseoir. Il brandit la lettre.

— Vous êtes le fils Levé ?

— Oui, monsieur.

— Mon fils est grièvement blessé ?

— Non, monsieur. À ce que j'ai entendu dire, juste une bonne éraflure à l'épaule.

— Vous habitez loin ?

— Dans les faubourgs de Lisieux. Mais là-bas, c'est pas comme ici, c'est bourré d'Allemands. À ce qu'il nous a dit, il aurait été fait prisonnier et il se serait sauvé.

Anastase se leva et alla serrer la main du garçon.

— Merci, dit-il, vous êtes des braves gens, vous avez recueilli mon fils, je ne l'oublierai pas. Vous êtes venu comment ?

— Avec ma bécane.

— Votre prénom ?

— Mathias.

— Mathias, vous savez monter à cheval ?

— Disons que je sais me tenir dessus.

— Alors, on vous prêtera un cheval, vous repartirez à la nuit avec mon fils et mon neveu.

— Et mon vélo ?

— On vous donnera de quoi en racheter un.

À la nuit tombée, les trois cavaliers quittèrent le Manoir. Ils évitèrent les routes goudronnées que les Allemands contrôlaient et prirent d'étroits chemins en terre qui n'étaient connus que des gens du pays. Vers une heure, ils arrivèrent sans encombre chez les parents de Mathias qui étaient boulangers dans les faubourgs de Lisieux.

— Il faut descendre de cheval et passer par la cour arrière. Surtout pas de bruit.

Le garçon les planta là. Dans la nuit sans lune, ils avaient du mal à repérer les lieux. Tout était calme. Soudain une porte s'ouvrit, le garçon leur fit signe d'approcher. Derrière lui se tenait un homme petit de taille, la figure et le ventre ronds. Sur un tricot de peau il avait enfilé à la va-vite un pantalon qui tenait par des bretelles.

— Entrez. (Il regarda Alphonse et fut surpris de sa ressemblance avec le soldat qu'il avait recueilli.) Ça alors, vous ne seriez pas jumeaux ?

— Où est-il ? s'enquit Alphonse.

— Mon fils va le chercher. Ça fait deux jours qu'il dort, quand on l'a trouvé, il était épuisé.

— Je vous remercie, monsieur, de ce que vous avez fait pour mon frère.

— J'ai fait la Grande Guerre et j'aime pas les Boches ! grommela le boulanger.

À ce moment Anatole apparut dans l'entrée, soutenu par Mathias. Un bandage lui enveloppait l'épaule et une partie de l'abdomen. Il avait encore son pantalon d'uniforme. Les deux frères s'étreignirent.

— On t'a apporté des vêtements… Tu pourras te tenir à cheval ?

— Je crois que oui.

— On a encore trois bonnes heures devant nous avant que le soleil se lève, on n'aura qu'à aller doucement, intervint Alexandre.

— Tu es là, Alex, je ne t'avais pas vu ? Merci vieux.

— Change-toi, Anatole, plus vite nous partirons mieux ce sera. (Alphonse se tourna vers le boulanger.) Je peux vous voir seul ?

— Entrez dans cette pièce, c'est là que j'entrepose la farine. Enfin, ce qu'il en reste… Avec les Boches qui nous envahissent, c'est déjà la pénurie.

Alphonse sortit une liasse de billets.

— Pour vous et votre fils, mon père ne savait pas comment vous remercier.

— Merci, mais je refuse, ce n'est pas pour ça...

— Je sais, mais vous avez une famille nombreuse et si vous n'acceptez pas, mon père sera vexé. C'est aussi pour remplacer la bicyclette de Mathias.

Alphonse laissa la liasse sur le coin de la table et sortit.

— Bien, on y va ? dit-il à son frère.

— Prenez sur votre droite, expliqua Mathias, puis tout droit jusqu'au carrefour et ce sera la sortie de Lisieux.

Après une dernière chaleureuse poignée de main, les trois hommes, suivis de Mathias, sortirent dans la cour. Ils ne furent pas de trop pour hisser Anatole sur son cheval. Alphonse en prit les rênes. Alexandre ferma la marche. Ils firent un dernier salut et sortirent de la cour.

Les pas des chevaux résonnaient dans les rues étroites et faisaient écho contre les façades des immeubles. Sans cesse les trois hommes regardaient autour d'eux. Mais derrière les volets, tout restait éteint. Après trois heures de route, ils arrivèrent sur les terres du Manoir. Au bord d'un champ, ils s'accordèrent une halte.

— Je ne savais pas que ce serait si bon de rentrer chez soi, remarqua Anatole, ému.

Alphonse regarda son frère. Dans le dos, du sang avait traversé sa chemise et son visage était livide.

— Tu veux te reposer un peu ?

— Si je descends de cheval, je ne pourrai plus remonter.

— On n'est plus qu'à une demi-heure de marche.

Alphonse sortit une bouteille d'eau, un canif, du pain, du fromage. Il rompit le pain en trois, coupa un morceau de fromage pour chacun.

— Tiens, mange, ça te fera du bien.

— Quand t'es-tu fait ça ? questionna Alexandre.

— Avant-hier. Je me suis évadé deux fois. Une première fois quand les Boches nous ont faits prisonniers sur le front. Ce n'était pas difficile de leur fausser compagnie, il fallait juste choisir le bon moment. Je me suis laissé tomber dans un fossé. Un de plus un de moins, ils n'ont vu que du feu.

— Qu'est-ce que tu as fait après ?

— J'ai marché des kilomètres de nuit. J'ai eu beaucoup de chance. Au début les gens se méfiaient, ils me prenaient pour un déserteur. Dès que j'expliquais que je m'étais évadé, on me prenait pour un héros. Sur mon chemin, j'ai toujours trouvé de braves Français pour m'aider au risque d'être fusillés.

— Et la deuxième fois ?

— Après des jours et des jours de marche, je n'avais qu'une idée : rentrer au Manoir. On disait la ville de Lisieux infestée d'Allemands ; mais en évitant le centre, je ne risquais pas grand-chose. J'ai attendu la nuit pour me faufiler à travers les petites rues. Je crevais de faim. Alors, quand à la sortie de la ville j'ai vu un cerisier qui croulait sous les fruits, j'ai passé la barrière. À l'angle de la maison, je me suis trouvé nez à nez avec deux Boches qui venaient de pisser contre le mur. Ils avaient leur fusil à la main, ils me tenaient en joue. Je n'ai pas fait le malin, je me suis rendu.

— Et alors ? fit Alexandre, pendu aux lèvres de son cousin.

— Ils étaient sérieusement éméchés, alors dès que j'ai pu, je me suis enfui. Ils avaient encore de bons réflexes, les salauds, ils ont tiré et m'ont touché.

J'avais toujours sur moi un pistolet dans la ceinture que j'avais volé sur un cadavre trouvé sur la route. J'ai riposté. J'ai entendu un cri. Je crois bien que j'ai troué la peau de l'un d'eux. J'ai couru. Je suis rentré dans la ville. Je me suis caché dans l'arrière-cour de la boulangerie. Au petit matin, des patrouilles sont parties à ma recherche, elles ont fouillé la cour où je m'étais caché. Heureusement elles n'avaient pas de chien. Je suis resté toute une nuit et toute une journée planqué jusqu'à ce que Mathias rentre avec sa bicyclette. Il avait une bonne tête, j'ai décidé de lui faire confiance... À présent, je suis certainement fiché, recherché. Mais je ne pense pas que le Boche qui m'a tiré dessus pourrait me reconnaître. Pour ne pas éveiller les soupçons, il va quand même falloir que je me fasse oublier, au moins le temps que ma blessure guérisse.

Anatole regarda le ciel s'éclaircir.

— Il faudrait y aller, autant éviter de prendre des risques.

À chaque mouvement, son épaule lui faisait mal. Mais la douleur physique n'était rien au regard de la joie qu'il ressentait. Après des semaines d'errance il était enfin chez lui.

41

Strasbourg-Saint-Cloud, décembre 1940

Depuis que les Allemands avaient annexé l'Alsace et la Lorraine, une grande partie de la population avait fui. Il ne restait plus que des maisons abandonnées, quelques vieillards, les malades intransportables, les chiens et les chats errants. Dans ces deux provinces, on n'entendait parler plus qu'allemand.

Au milieu du mois de juillet, les juifs avaient été pourchassés et arrêtés. Certains avaient fui, d'autres avaient été emmenés de force en France. Le gouvernement de Vichy, surpris par cette mesure avait protesté, faiblement. Depuis, les juifs étaient regroupés dans des camps sur le territoire français. En novembre, les Allemands étaient passés à la vitesse supérieure. Ils avaient décidé d'expulser tous les Alsaciens et les Lorrains francophiles. Le 11 novembre, six trains spéciaux avaient été envoyés à Lyon. À raison de cinq à dix trains par jour, les nazis estimaient qu'ils auraient terminé l'évacuation d'ici le début du mois d'octobre.

Depuis, Myriam vivait cachée. Elle avait avec elle les enfants de son cousin dont les parents avaient fait partie des rafles de juillet. Elle se débrouilla pour leur faire faire, à prix d'or, de faux passeports. David, six ans, et Sarah Bloch, quatre ans, s'appelaient respectivement Pierre et Martine Levasseur, Myriam les faisant ainsi passer pour ses enfants. Le 10 décembre, elle prit le train : destination Paris. Malgré les multiples vérifications, ils atteignirent la capitale sans encombre. À la sortie de la gare, Myriam entra dans un café, offrit une boisson chaude aux enfants, leur laissa les deux valises et appela Apolline d'une cabine téléphonique. À tout moment elle pouvait être surprise par un Allemand, aussi son ton fut celui d'une femme heureuse de revoir une amie.

— Bonjour, Apolline, c'est Myriam !

— Myriam ? Mais où es-tu ?

— Je te le donne en mille, je suis à Paris !

— Pourquoi tu ne m'as pas prévenue ?

— Je voulais te faire la surprise, depuis le temps que tu m'invites à venir chez toi pour les vacances de Noël. Cette fois je me suis décidée. Je suis avec mes deux enfants, nous pourrions fêter Noël tous ensemble !

Apolline marqua un temps. Au ton trop enjoué de Myriam, elle avait compris qu'il se passait quelque chose d'anormal. Elle en fut convaincue en l'entendant évoquer *ses* enfants...

— Où te trouves-tu ?

— Au café de la gare de l'Est.

— Je passe te prendre.

— C'est une bonne idée, les enfants sont fatigués, cela nous évitera de prendre le métro.

— Surtout ne bouge pas, j'arrive.

Apolline raccrocha et resta plusieurs secondes songeuse.

— Fine, Mme Levasseur est à Paris. Il se passe quelque chose. Elle a deux enfants qu'elle fait passer pour les siens. Je n'en sais pas plus.

— Bien, madame.

— J'ai confiance en mon personnel, cependant on n'est jamais assez prudent. Jusqu'à ce que j'aie tiré cela au clair, tu ne dis rien. Tu demandes juste à la femme de ménage de préparer deux chambres sans plus de précision. Il faut que j'aille à la gare.

— Voulez-vous que je vous accompagne ?

— Non, ne changeons rien à nos habitudes. Tu m'attends ici et pour le dîner tu fais pour le mieux.

Il faisait froid mais le temps était sec. On n'était encore qu'aux premiers jours de décembre, il n'avait pas encore neigé. En bas de la descente de Saint-Cloud, les Allemands avaient réquisitionné le tunnel pour en faire un dépôt de munitions. Des barbelés en interdisaient l'accès qui était gardé par des patrouilles jour et nuit. Apolline se fit arrêter, le soldat la reconnut et, après un salut, la laissa passer. Aux abords de la gare, elle se fit contrôler une deuxième fois. Dès qu'elle montrait ses papiers, son nom allemand était un sésame. Après trois bons quarts d'heure, elle parvint enfin gare de l'Est.

Myriam la guettait.

Elle sortit en tenant par la main un garçon et une fillette. Apolline les embrassa.

— Je vais passer par les petites rues pour repartir, il y a un contrôle sur le pont.

Tendues, les deux femmes se turent pendant un moment. Myriam paraissait fatiguée. Les contrôles évités, l'atmosphère se détendit.

— Apolline, je te remercie. La vie en Alsace est devenue impossible. Les juifs sont traqués jour et nuit, il y a des dénonciations, des rafles. Tu es la seule personne en qui j'ai confiance. Mais il faut que tu saches que tu prends un gros risque en nous emmenant chez toi.

— Je le sais, mais tu es mon amie.

— Je ne resterai pas longtemps, je veux faire passer les enfants en zone libre, trouver une famille qui puisse les recueillir et repartir pour l'Alsace.

— Repartir ? s'exclama Apolline, stupéfaite.

— Oui. Je connais d'autres enfants qui se cachent ; il faut que je les aide à sortir de cette souricière. Je ne pourrai pas me regarder dans une glace en pensant que je n'ai rien fait pour eux.

Apolline ne répondit pas. Elle admirait le courage de Myriam.

— Ces enfants sont de ta famille ?

— Oui. Ce sont les enfants de mon cousin. Leurs parents ont été arrêtés. Pierre a six ans et Martine quatre ans. Sur leurs papiers, ils ont mon nom : Levasseur. (Myriam eut un sourire.) Si mon mariage a été un fiasco, mon nom d'épouse me rend bien des services. Par les temps qui courent, mieux vaut s'appeler Levasseur que Bloch.

— Il y a un contrôle d'identité à la sortie du pont de Saint-Cloud. Ils me connaissent, tu ne dis rien, ça se passera bien. Que font les enfants ?

Myriam jeta un coup d'œil à l'arrière.

— Ils dorment.

Au barrage, les rares voitures qui circulaient encore passaient au compte-gouttes. Sur une autre file étaient contrôlés piétons et bicyclettes. Apolline descendit sa vitre et sourit. Le jeune soldat la reconnut et lui rendit son sourire. Elle tendit ses papiers ainsi que ceux de ses hôtes.

— Une amie et ses enfants, dit-elle en allemand.

Il vérifia que tout était en ordre, rendit les papiers et la salua.

Noël approchait ; il fallait trouver un moyen de faire passer les enfants en zone libre. Les deux amies avaient échafaudé plusieurs plans mais tous s'étaient révélés trop dangereux. Le matin du 12 décembre, Apolline partit à Paris voir son fils. Elle sonna à la porte de son appartement. Alexandre ouvrit.

— Mère ?

— Tu as encore de quoi me faire un café ?

— Je crois, dit-il, en s'effaçant pour la laisser entrer.

Apolline se rendit directement dans la cuisine.

— Ce que j'ai à te dire doit rester confidentiel. Je ne pouvais donc pas t'en parler au téléphone.

— Je vous écoute.

— Myriam est chez moi, elle a deux enfants qu'il faut faire passer en zone libre. J'ai pensé que Madeleine accepterait peut-être de m'aider.

Alexandre regarda sa mère. Ses yeux s'éclairèrent.

— Et vous avez pensé que Madeleine habitait sur la Loire juste à la frontière.

— Précisément. Mais cacher des enfants juifs, c'est dangereux. Ne pouvant la joindre par téléphone, j'ai pensé que tu pourrais te débrouiller pour le lui faire savoir. Si elle ne veut pas se mêler de cette affaire, je trouverais cela normal, surtout qu'elle sache que je ne lui en voudrai pas.

— Qui conduirait les enfants à Tours ?

— Myriam et moi. Ils ont de faux papiers. Profitons de cette période de Noël, du va-et-vient que les fêtes provoquent pour les faire passer plus facilement. Il faudrait aussi leur trouver une famille d'accueil, leurs parents sont dans un camp quelque part en France.

— Je vais me débrouiller pour la joindre. Si Madeleine est d'accord, elle vous téléphonera pour vous inviter à fêter Noël chez elle.

Apolline posa sa main sur celle de son fils.

— Je te remercie.

Trois jours plus tard, Madeleine téléphonait à Saint-Cloud.

Le 20 décembre, Apolline, Myriam et les deux enfants partirent. C'était la première fois qu'Apolline laissait sa fille si longtemps et c'est non sans un certain pincement au cœur qu'elle l'embrassa une dernière fois. Axel était à Berlin et elle recevait peu de nouvelles de lui : « Fine, si monsieur appelle, dis-lui que je suis partie fêter Noël chez Madeleine et qu'il peut m'appeler. Voici le numéro où il pourra me joindre. »

Le voyage se passa sans encombre. Après s'être un temps chamaillés, les enfants s'assoupirent. Ce n'est qu'en approchant de la Loire qu'une certaine effervescence se fit sentir. Les Allemands étaient partout, les contrôles se multipliaient. Avant de partir, Myriam avait fait la leçon à ses petits-cousins.

— Comment t'appelles-tu ?

— Pierre.

— Pierre comment ?

— Pierre Levasseur.

— Avec qui voyages-tu ?

— Avec ma maman et Apolline qui est une amie de maman.

— Chez qui allons-nous ? Et pourquoi ?

— Chez Madeleine, pour fêter Noël.

— C'est quoi Noël ?

— La naissance du petit Jésus.

— C'est bien Pierre.

Myriam avait eu plus de mal à mettre tout cela dans la tête de Martine qui n'était âgée que de quatre ans et qui toutes les nuits se réveillait en réclamant sa maman.

À chaque contrôle Apolline descendait sa vitre, présentait ses papiers ainsi que les papiers de tous les occupants. Mais, chaque fois, son nom et les quelques mots d'allemand qu'elle disait faisaient merveille. Enfin, après trois heures de route, l'automobile monta le raidillon. Les deux femmes se détendirent.

— Merci, Apolline, je n'oublierai jamais ce que tu as fait pour moi.

— Tu l'aurais fait pour moi, non ?

— C'est vrai.

Arrivée sur le terre-plein, Apolline klaxonna joyeusement. Madeleine se précipita vers les voyageurs. Apolline embrassa Madeleine et lui glissa à l'oreille :

— Merci, Madeleine, merci pour tout.

Les enfants prirent possession de leur chambre.

— J'ai prétexté que c'était les vacances de Noël pour renvoyer ma bonne dans sa famille.

— Tu as bien fait.

— À trois, nous serons capables de mettre le couvert, de faire la cuisine.

— Le couvert, ça je sais faire, répondit Apolline, pour le reste je ne suis pas sûre...

— Moi je sais cuisiner ! s'exclama Myriam.

— Alors, c'est parfait ! En mêlant nos talents, nous nous débrouillerons très bien, conclut Madeleine.

Deux jours avant Noël, Jacques, un ami de Madeleine, arriva. Le soir après le dîner, alors que les enfants dormaient à poings fermés, il prit la direction des opérations.

— Je me suis renseigné auprès d'un ami dont le jardin jouxte un des postes-frontières. Il connaît bien les soldats. Si on avait un problème, il pourrait intervenir. En revanche, il ne faudra pas repasser par le même poste au retour. Deux enfants en moins, cela se remarque. Myriam, une fois de l'autre côté, que comptez-vous faire ?

— Laisser les enfants dans un endroit sûr et rentrer au plus vite en Alsace.

— En Alsace ? s'étonna Madeleine.

— Vous n'imaginez pas ce qui se passe là-bas. Les gens se terrent. Les juifs sont emmenés dans des camps et on n'entend plus jamais parler d'eux. Je dois rentrer pour les aider.

— Mais toi ?

— Moi ? Mes parents sont en sûreté. Je n'ai pas d'enfants. Au moins, j'aurai fait quelque chose dans ma vie dont je n'aurai pas à rougir.

Madeleine, qui n'avait encore pas dit grand-chose, prit la parole. Comme toujours sa voix était posée, réfléchie.

— Une partie de ma famille vit en zone libre. Une de mes tantes, qui habite en pleine campagne, m'a proposé d'héberger les enfants. Au moins le temps qu'on trouve une solution. La mairie fait chaque année un Noël pour les enfants du village. J'ai obtenu des invitations avec un laissez-passer. Tenez, les voilà.

Myriam regarda Madeleine avec admiration.

— Comment avez-vous fait ?

— C'est sans importance ! Ce qui compte, c'est que les Allemands n'y voient que du feu !

Il fut entendu que les trois femmes et les deux enfants partiraient dès le lendemain. Jacques rendrait visite à son ami dont la maison était placée à côté du poste-frontière. Mais une fois de plus, le nom d'Apolline, son allemand, son sourire servirent de sésame. Elle montra son *ausweis* et avait laissé traîner devant le pare-brise les cartes d'invitation barrées des couleurs bleu blanc rouge où le nom du maréchal Pétain était écrit en gros caractères.

— On est invités pour un arbre de Noël, expliqua-t-elle.

Et elle ne fut pas inquiétée.

À trente kilomètres de Tours, Madeleine les fit arrêter dans une cour entourée de bâtiments imposants. Une femme en deuil, portant tablier, sortit les accueillir. Deux de ses petits-fils étaient avec elle.

— Je reçois souvent mes petits-enfants, j'en ai dix et tous d'âges différents. C'est un va-et-vient continuel chez moi. Un ou deux de plus… personne n'y prêtera attention. À un quart d'heure d'ici, il y a une école qui fait pension et qui est tenue par des bonnes sœurs, je les connais, j'irai les inscrire après les vacances.

La cousine de Madeleine était une brave femme. Elle accepta de Myriam de l'argent pour la pension, mais pas un sou de plus.

À la nuit tombée, les trois femmes remontèrent dans la voiture. Martine pleura beaucoup mais Madeleine sut trouver les mots pour la consoler. Pierre, qui se voulait plus fort, demanda à Myriam :

— Quand est-ce qu'on rentrera chez nous ?

— Le plus vite possible, en attendant prends soin de ta petite sœur.

Le froid était vif, la nuit épaisse. Dans l'auto, Myriam se retourna pour faire un dernier signe de la main à ses petits-cousins. Elle était heureuse de les savoir à l'abri pourtant, en voyant les petites silhouettes debout dans la nuit, une angoisse terrible l'étreignit. Quand pourrait-elle revenir les chercher ? Elle ne voyait pas d'issue à cette guerre.

Au retour, Madeleine asséna de son ton tranquille :

— La prochaine fois, je trouverai un passeur. Ce sera moins dangereux. Par ici il y a des gens bien qui le font juste pour aider ceux qui en ont besoin.

Apolline au volant ne dit rien, mais un sourire éclaira son visage. « Chère, chère Madeleine qui pense déjà à la prochaine fois », se dit-elle intérieurement. Tandis que Myriam émue se contenta de répondre :

— Merci, Madeleine.

42

Paris-Neuilly, janvier 1941

C'était un dimanche froid de janvier. Le jour de la fermeture de la galerie. Anne-Sophie, heureuse de profiter de la seule grasse matinée de la semaine, se prélassait dans son lit. Ensommeillée, elle tendit le bras, sentit que la place à côté d'elle dans le lit était vide. Elle ouvrit les yeux, jeta un coup d'œil à son réveil : « Neuf heures ! » Elle se leva. Nue, elle s'enroula frileusement dans une robe de chambre chaude en étamine de laine, enfila ses mules, se donna un coup de peigne, prit une pomme dans le compotier et monta à l'atelier. Elle trouva Diego debout devant une toile qui couvrait une grande partie du mur du fond.

Anne-Sophie s'approcha du peintre. Admira l'œuvre qui n'était encore qu'une ébauche. Les pots, les tubes, les pinceaux, posés sur une bâche, jonchaient le sol.

— Il y a longtemps que tu travailles ?

— Je ne sais pas... quelques heures.

— Tu ne prendrais pas ton petit-déjeuner avec moi ?

Diego continuait à jeter de la couleur sur la toile. Comme hypnotisé, il allait, venait, de plus en plus rapidement, de plus en plus agressivement, mettant toutes ses forces dans la création.

— Pas avant une demi-heure, répondit-il enfin.

— Très bien, je t'attendrai.

Frigorifiée, Anne-Sophie regagna son appartement. Elle choisit avec soin ses vêtements. C'était un grand jour : une ambulance ramenait Augustin à Neuilly ! Pour ne pas heurter son père, elle devrait choisir une toilette élégante mais passe-partout. D'emblée, elle écarta les pantalons et opta pour une robe imprimée dans les tons de bleu.

Diego arriva trois quarts d'heure plus tard.

— J'avale quelque chose et je repars travailler, annonça-t-il.

Anne-Sophie se leva pour le servir.

— Tu te souviens que je déjeune à Neuilly et que je ne serai de retour qu'en fin d'après-midi.

— Après le dîner j'ai une réunion qui risque de durer tard.

— J'ai peur que toutes ces allées et venues ne créent des soupçons dans le voisinage. Il faudrait les espacer.

— Mes hommes sont prudents, et la galerie est une couverture de rêve !

— Je n'aime pas ces rendez-vous et tu le sais. L'autre soir, mon neveu est venu me voir, il vous a entendus.

Diego se leva et prit Anne-Sophie dans ses bras. Il l'embrassa.

— Ce soir, je leur dirai de redoubler d'attention.

Comme elle ne se laissait pas amadouer, il lui promit d'essayer de trouver un autre lieu. Cette fois, Anne-Sophie mit ses bras autour du cou de son amant. Il l'entraîna dans la chambre et la renversa sur le lit.

Toutes les dix minutes Alexandre s'éclipsait du salon pour voir si l'ambulance ne s'était pas perdue en chemin. Apolline, qui n'avait rien pu avaler pendant le déjeuner, finit par sortir.

— J'ai besoin de prendre l'air, je t'accompagne, dit-elle.

L'air vif lui fit du bien. Ils firent quelques pas sur le chemin, passèrent devant le portail fermé du pavillon derrière lequel ils entendirent un chien aboyer.

— Vous savez qui demeure là ? questionna Alexandre.

— Non, je ne les ai jamais vus, le portail est toujours fermé. Quand j'ai posé la question à tante Gertrude, elle est restée évasive. C'est encore une cachotterie de ton grand-père !

Alexandre allait répondre quand soudain il leur sembla entendre un bruit de moteur.

— Écoute, dit Apolline qui s'était arrêtée de marcher.

Son cœur se serra. Au tournant l'ambulance parut ; elle fit signe au conducteur qu'il était sur le bon chemin.

— Prochaine maison à gauche, dit-elle par la vitre baissée.

— Je cours prévenir grand-père, annonça Alexandre.

L'ambulance garée, une infirmière sortit par l'arrière. Apolline s'approcha, vit son fils couché sur une civière.

— Bonjour, mère.

Hyacinthe prit la main de son petit-fils, la serra et, après quelques secondes, fit signe aux brancardiers qu'ils pouvaient poursuivre. Une fois Augustin installé dans la bibliothèque du bas transformée en chambre pour l'occasion, Gertrude et Anne-Sophie vinrent embrasser le blessé.

— Tout le monde est là ! fit-il ému.

Augustin ne sentait pas sa fatigue. Il était tellement heureux d'être rentré chez lui, de ne plus sentir l'odeur de Javel ou de chloroforme, de ne plus voir la couleur vert d'eau qui couvrait les murs de l'hôpital, qu'il s'extasiait sur tout ce qui avait toujours fait partie de son univers. Il comprit, à cet instant, combien la famille comptait pour lui.

Vers quatre heures, goûter oblige, sa chambre désemplit. Seule sa mère resta auprès de lui. Jusqu'à ce jour, Augustin avait gardé pour lui les visions d'horreur qui chaque nuit peuplaient ses cauchemars. Il éprouva le besoin de s'épancher.

Apolline avait pris la main de son fils dans la sienne. Au fur et à mesure qu'il parlait, elle serrait sa main un peu plus fort. À travers ce récit d'épouvante, c'était Jules qu'elle entendait, c'était Jules qu'elle voyait. Les deux visages se confondaient pour ne faire qu'un. À quelque chose près, le père et fils avaient employé les mêmes mots pour décrire l'indescriptible.

— Vous savez, maman, j'ai alors pensé à père, à toutes ces années qu'il avait passées au front. Ces hommes-là étaient des héros ; nous, nous n'avons combattu que quelques semaines... Pourtant, aucun de ceux qui auront réchappé de ce massacre ne sera comme avant.

Apolline avait écouté son fils avec émotion. Si chaque mot avait fait écho en elle, un seul lui avait tiré des larmes. C'était lorsqu'il avait dit : « Maman. »

Il y avait si longtemps qu'Augustin ne l'avait pas appelée ainsi.

43

Le château de Kervalon, printemps 1942

Un matin de l'automne précédent, Albert avait vu arriver de loin des motos qui ouvraient la route à une Mercedes aux chromes rutilants. Il avait pris sa canne et il était allé se poster en haut du chemin qui mène au château. L'automobile noire, ornée de deux fanions nazis, s'était arrêtée à sa hauteur. Un officier haut gradé en était sorti.

— Général von Kassel. Je veux voir le comte de Kervalon.

— Lui-même.

L'officier lui avait tendu un papier écrit en français sur lequel était stipulé que le château de Kervalon était réquisitionné par l'armée allemande.

— Ce n'est pas possible, ma tante malade et une dame âgée occupent les lieux.

L'officier s'était alors retourné, il avait attentivement regardé le château.

— Combien de pièces en tout ?

— Une vingtaine.

— Eh bien, nous nous contenterons d'une dizaine ! Je peux visiter ?

Devant le peu d'empressement de son hôte, il ajouta dans un sourire :

— Je comprends vos réticences. C'est une belle demeure, je vous félicite... Mes hommes et moi, nous serons aussi discrets que respectueux de ce lieu historique.

— Suivez-moi, fit Albert de mauvaise grâce.

En Bretagne, plusieurs châteaux avaient été réquisitionnés. Le château de Kervalon n'étant pas situé sur un axe passant, Albert s'était cru à l'abri.

L'homme naturellement courtois s'exprimait dans un français correct.

Trois jours plus tard, toute la troupe s'était installée. Ils étaient une dizaine de soldats. Dans la cour du château ils avaient parqué l'auto, les motos ainsi que deux véhicules légers. De loin, Albert les avait regardés aller et venir. D'entendre parler allemand l'avait ramené une vingtaine d'années en arrière quand il avait été fait prisonnier. Depuis son séjour forcé, qui avait duré deux ans, il comprenait l'allemand et, bien que manquant de pratique, il était encore capable de tenir une conversation. Albert en garda le secret.

Le général avait élu domicile dans les appartements qui avaient appartenu à Amédée. Albert avait tout fait pour l'en dissuader, prétextant que sa tante qui habitait au même étage risquait de le déranger ainsi que le va-et-vient des infirmières. Mais le général avait insisté. À bout d'arguments, Albert avait cédé en pensant que son oncle devait se retourner dans sa tombe.

Cette nuit-là, il s'était réveillé en sursaut en pensant à la clé cachée dans le volume de Molière, au tiroir secret, au papier qu'il renfermait. Il avait été tenté d'aller le récupérer, mais, après réflexion, il s'était dit que ce n'était qu'un papier de famille qui n'était embarrassant que pour lui. Il avait fini par se rendormir, il n'y avait pas de risque que le général tombât dessus.

Malgré l'interdiction et la présence des Allemands, Albert avait continué à écouter la TSF qui était cachée dans sa cave. Il y descendait tous les soirs. C'est ainsi que le 7 décembre 1941 il avait appris l'attaque de Pearl Harbor. Les Japonais avaient détruit la flotte américaine du Pacifique. Ce jour-là, la guerre prit un autre tour. Le conflit était devenu mondial. Les États-Unis étaient entrés en guerre.

Le printemps revint. Cela faisait un an que les Allemands occupaient Kervalon. Blanche montait régulièrement au château rendre visite à sa mère et veillait sur les infirmières qui s'occupaient de celle qui était devenue sa tante par alliance. Tous ces soldats ! Les premières semaines, elle avait dû mater son appréhension. Mais les Allemands s'étaient montrés courtois et, avec le temps, elle avait pris l'habitude de les côtoyer. Son fils, les premiers jours, s'était mis à hurler en entendant une langue qui n'était pas la sienne. Puis Alain s'était fait à leur présence, comme tous les habitants du château.

La vie continuait. Albert s'occupait de ses terres. Les jeunes qui ne s'étaient pas fait tuer sur le front étaient revenus. Margot vivait sa propre guerre. Elle était bombardée, dévastée de l'intérieur mais, depuis quelques semaines, elle ne cherchait plus à lutter contre ses démons. Calme, prostrée, elle avait rendu les armes. Une nuit d'avril, Margot s'éteignit. Et, pour la première fois depuis des années, Marguerite de Kervalon, née de Saule, eut un visage détendu, un sourire esquissé sur ses lèvres. Elle était délivrée.

Albert prévint la famille. Du côté Kervalon arrivèrent Anastase et Anatole puis Adelphe, du côté Saint-Eliph Hyacinthe, Apolline et Anne-Sophie. Un dernier hommage lui fut rendu dans la petite église du village. Le général von Kassel se glissa sur un banc tout près de la sortie et s'éclipsa dès la messe terminée. À midi, en présence de la seule famille, le cercueil fut mis en terre. Blanche avait prévu un déjeuner au pavillon de chasse. Il y avait bien longtemps que les Kervalon et les Saint-Eliph n'avaient pas été réunis. Manquaient à l'appel Augustin, Alphonse, parti en Afrique continuer la guerre et Alexandre qui, comme premier violon, était en tournée avec la formation Vivaldi.

Il faisait un temps radieux. Le déjeuner fut joyeux. On parla d'Amédée, de Margot et aussi de ce pauvre Gaston emporté par la grippe espagnole. On parla d'Aurore, d'Amélie, de ces temps où la vie était encore facile, légère. Anastase était heureux d'avoir sa famille autour de lui. Mais, depuis la mort de Jeanne, il avait terriblement vieilli. Il entendait mal d'une oreille et sa vue baissait. Il avait auprès de lui Anatole que la guerre lui avait rendu, mais en échange elle lui avait pris Alphonse. Ne serait-il donc jamais tranquille ?

Face à lui, en bout de table, était assis Hyacinthe qui, depuis qu'il avait vendu son affaire et qu'il vivait à Neuilly, semblait rajeunir de jour en jour.

— Mais quelle est donc votre recette, mon cher Hyacinthe ? avait demandé Anastase à son beau-frère.

Hyacinthe se contenta de sourire.

Albert s'était fait à cette cohabitation forcée. Il n'avait jamais eu à se plaindre du général ni de ses soldats qu'il tenait d'une poigne sévère. Les deux hommes se respectaient. Ils avaient appris à se connaître et il leur arrivait de se promener ensemble. Ils parlaient littérature, peinture, musique. En d'autres temps, ils auraient pu être amis. À Kervalon les jours s'écoulaient paisibles jusqu'à ce qu'un des soldats se fasse tuer après une soirée un peu trop arrosée. Ce fut le branle-bas de combat, en même temps qu'un changement radical de ton. Le général avait alors montré un autre visage. Fou furieux, il avait convoqué Albert pour lui annoncer d'un ton brutal :

— Si le fautif ne se dénonce pas d'ici demain soir, on prendra trois otages et on les fusillera !

Le fuyard se cachait. Albert avait enquêté, mais il n'avait rien appris. Entre Bretons, tous se serraient les coudes et se taisaient. Le lendemain, trois jeunes du village avaient été arrêtés. Ils avaient entre dix-huit et vingt ans et ils étaient tous fils de paysans. Albert, atterré, tenta de parlementer avec le général. Mais il n'y eut rien à faire. Celui-ci avait oublié toute courtoisie, pour ne redevenir que le chef de guerre : il avait des comptes à rendre. Il lui fallait un coupable. Pour l'exemple.

Le général, qui faisait les cent pas dans le bureau d'Amédée, s'arrêta net et sans se retourner vers Albert, il dit :

— Monsieur le comte, vous avez deux frères, n'est-ce pas ? Des frères plus jeunes et qui sont jumeaux... À l'enterrement de feu la comtesse, il me semble n'en avoir vu qu'un seul. (Le général fit volte-face.) Où est le second ?

— Il n'a pas pu venir à l'enterrement de sa tante, répondit calmement Albert.

Le général fit quelques pas en sa direction, s'arrêta à sa hauteur.

— Cela fait plus d'un an que personne ne l'a vu au Manoir... Parti ! Envolé ! À moins qu'il n'ait rejoint les « Forces libres », comme vous les appelez plaisamment. Les Forces libres ! répéta-t-il haussant les épaules.

— Il est parti, c'est vrai, reconnut Albert, mais personne ne sait où il se trouve.

— Si vous voulez qu'il n'arrive rien à votre famille, il faudra me retrouver le meurtrier.

Albert sortit du bureau sans prononcer un mot et se rendit aux écuries.

Albert passa de ferme en ferme. Il était aimé de ses paysans, mais les Bretons étaient de fortes têtes. Ils furent courtois, compréhensifs, mais aucun nom ne sortit de leur bouche. « C'est que monsieur le comte, s'excusaient-ils invariablement, nous ne savons rien... rien du tout de cette affaire. » En fin de journée, il alla voir son régisseur. Il n'évoqua pas les menaces dont sa famille avait fait l'objet, mais il parla des hommes qui risquaient de se faire fusiller. Charles était une forte tête ; il avait vu d'un mauvais œil que le comte de Kervalon fraie avec les Allemands qui s'étaient installés au château. Quand Albert lui demanda s'il connaissait l'auteur de cet attentat stupide, l'autre lui répondit :

— Tout ce que je peux dire, c'est qu'ils ne sont pas de Kervalon.

— Je dois les rencontrer.

— Alors, suivez-moi.

Albert ne posa aucune question à son régisseur. S'il n'avait pas bon caractère, il savait pouvoir lui faire confiance. À sa suite il partit au galop. Dans la cour d'une ferme pauvre, ils mirent pied à terre. Bien qu'il fît chaud et que le ciel fût étoilé, portes et fenêtres étaient closes. Charles entra le premier. Toute la famille était réunie dans la pièce du bas qui sentait la vieille soupe.

— Monsieur le comte, fit l'homme le plus âgé, sans doute le patriarche, je suis prêt à vous suivre. Tout ça, c'est ma faute ! L'autre soir j'ai perdu mon sang-froid, j'ai tiré sur un de ces Boches qui sortaient du bar. Il était ivre, il riait fort, il m'a bousculé... Je ne veux pas que trois jeunes payent pour moi. Je vous suis.

Albert n'en crut pas un mot. Les femmes avaient toutes les yeux rougis, dans un coin un garçon qui ne devait pas avoir plus de seize ans gardait le regard résolument baissé. « C'est lui qui a tiré », pensa Albert. Afin d'être plus convaincant, le vieil homme voulut illustrer son propos.

— J'ai toujours été un fameux chasseur, c'est avec ça que je l'ai eu, dit-il en saisissant le fusil et mettant en joue un de ses petits-fils. Pan ! Pan ! Je l'ai tiré comme un lapin ! Sur le moment ça m'a fait du bien, mais, je vous le répète, je ne veux pas que les petits jeunes payent pour moi. Je vous suis.

Albert hésitait encore, le vieil homme le comprit. Presque suppliant, il ajouta :

— J'ai perdu ma femme il y a quatre ans ; je ne sers plus à rien sur cette terre. Je ne suis qu'une bouche de plus à nourrir pour la famille. Ce sera le dernier service que je peux lui rendre. Si je ne peux plus vivre comme un homme, au moins je mourrai comme tel.

— Allons-y, finit par dire Albert, la mort dans l'âme.

Le regard du vieil homme fut traversé par un éclair de gratitude. Il attrapa son baluchon, sortit sans un regard pour sa famille. Le jeune garçon voulut se lever, mais son père le retint fermement par le bras.

Une heure plus tard, ils avaient regagné le château. Albert fit appeler le général. Celui-ci descendit les marches du bel escalier intérieur tout en reboutonnant à la hâte son col d'officier.

— Voilà votre homme.

Le général von Kassel observa le coupable.

— Vous vous moquez de moi ?

— Non, répondit le vieux paysan avec, cette fois, dans la voix véhémence et conviction, j'ai tué ce sale petit Boche. Il était ivre, il hurlait, j'ai voulu le faire taire, il m'a insulté, ça m'a énervé j'ai tiré, voilà tout ! (Il fixa le général et avec le poing battit sa poitrine.) C'est moi, vous entendez, c'est moi ! Je l'ai tué ! Et si c'était à refaire, je le referais !

Le général ne crut pas non plus à cette fable mais s'inclina. De mauvaise humeur, il appela un des deux gardes qui jour et nuit étaient en faction devant la porte d'entrée :

— Enfermez-le à double tour dans l'office, faites garder la porte ainsi que la fenêtre. Je m'occuperai de cette affaire demain matin.

Et il tourna les talons, furieux.

44

Vichy, octobre 1942

À son arrivée, Alexandre fut étonné de trouver la ville d'eaux aussi animée. Alors qu'à Paris les gens se pressaient pour se rendre d'un point à un autre, alors que dès le couvre-feu chacun s'enfermait chez soi, alors que Paris vivait sous la botte allemande, ici les gens étaient souriants, prenaient leur temps, paraissaient ne manquer de rien et, surtout, n'avaient peur de rien. Devant l'hôtel du Parc où Pétain et ses ministres avaient élu domicile, des journalistes faisaient le pied de grue dans une ambiance bon enfant. Soudain, ce fut la bousculade. Il avait suffi qu'une porte s'ouvre pour que chacun se presse, l'appareil braqué sur la sortie de l'hôtel. Passa une dame proprette, certainement une secrétaire ; après des heures d'attente, c'était la déception.

— Mademoiselle, savez-vous quand le maréchal Pétain sortira ?

— Je ne suis pas dans le secret des dieux, je ne peux rien vous dire, s'excusa-t-elle.

— Mademoiselle, je vous en prie, si vous savez quelque chose...

— Mademoiselle, une petite information, supplia un autre.

Mais la demoiselle, profitant de la confusion, s'enfuit sans répondre.

Enfin, après un long moment d'attente sous un soleil de plomb, le maréchal Pétain apparut au milieu de sa garde rapprochée. Il connaissait la plupart des journalistes présents, il leur fit un signe de la main avant de s'engouffrer dans la Citroën qui s'était avancée pour le cueillir.

— Monsieur le maréchal, dites-nous...

Avant que le chauffeur eût fermé la portière, le maréchal, bonhomme, lança :

— Ce soir dans les salons il y aura un communiqué.

— Merci, monsieur le maréchal.

Les flashs continuèrent à crépiter alors que la Citroën s'éloignait. Un peu en retrait, Alexandre avait assisté à toute la scène.

— C'est toujours comme ça ? questionna-t-il.

— Toujours, et cela dure depuis des mois. Il faut bien que les journalistes couvrent l'événement.

— Même s'il n'y en a pas ?

— Quand il n'y en a pas, comme ce matin, les plus malins vont les chercher auprès des fonctionnaires qui sortent déjeuner. Leur rôle consiste à faire ami-ami avec tout le monde, histoire de glaner le plus petit renseignement.

— Décidément, je n'aimerais pas faire ce métier.

Pour gagner sa vie, Alexandre avait intégré un orchestre de chambre, l'orchestre Vivaldi. À chaque déplacement, il fallait obtenir une autorisation des services allemands. Quand la ville de Vichy les avait invités, cela avait été plus compliqué d'obtenir un laissez-passer pour la zone libre. Il avait fallu montrer patte blanche, promettre de ne pas se mêler de politique. Cela se négocia au plus haut niveau, et après tractation les musiciens obtinrent l'accord.

Durant toute la période estivale, une série de concerts était prévue pour égayer les soirées vichyssoises. Dès son arrivée, il avait remarqué la jeune fille qui était chargée de s'occuper de leur installation. Elle était d'autant plus jolie qu'elle paraissait ne pas le savoir. C'était une beauté sans artifice et son caractère vif étonnait chez une si jeune personne. Elle s'appelait Florence Dutillée, elle était vichyssoise depuis des générations. Son grand-père avait eu la juteuse idée d'investir dans les eaux thermales et, plus tard, dans les infrastructures. Depuis, la famille vivait tranquillement de ses rentes. La guerre faisait leur fortune. Le père, de droite par tradition familiale, était devenu un pétainiste convaincu. Les Dutillée vivaient à la sortie de la ville, dans une belle demeure entourée d'un parc. Alexandre y fut invité et présenté à la mère de Florence. Une femme encore belle qui ne se préoccupait que de ses toilettes et des sorties officielles auxquelles son mari et elle étaient conviés. Pianiste de salon mais persuadée qu'elle avait du talent, elle accueillit Alexandre avec chaleur.

— Vous avez fait le conservatoire, m'a dit Florence.

— Oui, madame.

— Cependant, la musique ne nourrit pas son homme !

— Plus tard j'aimerais composer de la musique de film.

— Oh, mais vous êtes un jeune homme plein de projets !

— Maman, je vous en prie ! intervint Florence exaspérée. Alexandre est fiancé et il ne reste ici que quelques semaines…

— Ah bon ! s'exclama-t-elle, dépitée. Pourquoi ne pas l'avoir dit plus tôt !

Florence se tourna vers Alexandre.

— Viens, on va s'installer dehors.

Une fois assis autour d'une table de jardin, Alexandre lui demanda :

— Pourquoi avoir dit que j'étais fiancé ?

— Parce que ma mère cherche un bon parti pour moi. C'est son obsession. Que tu sois fiancé coupe court à un interrogatoire.

Pour échapper à une mère omniprésente, la jeune fille avait trouvé un travail. En étroite relation avec la mairie, elle s'occupait des artistes ou des écrivains de passage à Vichy.

Alexandre invita la famille à venir écouter le concert. À la fin de la soirée, un cocktail fut donné. Alexandre rencontra le père de Florence pour la première fois. C'était un homme sympathique.

— J'ai apprécié votre jeu, jeune homme. Mais dites-moi, Garancière… Seriez-vous apparenté avec la fameuse pianiste ?

— En effet, c'est ma mère.

— Oh, mais je me disais aussi que ce nom-là…

La mère de Florence se pencha pour glisser à l'oreille de sa fille :

— Des fiançailles, ma chérie, ça se rompt !

Après chaque concert, les jeunes gens avaient pris l'habitude de se retrouver au bar de l'hôtel dans lequel Alexandre était descendu. Ils discutaient longuement. Le plus souvent, de politique. Le jeune violoniste plaisait d'autant plus à Florence qu'il ne cherchait pas à lui faire la cour. Elle était habituée aux regards appuyés des hommes et elle appréciait qu'il garde ses distances.

— Mon père est un pétainiste convaincu, dit-elle.

— Dans l'ensemble, ma famille aussi.

— Et toi ?

— Je pense sincèrement que le Maréchal a pris la bonne décision. Face aux troupes allemandes, les Français n'étaient pas de taille. Tôt ou tard, on aurait rendu les armes. En prenant cette décision, Pétain a épargné beaucoup de vies.

— Au début je pensais comme toi.

— Et maintenant ?

— Trop de choses me déplaisent dans ce gouvernement.

— Quoi par exemple ?

Florence regarda autour d'elle ; le bar de l'hôtel était fréquenté par toutes sortes de gens.

— Sortons, nous serons plus tranquilles pour parler.

Une fois dehors, Alexandre proposa de la raccompagner chez elle. En ce début octobre le temps était clément ; l'été indien s'était installé. La nuit rendait l'atmosphère propice aux confidences.

— Deux années de pouvoir ont usé Pétain. Je le vois diminué physiquement et je suppose qu'il en est de même de son état mental. J'entends les hommes politiques discuter entre eux, père en reçoit parfois à la maison. Je crois que le gouvernement de Vichy n'a plus aucune marge de manœuvre. (Florence baissa la voix.) Certains disent que Pétain ne serait plus qu'une marionnette aux mains de l'ennemi.

— Si c'est vrai, c'est grave.

— Je sais et j'espère me tromper. Mais tu sais, déjà l'année dernière, l'entrevue du maréchal Pétain avec le maréchal Göring a tourné au fiasco. Un journaliste m'a rapporté que devant la prétention des Français, Göring furieux aurait dit : « Enfin, monsieur le maréchal, qui sont les vainqueurs, vous ou nous ? »

— Que pense ton père de tout cela ?

— Mon père prend la défense de Pétain, il dit qu'il est mal entouré, enfin je sens bien qu'il veut encore y croire. Tous ceux de sa génération ont idéalisé le soldat de la Première Guerre mondiale.

— C'est vrai, Pétain est resté dans toutes les mémoires comme un héros, mais les décisions prises à l'encontre des juifs sont révoltantes.

— Il ne nous reste qu'à suivre les événements de près et à rester lucides. (Florence hésita.) Au besoin résister.

— J'y ai pensé plus d'une fois, mais pour ça il faut avoir un contact avec un réseau et je ne connais personne...

— Tu serais prêt ?

— Si tu dis vrai à propos du maréchal Pétain, oui.

Florence s'arrêta de marcher, chercha dans la nuit le regard de son interlocuteur. Elle baissa la voix.

— J'ai des informations à faire passer, j'ai besoin de quelqu'un comme toi qui n'éveillera pas les soupçons.

— Que faudrait-il que je fasse ?

— Passer un papier codé en zone libre et le déposer à l'adresse que je t'indiquerai.

— Je serai forcément fouillé, on l'a été plusieurs fois avant d'arriver à Vichy.

— Tu pourrais glisser le message dans la doublure de ton étui à violon.

— C'est risqué.

— Réfléchis, tu as toute la nuit pour ça. Si ta réponse est positive, je te donnerai alors les détails de l'opération.

Alexandre admirait la trempe de la jeune femme et ne voulait pas la décevoir.

— C'est d'accord.

Pour toute réponse, Florence se hissa sur la pointe des pieds et posa un baiser rapide sur les lèvres du garçon.

45

Paris-Saint-Cloud, hiver 1943

Une grande soirée était prévue à l'hôtel Lutetia. Apolline redoutait de se produire devant un parterre composé essentiellement d'hommes en uniforme, mais elle avait accepté pour Axel. « Pour garder de bonnes relations avec les plus hauts gradés, il est important que nous nous montrions bons patriotes. » Les uniformes rutilaient, le champagne coulait à flots. Après le concert, elle fut très entourée et répondit à tous avec grâce. Les quelques femmes étaient, pour la plupart, des femmes du demi-monde peu regardantes quant à la nationalité de leurs amants.

Apolline et Axel restèrent une bonne heure à bavarder. Une heure qui leur parut à tous les deux une éternité. Dès qu'ils le purent, ils s'échappèrent. Au volant de son automobile, Axel commença à se détendre. Il posa sa main sur celle de sa femme.

— Merci, Apolline, comme d'habitude tu as merveilleusement joué, comme pianiste... (Axel sourit.) Et ton rôle d'épouse ! Ce soir, tu étais la femme d'un bon Allemand acquis à la cause nazie !

— Ne me remercie pas, je suis heureuse de t'avoir aidé. Un moment j'ai remarqué que tu parlais longuement avec un certain Oberg.

— C'est le nouveau chef de la Gestapo à Paris. Il s'est montré bien trop affable avec moi pour être honnête. Il est intelligent, c'est un proche du Führer. Un pur et dur. Un homme redoutable qui dès demain matin s'informera sur mon compte, si ce n'est déjà fait.

Apolline réprima un frisson. Axel jouait un jeu dangereux.

— Je l'ai invité avec l'ambassadeur Abetz à dîner demain soir. Dire que j'ai mis des mois à me faire accepter parmi les « intimes » de Theodor Dannecker et qu'il faut tout recommencer ! J'irai seul bien sûr.

— Je n'aimais pas non plus ce Dannecker, il me faisait peur.

— Un psychopathe de talent, un protégé d'Eichmann, qui a accédé à des postes de prestige, à trente ans à peine. Je me demande pourquoi il a été remplacé...

Apolline resserra son col de fourrure. Chaque fois qu'Axel sortait seul le soir, elle tremblait qu'il lui arrive quelque chose. Le portail passé, Axel gara son automobile devant le perron. Ils gagnèrent l'étage ensemble. Apolline était nerveusement épuisée.

— Je passe embrasser Astrid et je me couche, annonça-t-elle.

— Je fais un tour par mon bureau et je te rejoins.

Sur le bureau, sur les tables, sur les étagères, partout s'amoncelaient des dossiers. Le téléphone sonnait du matin au soir. C'étaient chaque fois des appels au secours de personnes angoissées dont on avait arrêté ou enlevé un fils, un mari ou encore un ami. Axel prenait des risques importants. Si un de ses proches lui en faisait la remarque, il répondait invariablement : « Au moins, je sers à quelque chose. » Demain, il devrait se lever aux aurores. Il quitta son bureau gagna la chambre d'Astrid ; il se pencha pour embrasser la petite fille, encore bébé, qui dormait le pouce dans la bouche. Il la regarda et comme chaque soir il pensait à une autre petite fille, tout aussi blonde tout aussi jolie, qu'il avait perdue au même âge.

Afin d'être le premier Axel arriva assez tôt au restaurant. Un garçon s'approcha de lui.

— J'ai réservé une table pour huit heures, au nom de von Reinecker.

À la suite du garçon, Axel se faufila entre les tables. Au passage il salua quelques officiers allemands, qu'accompagnaient des Parisiennes attirées par l'uniforme et le pouvoir. Il avait choisi le restaurant du Bœuf-sur-le-Toit, une adresse prisée par les occupants. Il commanda une bouteille de champagne. Pour les Allemands en poste à Paris, la France était synonyme de plaisir. Plaisir de la table et des femmes faciles. Ses invités ne tardèrent pas à arriver. Il se leva, accueillit l'ambassadeur Abetz ainsi que le général Oberg.

— Un peu de champagne, proposa Axel.

— *Prosit !*

— Hum ! Excellent, dit le général Karl Oberg.

Les trois hommes commandèrent. La conversation fut d'abord légère. Ils parlèrent des endroits où il était possible de s'encanailler à Paris, les Folies-Bergères, le Moulin-Rouge, ils se passèrent l'adresse de cabarets moins en vue, mais à la mode du jour. Chacun avait ses préférences. Ils en vinrent à parler du One-Two-Two, la maison close réservée au seul usage des officiers supérieurs de la Wehrmacht.

Le repas fut bon et bien arrosé. Au dessert les langues se délièrent. Sur le ton de la plaisanterie Karl Oberg dit qu'il veillerait personnellement à renforcer le plan d'extermination des juifs. Il dit encore que Reinhardt Heydrich avait vu juste lorsqu'il avait déclaré : « L'extermination est bien plus réaliste que l'émigration. » Il ajouta sur le même ton enjoué que les SS auraient désormais les pleins pouvoirs et qu'ils seraient directement responsables de l'application du projet. Cette perspective l'enchantait.

Axel reprit le volant. Il était comme vidé. Pendant le dîner, il avait dû faire attention à tout, surveiller chacun de ses gestes, peser chacun de ses mots, contrôler ses intonations, jusqu'à l'expression de son regard. Il s'était obligé à rire aux plaisanteries grivoises ou déplacées, même quand il avait envie de hurler sa haine contre l'idéologie nazie. Depuis plusieurs semaines, il se savait surveillé. Il devait jouer finement s'il ne voulait pas se faire arrêter pour trahison.

Chaque nuit ou presque, les avions alliés survolaient la capitale. Des hauteurs de Saint-Cloud, le spectacle était total. Comme chaque fois qu'un raid avait lieu, Apolline sortit précipitamment de son lit pour se rendre dans la chambre de sa fille. Mais cette fois la petite Astrid ne se réveilla pas. Elle resta un moment à la veiller puis regarda par la fenêtre dont la vue dominait Paris. Les sirènes se mettaient à hurler, suivaient quelques minutes plus tard les grondements sourds des avions qui survolaient la capitale. Ensuite, la DCA se déchaînait avec fracas, semant sur Paris des millions d'éclats. Quelquefois les fusées éclairantes lâchées des avions descendaient lentement dans le ciel sombre.

Le 3 septembre dernier, les bombes étaient tombées sur la gare Montparnasse et celle d'Auteuil, endommageant les immeubles alentour. Chaque soir Apolline tremblait pour ceux qu'elle aimait et qui habitaient la capitale. Derrière les fenêtres, elle regardait Paris s'embraser, pensant à tous les blessés, tous les morts que ces raids provoquaient. Elle pensait au *Blitz* londonien. Chaque nuit, des quartiers avaient été détruits, ensevelissant sous les maisons des familles entières. Elle pensa au courage des Britanniques qui avaient subi les raids allemands sans jamais se plaindre. Depuis quelques mois, depuis que les États-Unis étaient entrés en guerre, c'était au tour de l'Allemagne d'être bombardée. La guerre était partout. Elle était menée dans les airs, sur la mer, sur les continents, mais il y en avait une plus sourde, plus secrète, qui était menée contre la race juive. De cette dernière on parlait peu. Dans l'ombre cependant, des hommes et des femmes se battaient, essayaient de sauver des vies. Ainsi en était-il de son amie Myriam dont elle n'avait plus de nouvelles depuis des mois.

Apolline sentit Axel tout près d'elle. Elle ne l'avait pas entendu venir.

— Toi non plus tu ne dors pas ? chuchota-t-elle.

Pour toute réponse, il l'enveloppa de ses bras. Ils restèrent ainsi jusqu'à la fin de l'alerte.

— Viens te recoucher, c'est fini.

Ils se remirent au lit et se pressèrent l'un contre l'autre pour se réchauffer. Les tickets de charbon rationnaient de plus en plus les Parisiens et le bois commençait à manquer. Apolline n'avait pas à se plaindre, elle avait un jardin où faire pousser des légumes. Elle avait des poules qui donnaient des œufs. Ce qui manquait cruellement, c'était le lait pour sa fille.

Elle sentit le souffle d'Axel devenir plus régulier. Il s'était rendormi. Malgré l'envie qu'elle avait de se pencher pour déposer un baiser sur son front, elle ne bougea pas. Depuis quelque temps, elle sentait que quelque chose le minait. Quelque chose qu'il n'exprimait pas et qui le rongeait de l'intérieur. Il avait maigri et son sourire était devenu triste. Plus jamais elle ne l'entendait rire, même quand il jouait avec sa fille.

46

Saint-Cloud, été 1943

Le téléphone sonna. Apolline sursauta. Axel s'était levé pour aller décrocher. Il était debout et nu.

— Lui-même.

Un silence s'ensuivit. Apolline, à peine réveillée, admira ses épaules larges, ses reins cambrés, ses fesses musclées et ses longues jambes.

— Quand cela s'est-il passé ? Il me faudrait plus de détails.

Apolline se disait que les gens exagéraient, qu'ils appelaient de plus en plus tôt. Elle jeta un coup d'œil au réveil qui marquait six heures quinze.

— Donnez-moi votre numéro au cas où j'aurais besoin de vous joindre.

Axel nota le numéro, puis raccrocha. Il resta un moment silencieux.

— Anne-Sophie s'est fait arrêter par la Gestapo. Ils sont allés la chercher en pleine nuit. C'est une de ses voisines qui vient de me prévenir.

— Mais Anne-Sophie tient une galerie de peinture... Qu'est-ce que... ? C'est certainement une erreur.

— Tu ne m'as pas dit que ta sœur vivait avec un peintre espagnol qui a fui le régime franquiste ?

— Si, Diego, mais qu'est-ce qu'Anne-Sophie aurait à voir avec ça ?

— La Gestapo n'arrête pas les gens sans preuves. Je fonce avenue Foch.

Apolline rejeta les couvertures.

— Je t'accompagne !

— Surtout pas !

Devant l'air perdu et angoissé de sa femme, Axel la prit dans ses bras.

— Il vaut mieux que j'y aille seul. Il faut d'abord que je sache ce qui lui est reproché. (Il lui prit le menton, lui releva le visage et plongea son regard dans le sien.) Fais-moi confiance.

Apolline venait seulement de comprendre la gravité des faits.

— Il faut la sortir de là, il faut, tu entends !

— Nous la sortirons de ce mauvais pas... En attendant, essaye d'en savoir plus sur ce fameux Diego.

— Je ne sais rien, mais peut-être Alexandre... je l'appelle tout de suite.

Axel regarda sa montre plusieurs fois : chaque minute était précieuse. Il ne savait pas où Anne-Sophie avait été emmenée, mais il connaissait les méthodes de la Gestapo pour faire parler ceux qu'ils arrêtaient. Il n'avait pas de temps à perdre. Une fois la machine lancée, il n'était plus possible d'intervenir. Les nazis étaient passés maîtres dans la cruauté ; avec un art consommé, ils achevaient leurs victimes à petit feu. Dans toute la France, les résistants étaient pourchassés, arrêtés, fusillés.

Sur sa route, Axel fut arrêté à plusieurs reprises. Chaque fois il montra le laissez-passer et finit par arriver dans le saint des saints. L'avenue Foch était une ruche. Partout des hommes en uniforme s'affairaient. De jour comme de nuit. Il soupçonnait le fameux Diego, dont sa belle-sœur s'était entichée, d'être communiste. L'affaire était sérieuse ; il décida de frapper au plus haut.

— Je voudrais voir le général Oberg, dit-il à un officier chargé de filtrer les arrivants.

— Vous avez rendez-vous ?

— Non, mais voici ma carte, dites-lui que c'est urgent.

— Le général n'est pas encore arrivé.

— J'attendrai.

Axel alla s'asseoir sur une des banquettes le long du couloir. Tous ces hommes, jeunes et fringants sortaient du même moule : celui des Jeunesses hitlériennes. L'allure martiale, le regard impassible, que pensaient-ils ? Et pensaient-ils seulement ? On leur avait inculqué une foi sans faille dans le régime et une invincibilité à laquelle ils croyaient. Ils étaient formatés pour faire partie d'un rouleau compresseur où la pensée individuelle, les sentiments personnels n'avaient pas leur place. Derrière cette machine de guerre où était passée la part d'humanité ?

Un jeune soldat au regard d'acier se planta devant lui, claqua les talons avant de dire :

— Vous pouvez me suivre.

Sans répondre, Axel se leva. Le jeune homme s'effaça pour le laisser entrer dans le bureau du chef de la Gestapo.

— Je vous remercie, général, de me recevoir. Je viens vous voir pour une affaire privée. Cette nuit, vos services ont arrêté Anne-Sophie de Saint-Eliph qui n'est autre que la sœur de ma femme... C'est certainement une erreur. Ma belle-sœur tient une galerie de tableaux rue Jacob dans le quartier Latin.

Le général fronça les sourcils.

— Mademoiselle...

— Mademoiselle de Saint-Eliph, général. C'est le nom de jeune fille de ma femme, sa sœur n'est pas mariée.

Le général Oberg fixa Axel von Reinecker. Il avait accepté son invitation à dîner mais il n'était pas dupe... ce von Reinecker n'avait pas le profil d'un bon Allemand. C'était un aristocrate, encore un de ces diplomates qui menait double jeu. Il l'avait percé à jour dès le premier regard. Certes, ce von Reinecker était habile. Blessé à la dernière guerre et médaillé, il s'était fait des amis un peu partout et jusque dans les plus hautes sphères. Oberg exécrait ce genre d'homme qui cherchait à se faufiler à travers les mailles du filet.

— Je vous rappelle, mon cher, que la Gestapo est la meilleure police du monde et qu'elle n'arrête que lorsqu'elle a de bonnes raisons de le faire. Mais je vais me renseigner...

Axel épela le nom. Le général nota, décrocha son téléphone, et aboya ses ordres. Un sourire aux lèvres que son regard dur démentait, il regarda à nouveau Axel.

— Voilà, mon cher, le temps que les renseignements me parviennent et je vous appelle.

— Général, je préfère attendre dans le couloir. Je ne bougerai pas tant que je n'aurai pas de nouvelles de ma belle-sœur.

— Comme il vous plaira... mais, je vous préviens, mes services sont surchargés de travail, cela peut prendre un certain temps.

Alexandre s'était habillé à la hâte et avait couru rue Jacob. Il tomba sur la femme de ménage qui passait tous les matins à huit heures.

— Madame Charles !

— Monsieur Garancière ! Mon pauvre Monsieur ! Tout est sens dessus dessous.

— Mon Dieu !

Les toiles étaient toutes décrochées du mur et jetées à terre, certaines avaient été éventrées. Les tiroirs, les placards avaient été fouillés.

— Ma tante recevait ?

— Oui, presque chaque semaine, toujours en bas dans la petite pièce du fond. Je trouvais le matin des verres sales et les cendriers pleins de mégots.

— Et vous ne savez pas qui... ?

— Mademoiselle ne me disait rien et cela ne me regardait pas.

— Bien sûr, je comprends.

Alexandre ouvrit la porte palière, monta au premier étage : tout avait été fouillé jusqu'au moindre recoin. Il gagna l'atelier et ce fut le même spectacle désolant de tiroirs vidés, de toiles décrochées, de chaises renversées, de papiers qui jonchaient le sol. Au fond, une immense toile inachevée à moitié décrochée pendait lamentablement sur un côté.

Axel attendit près de deux heures assis sur les banquettes du couloir, jusqu'à ce que quelqu'un vienne le chercher. Le général, debout, les mains derrière le dos, faisait les cent pas. L'œil sombre, il fixa Axel.

— Des comploteurs ! Des anarchistes de bas étage !

Axel blêmit, c'était bien ce qu'il craignait.

— Excusez-moi, général, mais je ne comprends pas...

— Mlle de Saint-Eliph vivait sous le même toit qu'un communiste ! Est-ce assez clair cette fois ? Chaque semaine, ce Diego Ballesteros recevait un nid de terroristes !

— Il me paraît évident que ma belle-sœur ne savait rien de la teneur de ces rendez-vous.

— Des terroristes !

— Puis-je voir ma belle-sœur, général ?

— Impossible pour le moment, on doit les interroger séparément. C'est un réseau étendu et très structuré.

— Ma belle-sœur est française, elle ne parle pas un mot d'espagnol, elle s'est fait berner. C'est une aristocrate de vieille souche, élevée dans des principes sévères. Je vous répète, général, que je réponds personnellement d'elle et qu'elle n'a rien à voir avcc tout ça !

Le général prit un ton doucereux pour dire :

— Vous savez bien, mon cher, qu'une femme amoureuse est capable de tout. (Puis le ton changea.) Excusez-moi, mais à présent j'ai un rendez-vous.

— Général, je compte sur vous pour que ma belle-sœur soit bien traitée. Je me permets de vous rappeler que Mlle de Saint-Eliph est la sœur d'Apolline Garancière, pianiste réputée. Si les journaux venaient à apprendre qu'elle a été malmenée, cela ferait grand bruit.

47

Paris

En milieu de matinée, les époux von Reinecker se présentèrent à l'ambassade d'Allemagne. Les lieux n'avaient pas changé. Les jardins et l'entrée étaient toujours aussi somptueux. Axel et Apolline furent introduits dans un des salons.

— Son Excellence ne tardera pas à vous recevoir.

— Merci, dit Axel. (Il regarda Apolline qui sous son maquillage était livide.) Ça va aller ?

— Oui, répondit-elle. Cela m'a fait un choc de me retrouver ici, je pensais à Greta, à notre première rencontre, tout cela me paraît si loin désormais.

Après quelques minutes d'attente, un secrétaire les fit entrer dans le bureau d'Otto Abetz, l'ambassadeur. Il les accueillit aimablement. Cet homme policé avait une passion pour la musique classique. Il les fit asseoir autour d'une table et, par courtoisie, s'exprima en français.

— On m'a dit les raisons de votre visite. Je me suis renseigné, c'est une fâcheuse histoire... un réseau de résistants communistes...

— Anne-Sophie de Saint-Eliph est la sœur de ma femme et je peux vous assurer qu'elle ignorait tout de ce qui se tramait.

— Le problème, c'est que c'est chez elle que ces gens se rencontraient.

— Excellence, ma sœur ne parle pas espagnol, intervint Apolline. Elle ne peut donc pas savoir ce qui se disait pendant ces réunions.

Abetz admirait la jolie et talentueuse jeune femme qui lui faisait face.

— Cependant elle abritait chez elle ce fameux Diego recherché par nos polices.

— Je reconnais, Excellence, que ma sœur a été légère dans ses amitiés et que si elle a commis une faute, c'est bien celle-ci. Elle tient une galerie et elle côtoie toutes sortes d'artistes. Elle s'intéresse au talent, pas à la politique. Cet homme est coupable d'avoir profité de sa naïveté...

— Si votre sœur n'a rien à voir avec cette affaire, nous le saurons vite !

— Excellence, intervint Axel, vous connaissez comme moi les méthodes employées par la Gestapo. Ma belle-sœur est une femme fragile, elle ne sera pas de taille... Excellence, laissez ma belle-sœur sortir, elle se tiendra à la disposition de la police, je vous en donne ma parole d'honneur.

— Je voudrais bien vous rendre ce service, mais ce n'est pas à vous que j'apprendrai que je n'ai pas ce pouvoir. Tout ce que je peux faire, c'est vous dire où Mlle de Saint-Eliph a été incarcérée et vous obtenir un droit de visite. Pour le reste, cela dépend du général Oberg.

L'ambassadeur se leva. Ses hôtes en firent autant. Il prit les mains d'Apolline et les garda dans les siennes.

— Chère petite madame, croyez que je comprends votre désarroi, je ferai tout ce qui est en mon pouvoir pour vous satisfaire. Je vous demande juste un peu de patience. (Il se tourna vers Axel.) Monsieur von Reinecker, je vous appellerai dès qu'il y aura du nouveau.

— Merci, Excellence.

Le lendemain dans la matinée, un secrétaire d'ambassade appela Axel.

— Son Excellence vous fait savoir que Mlle de Saint-Eliph est internée à la prison de Fresnes et que vous pourrez passer la voir à partir de quatorze heures.

Axel remercia, raccrocha et descendit prévenir Apolline qui était dans le jardin avec Astrid.

— Ah mon Dieu merci ! dit Apolline en s'élançant dans les bras de son mari.

La petite Astrid, voyant ses parents s'enlacer, applaudit de joie.

— Bravo ! Bravo !

— Cette visite, est-ce bon signe ?

— C'est une première étape. Au moins, nous saurons comment ses interrogatoires se sont passés. Nous devrons trouver un bon avocat pour la défendre.

Un avocat ? Apolline se souvint en avoir rencontré un à un vernissage que donnait sa sœur à la galerie.

— Attends, dit-elle, j'ai peut-être ce qu'il nous faut, en plus il connaît Anne-Sophie !

Apolline courut ouvrir son secrétaire, fouilla dans le tiroir où elle mettait toutes les cartes de visite. Rapidement, elle tria.

— La voilà ! Je l'appelle tout de suite.

Apolline décrocha le téléphone, entendit une voix féminine à l'autre bout du fil.

— Bonjour madame, j'aimerais parler à maître Étienne de Noirmoutier de la part d'Apolline Garancière...

— Chère madame, quel bon vent vous amène ?

— Un mauvais vent, maître. Ma sœur, chez qui je vous ai rencontré, a été arrêtée par la Gestapo ce matin. Je vous passe mon mari qui vous expliquera mieux que moi toute l'affaire.

L'automobile longea les hauts murs de la prison, s'arrêta devant l'entrée gardée par des hommes armés. Apolline réprima un frisson.

— Tu es certaine que ça ira ?

— Ça ira, répondit Apolline d'une voix ferme.

Ce n'était certes pas le moment de flancher. Pendant la dernière guerre, elle avait vécu des moments plus durs.

— Alors, suis-moi, c'est par là ! (Axel baissa la voix.) Aux questions qui te seront posées, réponds par oui ou par non, pour le reste tu me laisses faire, je connais la procédure.

Axel sortit la valise du coffre, prit Apolline fermement par le bras. Il se pencha pour lui glisser à l'oreille :

— Attends-toi à être fouillée.

Sans plus un mot, il se dirigea droit vers les soldats qui gardaient l'entrée.

— Le baron et la baronne von Reinecker, dit-il la voix forte et assurée, tout en présentant le papier dûment signé par l'ambassadeur d'Allemagne et tamponné par ses services.

Une des sentinelles le lut, disparut pour reparaître quelques instants plus tard.

— *Heil Hitler !* dit le jeune soldat en lui rendant le papier.

Axel ne répondit pas à son salut. Ils entrèrent dans la prison. Ils furent interrogés, puis fouillés. La valise fut ouverte par une femme, les vêtements sortis un à un, palpés, soupesés. Les quelques objets de toilette furent mis de côté. Ils seraient analysés à la loupe avant d'être remis à sa destinataire. Enfin ils passèrent d'autres grilles, prirent de longs couloirs, longèrent une première cour intérieure trop étroite pour que le soleil vienne se poser sur le sol pavé. Après une dernière halte, qui parut une éternité à Apolline, on les fit entrer dans une pièce nue gardée par un soldat et au milieu de laquelle trônaient une table et des bancs. Par une fenêtre, entravée de barreaux et placée trop haut pour que l'œil puisse entrevoir autre chose que le ciel, se faufilait un rayon de soleil.

Axel invita Apolline à s'asseoir. Au bout de quelques minutes une matrone parut et laissa passer Anne-Sophie. Celle-ci avait les traits tirés, le teint pâle et les yeux comme agrandis, du bleu presque violet qu'ils avaient dans son enfance. Apolline voulut s'élancer vers elle, mais Axel la retint fermement sur le banc. La gardienne fit asseoir la prisonnière et se retira dans un coin. Face à face, les deux sœurs se regardèrent. Toutes deux avaient les larmes aux yeux.

— Je t'ai apporté des vêtements de rechange, du linge propre et quelques accessoires de toilette.

— Merci.

— Tu arrives à dormir ?

— Pas vraiment.

— Tu te nourris au moins ?

— Je me force.

— Est-ce qu'on t'a interrogée ?

— Dès que je suis descendue de camion, on m'a séparée des autres. On m'a d'abord emmenée dans ce que j'ai supposé être les bureaux de la Kommandantur.

— Et ensuite ?

— Je ne sais pas où j'étais exactement... on est descendus dans des sous-sols.

Axel se retourna.

— Sans doute les sous-sols de la place Louis-XVI. On ne vous a pas malmenée au moins ?

— L'interrogatoire a duré une bonne partie de la nuit, il était serré, mais je n'ai pas été physiquement brutalisée.

— Est-ce que tu savais pour... pour ton ami ? questionna Apolline.

— Je ne savais rien de ses activités hors de la maison, même si je m'en doutais.

— Qu'est-ce que vous avez dit à la Gestapo ? intervint Axel.

— Que je ne savais rien. Ce qui est la pure vérité.

— C'est très bien.

— Un avocat que j'ai rencontré à un de tes vernissages viendra te rendre visite cet après-midi même. Maître Étienne de Noirmoutier, cela te dit quelque chose ?

— C'est un bon avocat. Il a la réputation de gagner tous ses procès.

— Il faudra que tu fasses très exactement ce qu'il te dira.

— Je lui ai longuement parlé, il m'a paru efficace, ajouta Axel.

Anne-Sophie regarda Axel qu'elle avait si mal jugé, mais ce n'était pas l'heure des remords.

— Merci pour tout.

— Tenez bon et parlez le moins possible, c'est encore la meilleure défense. On va vous sortir de là. Je ne pense pas pouvoir vous épargner un procès, mais dites-vous que s'il a lieu, il sera de pure forme.

— Je n'ai pas le droit de te toucher, de t'embrasser, mais à ta sortie on se rattrapera, dit Apolline.

Pour toute réponse, Anne-Sophie lui sourit. S'installa un silence plein d'émotion, puis Anne-Sophie se tourna vers son beau-frère.

— Axel, savez-vous quelque chose à propos de Diego ?

— Ils n'ont rien voulu nous dire.

Alors elle se pencha au-dessus de la table et murmura à l'intention de sa sœur :

— Je suis enceinte de deux mois.

48

Neuilly

Durant tous ces mois de repos forcé, Augustin avait pris l'habitude de rêvasser les yeux au plafond. Depuis trois jours, depuis que son frère était passé à Neuilly pour leur apprendre l'arrestation de leur tante, il pensait sans cesse à elle. Il lui vouait une affection particulière. Son indépendance, ses révoltes, sa beauté un peu tapageuse l'avaient toujours séduit. Sans doute parce qu'elle était son exact contraire. Lui s'attachait aux traditions, à l'ordre établi, au passé.

« T'Anne-So à Fresnes, acoquinée à un peintre communiste ! » se répétait-il, incrédule.

Lorsque Alex avait appris la nouvelle à son grand-père, celui-ci s'était tu, une fois de plus dérouté par cette fille rebelle, qu'il n'avait jamais comprise. Les études aux Beaux-Arts, l'ouverture de la galerie, son mode de vie... Voilà où cela l'avait menée. Sa fille arrêtée en pleine nuit et jetée en prison ! Partagé entre la colère et la souffrance, Hyacinthe avait explosé. Augustin l'avait entendu hurler d'en bas :

— Ma fille prise dans un réseau communiste, aux mains de la Gestapo ! Il faut toujours qu'elle se mette dans de sales draps ! Ne restera-t-elle jamais tranquille ?

Le portail franchi, Hyacinthe avait d'abord pensé se rendre chez Rose, mais cette affaire regardait Aurore et lui. Alors, il avait marché d'un bon pas jusqu'au cimetière. Cela faisait au moins trois bons quarts d'heure à l'aller et, peut-être un peu plus de temps au retour. À soixante-dix ans passés, son souffle, ses jambes n'avaient plus la même endurance. Devant la tombe d'Aurore, il lui confia sa peine, son incompréhension. Par-delà la mort, il lui en voulait toujours de la venue de ce troisième enfant sans qui le drame ne serait jamais arrivé : « Voilà où nous en sommes, ma pauvre Aurore... Je n'étais pas fait pour élever seul nos trois enfants... Anne-Sophie derrière les barreaux ! Heureusement que ma pauvre mère n'est plus là pour voir ça ! »

Peu de temps avant le dîner, Hyacinthe était revenu de sa promenade épuisé, mais calmé. Personne ne savait où il était passé. Gertrude s'était affolée.

— Mais que fait ton grand-père ? Voilà deux heures qu'il est parti ! De quel côté ?

« Et puis tant pis si je me fais attraper, tous ces secrets de polichinelle ! » Gertrude avait profité de ce que ses neveux étaient ensemble pour aller sonner à la maison voisine. Rose avait ouvert. Les deux femmes se connaissaient de vue.

— Pardonnez cette intrusion, fit Gertrude, mais je cherche mon frère.

— Mais il n'est pas chez nous, répondit Rose, étonnée.

— Il est parti voilà plus de deux heures et sans dire où il allait. J'ai cru... bien, je retourne chez moi... surtout vous ne m'avez jamais vue !

— Mademoiselle ?

À présent Gertrude était affolée d'avoir osé sonner chez Rose. Elle s'éloignait, pressant le pas, mais le chemin était malaisé et chaque fois que son pied se posait sur une pierre, elle se tordait les chevilles. Rose lui avait couru après.

— Mademoiselle, je vous en supplie, dites-moi ce qui s'est passé.

— Ma petite-nièce s'est fait arrêter !

— Oh, mon Dieu ! Et... et si Hyacinthe venait à réapparaître ici ou chez vous, comment se le faire savoir ?

— La première qui le voit arriver sonne la cloche de son portail ! dit Gertrude.

La vieille fille était rentrée essoufflée et en sueur. Elle était tombée sur Alexandre qui la cherchait.

— Tante Gertrude, grand-père est rentré. Il était parti à pied jusqu'au cimetière.

— Quelle idée lui est passée par la tête ! Alors rends-toi à l'office et préviens le personnel qu'il peut servir. J'arrive, dit-elle comme hors d'haleine.

Gertrude courut actionner la cloche du portail.

Assis dans le jardin, Augustin avait vu passer et repasser sa grand-tante. Il avait entendu la cloche sonner. Que voulait dire toute cette agitation ? Après le dîner les deux frères s'étaient installés dehors. C'était une douce soirée de début d'été. Alexandre avait profité de ce moment pour parler à son frère du rôle dangereux qu'Axel von Reinecker jouait auprès des autorités allemandes, quels risques il prenait en se faisant l'intermédiaire entre la Gestapo et ceux qu'il essayait de tirer de leurs griffes. Il lui avait révélé combien il se démenait pour sauver des vies, sans considération de nationalité ni de religion. Séparé de son frère par la nuit qui était descendue, Augustin avait écouté Alexandre sans l'interrompre.

— Tu crois qu'il réussira à sortir T'Anne-So de ce mauvais pas ?

— Il fera tout ce qui est en son pouvoir, lui répondit Alexandre.

Allongé sur son lit, le nez au plafond, Augustin réfléchissait à la conversation qu'il avait eue avec son frère. Depuis, trois jours étaient passés, et T'Anne-So était toujours en prison. Sa mère avait annoncé sa visite et son intention de rester déjeuner. Sans doute aurait-elle des nouvelles. Il jeta un œil sur son réveil : dix heures trente, il allait se lever, faire sa toilette et s'habiller. Ce qui autrefois lui prenait un quart d'heure lui demandait à présent le triple de temps. Mais au moins était-il autonome. Si les multiples fractures du bassin s'étaient ressoudées assez vite, sa jambe en revanche restait très abîmée. Les plaies se réinfectaient. Il lui fallait encore deux béquilles pour se déplacer. Il pensait souvent à Albert qui avait gardé la jambe raide. Durant de longs mois il était resté confiné dans son lit ; le jour où il avait pu passer de son lit au fauteuil, il avait marqué une première victoire. Cet hiver, quand il avait réussi à se déplacer seul dans son fauteuil roulant, respirer l'air de dehors, regarder les arbres, cela avait été une deuxième victoire.

Désormais il n'avait plus qu'une idée : quitter Neuilly.

Au volant de son cabriolet, Apolline franchit le portail. Le temps qu'elle se gare, Gertrude courait à sa rencontre. Elle la vit arriver dans son rétroviseur. Grande, maigre, elle ressemblait à un faucheux, une de ces araignées au corps minuscule et aux pattes longues et fines.

— Ma petite, dit Gertrude en l'embrassant, as-tu des nouvelles d'Anne-Sophie ?

— Avant-hier je suis allée la voir à Fresnes avec Axel. Elle est courageuse, elle tient le coup.

— Ton père se fait un tel souci. J'espérais que tu nous apporterais une bonne nouvelle.

Apolline avait décidé de taire l'état d'abandon, de dénuement dans lequel elle avait trouvé sa sœur. Et de cacher la gravité de son cas ainsi que la révélation qu'elle lui avait faite.

— Elle a un avocat qui va la voir tous les jours, et Axel fera son possible pour y aller cet après-midi. Ce qui est important pour son moral, c'est qu'elle sache qu'on s'occupe de son dossier. Comment va Augustin ?

— Il fait de gros progrès. Depuis quelques jours il s'habille et se déplace seul. Il n'a plus qu'une idée en tête : partir, ajouta Gertrude avec une pointe de tristesse.

Apolline ne répondit pas. Après deux années d'immobilité, elle comprenait qu'il s'impatiente. Tout en parlant avec sa tante, Apolline se dirigeait vers la chambre de son fils. Elle allait frapper à la porte quand Gertrude lui dit dans un grand sourire :

— Il t'attend dehors près de la gloriette !

— Il y est allé seul ?

— Sans aucune aide.

— Je monte voir père et je le rejoins aussitôt après.

Apolline gagna le premier étage, frappa à la porte du bureau de son père. Attendit. Frappa une deuxième fois avec plus de force, étonnée que si près de l'heure de se mettre à table son père se fût absenté. En redescendant, elle jeta un regard sur la patère où il avait l'habitude d'accrocher sa canne et son panama. Elle était vide. Apolline trouva son fils assis dehors, un livre à la main. Voyant sa mère approcher, Augustin posa son livre sur ses genoux. Il la regarda venir de sa démarche légère. Elle portait une robe fleurie dans les tons délicats de rose et de gris.

— Désolé, dit-il, de ne pouvoir me lever.

— Te voilà presque autonome !

— Les progrès sont encore trop lents à mon goût mais ça y est, je me débrouille seul.

— Que lis-tu ?

— *À la recherche du temps perdu*.

— Ce titre aurait-il quelque chose à voir avec ce que tu vis ? demanda-t-elle en souriant.

— Il me semble au contraire que tous ces mois passés entre quatre murs m'ont fait mûrir.

— Tôt ou tard, on a tous besoin de faire une halte. Ce n'est jamais une perte de temps.

— Vous avez fait des haltes dans votre vie ?

— Oui, quand ton père est mort, chaque fois que j'ai mis un enfant au monde, ou que j'avais à prendre des décisions qui engageaient mon avenir.

Au stade où en était la conversation, Apolline espéra que son fils prenne ses mots à la volée et qu'il lui demande : « Ah oui ! Et lesquelles ? » Cela leur aurait permis de vider l'abcès. Elle souffrait qu'il refuse de rencontrer Axel, qu'il ne demande jamais à voir sa petite sœur. Sans doute Augustin sentit le piège car il ne posa pas la question espérée. Un silence s'installa.

— Vous avez eu des nouvelles de T'Anne-So ?

— Pas depuis que je t'ai eu au téléphone. Mais justement, je cherchais ton grand-père pour lui parler de tout ça.

Augustin eut un sourire énigmatique.

— Oh, grand-père vous savez, il est très occupé... Je l'ai vu passer sur le chemin. (Augustin consulta sa montre.) D'ici trois minutes très exactement, il devrait repasser.

— Tu as l'air de bien connaître ses habitudes.

— Depuis le temps que j'habite ici, je commence à connaître les secrets de chacun.

En effet, quelques minutes plus tard Augustin fit remarquer avec un petit sourire ironique :

— Voyez ce que je vous disais !

Apolline regarda du côté du chemin qui longeait le jardin. Au-dessus de la haie, elle aperçut le panama de son père. Elle se leva pour aller à sa rencontre.

49

Le château de Kervalon, avril 1944

Albert s'éveillait tranquillement, quand, à la porte du bas, quelqu'un frappa. Les coups étaient suffisamment forts pour tirer du lit toute la maisonnée. Albert bondit hors de son lit, s'empara du peignoir laissé la veille sur l'accoudoir d'un des fauteuils de la chambre.

— Je vais voir ce que c'est ! dit-il à Blanche.

Tout en ceinturant son peignoir, Albert descendit les marches. En bas il se heurta à Léontine qui, munie d'un couteau de cuisine, se hâtait vers l'entrée.

— Merci, Léontine, dit Albert amusé, je vais voir ce que c'est.

Albert tourna les verrous, ouvrit la porte. Il trouva face à lui un des soldats du général, qui lui fit le salut nazi.

— Monsieur, le général est dans ses appartements, il vous attend.

Étonné, Albert gravit les marches aussi vite que sa jambe le lui permettait. En haut de l'escalier, un soldat en faction l'annonça. Le général le reçut aimablement.

— J'ai l'ordre de lever le camp. Il faudra que d'ici midi mes hommes et moi ayons pris la route. À tout moment nous nous attendons à un débarquement. J'ai passé des moments agréables ici et je tenais à vous remercier de votre hospitalité...

Le général regarda Albert et ajouta :

— Hospitalité forcée bien sûr.

— Et si le cours de l'histoire était en train de changer, général ?

— Il se peut en effet. Mais l'avenir n'est pas encore écrit, laissez-nous le bénéfice du doute... Je viens d'écrire un rapport circonstancié que je vous demanderai de lire et si vous êtes d'accord avec les termes, de signer. Tenez ! dit-il en tendant la feuille manuscrite.

Albert jeta un œil et remarqua :

— C'est en allemand.

— En effet, je parle mieux le français que je ne l'écris. Et cher ami, après deux années passées en Allemagne comme prisonnier de guerre, je ne doute pas que vous puissiez lire ces quelques lignes sans difficulté.

Albert, qui n'avait jamais dit au général qu'il avait été emprisonné en Allemagne, sourit et lut. C'était un rapport qui disait que le général et ses hommes laissaient le château en aussi bon état qu'ils l'avaient trouvé.

— Pourquoi ce rapport ?

— Pour ma hiérarchie. Mais avant de signer, je vous invite à faire l'état des lieux.

Le général se leva, Albert fit de même. Ils allèrent dans la tour ouest où les soldats avaient déjà plié bagage. Albert regarda autour de lui.

— Eh bien, je pense qu'il n'y a rien à dire.

— Parfait ! Alors retournons dans mon bureau, en passant vous jetterez un œil dans les salons et les appartements de votre oncle.

Albert et le général firent le tour du propriétaire puis regagnèrent les appartements d'Amédée.

— Prenez place et signez si vous voulez bien.

Albert s'exécuta et tendit la feuille.

— Merci. (Le général prit la feuille, la plia avec soin et la glissa dans la poche intérieure de sa veste.) Et maintenant, comte, permettez que je termine ce que j'ai à faire. Ah, une dernière chose. Ce vieil homme que j'ai dû fusiller à la place de son petit-fils... (Il s'arrêta pour regarder Albert dans les yeux.) C'était mon devoir d'officier. J'obéissais aux ordres... Et selon l'expression qu'utilisent les Français : « Ce n'était pas de gaieté de cœur. »

Le général et ses hommes étaient partis. Planté au milieu de la cour, Albert se sentait désemparé. Après trois années de va-et-vient, cette tranquillité soudaine le surprenait. Il entra au château qui n'était plus habité que par des fantômes. Il monta l'escalier, entendit ses pas résonner entre les vieux murs silencieux. Il se rendit d'abord dans les appartements de sa tante. Il ouvrit la porte, s'avança et attendit. Mais il ne sentit rien que le froid et le vide. L'âme de sa tante, elle aussi, avait déserté les lieux de son supplice.

Il se dirigea vers la bibliothèque, sortit le premier tome du *Théâtre* de Molière relié en cuir fauve. Il l'ouvrit, prit la clé qu'il fit tourner entre ses deux doigts. Il alla ouvrir le tiroir du bureau, sortit le testament qu'il relut lentement. Enfin il regarda par la fenêtre les parterres ordonnés à la française, les arbres, et au-delà la plaine qui s'étendait à perte de vue. Son cœur se gonfla d'orgueil ; il était chez lui, et par toutes les fibres de son corps, à chaque battement de son cœur, il se sentait un Kervalon. Ses enfants seraient des Kervalon, un jour ils prendraient sa suite. Il sortit son briquet et enflamma le papier.

50

Lucillac

Au fil des semaines, c'était devenu un rituel. Chaque matin, chaque soir avant le dîner, Jean Garancière et Augustin s'enfermaient dans le petit salon du bas pour écouter la TSF. Silencieux et recueillis, ils écoutaient les nouvelles qui, de jour en jour, se précipitaient, toujours plus haletantes, plus incroyables que la veille. La radio crachotait, les sons se brouillaient puis soudain s'élevait une voix qui disait : « Ici Londres, ici Londres », suivaient des messages codés et récités d'une voix monotone ; « les carottes sont cuites », « Denise a perdu sa mère » ou encore « le petit cheval est mort... nous répétons : le petit cheval est mort », qui ne signifiaient rien pour le commun des mortels sauf pour la personne à qui le message était destiné.

Augustin s'exaltait, certains Français n'avaient pas baissé les armes ! La Résistance gagnait du terrain. Ces messages étaient peut-être le signal attendu pour mener une opération d'envergure. Cette semaine plusieurs trains avaient sauté. Les Allemands, qui s'attendaient à tout moment à un débarquement des forces alliées, renforçaient les défenses côtières.

— C'est pour quand, bon sang ? C'est pour quand ? s'impatientait-il.

À côté de lui, son grand-père gardait un silence prudent. Même si les Allemands reculaient sur le front russe, même si en Italie l'avance se faisait sensible, rien n'était encore joué sur l'échiquier du monde. Jean Garancière se leva.

— Allez ! Il n'y aura rien de nouveau ce matin. Veux-tu que je t'aide à t'installer dehors ?

— Merci, grand-père, mais il faut que j'apprenne à me débrouiller seul.

Son grand-père parti, Augustin prit ses béquilles et alla s'installer sur la terrasse pour lire la presse. Toute la presse. Il coupait et recoupait les informations, fasciné par les pages d'histoire qui étaient en train de s'écrire. Augustin s'était remis à espérer, à revivre à cent à l'heure. Et il se répétait : « Je suis peut-être en morceaux, disloqué, mais, contrairement à beaucoup de mes camarades qui sont morts, j'aurai la chance d'assister au feu d'artifice et au bouquet final. »

Il lui fallait un certain temps avant que le tumulte de la guerre fasse place au calme de la campagne. Un certain temps avant que son esprit quitte les scènes de violence et de sang, pour apercevoir la belle journée de printemps qui s'annonçait. Il pensait à la chance qu'il avait d'avoir une famille comme la sienne. Avant son immobilisation forcée, il n'y avait jamais réfléchi. Il trouvait normal d'habiter avenue Victor-Hugo, normal de passer ses vacances au Manoir ou au château de Lucillac. Normal d'être choyé par sa mère, ses grands-parents, ses tantes, ses oncles, ses cousins. Comme son père était mort à la dernière guerre et qu'il avait dû grandir sans cette référence, il s'était toujours pris pour quelqu'un de malheureux. À présent, il voyait les choses différemment.

Même si Juliette ne croyait pas aux miracles, elle ne manquait jamais de faire un détour par la ferme des Sylvestre. Et si Théodore était rentré ? Dans son impatience d'avoir de ses nouvelles, il lui arrivait de pousser jusqu'au village voisin où Catherine, la grande sœur, habitait. Elle s'arrêtait, histoire de glaner quelques nouvelles. C'est ainsi qu'elle apprit que Théodore avait été fait prisonnier par les Allemands. Il était vivant ! Sur le moment, c'est tout ce qui avait compté. Mais le temps lui paraissait de plus en plus long. Nicolas était rentré. Mais pas Théodore.

Comme chaque matin, alors qu'il était assis sur la terrasse, Augustin entendait le bruit d'un cheval qui arrivait au petit trot. Alors, un sourire sur les lèvres, il tournait son regard du côté de l'allée des Platanes. La silhouette bottée, culottée, de cette beauté naturelle, apparaissait. Escortée de ses lévriers, Juliette s'approchait d'un pas tranquille.

— Bonjour, Augustin !

Elle laissait sa cravache, ses gants sur un des fauteuils vides, puis s'enfuyait dans la maison pour revenir quelques minutes plus tard avec deux verres remplis de limonade. Juliette tendait un verre à son cousin, gardait le deuxième pour elle et s'asseyait à côté de lui.

— Des nouvelles d'Anne-Sophie ?

— Non. Alexandre m'a promis de m'appeler dès qu'il y aurait du nouveau.

Lors de ses rares passages à Lucillac, Juliette avait gardé d'Anne-Sophie le souvenir d'une jeune fille jolie et pétillante. Elle n'était alors qu'une toute petite fille et considérait la sœur de sa tante Apolline comme une divinité.

— Est-ce que tu sais comment les Allemands traitent les prisonniers de guerre ?

— Je crois qu'ils sont réunis dans des camps. Selon la Convention de Genève ils devraient être bien traités... Pourquoi cette question ? Tu connais un prisonnier ?

— Oui, un ami.

— Quitte à choisir, je préfère encore être à ma place. Être surveillé du matin au soir par les Boches... J'ai eu beaucoup de chance dans mon malheur. D'après l'infirmière qui nous a accompagnés jusqu'à l'hôpital, le chirurgien qui m'a opéré m'aurait non seulement sauvé la jambe mais aussi la vie en insistant pour que l'on m'évacue. Je ne sais pas ce qu'il est devenu, mais, après la guerre, je remuerai ciel et terre pour le retrouver.

— Comment feras-tu si tu n'as pas son nom ?

— L'infirmière m'a donné son numéro de téléphone. J'étais dans le brouillard. Je serais incapable de dire à quoi elle ressemblait, je me souviens seulement qu'elle avait l'accent chantant des gens d'ici.

— Elle est peut-être de la région. Tu as son numéro ?

Augustin tira un petit carnet noir de la poche intérieure de sa veste. Il le feuilleta.

— Oui, le voilà ! Elle s'appelle Hortense Desroche.

— Eh bien, appelons-la !

Après avoir installé son cousin à la place de passager, Juliette s'assit au volant. Elle ne conduisait pas souvent et surtout elle n'avait pas l'habitude de conduire un bolide. Elle se sentait décidément plus à l'aise les rênes à la main qu'au volant d'une auto. À cause des barrages ils arrivèrent en retard au restaurant. Poussé par Juliette, Augustin avait téléphoné à l'infirmière qui habitait les Landes. Ils s'étaient donné rendez-vous à Bordeaux. Il était convenu qu'au sortir du train elle se rendrait directement au restaurant où Augustin avait réservé une table.

Augustin déclina son nom.

— Oui, fit la patronne de l'établissement, une dame vous attend. Suivez-moi.

Augustin qui avait du mal à se déplacer avec ses deux béquilles pria sa cousine de le précéder. Juliette s'approcha de la table où une jolie jeune femme blonde était assise. Elle se présenta :

— Juliette Garancière, la cousine d'Augustin.

Parvenu enfin à la hauteur de la jeune fille, il la salua chaleureusement.

— Je suis très heureux de vous revoir.

— Moi aussi, répondit-elle avec un joli sourire.

Juliette s'assit sur la banquette à côté de l'infirmière, tandis que son cousin prit place face aux deux jeunes femmes. Hortense regardait Augustin. Elle le trouva beau, et, une fois de plus, elle se fit la réflexion qu'il avait un air de famille avec le chirurgien qui l'avait opéré sur le front. Théodore Sylvestre n'avait jamais quitté ses pensées. Sur le front elle avait admiré son courage, sa détermination. Elle n'avait plus eu de nouvelles et espérait que cette entrevue lui en apporterait.

— Vous aviez gardé mon numéro de téléphone ?

— Je me disais qu'après la guerre, je vous téléphonerais pour vous remercier. C'est Juliette qui m'a poussé à vous appeler plus tôt.

— Vous avez bien fait.

— J'avais besoin de comprendre ce qui s'est passé. Tout est tellement flou dans mon esprit, reprit Augustin.

— C'est normal, vous étiez encore sous l'effet des calmants quand on vous a mis dans le camion qui partait pour l'hôpital. L'opération a été longue, compliquée. Le chirurgien s'est montré particulièrement attentif à votre cas.

— Justement, cela fait des mois que je cherche à comprendre pourquoi.

— Le chirurgien chef avait décidé qu'il fallait amputer, mais il est passé outre alors que l'opération était risquée.

— Je lui dois une fière chandelle !

— Un détail m'est revenu : lorsque les blessés arrivaient sur la table d'opération, nous devions les dévêtir. On mettait de côté les objets personnels, on fouillait dans les poches pour trouver un mot, une lettre que l'on enverrait aux familles si le soldat venait à mourir. Dans les vôtres, il y avait une photo jaunie représentant un homme en uniforme assis devant un château. Derrière, il était juste marqué une date et un nom.

— C'est la photo de mon père.

— Quand je l'ai montrée au chirurgien, il l'a longuement regardée et a décidé de ne pas vous amputer...

— Savez-vous comment s'appelle le chirurgien ? intervint Juliette le cœur battant.

— Le docteur Sylvestre.

Le regard de Juliette brilla.

— Théodore Sylvestre ?

— Oui, vous le connaissez ?

— Son père travaille avec mon grand-père, répondit Augustin qui commençait à comprendre.

— Qu'est-il devenu ? questionna Juliette le regard plein d'espoir.

— Je ne sais pas, mais il s'est comporté en héros ! Lorsqu'une bombe est tombée sur la ferme, la charpente a pris feu. Grâce à son sang-froid, on a pu sauver un grand nombre de blessés. Après, c'est lui qui m'a désignée avec un infirmier pour aller chercher du secours, lui qui a mené l'opération de sauvetage et qui a décidé d'évacuer les blessées vers l'hôpital le plus proche. Quand le médecin chef a dit que vous n'étiez pas transportable, il n'a rien voulu entendre. C'est comme ça que vous avez été évacué avec le convoi.

— Et après ? insista Juliette.

— Le front se rapprochait, on entendait déjà au loin le bruit des canons... Il a voulu rester avec ceux qui n'étaient pas transportables. Le camion a réussi à passer juste avant que les Allemands attaquent. Les autres, je ne sais pas ce qu'ils sont devenus. Après l'incendie, il ne restait plus que quelques médicaments, quelques compresses stériles, et quelques boîtes de conserve. À peine de quoi tenir un jour ou deux.

— Depuis, j'ai appris qu'il a été fait prisonnier, ajouta Juliette.

Augustin regarda sa cousine mais ne fit aucun commentaire.

— Cela ne m'étonne pas ! Tel que je le connais, même s'il avait pu s'enfuir, il n'aurait jamais abandonné les blessés dont il avait la charge.

Augustin était sous le choc de la nouvelle. Il se revoyait enfant marchant à côté de son grand-père le long des vignes et rencontrant le fils du vigneron. Il devait avoir deux ou trois ans de plus que lui. Ils avaient échangé quelques mots. C'est la seule fois où il avait rencontré Théodore.

Après le déjeuner, les cousins déposèrent Hortense Desroche à la gare. Tout au long de la route qui les ramenait à Lucillac, Augustin répétait : « C'est incroyable, c'est la photo de mon père qui m'a sauvé ! » Juliette, elle, enviait l'infirmière d'avoir vécu tous ces moments avec Théodore. Oh comme elle l'enviait ! Elle se surprit à être jalouse.

51

Paris, mai 1944

Le violon à la main, Alexandre rentrait chez lui heureux que le concert se fût bien déroulé.

L'église de la Madeleine était bondée. Des Parisiens de tous horizons sociaux, de tous âges étaient venus écouter l'orchestre Vivaldi, pour se changer les idées, pour oublier l'occupation, les bombardements incessants, les longues queues devant les magasins d'alimentation. Dans la capitale, certaines denrées étaient devenues introuvables, d'autres si chères qu'elles n'étaient plus à la portée des porte-monnaie. La population manquait de tout et bon nombre de gens vivaient dans le dénuement le plus total.

Sur son palier, une femme dormait sur le paillasson, une valise à ses côtés.

— Mademoiselle ?

De la jeune femme, il n'apercevait que quelques mèches blondes qui s'échappaient de son chapeau.

— Mademoiselle !

Elle sursauta, tourna la tête vers lui.

— Florence ! Mais que fais-tu là ?

— Je t'attendais... j'ai dû finir par m'endormir.

Alexandre, encore sous le coup de la surprise, vint au secours de la jeune fille qui tentait de se lever.

— J'ai mal partout, se plaignit-elle. J'ai cru que tu ne rentrerais jamais.

— Je donnais un concert à la Madeleine.

Il la fit entrer et s'empara de la valise qui pesait son poids.

— Tu veux boire quelque chose ?

— Je meurs de faim, je n'ai rien mangé depuis ce matin.

— Je crois qu'il me reste des œufs et une salade.

— Des œufs ? Une salade ? Je croyais qu'à Paris les gens mouraient de faim !

— Ma mère a un jardin.

Tandis qu'Alexandre se rendait dans la cuisine, la jeune fille fit le tour du propriétaire. Elle entra dans le salon, regarda les photos de famille posées sur la cheminée.

— Si tu m'avais prévenu de ton arrivée, je t'aurais mieux accueillie.

— C'était sur un coup de tête ! Depuis que Pétain a été contraint de partir, Vichy est devenu une ville fantôme.

— « Contraint », pourquoi tu dis ça ?

— Les Allemands ont fait croire aux Français que le Maréchal avait décidé de faire un séjour temporaire en région parisienne, mais j'ai assisté à la scène. Les photos étaient interdites et pas moins d'une dizaine de voitures de policiers, remplies de soldats allemands armés jusqu'aux dents, ont escorté la limousine du Maréchal jusqu'au château de Voisins. Tu parles d'un voyage d'agrément !

— Mais pourquoi avoir déplacé Pétain ?

— Les Allemands s'attendent à un débarquement des Alliés. J'imagine qu'ils ont eu peur que le Maréchal ne s'évade... C'est difficile à croire, mais Pétain a encore beaucoup de partisans.
— Et tu as un point de chute ?
— Oui, chez toi.

Alexandre prit une fourchette pour battre les œufs. Il se dit que cette nuit il dormirait sur le canapé et que le lendemain il téléphonerait à Lucillac pour demander à son frère s'il pouvait lui prêter son appartement quelques jours. Les œufs battus, il chercha une poêle, se baissa pour ouvrir un tiroir, et en se relevant, rencontra le regard de Florence. Il sourit en la voyant mordre dans un quignon de pain rassis.
— Il n'y a plus qu'une boulangerie ouverte dans le quartier et la queue est interminable.
— Dis-moi, j'ai un message urgent à faire passer. Tu travailles toujours pour le réseau ?
— Oui, je leur sers de boîte aux lettres.
— Alors tu pourras m'accompagner à mon rendez-vous demain ? Je ne connais pas Paris et se promener en faisant semblant d'être amoureux fera plus crédible.
— Demain, je dois déjeuner chez ma mère.
— À quelle heure ?
— Vers une heure.
— Eh bien, nous aurons tout le temps dans la matinée.
Florence ajouta :
— Je veux être là le jour où les Alliés rentreront dans Paris, alors j'ai pris le premier prétexte pour faire ma valise... et me voilà.

Le dîner fut joyeux et bien arrosé. Florence qui s'était levée tôt tombait de sommeil. Alexandre proposa de lui céder son lit mais la jeune fille ne voulut rien entendre. Elle s'allongea sur le canapé et, sitôt sa tête sur l'oreiller, s'endormit.

Vers une heure du matin elle fut réveillée par les sirènes qui hurlaient. Elle tira les rideaux. Un moment plus tard, elle entendit le vrombissement sourd des avions qui survolaient Paris ; suivirent de fortes explosions. Elle chercha à savoir où les bombes étaient tombées, mais, au-dessus du clocher de l'église, elle ne vit que le ciel étoilé. Les bombardements s'intensifièrent, les explosions se rapprochèrent. « Ce sont les Alliés », se dit-elle.

Comment se rendormir dans un pareil vacarme ? Quand les vitres se mirent à vibrer, elle se dirigea vers la chambre d'Alexandre et se glissa sans bruit entre ses draps. Alexandre ne bougea pas, d'abord surpris, puis ému quand il sentit le corps doux et chaud se pelotonner contre lui. Celui-ci tremblait légèrement, il pensa que c'était de peur. Alors, dans un geste de protection, il tendit le bras. Quand sa main rencontra le soyeux et la rondeur de la poitrine, qu'elle sentit le mamelon se contracter, comme électrisé, il se rapprocha du corps offert, prit le sein à pleine main, s'empara de sa bouche. Dans son impatience, il la prit un peu trop rapidement, un peu trop brusquement.

Au petit matin, quand le calme fut revenu, quand la nuit fit place au jour, il lui refit l'amour, avec cette fois patience et tendresse. Et c'est à l'heure où la ville s'éveillait que les amants se rendormirent d'un profond sommeil, leurs corps enchevêtrés.

Une odeur de papier brûlé envahissait la pièce. Des dossiers ouverts jonchaient le sol. Apolline s'approcha de son mari et, de ses bras, lui ceignit la taille.

— Tu n'as pas dormi ?

Axel prit une de ses mains, la porta à ses lèvres et dans le creux de la paume déposa un baiser.

— Je me suis allongé quelques heures. (Il montra la pile de dossiers.) J'ai encore tout ça à trier.

— Je pourrai t'aider cet après-midi.

— Je comptais tout relire mais cela me demanderait trop de temps.

— Alexandre doit venir déjeuner... Est-ce que tu lui diras pour Anne-Sophie ?

— Non, une fois l'opération réussie, il sera toujours temps.

Axel avait enlevé sa cravate et remonté ses manches, il n'était pas rasé, il avait les cheveux en bataille et les traits fatigués.

Vers une heure, Alexandre passa le portail. Florence admira la maison aux lignes sobres, le parc qui l'entourait.

— C'est là que tu as grandi ?

— Non, ma mère a acheté cette maison juste avant la guerre.

— Et avant ?

— Nous habitions avenue Victor-Hugo, en plein Paris.

Fine ouvrit la porte. Bien qu'elle fût étonnée de trouver le fils de la maison en galante compagnie, elle n'en montra rien.

— Entrez, je vais prévenir madame de votre arrivée.

Alexandre fit les honneurs de la maison à Florence qui se sentit tout de suite à l'aise dans cette belle demeure.

— Suis-moi dans le grand salon, il y a un piano, je vais te jouer quelque chose.

Alexandre jouait une polka quand Apolline frappa. Fine l'avait prévenue qu'Alexandre était avec une jeune fille. Intriguée, Apolline poussa la porte. Alexandre se leva.

— Mère, je voudrais vous présenter Florence Dutillée, j'ai essayé vainement de vous téléphoner toute la matinée...

— Je sais, notre ligne est coupée. (Apolline se tourna vers la jeune fille qu'elle trouva d'emblée jolie et sympathique.) J'ai fait rajouter un couvert, il n'y a pas de problème.

— Je suis la seule fautive, je n'avais pas prévenu Alexandre de mon arrivée.

— Vous n'habitez pas Paris ?

— Mes parents habitent Vichy où j'ai connu Alexandre.

— Ah mais je me souviens à présent, votre famille a accueilli mon fils à plusieurs reprises. Je suis d'autant plus heureuse de vous recevoir, mademoiselle. Asseyez-vous dehors, je vais faire servir un rafraîchissement et je vous rejoins.

— Mère, Axel est ici ?

— Il travaille mais il descendra pour le déjeuner.

Florence avait admiré la beauté d'Apolline, mais quand elle vit Axel, elle fut instantanément sous le charme. Il lui posa beaucoup de questions sur la vie à Vichy pendant le gouvernement de Pétain.

Au début, sachant qu'Axel von Reinecker était allemand, la jeune fille surveillait ses paroles, mais devant l'ouverture d'esprit de son interlocuteur, son naturel revint au galop.

52

Saint-Cloud

Apolline sortit jardiner. Avec énergie elle coupa, arracha, gratta la terre, mais si tous ces gestes occupaient son esprit, ils ne la distrayaient pas de son inquiétude. Ces dernières heures, les événements s'étaient précipités. Au fil des semaines, la Gestapo avait fini par arrêter tous les membres du réseau. Ils étaient une quinzaine. Sous la torture, certains avaient parlé. Si Diego avait été désigné comme le chef, le nom d'Anne-Sophie avait été cité à plusieurs reprises. Tous avaient reconnu s'être réunis dans la petite pièce arrière de la galerie.

Depuis des semaines, Axel œuvrait pour faire sortir sa belle-sœur de prison. Il était sur le point de réussir quand un officier de la Gestapo, plus zélé que les autres accusa Anne-Sophie de haute trahison. Ce rapport se retrouva sur le bureau du général Oberg. Axel avait plaidé sa cause, mais Oberg n'avait rien voulu entendre. Il ne restait plus qu'une solution : faire évader Anne-Sophie, avant que tous les membres du réseau soient fusillés.

Apolline ne se souvenait pas d'avoir autant souffert. Des épreuves, elle en avait connu, mais jamais d'aussi terribles. Devoir attendre, sans rien pouvoir tenter, était le comble du supplice. Depuis qu'elle était retournée à la prison de Fresnes, il ne se passait pas une minute sans qu'elle pense à sa sœur. Elle l'avait trouvée méconnaissable, amaigrie, le regard perdu. Elle n'avait su que lui répéter : « Tiens bon, on va te sortir de là ! ».

À sept heures, elle entendit enfin le bruit des pneus sur le gravier. Elle se précipita vers Axel.

— Alors ?

— Monte dans la voiture !

Apolline claqua la portière, Axel fit une marche arrière et repassa le portail.

— Ici au moins, personne ne peut nous entendre.

— Alors ? répéta Apolline folle d'angoisse.

— Tout est prêt. J'ai grassement payé les hommes. Ils ont déjà travaillé pour moi... j'ai toute confiance en eux. Je ne quitterai Paris qu'une fois qu'Anne-Sophie sera en lieu sûr.

— Où sera-t-elle emmenée ?

— Je ne peux rien te dire. Mais sache qu'elle restera cachée le temps nécessaire... Attends-toi à recevoir la visite de la Gestapo. Ce ne sera pas facile, il te faudra du courage.

— Je tiendrai le coup ! Faire front, agir, ne me fait pas peur, ce que je redoute le plus, c'est attendre, ne pas savoir.

— Surtout ne leur oppose aucune résistance. Ils vont vouloir tout fouiller, tout regarder, mais ils ne trouveront rien d'important, j'ai tout brûlé. Ils te convoqueront pour t'interroger ; surtout garde la tête froide. Dis-toi que le dossier concernant ta sœur les embarrassait plus qu'autre chose. Ils t'interrogeront pour le principe mais, faute de preuves, ils seront obligés de te relâcher. (Axel regarda sa femme.) Ton téléphone sera mis sur écoute et tes allées et venues surveillées. Oberg veut ma peau. Il te convoquera sans doute dans son bureau, mais il ne pourra rien contre toi. Je connais l'homme, il ne prendra jamais le risque d'enfermer une femme aussi connue.

— Et toi ? questionna-t-elle la voix étranglée.

Axel lui sourit.

— Moi, je serai déjà loin.

Tout de suite après le dîner, Axel et Apolline montèrent se coucher. Il n'était que neuf heures, mais ils étaient épuisés. Ils se tenaient serrés l'un contre l'autre. Jamais ils ne s'étaient sentis aussi proches. Ces derniers jours, ils ne s'étaient pas beaucoup parlé, trop de tension les avait séparés. Au bout d'un moment, Apolline rompit le silence.

— Comment saurai-je si Anne-Sophie est à l'abri ?

— Tu recevras un coup de téléphone de quelqu'un qui demandera à parler à Mme Tavernier, l'ancienne propriétaire.

— Et pour toi, comment saurai-je ?

— Il se peut que je ne puisse pas te joindre avant longtemps... cela dépendra des événements.

« Quels événements ? », se demanda Apolline qui ne posa pas la question car elle connaissait déjà la réponse : « Moins tu en sauras mieux ce sera. » Depuis le début de la guerre il y avait tant de zones d'ombre dans les activités d'Axel. À commencer par ces nombreux voyages à Berlin. Qui voyait-il ? Que faisait-il ? Elle ignorait tout de sa vie là-bas. Elle poussa un profond soupir. Pour toute réponse, Axel la serra un peu plus fort dans ses bras, respira son parfum, embrassa sa nuque. Puis la bouche toute proche de son oreille, il murmura :

— Si un jour tu venais à douter de moi, pense au jour où nous nous sommes rencontrés pour la première fois, à ce morceau sublime de Massenet que j'avais joué à la fin du concert. Ce sera notre chant de ralliement. Notre code secret. (Axel, ému, se racla la gorge.) Tu as eu des nouvelles d'Astrid aujourd'hui ?

— Oui, j'ai eu Adelphe au téléphone. Astrid est heureuse au Manoir. Comme tu peux l'imaginer, elle est très entourée. La journée tout se passe bien, mais la nuit, elle nous réclame.

— Apolline, quand tu la reverras, embrasse-la fort pour moi, afin qu'elle ne m'oublie pas.

Apolline ne répondit pas mais une larme coula sur sa joue. De quoi serait fait le lendemain ? Exténués, ils finirent par s'endormir.

À une heure du matin, le réveil sonna. Axel sursauta puis sortit du lit. Apolline avait les yeux grands ouverts, mais ne bougea pas. Au moment où il refermait la porte d'entrée sur lui, les sirènes se mirent à hurler. Il était parti sans rien emporter, juste de faux papiers et un peu d'argent. Il pressa le pas jusqu'au portail, le franchit, deux tournants plus bas il monta à bord d'une auto qui l'attendait.

Apolline pensait à Anne-Sophie bébé quand elle l'avait tenue pour la première fois dans ses bras, à son mari qui roulait à présent sous les bombardements. Ses larmes coulèrent le long de son cou, mouillèrent sa chemise de nuit.

À sept heures du matin, elle s'habilla avec soin, prit son petit-déjeuner et attendit. Une heure plus tard ils étaient là. Une dizaine de soldats, tous armés. Un officier les commandait. Apolline se présenta à l'entrée. L'officier la salua.

— Je voudrais parler à M. von Reinecker.

— Il est absent, mais je suis sa femme.

— Où est-il ?

— Je ne sais pas.

L'officier, qui s'exprimait en français avec un fort accent allemand, présenta un papier officiel.

— J'ai ordre de fouiller la maison.

Apolline le prit et le lut. Puis s'effaça pour laisser passer les soldats.

L'officier fit signe à ses hommes d'entrer, puis donna ses ordres en allemand qu'Apolline n'eut aucun mal à comprendre.

— Deux soldats devant la porte, quatre à l'étage, et quatre en bas !

Ils fouillèrent minutieusement chaque pièce, chaque meuble, chaque tiroir ; chaque miroir, chaque tableau fut retourné, chaque bibelot soupesé, chaque tapis soulevé. Ils demandèrent à avoir accès au grenier ainsi qu'à la cave. Fine, catastrophée, ne disait rien, mais lorsqu'un des soldats était un peu trop brutal ou trop expéditif, elle ne pouvait s'empêcher d'intervenir.

— Attention, c'est fragile ! Je vais vous aider...

— *Nein ! Nein !*

Quand Sidonie vit deux hommes armés entrer dans sa cuisine et fouiller ses placards, elle se mit à hurler :

— Reposez ça tout de suite !

Apolline calma Sidonie.

— Mais qu'est-ce qu'ils vont chercher là, c'est juste une cuisine ! tempêtait la cuisinière.

— Je ne sais pas ce qu'ils cherchent, répondit calmement Apolline, mais ils ne font qu'appliquer les ordres. Laissez-les faire, plus vite ils iront, plus vite ils partiront.

— Qu'est-ce qu'ils viennent nous ennuyer... qu'ils rentrent donc chez eux, maugréa encore Sidonie l'œil mauvais.

L'officier qui avait entendu les cris se présenta à la porte de la cuisine.

— Un problème ?

— Je crois, commandant, que Sidonie n'aime pas que vos hommes fouillent dans ses placards.

— Regardez-moi ça, il y en a partout ! dit-elle furieuse.

Le commandant donna à ses hommes l'ordre de tout ranger. Les soldats s'exécutèrent. Sidonie leur fondit dessus.

— Touchez pas ! Surtout ressortez-moi tout ça !

Le commandant, qui venait de faire demi-tour, revint sur ses pas. Devant une telle furie, il préféra capituler et donna l'ordre à ses hommes d'aller plutôt fouiller la salle à manger. Apolline retourna s'asseoir au salon. Tandis que le commandant allait et venait surveillant ses hommes, le téléphone sonna. Apolline sursauta et décrocha. L'officier se précipita sur l'écouteur.

— Je voudrais parler à Mme Tavernier.

Le cœur d'Apolline se souleva. Anne-Sophie était en lieu sûr ! Elle répondit d'un ton neutre :

— Mme Tavernier n'habite plus ici depuis bientôt six ans.

— Alors, excusez-moi de vous avoir dérangée.

La personne raccrocha, Apolline en fit autant. L'officier, méfiant, questionna :

— Qui est cette Mme Tavernier ?

— L'ancienne propriétaire.

— La prochaine fois que le téléphone sonnera, vous attendrez que je sois là pour décrocher.

Sans répondre, Apolline prit un ouvrage pour se donner une contenance. Intérieurement, elle explosait de joie.

Après quatre heures de fouille minutieuse, le commandant rameuta ses troupes. Ils emmenèrent quelques dossiers, quelques notes écrites de la main du baron von Reinecker, histoire de n'être pas venus pour rien. Apolline raccompagna poliment l'officier jusqu'au perron.

— Il faudra, madame, vous rendre à la Gestapo demain matin à la première heure !

— Très bien, qui devrai-je demander ?

— Le général Oberg.

Le lendemain, elle se présenta avenue Foch. Oberg la fit attendre un certain temps. Quand elle fut enfin dans son bureau, le chef de la Gestapo essaya d'abord d'user de son charme.

— J'espère que mes hommes ont été polis.

— Tout à fait, général.

— Savez-vous, chère madame, que votre dossier est disons, ennuyeux... (Il tourna autour d'elle et répéta :) Très ennuyeux même !

— Mais quel dossier, général ?

— Madame, ne jouez pas au plus fin avec moi. Où se trouve votre sœur ?

— Vous le savez aussi bien que moi, général, à la prison de Fresnes !

Dans un mouvement d'humeur, il retourna s'asseoir derrière son bureau. Il prit un stylo, le tourna un moment entre ses gros doigts, puis regarda à nouveau Apolline

— C'est curieux... vraiment curieux... Mlle de Saint-Eliph ne s'y trouve plus. Elle a été libérée par des hommes en armes...

— Ma sœur libérée ? Mais ce n'est pas possible ! Je l'ai vue la semaine dernière !

— Cessez cette comédie, madame !

— Mais je ne comprends pas, expliquez-vous... Où se trouve ma sœur ? Serait-ce encore un de ces Espagnols... ?

Apolline fouilla son sac qu'elle avait gardé sur ses genoux, elle en sortit un mouchoir, remonta sa voilette et se tamponna le coin des yeux.

— Cela ne risque pas madame, le groupe a été arrêté... tous les membres ont été fusillés.

— Fusillés !

— Oui madame, chez nous on fusille les traîtres.

Le général envoya balader le stylo. Celui-ci roula sur le bureau marqueté et tomba sur le tapis de la Savonnerie.

— Et maintenant, comme par hasard, c'est votre mari qui disparaît... Curieuse coïncidence, n'est-ce pas ?

— Mon mari part souvent en voyage.

— Et pour aller où ?

— Mon mari est diplomate, il ne me dit jamais où il va. Peut-être est-il tout simplement à Berlin.

Oberg eut un sourire mauvais.

— Nous les retrouverons, madame, nous les retrouverons...

— Je vous en supplie général, tenez-moi au courant, je suis terriblement inquiète.

— Je ne vous retiens pas, dit Oberg en se levant et en montrant la porte.

Apolline sortit du bureau le port de tête bien droit et sans presser le pas. Sitôt la porte refermée, ses jambes se dérobèrent sous elle. Elle s'assit sur le premier fauteuil rencontré, fit semblant de remettre son mouchoir dans son sac, de chercher quelque chose. Au bout de quelques secondes, les battements de son cœur se calmèrent et elle retrouva un peu d'assurance. Enfin, elle se leva. Elle avait encore l'escalier à descendre, le hall à traverser. Sa voilette pour tout rempart, elle franchit les quelques mètres qui la séparaient de la sortie. Elle répondit d'une légère inclination de tête aux saluts de jeunes officiers qui avaient reconnu la pianiste et se retrouva à l'air libre.

53

Berlin, 10 juin 1944

Apolline finit par trouver une place assise à côté d'un général allemand. Celui-ci galamment se leva pour ranger sa valise sur le porte-bagages.

— Merci, général, dit-elle en français.

Elle s'assit, enleva ses gants gris perle assortis à sa tenue et sortit de son sac un livre qu'elle posa sur ses genoux. Bercée par le bruit du train, elle somnola.

Comme certaines voies ferrées avaient été endommagées ou détruites par les bombardements, le voyage fut interminable. Le train s'arrêta dans une des gares de Berlin encore en service. À la sortie elle n'aperçut aucun taxi, aucun pousse-pousse comme on pouvait en trouver à Paris. Le métro était fermé et les bus ne circulaient plus. C'était le désert. Elle restait debout, sa valise à ses pieds, angoissée, quand une belle voiture s'arrêta à sa hauteur. À l'arrière, elle reconnut le général à côté duquel elle avait fait le voyage.

— Madame, est-ce que je peux vous déposer quelque part ?

— Merci, général, ce n'est pas de refus.

Le temps que le chauffeur dépose la valise dans le coffre et ouvre la portière à la passagère, Apolline se trouva de nouveau assise à côté du général.

— Je suis confuse dit-elle, je ne m'étais pas imaginée...

— C'est ici que la guerre se passe à présent. Berlin est une ville sinistrée, dit-il avec des accents douloureux dans la voix.

Il regarda la jeune femme française – une beauté dont la présence dans ce train l'avait intrigué.

— Avez-vous un endroit précis où vous rendre ?

— Oui, général, dit Apolline en lui tendant le papier sur lequel elle avait écrit l'adresse.

— Vous ferez mes amitiés à Greta.

— Vous la connaissez ?

— Ce sont de très bons amis. Je suppose que vous les avez connus quand ils étaient en poste à Paris ?

Apolline hocha la tête. Le général garda le silence. La voiture traversa des quartiers entièrement démolis par les raids alliés qui avaient lieu presque toutes les nuits. Berlin était devenu une ville fantôme. Les habitants avaient fui et ceux qui étaient restés se terraient chez eux. Sur le front russe, les Allemands reculaient et à tout moment la population s'attendait à être envahie par une horde barbare, qui, disait-on, pillait, tuait, violait sur son passage.

Derrière des barricades de fortune, des soldats en armes faisaient le guet. La voiture ralentit et les jeunes recrues jetèrent un œil à l'intérieur. Dès qu'ils aperçurent les galons du général, ils s'excusèrent, firent le salut nazi et la voiture passa.

— Berlin n'est plus défendu que par des enfants, voilà où nous sommes tombés, murmura le général en allemand et comme pour lui-même.

Puis il se tourna vers Apolline et, s'exprimant à nouveau dans un français impeccable :

— Ce n'est pas banal de voir une Française en Allemagne, alors que son pays est en passe d'être libéré de l'armée d'occupation. Mais votre visage me dit quelque chose, puis-je me permettre de vous demander votre nom ? Bien sûr vous n'êtes pas obligée...

— Apolline Garancière, répondit-elle prudente.

— La fameuse pianiste !

Apolline se contenta de sourire.

— Garancière est le nom sous lequel vous vous produisez, mais dans le civil... ?

Apolline décida de jouer franc jeu. Le général n'aurait qu'à passer un coup de fil s'il voulait connaître son identité.

— Je suis l'épouse du baron von Reinecker.

— Qui est activement recherché par la Gestapo.

Apolline sursauta. Le général regarda Apolline droit dans les yeux.

— Madame, votre démarche est imprudente. Je propose que mon chauffeur me dépose à mon rendez-vous et qu'il vous ramène à la gare d'où vous trouverez certainement un train pour Paris.

— Merci, général, mais je vais rester ici quelques jours.

— Dans ce cas, vous voici arrivée.

La voiture s'arrêta, le chauffeur se précipita pour ouvrir les portières. Apolline descendit, le général en fit autant.

— Merci, général, de m'avoir accompagnée jusqu'ici, dit Apolline. Je vous ai parlé sans détour, puis-je savoir à qui j'ai affaire ?

— Général Tresckow. Au revoir madame et mes amitiés à Greta.

Assise dans le salon, Apolline attendait. Elle n'avait pas pu prévenir Greta de son arrivée et une question la taraudait : avait-elle bien fait de venir ? Depuis qu'elle avait eu cette conversation avec le général Tresckow, elle n'en était plus si sûre. Enfin, elle entendit la voix de son amie. Elle se leva, attendit face à la porte.

— Apolline !

Les deux femmes tombèrent dans les bras l'une de l'autre.

— Si je m'y attendais ! Mais que faites-vous ici ?

— J'essaie de savoir ce qu'est devenu mon mari.

Une ombre passa sur le joli visage de Greta. Apolline pensa au pire et faillit s'évanouir.

— Mais il va bien ! Il va bien ! Ma pauvre petite, dit Greta désolée. Je pensais seulement que je ne l'avais pas vu depuis longtemps. La dernière fois, c'était il y a deux mois. Depuis, je n'ai aucune nouvelle.

Apolline avait été prise d'une telle frayeur qu'elle avait senti ses jambes se dérober sous elle. Greta la fit asseoir, regarda son visage creusé par la fatigue.

— Il y a combien de temps que vous n'avez rien mangé ?

— Depuis ce matin six heures.

Greta tira sur le cordon de sonnette. Le maître d'hôtel parut.

— Demandez à la cuisinière de préparer un plateau et de dresser deux couverts. (Elle se retourna.) Vous êtes épuisée. Mais sachez, Apolline, que je suis heureuse que vous soyez là. Parlez-moi de votre petite Astrid.

Apolline sortit des photos de son sac qui ne la quittaient jamais. Quelques minutes plus tard, le maître d'hôtel arriva avec un plateau en argent dans les mains.

— Merci, posez-le sur cette table, dit Greta, et approchez deux chaises. (Elle se tourna vers Apolline :) Omelette aux pommes de terre... Le menu est simple. Ici, on ne peut plus parler de restrictions, il n'y a plus rien ; les Berlinois sont si affamés qu'ils capturent chats et chiens errants. Asseyez-vous, je n'ai pas déjeuné, je vais vous accompagner.

Tout en se restaurant, Apolline lui parla du général Tresckow.

— C'est un excellent ami. Un homme de grande valeur.

— Qui voulait que je reparte par le premier train !

— Parce qu'il a jugé dangereux pour vous de séjourner en Allemagne. L'heure des règlements de comptes est venue.

— Si Berlin est devenu une ville si dangereuse, pourquoi restez-vous ? Vous ne m'aviez pas dit que vous aviez une maison de campagne à quelques kilomètres d'ici ?

— Mon père est malade. Son cœur ne tient plus qu'à un fil. Il est intransportable. Cela fait des années qu'il annonçait que l'Allemagne faisait fausse route. Tous ces événements l'ont tué à petit feu.

— Je comprends.

— Voulez-vous que je vous envoie une femme de chambre pour vous aider à défaire votre valise ?

— Ce n'est pas la peine, je n'ai presque rien emporté. Dès que j'aurai vu Axel, je repartirai.

Comme toutes les nuits, la ville fut bombardée. Le lendemain en fin de matinée Apolline profita que Greta soit avec son père pour sortir. Connaissant mal la ville, elle avait regardé sur une carte et s'aperçut que l'hôtel particulier de Greta n'était pas si éloigné de l'appartement de son mari. Elle décida de s'y rendre. Elle marcha un quart d'heure dans les rues désertes, impressionnée par le silence qui y régnait. Pourtant, la nervosité ambiante était palpable. Enfin elle atteignit la grande place. Il ne lui restait plus qu'à la traverser. À tout moment, elle pouvait être prise pour cible par quelque soldat planqué sur un toit ou à un angle de rue. Elle rassembla son courage et partit d'un bon pas. Arrivée au pied de l'immeuble, elle vit qu'au deuxième étage, tous les volets étaient fermés. « Je verrai bien. » Elle avait à peine poussé la porte du bas que la concierge sortit de la loge.

— Madame ?

— Je suis la baronne von Reinecker.

La concierge resta interdite et finit par dire :

— Cela fait des semaines que M. le baron est absent.

— Je sais, répliqua-t-elle, mais il y a bien cependant quelqu'un qui garde l'appartement.

— Fräulein sans doute…

— Alors c'est parfait, dit-elle en appelant l'ascenseur.

Au deuxième étage, elle sonna avec insistance. La porte finit par s'entrouvrir. Fräulein, sur ses gardes, passa la tête.

— Bonjour Fräulein, je suis la baronne von Reinecker. Nous nous sommes rencontrées, une seule fois, mais permettez que je rentre. Ce que j'ai à dire est confidentiel.

— Il est arrivé quelque chose à monsieur ?

— J'espère que non. J'arrive tout juste de Paris et j'ai un message urgent à lui faire passer. Où puis-je le trouver ?

— C'est que...

Fräulein hésitait. Cela faisait des semaines qu'elle n'avait pas eu de nouvelles du baron. Elle décida de faire confiance à Apolline, même si c'était une Française. De toute façon, elle ne savait plus qui était l'ennemi de qui. En se contorsionnant, elle fouilla dans son opulent corsage.

— Voilà ! dit-elle en lui tendant un papier froissé et plié en quatre.

Apolline lut attentivement l'adresse inscrite et rendit le papier.

— Vous ne devriez pas garder ça sur vous, il se pourrait que vous ayez une visite...

— Ils sont déjà venus... ils ont tout fouillé.

— Ils peuvent revenir.

Il était près de midi quand Apolline rentra. Greta, folle d'angoisse, se précipita vers elle.

— C'est de la folie, vous ne devez pas sortir seule, tous les jours de simples passants se font tirer dessus !

— J'ai son adresse.

— Mais quelle adresse ?

— Celle d'Axel.

Elle lui récita l'adresse qu'elle avait apprise par cœur.

— Ce n'est pas à Berlin même, c'est dans un de ses faubourgs.

— J'irai ce soir. Il doit bien se trouver quelque part un taxi. Je suis prête à y mettre le prix.

— Il n'y a plus d'essence nulle part !

— Il y a forcément quelqu'un qui en a et qui pourra m'emmener.

Greta avait mis sa tête dans les mains. Quand elle comprit qu'Apolline ne renoncerait pas à son projet, elle la releva et dit :

— Oui, moi.

— Et l'essence ?

— J'en avais mis de côté au cas où j'aurais pu emmener mon père...

Elles partirent après le déjeuner. À part les camions militaires escortés de motos et quelques véhicules militaires légers, la Mercedes était une des rares voitures à circuler. Elles furent souvent arrêtées, le véhicule fouillé. Greta avait préparé tout un discours qu'elle émaillait de quelques noms de généraux connus qui aussitôt faisaient effet sur ses interlocuteurs.

— Si le mauvais temps persiste, il y a peu de chances que nous soyons bombardés cette nuit, fit remarquer Greta.

Apolline se taisait. Tendue, elle regardait les immeubles sans vie, les rares personnes qui rasaient les murs comme des ombres. Des quartiers entiers étaient dévastés. Dans les décombres encore fumants, des nécessiteux ou de simples voleurs cherchaient des objets qu'ils pourraient revendre au marché noir.

— Cette banlieue est la plus étendue mais aussi la plus pauvre.

Bientôt les immeubles se raréfièrent, laissant place à des maisons ceinturées de jardinets comme emboîtés les uns dans les autres.

Greta ralentit, tourna, chercha sa route et finalement trouva la direction. Elles arrivèrent devant une impasse. Au bout se trouvait une demeure isolée, entourée d'un jardin laissé à l'abandon.

— C'est là. Je vais me garer un peu plus loin pour éviter d'attirer l'attention.

Greta regarda Apolline.

— Vous êtes sûre de vouloir y aller ?

— Je vais faire un tour, je verrai bien.

Apolline sortit. Il commençait à pleuvoir. Elle pressa le pas. Poussa un portillon rouillé, contourna la maison dont tous les volets étaient fermés et en mauvais état. La maison semblait abandonnée, elle en fit le tour jusqu'à ce qu'elle entende des notes de piano. Elle s'approcha d'une fenêtre, colla son œil sur la fente d'un volet disjoint. C'était un air entraînant d'Offenbach. Certaine d'avoir reconnu les mains d'Axel, certaine d'avoir reconnu son jeu, elle alla sonner à la porte d'entrée. Le piano cessa. Au bout d'un certain temps, un homme lui ouvrit.

— Je veux voir le pianiste.

— Il n'y a pas de pianiste...

— Je suis la baronne von Reinecker, dit-elle d'une voix ferme.

Troublé, l'inconnu repoussa la porte sans la refermer. Apolline attendit. La pluie avait forci. Bizarrement, elle était là debout, comme détachée. Aucune pensée ne la traversait. Axel parut dans l'encadrement de la porte. Son regard était si intense qu'il en paraissait presque fiévreux. Elle lui rendit son regard, puis tourna les talons et s'enfuit. Axel ne fit aucun geste pour la retenir.

Le portillon passé, Apolline s'appuya contre le montant en pierre. Elle sentit alors une douleur intolérable sourdre du plus profond de son être. Deux sentiments se mêlaient : le soulagement de le savoir en vie et l'incompréhension. Brusquement, elle entendit s'élancer le violon. La mélodie poignante l'atteignit en plein cœur. Elle éclata en sanglots. « Si un jour tu venais à douter de moi et que je ne puisse m'exprimer autrement que par le biais de la musique, je te jouerai la *Méditation de Thaïs*, ces quelques notes seront là pour te rappeler que je t'aime. » Les joues mouillées autant par la pluie que par les larmes, elle retourna dans la rue où Greta l'attendait, tous feux éteints, au volant de la voiture. Apolline monta, la Mercedes démarra.

Pendant une partie du trajet, les deux femmes se turent. Enfin quand elles entrèrent dans Berlin, la voix grave de Greta se fit presque murmurante.

— Je suis désolée Apolline, mais Axel m'avait fait promettre de vous laisser en dehors de tout ça. Il n'a jamais trahi personne et surtout pas vous. Il n'a jamais caché son aversion pour le parti nazi. Il dit que c'est aux Allemands qu'il incombe de tuer Hitler. Pour lui, c'est une question d'honneur. Il a participé à plusieurs tentatives d'assassinat. Elles ont toutes échoué. Il faut que vous sachiez que, même traqué par la Gestapo, il ne renoncera pas. Par différentes sources j'ai appris que ses amis et lui sont sur le point de recommencer. De retour en France, lisez attentivement les nouvelles.

54

Le Manoir, 21 juillet 1944

La mère et la fille étaient assises sous le cèdre. Une brindille à la main, Astrid jouait avec le chaton que lui avait offert Anatole. Comme chaque matin, Apolline jetait un coup d'œil sur les gros titres de la presse. Ce matin, elle lut : « Des officiers fomentent un attentat contre Hitler », puis dessous, en petits caractères : « Le Führer blessé survit à l'explosion. » Le souffle coupé, elle déplia le journal, lut rapidement : « C'est dans la salle des cartes de la Tanière du Loup qu'Hitler a échappé à un grave attentat. Le Führer écoutait les rapports relatant la situation catastrophique sur le front russe. Il était penché sur la carte, loupe en main, quand une violente déflagration dévasta la salle. Il était douze heures quarante-cinq. Le colonel Claus von Stauffenberg est l'auteur de l'attentat. Ce projet était concocté de longue date principalement par des généraux allemands déterminés à éliminer Hitler et ainsi à sauver l'honneur de l'Allemagne. » Apolline s'arrêta de lire. Elle pensa à ce que Greta lui avait dit. Elle reprit fébrilement sa lecture. « Von Stauffenberg réussit à franchir les postes de contrôle et à rejoindre l'avion qui l'attendait. À treize heures quinze, il décollait pour Berlin où l'attendaient ses complices... » Elle sauta quelques lignes : « Hitler a bien été blessé mais il est vivant : la serviette qui contenait la bombe et que Claus von Stauffenberg avait déposée sous la table avait été déplacée par l'un des officiers présents. Le bilan s'élève à quatre morts... » Hitler vivant, il fallait s'attendre à de sanglantes représailles. Quelle que soit sa place dans le maillon de la chaîne, Axel avait participé à l'élaboration de ce plan. Tous les membres seraient pourchassés sans pitié.

Depuis qu'Apolline était rentrée d'Allemagne, elle gardait en mémoire le regard d'Axel. Elle laissa aller sa tête contre le fauteuil du jardin. Où se terrait-il à présent ? Soudain, elle vit deux corbeaux passer haut dans le ciel. Elle retint sa respiration, mais ils ne s'arrêtèrent ni ne crièrent. « C'est juste un passage, un mauvais passage », se répéta-t-elle. Les yeux clos, elle se mit à fredonner cet air de Massenet. Étonnée, Astrid leva la tête, il y avait si longtemps que sa mère ne chantait plus. Elle prit le chaton dans ses bras et, avec son précieux fardeau, alla vers elle.

— Maman, c'est joli ce que vous chantez... C'est l'air préféré de papa. Maman, quand est-ce que papa va revenir ?

— Bientôt, ma chérie.

Comme chaque fin d'après-midi, peu avant l'heure du dîner, Adelphe regagnait le Manoir avec ses trois enfants. Ce 25 août, elle arriva seule et en courant.

— Paris est libéré ! Paris est libéré !

— Tu es sûre ? lui demanda Apolline.

— Écoute les nouvelles !

Les deux femmes se précipitèrent dans le salon pour allumer la TSF : le chroniqueur riait, pleurait tout à la fois : « Ce qui s'est passé dans la capitale cet après-midi est extraordinaire ! À quatorze heures trente exactement, le général allemand Dietrich von Choltitz s'est rendu. Il était seize heures quand il a apposé sa signature sur le protocole de reddition. Le général de Gaulle devrait entrer en ville en début de soirée pour se rendre immédiatement au ministère de la Guerre ! »

Les deux cousines tombèrent dans les bras l'une de l'autre, elles dansaient de joie quand Anastase ouvrit la porte du salon. Adelphe se tourna vers lui.

— Père ! Paris a été libéré.

Anastase courut aux cuisines en criant :

— Du champagne ! Sortez la bouteille de champagne ! Paris est libéré !

Quelques minutes plus tard, alors qu'Anatole entrait à l'office pour se laver les mains et changer de chaussures, il vit son père qui dansait sur place. Lise, les joues en feu, s'écria :

— Monsieur Anatole, Paris est libéré !

Anatole se rua au salon où sa sœur et sa cousine écoutaient religieusement la TSF. « Paris libéré, Paris outragé, Paris martyrisé... », clamait une voix vibrante, chargée d'émotion. « De Gaulle », reconnut Anatole ému. Puis ce fut *La Marseillaise* qu'il n'avait pas entendue depuis quatre ans. Au bord des larmes, il pensait qu'il allait peut-être revoir enfin son frère.

— Champagne pour tous ! répéta Anastase, fou de joie.

— Quel champagne monsieur ? Il y a longtemps qu'il n'y en a plus dans cette maison ! dit Françoise levant les yeux au ciel.

— Je sais ce que je dis ! répondit Anastase retournant à l'office d'un pas décidé.

Anatole, inquiet, suivit son père qui tentait de soulever la trappe qui menait à la cave.

— Père, laissez-moi faire, c'est dangereux.

— Alors descends, je te dirigerai.

Anatole descendit les marches aussi abruptes que les barreaux d'une échelle.

— Tu es en bas ? Bien ! Alors sur ta gauche, tout au fond derrière les tonnelets de cidre, tu trouveras un renfoncement.

— J'y suis mais je ne vois rien qui ressemblerait...

— Regarde bien, elles sont enroulées dans un vieux chiffon.

— Ça y est ! s'exclama Anatole qui remonta les deux bouteilles de dom Pérignon sous l'œil stupéfait de la famille.

— Je les avais cachées pour fêter ce jour. On n'en ouvrira qu'une, l'autre sera pour fêter le retour d'Alphonse.

— Elle est fraîche, mais pas assez pour la boire tout de suite, fit remarquer Anatole.

— Lise, placez la bouteille dans la glacière. Sortez les coupes, on la boira tous ensemble après le dîner.

— Il faudrait avertir Jacques, si ça se trouve il travaille encore et il n'est même pas au courant, remarqua Adelphe.

— J'y vais ! décida Anatole qui lança à l'adresse de Françoise : Un jour comme celui-ci, le dîner pourra bien attendre quelques minutes.

Françoise, dépassée par les événements, frottait ses mains sur son tablier. Pour la première fois de sa vie, elle ne pensa pas à répondre ni même à ronchonner.

Deux jours plus tard, Alexandre téléphona à sa mère.

— Bonjour, maman, cela fait deux jours que j'essaie d'obtenir le Manoir, sans succès.

— Tout va bien à Paris ?

— Ce que nous vivons ici est extraordinaire. C'est une véritable liesse ! Tout le monde se parle, s'embrasse, il y a même des gens qui dansent dans la rue !

— Fais attention, j'ai entendu à la TSF qu'il y avait des tireurs isolés qui tiraient sur la foule, et qu'il y en avait d'autres qui en profitent pour régler leurs comptes !

— Ne vous en faites pas, je suis avec Florence, je ne prends pas de risques. Maman, j'ai une surprise pour vous...

— Tu as eu des nouvelles ?

— Mieux que ça.

— Allô ! fit une voix féminine que l'émotion rendait méconnaissable.

— Anne-Sophie ! s'écria Apolline.

À cette exclamation, presque un cri, Adelphe, qui était assise au salon, se précipita dans le couloir où se trouvait le téléphone.

— Oui, c'est moi, je suis depuis hier chez Alexandre.

— Comment ? Comment vas-tu ? questionna Apolline que l'émotion étranglait.

— Je vais bien. J'étais chez des amis d'Axel qui ont pris soin de moi.

— Tu dois être prudente.

— Je pars tout à l'heure.

— Mais où ? questionna Apolline soudain angoissée.

— Chez Madeleine. Je vais rester chez elle jusqu'à l'accouchement. Je fais le voyage en train.

— C'est une bonne décision, embrasse Madeleine pour moi. Tu comptes téléphoner à Neuilly ?

— Non, je ne préfère pas... Après la naissance, je verrai.

— Tu en es à combien de mois ?

— Cinq.

Des larmes de bonheur coulaient sur les joues d'Apolline. Près d'elle, Adelphe avait pris l'écouteur. Elle aussi pleurait.

— Apolline, dit Anne-Sophie, j'ai un message pour toi : Axel est en vie...

À cette nouvelle, Apolline éclata en sanglots. Anne-Sophie reprit :

— Il a été arrêté, mais comme ils n'ont pas pu prouver sa participation dans le complot, il a juste été fait prisonnier. Il va bien !

Apolline ne pouvant plus prononcer un seul mot, c'est Adelphe qui répondit :

— Bonjour, Anne-Sophie, c'est Adelphe au téléphone. Comment as-tu été mise au courant ?

— Par ses amis chez qui j'étais justement.

— Es-tu sûre de tes sources ?

— Certaine. Dès que je serai chez Madeleine, je vous écrirai une longue lettre. Je vous embrasse tous.

Fin août, alors que les deux cousines discutaient tranquillement à l'ombre du cerisier qui ombrageait la cour de la Petite Folie, le téléphone sonna. Gilles de Bonnes décrocha.

— Albert, comment vas-tu ? Une petite fille, cette nuit... et comment se porte la mère ?

Sans se concerter, les deux femmes se levèrent pour courir vers la maison. Adelphe arracha presque le téléphone des mains de son mari.

— Albert ! Comment va Blanche ? C'est une petite fille ? Combien pèse-t-elle ? Elle a combien de semaines d'avance ?

À l'autre bout du fil, Albert riait.

— Si tu me laisses répondre, je te dirai tout ! La mère et l'enfant se portent bien. Aglaé pèse trois kilos et, si tu veux tout savoir, c'est la plus jolie petite fille que j'aie jamais vue !

Adelphe raccrocha. Apolline prit sa cousine dans les bras.

— Tu vois, depuis quelques jours il n'y a plus que des bonnes nouvelles qui arrivent. Il faut garder confiance.

Ariane arriva tenant Astrid par la main. Les deux fillettes ne se quittaient pas.

— Maman, qui c'est Aglaé ?

— La petite sœur d'Alain.

— C'est un bébé, expliqua Astrid du haut de ses cinq ans, c'est tout petit un bébé !

— Figure-toi que je sais ce que c'est qu'un bébé, répondit Ariane, parce que moi je t'ai connue bébé.

— Ça m'étonnerait parce que moi je suis grande ! répondit Astrid vexée.

— Bon, ça suffit les filles, intervint Apolline, on monte voir votre grand-père.

Ariane regardait les photos posées sur la commode. Elle connaissait chacun des portraits : celui de sa grand-tante Aurore, celui de son arrière-grand-mère Amélie qu'elle n'avait pas connue mais dont elle devinait parfois la présence furtive à un détour de couloir, celui de sa grand-mère Jeanne dont la bonhomie et le sourire imprégnaient encore toutes les pièces du Manoir. Elle la voyait souvent. Elle ne disait rien, mais elle était là, attentive à tout ce qui se passait dans la maison. Elle s'arrêta devant la photo de son oncle Jules... celui-ci l'avait réveillée plusieurs fois quand elle avait accompagné sa tante à Lucillac : « Enfin ! se dit-elle, il était quand même gentil. » Elle passa à la photo suivante et s'exclama :

— Mais que fait oncle Axel au milieu de toutes ces photos ? Les autres sont tous morts ! (Elle prit la photo et la posa sur la cheminée.) Là, elle sera mieux, dit-elle satisfaite.

Apolline se retourna.

— Que dis-tu, Ariane ?

— Qu'oncle Axel va bien même s'il est triste d'être loin de chez lui.

— Ariane, ce n'est pas un jeu, il ne faut pas dire n'importe quoi...

Ariane, vexée, tapa du pied.

— Je ne dis pas n'importe quoi, se défendit la fillette, et même qu'il répète tout le temps un mot que je ne comprends pas... (Ariane se concentra :) Ma-sse-net ? Ça veut dire quoi tante Apolline ?

55

Lucillac, août 1945

Le train arriva dans un nuage de vapeur et une porte s'ouvrit. Un premier soldat sauta sur le quai. Ils se ressemblaient tous : maigres, les cheveux rasés, l'uniforme défraîchi, le regard terne, absent. Parmi ceux qui attendaient dans la foule se trouvaient le docteur Garancière et Thérèse, la mère de Théodore. Mathurin Sylvestre, son mari, n'avait pas souhaité venir : « Les retrouvailles et les adieux, j'aime pas trop, avait-il prétexté, et puis les vendanges qui commencent dans deux jours... »

Face à Thérèse, Jean Garancière se posait la même et éternelle question qui le taraudait : avait-il bien fait ? Il aimait Théodore d'un sentiment ambigu, mélange de remords et d'admiration. En lui il se reconnaissait. Toutefois, cette ressemblance physique qu'il y avait entre Théodore et Augustin était comme marquée par le doigt de Dieu pour lui rappeler que les petits arrangements entre humains ne trompaient pas le Tout-Puissant.

— Thérèse, es-tu heureuse ?

— J'ai une jolie famille, une belle maison, un mari qui a toujours été bon avec moi. De quoi pourrais-je me plaindre ? Docteur, je vous remercie de ce que vous avez fait pour moi. Je vous demande de ne plus penser à tout ça. J'étais aussi fautive que Jules. Paix à son âme.

Ces paroles réconfortantes allèrent droit au cœur du vieil homme.

— Merci, Thérèse, pour ta franchise.

Thérèse sourit.

— Théodore est un bon fils, mais il ne nous ressemble pas... C'est comme s'il s'était trompé de famille, c'est au château qu'il aurait dû naître, pas dans une ferme. Même s'il est habillé comme un paysan, c'est à un prince qu'il ressemble, mon Théodore.

Jean Garancière regarda Thérèse, surpris.

— Il t'aime, Thérèse, et il aime sa famille...

— Ça n'empêche, répondit Thérèse en haussant les épaules, on ne peut rien contre ça.

Jean Garancière prit les mains de Thérèse dans les siennes.

— Penses-tu qu'il faudrait lui dire la vérité ?

— Au fond de lui, il la connaît déjà. Il a du cœur, et je crois que s'il n'a jamais posé de questions, c'était pour ne pas faire de peine à celui qui l'a élevé.

Théodore venait d'apercevoir dans la foule sa mère et le docteur Garancière. Thérèse avait regardé son fils venir vers elle, et comme chaque fois, en le voyant, c'était son grand et fol amour de jeunesse qui se rappelait à elle. Elle se laissa envelopper de ses bras sans mot dire.

— Tu n'as pas changé, petite maman, lui glissa-t-il à l'oreille.

Puis il tendit une main franche et virile au docteur Garancière.

— C'est bon d'être là.
— Alors, ne perdons pas de temps, allons-y.

Théodore était vivant, Théodore était de retour. Depuis, Juliette ne dormait plus, ne mangeait plus : elle devait le revoir, lui parler. Avant son départ, elle n'avait pas osé lui dire ses sentiments et cela faisait plus de quatre ans qu'elle attendait. Montée sur Tonnerre, elle partit au galop. Prit le sentier qui contournait le château.

— Théodore !

Il eut un grand sourire pour la jolie jeune fille qui mit pied à terre avec légèreté. Juliette fit passer les rênes au-dessus de la tête de Tonnerre tandis que ses chiens faisaient fête à Théodore.

— Ils ne t'ont pas oublié, dit-elle.

Il faisait beau et chaud en cette fin d'été. La campagne sentait bon, les oiseaux chantaient. La jeune fille le regarda. Si elle le trouvait encore plus séduisant qu'avant, elle remarqua que quelque chose dans son regard avait changé.

— Tu es heureux d'être de retour ?
— Je pense que oui.
— Tu n'en es pas sûr ? s'étonna Juliette.
— Je dois me réhabituer à la vie civile.
— Tu sais, pendant ces quatre années, je n'ai pas cessé de penser à toi.

Il s'arrêta de marcher. Il regarda Juliette. Sa silhouette fine, ses longs cheveux châtains, son regard déterminé, l'avaient charmé dès le premier jour. Il eut une folle envie de la serrer dans ses bras, mais il se détourna et reprit sa marche. Juliette avait eu le temps de voir une petite flamme passer dans ses yeux. Alors elle lui tira la manche de sa chemise et lui dit :

— Théo, embrasse-moi.

Après toutes ces années de captivité, Théodore était devenu un autre homme. Il avait passé cette dizaine de jours à réfléchir, à flâner et à dormir. Son corps n'était plus habitué au moelleux du lit et, les deux premiers jours, il dormit par terre sur le tapis. Il avait essayé de réapprendre à apprivoiser le silence, le bruit de ses pas dans la rue, la circulation, le monde. La liberté. Il avait réappris à vivre tout simplement.

Son premier geste de civil fut de se rendre dans une banque. Il fut surpris d'apprendre qu'il était à la tête d'une véritable petite fortune puisque Jean Garancière avait laissé courir les versements qu'il faisait chaque mois quand il était étudiant. À cette somme s'était ajoutée sa solde de soldat. Sa première envie fut de s'installer sur la terrasse d'un petit restaurant qu'il fréquentait avant-guerre. Il commanda un bourguignon pour satisfaire un rêve de prisonnier affamé. Il ne réussit à en goûter que quelques bouchées. Son estomac, habitué aux pommes de terre bouillies et aux mauvaises soupes, ne garda pas le peu qu'il avait avalé. Son premier caprice fut de se rendre chez un bon tailleur et de se vêtir convenablement. Son premier geste d'homme libre fut de s'inscrire à l'université. Une fois le dernier trimestre validé, il travaillerait dans un hôpital comme chirurgien. Après avoir amputé les membres des blessés, après avoir fermé les yeux des mourants, il se mettrait au service des éclopés, des gueules cassées. Le troisième jour, il se rendit à la poste pour téléphoner.

— Je voudrais parler à Hortense Desroche.

— Elle-même.

— Bonjour Hortense, le docteur Sylvestre à l'appareil.

— Bonjour, répondit la jeune femme avec un léger tremblement dans la voix, vous êtes enfin de retour ?

— Oui, et j'avais envie de savoir ce que vous étiez devenue. Le retour est plus difficile que je ne l'aurais cru... J'ai besoin de vous voir, de parler à quelqu'un qui a vécu ces moments au front, que vous me racontiez comment le convoi est arrivé à l'hôpital. J'ai besoin de savoir...

— D'où m'appelez-vous ?

— De Bordeaux.

— Je n'habite pas loin. Je pourrais venir demain, cela vous conviendrait ?

On n'entendait que le balancier de l'horloge. Sur la grande table où il s'installait enfant pour faire ses devoirs, Théodore prenait son petit-déjeuner. Il mastiquait lentement car son estomac n'était pas encore habitué à tant de nourriture. Thérèse avait servi le fils prodigue. Ils étaient seuls.

— Je dois te parler, dit Thérèse en tirant une chaise pour s'asseoir face à son fils. Et je ne sais pas par quel bout commencer...

— Par le plus court, c'est le mieux.

— J'ai peur d'être maladroite, de te blesser.

— Essaye toujours, dit Théodore en lançant un regard très doux à sa mère. Quelquefois, les silences sont plus blessants que les paroles.

Encouragée, Thérèse se lança.

— Tu sais que tu es né ici et que c'est ton père qui a choisi ton prénom parce que c'était le prénom de son père.

— Oui, et je sais aussi que c'est le docteur Garancière qui m'a mis au monde.

— Comme moi avant toi. Tout ça, c'est la vérité, mais ce que tu ne sais pas, c'est que tu n'as pas été conçu dans le lit où tu as vu le jour.

Théodore ne quittait pas sa mère des yeux. Il avait toujours su que Mathurin Sylvestre n'était pas son père biologique, mais de l'entendre lui fit du bien.

— J'avais seize ans quand je suis tombée amoureuse de Jules Garancière.

La vérité était enfin dévoilée, le nom de Jules Garancière était enfin prononcé. Même si au fond de lui-même il savait, il avait besoin de l'entendre dire, besoin que l'aveu soit fait à haute et intelligible voix. Théodore se sentit instantanément allégé d'un poids. Il n'avait jamais oublié l'exclamation de la jeune infirmière quand les brancardiers avaient déposé Augustin sur la table d'opération. « Mais c'est quelqu'un de votre famille, vous vous ressemblez comme deux gouttes d'eau ! » Cette exclamation l'avait poursuivi pendant les quatre années de sa détention. Ce qu'il savait confusément était devenu une évidence. Si Jules Garancière était son géniteur, Augustin était son demi-frère, Jean Garancière son grand-père, Juliette sa cousine... Chaque pièce du puzzle était enfin à sa place.

Thérèse cherchait désespérément à suivre sur le visage de son fils le cheminement de ses pensées. Comme Théodore se taisait et qu'aucun mot ne venait apaiser ses doutes, elle poursuivit :

— Ton père a été bon pour moi, il m'a acceptée sous son toit grosse de quatre mois. Même s'il ne t'a pas toujours compris, il t'a élevé comme son fils. Et moi j'ai pris Catherine comme ma fille.

— Est-ce que père sait que tu m'as parlé ?

— Non, par respect je ne lui ai rien dit, j'avais trop peur de lui faire de la peine.

— Alors, il ne faudra pas lui dire que je sais. Jamais.

— Je ne dirai rien.

— Je vais voir le docteur Garancière. Je lui dois beaucoup, mais je comprends mieux maintenant.

— Tu sais, le docteur Garancière a fait pour le mieux. Il n'a forcé personne, et il sait ce que tu as fait pour Augustin.

Théodore se leva. Il prit sa veste, sa valise et passa la porte. Il sentit le poids du regard de sa mère dans son dos. Il se retourna, laissa sa valise au pas de la porte et prit sa mère dans ses bras.

— Sois tranquille, maman. Toi, papa et Catherine serez toujours ma famille. Ma seule famille. Dis à papa que je suis retourné à Bordeaux mais que je reviendrai bientôt.

Et il partit. À travers champs, en paix avec lui-même. À présent tout était en ordre, tout était clair dans son esprit.

Soudain, il entendit derrière lui le galop du cheval et l'aboiement des chiens. Il se retourna. La veille, il avait échangé un baiser fougueux avec Juliette. Il avait toujours été amoureux d'elle, mais depuis quelques minutes cet amour lui était interdit. Le même sang coulait dans leurs veines. Juliette, cette belle jeune femme sensuelle, si enivrante, n'était pas pour lui. Sans savoir pourquoi, il l'avait toujours vue comme un fruit défendu. À présent tout était clair. La conduite de Jules Garancière avait été celle d'un jeune homme égoïste, qui n'avait pensé qu'à son plaisir immédiat, sans penser aux conséquences. Il ne referait pas la même erreur.

Juliette arrêta Tonnerre. Elle arborait un air heureux, un joli sourire éclairait son visage. Toute la nuit elle avait rêvé qu'elle se donnait à Théodore, son grand amour.

— Bonjour Théodore ! (Elle pointa sa valise du doigt.) Tu pars déjà ?

— Je passe par le château et je reprends le train.

— Tu as oublié notre rendez-vous de cet après-midi ?

Elle passa sa jambe au-dessus de l'encolure et se laissa glisser à terre.

— Juliette, je te demande pardon pour hier. Il faut oublier ce baiser. J'ai été lâche.

— Lâche, mais pourquoi ? Moi je t'aime depuis la première fois que je t'ai vu ! Je t'ai attendu quatre longues années...

— Je te demande pardon, c'était un moment d'égarement.

— Mais ce n'est pas vrai ! Je sais que tu m'aimes ! Je le sens ! dit Juliette des larmes plein les yeux.

Afin de ne lui laisser aucun espoir, il s'entendit prononcer cette phrase qui l'étonna lui-même :

— Juliette, j'aime une autre femme. Je vais me marier.

Et sans attendre, il partit à grands pas.

56

Saint-Cloud, septembre 1946

Il était midi quand les mariés sortirent de l'église. Les cloches sonnaient à toute volée quand Florence et Alexandre se présentèrent devant le parvis. La jeune femme était entourée de son père, de sa mère. Cette dernière n'avait cessé de pleurer pendant toute la cérémonie. À côté d'Alexandre, Apolline et Axel arboraient un grand sourire. Astrid était ravissante dans sa robe de demoiselle d'honneur.

Après la signature du registre, les serrements de mains, les photos prises à la sortie d'église et les embrassades, le groupe se disloqua pour prendre place à bord des voitures qui attendaient les invités. Les mariés montèrent dans la limousine du baron de Saint-Eliph conduite par son chauffeur. Suivit le cortège jusqu'à la maison de Saint-Cloud.

Apolline avait préparé ce mariage en veillant elle-même au moindre détail. Toute sa maison avait été fleurie de fleurs blanches. Pour les plus âgés, une table avait été installée dans le grand salon dont les portes-fenêtres étaient largement ouvertes sur le jardin. Dehors, sous un auvent blanc tendu comme une voile de bateau, avaient été dressées plusieurs tables. Il fut servi à l'apéritif du champagne et au déjeuner du vin de bordeaux choisi dans une des meilleures cuvées du château de Lucillac. Apolline n'avait pas revu Jean et Louise Garancière depuis son remariage et ce fut avec beaucoup d'émotion qu'elle les embrassa. Le baron de Saint-Eliph, heureux de revoir ses amis, les avait pris à la table qu'il présidait avec Gertrude. De même y avaient pris place Anastase et les grands-parents de Florence.

Si tous les membres de la famille n'étaient pas sortis indemnes de cette guerre, tous étaient revenus vivants. Ce n'était pas le cas de Myriam. La jeune femme avait été arrêtée en 1943 et déportée à Dachau après avoir sauvé plusieurs enfants juifs. Elle était morte six mois après son arrestation. Apolline n'avait pas revu les Bloch-Mesnard mais elle avait échangé avec eux des lettres aux accents douloureux. Elle avait perdu sa meilleure amie. Apolline passait de table en table pour parler à chacun de ses invités. Elle se dirigea vers celle des mariés autour de laquelle avaient pris place les cousins. Alphonse était rentré fin 1945 à la démobilisation générale. En passant par l'Espagne, il avait gagné les Forces françaises qui combattaient en Afrique. Il était parti après que son frère eut regagné le Manoir, et pourtant, c'est lui qui avait fait la guerre la plus longue, la plus rude ; il avait été jusqu'au désert libyen. Comme son frère cinq ans plus tôt, il avait été blessé à l'épaule et en portait encore les séquelles.

Sans se concerter et dans un même élan, les jumeaux se levèrent. La coupe de champagne à la main, ils portèrent un toast aux mariés. Autour de la table chacun se leva et y alla de son couplet. Les mariés étaient aux anges.

Axel était revenu de captivité quelques mois plus tôt. Il était sorti de prison la tête haute, fêté comme un héros. Certains hommes valeureux comme le général Tresckow n'avaient pas eu cette chance. Convaincu de haute trahison, il avait choisi de se suicider « pour ne pas laisser en plus à nos ennemis la satisfaction de m'arracher à la vie », avait-il dit. Militaire de père en fils, protestant et Prussien, le général avait combattu Hitler. Il était un ami d'enfance d'Axel et un des principaux acteurs de l'opération Walkyrie. Quelques secondes, les pensées d'Apolline furent accaparées par le général Tresckow, puis par Myriam... Enfin, elle se pencha vers Madeleine.

— Tout va bien ?

— C'est une journée de rêve, dit Madeleine souriante sous son joli chapeau, votre maison est encore beaucoup plus belle que je ne me l'étais imaginée.

— Merci, Madeleine, ces compliments me vont droit au cœur. J'espère que tu viendras souvent nous voir.

Après toutes ces années d'occupation, de guerre et de privations, ils se retrouvaient comme autrefois alors que plus rien n'était et ne serait comme avant ; même les mots étaient empreints de fragilité. Il faudrait réapprendre à vivre avec légèreté, sans peur du voisin ou du lendemain. Madeleine la douce, la tranquille, avait pris des risques sans lesquels elle n'aurait pu se regarder dans le miroir chaque matin. Comme elle s'était toujours occupée d'enfants, en sauver lui avait paru un acte naturel. Myriam était revenue à Tours avec d'autres enfants que les deux femmes avaient fait passer en zone libre. Il y avait encore tant de choses que Madeleine et Apolline ne s'étaient pas dites, l'âme est secrète et la bravoure se vit, elle ne se raconte pas. Il faudrait du temps pour que les souvenirs remontent à la mémoire.

Le regard d'Apolline quitta Madeleine pour se poser sur Anne-Sophie qui discutait avec Albert et Blanche. Sa sœur avait beaucoup changé, les dures semaines d'incarcération, la mort de Diego, la naissance de son enfant, tous ces événements lui avaient permis d'appréhender la vie différemment. Anne-Sophie semblait avoir combattu ses vieux démons et avoir fait la paix avec elle-même. La jeune femme tourna la tête vers sa sœur.

— Où en sont les travaux à la galerie ? questionna Apolline.

— Ça avance, il faudrait que tu passes voir.

— La semaine prochaine, je m'inviterai à prendre un café.

— Tu verras maintenant que tous les murs du bas sont abattus, la galerie paraît immense et aussi beaucoup plus claire.

— Quand est-ce que vous l'inaugurerez ? questionna Madeleine.

— Je n'ai prévu encore aucune date, il faudrait déjà que toutes mes toiles soient prêtes, ce qui n'est pas le cas, j'exposerai des portraits d'enfants, mais aussi des paysages, et j'espère bien que tu viendras, Madeleine !

— Si vous m'invitez, je viendrai, dit Madeleine souriante.

La petite Aurore dormait dans les bras de sa mère. À neuf mois, elle avait les cheveux châtain clair et le regard bleu foncé d'Anne-Sophie. Apolline prit sa filleule dans les bras et l'embrassa. Ce geste si simple la renvoyait des années en arrière quand elle berçait Anne-Sophie.

En fin de repas, une pièce montée fut apportée. Les mariés coupèrent les premières parts que les serveurs distribuèrent aux convives. Hyacinthe ému se leva, dit quelques mots brefs pour souhaiter aux mariés tout le bonheur possible. Ce fut l'occasion pour la mère de Florence, placée à la droite d'Axel, de verser encore quelques larmes. Pour le café les convives furent invités à sortir de table et à s'installer dans le jardin où un salon d'été, avec fauteuils, transats et tables d'appoint avait été aménagé sous les arbres. Les enfants s'égaillèrent. Un moment, Apolline s'absenta pour se rendre aux cuisines. Dans le couloir elle croisa Juliette.

— Nous n'avons même pas encore eu le temps de parler, dit Apolline avec regret.

— Où allez-vous comme ça, ma tante ?

— Je passe par les cuisines pour m'assurer que le personnel ne manque de rien.

— Eh bien, je vous accompagne.

La tante et la nièce entrèrent dans l'office où le personnel rangeait la vaisselle sous l'œil critique de Sidonie.

— Madame, dit Sidonie en voyant Apolline, que devons-nous faire des restes ?

— Gardez-en pour le dîner, nous serons encore une dizaine ce soir et le reste vous l'offrez au personnel. Est-ce que tout le monde a eu une coupe de champagne et a été servi de gâteau ?

— Oui, madame la baronne, répondit encore Sidonie qui avait un œil sur tout ce qui se passait en coulisse.

— Juliette, dit Apolline, je te présente Sidonie qui, il y a six ans, m'a sauvé la vie !

À cet instant arrivèrent Astrid et Ariane ; les deux inséparables se tenaient par la main.

— Oui, fit Astrid, en regardant Sidonie qui avait toutes les faiblesses pour elle, c'est Sidonie qui m'a mise au monde !

Juliette crut à une plaisanterie. Elle regardait cette campagnarde aux manières rudes sans comprendre.

— C'était l'hiver 40, expliqua Apolline, il faisait froid, les routes étaient verglacées, le médecin est arrivé trop tard et c'est Sidonie qui m'a accouchée. Elle a été héroïque.

Sidonie, rougissante de fierté, dit :

— Si j'avais su que le petit ange deviendrait ce petit diable-là, j'aurais peut-être hésité avant d'offrir mes services !

— Eh oui, répondit la pipelette Astrid, mais maintenant, c'est trop tard !

Apolline sortit de la cuisine en riant, Juliette la suivit.

— C'est vrai, ma tante, ce que vous dites ?

— Tout à fait vrai. Sidonie a fait preuve d'une grande présence d'esprit. Dans sa ferme, elle avait l'habitude d'assister au vêlage des génisses.

— Alors, si ça se trouve, je saurais peut-être faire, c'est moi qui m'occupe de la mise bas de nos juments !

Apolline et Juliette éclatèrent de rire ; depuis son arrivée, c'était la première fois qu'Apolline voyait la jeune fille joyeuse. Elle avait remarqué son air réservé, songeur, parfois même triste. « Un chagrin d'amour », avait aussitôt pensé Apolline.

— Tu as des projets ?

Bien qu'Apolline eût mis beaucoup de douceur dans sa question, Juliette sursauta comme sous la piqûre d'une guêpe.

— Je vais me fiancer, avoua-t-elle après hésitation.

— Oh, mais c'est une merveilleuse nouvelle ! dit-elle en l'embrassant. Et quel est le nom de l'heureux élu ?

— Nicolas. Surtout n'en parlez pas, tante Apolline, ce n'est pas encore officiel.

— Tu peux compter sur moi, je ne dirai rien, mais dis-moi, que fait ce Nicolas ?

— Il élève des pur-sang.

— Et comment ferez-vous si tu ne veux pas quitter Lucillac ?

— Je suis justement en pourparlers avec mes grands-parents pour qu'ils me cèdent quelques hectares de terrain. J'aimerais que Nicolas y installe un haras.

— Mais c'est un magnifique projet.

— Cela me permettrait en tous les cas de rester sur les terres familiales et plus tard de m'occuper des vignes.

La tante et la nièce arrivèrent à l'embrasure des portes-fenêtres qui donnaient sur le jardin. Il était bientôt six heures de l'après-midi et le temps était toujours à la douceur. Les deux fillettes, qu'elles avaient laissées à la cuisine avec Sidonie, les dépassèrent en courant et se faufilèrent entre les fauteuils où les personnes âgées avaient pris place. Soudain, un bras se tendit et attrapa Astrid par la taille. L'enfant se retourna, vit que c'était Augustin qui la retenait prisonnière.

— Lâche-moi !

— Pour cela, il faut payer, répondit Augustin en riant.

— J'ai pas d'argent !

— Je me contenterai d'un baiser sur la joue.

La petite, comprenant que c'était un jeu, piqua sur la joue un baiser et s'échappa. Cette scène laissa Apolline interdite et les larmes aux yeux. C'était la première fois qu'Augustin prêtait attention à sa sœur. Juliette, qui était restée à côté de sa tante, s'aperçut de son émotion. Elle lui prit la main et la pressa dans la sienne.

— Il paraît qu'Augustin s'apprête à repartir en Amérique ?

— Oui, il veut faire sa vie là-bas. New York le fascine. Son frère ira sans doute lui rendre visite l'été prochain. Alexandre compose de la musique de film, il en profitera pour se faire connaître.

— Cela vous chagrine, ma tante, de le voir partir ?

— Non, ce qui est important, c'est qu'il trouve son équilibre et qu'il soit heureux. Je n'ai pas élevé mes enfants pour qu'ils restent auprès de moi.

Apolline regarda sa nièce et d'un air léger ajouta :

— Et entre deux concerts, Axel et moi aurons tout le temps de voyager !

— Tiens ! fit Juliette, je crois justement qu'oncle Axel vous cherche.

Apolline lui fit un signe, Axel sourit. En quelques enjambées, il rejoignit sa femme et la prit amoureusement par le bras.

— Je crois que nos invités te réclament, ils veulent t'entendre jouer.

— J'accepte si tu m'accompagnes !

— Alors jouons notre morceau favori, mais avant je vais chercher mes petites amies.

Quelques secondes, plus tard Axel revint avec Ariane et Astrid, il fit asseoir les deux demoiselles d'honneur sur le canapé du grand salon.

Apolline s'installa au piano, tandis qu'Axel sortait son violon. Ils exercèrent leurs doigts, s'accordèrent. Les deux fillettes, assises en première loge dans leurs jolies robes, attendaient sans bouger. Les invités, attirés par les premières notes, commencèrent à se masser devant les portes-fenêtres. Des fauteuils furent prestement installés pour les plus âgés.

Apolline regarda Axel, après un échange chargé d'amour, le piano et le violon s'élancèrent. Alors Astrid qui jouait déjà de plusieurs instruments se pencha vers Ariane et lui chuchota à l'oreille :

— Massenet.

REMERCIEMENTS

À ceux qui ont cru en ce livre et tout particulièrement à Maëlle Guillaud pour sa détermination.

Tout au long de ces pages j'ai essayé de respecter les événements historiques. Cependant pour le bon déroulement du roman j'ai pris la liberté d'inventer les personnages de Greta et de Gerhart son mari, sachant que l'ambassadeur d'Allemagne en place à Paris était Johannes von Welczeck (mars 1936-août 1940), et qu'Otto Abetz lui succéda en août 1940.

Du même auteur :

L'ÉTÉ ÉCLATÉ, roman, éd. du Rocher, 1989.

LA GRIFFE DU DIABLE, roman, éd. du Rocher, 1990.

MADAME VIGÉE-LEBRUN, biographie, éd. Perrin, 1994.

SECRETS DE COUR, MADAME CAMPAN AU SERVICE DE MARIE-ANTOINETTE ET DE NAPOLÉON, biographie, éd. Tallandier, 1999.

LA REINE MÈRE D'ANGLETERRE, biographie, éd. Tallandier, 2000.

LEONORA GALIGAÏ, L'ÂME DAMNÉE DE MARIE DE MÉDICIS, biographie, éd. Pygmalion, 2005.

J'AI DOUZE ANS..., roman, éd. Hugo JBZ, 2011.

L'EAU GLACÉE DE LA RIVIÈRE, roman, éd. Hugo Roman, 2012.

MADAME CAMPAN, PREMIÈRE FEMME DE CHAMBRE DE MARIE-ANTOINETTE, biographie, éd. Tallandier, 2013.

PAPIER À BASE DE
FIBRES CERTIFIÉES

Le Livre de Poche s'engage pour
l'environnement en réduisant
l'empreinte carbone de ses livres.
Celle de cet exemplaire est de :
650 g éq. CO_2
Rendez-vous sur
www.livredepoche-durable.fr

Composition réalisée par INOVCOM

Achevé d'imprimer en juin 2015 en France par
CPI BRODARD ET TAUPIN
La Flèche (Sarthe)
N° d'impression : 3011649
Dépôt légal 1re publication : juillet 2015
LIBRAIRIE GÉNÉRALE FRANÇAISE
31, rue de Fleurus – 75278 Paris Cedex 06

31/9417/2